Schauplatz dieses Romans ist die Welt vor der ersten Jahrtausendwende, eine Zeit, über die wir wenig wissen, in der am Ufer des Schwarzen und des Mittelmeeres Orient und Okzident, Wikinger, Byzantiner und Araber aufeinander trafen.

Hinter dem Pseudonym Franka Villette verbirgt sich eine renommierte deutsche Autorin, deren historische Romane schon zu Hunderttausenden verkauft wurden.

Franka Villette

DIE FRAU
DES WIKINGERS

Historischer Roman

Rowohlt Taschenbuch Verlag

2. Auflage Oktober 2004

Originalausgabe
Veröffentlicht im Rowohlt Taschenbuch Verlag,
Reinbek bei Hamburg, Oktober 2004
Copyright © 2004 by Rowohlt Verlag GmbH,
Reinbek bei Hamburg
Umschlaggestaltung any.way,
Barbara Hanke/Cordula Schmidt
(Illustration: Knud Jaspersen
unter Verwendung eines Gemäldes
von Émile Vernet-Lecomte
«Femme berbère, huile sur toile»
Satz Apollo PostScript InDesign
bei Pinkuin Satz und Datentechnik, Berlin
Druck und Bindung Clausen & Bosse, Leck
Printed in Germany
ISBN 3 499 23708 3

TEIL 1

AUS DEN WEITEN DER STEPPE

DAS URTEIL

Ein eisiger Wind fegte über die Steppe. Er verkündete das Nahen der kalten Jahreszeit. Der jungen Vala verkündete er ihren baldigen Tod.

«Hast du das verstanden, Vala Eigensinn?»

Vala drehte langsam den Kopf und schaute dem Schamanen ins Gesicht. Der Wind zerrte an den langen, glänzend schwarzen Strähnen ihres Haares. Sie tanzten vor ihren Augen. Gut so, dachte sie, so sah der Alte ihre Tränen nicht. Trotzig nickte sie. Sie hatte nur zu gut verstanden. Sie stießen sie aus, ihr Volk schickte sie in die Einöde, mit nichts als dem, was sie zu tragen vermochte. Ihr Name würde gleich zum letzten Mal genannt, alles, was ihr gehört hatte, in dem blassen Feuer zu ihren Füßen verbrannt werden. Sie würde vergessen sein und tot für alle, die Ruas Sippe angehörten. Tot, noch ehe sie gestorben war.

Vala schluckte. Unwillkürlich zuckte sie zusammen, als der Schamane nun an sie herantrat und ihr das Amulett abriss, das sie seit ihrer Geburt beschützt hatte. Der runde, ziselierte Goldanhänger zeigte eine Stute, die sich gegen Wölfe wehrt. Vala fühlte sich mit einem Mal dem kalten Wind ungeschützt ausgesetzt; sie wollte danach greifen, doch der Schamane warf das Schmuckstück ins Feuer. Mit rascher Geste streute er heiliges Pulver darüber und begann einen seiner Gesänge. Vala ließ ihre Hand wieder sinken. Sie begriff, dass er sie soeben aus dem Gedächtnis der Vorfahren löschte, aus der ewigen Gemeinschaft ihres Volkes. Und zugleich schützte und reinigte er die anderen von ihrem Frevel.

Die anderen. Vala blickte sich um. Rua selbst war mit der Mehrzahl der Männer schon seit Tagen auf der Jagd. Kreka stand da, die ihre Ziehmutter gewesen war, dick, mit fetten Haarflechten, die so viel lachte mit den anderen, für Vala aber selten ein freundliches Wort gehabt hatte, und die nun den Kopf abwandte. Ellac, der immer in der Nähe herumgelungert hatte, wenn sie zum Beerenpflücken in den Wald gegangen war. Nun, das wenigstens war vorbei gewesen, seit sie die Schülerin des Schamanen geworden war. Ellac hatte sie von da an nur noch mit Blicken verfolgt. Wie jämmerlich, dachte Vala. Ihr Mund kräuselte sich verächtlich. Du verdammter Feigling, fluchte sie bitter, hast du jetzt nicht mehr den Mut, mich anzustarren?

Der dürre, greise Beda, dessen Husten sie kuriert hatte, beugte sich noch weiter über seinen Stock, als ihn schon das Alter drückte, um nichts als den Boden betrachten zu müssen. Als der kleine Tisca, der es nicht besser wusste, zu ihr hinlaufen wollte, hielt Beda ihn zurück und gab ihn Kreka, die den zappelnden und sich sträubenden Kleinen auf den Arm nahm. Alle verrieten sie.

Vala hielt ein Schluchzen nur mehr mit Mühe zurück. Sehr aufrecht stand sie da, in ihr bestes Festtagsgewand gehüllt, ein fast bodenlanges, an den Seiten geschlitztes Hemd mit verschlungenen Stickereien und Fransen. Bernsteinperlen schmückten den geflochtenen Gürtel, Reiterhosen bauschten sich darunter. An ihrem Knie lehnte ein Bündel: eine Decke, eine Schale, ein Messer. Sie hatte ein Säckchen mit Kräutern dazugelegt, die sie gesammelt hatte, als sie noch die Schülerin des Schamanen gewesen war. Vor ihrem Sündenfall.

Vala erinnerte sich noch gut, wie es gewesen war, als sie, mutterlos von der Stunde ihrer Geburt an und vaterlos seit ihrem fünften Lebensjahr, ein Stiefkind des Stammes, das wegen seines störrischen Wesens allgemein Vala Eigensinn genannt wurde, zur Nachfolgerin des alten Heilers berufen worden war. Sie erinnerte sich an die Zeremonie ihrer Aufnahme in den heiligen Stand und an die Narbe zwischen ihren Schlüsselbeinen, die davon kündete. Sie erinnerte sich an die Stunden der Unterweisung, wenn ihr Meister die Wirkungen der Kräuter erklärt hatte. An die langen Sitzungen, in denen sie die Trommel für ihn geschlagen hatte, der tanzte und sang und über dem Rauch in Trance verfiel, um ihr nach dem Erwachen von den Geistern zu berichten. Klar vor Augen stand ihr der Nachmittag, an dem er, der keinen Namen hat, sie einweihte in die Beschwörung der Schutzgeister. Es war der Moment, in dem alles begann.

Sie saßen einander im Zelt gegenüber, heiliger weißer Rauch stieg aus dem Feuer und streifte den jungen Stamm einer Fichte, die durch das Rauchloch ragte, ein Aufstieg in die Welt der Geister. Amulette, Federbündel und Fellstücke bebten daran, in heißer Luft und fliegender Asche. Im Zelt war es dunkel und stickig. Mit seinen dürren Fingern reichte der Alte ihr ein geprägtes Goldtäfelchen. Es zeigte das Bild eines Hirsches, eines Schutzgeistes des Stammes.

«Sieh ihn dir an, Vala», befahl der Alte mit einer Stimme, die jeden Willen besiegen konnte, «sieh ihn dir an. Gekröntes Haupt, Herr der Wälder. Wir rufen dich. Ruf ihn», fügte er leiser hinzu. Sein heiseres Flüstern jagte ihr eine Gänsehaut über den Rücken.

«Wie?», raunte sie mit erstickter Stimme.

«Sammle dich», gebot er, warf Asche über ihr Haupt und murmelte Worte der Macht. «Sieh ihn an, bis dein inneres Auge ihn wahrnimmt. Folge ihm mit deinem befreiten Geist. Und dann, wenn er dich grüßt, sprich ihn an. Mächtig ist der Herr des Waldes.»

Vala nickte folgsam und konzentrierte sich dann ganz auf das glänzende kleine Bild in ihrer Hand, auf dem die Glut des Feuers spielte. Ihr war heiß und schwindelig, und bald schien ihr, dass ihr Geist abwärts stieg, in Spiralen, wie ein Ahornsamen vom Baum fällt. Sie bemerkte kaum, dass der Alte einen Kamm gezückt und begonnen hatte, ihn langsam immer wieder durch ihre vor das Gesicht gefallenen Haare zu ziehen, bis sie einem schwarzen, spiegelnden Vorhang glichen.

«Sieh ihn an», gebot er, lockte er.

Sie nickte, folgte der Stimme. Da, war es nicht, als bewege sich der Hirsch? Oder war das der Schatten ihres Haares? Vala atmete tief ein. Roch sie nicht die erdige Luft des Waldes? Sie hob den Kopf und stand unter ragenden grünen Kronen, durch die die Nachmittagssonne goldene Lanzen warf. Alles war still. Langsam wanderte ihr Blick über das Laub. Im Bernsteindunst einer Lichtung sah sie ihn stehen. Es war ein mächtiger Hirsch. Er schaute sie an, tief in sie hinein. Sein Herz schlug ruhig und stark; Vala konnte es hören. Es klopfte «komm». Ehrfurchtsvoll neigte sie den Kopf, um ihn zu grüßen, da stürzte sie in ihn hinein. Und plötzlich fühlte sie sein mächtiges Leben. Es war wie ein rauschendes Wasser, brandend und frisch. Er sprang los, sie spürte die Kraft seiner Glieder, sie roch mit seinen Sinnen die tausenderlei Düfte des Waldes, sah mit seinen Augen die Stämme vorbeirasen in nie gekannter Geschwindigkeit. Sie fühlte seinen mächtigen Puls. Vala konnte kaum atmen. «Wolf!», dachte sie mit jeder Faser. Es war nicht ihr Gedanke.

«Herr», suchte sie zu denken, «halt an.»

«Vala!»

Mit zitternden Gliedern und keuchend, als habe sie einen langen Lauf hinter sich, schaute sie auf. Die Augen des Alten glommen. Er nickte zufrieden und tätschelte ihr die Wange mit seinen dürren Fingern. «Du warst in seinem Geist», murmelte er lächelnd. «Es ging besser, als ich dachte, für das erste Mal. Was ist geschehen?»

Vala wurde rot. «Er ist mit mir weggelaufen.» Ihr Herz schlug noch immer bis zum Hals. Als wäre es zu groß für ihren zierlichen Körper. «Er hat wohl einen Wolf gewittert.»

Der Schamane nickte. «Die Lebenskraft der Tiergeister ist groß. Deshalb können sie uns helfen, wenn wir sie zähmen und richtig einsetzen.»

Vala hatte genickt und zugehört. Sie hatten den Hirschgeist noch oft gemeinsam beschworen, und auch den des Wolfes und des wilden Pferdes. Vala war mit ihnen über die Steppe gewandert, mit heißer Haut und rasenden Pulsen, hatte die Welt durch ihre Sinne erspürt und Schritt für Schritt versucht, sie zu lenken. Eines Tages starb das Tier, in dessen Körper sie sich befand. Doch sie konnte die Anwesenheit seines Geistes noch immer fühlen. Der Schamane hatte sie eilig zurückgeholt und mit strengen Worten ermahnt, niemals die Grenze zum Totenreich zu überschreiten. Auf ihre drängenden Fragen war er nicht eingegangen.

«Dahinter», knurrte er, «liegt unser aller Verderben. Kräfte», er schaute sie mit seinen gelben Augen an, «sehr stark. Zu stark für dich. Vielleicht sogar für mich.»

Doch Vala hatte, schon auf ihrem einsamen Lager im schlechtesten Winkel von Krekas Hütte, nahe dem Eingang und fern dem Feuer, an nichts anderes denken können. Da war noch etwas gewesen, hinter dem Nebel und hinter der Kälte, die in ihr hochgekrochen war, als das heiße Blut des Pferdchens auf den Steppenboden geflossen war. Eine Schwärze war dort gewesen, mit Schatten darin wie Hütten und fahl glimmenden Feuern, die niemand erwärmten. Und doch, sie war sicher gewesen, hatte sie dort Menschen gesehen. Menschen, hinter dem schwarzen Strom.

Der Entschluss wuchs so rasch in ihr und so hartnäckig, dass die Sehnsucht danach schon lange geschlummert haben musste, auch wenn sie Vala kaum bewusst geworden war. Es bedurfte kaum einer erneuten Schimpferei Krekas, eine der vielen kleinen Ungerechtigkeiten, die Vala stets mit störrischem Schweigen und heimlichen Tränen beantwortete.

Eines Tages ging sie heimlich in den Wald, errichtete aus Ästen einen Unterstand, entzündete ein Feuer und nahm einen Hasen, den sie am Morgen in einer Schlinge gefangen hatte. Sie spürte das Zittern des mageren Tieres, die zarten Knochen unter dem losen Fell, und senkte ihr Messer hinein in dem Moment, in dem ihr Geist nach dem des Hasen griff. Sie spürte, wie das Leben aus ihm rann, und ging mit ihm an jenen Ort, den sie schon einmal flüchtig gesehen hatte.

Er war schwarz und eisig, ihre Lippen so kalt und klamm, dass sie sie kaum bewegen konnte. Doch sie öffnete den Mund und rief den Namen ihrer Mutter: «Esla!»

Etwas rührte sich dort im Dunkeln, bewegte sich und kam auf sie zu, sie konnte es spüren. In geringem Abstand von ihr blieb es stehen. Vala fühlte den toten Hasen in ihren Händen und streckte ihn vor. «Da», wollte sie sagen, doch kein Laut kam über ihre Lippen. Etwas nahm den Hasen und trank ihn leer. Vala konnte nichts erkennen, doch zugleich, von Grauen erfüllt, war sie sicher, dass genau das geschah. Das Etwas tat einen weiteren Schritt.

«Mutter», flüsterte sie und starrte an die Stelle, an der das Gesicht sichtbar werden würde, nach dem sie sich ihr ganzes Leben lang gesehnt hatte wie nach der Wärme geöffneter Arme, dem selbstverständlichen Lachen, das einen begrüßte, wenn man ins Zelt kam, dem liebenden Blick, der einen suchte, dem nachsichtigen Seufzen. «Mutter?»

Vala bebte vor Erwartung, doch mit der Sehnsucht wuchs die Angst in ihr, wuchs zu einem Berg, der sich auf sie wälzte und sie fast erdrückte. Da waren Schatten, da waren Schemen, gleich würde sie sehen, gleich. Sie musste nur noch ein wenig aushalten …

Vala öffnete den Mund und schrie.

Und ihr war, als wäre dieser Schrei noch immer nicht beendet. Sie erinnerte sich undeutlich, wie der Schamane sie an den Schultern rüttelte, wie er sie an den Haaren ins Dorf schleifte. Sie erinnerte sich, dort zusammengekauert auf dem Boden gelegen zu haben, während andere sie traten und bespuckten, hörte das schrille Kreischen derer, die sie beschuldigten, sie alle den Geistern des Totenreichs ausgeliefert zu haben, die Trommeln der Sühnezeremonien, die ganze Nacht. Die Rede des Schamanen, kaum hörbar im knatternden Wind, der mit ihrem Haar spielte, das Zischen der Flammen, die ihren kleinen Besitz fraßen. Sie hörte es.

Doch vor allem hörte sie noch immer ihren eigenen Schrei,

aus ihr herausgepresst von dem namenlosen Grauen, das in jener
gesichtslosen Schwärze wuchs.

«Geh nun, Namenlose.»

Mechanisch nahm Vala ihr Bündel auf und drehte sich um.
Vor ihr lag die blaugrüne Steppe. Der Teppich gelber Blüten
war verwelkt, und das Laub der nahen Wälder auf den Hügeln
hinter dem Dorf hatte sich braun verfärbt. Beerenlos, blattlos
wucherte das Gesträuch vor ihren Füßen. Der Rauch aus den
Rundhütten stieg weiß und dünn in einen herbstblassen Himmel und wurde rasch in alle Winde verweht. Fröstelnd zog Vala
die Schultern hoch.

Nie war ihr das Gebirge so fern und hoch, nie die Steppe so
weit und öde erschienen wie jetzt, da sie ihnen allein gegenüberstand. Schaudernd dachte sie an den Fund, den sie vor ein
paar Wintern gemacht hatte, im Wald, in einem Baum. Edekon
hatte er geheißen, und er war eines Mordes wegen verstoßen
worden. So meinte sie sich jedenfalls zu erinnern; sie war zu
jung gewesen, um die Einzelheiten zu begreifen. Sein Leichnam
war so steif gefroren, dass sie ihn nicht aus der Baumhöhle lösen konnten, in der er gestorben war, sein Gesicht geisterblass
und sein langes Haar von Reifkristallen bedeckt. Edekon war ein
Krieger gewesen, jung und stark. Trotzdem war er gestorben in
der kalten Einsamkeit. Was würde aus ihr werden?

Mitleid mit sich selbst überflutete Vala, und noch einmal
drehte sie sich um. Doch sie begegnete keinem mitfühlenden
Blick. Der Schamane, mit nunmehr geschlossenen Augen, stand
zwischen ihr und den anderen wie ein Wächter und sang.

Soll er singen, dachte Vala mit plötzlich erwachendem Eigensinn. Soll er wachen. Aber ich tue ihm nicht den Gefallen, einfach zu gehen. Ich werde mich nicht in den Wald legen und
sterben, weil sie das so wollen. Und ich werde auch nicht an
meiner Einsamkeit krepieren wie Edekon. Ich war schon vorher
einsam. Sie lächelte beinahe, als sie ihren Entschluss fasste. Ein
entsetztes Ächzen stieg aus der Gruppe der Zuschauer, als Vala
einen Schritt auf sie zu machte. Der Schamane, der es hörte, riss

die Augen auf. Vala konnte sich ein böses Lächeln nicht verkneifen. «Schenk mir einfach keine Beachtung», erklärte sie mit lauter Stimme. «Ich bin doch schon tot.»

Entschlossen lief sie hinüber zu einem Holzgestell, auf dem Fleisch über dem Rauch hing, und nahm sich einen kräftigen Vorrat. Sie ging weiter zu einem Wasserschlauch, der prall gefüllt war, und nahm auch den. Ellac hielt seinen Bogen in der Hand; er war zu verblüfft, um zu reagieren, als sie ihn sich nahm und ihn zur Probe spannte. Mit grimmigem Vergnügen sah sie, wie in Ellacs Miene Angst und Wut kämpften. Sein Blick wanderte zum Schamanen hinüber, erbat sich die Erlaubnis, ihr sein Eigentum zu entreißen; seine Hände zuckten. Doch was sollte er tun? Sie war tot.

Vala hängte sich Bogen und Köcher um. Dann nahm sie ihr deutlich angewachsenes Bündel und schritt über den Platz. Sie konnte sich der neugierigen Blicke aller gewiss sein. Wie erstarrt standen sie dort, unfähig, sie aufzuhalten, unfähig, auch nur zu begreifen, warum nicht alles geschah, wie es zu geschehen hatte. Warum Vala Namenlos nicht tat, was man sie geheißen hatte, und demutsvoll aus ihrer aller Leben verschwand.

Vala war am Gatter stehen geblieben und musterte die Pferde des Stammes. Es waren kleine, kräftige Tiere mit langen Mähnen, in die ihre stolzen Besitzer Talismane und Schmuckstücke geflochten hatten. Da war ein graues mit schlanken Fesseln und samtenem Maul. Seine dunklen Augen blickten klug, aber nervös, und es scheute oft ohne Grund. Vala suchte weiter. Da, der Braune war groß, aber grob gebaut und sein Gang ungleichmäßig. Sie schüttelte den Kopf; nein, sie würde eine lange Reise vor sich haben und mochte sich nicht durchschütteln lassen.

Ihr Blick blieb an einem nachtschwarzen Pferd hängen. Es war Ruas Lieblingsstute. Sie hatte kein helles Haar an sich; ihre üppige Mähne flatterte wie eine Standarte, wenn er sie ritt. Sie war wendig und zäh und kam herbei wie ein Hund, wenn Rua ihren Namen rief. Dass er sie heute nicht dabeihatte, lag nur daran, dass sie krank gewesen war und er sie noch hatte schonen wollen. Vala kniff die Augen zusammen und begutachtete das Tier eingehend. Die kleine Stute sah kräftig und gesund aus. Rua war übervorsichtig mit ihr gewesen. Das sollte ihn sein Lieblingstier kosten.

Entschlossen kletterte Vala über den Zaun und näherte sich der Stute, die neugierig an ihrer Hand schnupperte. «Vaih!», flüsterte sie.

Ihr Name war wie das Wehen des Windes über der Steppe. Behutsam streichelte Vala die weichen Nüstern mit ihren klammen Fingern, ebenso behutsam griff ihr Geist nach dem des Tieres, langsam, damit es sich nicht erschreckte, lobte und liebkoste es ohne Worte. Zu ihrer Freude fand sie die Stute freundlich und fügsam. Sie legte ihr das Gepäck über den Hals und sprang auf.

Sie hörte einen Wutschrei, wandte sich rasch um und sah den Speer, der sich mit einem bösen Sirren neben ihr in den Boden bohrte. Vaih scheute und stieg, beruhigte sich jedoch rasch unter ihrem Zureden. Mit einem Griff zog Vala die Waffe aus dem Boden und schüttelte sie in Richtung des Dorfes.

«Danke», rief sie und lachte, auch wenn ihr nicht danach zumute war. «Ich danke für euer Abschiedsgeschenk.» Mit zusammengekniffenen Augen musterte sie die Dastehenden und überlegte, wer wohl so mutig gewesen war, den Bannfluch zu ignorieren. Spöttisch verneigte sie sich. «Denkt immer an mich: Ich bin nicht tot. Ich bin Vala, Vala Eigensinn.»

Der Wind riss ihr die Worte vom Mund, als sie scharf angaloppierte und in einem mächtigen Sprung über den Zaun setzte. «Ich bin nicht tot», rief sie noch einmal. Niemand konnte es hören als nur sie selbst. «Ich bin nicht tot.» Nicht mehr als ein Flüstern war das, ihrem eigenen bebenden Herzen zugeraunt, das angstvoll schlug am Beginn ihres großen Ritts.

Der Letzte Abschied

Nach Süden, so beschloss Vala, sollte ihre Reise gehen. Sie musste dem heranziehenden Winter entkommen. Im Süden, so hatte sie gehört, sollte es auch einen Weg geben, der den Sonnenaufgang mit dem Sonnenuntergang verband, eine Straße der Wunder. Nur unklare Berichte waren darüber zu ihrem kleinen Stamm gedrungen. Krieger, die bei ihnen Halt gemacht hatten, hatten Märchendinge erzählt von den Schätzen und Herrlichkeiten der mittäglichen Länder.

Einer hatte eine Schnitzerei aus der Tasche gezogen und herumgereicht, aus einem glatten weißen Stein. Dies sei der Zahn eines Tieres mit sehr langer Nase, so lang, dass sie ihm bis zum Boden hing. Das war natürlich eine faustdicke Lüge, und sie hatten alle gekichert. Jeder konnte außerdem sehen, dass die Schnitzerei viel zu groß war, um aus dem Zahn irgendeines Tieres gemacht zu sein.

Das Bildnis zeigte eine nackte Frau, die auf einer Mischung aus Pferd und Raubvogel ritt. Und Kreka, die es in ihren fetten Fingern hin und her drehte, ehe sie es weitergab und in der Glut stocherte, um das Fladenbrot zu wenden, fragte neckisch, ob sie die denn auch gesehen hätten. Der fremde Krieger verneinte schnaubend und wischte sich die Nase mit dem Ärmel. Aber Pferde mit Buckeln hätte er gesehen und pendelnden Hälsen, die erbärmlich schrien.

Das Geschrei, hatte der Schamane gemeint, käme wohl von den Zuhörern, die diese erbärmlichen Lügen ertragen müssten. Was solle denn ein Pferd mit einem Buckel dort, wo der Reiter sitzen müsse? Der würde ja herunterrutschen und abgeworfen. Und alle hatten gelacht und abstürzende Reiter gemimt. Die Fremden hatten es nicht übel genommen, ihr Fladenbrot in die Suppe gestippt und mitgelacht. Aber der eine blieb dabei, dies alles mit eigenen Augen gesehen zu haben.

Vala suchte sich für die Nacht einen windgeschützten Lagerplatz und fand eine Mulde. Sie entfachte ein Feuer, aß etwas von dem Fleisch, trank, aber wenig, denn sie wusste, dass sie vor dem nächsten Abend nicht auf einen Fluss stoßen würde. Danach, jenseits dieses Wasserlaufs, verlor sich ihre Ortskenntnis. Nur ein großes Nichts erwartete sie und an dessen Ende: die Straße der Wunder. Damals war sie ein Kind gewesen, hatte die Schwerter der Fremden bewundert, sich vor den unbekannten Gesichtern gefürchtet: schwarze Bärte, schwere Brauen, Schmutz einer langen Reise. Doch sie glaubte, dass etwas dran sein müsse an diesen Erzählungen.

Vala legte sich hin und versuchte, die tausend Geräusche der Nacht zu überhören, die um sie herum wuchsen. Vogel, dachte sie, raschelnd im Laub. Fuchsruf, Klage nach einer Gefährtin. Wolf, dachte sie, und sie schauderte, als der Laut die Nacht zum Beben brachte. Erneut legte sie Holz auf ihr Feuer, schmiegte sich in ihre Decke, die Hand am Messerknauf, und versuchte sich einzureden, es sei noch dasselbe Feuer, das damals Kreka geschürt hatte, derselbe Duft nach feuchter Wolle, Fett und heißem Brot hinge in der Luft und alle streckten ihre schmutzigen Füße der Glut entgegen, um sie zu wärmen, Schenkel an Schenkel. Doch der einzige Gast an ihrer Feuerstelle war die Angst. Erst spät in der Nacht siegte die Müdigkeit, und Vala schlief ein.

Sie träumte unruhig, da ließ etwas sie aufschrecken. Als sie aufgesprungen war, mit klopfendem Herzen, das Messer aus der Scheide, war es fort. Nichts war mehr zu hören als das Klopfen ihres eigenen Herzens und das Knacken der ersterbenden Glut.

«Vaih?»

Ein Wiehern der Stute antwortete ihr, dann ein Schnauben und das ruhige Trotten von Hufen, jenseits des Lichtscheins. Das Pferdchen schien von Gefahr nichts zu wissen; sie hatte wohl nur in Valas Träumen gedroht. Mit zitternden Fingern legte sie Zweige nach und blies, bis kleine Flämmchen aufknisterten. Jenseits des Feuers, im Mondlicht, lag alles steinern grau, selbst das Gras. Nur ihre eigenen Hände im rosigen Schein der Flammen schienen lebendig. Doch sie waren eiskalt. Vala bettete sie unter ihre warme Wange und starrte in die Dunkelheit. Sie schlief erst ein, als das Frühlicht begann, die Welt um sie herum in etwas Vertrautes zu verwandeln. Es war Vaihs weiche Nase, die sie schließlich aufweckte.

Verärgert, dass sie Stunden der Helligkeit versäumt hatte, packte Vala am Vormittag ihre wenigen Habseligkeiten zusammen, warf Erde auf die qualmende Asche und stieg auf ihr Pferd.

«Wenn wir so weitertrödeln, Vaih», sagte sie zu ihrem Tier, «werden wir hier erst weg sein, wenn der Winter längst da ist, und ich werde eines Morgens mit einer Schneemütze auf dem Kopf aufwachen.» Vaih schnaubte wie zur Antwort, und Vala tätschelte ihr dankbar den Hals.

Sie traf am Spätnachmittag auf den Fluss, früher als erwartet, und war sich nicht ganz sicher, ob es der richtige Wasserlauf war. Doch sie füllte ihren Schlauch, verfluchte sich, dass sie nicht zwei mitgenommen hatte, und trank sich den Bauch voll. «Mach es ebenso, Vaih», riet sie der Stute, «wer weiß, wie lange es vorhalten muss.»

Spuren anderer Reiter waren an der Furt nicht zu sehen, darum saß sie sorglos auf und lenkte Vaih nach Süden. Von Zeit zu Zeit trieb sie das Pferd zu einer schärferen Gangart an, aus dem unbestimmten Gefühl heraus, sich beeilen zu müssen, auf der Flucht zu sein. Dabei erwies sich zu ihrer Bestürzung, dass Rua keineswegs übervorsichtig gewesen war, als er die Stute auf der Weide zurückgelassen hatte. Vaih war tatsächlich noch nicht wieder im vollen Besitz ihrer Kräfte. Der Schweiß stand ihr bald in Flocken auf dem Fell, und noch vor der Dämmerung musste Vala absteigen und das erschöpfte Tier am Zügel hinter sich herführen.

Vala verfluchte sich selbst für ihre Eile. Warum hatte sie auch so drängen müssen, es verfolgte sie doch niemand. Nun hatte sie Vaih überfordert. Sofort stieg die Panik in ihr auf. Was sollte sie tun, wenn die kleine Stute zusammenbrach? Ohne Pferd war sie in der Steppe verloren. Wenn Vaih nur lange genug lahmte, würden sie beide hier sterben.

«Ist ja gut, ist ja gut.» Sie tätschelte Vaihs Hals und sprach ihr Mut zu. In Wirklichkeit beruhigte sie sich selbst. Vaih schnaubte und schüttelte den Kopf.

Vala seufzte. Sosehr es ihr widerstrebte, schon wieder einen Teil des Tageslichts ungenutzt zu lassen, sie würde bald anhalten und ihr Lager aufschlagen müssen, Vaih abreiben und ihr für eine Weile die Decke überlassen. Vielleicht wäre es sogar besser, sie kehrten morgen an den Fluss zurück und blieben dort, bis die Stute sich völlig erholt hatte. Über all diesen Sorgen hätte sie es beinahe überhört: Hufschlag. Vala warf sich flach auf den Boden und legte das Ohr an die Erde. Eine Gruppe von Reitern, sieben oder acht, sie kamen direkt auf sie zu. Vaih spitzte bereits die Ohren und begann unruhig zu werden.

Rasch legte Vala ihr die Hand auf die Nüstern und zog sie zu einer Gruppe von Büschen. Dahinter senkte sich das Gelände jäh ab. Es war ein Risiko, Vaih diesen steilen und steinigen Hang hinunterzuführen. Dennoch musste sie es versuchen, wenn sie nicht gesehen werden wollte. Vala biss die Zähne zusammen und packte die Zügel fester. Vaih wehrte sich zunächst leise schnaubend, ließ sich dann aber mit Schmeicheln und Ziehen Schritt für Schritt auf den Abhang locken. Fieberhaft Liebkosungen flüsternd, ging Vala rückwärts vor der Stute her, Schritt für Schritt den Weg in die Senke ertastend. Über sich konnte sie schon das Klacken von Hufen und die dumpf murmelnden Stimmen mehrerer Männer hören.

Plötzlich schoss ein Vogel aus dem Gestrüpp und flog laut schimpfend fort. Ein Pfeil durchbohrte ihn, ehe er erneut Zuflucht suchen konnte. Vala, mit in den Nacken gelegtem Kopf, sah ihn steigen und fallen; es geschah in derselben Sekunde. Für Vaih war das zu viel. Sie wieherte und stieg, als der schrille Ruf ertönte. Vala hatte die Zügel so fest um die Finger geschlungen, dass sie fast blutleer waren. Nun wurde sie in die Höhe gerissen, geriet auf dem steilen Grund ins Straucheln, rutschte und fiel mit einem erstickten Schrei.

Die Männer waren über ihr, ehe sie sich aufrappeln konnte.

Vala sah einen groben schwarzen Umriss vor der tief stehenden Sonne, breit ragende Schultern, drohende Gebärden.

«Rua!», rief sie erstaunt. Im gleichen Moment wurde sie sich bewusst, dass sie mit erdverschmierten Händen und zerrissenem Kleid auf dem Boden kauerte und instinktiv versuchte, rückwärts kriechend zu entkommen. Sie wusste, sie musste sich aufrichten. Sie durfte nicht zeigen, dass sie Furcht verspürte. Rua und seine Männer konnten nichts von ihrer Verurteilung wissen. Und sie durfte sie nicht auf die Idee bringen, dass an ihrem Hiersein etwas Verdächtiges wäre. Aber wie alles erklären? Eine Frau, allein in der Wildnis, ohne Gepäck, zwei Tagesritte von den Hütten entfernt, wie sollte das nicht verdächtig sein?

«Gut, dass ich … dass ich euch endlich gefunden habe», stammelte sie. Ihr Gehirn arbeitete fieberhaft.

«Hast du uns etwa dort unten gesucht?», fragte Rua und runzelte die Stirn. Dann betrachtete er das Pferd, und das Misstrauen in seinem Gesicht verdichtete sich zu Wut. «Vaih», knurrte er und riss die Zügel an sich. Mit seinen großen Händen klopfte er besorgt die Muskeln des Pferdes ab.

«Sie haben sie mir gegeben, weil ich … damit ich schnell bin», improvisierte Vala. Es klang in ihren eigenen Ohren lahm.

«Du hast sie fast zuschanden geritten.»

Rua wandte ihr noch immer den Rücken zu und untersuchte seinen Liebling. So entging ihm die tiefe Röte von Valas Gesicht.

«Der Schamane», platzte Vala schließlich heraus. Er war die größte Autorität des Stammes. Sein Wort galt noch mehr als das des Anführers. Wenn einer ihre Handlungsweise zufrieden stellend rechtfertigen konnte, dann der Schamane. «Er stirbt.» Vala wusste nicht, woher ihr der Einfall gekommen war. Vielleicht daher, dass ihr eigener Tod so nahe lag. Ihre Stimme versagte fast, als sie es aussprach. Doch kaum war es geschehen, wusste sie, dass es der richtige, der rettende Gedanke gewesen war. «Er stirbt», wiederholte sie noch einmal mit festerer Stimme.

«Komm mit», befahl Rua. Er packte sie am Arm und zog sie

mühelos hoch. Sein Griff war grob, und dass er ein paar ihrer Haarsträhnen erwischt und ihren Kopf damit in einer schiefen Stellung gefesselt hatte, kümmerte ihn nicht. «So.» Er stellte sie vor sich hin. Die Männer bildeten einen Kreis um die beiden. «Was ist mit dem großen Alten? Sprich.»

Vala beobachtete sein Gesicht genau, während sie sprach. So rasch sie konnte, entfaltete sie die Geschichte eines plötzlichen, heftigen Leidens. Von Krankheiten wusste sie genug, um eindrucksvoll zu schildern, wie sie den Schamanen in durchgeschwitzten Fellen gefunden habe. Er habe deliriert, sich erbrochen, Blut sei aus seiner Nase gedrungen. Mit vielen Gesten und lebhafter Mimik trug sie ihre Lügen vor. Sie konnte sehen, wie das Misstrauen in den Augen des Stammesführers dem ungläubigen Staunen wich, der Besorgnis und schließlich der Angst. Es war immer ein schlechtes Zeichen für einen Clan, seinen Schamanen zu verlieren. Hinter ihrem Rücken setzte ratloses Gemurmel ein. Rua brachte es mit einer raschen Gebärde zum Schweigen. Doch der Ring der Männer um Vala hatte sich aufgelöst. Nun scharten sich alle um ihren Anführer.

«Die anderen wussten nicht, was tun. Aber als seine Schülerin dachte ich, ich suche dich», fuhr Vala, kühner geworden, fort. «Und Vaih ...» Sie stockte.

Rua legte ihr schwer die Hand auf die Schulter. Die Geste hieß sie schweigen, doch sie war nicht mehr feindselig. «Vaih zu nehmen war eine Dummheit», sagte er. «Doch du hast nicht falsch gehandelt.»

«Ich dachte, sie findet dich», sagte Vala. Es sollte kleinlaut klingen. Sie senkte den Kopf, damit keiner die Angst in ihren Augen sah. So viel Demut schien Rua zu besänftigen. Er gab ihr erneut einen begütigenden Klaps auf die Schulter. Dann schaute er sich um. Vala blickte vorsichtig auf und erkannte sofort, was ihm Sorgen bereitete. Ein Schamane mochte im Sterben liegen, doch das war noch kein Grund, sein liebstes Pferd im Stich zu lassen.

«Reitet ihr voraus», bot Vala an. «Ich führe Vaih am Zügel

nach. Vielleicht bleibe ich am Fluss», spann sie den Gedanken aus, den sie selbst vor kurzem noch erwogen hatte und der inzwischen völlig verworfen war. Sollte sie je wieder aus Ruas Fängen entkommen, würde sie sich nach Süden wenden mit jedem Schritt, den sie tat. «Sie folgt mir», fügte sie noch hinzu. Das tat sie nicht bei jedem, Rua wusste das.

Der Anführer biss sich auf die Lippen und überlegte. Vala betete zu allen Schutzgeistern, dass er nicht auf die Idee kommen möge, er benötige sie am Lager des Schamanen. Doch schien das nicht der Fall. Stattdessen musterte er seine Männer. «Bauto», bestimmte er. «Du bleibst bei ihr.» Er sprang in den Sattel und wandte sich noch einmal zu den beiden um. «Pass auf das Pferd auf», befahl er ihm. Vala senkte ergeben den Kopf.

In einer Staubwolke galoppierten die Krieger in Richtung Fluss davon. Auch Vala lenkte das Haupt der erschöpften Stute wieder nach Norden. Äußerlich war sie ruhig, doch in ihr tobte es.

An ihrer Seite, Begleiter ihrer langsamen, schweren Schritte, ritt Bauto, ohne etwas von ihren inneren Kämpfen zu bemerken. Ihn beschäftigte genug, was er gehört hatte, und er wäre viel lieber bei den anderen Männern geblieben. Nach wenigen Metern bereits, als er sah, dass sie in jedem Fall zurückbleiben würde, wenn er seinen geliebten Sattel nicht verließ, saß er ab. Vala warf ihm unter gesenkten Lidern einen Blick zu und sah, wie sein Unterkiefer unablässig mahlte. Seine Blicke eilten voraus zum Horizont.

«Und es geht dem Alten wirklich schlecht?», fragte er.

«Ja», antwortete sie knapp.

«Glaubst du» – ein Seitenblick streifte sie –, «die Geister sind schuld?»

«Ich habe keinen bösen Zauber entdeckt, aber», sie machte eine bedeutungsvolle Pause, «man weiß nie.»

Bauto knirschte nun förmlich mit den Zähnen. Vala sah es mit Schadenfreude. Absichtlich verlangsamte sie das Tempo noch ein wenig mehr. Sie wollte sich nicht mit ihm unterhalten müssen;

sie musste nachdenken. Dann bemerkte sie die Spuren im Gras, die Ruas Pferde hinterlassen hatten, und die Abdrücke Vaihs von früher am Tage. In ihrer eigenen Spur ging sie nun Schritt für Schritt zurück nach Norden, dem sicheren Tod entgegen.

Bauto, den es im Gegenteil nach Hause zog, war bald wieder ein paar Schritte vor ihr. Wie sie ihn hasste. Er hing an ihr wie eine Fessel, wie ein Stein, der den Ertrinkenden hinabzieht. Ohne ihn …

Sie wusste kaum, was sie tat, als sie an den Sattel griff und ihren Bogen freinestelle. Bauto bemerkte nichts von alledem. Leise und vorsichtig legte sie einen Pfeil auf. Sie ging lange so hinter dem großen Krieger her, den Bogen gespannt, den Pfeil auf den Boden gerichtet, als verfolge sie ein Niederwild. Wenn er sich umdrehte, musste er ihre wahren Absichten entdecken, und doch zögerte sie. Sie kannte diesen Mann seit ihrer Kindheit.

«Bauto?»

Der große Krieger wandte sich um. Mit scharfem Sirren löste sich der Pfeil für einen kurzen Flug. Sein Einschlag ließ Bauto taumeln und zu Boden gehen. Schwer kam er auf seinen Knien auf. Langsam, als weigere sein Körper sich zu glauben, was geschehen war, sank er zur Seite und schlug dumpf ins Gras. Schmerz und Erstaunen malten sich in seinen Zügen.

Vala rannte die paar Schritte zu ihm. Ihr Geschoss war tief in Bautos Brust eingedrungen. Sein Gesicht unter dem langen dünnen Schnurrbart war vor Schreck aschfahl geworden, und sein Unterkiefer klappte auf und zu in dem vergeblichen Bemühen, etwas zu sagen.

«Vergib mir», murmelte Vala. «Ich konnte dir nicht in den Rücken schießen.»

Sie mied den Blick des Mannes, der Tiscas Vater war. Zuerst nahm sie dem Liegenden mit raschen Griffen sein Schwert und den Dolch ab, sorgsam darauf achtend, dass sie außerhalb der Reichweite seiner Hände blieb, die sich im Moment allerdings nur sinnlos um ein paar Grasbüschel öffneten und schlossen. Dann wand sie die Zügel des großen Braunen, den er geführt hatte, aus seinen Händen, zog das Tier ein paar sichere Schritte fort und kontrollierte das Gepäck. Da war der zweite Wasserschlauch, den sie vermisst hatte, außerdem eine gute Menge frisches Fleisch sowie die Felle eines Hirsches und zweier Wölfe, die ihr gute Dienste leisten mochten, wenn es kälter wurde. Eilig lud sie auch Vaihs Lasten auf den breiten Rücken des Braunen um. «Du musst uns helfen», erklärte sie dem großen Tier. «Vaih muss sich schonen.»

Dann wandte sie sich Bauto zu. Sie hatte eines der Kräutersäckchen in der Hand, die sie mitgenommen hatte. Rasch befeuchtete sie es aus einem Schlauch und drückte es Bauto in die Hand. «Du musst es auf die Wunde pressen», erklärte sie und zog sich rasch zurück, ehe er nach ihr greifen konnte. «Dann wird sie nicht heiß und böse.»

In aller Eile sammelte sie ein wenig trockenes Holz, entzündete ein Feuer für Bauto und legte, nach kurzer Überlegung, etwas von ihren kostbaren Vorräten dazu. Dann saß sie auf.

«Du wirst nicht sterben», sagte sie. Sie hoffte, dass er ihr als Schülerin des Schamanen glaubte. Sie hoffte, dass es die Wahrheit wäre. «Ich habe gut gezielt. Und ich wollte dich nicht töten.» Sie biss sich auf die Lippen. Dann griff sie nach Bautos Messer, das schon in ihrem Gürtel steckte, und warf es ihm wieder zu. Klirrend blieb es neben einem aus dem Boden ragenden Stein liegen. «Die anderen werden dich suchen. In spätestens drei Tagen sind sie wieder hier.»

Das zumindest, wusste sie, war die volle Wahrheit. Und sie selbst musste in diesen drei Tagen so weit weg gelangen, wie sie nur irgend konnte. Mit Bautos Pferd hatte sie die Chance dazu. Es würde sie tragen und Vaih damit die Möglichkeit geben, sich zu erholen. Nur kurz hatte sie erwogen, die Stute zurückzulassen, doch den Gedanken sofort wieder verworfen. Sie hatten die Flucht gemeinsam begonnen, sie würden sie gemeinsam fortsetzen. Vaihs Schnauben hatte sie in der Nacht beruhigt und am Morgen aufgeweckt. Schon in den wenigen Tagen war ihr die junge Stute ans Herz gewachsen, und sie würde sich nicht von ihr trennen. Nichts würde sie Rua und den seinen zurückgeben von dem, was sie sich von ihnen genommen hatte!

«Leb wohl, Bauto», sagte sie und trieb den Braunen an. «Sag ihnen, sie werden mich nicht finden.» Einmal noch drehte sie sich um und schaute zu Bauto zurück, eine kleine Gestalt in der Weite der Steppe. Er war der Letzte, der zu ihr gehörte. Von nun an war sie allein.

DIE GRAUE MEUTE

Vala erfuhr nie, ob Rua sie suchen ließ, ob Bauto ihr noch immer zürnte oder ob sein Grab unweit jenes Flusses lag. Sie stellte sich manches vor, während sie ritt. Ein Tag reihte sich an den anderen, das gräserne Meer wogte immer gleich, und ihre Gedanken spannen sich fast von alleine fort. Lange Gespräche führte Vala in den endlosen Stunden. Sie rechtete mit Kreka und ihrer Lieblosigkeit. Rua suchte sie zu erklären, was sie angetrieben hatte, Ellac warf sie endlich die Beschimpfungen an den Kopf, die sie nie laut auszusprechen gewagt hatte. Dem Schamanen galt ihre Liebe und ihr Hass; was von beidem stärker war, sie wusste es nicht. Manchmal tönte ihre Stimme laut in der Einöde, manchmal saß sie stumm in ihrem Sattel und blickte mit stumpfen Augen vor sich hin. Es dauerte über zwei Wochen, ehe die Kämpfe in ihrem Inneren abgeflaut waren und sie frei den Kopf hob, um am Himmel den Flug eines Adlerpärchens zu verfolgen. In trägen Spiralen trieben sie dahin, höher und höher, weiter und weiter, bis ihre Flügel den Horizont streiften. Und da sah Vala es: das Gebirge.

Noch war es nicht mehr als ein zarter Streifen, der sich über der Ebene erhob, ein Wolkenschatten oder Dunstgebilde, doch sie wusste, er würde nicht weichen, auch wenn sie noch keine Berge mit eigenen Augen gesehen hatte und mit großem Staunen sah, was da vor ihr wuchs. Mit jedem Tag wurde es größer, deutlicher, faltete sich in Schluchten und Gipfel, und Vala fragte sich, welche Macht ihr diese Barriere in den Weg gestellt haben konnte. So weit sie den Kopf auch drehte, von Ost bis West konnte sie nichts anderes erkennen als eine Kette von Gipfeln, die ihr den Weg in den Süden versperrten. Doch Vala fühlte sich nicht entmutigt. Wenn es so sein sollte, dann würde sie diese Berge eben überqueren. Unwillkürlich drückte sie ihrem Pferd die Fersen in die Seite.

«Schneller, Vaih!» Sie konnte es kaum erwarten, dieser neuen Herausforderung entgegenzureiten. Sie sah das Sonnenlicht auf den Bergflanken, und sie sah jenen Einschnitt, der ihr ein Tor verhieß.

Vor den Bergen jedoch kam der Wald. Er begann, um nicht mehr zu enden. Und Vala, die es gewohnt war, über Grasland zu fliegen, kämpfte sich ungeduldig durch Gestrüpp und Unterholz. Das war keiner der Wälder, wie sie sie kannte, die hatten Ränder und Grenzen gehabt, Inseln von Gestrüpp im grünen Windmeer der Steppe. Dies hier war ein grüner Schlund, voller Kletten und Dornen, Mücken und Zecken, er beengte die Brust und den Blick und ließ nicht zu, dass das Mädchen frei aufatmete.

Jeden Abend, wenn sie absaß, um sich einen Schlafplatz freizuhacken, fluchte Vala von neuem. Es war nicht mehr so schneidend kalt, und Feuerholz hatte sie zur Genüge. Eichhörnchen und Vögel warteten in den Ästen nur darauf, von ihrem Pfeil getroffen und in der Glut geröstet zu werden. Sogar ein Reh hatte sie schon erlegt, allerdings von dem Fleisch nur wenig mitnehmen können und den großen Rest der Fäulnis und den Räubern überlassen müssen. Es war ihr wie ein Frevel erschienen, doch hier fehlte der kalte, trockene Wind der Steppe, der die dünnen Streifen, die sie versuchsweise geschnitten hatte, zu haltbarem Vorrat gedörrt hätte. Und auf die Prozedur des Räucherns wollte Vala sich nicht einlassen. Sie wollte weiter, wollte hinaus. Es trieb sie, sich dieser erstickenden grünen Umarmung zu entziehen.

«Hier, Vaih. Brauner!» Sie führte die beiden Pferde an einen kleinen, unter wucherndem Grün verborgenen Bachlauf. Selbst das Wasser schmeckte hier anders. Nicht schlecht, aber unvertraut, nach schwerer schwarzer Erde und Fruchtbarkeit. Vala richtete sich wieder auf und bemerkte ein paar Fische unter den großen runden Blättern, die das Ufer überwucherten. Schlank, mit glitzernden Kopfschuppen, standen sie in der Strömung, die ihre Flossen sacht fächelten. Vala ließ sich ins Wasser gleiten. Die Bewegung ließ den Kies am Boden des Baches knirschen und vertrieb die Fische. Doch bald waren sie zurück, nahmen ihre Plätze an den vertrauten Stellen wieder ein und störten sich nicht an dem, was da wie ein Zweig im Wasser trieb. Vala hielt ihre Finger so ruhig, wie sie es gelernt hatte. Mit angehaltenem Atem beobachtete sie, wie die Fische die langsame Annäherung ihrer Hand duldeten, sie berührten, weich und kalt in der Kühle und dann ... Ein Spritzen, ein glitzernder Bogen von Tropfen über dem Wasser: Sie hatte ihre Finger mit einer blitzschnellen Bewegung in die Kiemenspalten der überraschten Forelle geschoben und diese aus dem Wasser gehebelt. Der Fisch sprang und wand sich im Moos. Doch noch ehe er den Weg zurück ins Wasser finden konnte, war Vala da, hatte ihr Messer gezückt und ihm mit einer raschen Bewegung den Kopf abgeschnitten. Sie nahm ihn an Ort und Stelle aus.

Vaih kam angetrabt und schnupperte an den Eingeweiden, wandte den Kopf aber rasch wieder ab. Vala lachte. «Magst du keinen Fisch, Pferdchen?», neckte sie die Stute. «Mir jedenfalls wird er herrlich schmecken.» Bald brutzelte die Forelle an einer Haselrute über dem Feuer. An diesem Abend ging Vala mit feuchten Kleidern und einem zufriedenen Lächeln auf den fettigen Lippen schlafen.

Ihre Träume waren dunkel und verworren. Ein schwarzer Schatten verfolgte sie, während sie rannte und Zweige ihr um den Kopf schlugen. All dies geschah lautlos und in fliegender Hast und zugleich mit der langsamen Deutlichkeit, die Traumbilder auszeichnet.

«Wolf», schrie sie und erwachte, sitzend, keuchend. Ihr Feuer war erloschen. Um sie herum schien es ruhig. Und doch war sie noch eben umgeben gewesen von Dutzenden knurrender, schnappender Mäuler. Sie hörte ein Pferd wiehern, in höchster Angst.

«Vaih!», schrie Vala, griff nach ihren Waffen und rannte los. Noch im Laufen legte sie den ersten Pfeil auf die Sehne. Blätter schlugen ihr ins Gesicht, Zweige peitschten ihre Arme, sie schlug sie mit dem gespannten Bogen beiseite, lief geduckt und schnell. «Vaih!», rief sie noch einmal und erhielt Antwort. In die Lichtung vor ihr fiel ein wenig Mondschein und ließ die schemenhaften Umrisse der Pferde sichtbar werden. Doch noch ehe Vala die beiden Tiere erkannte, spürte sie schon ihre Angst. Die Stute hatte sich ängstlich an den braunen Hengst gedrückt. Beide wieherten, schnaubten und stiegen mit den Hufen, doch der Kreis der Wölfe um sie herum schloss sich immer enger. Vala erahnte sie mehr, als dass sie sie sah. Hier und da glomm ein Augenpaar neben einem Stamm, dann war da eine geduckte Silhouette. Und über allem, dem Stampfen und Schnauben und angstvollen Wiehern: das tiefe Knurren der grauen Meute.

Vala verfluchte sich, dass sie keine Fackel dabeihatte. Sie hatte nach dem Essen versäumt, dem Feuer neue Nahrung zu geben und es so abzudecken, dass es schwach, aber anhaltend weiterglimmen konnte. Der frischen Nachtluft preisgegeben, war es rasch heruntergebrannt, und sie stand ohne ihre wirksamste Waffe da. Hatten die Wölfe sich deshalb an ihre Tiere gewagt, oder waren die Pferde einfach nur zu weit fortgelaufen auf ihrer Suche nach Futter?

«Zurück, zurück, graue Meute», schrie sie und zielte blind in die Dunkelheit. Der erste Pfeil sirrte und fand sein Ziel, wie ihr ein Jaulen verriet. Schon lag der zweite Pfeil auf der Sehne. «Zurück, Nachtjäger!» Sie hatte wieder getroffen. Sie roch das frische Blut und den Schweiß und musste plötzlich gegen eine Welle der Panik ankämpfen. Vala konzentrierte sich. Alles schien ruhiger geworden, die Wölfe mussten sich zurückgezogen haben. Aber da war ein Schatten neben jenem Baum, riesenhaft. Konnte das ein Wolf sein? Sie schrie und schlug mit dem Bogen aufs Gras.

Der Braune wieherte, grell und ohrenbetäubend. Vala hatte den Schatten gesehen, wie er aufsprang. Nun hing er an der Kehle des Hengstes. Ohne zu überlegen, rannte sie darauf zu. Ein warmer Regen traf sie ins Gesicht, und sie spuckte, dann ein Schlag, der sie umwarf. Die kämpfenden Tiere hatten sie zu Boden geschleudert. Sofort war sie umringt von weiteren Schatten. Vala tastete nach ihrem Bogen, erfühlte Blätter, Wurzeln, Erde, fand ihn nicht. Verzweifelt griff sie sich über die Schulter. Dort war der kurze Speer, der letzte Gruß ihres Volkes. Vala packte ihn und stieß zu. Der Wolf, der den Braunen gefällt hatte, ließ seine Beute los und fiel zu Boden. Sofort stürzten sich seine Artgenossen auf ihn, andere näherten sich knurrend dem Kadaver des Pferdes, das noch mit den Hufen zuckte. Keuchend stand Vala auf. Noch einmal stieß sie zu, drohend, doch der Wolf wich ihrer Bewegung aus, knurrte sie mit tiefer, grollender Stimme an und zog sich zurück, um seitwärts zu den verlockend blutigen Körpern der Toten zu schleichen.

Vala wischte sich über das Gesicht und roch an ihrer Hand. Das musste Blut sein, das Blut des Braunen, das aus seiner Halsschlagader gespritzt war, als der große Wolf sich hineinverbiss. Hinter ihr knackte es; sie fuhr herum und hob den Speer. Es war Vaih.

«Braves Mädchen!» Rasch griff sie der Stute in die Mähne, schwang sich auf ihren Rücken und trieb sie, so schnell das Unterholz es zuließ, fort von dem Fressplatz der Wölfe. Ein paar misstrauische gelbe Lichter glommen ihnen nach, doch das Rudel hatte nun beschlossen, sich der leichteren Beute zuzuwenden. Das fauchende Grollen verriet, dass die Verteilungskämpfe begonnen hatten.

Dennoch waren sie nicht in Sicherheit. Vala trieb Vaih durch den Wald, so schnell sie konnte. Blätter peitschten ihr ins Gesicht. Mit viel Glück fand sie den Lagerplatz, ertastete den Holzvorrat und schichtete ihn verschwenderisch auf die noch warme Feuerstelle. Ihre Hände zitterten so, dass ihr der Feuerstein mehrfach aus der Hand sprang, ehe sie es schaffte, damit Funken zu erzeugen. Zweimal flogen sie neben den Zunder und verglommen. Vaih hinter ihr zitterte und wieherte vor Angst. Endlich leuchtete die erste Glut auf. Vala beugte sich tief auf den Boden und blies. Ihr wurde fast schwindelig, doch sie hörte nicht auf, ehe es in ihren Ohren rauschte. Das Feuer fraß sich knisternd durch die Zweige, verzehrte ein dürres Blatt nach dem anderen und loderte schließlich hell. Vala errichtete einen Scheiterhaufen daraus, so groß, dass die Flammen ihr den Schweiß auf die Stirn trieben. Aber sie wollte kein Risiko eingehen. Wer weiß, dachte sie. Ich habe etwa zwanzig gesehen, aber vielleicht sind es noch mehr, und ein Pferd ist ihnen nicht genug für eine Nacht. Der Impuls, sich das Blut abzuwaschen, war beinahe übermächtig, doch Vala harrte für den Rest der Nacht an Vaihs Seite aus, den Speer in der Hand und mit den Augen die Dunkelheit jenseits des Feuers absuchend. Ein- oder zweimal glaubte sie, ein glühendes Augenpaar gesehen zu haben, doch ihr Bogen war fort, und den kostbaren Speer wollte sie nicht für einen Wurf riskieren.

Der Tag kam, mit ohrenbetäubendem Vogelgeschrei, wie eine große Erlösung.

Vala wusch sich, kämmte der zitternden Vaih die Mähne und redete ihr lange gut zu. Sie wollte, nein, sie musste zurück zum Kampfplatz, um ihren Bogen zu holen und was sie an Pfeilen finden mochte. Aber die Stute war nicht zu überreden, einen Schritt in diese Richtung zu tun. Vala selbst ging nur langsam. Bei Tag schien der Wald weit weniger bedrohlich, und alles blieb vorerst ruhig. Unter einigen niedrigen Eichen fand sie den Kadaver des ersten Wolfes. Doch Artgenossen hatten sich darüber hergemacht und den Pfeil, der darin steckte, verdorben. Mit klopfendem Herzen ging Vala weiter. Sie fand die Lichtung und auch ihren Bogen. Als sie sich aufrichtete, die Waffe in der Hand, sah sie in einiger Entfernung das, was von dem Braunen übrig geblieben war. So, dachte sie, wird wohl auch mein eigenes Ende eines Tages aussehen. Ich werde zusammenbrechen in der Wildnis, irgendwann, und niemand wird da sein, meine Überreste einzusammeln und sie mit einem Begräbnis zu ehren, damit meine Knochen nicht unter dem freien Himmel bleichen.

Schon wollte sie auf den Braunen zugehen. Da warnte sie ein Knurren zu ihrer Linken. Es war beinahe zu spät. Der Wolf hatte bereits zum Sprung angesetzt. Vala konnte nichts tun, als ihren Bogen vor sich zu halten, dessen Sehne gegen die Kehle des Räubers drückte, der gierig nach ihrem Hals schnappte.

«Hast du heute Nacht nicht genug bekommen?», stieß Vala mühsam hervor, den stinkenden Atem des Tieres im Gesicht. Sie trat dem Wolf, so fest sie konnte, in die Rippen und rollte sich zur Seite. Das Tier fiel vornüber, kam auf die Pfoten und wandte sich blitzschnell um, schneller, als Vala ihr Messer zur Hand hatte. Scharfer Schmerz durchfuhr sie, als Zähne sich um ihren Oberarm schlossen, so übermächtig, dass sie beinahe die Klinge fallen ließ. Mit letzter Kraft wechselte sie sie in die linke Hand und schnitt mit einer heftigen Bewegung dem Wolf, der an ihr hing, die Kehle durch. Als er zusammenbrach, ging sie mit ihm zu Boden. Ein paar Momente blieb sie keuchend neben dem Tier liegen. Dann öffnete sie mit der unverletzten Hand die Kiefer, die sie festhielten, rappelte sich auf, ergriff erneut den Bogen, für den sie dieses Opfer gebracht hatte, und rannte zurück zu Vaih. Die Stute begrüßte ihre Herrin mit nervös rollenden Augen, roch sie doch nach Feind und Blut.

Vala wusch die Wunde, so gut sie es vermochte. Sie war weniger tief als befürchtet. Zum ersten Mal tat es ihr Leid, dass sie Bauto ihre Medizin überlassen hatte. Hätte sie ihm in ihrer schuldbewussten Hast doch wenigstens nicht das ganze Säckchen aufgedrängt! Nun hatte sie keine Ringelblumen mehr, um sich einen Absud herzustellen. Und die Wunden, die die Zähne wilder Tiere rissen, wurden fast immer schlecht. Was sollte sie tun, wenn sie Fieber bekam?

Mit zusammengebissenen Zähnen packte Vala ihre Habseligkeiten zusammen. Nun musste Vaih wieder alles allein tragen. Aber die Stute war längst wieder gesund und würde mit der zusätzlichen Last gut fertig werden. Armer Brauner, dachte Vala. Sie war froh, dass es nicht Vaih war, die dort hinten im Wald lag. Mühsam saß sie auf. Schon konnte sie ihren rechten Arm kaum noch bewegen. Die Wunde würde rasch anschwellen und dann anfangen, Eiter abzusondern.

Vala beschloss, dem Lauf des Baches zu folgen, so gut es ging. Hunger verspürte sie ohnehin keinen, Wasser war wichtiger. «Auf, Vaih!» Sie machte ein schnalzendes Geräusch mit der Zunge. Es ging los.

Jeder Schritt des Pferdes bedeutete eine Erschütterung und schmerzte Vala. Irgendwann war der Schmerz so allgegenwärtig, dass sie auf ihm davontrieb wie auf einer orangeroten Flut. Er wiegte und geleitete sie, es gab kein Entkommen. Vala spürte, wie ihr Gesicht heiß wurde, das Fieber begann. Anfangs stieg sie häufiger ab, um mit trockenem Mund gierig zu trinken. Dann wurde ihr das zu mühsam. Mit pendelndem Kopf ritt sie weiter, darauf bedacht, sich auf dem Pferd zu halten. Irgendwann gelang ihr auch dies nicht mehr.

Vala mochte einige Momente – oder waren es Stunden? – ohnmächtig dagelegen haben, ehe sie die Augen öffnete. Eine Fliege saß in ihrem Augenwinkel, und sie verscheuchte sie mit einem Zwinkern. Das Bild der Welt um sie herum wurde wieder klarer. Sie hörte das Plätschern des Wassers, Bienen umsummten ihre Ohren. Und über ihr, gelb und undeutlich, hingen kleine runde Blüten.

«Wundklee», murmelte Vala. Die Zunge klebte ihr am Gaumen. Doch sie richtete sich auf. Dort war der Bach, da graste ihre Stute. Sie stand inmitten eines großen Kleefeldes. Dazwischen erkannte Vala noch andere Blumen, darunter Schafgarbe, die ebenfalls gut gegen eitrige Wunden war. Sie raffte sich auf und pflückte mit einer Hand so viele der gelben und weißen Blütenköpfe, wie sie konnte. Ein wirkliches Problem war das Feuermachen. Nur unter großen Mühen gelang der Funkenschlag.

Vala hielt das Eisen mit den Füßen und benutzte die Linke. Es dauerte lange, bis der Funken so flog, dass er den aufgehäuften Zunder entzündete. Auf ein Trocknen der Heilkräuter musste sie verzichten, Vala hoffte jedoch, dass auch ein Aufguss aus den frischen Blüten die Entzündung lindern würde. Ungeduldig blies sie auf den fertigen Absud in ihrer Schale, den sie, mangels eines Kessels, mühsam mithilfe von in der Glut erhitzten Kieselsteinen zum Kochen gebracht hatte. Vala überlegte und entschied sich dann für ein Stück saugfähiges Hirschleder, um es in die Flüssigkeit zu tunken und die Wunde auszuwaschen.

«Au!» Sie hatte nicht lange genug gewartet und sich verbrüht. Doch die lindernde Wirkung setzte rasch ein. Vala wischte und tupfte alles Sekret aus der Wunde, spülte sie großzügig mit dem Sud und umwickelte sie anschließend mit einem getränkten Stück Leder. Dann zog sie das Säckchen mit der getrockneten Rinde der Silberweide hervor und bereitete sich einen Fiebertee, froh, davon noch einen Vorrat zu haben, denn die Weide liebte die sumpfigen Böden und stehenden Gewässer und war an diesem munteren Bachlauf nicht zu finden. Der Tee schmeckte bitter, außerdem schwamm etwas von der Asche darin, die an den Kieseln klebte, doch Vala trank ihn in großen Schlucken.

Dann packte sie zusammen und zog sich wieder aufs Pferd. Sie nestelte ein Lederseil hervor und band sich an Vaihs Sattel fest. Sollte sie einschlafen, würde sie nicht noch einmal herabstürzen. Die nächsten Stunden, verbracht in einem fieberdurchwirkten Halbschlaf, blieben nur sehr verschwommen in Valas Gedächtnis haften. So kam es, dass sie kaum bemerkte, wie der Wald um sie allmählich lichter wurde, streckenweise niedrigem Buschland wich, das sacht anstieg, wie der Bach sie zu seiner Quelle führte und zurückblieb und schließlich die ersten gelben Geröllfelder zwischen den Büschen auftauchten. Tage später dann, schwach, aber genesen, stand Vala an den felsigen Abhängen des Gebirges.

Was von ferne wie ein Tor ausgesehen hatte, hatte sich in ein Gewirr von weiten, rasch enger werdenden Tälern aufgelöst, von denen eines sie verschluckt hatte. Sie war keuchend bergan gestiegen und blickte nun aus einiger Höhe auf die Wälder zurück. Wie ihr Fiebertraum war das dunkle Grün zurückgeblieben, und nun umgab Vala zum ersten Mal in ihrem Leben von allen Seiten nichts als Geröll und toter Stein. Trotz der Einöde ringsum schien sie auf so etwas wie einen Weg gestoßen zu sein. Sie stieg ab, um die Spuren zu untersuchen, die sich darauf fanden. Es waren sehr viele, neben- und übereinander, als ob eine große Zahl von Tieren hier vorbeigekommen wäre. Hirten, überlegte Vala, mit ihren Herden, und der Gedanke ließ ihr Herz schneller schlagen, sie wusste nicht, ob vor Furcht oder vor Freude. Wie würden die fremden Menschen zu ihr sein?

Vala fürchtete sich davor, ihnen zu begegnen. Grässliche Dinge hatten die Krieger immer berichtet über die fremden Menschen, denen sie begegnet waren, über ihre Grausamkeit, ihre Hässlichkeit. Ja, eigentlich konnte man sie gar nicht Menschen nennen, die anderen, die jenseits von Ruas Zelten wohnten. Andererseits, dachte Vala, waren die wenigen Reisenden, die sie besucht hatten, wie jene schwarzbärtigen Männer mit der Schnitzerei, stets recht menschenähnlich gewesen. Und wenn sie sich auch als Kind vor ihnen gefürchtet hatte, dachte Vala und richtete sich auf, so konnten sie doch kaum schlechter zu ihr sein als die Wölfe des Waldes, oder?

Noch einmal bückte sie sich über die seltsamen Spuren und fuhr mit den Fingern darüber. Sie waren tief in den Boden geprägt. Was mochten das für Tiere sein, die solche Abdrücke hinterließen? Sie mussten Füße haben wie Teller, größer als die Hufe ihrer Pferde. Vala warf einen zweiten, ungläubigen Blick auf die Fährte. Und sie schienen Passgänger zu sein, die die Füße einer Seite vorsetzten, ehe die andere Seite drankam. Wie war das möglich, ohne dass diese seltsamen Wesen umkippten? Vala betrachtete Vaihs schlanke Fesseln und schüttelte den Kopf; die Stute würde sofort das Gleichgewicht verlieren. Es musste ein ganz unmögliches Tier sein, das diese Spuren gemacht hatte. Ob es das mit der langen Nase war?

Vala grübelte noch über dem neuen Rätsel nach, als sie unerwartete Laute vernahm. Es war das Klingeln zahlloser Silberglöckchen, das schön, aber unwirklich in der Luft hing, wie der Gesang von Geistern. Hinter der Wegbiegung im Osten kam es näher. Vala sprang hastig auf und bestieg ihr Pferd. Es mochten sehr wohl Geister sein, die so ihr Kommen ankündigten, dachte sie erregt. Sie zog die Zügel straff und tätschelte Vaih beruhigend die Flanken. Kerzengerade aufgerichtet erwartete sie das Unbekannte.

DAS TIER MIT DEM BUCKEL

Vala glaubte, auf alles gefasst zu sein. Dennoch kostete es sie einige Mühe, bei dem Anblick, der sich ihr nun bot, nicht die Flucht zu ergreifen. Das Tier, das um die Felsnadel herumbog, hatte einen Hals wie eine Schlange, lang und geschmeidig, und es ließ seinen Kopf darauf hin und her pendeln. Mit großen braunen Augen schaute es Vala an. Als es näher kam, konnte sie seine schönen, langen Wimpern erkennen. Dann zog es die Lippen von den Zähnen und stieß ein unerträgliches, röhrendes Geschrei aus, bei dem Vaih nervös zu tänzeln begann.

Die Beine des Tieres waren lang und knotig, mit hässlichen Knien und Füßen wie Lederkissen. Die Spuren hatten nicht gelogen. Hinter dem Hals aber erhob sich das Allererstaunlichste: ein Leib wie ein Berg. Steil und steiler hinauf schob sich der Rücken dieses Tieres zu einem gewaltigen Buckel, dann zu einem zweiten. Zwischen ihnen, größtes aller Wunder, thronte dennoch ein Sattel, auf dem wiederum ein Mensch saß. Der allerdings wurde, wie Vala es sich anhand der Spuren gedacht hatte, ganz grässlich hin und her gewiegt. Und sollte sie geglaubt haben, dieses Reittier könne nur eine Missgeburt sein, so wurde sie schnell eines Besseren belehrt, denn hinter dem ersten kam ein zweites, hinter diesem ein drittes, dann rasch ein weiteres und ein weiteres. Nach dem zwanzigsten gab Vala das Zählen auf. Tier um Tier zog an ihr vorbei, Hals an Hals. Alle waren sie geschmückt mit bunten Troddeln am Zaumzeug und gewebten Decken, selbst diejenigen, die nur Lasten trugen. Und am Anführer einer jeden neuen Gruppe hingen die silbernen Glöckchen, deren Klang das Kommen der Karawane angekündigt hatte. Lärm und Staub hingen in der Luft, feiner Sand legte sich auf die Schultern des Mädchens, das gebannt staunte. Vala mochte vielleicht glauben, dass sie würdevoll auf ihrem Pferd saß, doch ihre schmalen, mandelförmigen Augen waren aufgerissen vor Staunen, und ihr Mund stand offen.

Einer aus dem Tross, der das Mädchen bemerkte, deutete mit seiner Reitpeitsche auf sie und lachte. Ein anderer trieb sein Kamel in scharfem Tempo auf sie zu, schrie sie an in einer Sprache, die sie nicht verstand, und fuchtelte vor ihrer Nase herum, um sie zu vertreiben. Ein dritter pfiff den Wütenden zurück, warf dem Mädchen nur einen grimmigen Blick zu und ritt weiter. Vala blinzelte kaum, so verwirrt war sie.

Noch nie, nicht einmal während der großen Herbst- und Frühjahrswanderungen, hatte sie so viele Menschen und Tiere auf einmal gesehen. Ein ganzer Stamm musste aufgebrochen sein und sich auf den Weg gemacht haben! Aber als sie endlich genügend zu sich gekommen war, um sich alles genauer betrachten zu können, fiel ihr auf, dass keine Frauen und Kinder zu sehen waren. Ausschließlich Männer schienen diese Tiere zu begleiten, die außerdem fast allesamt hoch beladen waren und nicht mit den üblichen Lasten eines Stammes auf Wanderschaft. Vala sah selten einmal Zeltstangen oder Kessel, dafür zahlreiche sorgsam verschnürte Ballen, verschlossene Körbe und mit fremdartig gemusterten, leuchtend bunten Teppichen umwickelte Bündel. Ein seltsamer Geruch haftete alldem an. Vala richtete sich in ihrem Sattel auf und sog ihn mit bebenden Nüstern ein. Etwas Neues hatte begonnen, daran bestand kein Zweifel.

Als sie noch überlegte, wie sie sich verhalten und ob sie einen der fremden Menschen hoch oben auf den Buckeltieren ansprechen sollte, war der Zug auf einmal zu Ende. Sollte sie ihm folgen? Vala zögerte noch, da fiel ihr Blick auf ein Tier, das in einigem Abstand hinter den anderen herhinkte. Ein junger Mann war bei ihm und trieb es gewissenhaft an, damit es den Anschluss nicht verlor. Vala runzelte die Stirn und betrachtete den Gang des Tieres, das mit seinem Führer in der Staubwolke, die die Karawane aufgewirbelt hatte, verschwand. Dann stieg sie ab und untersuchte die Spur, die es hinterließ. Rasch hatte sie keinen Zweifel mehr daran, dass es an der rechten Vorderhand verletzt sein musste.

Natürlich, dachte Vala, diese Füße ohne Hufe müssen ja auch furchtbar empfindlich sein. Sie war jedoch sicher, dem Tier helfen zu können. «Komm, Vaih!» Sie trieb die widerstrebende Stute an, die den fremden Geruch offenbar nicht halb so anregend und vielversprechend fand wie ihre Herrin. Vala verlieh ihrem Wunsch mit den Fersen Nachdruck. «Nun komm schon, mein Mädchen. Wir können uns nicht ewig verstecken.» Tatsächlich hatte sie bei ihrem Aufstieg ins Gebirge schon das eine oder andere Dorf gesehen, glücklicherweise stets auf der gegenüberliegenden Talseite. Anfangs hatte sie sich durch ihre Verwundung zu verletzbar gefühlt, um das Risiko eines Kontaktes einzugehen. Dann war diese Ausrede weggefallen, und Vala musste sich eingestehen, dass sie Angst hatte. Angst vor Fremden und davor, wie sie umgehen würden mit einer, die ausgestoßen und verflucht worden war, selbst wenn sie sich immer wieder sagte, dass das doch keiner wissen konnte. Die leise Furcht, es könne ihr auf der Stirn geschrieben stehen oder der Geist des Schamanen, rachelüstern und mächtig, könne ihr auf dem Wind nachgeritten kommen und es allen in die Ohren blasen, verließ sie nie ganz. Doch nun, da sie es ausgesprochen hatte, begriff Vala, wie richtig es war: Sie konnte sich nicht ewig verstecken.

Mit einem kurzen Galopp hatte sie das verletzte Tier und seinen Begleiter eingeholt, der überrascht anhielt, als sie vom Pferd sprang und auf ihn zuging. Ohne große Umstände kniete

Vala sich hin und hob den Fuß des Kamels hoch. Sie hatte sich ausgerechnet, dass es nichts bringen würde, ihre Absichten zu erläutern, da hier gewiss niemand ihre Sprache verstand, aber sie konnte ja zeigen, was sie vorhatte, wenn sie nur rasch genug die Verwundung fand und den anderen präsentierte.

Ihre Rechnung schien aufzugehen. Der junge Mann störte sie nicht in ihrem Tun. Er stand gelassen neben seinem Tier und schaute auf sie hinunter, wie sie an der Fessel des Kamels zerrte, das seinen Fuß nur widerstrebend hergeben wollte.

«Es sind äußerst halsstarrige Wesen», sagte er und lachte.

Vala schaute auf und blickte in sein Gesicht. Es war das erste Gesicht eines menschlichen Wesens, das sie seit Wochen aus der Nähe sah. Das erste dieser Art, das sie überhaupt erblickte. Mutwillig springende schwarze Locken umrahmten es, darunter blickten ein paar große, schwerlidrige, kreisrunde Schwarzkirschen-Augen hervor, gesäumt von langen Wimpern. Alles an diesem Gesicht war kindlich, bis auf die Nase, die adlerhaft hervorsprang, was aber nur im Profil auffiel und erst auf den zweiten Blick. Es war, als würde ihr Träger ihrer Kühnheit selbst nicht recht vertrauen. Der Mund war groß, weich und beweglich. Es war offensichtlich, dass er viel lachte, so wie jetzt. Dabei zeigte er makellos weiße Zähne, die wunderbar von seiner gebräunten Haut abstachen.

«Und sie spucken, wenn ihnen etwas nicht passt», fügte der Unbekannte hinzu.

Vala verstand ihn ebenso wenig wie das erste Mal. Doch das Kamel tat kurz darauf, was er angekündigt hatte, und Vala verstand.

«Spukken», wiederholte sie angeekelt und wischte sich den Schleim von der Schulter. Das Wort klang seltsam aus ihrem Mund.

Der junge Mann lachte herzlich und packte das Tier fester an der Kandare. Gemeinsam brachten sie es dazu, den Fuß anzuheben. Und nachdem sie vorsichtig Sand und Staub beiseite gewischt hatte, konnte sie ihrem neuen Freund den spitzen Stein

zeigen, der sich tief in das weiche Fleisch der Trittfläche hinein-
gedrückt hatte. Er wollte protestieren, als sie ihren Dolch zog,
doch sie schüttelte den Kopf und hatte den steinernen Quälgeist
mit einer raschen Bewegung herausgeschnitten.

Der junge Mann kratzte sich erstaunt am Kopf und meinte mit
anerkennendem Grinsen: «Na, da halt ich doch meine vorlaute
Klappe und sage besser nichts mehr.»

Vala ließ die Wunde einen Moment bluten, um eventuell ein-
gedrungenen Schmutz herauszuspülen. «Nich tsmeh», wiederholte sie stolz und lächelte zurück. Kurz überlegte sie, ob sie
einen Verband anlegen sollte, beschloss dann aber, dass dies an
einer so beanspruchten Stelle wirkungslos wäre, da er nach wenigen Schritten schon in Fetzen hängen würde. Sie entschied
sich dafür, die Reste des Wundklees zu zerstampfen, mit Wasser
zu übergießen und einen kleinen Lederfetzen in den kalten Sud
zu tauchen, um ihn danach in die kleine, aber tiefe Wunde zu
stopfen, wo er wirken mochte, bis er von selbst abfiel.

Der Junge schaute ihr kopfschüttelnd dabei zu. Seine Locken
tanzten, doch er hinderte sie nicht. Ja, er reichte ihr, wenn er
begriffen hatte, was sie als Nächstes brauchte, die Schale oder
eines ihrer Ledersäckchen zu. Dabei redete er ununterbrochen
in dieser Sprache, die Vala nicht verstand.

«Nich tsmeh», wiederholte sie, als sie fertig war. Sie wurde
rot und stand verlegen auf. Da standen sie nun und klopften
sich den Staub aus den Kleidern. Das Kamel über ihren Köpfen,
vielleicht weil es seine Artgenossen vermisste, schrie kläglich.

Der Junge kniff die Augen zusammen und blickte in die Richtung, in der die Karawane verschwunden war. Der Staub hatte
sich gelegt und ließ den leeren Pfad sichtbar werden. Auch das
Bimmeln der Glöckchen war seit einer ganzen Weile schon ver-
klungen.

«Zeit, dass wir wieder Anschluss finden, schätze ich», murmelte er. «In der Gegend hier soll es Bären geben.» Er wandte
sich Vala zu und verneigte sich schwungvoll und ein wenig theatralisch vor ihr. «Werte Wunderheilerin, die Ihr aus dem Nichts

aufgetaucht seid. Darf ich Euch einladen, unserer bescheidenen Karawane zu folgen?»

«Kara Wane?», wiederholte Vala fragend und wechselte das Standbein.

«Du bist keine Freundin vieler Worte, was?», meinte ihr neuer Freund und rieb sich das Kinn. Er überlegte. «Zeit, dass wir uns vorstellen», beschloss er schließlich und klopfte sich demonstrativ auf die Brust. «Ich bin Claudios», sagte er dazu langsam und deutlich und wiederholte: «Claudios.»

«Claudios», wiederholte Vala, lächelte vorsichtig, nickte, deutete auf sich selbst und sagte: «Vala.»

«Vala» war es nun an ihm zu wiederholen. «Vala, wahrhaft, das ist Musik in meinen Ohren.» Seine Augen musterten sie mit anhaltendem Interesse, und ihm schien zu gefallen, was er sah. Valas Haar, wirr vom Reiten im Wind, fiel ihr fast bis auf die Hüften. Einzelne kleine Zöpfe schmückten es hier und da, in die Schmuckperlen eingeflochten waren, bändigten die glatte, spiegelnde Mähne aber nicht. Ihr braunes Gesicht war schmaler als bei den Völkern der großen Ebene üblich, fein geschnitten, mit hohen Wangenknochen, und wurde beherrscht von länglichen, schmalen Augen, deren Blick einen bannen konnte. Sie war kleiner als die Mädchen, die Claudios kannte. Grazil, ja fast zerbrechlich sah sie aus. Und doch erschien sie ihm so stark und voller Energie wie ihr kleines Pferd.

«Vaih», erklärte Vala dann und deutete auf ihre Stute. Claudios, aus seinen Betrachtungen gerissen, wiederholte auch diesen Laut, mit mehr Schwierigkeiten diesmal, glich er doch, so wie Vala ihn aussprach, fast einem Wiehern. Aber das Mädchen schien zufrieden. «Spukke», sagte sie dann, als Claudios nichts weiter sagte, und deutete auf das Kamel. Sie kicherte.

«Humor hast du auch, wie es aussieht», meinte Claudios. Noch immer betrachtete er sie. «Nur mit deiner Kleidung steht nicht alles zum Besten.» Er trat einen Schritt auf sie zu, um den zerfetzten Ärmel ihres Hemdes zu berühren. Vala wich fast unmerklich zurück. Claudios machte einen weiteren Schritt; Vala ebenfalls.

«Ist das ein Tanz?», fragte er schließlich und grinste. «Ich will doch nur dein kaputtes Kleid anschauen. Kleid», wiederholte er und zupfte sich selbst am Ärmel.

Vala wurde rot. Sie sagte nichts und hielt mit angehaltenem Atem still, als er wieder auf sie zutrat. Sie atmete Claudios' Geruch ein, als er so dicht vor ihr stand, und zitterte dabei wie Vaih, wenn sie ein Raubtier witterte. Dabei war es kein unangenehmer Geruch, fast wie ein Gewürz, von milder Schärfe.

«Ts, ts, ts», machte Claudios derweil und zupfte an dem zerrissenen, von Blut steif gewordenen Ärmel herum. «Du kommst wohl direkt aus dem Unterholz. Oder hast du dich mit einem Bären geprügelt?» Es sollte ein Scherz sein, doch als er, um sie zu übertölpeln, mit einer raschen Bewegung ohne jede Vorwarnung das kaputte Leder abriss und die frischen, kaum verheilten Wunden damit freilegte, blieb ihm das Lachen im Halse stecken. «Gütiger Gott», flüsterte er.

Vala, die sich nackt vorkam, senkte den Kopf, sodass ihr Haar über die Schulter floss, die, heller als ihr Gesicht, in mattem Goldton unter der Flut hervorschimmerte. Die in bösem Rot leuchtenden Narben waren aber kaum zu verbergen.

Claudios' Hände schwebten in der Luft. Er wagte nicht, sie noch einmal zu berühren. Als er ihre Wunden sah, hatte ihn der Impuls übermannt, sie in die Arme zu nehmen, doch etwas hielt ihn zurück. Sie war nicht wie die Mädchen, die er kannte, willige, anschmiegsame kleine Dinger aus den Schenken. «Was ist geschehen?», fragte er fassungslos.

Vala versuchte, das Leder wieder über die Stellen zu ziehen. «Wolf», sagte sie nur.

«Und behandelt hast du das selbst, ja?», fragte Claudios. «Natürlich», murmelte er dann, mehr zu sich selbst. Sein Blick wanderte zu ihrer medizinischen Ausrüstung, die wieder am Sattel dieses seltsam winzigen Pferdes hing. Zusammen mit einer Decke, einer Schale, einem Wasserschlauch und vor allem – seine Augen verengten sich, als er es sah – einem Bogen und einem Schwert. Sie besaß Waffen! «Warst du denn ganz alleine?», wollte er wissen. Es schien ihm, in dieser Einöde, kaum vorstellbar.

Vala schaute ihn fragend an.

«Alleine.» Er sagte es fast ungeduldig, trat dann einen Schritt zurück, legte die Arme um sich selbst, wiegte sich und blickte rechts und links neben sich, wo nichts war. «Alleine», wiederholte er.

«Alleine», bestätigte Vala und nickte. «Wolf. Alleine.» Sie verstummte.

Und Claudios erschien es wahrhaftig so, als wäre es ihr gelungen, ihre ganze Geschichte in diese zwei Worte zu fassen. Er war noch nie allein in der Wildnis gewesen, doch er glaubte etwas zu verstehen von der Einsamkeit, der Qual und der Angst, die in diesen beiden Worten lag. Wieder trat er einen Schritt auf Vala zu.

Da hörten sie Getrappel, jemand ritt in scharfem Trab heran. Rasch wandte Claudios den Kopf. Auf dem Weg, den die Karawane genommen hatte, kam ein Mann zu ihnen zurück. Er trug einen leuchtend blauen Turban und ein langes, blau und orange gestreiftes Gewand. In der Schärpe, die es zusammenhielt, steckte ein Schwert, das so scharf gekrümmt war wie seine Nase. Sein langer Bart war makellos schwarz, seine Augäpfel gelb und trübe und der Blick, mit dem er sie beide musterte, voll tiefen Misstrauens.

Zu Valas Erstaunen zückte er, als er näher kam, nicht sein Schwert, sondern eine Reitpeitsche.

Claudios fasste Vala an den Armen und schob sie hinter sich. «Lass mich das machen», murmelte er. Vala spürte seine Anspannung. «Keine Sorge, das ist nur Selim, mein Herr.»

«Herr», wiederholte Vala unwillig und behielt den Neuankömmling im Auge. Das Wort gefiel ihr nicht.

CLAUDIOS

«Bleib, wo du bist», verlangte Claudios, ehe er begann, auf seinen Herrn zuzugehen. Doch auch wenn Vala die Ermahnung verstanden hätte, sie hätte sich nicht daran gehalten. Wie alle Steppenreiter drängte es sie im Augenblick der Gefahr zu ihrem Pferd. Auf seinem Rücken fühlte sie sich wohler, auf ihren zwei Beinen auf dem Boden stehend dagegen war sie schutzlos.

Sie sprang mit einer fließenden Bewegung auf Vaih, packte die Zügel und beobachtete, was sich weiter vorne abspielte. Claudios war inzwischen bei Selim angekommen. Die beiden waren fast außer Hörweite, doch hätte es Vala wenig geholfen, hätte sie das Gespräch der beiden belauschen können, da sie ja doch kein Wort davon verstand. Das, was sie sah, klärte sie viel besser darüber auf, was zwischen den beiden Menschen dort vorne geschah. Und es gab ihr einen Eindruck davon, was es bedeutete, wenn ein Mensch ein Herr war und der andere nicht.

Claudios, der eben noch locker und selbstsicher neben ihr gestanden hatte, veränderte plötzlich seine gesamte Haltung. Der große, schlanke Junge ging nun leicht vorgebeugt, die Schultern angezogen, als wolle er sich kleiner machen, als er war. Als hätte er, dachte Vala erstaunt, keine Kraft im Leib. Die Hände erhoben zur Begrüßung, aber auch um eventuelle Schläge abzuwehren, sprach er seinen Herrn an. Vala sah ihn rasch und wortreich reden, wie es offenbar seine Art war, aber hastiger, als er mit ihr gesprochen hatte, und ohne den Humor, der eben noch durch seine Worte geblitzt hatte und der sogar für sie bemerkbar gewesen war.

Sie sah ihn seltsam verlegene Sprünge und Verrenkungen machen, als lege er es geradezu darauf an, dass sein Herr ihn nicht ernst nähme. Ein- oder zweimal fuhr die Peitsche herunter, nicht mit aller Kraft, aber doch so, dass es wehtun musste. Vala begriff nicht, warum Claudios nicht zornig wurde. Er benahm sich wie ein Narr, duckte sich, wand sich in einer Art übertriebener Karikatur der eigenen Leiden und schien sie dann plötzlich wieder abgeschüttelt zu haben. Doch während dieses ganzen Theaters, während dessen er immer wieder die Hände hob, wie ein Beter, redete er fortwährend auf Selim ein, der missmutig auf seinem Kamel hockte, aber doch lauschte. Claudios wies mehrfach auf Vala, die immer noch fluchtbereit auf ihrem Pferd saß. Schließlich zog er das Kamel heran und zeigte Selim den verarzteten Fuß. Der schien nachdenklich zu werden. Vala sah, dass er ihr einen langen Blick zuwarf. Schließlich sagte er etwas zu Claudios, bellte irgendeinen Befehl, zog ihm noch einmal die Peitsche über und trieb dann sein Reittier an, erneut der Karawane zu folgen.

Mit gerunzelter Stirn schaute Vala Claudios entgegen, der zu ihrer Verwunderung höchst zufrieden aussah. Mit lässigen Schritten kam er auf sie zu, wie ein Sieger. Er lachte und schüttelte seine Locken.

«Keine Angst, kleine Vala», rief er, als er noch ein paar Schritte von ihr entfernt war. «Es war nicht leicht, aber ich habe durchgesetzt, dass du mit uns kommen darfst. Deine medizinischen Künste haben Selim offenbar überzeugt. Und meine rhetorischen selbstverständlich. Komm ruhig.» Er suchte sie zum Absteigen zu nötigen. Als sie sich sträubte, ließ er sie, wo sie war, und griff ihr frohgemut in die Zügel, um sie bis zu dem verletzten Kamel zu führen. Dort angekommen, griff er nach dessen Zügeln und machte sich daran, den Spuren der Karawane zu folgen. Dabei winkte er lebhaft, um sicherzugehen, dass Vala ihm auch folgte, was diese zögernd tat. Sie verstand nicht viel von seinem aufgekratzten Geplapper und schwieg störrisch. Bis Claudios sich schließlich nach ihr umwandte und sie fragend ansah.

«Herr?», sagte Vala, fordernd und misstrauisch.

Claudios seufzte. «Ja, Herr. Selim hat mich in Jerusalem gekauft, schon vor fünf Jahren. Ich bin sein Sklave. Sklave, verstehst du?», fragte er gereizt. «Natürlich nicht.» Er seufzte. Dann kreuzte er die Handgelenke wie einer, der gefesselt ist, und hielt sie in die Richtung, in die Selim verschwunden war, als zöge der ihn an einem Strick hinterher.

Vala blickte verwirrt.

Claudios schüttelte ärgerlich den Kopf. Er hatte keine Lust, über diesen Teil seines Lebens zu reden. Er war nichts, womit man ein Mädchen beeindrucken konnte. «Herr», wiederholte er genervt, «und Sklave eben. Wie überall auf der Welt, so ist das nun einmal.» Als er ihre großen Augen sah, schaute er sich Hilfe suchend um. Sein Blick fiel auf das Kamel, dessen Zügel er hielt. «Sklave», versuchte er es erneut und zeigte auf das Kamel. «Herr», meinte er dann und wies auf sich selbst. Zur Unterstreichung des Sachverhalts ruckte er so energisch am Zügel, dass das Tier schrie. Sein Zeigefinger wanderte hin und her, zwischen dem Tier, dem entschwundenen Selim und der eigenen Brust. «Herr − Sklave, Herr − Sklave. Du liebe Güte, ist das so schwer zu verstehen?»

Er brummte eine Weile vor sich hin, während Vala kopfschüttelnd zu begreifen suchte, warum er ihr weismachen wollte, er wäre ein Buckelpferd. Wollte er ihr sagen, er wäre Selim so gehorsam und treu ergeben wie Vaih ihr? Aber Vaih war ihre engste Vertraute auf dieser Welt und sie würde sie niemals schlagen wie Selim Claudios. Vala begriff es nicht. Und es gefiel ihr nicht. Instinktiv schreckte sie davor zurück.

Doch während sie noch rätselte, hatte Claudios zu seiner guten Laune zurückgefunden. Er kramte in einer Satteltasche und brachte eine leuchtend hellrote Kugel zum Vorschein, die er hoch in die Luft warf und geschickt wieder auffing. «Heh, eine kleine Erfrischung gefällig?» Als er Valas staunenden Blick sah, lachte er wieder sein altes spitzbübisches Lachen. «Hast du noch nie im Leben eine Orange gesehen?»

«Orange», sagte Vala und fing die Frucht. Sie war fest, ein wenig schrundig an der Oberfläche und beinahe perfekt rund.

«Moment, nicht so schnell», meinte Claudios vergnügt und hatte sie ihr so rasch wieder entwendet, dass Vala staunte. Er zauberte zwei weitere Früchte hervor und jonglierte damit im Gehen. «Wir wollen doch nichts überstürzen. Erst genießen wir die strahlenden Farben …» Er ließ die Frucht vor ihren Augen sich drehen. «Dann den köstlichen Duft.» Sein Nagel fuhr in die Schale, und es entfaltete sich ein starkes, prickelndes Aroma in der Luft, das Vala begierig einsog.

«Duft», wiederholte sie gehorsam.

«Dann entfernen wir die wohlriechende Schale ...»

«Schale», plapperte Vala, fing eines der orangefarbenen Stückchen auf und biss heimlich hinein. Sie verzog das Gesicht und ließ es enttäuscht fallen. Claudios tat, als hätte er nichts bemerkt.

«Nunmehr wenden wir uns dem Fruchtfleisch zu ...» Mit geschickten Bewegungen zerteilte er die Frucht und schob Vala einen Schnitz in den Mund.

Bereitwillig hatte sie sich ihm aus dem Sattel entgegengebeugt. Sie konnte nicht anders. Schon bei dem Geruch dieser Frucht war ihr das Wasser im Munde zusammengelaufen. Ihr magerer Speiseplan hatte in den letzten Wochen nichts annähernd so Köstliches enthalten.

«Ist sie nicht wunderbar süß?», pries Claudios mit der werbenden Stimme eines Marktschreiers.

«Süß», bestätigte Vala folgsam kauend. Der köstliche Saft lief ihr über die Zunge. O ja, sie begriff, was süß bedeutete.

«Und saftig?», fragte Claudios und neigte sich zu ihr, um ihr ein klebriges Rinnsal aus dem Mundwinkel zu wischen.

«Schaftig», bestätigte Vala errötend und schluckte hastig. Claudios' Finger verharrten ein wenig länger als nötig auf ihren Lippen. Sie richtete sich hastig wieder auf.

Claudios' Augen wollten nicht zulassen, dass die ihren ihm auswichen. Nach einer Weile lächelte er. «Und jetzt», verkündete er, «lernen wir sprechen.» Er hielt einen Orangenschnitz hoch, der im Sonnenlicht fast durchsichtig schimmerte. «Berge», sagte er und wies mit großer Geste auf die Gipfel ringsum.

Vala folgte seiner Handbewegung und nickte. Berge, sie hatte begriffen. Brav wiederholte sie das Wort und erhielt dafür das Orangenstück. Schon hielt Claudios das nächste hoch. «Kamel», erklärte er und tätschelte den Hals des Tieres.

«Kamel», bestätigte Vala und musste kichern. «Spuk...» Ein

Fruchtschnitz stopfte ihr den Mund. Spielerisch klapste sie Claudios auf die Schulter, der bereits wieder die Hand mit dem köstlichen Köder ausstreckte.

«Hand», deutete er.

«Hand», wiederholte Vala brav und kaute.

«Fuß.»

«Fuß.»

«Fuß», lobte er, um gleich darauf aufzuschreien: «Au. Verdammt: Dornen.»

«Dornen.» Vala lachte. Zum ersten Mal seit langer, langer Zeit und aus vollem Herzen.

«Mann.» − «Mann.»

«Frau.» − «Frau.» Ihre Stimmen verklangen hinter der felsigen Biegung des Weges.

AN DEN NACHTFEUERN DER KARAWANE

Vala lernte rasch. In den Wochen, während deren sie an Claudios' Seite ritt und abends ein wenig abseits der anderen ihr Lager aufschlug, gelang es ihr bald, sich radebrechend zu verständigen. Claudios plauderte weiter so munter vor sich hin, wie es seine Art war, und Vala pickte sich das Wichtige heraus, fragte und wiederholte.

Mit jedem Stück Weges, das die Karawane zog, wuchsen ihr Wortschatz und ihr Wissensvorrat. Sie wusste nun, dass zu ihrer Rechten, auch wenn man es von hier aus nicht sehen konnte, das Kaspische Meer lag, wie Claudios es nannte, ein blaues Wasser, salzig und groß wie die Steppe. Dass an den Hängen seines Südufers Tee wuchs und die Orangen, die sie nun schon kannte. Dass in den Wäldern darunter Leoparden lauerten, die sich aber selten bis hoch an die Straße verirrten. Dass vor ihnen ein weiteres Gebirge, das Zagros-Gebirge, lag, an dessen Seen, wie Claudios ihr vorschwärmte, Schwarzstörche und Rostgänse lebten, welche Letzteren ganz hervorragend schmecken sollten. Sie hatte ihm versprochen, eine davon für sie beide zum Abendessen zu schießen.

Claudios erklärte ihr auch, dass hinter dem Zagros das Zweistromland lag, in dem es niemals kalt würde, und dass es die größte und prächtigste aller Städte beherbergte, Bagdad, schön wie ein Märchen, reich und mächtig. Was eine Stadt allerdings genau war, wollte ihr immer noch nicht so ganz einleuchten. Viele Menschen, die an einem Ort lebten, hatte Claudios gesagt. Sie zuckte mit den Achseln. Wie viele Hütten konnten schon an einer Stelle stehen, ohne dass das Grasland ringsum überweidet und das Wasser knapp wurde?

Aber sie würde sehen. Vala hatte sich an den Gedanken gewöhnt, mit Claudios weiter und immer weiter zu ziehen. Er war nett, dieser Claudios, stets fröhlich und freundlich, ein wenig seltsam zwar, und sie verstand nicht alles, was ihn bewegte, aber man konnte ihm vertrauen. Er hatte Mitgefühl gehabt, sie hatte es wohl gespürt. Und er interessierte sich für sie. Vala bemerkte, dass sie ihn und seine lebhafte Art vermisste, wenn er einmal nicht um sie war.

In der Gesellschaft der anderen Reisenden fühlte sie sich noch immer nicht wohl. Vor allem an den Abenden behielt sie zunächst ihren Dolch im Gürtel, Schwert, Speer und Bogen griffbereit, ganz so, als wäre sie noch in der Einöde. Sie nahm das Essen, das Claudios ihr reichte, trank aus dem Becher, den er ihr gab, und konzentrierte sich auf seine Bemühungen, ihr Wörter beizubringen. Dabei starrte sie unentwegt über das Feuer hinweg zu den anderen Lichtpunkten, um die herum die Kamele lagerten, und zu den zahllosen fremden Männern.

«Was willst du denn, hier sind doch keine Wölfe», wandte Claudios manchmal ein.

«Ja», sagte Vala knapp. Aber sie schloss die Augen immer erst, wenn das letzte Lachen, Plaudern und Musizieren an den

Feuern verstummt war und sie die wahren Stimmen der Nacht wieder hören konnte.

«Komm doch zu mir», wagte Claudios manchmal vorzuschlagen. Doch dann sagte sie gar nichts und starrte ihn so seltsam an, dass er sich auf die Lippen biss und die Bitte nicht wiederholte.

Vala war auf der Hut. Und sie beobachtete. So lernte sie bald, dass es für diese weit gereisten Kaufleute, die die Seidenstraße zwischen China und dem Zweistromland nicht zum ersten Mal bereisten, nichts Besonderes war, eine abgerissene kleine Nomadin am Wegesrand stehen zu sehen. Manche verkauften frisches Obst und Gemüse aus ihren nahe der Straße gelegenen Dörfern, manche die Hörner der Steinböcke, die die Jäger in den Gipfelregionen erlegt hatten und die sehr begehrt waren. Manche boten sich selbst feil. Meist kamen sie des Abends ins Lager, brachten Körbe mit, Ziegen oder ein Tamburin. Am Morgen gingen sie wieder, mit unbewegtem Gesicht, die Faust um ein paar Münzen geballt.

Vala blieb. Und sie hatte kein Tamburin dabei, sondern einen Dolch, mit dem sie umgehen konnte.

Das wusste der erste Kameltreiber zu berichten, der eines Nachts nach dem Wasserlassen über sie stolperte. Grummelnd und vor sich hin summend blieb er stehen und blinzelte die schlafende Vala an. Er hielt sie für ein Mädchen, mit dem Claudios schon fertig wäre und das nun dankbar sein würde, einen weiteren Freier zu finden. Schwer ließ er sich auf das Mädchen fallen, das auffuhr wie eine Schlange und etwas in ihrer fremden, barbarischen Sprache schrie. Unbeholfen versuchte er, seine Knie zwischen ihre zu klemmen, und er zerrte mit den Händen am Saum ihres Gewandes.

Doch noch ehe es ihm gelungen war, ihre Beine auseinander zu drücken, hatte er bereits die Klinge am Hals. Der Mann, langsam von zu viel Wein, ließ noch einen Augenblick die Hände unter ihrem Hemd, wohin er sie gesteckt hatte, um ihre Hosen aufzunesteln. Noch zögerte er, sie ernst zu nehmen, und ein Lächeln zog seine fleischigen Lippen auseinander. Doch ein Blick in ihre Augen belehrte selbst seinen alkoholgetrübten Geist, dass er besser machte, dass er weiterkam. Vielleicht tat der Anblick seines eigenen Blutes, das von der Messerklinge tropfte, ein Übriges. Eine Weile starrte er dumpf in Valas steindunkle Augen. Dann rannte er schreiend davon.

Zitternd setzte Vala sich auf. Sie hörte Claudios ihren Namen rufen. Verwirrt streckte er den vom Schlaf verstrubbelten Kopf unter seiner Decke hervor. «Vala, was ist passiert?» So schnell er konnte, kam er herüber.

Sie konnte nicht sprechen, hielt aber immer noch den blutigen Dolch in der Hand. Claudios betrachtete ihn erst erschrocken, dann keimte ein befriedigtes Grinsen in seinem Gesicht auf. «Teufelsmädchen. Der kommt so schnell nicht wieder.» Mit der Geschicklichkeit eines Taschenspielers umging er die abwehrenden Bewegungen, die sie machte, als er sie umarmen wollte, und drückte sie schließlich fest an sich.

Vala ließ es nach einer Weile ohne Gegenwehr geschehen. Erstaunt spürte sie seine Wärme, seinen Geruch. Es war lange her, dass jemand sie in den Arm genommen hatte, sehr lange. Weder Kreka noch der Schamane hatte das je getan. Es musste ihre Mutter gewesen sein, die in ihr diese duftende, zärtliche Erinnerung hinterlassen hatte, die es ihr jetzt erlaubte, stillzuhalten und staunend zuzulassen, dass sie gewiegt wurde wie ein Kind. Nach ein paar Sekunden seufzte Vala und schloss die Augen. Claudios spürte, wie sie sich mit einem leisen Zittern entspannte.

«Das besser als Vaih», murmelte Vala.

«Na, das will ich meinen», brummte Claudios. Doch er konnte nur schlecht die Erregung verbergen, die in ihm aufstieg, als er sie so in seinen Armen hielt. Unsicher, wie sie darauf reagieren würde, und ängstlich darauf bedacht, sie nicht zu verschrecken, suchte er seine Begierde zu überdecken. «Dummes Mädchen», murmelte er und schimpfte mit ihr wie mit einem Kind. «Was liegst du auch da alleine herum.»

«Ich immer alleine», wandte Vala ein. «Auch als …» Sie hielt inne. Ihr Wortschatz reichte nicht, ihm zu erklären, dass sie sich, auch als sie noch bei ihrem Stamm gelebt hatte, einsam gefühlt hatte. «Ich alleine reiten», fuhr sie stattdessen fort, «allein kämpfen …»

«Aber nicht mehr alleine schlafen», unterbrach Claudios sie mit der Ungeduld eines Menschen, der sich schon oft ein und dieselbe Predigt hatte anhören müssen. «Denn wenn du hier einen Kameltreiber nach dem anderen abstichst, bekommen wir irgendwann Ärger mit Selim.»

Vala protestierte nicht, aber sie sah äußerst misstrauisch zu, wie Claudios geschwätzig und geschäftig ihre Sachen zusammenraffte, um dann direkt neben seiner Decke ihr neues, gemeinsames Lager aufzubauen. Sie begriff wohl, dass er nervös war, aber warum, das verstand sie nicht.

«Weshalb du so …», sie suchte nach Worten. «Lärm?», fragte sie schließlich, als er mit seinen Vorbereitungen am Ende war und einladend die Decke zurückschlug, damit sie neben ihn kriechen konnte.

«Ich? Lärm?» Claudios fühlte sich ertappt und wurde rot, was zu seinem Glück im Licht der heruntergebrannten Glut nicht zu erkennen war. Da soll man keinen Lärm machen, dachte er bei sich, wenn man sich anschickt, sich neben einer Frau auszustrecken, die unschuldige Annäherungen gerne mit einem Dolchstich bestraft. Er überspielte seine Verlegenheit, so gut er konnte. «Da muss man ja Aufwand treiben, wenn du so dumm und dickschädlig bist.»

«Dickschädlig?» Vala trat näher und kauerte sich hin. «Was ist dickschädlig?» Sie kannte das Wort noch nicht.

Claudios überlegte. «Dickschädlig ist …» Auch er suchte nach Worten. «Stur, eigensinnig.» Als er sah, dass sie nur fragend den Kopf schief legte, streckte er den Arm nach ihr aus und klopfte ihr spielerisch mit der Faust an die Stirn. «Dick-schädlig», wiederholte er.

Und Vala verstand. Plötzlich musste sie lachen. Auf Claudios' Gesicht malte sich ein Erstaunen, das sie immer weiter kichern ließ. Er konnte ja nicht ahnen, dass er sie eben bei ihrem Namen genannt hatte: Eigensinn. Mit einem Mal fühlte sie sich bei diesem komischen Jungen, der so seltsame Dinge tat und so köstlich roch, sehr gut aufgehoben.

Ohne weitere Umstände kroch sie zu ihm unter die Decke und schmiegte sich an ihn. Claudios hielt den Atem an. Als sie ihn völlig unmissverständlich aufforderte, erneut die Arme um sie zu legen, tat er es stocksteif. Das plötzlich in ihm aufschießende Begehren raubte ihm fast den Atem. Er spürte die wohligen Bewegungen, mit denen sie sich neben ihm zurechtrobbte, und meinte, die Hitze, die von ihrem schmalen Körper ausging, müsse ihn versengen. Er spürte jeden ihrer Finger, die auf seiner Brust ruhten, als lägen sie wie glühende Eisen auf seiner Haut.

«Reden», flüsterte Vala an seinem Ohr. Ihr feuchter Atem kitzelte ihn. Er glaubte schon, ihre Lippen daran zu spüren, das Knabbern ihrer kleinen weißen Zähne, oh. Claudios schluckte. «Reden?», brachte er mühsam hervor. «Ach, du meinst erzählen.» Nach nichts war ihm weniger. Seine Kehle war wie ausgedörrt. Doch folgsam legte er sich eine Geschichte zurecht, die sie würde verstehen können, und begann. Nach wenigen Minuten schon bemerkte er, wie sie in seinen Armen schwer wurde; sie war eingeschlafen.

Claudios wartete eine Weile. Er betrachtete ihr entspanntes Gesicht, strich zart über die beschatteten Jochbögen, den harmonischen Schwung der Nase. Ich bin ein Sklave, dachte er, ich habe noch nie etwas Eigenes besessen, etwas so Schönes.

Sei kein Narr, dachte er. Vorsichtig entzog er ihr seinen Arm, stand steif auf, schlich in die Dunkelheit und verschaffte sich voller Scham Erleichterung. Dann streckte er sich seufzend wieder neben ihr aus. Erst lange später schlief auch er.

STICH INS HERZ

Selim, dem Kaufmann, war aufgefallen, dass es dem Kamel, das Vala behandelt hatte, wieder ganz prächtig ging. Es hinkte längst nicht mehr hinter der Karawane her, sondern ging im Zug mit den anderen. Er ließ ein Tier zu ihr bringen, dessen Seiten von Packsätteln wund gescheuert waren, und sie half auch dem. Ein drittes, das an unerklärlicher Schwäche litt und dem äußerlich nichts fehlte, kurierte sie, indem sie ihm ein seltsames Kraut zu fressen gab, was keine kleine Aufgabe war, so wie das Vieh sich wehrte und spuckte. Aber das dumme Tier war gesund geworden.

Selim begann, sie zu beobachten und den Wert dieses kleinen Mädchens zu taxieren, auch den ihres Pferdes, das zugegebenermaßen kleinwüchsig war, aber zäh, das sah man jeden Tag mehr. Zudem hörte es auf seinen Namen und lernte von Claudios, dem närrischen Spaßvogel, sogar ganz gelehrig verschiedene Kunststücke. Das waren Werte, die ein Geschäftsmann nicht übersehen konnte. So dachte der Kaufmann Selim bei sich und verfolgte mit seinen gelben Augen alles, was Vala tat.

Er hörte auch gut zu und wusste, was beim abendlichen Palaver an den Lagerfeuern über sie gesprochen wurde. Wenn sich auch keiner fand, der von sich behaupten mochte, dass es ihn nach ihr gelüste, dem kleinen, mageren Ding, pah, so war man sich doch allgemein darin einig, es ginge nicht an, dass ein Weibsstück alle Männer so in Bausch und Bogen verachtete. Denn dass nicht einmal Claudios sie gehabt hatte, merkte man wohl. Er, der sonst nie anstand, mit seinen Eroberungen zu prahlen, war diesmal seltsam zurückhaltend. Er kam nicht an die Feuer, wenn man ihn gutmütig rief, um zu hören, welche Vorzüge wohl ihre Brüste hätten und ob ihre Hüften hielten, was sie versprächen, er wisse schon. Nur rot wurde er, stotterte ganz ungewohnt und verdrückte sich, ohne seinen Teil getrunken zu haben, ganz rasch wieder.

Einige meinten, das läge daran, dass er ein schlechter Kamerad sei und nicht mit ihnen teilen wolle. Die Klügeren meinten schlau, dass er nur die Fragen nicht beantworten könne, ohne zu lügen, weil er die Antworten nicht wisse. Sie sei nämlich eine von diesen, die die Männer verachten. Und eben das sei nicht recht. So redeten die Sklaven.

Die interessantere Frage, warum Claudios, wenn er es schon nicht wusste, sich die Antworten nicht zurechtlog, wo er doch sonst ein begnadeter und skrupelloser Lügner war, stellten sie sich nicht. Selim hingegen wusste die Antwort. Und er strich seinen Bart und lächelte. In seinem Kopf entstand langsam ein Plan.

Einige Tage später, als Vala und Claudios die ihnen anvertrauten Tiere über eine Hochebene trieben und er ihr gerade von dem Tulpenmeer vorschwärmte, das zu anderen Jahreszeiten hier zu finden wäre und das er ihr zeigen wolle, wenn sie wieder hier vorbeikämen, preschte Selims Verwalter heran. Claudios runzelte die Stirn und stellte sich unwillkürlich ein wenig vor Vala. Sie war sein Schatz, doch er wusste schmerzlich, wie vage seine Besitzansprüche waren und wie schwach seine Kräfte, sie zu verteidigen. Umso mehr fürchtete er jedes Aufsehen, dass sie erregen konnten, und er hätte gewünscht, ihre kleine Idylle hier am Ende der Karawane wäre unsichtbar für die Augen der Welt. Er kannte Selim, seinen Herrn. Von ihm war noch nie etwas Gutes gekommen.

Doch zu seinem Erstaunen erklärte der Verwalter nur, der Herr wolle Vala entlohnen für die Arbeit, die sie geleistet habe. Claudios solle sie daher zu ihm führen.

Vala dachte sich nichts dabei. Sie war zu naiv, um Selims Macht zu erkennen, der für sie nur ein bärtiger Mann mit unangenehmen Augen war. Macht erschreckte sie nicht. Hatte sie nicht nur wenige Tage gezögert, um das Gebot ihres Schamanen zu übertreten? Und als er vor sie trat und sie mit all der Würde seines Amtes, vor den eingeschüchterten Mitgliedern des Stammes, für tot erklärte, da hatte sie kaum ein paar Minuten gebraucht, um ihm ins Gesicht zu lachen.

Sehr aufrecht, die Waffe im Gürtel und voll unbefangener Neugierde trat Vala in Selims Zelt, hinter ihr der nervös tänzelnde Claudios. Während Selim ein paar wenige förmliche Worte an sie richtete, ließ sie ihre Blicke schweifen. Erstaunt sah sie die fein gewebten Teppiche mit den lebhaften Mustern, die glänzenden Vorhänge. Vala bekam große Augen. Solche Teppiche, solche Stoffe und so kunstvolle Lampen wie die des Kaufmanns Selim hatte sie noch nie gesehen. Der kniff die Augen zu Schlitzen zusammen und beurteilte die Wirkung von Lampenlicht auf ihren Teint. Sein Lächeln unter dem Bart wirkte zufrieden. Mit einem gemessenen Nicken entließ er sie.

Und Claudios tat nichts lieber, als seine Vala rasch ins Freie zu führen. Selims plötzliches Interesse verunsicherte ihn. Er war froh, dass sein Herr nicht darauf bestanden hatte, das Mädchen dazubehalten. Nicht einmal einen lüsternen Blick Selims hatte Claudios wahrgenommen. Vielleicht sah er ja nur Hirngespinste. Vielleicht konnten sie einfach so weitermachen, Vala und er, mit ihren unschuldigen Spielen, ihren Schulstunden und ihren stillen Abenden zu zweit.

«Lass das», sagte er scharf und erschrocken, als sie im Hinausgehen stehen blieb und ein Kästchen mit schwarzen Körnern anfasste. «Sonst glauben sie noch, du willst es stehlen. Es ist ein Vermögen wert.»

«Was ist ein Vermögen?», fragte Vala. Sie hatte inzwischen eine Menge gelernt.

«Ein Vermögen», Claudios überlegte. Dann breitete er die Arme aus. «Ganz viel von allem: viele Kamele, viele Ladungen, viele Sklaven, viel hiervon», er warf die Hand voll Münzen, die sie erhalten hatte, in die Luft und fing sie geschickt wieder auf.

«Und alles da drin?» Vala schaute zweifelnd auf das Kästchen. Es konnten kaum mehr als ein paar Hand voll von den unscheinbaren Körnern darin sein. «Was ist das?»

«Pfeffer», sagte Claudios, verneigte sich noch einmal vor Selim und zog sie hinaus. Erst an der frischen Luft war ihm wieder wohl.

Pfeffer, wieder hatte sie etwas gelernt.

«Ein solches Schächtelchen, und wir wären frei. Stell dir vor, Vala, frei. Mehr als das. Wir wären reich und unsere eigenen Herren. Ich würde mir ein Haus kaufen, auf Zypern, da komme ich her, musst du wissen, und dann ...»

«Aber wir doch frei», warf Vala ein, die wieder zuhörte. «Wir reiten.» Sie wies mit vager Geste in die Landschaft. «Überallhin.»

«Und die Leoparden? Die Bären?» Claudios schüttelte schaudernd den Kopf. «Wir würden verhungern und verdursten, wenn wir uns durch die Einöde schlagen müssten.»

«Ich getan.» Vala war unbeeindruckt.

«Ja, allerdings. Und wie hast du danach ausgesehen. Entschuldige, aber lange hättest du es doch nicht mehr gemacht, oder?»

Vala schob trotzig die Unterlippe vor.

«Außerdem ist da noch das da.» Mit düsterer Miene schnippte er gegen den bronzenen Halsring, den er trug, das Zeichen seiner Sklavenschaft. «Damit werde ich überall als Entlaufener erkannt. Und dann greifen sie mich auf und peitschen mich zu Tode.»

Vala zuckte mit den Schultern. Sie war immer noch nicht bereit, die Sklaverei als etwas Reales, Unabänderliches anzuerkennen. Es erschien ihr einfach zu absurd, dass ein Mensch einem anderen gehören sollte. Was zählte schon so ein Reif? In jedem Dorf gab es Schmiede, die ihn abmachen konnten. Sie sagte es Claudios.

«Er würde mich verraten», warf der ein.

«Wir ihn bezahlen», hielt Vala dagegen und zeigte ihm ihre Hand voll Münzen.

Claudios verzog das Gesicht. «Das genügt nie im Leben.»

«Wir ihn töten», meinte Vala munter und ging voran. Claudios verdrehte die Augen zum Himmel. Sie verstand es einfach nicht, verstand nicht, dass sein Leben war, wie es war. Zumindest seit seinem achten Lebensjahr, seit diese goldhaarigen Piraten sein Dorf überfallen und ihn auf dem Sklavenmarkt verkauft hatten. Er war durch viele Hände gegangen und dabei immer weiter nach Osten gewandert, hinein ins Reich der Kalifen, bis ihn schließlich Selim erworben hatte, der ihn mitnahm auf seine Kaufmannsreisen tief hinein nach Asien.

Claudios hatte das blaue Mittelmeer seit fast zehn Jahren nicht mehr gesehen, und er gewöhnte sich langsam an den Gedanken, es niemals wieder zu sehen, das heimatliche Griechisch nie wieder zu hören. Es gab allerdings Dinge, die ihn mit dieser Vorstellung aussöhnen konnten. Leidenschaftlich betrachtete er Valas schlanke Gestalt, die vor ihm ging. Es war ein Glücksfall, dass sie so plötzlich vom Straßenrand in sein Leben getreten war. Er hatte es vom ersten Moment an begriffen. Sie wirkte so kindlich und naiv, er war ihr Lehrer in fast allen Dingen. Und doch war eine Stärke in ihr, er begriff es vage und es ärgerte ihn, die weit größer war als seine eigene.

Er dachte an ihre Nächte, ihre qualvoll unschuldigen Nächte. Sie war das Erste, was ihm ganz allein gehörte. Oh, er würde alles, alles tun, damit sie bei ihm bliebe.

«Schaut euch Claudios' Wilde an!» Er hatte die groben Stimmen schon gehört und sah nun die Männer, die seine Vala umringten und zu beleidigen begannen. Er rannte und stellte sich keuchend an ihre Seite. «Lasst sie in Ruhe», verlangte er.

Hohnlachen antwortete ihm. «Was willst du denn mit einer, die dich nicht einmal ranlässt!», rief jemand.

Claudios fuhr herum. «Verschwindet, sonst kriegt ihr Ärger mit Selim.» Er umklammerte die Münzen des Kaufmanns in seiner Faust mit aller Macht.

«Ach», kam die Antwort, «fickt Selim sie jetzt?»

«Was sagen sie?», fragte Vala. Verwirrt sah sie Claudios' zornrotes, hilfloses Gesicht und die höhnischen Mienen der anderen. Sie spürte die Feindseligkeit, und sie glaubte auch einige der Wörter zu verstehen, die ihr nun entgegengerufen wurden. Nicht wörtlich zwar, doch sie begriff, dass sie verletzend gemeint waren. Warum schlug Claudios sie nicht einfach nieder? Valas Hand fuhr zu ihrem Schwert.

Sofort fasste Claudios nach ihren Fingern und suchte sie zurückzuhalten. «Lass mich das machen», presste er zwischen den Zähnen hervor. Es waren zu viele. Doch Vala war nicht zu halten. Zischend fuhr ihre Klinge aus der Scheide.

Die Männer schrien empört, es gab ein Gerangel und Geschubse um die beiden, ein Steinbrocken flog. Vala stolperte, fing sich noch einmal und trat mit dem Fuß eine lose auf Geröll liegende kleine Steinplatte um. Sie hörte den Aufschrei der anderen, bevor sie das Tier sah. Es war eigentlich recht klein, kaum größer als eine Spinne, aber glänzend, als wäre es feucht. Und es hatte einen Stachel. Der Stich tat nicht einmal besonders weh.

«Skorpion!», schrien die Männer. Dann wurde es still. Beschämt und eilig drückten sie sich zu den Seiten weg.

Vala stand da und starrte noch immer auf das unbekannte Tier. Sie begriff Claudios' Aufregung nicht, der losrannte und immer wieder den gellenden Pfiff ausstieß, mit dem sie Vaih zu rufen pflegte und den sie ihn gelehrt hatte. Nach kürzester Zeit kam das kluge Tier rasch angetrabt. Claudios hob sie ohne Umstände in den Sattel. Vala wollte abwehren, doch er bestand darauf.

«Sie sind nicht tödlich», erklärte er hastig, «nicht diese.» Er führte das Pferd zu ihrem Lagerplatz. «Nicht immer. Aber du darfst dich nicht zu viel bewegen. Sonst geht das Gift ins Blut.»

«Sie sind giftig?», fragte Vala verwirrt. Ihr Kopf fühlte sich bereits heiß an, ihr wurde schwindelig. Sie bekam kaum noch mit, wie Claudios sie vom Pferd hob, in den Schatten eines Felsens bettete und sich daranmachte, die Stichwunde an ihrem Fuß zu untersuchen. Als er die Stelle kreuzförmig einschnitt und begann, das Blut aus der Wunde zu saugen, flatterten ihre Lider und schlossen sich.

Als sie sich wieder öffneten, war es am Abend des nächsten Tages. Claudios hatte Vaih ihrer beider Gewicht zugemutet und sie den ganzen Tag im Sattel in seinen Armen gehalten, hadernd mit sich, dass er sie nicht besser beschützt hatte. Sie hatte kämpfen wollen, er nur reden, dachte er bitter.

Vala fühlte sich schon bedeutend besser, aber immer noch müde und zerschlagen. Ihr Mund war trocken, doch ihr Fieber schien gesunken. Es gelang ihr, sich ein wenig aufzurichten. Als Claudios sah, dass sie wach war, kam er vom Feuer herüber.

«Diese Dreckskerle», schimpfte er, während er ihr den Schweiß von der Stirn tupfte. Vala versuchte vergebens, seinen Ausbruch zu bremsen, und bat um Wasser. Er reichte es ihr unter wüsten Beschimpfungen aller Araber. «Kameltreiber», rief er, «Pfeffersäcke. Ach, der Pfeffer. Wir hätten ihn nehmen und verschwinden sollen. Nach Griechenland.» Vala musste lächeln.

«Ich werde dir nie wieder ein Wort ihrer dreckigen Sprache beibringen.»

«Claudios!»

«Was ist?», fuhr er auf. «Glaubst du mir nicht? Das Griechische ist die wahre Sprache der Welt, die Sprache der Philosophie und der Wissenschaft, die der Kunst und ... du lachst?» Er war ernsthaft betroffen.

«Dein Griechenland ...», setzte Vala an.

«Jawohl», erklärte er feurig. «Du glaubst, es ist nur ein kleines, unwichtiges Land, so wie ich ein Niemand bin, was?»

«Ich glaube nicht, dass du ...», begann Vala, aber Claudios war nicht zu bremsen.

«Es hat den größten Feldherrn der Welt hervorgebracht. Alexander!» Er schaute sie triumphierend an und wies dann um sich. «All das hier hat ihm einst gehört. Iskender! Ja, so nannten sie ihn. Und ich sage dir, sie werden noch heute bleich, wenn sie seinen Namen hören.» Unvermittelt hatte er die Stimme gesenkt. Zwei Männer gingen nahe ihrem Feuer in der Dunkelheit vorbei und nickten ihm vage zu.

«Iskender?», fragte Vala laut.

«Pst.» Erschrocken gebot Claudios ihr Schweigen. «Sie hören es nicht gern», erklärte er mürrisch, als er ihr fragendes Gesicht sah.

Vala nickte ernsthaft, als bedächte sie, was er sagte, und fügte mit schelmischer Miene hinzu: «Gut. Wir sie besser nicht erschrecken.»

Claudios schaute sie misstrauisch an; wollte sie sich über ihn lustig machen? Dann klopfte er sich den Sand von den Händen. «Nun gut, dann wollen wir mal.» Er machte sich daran, ihren Fuß zu untersuchen. Die heruntergebrannte Glut genügte gerade noch als Beleuchtung. Um sie herum wurde es stiller. Die Zikaden zirpten eintönig, ein Nachtvogel schrie.

«Das sieht ja alles ganz gut aus.» Vala beobachtete, wie er vorsichtig, als hätte er etwas Zerbrechliches in der Hand, ihren Fuß hin und her wendete. Aus leichtem Tasten wurde ein zartes Streicheln, das nicht unangenehm war. Das Prickeln, das in ihrem Bauch einsetzte, belustigte und alarmierte sie zugleich.

«Nicht», brachte sie mit Mühe hervor, doch Claudios' Hände waren schon ihre Wade hinaufgewandert, liebkosten ihre Kniekehlen und das feste Fleisch darüber.

«Nicht!»

Claudios hörte nicht auf sie. Sein Atem ging nun keuchend, während seine Finger die heißen Innenseiten ihrer Schenkel erkundeten.

«Nicht. Ah!» Unwillkürlich hatte sie das Bein gestreckt und Claudios damit einen kräftigen Tritt vor die Brust versetzt. Sie schrien beide, als er, unvorbereitet auf den Angriff, hintenüberfiel. Er schlug mit dem Kopf auf und biss sich dabei auf die Zunge. Blut lief aus seinem Mundwinkel, als er sich wieder aufrichtete und sie anstarrte.

Es war etwas in seinem Blick, das Vala nicht deuten konnte. Sie wusste nicht und konnte es nicht wissen, dass er, der Sklave, der seinem Herrn abends die Sandalen von den Füßen zu streifen pflegte, schon oft auf ebendiese Weise getreten worden war, wenn er nicht eilig oder behutsam genug gearbeitet hatte. Auch jetzt kauerte er vor ihr, die ihn entsetzt betrachtete, wie ein bestrafter Knecht.

Aber Vala sah die tiefe Verbitterung, die Überraschung in seinen Augen und, gut dahinter verborgen, die Scham und den Schmerz. Etwas davon rührte sie so, dass sie nach ihm griff und ihn zu sich zog. Claudios reagierte nicht, bis sie vorsichtig mit ihren Lippen die seinen berührte, so wie ein Kind seine Stirn an die eines anderen lehnt. Und dann kam ihre kleine heiße Zunge und leckte den Blutstropfen aus seinem Mundwinkel.

Claudios stöhnte auf.

Er griff nach ihr, presste sie an sich und suchte erneut nach ihren Lippen. Gierig sog er daran, leckte mit seiner Zunge darüber, fuhr den zarten Grat zwischen Innen- und Außenseite entlang, setzte erst zarte Tupfer, die sie erschauern ließen, biss dann sanft in ihre Unterlippe. Er suchte ihre Zunge und fand sie. Vala schwindelte es. Ihr schien, die ganze Welt war aus den Fugen und drehte sich und kam erst wieder zum Stillstand, als sie keuchend aus diesem ersten Kuss wieder auftauchte. Ihre Lippen schmerzten, heiß und doch wunderbar. Doch Claudios gewährte ihr nur eine kurze Pause.

Seinen hungrigen Mund auf dem ihren, brachte er sie langsam dazu, sich hinzulegen. Vala klammerte sich an seinen Hals und ergab sich dem Strudel, der sie hinabzuziehen schien. Er war ihr einziger Halt. Mit fliegendem Atem lauschte sie dem Beben nach, das seine heißen, trockenen Hände auf ihrer Haut auslösten. Sie schienen überall zu sein. Noch nie hatte sie jemand so berührt, noch nie an diesen Stellen. Es war ihr, als sprühe ihre Haut Funken, wie Vaihs Fell, wenn man darüber fuhr, vor einem Gewitter. Alles in ihr erwachte zu funkelndem Leben.

Scharf sog sie die Luft ein, als sich erst seine Hände und dann seine Lippen um ihre Brüste schlossen, und Gänsehaut überlief sie am ganzen Körper. Fast hätte sie aufgeschrien. Nur der Gedanke an die anderen, so nahe bei ihrem Feuer, hielt sie zurück. Vala glaubte zu schweben oder zu schwimmen. Alles war durcheinander, wirr wie ihre Haare und ihre hochgeschobenen Kleider. Für Momente meinte sie nicht mehr zu wissen, wo sie aufhörte und Claudios anfing. Es gab keine Grenze mehr. Und willig gab sie ihm immer wieder ihre Lippen, begann selbst, kühner geworden, seinen warmen Mund zu erforschen, und trank ihn, seinen Geruch, den sie schon kannte, seinen beinahe vertrauten Geschmack, mit der kleinen metallischen Beimischung von Blut, die ihren Jagdinstinkt erregte.

Vala sog den Geruch seines Nackens ein, knabberte mit ihren Zähnen daran. Ihre Zunge leckte an seiner salzigen Haut. Sie hörte ihn stöhnen und spürte die Woge der Erregung, die sich in dem Mann aufbaute. Ihre Kraft überwältigte Vala. Sie zitterte vor Angst und Genuss gleichermaßen und drängte sich an ihn. Claudios umfasste sie, fesselte sie mit Armen und Beinen an sich und rollte sich auf sie.

Vala stöhnte und wand sich unter ihm, sich ihm bereitwillig hingebend. Als seine Knie zwischen ihre fuhren und sie mit festem Druck zu spreizen suchten, gehorchte sie erschauernd. Sie umschlang ihn mit ihren Schenkeln und presste ihr Becken an sein heißes Geschlecht. Bis sie mit einem Mal erschreckt verkrampfte. Er spürte ihren Widerstand und hielt inne, auf ihr liegend, die Finger in ihren Haaren vergraben. Für einen Moment der Stille im Auge des Sturmes schauten sie sich an.

«Tut das weh?», fragte er heiser und senkte sich auf sie.

Vala schüttelte den Kopf, so gut sie das mit den gefesselten Haaren vermochte. Dann, plötzlich, nickte sie. Sie schloss die Augen und ließ einen langen Seufzer hören. Claudios begann, sich vorsichtig auf ihr zu bewegen, und Vala war, als woge sie wie das Gras auf der Steppe, wenn der Wind darüber fährt. Es war Gewalt und Zärtlichkeit zugleich; es war wie nichts, was sie kannte. Sie schlang die Arme um ihn, spürte, wie sein Gesicht sich in ihrem Haar vergrub, und überließ sich dem Sturm, der sie forttrug.

Später, als sie nebeneinander lagen, schweißbedeckt und mit wunden Lippen, als sie die Sterne am Himmel wieder wahrnahm, die ganz still standen, unberührt von allen Wogen, und sie wohlig spürte, wie seine Finger ihren Nacken kraulten, da fragte Claudios: «Wie fühlst du dich?», und küsste sie auf die Schläfe.

Schon halb im Schlaf, drückte Vala sich an ihn. «Du hast mich aufgegessen», murmelte sie.

Er lächelte und hielt sie, bis sie eingeschlafen war. Nun war sie tatsächlich ganz und gar sein Eigen. Sie war das Erste, was er für sich allein besaß. Alles sonst, die Kleider auf seinem Leib, die Sandalen an seinen Füßen, die Weiber in den Kneipen, die er vor ihr kannte, waren durch die Hände Selims und Dutzender anderer gewandert, ehe sie zu ihm kamen. Er konnte es kaum fassen. Und ein Glücksgefühl durchwallte ihn, das ihm fast die Brust sprengte. Aber zugleich kam die Angst.

O Gott, er würde alles tun, alles, nur um sie zu behalten.

Liebeslohn

Natürlich versuchte Claudios, sein neues Glück vor der Welt zu verbergen. Aber wie hätte ihm das gelingen sollen? Sein Gang war aufrechter, seine ganze Haltung gerader, zuversichtlicher, und er schritt mit neuer Energie aus, wenn er lief. So ging ein Mann, der Grund hat, mich sich und der Welt zufrieden zu sein, stolz zu sein.

Und Vala saß auf ihrem Pferd und sang den halben Tag wie ein Vogel. Ihr Haar schien seidiger, ihre Lippen röter, ihr Gang, wenn sie absaß, wiegender, und der Eifer, mit dem sie abends ihrer beider Lager bereitete, machte Claudios beinahe erröten. Sollte sie, die so unschuldig gewesen war, nicht zurückhaltender sein?

Doch Vala ergab sich ganz und ohne Rückhalt dem neu entdeckten Genuss. Sie wusste nicht, warum sie es nicht hätte tun sollen. Ihr Herz war so leicht dabei und ihr Becken so angenehm schwer. Kichernd umarmte sie vor dem Schlafengehen ihre Stute und eilte zu Claudios. Von Vaih kam kein Tadel, und auf andere Urteile legte Vala keinen Wert. Summend stocherte sie im Feuer und lächelte Claudios so verführerisch zu, dass diesem auch fernab der Glut ganz heiß wurde. Er vergaß alle Vorsicht.

Wie schön sie war, seine Vala. Ihm war, als bemerke er es jetzt erst so richtig. Ihre stolze Haltung, die kleinen, wie gedrechselten Brüste, das wehende Haar. Sie war klein, doch langgliedrig gebaut, und unter ihrer seidigen Haut spielten stärkere Muskeln, als er es bei einer Frau je gesehen hatte. Sie federte wie eine gefährliche, kostbare Klinge.

Schade nur, dass sie in diesen abgerissenen, nach Pferd stinkenden Kleidern herumlaufen musste und die anderen sie verhöhnten, sie eine Wilde nannten. Vala schien das nichts auszumachen. Aber ihn, den neuen, besitzstolzen Claudios, ihn störte es mit einem Mal. Ein richtiger Mann, dachte er grimmig, würde sein Mädchen in Brokat und Seide kleiden, dass alle Spötter vor Neid verstummten. Dieser Gedanke verdüsterte seine Stimmung eine Weile. Und nach ein paar Tagen, in denen es Vala nicht gelingen wollte, seine nachdenkliche Miene dauerhaft aufzuheitern, fasste Claudios einen Plan. Er würde Vala schmücken, koste es, was es wolle.

Im Grunde war sich Claudios über die Kosten genau im Klaren. Er wusste, zu welchem der Verwalter er gehen musste. Der Mann diente einem Kaufmann aus Buchara, der mit Kleidern handelte, und hatte ihm schon früher im Verlauf der Reise Avancen gemacht, ihm Blicke zugeworfen, mit den Lippen geschnalzt, wenn er vorbeiritt, oder sein Bein an Claudios gerieben, zu dessen großem Ärger, der den derben Spott der anderen Sklaven fürchtete. Der Mann war ihm widerlich, aber die gewünschte Dienstleistung wohl vertraut.

Als achtjähriger Sklavenjunge, mit schlanken Gliedern und großen Kirschenaugen unter den Locken, war Claudios frühzeitig in die Männerliebe eingewiesen worden und hatte so manchem Herrn als Lustknabe gedient, ehe er in Selims Hände gelangte, dessen Interesse vorwiegend dem Geld gehörte und der sich nur gelegentlich der Lust bediente, um seinen Machtanspruch auf jemanden zu verdeutlichen.

Claudios spuckte aus und stand auf. Er versuchte, seinem Gang etwas von der pfiffigen Lässigkeit des Schlitzohrs zu geben, das einen genialen Plan verfolgt, als er in der Dunkelheit verschwand. Doch es gelang ihm nicht recht.

Als er wiederkam, waren seine Bewegungen merkwürdig steif. Sein Hintern tat weh und nicht nur der; der Verwalter hatte sich als ein rücksichtsloser Liebhaber erwiesen und harsch in seinen Ansprüchen. Claudios' Stolz hatte gelitten, was sich nicht so leicht wie der kalt gewordene Liebesschweiß von der Haut wischen ließ, ehe er in den Lichtschein ihres Feuers trat. Aber er hielt ein Päckchen im Arm, das er der fragend blickenden Vala in die Hand drückte. In seinem bei ihrem Anblick wiedergefundenen Lächeln lag echte Leidenschaft.

«Da, ein Geschenk für dich.»

Neugierig löste sie die Schnur und hielt ein Frauengewand in Händen. Das Kleid war blau wie die Schatten in Valas Haaren, bodenlang, mit tütenförmigen Ärmeln und einem breiten, bestickten Saum um den Halsausschnitt. Durchsichtige Schleier umwanden anmutig das Oberteil und konnten auch über den Kopf gezogen werden. Vala wedelte etwas ratlos mit ihnen hin und her.

«Das ist, das ist …», überlegte sie. «Unpraktisch zum Reiten», befand sie schließlich. «Schau!» Sie demonstrierte ihm, dass die seitlichen Schlitze nicht weit genug hinaufreichten, um ihr den bequemen Sitz im Sattel zu erlauben. Außerdem, erklärte sie, würden die weiten Ärmel stören, ihre Schenkel wären ohne Hosen ungeschützt und der ganze Stoff überhaupt zu dünn und zu rasch durchgewetzt. Noch immer zupften ihre Finger an dem Schleier herum. «Nimm es zurück», sagte sie schließlich bittend, aber endgültig. «Ich kann es nicht brauchen. Danke», fügte sie umständlich nach einer Pause hinzu. Sie sagte es auf Griechisch, wie er es sie neuerdings gelehrt hatte.

Claudios' Lächeln erstarb. Er schob den Unterkiefer vor.

Vala sah, dass seine Zähne aufeinander mahlten. «Du kannst es doch bestimmt …», setzte sie an.

Aber Claudios war aufgesprungen, hatte das Kleid mit einer Bewegung in den Staub gefegt und starrte sie an. «Du brauchst mich nicht», fauchte er.

«Aber ich habe doch nur …»

«Weißt du denn, verdammt nochmal, was ich alles für dieses Kleid getan habe?», brüllte er und errötete zugleich. Dass sie es tatsächlich erführe, war das Letzte, was er wollte. Sie sollte nicht wissen, dass er einer war, dem nicht einmal der eigene Körper gehörte. Das machte ihn noch wütender.

Vala ließ mit ungläubigem Staunen diesen Ausbruch über sich niedergehen wie ein plötzliches Gewitter. Sie war ganz und gar überrascht davon und konnte sich nicht erklären, was Claudios' Wut hervorgerufen hatte. Das Kleid konnte es doch nicht sein; Kleider waren ihr gänzlich unwichtig. Aber sie war sich keiner Schuld bewusst und nicht willens, sich so behandeln zu lassen. Ihre Miene wurde ebenfalls trotzig und verschlossen. Sie reckte das Kinn und warf die langen schwarzen Haare zurück. Mit langen Schritten ging sie hinüber zu Vaih, dem einzigen Lebewesen, mit dem sie sonst sprechen konnte.

Claudios sah ihr nach. Furcht kroch in sein Herz. Wenn sie nun plötzlich aufsäße und in der Dunkelheit verschwand? So plötzlich, wie sie in sein Leben gekommen war, konnte er sie wieder verlieren. Sie war frei. Er dachte es nicht ohne Grimm. Seine Hände zerknüllten das Kleid.

«Vala, ich …», rief er hinüber. Doch er sah, wie sie ihm den Rücken zuwandte, um dem Pferd etwas ins Ohr zu flüstern. Seine Wut verflog. Er war müde und traurig. Morgen würde er wieder zu dem Mann gehen müssen. Und noch manche Nacht, bis er seine Schulden bezahlt hatte. Der Verwalter würde das Kleid wohl kaum zurücknehmen. Claudios lachte bitter. Eigene Dummheit. Er schaute zu ihrem Lager, dessen Decke heute Abend keine Hand einladend zurückgeschlagen hatte. Da lag das Kleid, das verdammte blaue Ding. Er konnte den Anblick nicht mehr ertragen. Claudios nahm es wieder auf. Er würde es zurückbringen. Vielleicht ließ der Mann ja mit sich reden.

Claudios war keine drei Schritte weit gekommen, als eine Stimme ihn anhielt, die seinen Namen rief. Er blinzelte in die Dunkelheit. Es war Selim. Claudios wurde plötzlich kalt. Sein Herr strich sich den Bart, während er ihn betrachtete, und Claudios hatte das Gefühl, er blicke durch ihn hindurch bis in den letzten Winkel seiner Seele. Selim wusste, wo er herkam, was er getan hatte und was er empfand. Claudios zitterte. Er hatte gewusst, dass dieser Moment kommen würde.

Selim lächelte und nickte. «Gut», sagte er, «du weißt, warum ich hier bin.» Claudios, mit schmerzenden Gliedern, die Vergeblichkeit in Händen, senkte den Kopf.

selims peitsche

Selims Verwalter, Walid, kam am nächsten Abend an ihr Feuer. Claudios sprach lange und ernst mit ihm. Vala, die Vaih striegelte, beobachtete sie von weitem. Es fiel ihr auf, wie ausgiebig Claudios nickte und welch ausladende Gesten er mit den Händen machte. Er kann das Schauspielern nicht lassen, dachte sie mit einem nachsichtigen Lächeln. Immer wenn er mit seinen Herren sprach, verwandelte er sich in einen Komödianten.

Walid ging und Claudios kam herüber, um ihr mitzuteilen, dass Selim erkrankt sei und um ihre Hilfe bitte. Ihn plage ein Geschwür. Vala ging bereitwillig ihre Kräuter holen. Sie spürte Claudios hinter sich stehen, als sie ihre Vorräte prüfte und zusammenpackte. Fragend drehte sie sich um. Er schüttelte den Kopf.

«Nein, nein, nein», erklärte Claudios ernst. «So kannst du nicht gehen.»

Fragend schaute sie an sich hinunter.

«Sieh dich doch an: zerrissen, schmutzig, es stinkt nach Pferd, dein Gewand. Entschuldige», er kniete sich hin und nahm ihre

Hände, ehe sie auffahren konnte. «Aber Selim wird sich über dich lustig machen, wenn du so kommst. Er wird dich nicht ernst nehmen. Und der Gedanke tut mir weh.»

Gegen ihren Willen musste Vala lächeln. Sie streichelte ihm über die Wange. «Immer du deinem Herren gefallen.»

Claudios blickte beiseite. «Solange ich ihm gefalle, geht es uns gut», murmelte er kaum hörbar.

Vala schüttelte noch immer lächelnd den Kopf. Ihre Haare flogen, doch zu Claudios' Überraschung gab sie bald nach. «Vielleicht du frei, wenn ich ihn gut heile», meinte sie und zwinkerte ihm zu. Claudios biss sich auf die Lippen. «Ich liebe dich», wollte er sagen, doch seine Stimme versagte, und es kam nur ein kaum verständliches Krächzen heraus. Er wollte sie küssen, doch seine Lippen verfehlten die ihren; Vala kämpfte gerade mit den blauen Schleiern. In die Stoffbahnen abgetaucht, enthob sie ihn weiterer Erklärungen.

Dann allerdings gab es erneut Schwierigkeiten. Vala konnte weder ihr Schwert noch ihren Dolch an dem neuen Kleid befestigen.

«Vielleicht willst du auch noch den Speer mitnehmen?», fragte Claudios. «Du gehst an ein Krankenlager, nicht in den Krieg.»

«Aber ich trage immer bei mir», wandte sie ein.

«Immer?» Claudios versuchte, seiner Bemerkung einen anzüglichen Ton zu geben. Er griff nach ihr, wagte aber nicht, sie an sich zu ziehen, aus Angst, sie könne bemerken, wie er zitterte. Sie schaute ihn prüfend an, dann gab sie ihm einen Klaps und lachte. Verärgert vor sich hin murmelnd, versuchte sie erneut, aus den Schleiern eine taugliche Schlaufe für ihren Dolch zu knüpfen. Doch es ging nicht. Claudios drängte zur Eile. Schließlich gab Vala achselzuckend auf. Für die kurze Weile musste sie wohl auf ihre Ausrüstung verzichten.

Ganz wohl war ihr nicht, als sie ganz allein auf Selims Zelt zuschritt. Doch sie schob es auf das neue Kleid, das sich ungewohnt um ihre Beine bauschte und ihren üblichen forschen Schritt bremste. Die Männer an den Feuern starrten sie an wie eine Erscheinung, alle Köpfe wandten sich zu ihr um und verfolgten ihren Weg über den Sand bis zum Eingang des Zeltes, den Walid auf ihren Zuruf öffnete. Sie senkte den Kopf und verschwand. Draußen hob das Gemurmel an.

«Hier entlang», sagte Walid und betrachtete sie auf eine Weise, die Vala unwillkürlich das Kinn recken ließ. Sehr steif und gerade folgte sie dem Verwalter. Selim ruhte auf seinem Lager. Er hatte seinen Turban abgelegt und trug ein lose fallendes rotes Gewand mit gelber Schärpe, das über der Brust offen war. Seine gelben Augen verfolgten ihr Eintreten unter trägen Lidern hervor auf das aufmerksamste. Mit dünnen Fingern strich er sich über den Schnurrbart. Vala grüßte ihn mit einem kurzen Kopfnicken, legte ihr Bündel ab und erkundigte sich, wo das Geschwür säße, das ihn plage. Bunte Glasampeln warfen ein rötliches Licht, das die purpurnen Schatten auf Selims Gewand vertiefte. Es roch nach Duftessenzen und Weihrauch.

«Hier.» Selim begann den Saum seines Gewandes hochzuziehen. Drahtige braune Waden wurden sichtbar. Der Saum rutschte höher. «Über dem Knie.»

«Wo?», fragte Vala und beugte sich vor.

«Na hier.»

Plötzlich spürte sie eine Hand in ihrem Nacken, Selims dürre Finger, denen ihre Kraft nicht anzusehen war. Sie wurde hochgerissen und mit dem Gesicht in die Kissen gedrückt, die sie mit dem Aroma von Staub und Moschus fast betäubten. Vala schnappte überrascht nach Luft und zappelte. Sie war vollständig überrumpelt und begriff im ersten Moment überhaupt nicht, was vorging. Wie eine Katze um sich schlagend und fauchend, versuchte sie ihr Gesicht zu befreien und wieder zu Atem zu kommen. Doch es gelang nicht. Da bemerkte sie voller Entsetzen, wie Selim begann, ihr das Kleid über die Hüften hochzuschieben.

«Nein!», schrie Vala erstickt und verdoppelte ihre Anstrengungen. Sie versuchte, nach ihm zu treten, doch er hatte sich zwischen ihre Knie gezwängt und war unangreifbar. Ihre hilflosen Hände tasteten blind über die Falten seines Gewandes, ohne ihn ernsthaft verletzen zu können. Da spürte sie etwas. Sofort schloss sie die Finger darum. Es war der Griff seines eigenen Dolches. Sie zog ihn aus der Schärpe, und blitzschnell stieß sie zu. Doch blind und mit verdrehten Armen konnte sie weder zielen noch die nötige Kraft in den Stoß legen. Zwar spürte sie, wie der Dolch eindrang, und hörte sie Selims Schrei, aber es war eher ein Ausruf des Erstaunens und der Wut als des Schmerzes.

Vala fühlte sich herumgeworfen; sie lag auf dem Rücken. Aufgetaucht aus den Kissen, fegte sie ihre wirren Haare beiseite, schnappte nach Luft und rappelte sich auf, bereit, sich sofort auf Selim zu stürzen. Doch der kniete schon über ihr und lächelte, den Dolch mit der krummen Klinge an ihrem Hals. Vala spürte ihn ganz dicht neben ihrer pochenden Ader.

«Leg dich einfach wieder zurück», sagte Selim. «Ganz ruhig.»

Vala hatte keine Wahl. Sie sah Walids grinsendes Gesicht hinter dem Rücken seines Herrn. Nein, dachte sie, doch sie gehorchte. Die Klinge hielt sie nieder. Roh drückte Selim ihre Beine auseinander. Valas Augen wanderten, um nicht sehen zu müssen, wie er sein Gewand öffnete. Sie wollte sie schließen, sich weit fort denken, zu Vaih, in die Steppe, weit, weit weg, doch Panik überfiel sie, und sie riss die Augen wieder auf. Ihre Finger krallten sich in die Decke.

«Und merk dir», sagte Selim, «du gehörst mir.»

Vala schrie.

«Vaih, was ist denn?» Erschrocken sprang Claudios auf und ging zu der Stute, die nervös hin und her trabte. «Ist ja gut, meine Schöne.» Vaih wieherte und stieg. Eine ganze Weile versuchte Claudios vergeblich, sie zu beruhigen, die Stute schlug wild aus und wäre davongaloppiert, hätte er sie nicht gehalten. Schließlich stand sie neben ihm, schnaubend und mit zitternden Gliedern. Der Junge neben ihr zitterte nicht weniger. «Ach, Vaih!» Er verbarg seine Tränen an ihrem Hals.

Vala erschien in dieser Nacht nicht mehr und auch nicht am nächsten Tag. Claudios machte die Kamele fertig wie immer, lud die Lasten auf und nahm Vaih am Zügel, die ihm widerwillig folgte. Die Karawane setzte sich in Bewegung. Claudios nahm an, dass Selim Vala in seine Sänfte gesetzt hatte, doch er zog es vor, nicht genauer darüber nachzudenken. Sie kam auch nicht am folgenden Abend. Claudios' Finger verkrampften sich vor Wut um den Holzstock, mit dem er in der Glut stocherte, und er verfluchte Selims Lust, andere zu quälen. Er ahnte, dass Vala dieser Neigung reichlich Nahrung bot. Vaih kam heran und schob ihm die Nase unter die Achsel, doch er stieß sie weg und senkte den Kopf noch tiefer, auf der Flucht vor den Bildern, die sich ihm aufdrängten. Die Angst nagte an ihm, nicht das Richtige getan zu haben. Und doch, wandte er leidenschaftlich ein, als stünde Vala selbst ihm gegenüber, war es das einzig Vernünftige, nein, das einzig Mögliche gewesen.

Selim hat versprochen, dich als Sklavin in seinem Haushalt zu behalten, rechtfertigte er sich vor der abwesenden Vala. Wir können bald immer zusammen sein. Du und ich, Vala. Am liebsten hätte er es geschrien. Ohne kindische Fluchtpläne, ohne Grillen vom Leben in der Wildnis, einfach so. Es wird bald vorbei sein, Liebste. Halt durch. Selim verliert schnell die Lust. Er wird dich bald vergessen, wie er mich vergessen hat. Es geht ihm nur darum, seine Macht zu demonstrieren.

Selim der Kaufmann hatte Gäste. Zu ihrem Erstaunen bemerkten sie, dass nicht nur ein reich gedeckter Tisch sie in seinem Zelt erwartete, sondern dass seitab auf einem Lager auch ein Mädchen ruhte, dessen lange schwarze Haare über rotseidene Decken flossen, die ihren schlanken, nackten Körper kaum bedeckten. Bei näherem Hinsehen, das Selim nicht verwehrte, bemerkten sie, dass die Füße des Mädchens an die Bettpfosten und ihre Handgelenke über dem Kopf aneinander gefesselt und ans Kopfteil gebunden waren.

Mit einer Handbewegung lud Selim seine Gäste ein, sich niederzulassen. Befriedigt nahm er die begehrlichen Seitenblicke wahr, die sie warfen. Auf das Haar wie Seide, das schmale, unbewegte Gesicht des Mädchens, wie eine Maske aus Elfenbein, ihre schlanken Schenkel. Walid vor allem, der Verwalter, konnte sich kaum bezähmen und schwänzelte immer dichter um Vala herum, ja, er pflanzte seinen dicken Hintern sogar einige Male auf die Kante ihres Bettes, direkt neben ihr Gesicht. Vala schien ihn nicht zur Kenntnis zu nehmen, was ihn so reizte, dass er sich zu ihr hinunterbeugte. «Ich bekomme stets die Reste von der Tafel meines Herrn», zischte er in ihr Ohr, «früher oder später.» Vala drehte den Kopf weg. Zu Walids Erstaunen zeigten ihre Züge beinahe so etwas wie ein Lächeln. Unsicher stand er auf.

«Walid, du Narr, komm her!»

Gehorsam und ohne einen Blick zurückzuwerfen, eilte der Verwalter an den Tisch seines Herrn.

Selim aß und trank mit seinen Gästen. Die Runde wurde bald immer fröhlicher, und der Wein floss reichlich. Schließlich verlangte einer zu wissen, ob das Mädchen denn auch irgendetwas könne oder ob sie immer nur daläge. Schwerfällig stand Selim auf. Sein Gang war schon ein wenig taumelnd. «Ihre Künste sind nicht für jeden», verkündete er großspurig, «aber Schafika, ich nenne sie Schafika, wird jetzt mit euch trinken.» Er nahm eine Karaffe und ging zu Vala hinüber. In der Linken hielt er eine Reitpeitsche, mit deren Griff er ihren Kopf zu sich herdrehte. «Trink, Schafika», knurrte er. Als Vala nicht sofort den Mund öffnete, versetzte er ihr einen Hieb über die Wange. «Mach den Mund auf.»

Der Peitschengriff mit dem eingelegten Rubin warf purpurne Reflexe auf ihre Haut, als er brutal den Umriss ihres Mundes nachzeichnete, über ihren Hals abwärts wanderte zu ihren Brüsten, tändelnd um die dunklen Warzen kreiste und dann drohend zu einem neuen Schlag ausholte. Vala öffnete die Lippen.

Selim hob die Kanne und goss ihr von hoch oben den Wein ins Gesicht. Fasziniert beobachteten die Männer, wie das Mädchen hustend und spuckend zu schlucken versuchte, ohne verhindern zu können, dass ihr der Wein in rubinroten Tropfen ins Gesicht spritzte, über das Kinn in die Halsbeuge lief und feuchte Spuren zwischen ihren Brüsten hinterließ. Jemand applaudierte. «Und jetzt», verkündete Selim, «Trauben für meine Schafika.»

Claudios hatte Valas alte Kleider aufgesammelt und legte sie zusammen. Sie würde sie nicht mehr brauchen, wenn sie wiederkam. Dennoch faltete er sie mit aller Sorgfalt. Dann hielt er sie hoch über das Feuer, konnte sich jedoch nicht entschließen. Er würde sie später verbrennen. Blass vor Kummer setzte er sich wieder hin und starrte in die Flammen.

Selim schaute auf; er war nun sehr betrunken. Seine Gäste waren gegangen. «Walid!», schnauzte er. Der Verwalter richtete sich auf und trat von Vala weg. Sie lag, blass wie Elfenbein schimmernd, auf dem zerwühlten, beschmutzten Laken. Die Decke war vollständig herabgerutscht, ihr Haar nass und verklebt. «Ruf Claudios», lallte Selim. «Er ist noch gar nicht hier gewesen.» Ein Grinsen zog die Lippen über seinen Zähnen hoch. Ja, Claudios sollte das hier sehen. Es war sein gerechter Lohn. Walid ging.

Mit einiger Mühe rappelte Selim sich hoch und schleppte sich zu Vala hinüber. Sie zeigte keine Regung, doch ihre Augen verfolgten ihn. «Du schläfst nicht, nicht wahr?», kicherte Selim. Seine Hand wanderte ihren nackten Schenkel hinauf. «Du bekommst genau mit, was mit dir geschieht.» Zu seiner Überraschung nickte Vala leicht mit dem Kopf. Sie bewegte die Lippen, als wollte sie etwas sagen. Unwillkürlich neigte Selim sich zu ihrem Mund. Da fuhren ihre Hände hoch. Mit der Linken packte sie ihn an den Haaren und riss seinen Kopf zur Seite. Die Rechte schnitt ihm mit einer einzigen Bewegung die Kehle durch.

Selim sank langsam zur Seite. Mit aufgerissenen Augen fiel er auf das rote Laken, das sein Blut nur um weniges dunkler färbte. Vala richtete sich auf. Ihre Finger umklammerten das kleine Messer, das sie vor wenigen Stunden aus Walids Gürtel gezogen hatte. Er pflegte es stets neben seinem Dolch zu tragen, um sich damit die Fingernägel zu reinigen. So rasch sie konnte, schnitt sie die Fesseln an ihren Fußgelenken auf. Es dauerte länger, als sie gedacht hatte, und sie weinte beinahe vor Nervosität. All ihre Kraft hatte sie in den ersten Hieb gegen Selim gelegt; sie hatte gewusst, wenn er fehlschlug, dann war sie verloren. Und ihre tauben Finger hatten gehorcht. Aber nun zitterte sie, und das Schluchzen überwältigte sie beinahe. Bibbernd und weinend saß sie da und sägte an den Lederriemen, die endlich von ihr abfielen.

Vala sprang auf und sank sofort wieder in sich zusammen. Das Blut in ihren Füßen musste erst wieder zirkulieren, sie hatte die letzten Tage kaum gegessen, und der Wein, den sie hatte schlucken müssen, tat seine Wirkung. An die Schmerzen in ihrem Leib wollte sie nicht denken. Doch sie schaffte es, zu Selims Truhen hinüberzustolpern und sie aufzustemmen. Sorgsam gefaltet lagen dort Gewänder, Mäntel, Hosen und Stoffe. Selim war größer gewesen als sie, doch schlank. Rücksichtslos zerrte sie etwas heraus und streifte es sich über. Nun brauchte sie noch Waffen. Das Schwert pflegte er an der Zeltwand aufzuhängen. Sie schaute sich um, ja, da war es. Als sie es in Händen hielt, fiel ihr Blick auf Selim. Sie hatte ihn für tot gehalten, doch seine Hand begann plötzlich, über das Laken zu wandern. Sie hielt die Peitsche mit dem Rubin im Griff noch immer fest umkrallt. Vala sah rot.

Claudios sprang auf, als er die Schritte hörte. Er blinzelte in die Finsternis, dann erkannte er Walids Gestalt. In der Hoffnung, Vala bei ihm zu entdecken, reckte er den Kopf, doch vergebens. Selims Verwalter kam allein. Ergeben stand Claudios auf, um ihn höflich zu empfangen und zu hören, was es gab. Vaih wieherte plötzlich. «Still», befahl Claudios ihr, tätschelte sie kurz und ging Walid bis zum Rand des Feuerscheins entgegen.

Walid blieb vor ihm stehen und öffnete den Mund. Er schloss ihn nie wieder. Verblüfft sah Claudios, wie die Züge des Mannes sich verzerrten. Dann bemerkte er voller Entsetzen die Klinge, die aus Walids Brustkorb ragte, und sprang zurück. Ohne einen Laut sank Walid zur Seite. Dahinter wurde Vala sichtbar.

Sie hatte das Schwert losgelassen und stand einfach nur da, vornübergekrümmt, die Haare wirr und verklebt. Unter ihren Augen lagen Schatten, die nicht das Feuer dorthin gezaubert hatte. Sie trug ein viel zu langes braunes Übergewand, das sie mit einem Lederriemen gerafft hatte.

«Vala!»

Vaih wieherte laut.

Mit ein paar Schritten war Vala an ihm vorbei und presste ihr Gesicht an den Hals des Pferdes, das sie mit beiden Händen umarmte. Ein Schluchzen schüttelte ihren Körper, das dumpf in der Mähne der Stute verklang.

«Vala!» Mit erhobenen Händen stand Claudios da, bereit, sie in seine Arme zu nehmen und zu trösten. Es schnitt ihm ins Herz, sie so zu sehen, doch ein brennendes Gefühl von Scham hielt ihn zurück.

Vala wurde ruhig. Tief atmete sie den vertrauten Geruch der Stute ein. Sie schloss die Augen und fühlte Licht und Wind und Gras der Steppe. Doch Claudios stand hinter ihr, und weiter weg klingelten die Glöckchen der Kamele, die sich im Schlaf bewegten. Schwärze fiel über ihren Geist. Vala drehte sich um.

Claudios' Arme sanken herab, als er ihr Gesicht sah.

«Ich habe überlegt, wie ich dich töte», sagte sie.

«Vala, ich …» Claudios suchte nach Worten. «Es war der einzige Weg.» Er wiederholte es leidenschaftlich: «Der einzige, Vala, verstehst du?» Die Worte sprudelten nur so aus ihm heraus. «Jetzt können wir für immer zusammenbleiben», sagte er. «Selim hat es versprochen, wir …» Er stockte. Verwirrt betrachtete er den tot daliegenden Walid. Das war ja alles ganz falsch. Ein schrecklicher Gedanke schoss ihm durch den Sinn. «Was hast du mit Selim gemacht?», fragte er keuchend.

Durch Vala ging ein Ruck. Sie war wütend auf Claudios gewesen. Doch ein Teil ihres Wesens hatte sich während all dieser schlimmen Stunden danach gesehnt, von ihm in die Arme genommen und getröstet zu werden. Auf unklare Weise hatte es sie zu ihm als dem Einzigen getrieben, der jemals gut und zärtlich zu ihr gewesen war. Doch er fragte nach Selim. Nach ihr erkundigte er sich nicht. Und plötzlich stand ihr vor Augen, was sie die ganze Zeit zwar gewusst, aber nicht mit letzter Klarheit durchdacht hatte: Claudios war der Urheber ihres Unglücks. Er musste nicht fragen, was geschehen war, er hatte sie selbst zu Selim geschickt, wohl wissend, was dort auf sie wartete.

Sie erinnerte sich an ihren Abschied, wie er darauf bestand, dass sie dieses verfluchte Kleid trug, an dem sie ihre Waffen nicht befestigen konnte. Claudios hatte sie in die Falle gelockt! Hatte ihr ihre Freiheit und ihre Würde genommen. Wutentbrannt griff sie in ihren Gürtel und zog hervor, was darin steckte. «Kennst du das?», rief sie.

Die Glut schlug ein paar düstere Funken aus dem Rubin im Griff der Peitsche. Claudios senkte den Kopf. Er kannte sie nur zu gut; oft genug war er selbst damit gezüchtigt worden. Und er wusste, dass Selim sich lebend niemals von ihr trennen würde. «Wir sind verloren», murmelte er.

Mit einem Wutschrei holte Vala aus. Sie wollte ihn schlagen, wollte sich rächen, wollte dem Zorn freien Lauf lassen. Doch sie konnte es nicht. Mit brennenden Augen schaute er sie an. Wie ein geprügelter Hund, dachte sie bitter. Schließlich schleuderte sie die Peitsche gegen Claudios, die harmlos seine Schulter traf und dann zu Boden fiel. Vala wandte sich ab. Beim Feuer fand sie ihre Kleider, sorgfältig gestapelt, ihre Waffen obenauf. Schweigend zog sie sich um.

«Wohin willst du?» Claudios kam ihr nachgestürmt. Er sah die blutigen Striemen auf ihrem Rücken, schluckte und verstummte.

Vala wandte sich nicht zu ihm um. Sie wollte nicht mehr mit ihm sprechen. Was sie von der fremden Sprache gelernt hatte, reichte bei weitem nicht aus, um die in ihr brodelnden Gefühle auszudrücken. Sie begriff, dass Claudios nicht aus Bosheit gehandelt hatte, doch das machte es nur umso verwirrender, umso verächtlicher, umso ... sie hätte es nicht zu sagen vermocht. «Wo ich immer war.» Verbissen packte sie weiter.

«Aber das geht nicht, das ist – dumm», platzte es aus Claudios heraus. Diese ewige Illusion, irgendwo dort draußen könnte man in Freiheit leben, machte ihn wütend. Es war eine Kinderei, nichts weiter. Er wollte es ihr ins Gesicht schreien, da überfiel ihn die Erkenntnis, und er schloss plötzlich den Mund. Sie war eine Mörderin. In wenigen Stunden schon würde man sie holen. Er hatte ihr hier nichts mehr zu bieten. «Du hast alles kaputtgemacht», sagte er bitter.

«Feigling», fauchte sie zurück, «Verräter. Sklave.» Wie von ungefähr hatte sie das letzte Wort gesprochen. Doch da es nun gefallen war, schien es ihr passend, und sie nickte befriedigt. Mit einem Mal war es Vala, als hätte sie begriffen, was ein Sklave war.

Claudios hob die Hand, um sie zu schlagen.

Erstaunt und voller Verachtung schaute Vala ihn an. Sie warf sich ihr Bündel über die Schulter und ging zu Vaih. Wortlos sattelte sie die Stute, verstaute ihr Gepäck und stieg auf. Von oben herab betrachtete sie den Jungen noch einmal, seine vorwitzigen Locken, die leidenschaftlichen schwarzen Augen. Seine Faust hatte sich nutzlos geballt und verharrte in der Luft. Für wenige Wochen war er ihr näher gewesen als je ein Mensch zuvor.

«Du würdest nicht einmal mitgehen, wenn ich dich bitten würde, nicht wahr», sagte sie bitter. Es war keine Frage, es war eine Feststellung.

Claudios antwortete nicht. Erst als sie fort war, öffnete sich seine Hand und sank leer herab. «Vala», schrie er. Doch es war nicht einmal mehr Hufgetrappel zu hören. «Vala, o mein Gott, es tut mir Leid.» Schluchzend sank er zusammen.

AN STILLEN SEEN

Vala ritt, so schnell sie konnte. Nicht nur weil sie sicher war, dass man sie bald verfolgen würde. Auch um vor den Erinnerungen davonzulaufen, die sie quälten. Vala verspürte den unwiderstehlichen Drang, sie von den Hufen ihres Pferdes in Grund und Boden trampeln zu lassen. Je mehr Meter sie gleich in den ersten Stunden zwischen sich und Selims Karawane brachte, desto besser. Je schärfer der Wind ihr ins Gesicht wehte, desto besser. Je gnadenloser sie ihr Pferd und sich selbst antrieb, über die Grenze jeder Erschöpfung hinaus, desto besser war es für Vala.

Oh, sie brauchte nur die Augen zu schließen, um sein gemeines Gesicht wieder so deutlich vor sich zu sehen, als läge sie noch immer gefesselt in seinem Zelt und er beuge sich über sie. Vala brüllte ihre Wut hinaus. Gnadenlos trieb sie Vaih an auf der Flucht vor diesen Bildern. Ihr war, als würde sie nie wieder schlafen können, nie wieder Ruhe finden. In der ersten Nacht rastete sie nur wenige Stunden. Sie zündete kein Feuer an und starrte in die Dunkelheit. Erst die völlige Erschöpfung ließ sie am zweiten Tag schließlich auf ihr Lager sinken. Und tatsächlich schlief Vala tief und traumlos.

Es gab kein besseres Heilmittel als die Anstrengung. Vala hatte keine Zeit, sich der Verzweiflung hinzugeben, und das war gut so. Schon am ersten Morgen war sie von der Seidenstraße abgebogen und hatte ihren Weg in den Bergen gesucht. Sie kam nur langsam voran, mied vorerst die Dörfer und suchte die abgedeckten Brunnen der Wasserstellen nur im Schutz der Nacht auf. Denn sie erinnerte sich, dass stets, wenn die Karawane an einem dieser scheinbar verlassenen Löcher vorbeigekommen war, wenig später eine Staubwolke in der Ferne aufgetaucht war, die sich bald als Reitertrupp entpuppte. Und dann hatte das Palavern begonnen. Vala fühlte sich trotz ihrer neu erworbenen Sprachkenntnisse einer solchen Verhandlung nicht gewachsen. Und sie wollte nicht gesehen werden. Der Gedanke ließ sie nicht los, die Karawane könnte einen Boten geschickt haben, die vorausliegenden Gemeinden zu warnen, doch Vala ritt und ritt, und nichts geschah.

Als die Berge wieder höher wurden und die Seen des Zagros-Gebirges ihre blauen Spiegel zeigten, wurde es leichter. Nun gab es wenigstens Wasser und Essen in Hülle und Fülle. Das Rauschen des Schilfes raunte ihr zu: «Bleib.» An einem einsamen Ufer wagte es Vala, ihre Kleider abzulegen, sie zu waschen und in der Sonne zu trocknen, was sie einige Stunden an den Ort fesselte. Vielleicht sollte ich hier eine Weile bleiben, überlegte sie, die Stille genießen und eine Gans für mich schießen?

Die blasse Spätwintersonne zauberte Streifen warmen Lichts auf Valas Haut, als sie dort im Schilf lag, und die lanzenförmigen Schilfblätter tauchten alles in einen grünen Schimmer. Nachdenklich schaute sie den Vögeln nach, die auf der vom Wind gekräuselten Oberfläche des Sees dümpelten und den fremden Gast nicht zu bemerken schienen. Doch die Gänse erinnerten sie an Claudios, der ihr von all dem hier vorgeschwärmt hatte. Inmitten der Idylle traten ihr Tränen in die Augen.

Der Gedanke an Claudios quälte sie fast mehr als der an Selim, den zu hassen einfach war. Ihm gegenüber konnte Vala sich an ihre Wut klammern, die ihr zu überleben half. Aber Claudios? Sie hatte ihm vertraut und war sich seiner guten Absichten gewiss gewesen. Er hatte sie doch aufrichtig gern gehabt, überlegte sie verwirrt, in diesem Punkt konnte sie sich einfach nicht in ihm getäuscht haben. Doch wenn das so war, wie konnte er dann tun, was er getan hatte? Vala verstand es nicht. Er hatte gehandelt wie einer jener Hunde, die, jahrelang treu, plötzlich tollwütig wurden und ihren Herrn bissen. Rua war es einmal mit einer Hündin so gegangen. Er hatte Tränen in den Augen gehabt, als er auf sie anlegte. Aber Claudios war nicht krank gewesen.

Einen Moment lang fragte sie sich, wie es ihm gehen mochte, doch sie wischte den Gedanken beiseite. Die anderen Menschen waren so seltsam. Nein, gar nicht seltsam, sie waren einfach durch und durch gemein. Von Anfang an hatten sie sie verspottet und verfolgt. Und schließlich waren sie in Gestalt Selims über sie hergefallen.

Immer wenn sie an den Kaufmann dachte, überwältigten ihre Gefühle sie. Sie griff sich einen herumliegenden Stock und prügelte auf die grüne Mauer ringsum ein. Vögel flogen empört schreiend auf, Blätter und Stängel sanken um. Vala hörte erst auf, als sie vor Erschöpfung keuchte. Ich war so dumm, schalt sie sich dann, während ihr die Tränen in die Augen stiegen, unverzeihlich dumm, mich mit den anderen einzulassen. Ich hätte ihnen niemals vertrauen dürfen. Ausgestoßen bin ich, und ausgestoßen werde ich bleiben. Besser, ich gewöhne mich gleich daran. Sie drehte sich auf den Rücken und starrte in den wolkenlosen Himmel.

Dann wieder fiel ihr Claudios ein, sein Lachen, seine zärtlichen Hände und die Gefühle, die sein erster Kuss in ihr ausgelöst hatte, Gefühle, die sie nie zuvor in ihrem Leben gekannt hatte. Was er mit ihr getan hatte, war so schön gewesen. Und nun war es so unrettbar verdorben und beschmutzt durch das, was Selim ihr angetan hatte, dass sie den Gedanken daran kaum ertrug.

«He, Vaih!» Sie pfiff nach ihrer Stute, griff die noch feuchten Kleider, schlüpfte hinein und saß auf. Gehetzt trabte sie davon. Warum nur war alles so unendlich verwirrend?

Eines friedlichen Abends überfiel sie siedend heiß der Gedanke, dass sie schwanger sein könnte. Möglicherweise trug sie noch immer etwas von Selim in sich! Angespannt lauschte sie in sich hinein, während sie mit zitternden Händen am Feuer hantierte, doch ihr Körper antwortete nicht. Vala beschloss, auf Nummer sicher zu gehen. Noch am selben Abend sammelte sie im Licht einer Fackel die nötigen Kräuter und bereitete sich den Absud. Konzentriert saß sie da und breitete die Büschel neben der Glut aus.

Nicht der Schamane, Kreka hatte ihr erklärt, wie dieses Rezept funktionierte. Es wurde von Frau zu Frau weitergegeben. Eines der Dinge, dachte Vala in einem seltenen Moment der

Dankbarkeit, von denen die Alte sie nicht ausgeschlossen hatte. Sie murmelte die Anweisungen vor sich hin. Ausprobiert hatte sie es noch an keiner ihrer Patientinnen. Der Schamane, wie alle Männer, durfte nicht davon erfahren. Und selbst hatte sie noch keinen Anlass dazu gehabt. Als der streng riechende gelbliche Trank fertig war, schaute sie ihn einen Moment lang zweifelnd an, dann nahm sie einen großen Schluck. Nun, sie würde sehen.

Am nächsten Tag krümmte sie sich auf dem Pferd vor Schmerzen. Als sie abstieg, war der Lederstreifen, den sie sich vorsorglich untergeschoben hatte, voller Blut. Grimmig zufrieden warf Vala ihn fort und ritt weiter. Mochte es schmerzen, mochte sie bluten. So trieb sie alles, was sie mit der Vergangenheit verband, gründlich aus sich heraus.

Mittags hielt sie an und badete in einem kleinen, eisig blauen See. Als sie durch das Schilf ins Tiefe watete, trieb es ihr die Gänsehaut über die Schenkel. Doch Vala genoss die Kälte. Sie schwamm mit kräftigen Zügen hinaus, bis das Blau sie ganz umgab. Als sie zurückschaute, fiel ihr zum ersten Mal das junge Grün auf, das in den letzten Wochen aufgeschossen war. Bald würde der Frühling kommen. Mit rauschenden Flügeln stiegen ein paar Gänse auf. Vala tauchte unter, kam wieder hoch, spuckte Wasser, fühlte sich zum ersten Mal unendlich sauber und erfrischt. Blinzelnd sah sie den Vögeln nach, die sich mit schwerem Flügelschlag in den blassblauen Himmel erhoben. Heute Abend würden sie ihr schmecken.

TEIL II

IN DEN STÄDTEN DES OSTENS

ABBAS DER PHILOSOPH

Vala wäre gerne an dem See geblieben, doch sie hatte das Gefühl, vorwärts zu müssen. Die Gefahr, so unbestimmt sie auch war, lauerte stets hinter ihr und konnte sie jederzeit einholen. Claudios hatte ihr erzählt, das Zagros-Gebirge würde sich herabsenken zu einer großen Ebene, die von den beiden Flüssen Euphrat und Tigris beherrscht würde. Das Land zwischen ihnen sei ein einziger Garten. Dennoch hielt sie überrascht und überwältigt an, als sich der erste Ausblick auf die Ebene öffnete. Sie war weit wie die Steppe, die sie kannte. Aber nicht Gras füllte sie aus, sondern Felder und Gärten, ein unendlicher, verschlungener Teppich in einer Fülle von Grüntönen, Gelb und Blau.

Zedernwälder rauschten unter ihr, der Duft von Zitrusbäumen und Jasmin durchzog die Luft. Die Jahreszeiten schienen hier wenig zu bedeuten, es war, als streife kein Winter, wie Vala ihn kannte, jemals dieses Land, das so früh im Jahr schon prächtig blühte. Der ferne Strom blitzte in der Sonne. Vala war überwältigt. Sie setzte sich auf einen Felsen und starrte den grünen Reichtum bewundernd an. Hierher also wollten all die anderen, die über diese staubige Straße zogen. Zum ersten Mal konnte sie es verstehen; das Land war wunderschön. Und zum ersten Mal machte sie sich Gedanken darüber, wohin ihre eigene Reise eigentlich ging. War dies dort ein Ort zum Ankommen?

Sie konnte den Blick nicht davon wenden. Wie warm es hier war, selbst jetzt. Wie viel musste es dort zu essen geben, wie leicht musste das Leben für alle sein! Ob es in diesem großen Garten einen Platz auch für sie gab?

Dann hörte Vala ein Geräusch.

Rasch und lautlos sprang sie auf und schlich zu der Felsgruppe, von der es gekommen war. Sie hörte Keuchen und Ächzen, gefolgt von einigem Geraschel. Das konnte kein Tier sein, das dort an seiner Beute fraß, wie sie zunächst dachte. Doch dies war ein Mensch. Vala zückte ihr Schwert und trat vor.

«Bei Allah», schrie der, der dort kauerte. «Ihr werdet doch keinen Mann töten, der gerade seine Notdurft verrichtet?»

Vala betrachtete ihn. Der Mann, der in der Sprache der Kaufleute geredet hatte, war alt und so dick, dass er Mühe hatte, aus seiner gebückten Haltung wieder hochzukommen. Sein Gesicht war so rot wie die Schärpe, die sich um seinen kugelrunden Bauch spannte. Es war selbst rund, glänzend von Fett, das die kleinen, flinken Augen beinahe versinken ließ, die ängstlich unter dem fast übergroßen Turban hervorlugten, der um ein rundes Filzhütchen mit langer Goldtroddel gewickelt war. An einem Baum in der Nähe war sein Esel angebunden. Vaih kam mit nickendem Kopf herangetrabt und schnupperte an dem Grauen. Sonst konnte Vala niemanden entdecken.

Sie ließ ihr Schwert sinken. «Der letzte Mann, ich töten, war in peinlicherer Lage.»

«Ich verstehe, ich verstehe», beeilte sich der kleine Dicke zu versichern, während er seine Kleider ordnete. Nun, da er wieder aufrecht stand, war er samt Turban gerade mal so groß wie Vala. Er zog ein großes Taschentuch heraus und wischte sich damit den Angstschweiß von der Stirn. Zugleich musterte er sie in seinem Schutz rasch, aber gründlich. Zu einer Räuberbande gehörte sie nicht. Und obwohl sie wild aussah, wirkte sie doch zugleich seltsam kindlich auf ihn. Abbas wusste dieses Wesen nicht recht einzuordnen, doch was er sah, beruhigte ihn. Denn danach beugte er sich, ohne sich um die überraschte Vala zu kümmern, hinunter zu seiner Hinterlassenschaft und hob mit Hilfe des Tuches etwas davon auf.

Vala trat unwillkürlich einen Schritt zurück und rümpfte die Nase. Der Dicke war unterdessen zu einem nahen Bachlauf gegangen und wusch, was er aufgeklaubt hatte. Vala folgte ihm zögernd. Gefährlich sah er eigentlich nicht aus. Auf seinem Gesicht lag, wann immer er sie ansah, ein Lächeln, das, wie Vala in den folgenden Tagen lernen sollte, fast niemals daraus wich. Seine wurstförmigen Finger arbeiteten erstaunlich rasch, und sein fettes Gesäß zitterte vor Anstrengung. Schließlich richtete der Fremde sich auf. Triumphierend hielt er ein Säckchen hoch. Vala konnte es sich nicht erklären, doch es musste sich in seinen Exkrementen befunden haben. Er strahlte sie förmlich an. «Und jetzt», sagte er, «sollten wir auf unsere Bekanntschaft anstoßen.»

Wenig später saßen sie bei einem einfachen Mahl zusammen, das er aus seinen geräumigen Satteltaschen hervorgezaubert hatte. Er drängte Vala auch ein wenig Flüssigkeit aus einem Lederschlauch auf, die diese aber nach dem ersten Schluck das Gesicht verziehen ließ. Es schmeckte scharf und verdorben.

«Dattelwein», erklärte ihr neuer Bekannter, «selbst angesetzt.»

«Was du vorhin gemacht?», fragte Vala und wartete auf eine Gelegenheit, den Wein unauffällig wegzuschütten. Sie hatte nur wenig getrunken, und schon fühlte ihr Kopf sich an wie aufgeblasen.

«Du verschwendest nicht viel Zeit mit Höflichkeiten, hm?», fragte der Dicke lachend. Dann legte er die Hand auf sein Herz. «Ich bin Abbas», stellte er sich vor. «Abbas der Philosoph, wenn das Dasein mir Zeit dazu lässt. Im tätigen Leben Abbas der Juwelenhändler.»

Vala wusste nicht, was ein Philosoph war, auch das Wort Juwelen sagte ihr nichts, doch Abbas hatte bereits das längliche Ledersäckchen hervorgezogen und mit vielsagender Miene aufgeschnürt. Auf seinen Handteller kullerten nun Steine, die durchsichtig waren und in der hellen Sonne sofort begannen, Fächer von leuchtend bunten Funken zu versprühen.

«Das Juwelen?», fragte Vala und nahm einen Stein, um ihn sich vors Auge zu halten. Sofort färbte die ganze Welt sich rot.

«Ja, ja», sagte Abbas und ließ sie nicht aus den Augen. «Das, was du gerade zu untersuchen beliebst, ist ein Rubin, überaus kostbar, wie die anderen.» Seine Hände flatterten hoch und wieder zurück, als wolle er ihn ihr wegnehmen, könne sich aber nicht dazu entschließen. «Deshalb habe ich sie auch an einem sicheren Ort aufbewahrt.»

Vala riss die Augen auf. Sie betrachtete einen Augenblick lang den makellosen Stein in ihrer Hand, dann gab sie ihn Abbas rasch zurück, der ihn befriedigt zu den anderen steckte. Diesmal jedoch verstaute er das Säckchen in einer Gürteltasche.

«Was soll man auch anderes tun, als ehrlicher Kaufmann?», fragte Abbas. Er hob die Hände, als wolle er sagen, Gott weiß die Antwort. «Allah liebt mich, dessen bin ich gewiss. Aber die Räuber lieben einen leider auch.» Er tat einen tiefen Seufzer. «Es gibt sogar schon welche, die einen unschuldigen Reisenden, so ärmlich er sich auch kleidet, nicht nur zwingen, sich auszuziehen, um seine Kleider zu untersuchen, sondern ihn auch noch mit Salzwasser und Tamariskenrinde traktieren. Ein übles Gebräu» – Abbas verzog das Gesicht, um zu veranschaulichen, wie übel –, «das einen zwingt, sich sofort zu übergeben.» Mit weher Miene rieb er sich den Bauch, um sofort wieder verschmitzt zu lächeln. «Da bleibt lauterer Rechtschaffenheit nur ein Ausweg.»

«Aha», sagte Vala unsicher und nickte vage.

«Bis hierher hatte ich mich einer Karawane angeschlossen», fuhr Abbas munter fort. «Aber der Karawanenführer schien mir ein noch schlimmerer Spitzbube zu sein als die Wegelagerer, vor denen er mich schützen sollte. Da ließ ich alles zurück.»

Wie ich, wollte Vala sagen, und sie machte schon den Mund auf. Doch die Scham hielt sie zurück. Sie wollte Abbas ihre Geschichte nicht erzählen. «Karawanenleute alle böse Männer», erklärte sie sehr entschieden und nickte zur Bekräftigung. Als Abbas sie drängte, noch einen Schluck zu nehmen, tat sie es ihm zuliebe. Sie waren schließlich Leidensgefährten.

«Ein ehrlicher Kaufmann hat es nicht leicht», seufzte Abbas

und trank ihr zu. Sein Blick, nun, da er auch die letzte Nervosität ihretwegen abgelegt hatte, begann zu wandern. An Vaih blieb er hängen.

«Du bist von denen, die Stutenmilch trinken, nicht wahr?», fragte Abbas beiläufig. «Man hört Wunderdinge über eure Pferde.»

«Sie sind für uns wie Brüder», bestätigte Vala und riss noch mehr Brot ab. Abbas schnitt den restlichen Käse auf. «Was tut ein Kaufmann?», fragte sie.

Abbas überlegte nicht lange. «Er macht alles, was er sieht, zu Geld. Wenn er gut ist», fügte er hinzu.

«Was ist Geld?», wollte Vala wissen.

Abbas schaute sie an, als wäre sie vom Himmel gefallen. «Geld», sagte er schließlich und kratzte sich am Kopf, soweit sein Turban das zuließ. «Münzen. Gold, Silber. Wenn du viel davon hast, bist du reich. Hast du nichts, so bist du nichts. Du bist arm und musst dein Antlitz vor Allah verstecken und all jenen, die tüchtiger waren als du und in ihrem Prunk einhergehen. Denn es steht geschrieben: Wenn Allah jemandem Reichtum schenkt, dann möchte er, dass man ihn auch sieht.» Unwillkürlich fuhr er über seine Kleider, die aus bester Seide gefertigt waren. Nun bemerkte Vala auch die dicken goldenen Ringe, die vier seiner Finger zierten.

«Geld habe ich», sagte Vala und kramte die paar Münzen heraus, die Selim ihr seinerzeit für die Heilung des Kamels gegeben hatte. Abbas, der sich unwillkürlich aufgerichtet hatte, starrte begierig auf ihren Handteller. Doch auf seinem Gesicht malte sich rasch Enttäuschung.

«Das ist dein Geld?», fragte er.

Vala nickte.

Abbas musste lachen. Er schloss ihre Finger um die Münzen und schob sie ihr wieder zu. «Dann bist du arm», erklärte er.

«Was arm?», hakte Vala nach.

«Arm sind die, die weniger haben als die anderen. Du kennst das sicher von deinem Stamm.»

Vala schüttelte den Kopf. «Wir alle gleich», erklärte sie entschieden. «Wenn Winter hart, wir alle Hunger. Wenn Jahr gut, wir alle gut.» Sie lächelte bei der Erinnerung. «Viel Essen, viel feiern.»

Abbas hob die Brauen. «Dann seid ihr alle arm.»

Er nötigte ihr noch etwas von dem Wein auf, den Vala in einem Anfall von Trotz hinunterkippte.

«Es wäre doch gut», hörte sie ihn sagen, «wenn wir den Rest des Weges gemeinsam zurücklegten. Viel angenehmer als in einer Karawane. Was meinst du?»

ÐIE PERLE AM TIGRIS

Abbas redete während des gesamten Ritts, und Vala lauschte mit offenem Mund.

Sie erfuhr, dass Bagdad die Hauptstadt der Welt sei und der Sitz des Kalifen Harun al Raschid. Abbas schwärmte grenzenlos von der Stadt. Aus allen Himmelsrichtungen strömten die Menschen dorthin, an diesen Knoten vieler Handelsstraßen, aus Afrika, Asien und Europa kamen sie. Fast eine Million seien es nun, die dort lebten und die Straßen und Märkte zum Brodeln brachten.

«Was ist eine Million?», wollte sie wissen.

Abbas überlegte. «Tausend mal tausend», versuchte er es. Doch als Vala immer noch kein Zeichen des Begreifens von sich gab, meinte er: «Mehr, als der Wald, durch den wir reiten, Blätter an den Zweigen hat.»

Da lachte Vala herzlich, denn das konnte doch nicht sein.

«Bagdad ist eine Perle an den Ufern des Tigris», erzählte Abbas, «voller Paläste und Märkte. Nichts auf der Welt, was du nicht in seinen Basaren fändest.» Er berichtete mit vor Entzücken bebender Stimme von Porzellan aus China, Gewürzen aus

Indien, Smaragden aus Ceylon, Elfenbein aus Afrikas Steppen, Bernstein aus den nördlichen Meeren, den Pelzen und Häuten aller Tiere, die die Erde bevölkerten.

Vala lauschte ihm gerne, am meisten aber fesselten sie die Erzählungen von Harun al Raschid, dem Kalifen. Was ein Kalif war, begriff sie dabei nur undeutlich. Sicher, Rua hatte die Jäger angeführt, aber er wohnte nicht in einer größeren Hütte als die anderen, schon gar nicht in einem Palast, einer eigenen Stadt in der Stadt. Und Rua konnte jederzeit vom Stammesrat überstimmt werden. Oder vom Schamanen, wenn es um eine Angelegenheit der Geister ging. Hier war es anders, der Kalif befahl allen, selbst, wie Abbas ihr versicherte, den Priestern seines Gottes, weil er selbst diesem Gott am nächsten stand und alles von ihm wusste. Er musste sehr mächtig sein, dieser Kalif. In Vala begann sich ein Gedanke zu formen.

«Und nachts», plauderte Abbas weiter, «geht er manchmal verkleidet durch die Straßen, wie ein Bettler oder ein kleiner Händler. Er lauscht, was die Leute reden, und lernt, was sie denken. Er vernimmt jedes Unrecht, heißt es.» Der Juwelenhändler senkte seine Stimme. «Man sagt sogar, er könne zaubern und an mehreren Stellen zugleich sein.»

Das vernahm Vala mit großem Interesse. «Er kennt sich aus mit den Geistern?» Sie hatte es sich schon gedacht.

Abbas machte eine Geste, die den bösen Blick abwenden sollte, und küsste seinen Ring. «Wenn einer den Dschinnen befiehlt, dann er. Aber besser, man spricht nicht davon.»

Doch Vala ging der Gedanke nicht aus dem Kopf. Wenn der Kalif Flüche aussprechen konnte, war er doch sicher auch in der Lage, welche zu lösen? Konnte er machen, dass sie, die aus der Welt gefallen war, wieder in die Welt hineinpasste?

Vala stellte Abbas so viele Fragen, bis dieser seufzte, sie sprudelten «so reich wie die Quellen des Paradieses».

«Was ist Paradies?», fragte Vala.

Abbas seufzte und verlangte eine Pause. Sie hielten in einem Palmenhain. Zahllose steinerne Rinnen durchzogen ihn, die den

Garten zwischen den schlanken Palmstämmen bewässern halfen. Das Wasser, das darin floss, sagte Abbas, sei schon das Wasser des Tigris, an dessen Ufer Bagdad lag.

«Dort», rezitierte er, «lebt die Begabung und die Vornehmheit.

Die Winde dort wehen sanft,

und die Wissenschaft ist scharfsinnig.

Dort gibt es alles, was gut und schön ist.

Dorther kommt alles, was man beachtet.

Alles, was elegant ist, kehrt dorthin zurück.

Alle Herzen schlagen dort.»

«Im Paradies?», erkundigte Vala sich.

«Nein», wies Abbas sie stolz zurecht, «in Bagdad. Das Paradies, auch wenn ich selbst es mir kaum vorzustellen vermag, muss noch tausendmal schöner sein.» Er machte ein frommes Gesicht. «Das Paradies», erklärte er schwärmerisch, «ist herrlicher als alles, was du mit sterblichen Augen sehen kannst. Es erwartet uns nach dem Tode. Und es ist für einen alten Mann wie mich ein großer Trost zu wissen, dass er einst mit Gottes Gnade an diesem wunderbaren Ort wird weilen dürfen.»

«Ach so», sagte Vala. Nun verstand sie. «Der Ort, wo wohnen Tote.»

«Wenn du es so ausdrücken möchtest», sagte Abbas und schaute sie an. «Ich ziehe es vor, von meinem nächsten Leben zu sprechen. Denn ich darf mir schmeicheln, in diesem Leben genug Reichtum angehäuft zu haben, um als ehrenwerter Mann zu gelten, der dort im Jenseits mit offenen Armen empfangen werden wird.»

«Jenseits ich kenne», bestätigte Vala. «Ich gesehen. Als …» Sie hielt inne. Wie viel von ihrem Frevel durfte sie Abbas erzählen, ohne von ihm verurteilt zu werden? Oder war, was sie getan hatte, nach den Regeln seines Gottes gar keine Sünde? Abbas selbst sprach ja vom Tod und dem Jenseits als nichts Schlimmem, ja, er schien sich darauf zu freuen. «Als ich jemand rief», erklärte sie vage.

Abbas, der mit dieser Erklärung nichts anfangen konnte, riss ein Stück Fladenbrot ab.

«Ist nichts Besonderes, wo die Toten wohnen», fuhr Vala also fort. «Ist nur kalt und schwarz.»

Abbas hatte aufgehört zu kauen und starrte sie an. Doch Vala, die seine Verblüffung nicht bemerkte, angelte ungerührt nach einer weiteren Orange.

«Du hast es gesehen?», fragte er und setzte zu einem ungläubigen Lachen an; doch irgendwie wollte ihm seine Stimme nicht so recht gehorchen.

Vala nickte. «Ist nicht so schwer. Ich weiß ...» Sie suchte nach Worten. «... Wege», sagte sie schließlich. «Ich Geister verfolgen, rufen.»

«Du, du», stammelte Abbas erschrocken. Wie konnte sie hier so ungerührt sitzen und dabei so ungeheuerliche Dinge von sich geben? Abergläubische Furcht schüttelte ihn. Es war doch von Anfang an etwas an dem Mädchen gewesen, was er nicht hatte deuten können. Und nun das. Sie war eine Magierin, eine Hexe. Konnte das sein? Vorsichtshalber setzte er sich aufrechter hin und rutschte ein wenig von ihr weg. Zum ersten Mal, seit sie sich begegnet waren, betrachtete er sie mit Respekt. «Du kennst das Paradies?», erkundigte er sich vorsichtig.

Vala nickte. «Ist kein schöner Ort.»

«Keine schönen Mädchen?», fragte Abbas erblassend. «Keine grünenden Gärten?»

Vala schüttelte den Kopf. «Kalter Nebel am Fluss und erloschene Feuer.»

«Und die Menschen?» Abbas' Stimme war spröde. «Hast du sie gesehen?»

Vala schüttelte erst wieder den Kopf, dann nickte sie, langsam und zögernd. Hatte sie sie gesehen? Was hatte sie damals erblickt? Was war das namenlose Grauen gewesen, das aus dem Dunkel auf sie zugekommen war? Abbas sah ihre Miene und wurde kreidebleich. Er aß nichts mehr. Eine unerklärliche Angst zog seine Eingeweide zusammen. Doch dann schalt er sich einen feigen Narren. Was konnte diese Ungläubige schon wissen über das, was ihn erwartete? Was wusste sie vom Jenseits und was von seinen Verdiensten? Und doch war etwas an dem, was sie sagte, etwas, was eine alte Furcht in ihm weckte, die nie verstummende Furcht, mit all den schönen Genüssen könne es eines Tages unwiderruflich vorbei sein. Abbas senkte den Kopf und betrachtete seine fetten Hände, deren Haut alt und fleckig geworden war. Er seufzte. Wie grausam war es doch, dass des Menschen Leben endlich war. Doch als er aufsah, hatte er sein Lächeln wiedergewonnen. «Es gibt nicht viel, was du nicht besser weißt, oder?», sagte er.

Vala lachte und half ihm auf, da er andeutete, er wünsche weiterzureisen. «Ich viel nicht wissen.» Und sie überschüttete ihn weiter mit Fragen, die er mit demselben Gleichmut beantwortete wie zuvor, doch vielleicht nicht mehr mit demselben Eifer.

DIE KUPPELSTADT

Als sie schließlich Bagdad erreichten, hielt Vala ihr Pferd an. Nun erst begriff sie, wie Recht sie gehabt hatte: Sie wusste gar nichts. Nie hätte sie geglaubt, dass das möglich war: Häuser, die bis an den Horizont reichten wie sonst nur das Gras. Mauern und Türme, so hoch wie Berge, dass man den Kopf in den Nacken legen musste, um ihre Spitzen zu sehen, wenn man näher ritt.

«Unter der grünen Kuppel», erklärte Abbas und neigte sich zu ihr, «lebt unser Kalif.» Vala sah sich um. Doch sie, die sonst jede Hügellinie, jedes Wäldchen und jede Fährte fand, sie konnte inmitten des steinernen Gewirrs nicht erkennen, worauf Abbas sie hinwies. Alles tanzte vor ihren Augen.

Abbas redete weiter, aber sie hörte ihm kaum noch zu. Verwirrt sah sie sich um: Menschen, wohin man sah, die der Stadt und ihren Märkten zustrebten. Abbas hatte wahrhaftig nicht gelogen, sie waren wie Blätter im Wald. In jeder Ecke, an jedem Straßenrand standen mehr, als ihr ganzer Stamm an Köpfen zählte. Und wie viele Ecken gab es nicht in diesem Bagdad! Wenn man einmal darinnen steckte, hatte man gar keinen Überblick mehr. Mauern, wohin man sich auch wandte, es war das reinste Labyrinth. In alle Richtungen gingen Straßen, wanden und verzweigten sich, wieder und wieder.

«Gibt kein freies Fleck?», fragte sie.

Abbas hob beide Hände. «Ich wünschte, es wäre so. Was könnte man mit einem unbebauten Grundstück für Geld verdienen!»

Schon nach wenigen Metern durch die Gassen der Vorstädte hatte Vala jegliche Orientierung verloren. Sie blinzelte zum Himmel, um zu entscheiden, ob sie die Richtung gewechselt hatten, doch selbst die Sonne verschwand hinter den Mauern, Türmen und Wänden. Außerdem gab es viel zu viel zu sehen. Woher nur all diese Menschen kamen?

Vala versuchte, in die verschiedenen Gesichter zu blicken, die sich im Strom der Fußgänger vorbeidrängten. Sie sah so viele Haar- und Hautfarben, so viele Rassen und Völkerschaften, dass ihr schwindelte. Manche waren schön, viele hässlich, manche reich gekleidet, viele in Lumpen, und alle, alle drängten sich aneinander und an Vala, als wäre überhaupt nichts dabei.

Und dazu der Lärm! Vala hätte sich am liebsten die Ohren zugehalten. Dass die Stimmen der Menschen zu solcher Lautstärke anschwellen konnten, lauter als das Brüllen eines wütenden Bären! Sie hatte alle Mühe, Vaih zu beruhigen, die zitternd und unruhig hinter Abbas' Esel hertrottete. Ihre Sorge für das geliebte Pferd zwang sie, selbst Haltung zu bewahren. Aber am liebsten wäre sie, wie Vaih, vor dem Anprall dieser Sensationen davongelaufen.

Abbas dagegen war ganz in seinem Element. «Ah, dieser Duft», rief er. «Das sind die Gewürzmärkte.» Vala warf einen raschen Blick in ein Gewirr enger Gassen, ehe sie vorüber waren. Sie sah Markisen, darunter Körbe, aufgehäufte Pulver darin in sattem Gelb, Orange, Braun.

«Dort», er wies nach links, wo es aus dunklen Läden verheißungsvoll blitzte, «sind die Gassen der Goldschmiede, da die
Bankiers und hier die Leinenweber. Alles wohl geordnet.» Abbas klang so stolz, als hätte er alles persönlich angeordnet. «Da
drüben ist das Viertel der Juden, dahinter wohnen die Inder,
gegenüber die Leute aus dem Jemen, die aus Basra, die aus Kufa
und die Perser, gerissene Kaufleute allesamt, von Allah geprie-
sen, der die Händler liebt.»

Vala schwirrte der Kopf. Sie sah Häuser, deren Türen reich
geschnitzt waren, mit Wächtern davor, an deren Hälsen Gold
blitzte. Ein Bettlergesicht, dem die Nase weggefault war, tauchte
dicht vor ihr auf und entlockte ihr einen Schrei. Abbas lachte
und schnippte ein Kupferstück in die Menge. «Dies ist ein sehr
vornehmes Viertel», verkündete er vergnügt über die Schulter.
«Auch ich habe hier mein Haus. Und mein Boot. Jeder in Bagdad
muss ein Boot haben. Aber nicht jeder besitzt so eines wie ich, wie
ein Pfau geformt und mit blauen Seidenkissen. Der Kalif selbst
würde sich nicht schämen, darin auf dem Tigris zu reisen.»

«Kommen wir bald zu deinem Haus?», fragte Vala, die dem
Gedränge gerne entronnen wäre.

«Wir müssen erst die Ware abliefern», gab Abbas zurück, «im
Palast wartet man sicher schon ungeduldig auf uns. Ich habe
Boten vorausgesandt. Ah!» Er machte Vala auf einen langen Zug
von Pferden und Menschen aufmerksam, vor dem sie an den
Straßenrand auswichen.

«Was ist das?», fragte Vala und bestaunte die reich geschmückten Tiere und die nicht weniger vornehm aussehenden
Menschen mit den seltsam dunklen Gesichtern. Tänzerinnen mit
Glöckchen an den Fußgelenken und dicken schwarzen Zöpfen,
in denen grellbunte Blüten steckten, schritten gemessen einher.
Eine Reihe von Knaben trug Kissen, auf denen glänzende Gegenstände zur Schau gestellt waren.

«Eine Gesandtschaft», antwortete Abbas und taxierte die Gaben mit Kennermiene. «Von den Ufern des Ganges, wenn ich
mich nicht irre. Aber nun komm.»

Er drückte seinem Esel die Fersen in den Bauch und trieb ihn schnalzend an. Sein kleiner Zug setzte sich wieder in Bewegung. Nur Vala rührte sich nicht. Mit Mühe drehte Abbas sich auf seinem Tier um. Als er sah, dass Vala noch immer an derselben Stelle verharrte, ritt er zu ihr zurück.

«Da!», sagte das Mädchen nur und streckte den Finger aus.

Abbas folgte ihrer Geste mit den Augen, lächelte dann und fasste ihre Hand. «Es ist nicht sehr höflich», meinte er mit liebenswürdiger Stimme, «auf Menschen zu zeigen.» Er schüttelte den Kopf, als er sah, dass sie ihm gar nicht zuhörte. Ihr Blick hatte sich keinen Moment von den fremden Männern gelöst. «Das sind Nordmänner», erklärte er.

«Von Ufer des Ganges?», fragte Vala mit vor Verwunderung leiser Stimme.

«Nein, von kalten Küsten hoch im Norden. Sie kommen über das Schwarze Meer zu uns, auf dem sie mit drachenköpfigen Schiffen fahren. Sie tauschen Bernstein und Felle gegen Silber.»

Vala staunte. Und doch, sie musste es glauben. Wenn es tatsächlich Menschen gab, deren Augen leuchteten wie der Himmel und deren Haar wie helle Flammen im Wind wehte, warum sollten sie dann nicht mit Schiffen fahren, von denen Drachenköpfe zischten? Wie groß sie waren, diese Nordmänner! Und sie hatten Mähnen wie Löwen. Sie bewegten sich auch mit der wilden Grazie von Raubtieren, und Valas Herz pochte schneller. Sie mochten aus dem fernsten Norden sein, aber in ihnen war etwas, was Vala vertraut war wie die grüne Steppe.

«Mach den Mund zu, Prinzessin des Grasvolkes», sagte Abbas und gab ihr einen Klaps auf die Wange. «Sonst fliegt noch eine Wespe hinein.»

Vala gehorchte errötend und lenkte Vaih wieder neben Abbas' kleinen Esel, doch sie konnte es nicht lassen, noch einmal über die Schulter zurückzublicken. Wie stolz diese jungen Männer waren. Und sie blickten mit einer hochherzigen, lachenden Zuversicht in die Welt, die Vala an die Reiter ihres Stammes erinnerte. Ob es viele von ihnen in Bagdad gab?

In ihre Gedanken versunken, bemerkte sie kaum, wie sie an einer Zollstation hielten. Abbas' zufriedenen Erläuterungen, dass gute Moslems hier nur zweieinhalb Prozent Zoll zahlten, Ungläubige hingegen das Vierfache, schenkte sie kaum mehr Aufmerksamkeit als den Vorführungen der Gaukler, die angeleinte Affen zu Kunststückchen animierten. Vala hatte bereits mehr gesehen, als sie aufnehmen konnte. Nur das Bild der jungen Wikinger hatte sich in ihr Gedächtnis gegraben.

Sie schaute erst wieder auf, als sie den Fluss erreichten, den eine Schiffsbrücke an dieser Stelle weitläufig überspannte. Aufatmend hielt sie ihr Gesicht in den Wind, der hier frei wehte. Flussauf, flussab, so weit das Auge reichte, stand Haus an Haus. Zahllose Brücken und Stege verbanden die Ufer, und ebenso zahllose Boote durchschnitten die Fluten, um Menschen und Waren von einer Seite auf die andere zu bringen. Außerdem gingen Dutzende schmaler Kanäle vom Tigris ab; sie durchzogen die jenseitige Stadt mit einem Netz kleiner Wasserstraßen, das bis zum Euphrat reichte. Man ruderte hinein und hinaus, verständigte sich mit lauten Rufen an den Kreuzungen und ankerte an Pieren und Gärten. Nun verstand Vala, was Abbas gemeint hatte, als er sagte, jeder in Bagdad besäße ein Boot.

«Millionen», murmelte sie.

«Na, nicht ganz», antwortete Abbas, der nicht aufgepasst hatte und in eigene Gedankengänge versunken war. «Aber ein hübsches Sümmchen werden wir für diese Rubine schon bekommen. Und dann ist da ja noch mein Edelstein.» Er lächelte in sich hinein.

Um sie herum wurde es mit einem Mal grüner. Vala richtete sich im Sattel auf und schnupperte. Der Wind trug vertraute Gerüche heran. «Was ist das?», fragte sie.

«Der Wildpark des Kalifen», erklärte Abbas. «Hier hält er sich Hirsche und Antilopen für die Jagd. Dort drüben Löwen, auch Bären, glaube ich. Von jedem Tier seines Reiches gibt es mindestens ein Exemplar. Die Gesandten bringen ihm oft seltsame Kreaturen, die er dann hier in den Gärten hält.»

Vala wollte weiterfragen, doch ein seltsames, dröhnendes Trö-
ten übertönte ihre Stimme. Ehe sie fragen konnte, was das war,
bog Abbas durch ein großes steinernes Tor, und sie waren am
Ziel.

Träge blinzelnd, ganz benommen von all den Eindrücken,
blieb Vala auf ihrem Pferd sitzen, während Abbas absaß und auf
einen groß gewachsenen Mann zutrat, um mit ihm zu verhandeln. Sie hoffte, dass Abbas seine Geschäfte rasch abschließen
würde, damit sie in sein Haus kämen, wo hoffentlich ein Essen
und ein Bett auf sie warteten. Wenn sie erst sein Gast wäre, wäre
alles gut. Das Gastrecht war heilig, das konnte hier nicht anders
sein als bei den Stämmen, dachte Vala.

Sie gähnte. Wahrhaftig, der kurze Ritt durch die Stadt war an-
strengender gewesen als ein ganzer Tag in der Steppe. Sie musste
Abbas nachher fragen, woran das wohl lag. Und sich nach den
Nordmännern erkundigen, und …

Da kam er auch schon zu ihr zurück.

«Mein Kind», sagte er, und seine Stimme klang so freundlich
wie eh und je, «ich komme, um Abschied zu nehmen.»

ÐIE TAT EINES KAUFMANNS

Vala schaute Abbas erstaunt an. Sie begriff nicht. «Aber …»,
setzte sie an.

Er ließ sie nicht ausreden. «Unsere Wege trennen sich hier.
Ich reite heim und …»

«Du nimmst mich nicht mit?», fragte Vala alarmiert.

Abbas hob bedauernd die Hände. «Ich fürchte, Ismail hätte
etwas dagegen.»

Er wies auf den großen Mann, dessen nackten Oberkörper
eine rote Weste zierte. «Er ist der Aufseher für die Wildparks des
Kalifen. Er war sehr interessiert an deinem Pferd und hat mir ein

Angebot gemacht, das ich als guter Kaufmann nicht zurückweisen konnte. Und da auch dein Anblick ihm nicht missfiel und er bereit war, mir dafür einen angemessenen Aufschlag zu entrichten, werde ich nun nach Hause gehen, und ihr beide bleibt hier.» Er klopfte Vaih ein letztes Mal den Hals und manövrierte sein Eselchen dann rasch aus der Reichweite von Valas Schwert.

«Aber …» Vala begriff noch immer nicht. Angebot, Aufschlag? Was sollte das bedeuten? Hatte er sie etwa verkauft? Waren sie denn nicht Freunde?

Als könnte er ihre Gedanken lesen, sagte Abbas mit einem fröhlichen Zwinkern: «Du weißt doch, wie Allah die Kaufleute liebt.»

«Aber dein Gott verbieten Betrug und schlechte Tat», wandte Vala fassungslos ein.

«Nicht an Andersgläubigen», sagte Abbas schlau. «Das hatte ich doch erwähnt, oder?»

So rasch, wie sie es noch nie gesehen hatte, lenkte er sein Eselchen herum und ritt auf das Tor zu. Er winkte ihr zum Abschied. «Leb wohl, Steppenprinzessin. Wir werden uns leider nicht begegnen im Paradies.»

Die großen hölzernen Torflügel schlossen sich hinter ihm, ehe Vala auch nur etwas zu entgegnen vermochte. Zwei Männer blieben mit gekreuzten Armen davor stehen. Derjenige aber, den Abbas als Ismail bezeichnet hatte, kam nun auf sie zu.

Sie sah die hünenhafte Gestalt, die Bronzereifen um die muskelschwellenden Arme, die weiten Hosen und spitzen Pantoffeln. Hastig schweifte ihr Blick über den Hof. In wenigen Sekunden hatte sie alles erfasst, die weiß getünchten Fassaden, die kleinen hölzernen Außentreppen, die Sonnensegel über den Fenstern im zweiten Stock. Ja, so musste es gehen. Doch Vaih würde sie vorerst zurücklassen müssen. Vala blutete das Herz. Sie neigte sich zu Vaihs Ohr hinunter. «Ich komme wieder», flüsterte sie.

Dann nahm sie mit einer fließenden Bewegung den Bogen von ihrem Rücken und verschoss rasch hintereinander drei Pfeile. Menschen schrien auf und rannten auseinander. Ismail, der auf dem Weg zu ihr gewesen war, blieb stehen und starrte sie an, einen zitternden Schaft dicht vor den Füßen. Als Vala sah, dass der Weg zu der Treppe, die sie sich ausgewählt hatte, frei war, sprang sie vom Pferd und rannte geduckt hinüber.

Ismail rief seinen Bediensteten etwas zu. Sie kamen vom Tor herübergelaufen. Gemeinsam verfolgten sie Vala, jedoch ohne Eile, eher so, als trieben sie ein Wild. Sie schienen nichts dagegen zu haben, dass Vala zu dem Gebäude flüchtete, waren nur besorgt, ihr jeden anderen Fluchtweg als den zur Treppe abzuschneiden. Offenbar glaubten sie sie in den oberen Gemächern in der Falle. Aber Vala wollte gar nicht in das Haus hinein.

Auf den obersten Stufen angekommen, schwang sie sich vielmehr geschickt auf das erste in der langen Reihe von Sonnensegeln. Es senkte sich gefährlich tief, hielt ihrem Gewicht jedoch stand. Sie warf einen letzten Blick auf Vaih, die schnaubend durch den Innenhof trabte und einem Diener auszuweichen suchte, der hinter ihr herrannte, um die Zügel zu ergreifen. Vala lächelte. Der Mann sollte sich besser vor Vaihs Hufen in Acht nehmen. Wiehernd stieg die Stute.

Da nahm Vala all ihre Kräfte zusammen und sprang auf die nächste Markise. Der Abstand war weit, doch sie schaffte es gerade. Ihre Füße rutschten ab, doch mit beiden Händen festhaltend, zog sie sich hoch. Der zweite Sprung gelang besser. Der Aufprall war weich und federnd, fast zu weich. Mit rudernden Armen verhinderte Vala, dass sie hintenüberkippte. Ihr Atem ging bereits schwerer. Die nächste Markise.

So sprang sie, begleitet vom Geschrei der Männer drunten, von Stoffbahn zu Stoffbahn. Die Blicke aller im Hof folgten ihr. Ismail rief aufgeregte Befehle, als er sah und begriff, dass sie sich auf diesem Weg der Mauerkrone näherte. Fast hatte Vala sie auch erreicht; sie holte mit beiden Armen Schwung. Doch die letzte Stoffbahn, mürber als die anderen, hielt ihr Gewicht nicht aus. Sie hörte das böse Geräusch des reißenden Stoffes, noch ehe sie begriff. Plötzlich baumelte sie hilflos mit den Beinen in der Luft.

Ihre Hände griffen in Stoff, der nachgab. Hastig um sich greifend, wie eine ins Wasser geworfene Katze, die mit ihren Pfoten nach Rettung angelt, suchte sie festeren Halt und fand ihn im letzten Moment. Unwillkürlich schrie sie auf, als es noch einmal einen halben Meter abwärts ging. Doch sie stürzte nicht weiter.

Sie schaute nach unten, wo staubiger, harter Boden auf sie wartete und bewaffnete Männer. Ein Pfeil rutschte langsam aus ihrem Köcher und fiel hinunter. Vala biss die Zähne zusammen. Als sie wieder aufsah, neigte sich eine Gestalt weit aus dem Fenster, vor dem sie hing, und versuchte, sie zu ergreifen. Mit einem Schreckensschrei zog Vala sich hoch, holte mit den Beinen Schwung und klammerte sich mit allen vieren an den Rahmen. Es gelang ihr endlich hinaufzukrabbeln. Mit einem weiteren Satz, der das Holz hinter ihr splitternd in den Abgrund krachen ließ, war sie auf dem Dach.

Sie balancierte auf der Brüstung des Flachdachs zu dem Tor hinüber, hinter dem die Straße lag. Plötzlich schwirrte etwas an ihrem Gesicht vorbei. Alarmiert schaute Vala zurück in den Hof. Jemand hatte einen Bogen auf sie angelegt und zielte eben zum zweiten Mal. Sie duckte sich hinter die Brüstung und tastete nach ihrem Köcher. Nur noch zwei Pfeile. Sie überlegte kurz, beschloss dann aber, sie aufzuheben. Stattdessen nahm sie einen der leeren Tonkrüge, die in einer Ecke lagerten, und schleuderte ihn auf den Schützen. Sie verfehlte ihn knapp, doch die umherfliegenden Scherben zwangen den Mann, einen Schritt zurückzutreten. Vala warf noch drei, vier Krüge dem ersten hinterher.

Ihr Blick fiel auf Ismail, der nun neben einem alten Mann mit langem weißem Bart stand. Irgendetwas an ihm ließ Vala innehalten. Der Alte sagte etwas zu Ismail, der daraufhin seinen Bogenschützen ein Zeichen gab. Es sirrten keine weiteren Pfeile heran. Vala stellte den letzten Krug ab und rannte weiter. Ungehindert gelangte sie auf die Mauerkrone beim Tor.

Ein rascher Blick hinunter zeigte ihr, dass es viel zu hoch war für einen Sprung. Mit einem gebrochenen Fuß oder Bein unten anzukommen würde ihr nicht weiterhelfen. Aber schon sah sie aus einer Luke Bewaffnete mit Krummsäbeln auf das Flachdach klettern, die drohend auf sie zukamen. Gehetzt schaute sie zwischen den beiden Gefahren hin und her.

«Leckere Orangen, süß und saftig!» Vala hörte den Obsthändler, entdeckte seinen Karren, der sich dem Tor näherte. Ihr letzter Blick zurück in den Hof fiel auf den Bärtigen, der ruhig zwischen den aufgeregt durcheinander laufenden Männern stand. Täuschte sie sich, oder war seine Geste tatsächlich ein Abschiedsgruß? Vala schüttelte heftig den Kopf, nahm Anlauf und sprang. Sie flog durch die Luft, hörte die wütenden Schreie hinter sich, spürte die Sonne auf ihrer Haut und dann das Krachen, mit dem sie durch das dünne Dach des Karrens brach, und den dumpfen Aufprall auf den Orangen, die nach allen Seiten davonkollerten. Sie waren nicht so weich, wie Vala gehofft hatte. Doch sie blieb unverletzt.

Ohne sich Zeit für einen Blick auf die Verwüstung zu nehmen, die sie angerichtet hatte, rappelte Vala sich auf. Sie stolperte über die herumrollenden Früchte und rannte, so schnell sie nur konnte, die Straße hinunter. Sie hörte den Händler hinter sich herschimpfen, der fassungslos auf seine zerstörte Ware blickte. Auch war ihr, als quietschten die Torflügel bereits, um sich zu öffnen und eine Schar Verfolger auszuspucken. Vala beschleunigte ihre Schritte noch.

Zum ersten Mal war sie dankbar, dass so viele Menschen Bagdads Straßen bevölkerten. Gesichter, Gesichter, wohin sie nur blickte. Ihres würde doch gewiss darin untergehen wie ein Tropfen im Meer? Dennoch rannte sie keuchend eine gute Weile weiter. Sie bog in Gassen ab und tauchte unter Toren hinweg, bis sie selbst nicht mehr wusste, wo sie war. Als sie innehielt, stand sie auf einem großen Platz. Wasser plätscherte aus einem Brunnen in einem weiten Hof und erinnerte Vala daran, dass fast alles an ihr klebrig war von Orangensaft. Sie ging zum Wasser, um sich wenigstens die Hände und das Gesicht zu waschen. Bienen umsummten sie bereits.

Nach der provisorischen Reinigung schaute Vala sich um. Erstaunt stellte sie fest, dass auch dieser schattige Hof so belebt war wie die Straßen. Sie sah den hohen, spitzen Turm hinter der Kuppel, der ihr verriet, dass sie in einer Moschee sein musste. Abbas hatte ihr davon erzählt. Sie sah zahllose Menschen auf und ab gehen, manche davon in bunten, kostbaren Gewändern, manche mit Haartrachten, die verrieten, dass sie nicht von hier waren. Im Schatten einer Säule saß ein alter Mann auf einer Decke und redete. Er gestikulierte ausdrucksvoll, ließ manchmal einen Fächer zittern und manchmal eine Trommel ertönen. Die Menschen drängten sich um ihn herum und hörten zu. Von Zeit zu Zeit klatschten sie in die Hände und lachten. Vala sah Jongleure und selbst einen Feuerschlucker.

Ein Kadi im schwarzen Kleid seiner Zunft saß da und hörte zwei streitende Parteien an, die um seinen Richterspruch ersuchten. Streng schüttelte er über dem Geschrei den Kopf. Auch die Bettler waren zahlreich. Zum ersten Mal sah Vala sie genauer, ihr verfilztes Haar, ihre vom Schmutz zerfressene Haut und die zahnlosen Münder, aufgerissen, um eine milde Gabe zu erflehen.

Mit dem Rücken zur Wand stand sie da und schaute all dies an. Der Geruch gebratenen Fleisches löste sie schließlich aus ihrer Starre. Ihr Magen zog sich zusammen und erinnerte sie daran, dass die letzte gemeinsame Mahlzeit mit Abbas schon eine Weile her war. Geld, erinnerte sie sich; Abbas hatte ihr erzählt, dass man in Bagdad nichts bekam ohne Geld. Vala machte die Probe aufs Exempel. Sie kramte ihre wenigen Münzen hervor und ging zu einem Mann hinüber, der mit überkreuzten Beinen vor einigen Bronzetellern saß, auf denen sich die Rosinen so hoch wie er selbst stapelten.

«Ich habe Hunger», sagte sie, legte ihr Geld vor ihn hin und nahm sich dann zwei große Hand voll der getrockneten Früchte, um sie sich sogleich in den Mund zu stopfen. Der Mann sprang auf wie von einem Skorpion gestochen. Vala verstand nichts von der Flut von Beschimpfungen, die er auf sie niedergehen ließ. Sie wies auf das Geld, was ihn aber nicht zu befriedigen schien.

Verächtlich schob er es mit dem Fuß auseinander und schimpfte weiter auf sie ein.

Nun, wenn er es nicht wollte, würde sie es eben wieder nehmen. Sie bückte sich und griff danach. Doch nun ging das Donnerwetter erst richtig los.

«Diebe! Polizei!»

Vala verstand den Ruf nicht, doch dass der Mann nach Hilfe verlangte und diese bald eintreffen würde, das begriff sie. Sie musste etwas falsch gemacht haben, aber was? Sie nahm noch einmal so viel von den süßen Früchten, wie sie packen konnte, und stopfte sie sich in den Mund, während sie schon loslief. Über die Schulter bemerkte sie gerade noch zwei Männer mit Lanzen und Krummschwertern, die bei dem Händler gehalten hatten und ihr nachsahen. Sie waren ganz in Schwarz gekleidet, von den Turbanen bis zu den wehenden Umhängen, und Vala erschrak so heftig, dass sie schneller rannte.

Erst viele Straßen und Plätze weiter hielt sie erschöpft inne. Die Leute in Bagdad waren wirklich unbegreiflich. Niemandem, der an eine der Hütten ihres Stammes geklopft und gesagt hätte, er sei hungrig, wäre die Hilfe verweigert worden. Und dabei hatte sie noch das hier übliche Geld hingelegt! Vala schüttelte den Kopf und betrachtete die Münzen in ihrer Hand. War etwas damit vielleicht nicht in Ordnung?

Sie hielt sie höher in das sich rosa verfärbende, schwindende Tageslicht. Da fiel zu ihrem Erstaunen eine weitere Münze in ihren Handteller. «Was …?», rief sie und schaute der Frau nach, die, in flatternde Schleier gehüllt und von Wachen begleitet, schon weitergegangen war und sich nicht nach ihr umdrehte.

«Aber …», wollte Vala einwerfen. Da fielen plötzlich Gestalten mit Stöcken und Klauen über sie her. «Das ist unser Platz», kreischte ein altes Weib, das nur noch schwarze Zähne im Mund hatte. «Wir haben dafür bezahlt.»

«Und überhaupt: Gehörst du zur Bande von Said?», verlangte ein Einbeiniger zu wissen, der seine Krücke gegen sie schwang. Zuerst hielt Vala nur verblüfft die Hände über den Kopf. Dann, nachdem sie einige schmerzhafte Hiebe hatte einstecken müssen, gab sie das Empfangene herzhaft zurück. Eine immer größere Menschenmenge blieb stehen und schaute lachend und mit den Fingern deutend der Prügelei der Bettler zu. Vala wurde feuerrot im Gesicht, als sie es bemerkte. Sie stand auf und klopfte sich den Staub aus den Kleidern, während ihre Gegner sich hinkend zurückzogen.

Ein Mann mit schwarz gelocktem Bart hielt sich den Bauch vor Lachen, dann winkte er ihr. «He, du, komm mal her, eine wie du könnte ich gebrauchen.»

Doch Vala hörte nicht auf ihn. Sie hatte keine Lust mehr, sich für irgendetwas gebrauchen zu lassen. Hastig kämpfte sie sich aus der Menge heraus und rannte die Gasse hinunter. Würde sie hier nirgends zur Ruhe kommen? In der Wildnis hätte sie überall einen Lagerplatz und etwas zu essen gefunden. Tränen des Selbstmitleids stiegen in ihre Augen. Sie gehörte nirgendwohin, und es schien, als würde sie nie wieder aufhören können zu laufen.

Aber plötzlich blieb sie stehen: Vaih! Ohne Vaih würde sie nicht von hier fortgehen. Ganz verzagt schaute sie sich um. Mauern überall, glatt und braun und einförmig. Niemand konnte sich hier zurechtfinden.

In diesem Moment hörte Vala ein vertrautes Geräusch: das Rauschen eines Wipfels im Wind. Mit wenigen Bewegungen war sie über die Einfassung geklettert und stand im Grünen. Schlanke Palmen wiegten sich, dazwischen blühten Jasmin- und Fliederbüsche duftend in der aufkommenden Dämmerung. Vala sah Rosen und Nelken, Narzissen und Anemonen. Auf einem von Zypressen beschatteten Wasserbassin, dem sie sich vorsichtig näherte, schwammen Lotosblüten. Dunkel zeigte das Wasser ihr eigenes verschwommenes Bild. Vala beugte sich darüber: Sah sie wirklich so anders aus als die anderen?

Da schrie jemand hinter ihr. Vala fuhr herum. Schleifende Schritte kamen durch die Büsche näher. Vala griff alarmiert zu ihrem Bogen. Als die letzten Zweige sich teilten, stand ein Vogel vor ihr, wie Vala noch keinen gesehen hatte. Sein Hals war blau wie die tiefste Stelle eines Sees und sein Schwanz ein großes Rad voll schillernder Federn. Sie ließ den Pfeil von der Sehne surren. Etwas, was so wunderschön aussah, musste doch auch köstlich schmecken.

WO IST VAIH?

Satt und zufrieden rollte Vala sich im Schatten eines Jasminstrauchs zusammen. Hinter ihr glommen die Reste des kleinen Kochfeuers, daneben lag ein Häufchen blau schillernder Federn, gebündelt und verschnürt, die sie in besseren Tagen an ihren Kleidern befestigen wollte. Auf dem Kiel einer der besonders schönen langen Schweiffedern herumkauend, lag sie auf dem Rücken, starrte in den Nachthimmel und suchte ihre Gedanken zu ordnen. Über die Mauer drangen, wie aus weiter Ferne, die Geräusche der Stadt zu ihr. Und nun wusste sie auch, was eine Stadt war, dachte sie: das perfekte Chaos. Von allem zu viel, zu viele Mauern, zu viele Menschen, zu viel Lärm, sodass ein armer Kopf überhaupt nicht mehr dazu kam, klar zu denken.

Nur eines gab es, woran sie sich festhalten konnte: Vaih. Sie musste sie wiederhaben. Und sie würde es schaffen. Mit diesem tröstlichen Gedanken schlief sie ein. Sie träumte von Männern mit langem goldenem Haar.

Als sie wieder aufwachte, dauerte es eine Weile, bis sie begriff, wo sie war. Vala setzte sich auf. Vom Bassin her klangen menschliche Stimmen herüber. Sie sah Fackellicht zwischen den Büschen und verkroch sich noch ein wenig tiefer unter die Zweige. Die anderen mussten die Stelle gefunden haben, an der sie den seltsamen Vogel geschlachtet hatte. Die Rufe wurden lauter. Vala konnte unschwer erkennen, dass sie empört klangen. Ihr Aufenthalt in diesem Garten war beendet.

Leise trat Vala die Reste der Glut aus, packte ihre Sachen zusammen und sah zu, dass sie zurück zur Mauer kam. Schweren Herzens kletterte sie zurück auf die Straße. Nun, in der einbrechenden Dunkelheit, sah alles noch fremder und verwirrender aus. Zahllose Fackeln erhellten die Gassen. In allen Geschäften hingen Lampen und tauchten die Waren in ihren warmen Schein. Es war ein Meer aus Licht und Schatten, durch das zahllose Menschen fröhlich und genussvoll streiften. Vala hielt sich im Dunkeln, wo es ging. Sie stolperte über die ausgestreckten Beine der Heimatlosen und über Hunde, die sie böse anknurrten. Manchmal fragte sie jemanden nach dem Weg zum Wildpark des Sultans, doch es war immer die falsche Person. Erst eine Frau, die sie so verlockend mit roten Lippen angelächelt hatte, dann aber kreischte, sie sei ja ein Mädchen und solle sich verdrücken. Dann ein Mann, der erst ihren Blick festhielt und dann ihr Handgelenk und verwundert aufschrie, als Valas Dolch ihn stach. Die Bettlerin, die am Boden saß, hielt nur grienend ihre Schüssel hoch, stumm oder taub oder beides. Es grenzte an ein Wunder, dass Vala dennoch den Ort fand, den sie suchte.

Das große Tor war nun geschlossen. Vala schaute sich um. Sie spürte die Kühle der nahen Grünflächen auf ihrer Haut, so viel angenehmer als die Hitze, die zwischen den Steinen der Häuser brütete. Vala atmete tief die Luft ein; ihre Nüstern bebten, als sie den Geruch der Tiere erspürte, die nicht weit waren. Wieder erhob ein Löwe in der Ferne seine grollende Stimme und ließ die Schwärze der Nacht erbeben. Vala fand, was sie suchte.

Mit einiger Mühe kletterte sie die Mauer hoch und spähte über die Krone. Ja, das war der Hof, in dem Abbas sie zurückgelassen hatte, es gab keinen Zweifel. Sie erkannte das kaputte Sonnensegel, die Fensterreihe, den gestampften Lehmboden. Was ihr zum ersten Mal auffiel, waren die vielen hölzernen Türen auf der gegenüberliegenden Seite. Ob sie zu den Ställen führten? Vala beschloss, es herauszufinden.

So leise sie konnte, kletterte sie hinab und schlich über die offene Fläche, immer das Haus im Auge, aus dem Lichtschein und Geräusche drangen. Sie legte keinen Wert darauf, Ismail und seinen Männern noch einmal zu begegnen.

Der Geruch und die stampfenden Geräusche hinter der ersten Tür, die sie öffnete, verrieten ihr, dass hier Pferde standen. Aber ob Vaih unter ihnen war? Die Laterne neben dem Eingang beleuchtete den Raum nur schwach. Vala sah die edlen Köpfe einiger Araber aus den nächstgelegenen Boxen nicken, andere schienen leer zu sein. Eine Stute mit wallender weißer Mähne reckte den Hals und schnupperte an Vala. Die streichelte sie zerstreut; der Raum vor ihr dehnte sich endlos. Wie sollte sie unter all den Tieren nur Vaih finden? Langsam ging sie über den hallenden, vom Urin feuchten Steinboden. Ihre Stute fand sie in keiner der Boxen, dafür wartete hinter dem Ausgang am anderen Ende ein neuer Hof, um den weitere Ställe gruppiert waren. Ratlos schaute Vala sich um. Dies war genauso wie draußen: ein Labyrinth. Eine weitere Stadt, fiel es ihr ein, eine Stadt der Tiere.

Sie probierte schließlich mit einem Schulterzucken die nächstgelegene Tür. Ein scharfer, fremdartiger Dunst stieg ihr in die Nase. Es raschelte im Dunkeln. Als ihre Augen sich an die Finsternis gewöhnt hatten, erkannte sie Stangen und die Umrisse von Vögeln. Jagdfalken! Und das dort hinten musste ein Adler sein! Sogar eine große Eule konnte sie erkennen. Leise zog Vala sich wieder zurück, um die nervösen Tiere nicht aufzuscheuchen, doch die saßen unter ihren Kappen blind und ergeben da. Nur hier und da streckte einer im Halbschlaf die mächtigen Flügel.

Wohin sollte sie sich nun wenden? Sie hatte nicht mehr viel Zeit, bemerkte sie nervös; der Himmel wurde bereits heller, verfärbte sich von Schwarz zu Pfauenblau. Vala war versucht, in sich zu gehen und Vaihs Geist zu rufen, damit er ihr antwortete und sie zu ihr führte. Doch das würde sie blind machen für ihre eigene Umgebung, daher zögerte sie. Als eine weitere Tür Vala allerdings nur zu einer Reihe von Kamelen und gehörnten Antilopen, eine andere sie zu seltsam schwarzweiß gestreiften Eseln und eine dritte zu langbeinigen Vögeln in schreienden Farben führte, suchte Vala sich eine dunkle Gasse zwischen den

Gebäuden, die nach Vergorenem und feuchtem Mist roch, und suchte sich zu konzentrieren. «Vaih», flüsterte sie. Ihr Geist stieg auf.

Ein Dickicht von verworrenen Träumen umgab Vala mit einem Mal, zuckendes Fell und pendelnde Schwänze. Sie fühlte Fliegen auf ihrer Haut und hallenden Stein unter ihren Füßen. Wälder sah Vala in diesen Träumen, grüne Oasen und Weiden, raschelndes Gras, Blätter, die sich teilten, rasende Läufe und aufgewirbelten Staub. Wut fühlte Vala, Fäuste, die trommelten auf einer schwarzen Brust voller Fell, und ungeheuren Zorn, der sich in einem Schrei in ihrem Inneren entlud, sodass sie erschrak. Sie hastete weiter.

Hinter ihr näherten sich Schritte. Stimmen sprachen leise miteinander. Ein Mann blieb stehen und wies einen anderen auf eine Tür hin, die halb offen stand. Valas Nackenhaare stellten sich auf, sie spürte die Gefahr. Doch ihr Geist flüchtete mit einer stampfenden Horde, mit spitzen Zähnen bewehrte Kiefer, die sich aus dem Wasser reckten, zuklappten, Tropfenschauer sprühten. Dann Stille. Etwas Großes, Altes, unendlich Trauriges war da. Vala spürte Erinnerungen, so viele, ein Abgrund. Am Rande etwas Vertrautes. «Vaih», flüsterte sie, «Vaih!» Vala hob den Kopf.

Sie tat es gerade rechtzeitig, sah den Schlag kommen, warf sich herum. Er traf dadurch nur noch ihre Schulter. Vala sprang auf und taumelte gegen die Stallwand. Vaih, sie wusste, wo Vaih war! Der nächste Schlag verfehlte sie. Der Mann vor ihr brüllte irgendetwas. Vala trat ihn in den Leib, dass er zusammenknickte. Sie schüttelte den Kopf, um wieder zu sich zu kommen. Sie musste ihre Gedanken von all den anderen lösen, die sie gestreift hatte.

Dann bückte sie sich, um dem Knecht, der sie überrascht hatte, die Heugabel aus den Händen zu winden, die er noch kniend erneut gegen sie erhob. Sie rangen eine Weile erbittert miteinander, doch sein Gefährte war von dem Lärm und den Rufen schon gewarnt.

Vala hörte seine schweren Schritte. Die Gasse entlangrennend, stürzte er sich auf sie. Sein Gewicht traf sie wie ein Geschoss, und die Wucht des Aufpralls ließ sie heftig gegen die Wand taumeln. Wie ein Schatten stand er in der Dunkelheit vor ihr. Er war weit größer und stärker als sie. Und er war ihr schon viel zu nahe gekommen. Ehe sie ihm ausweichen konnte, ergriff der zweite Mann die Heugabel und drückte sie ihr mit beiden Händen gegen den Hals. Vala würgte und keuchte. Mit aller Kraft stemmte sie sich gegen das Holz, das ihr die Luft zum Atmen nahm, doch es war aussichtslos. Wie ein Insekt wurde sie gegen die Wand genagelt.

Sie musste an ihr Schwert herankommen. Aber sobald sie eine Hand fortnahm, verstärkte der Druck sich unerträglich. Sie spürte, es würde ihr den Kehlkopf zerquetschen.

Funken glühten vor Valas Augen auf, als die Luft knapp wurde. Ihre Hände flatterten, ihr Kopf fiel nach vorne. Als der Druck mit einem Mal nachließ, rutschte sie an der Bretterwand hinunter auf den Boden. Eine grobe Faust packte sie vorne am Gewand und zog sie wieder hoch. Ihre eigenen Beine trugen ihr Gewicht nur widerstrebend und zitternd.

«Ein Mädchen», sagte eine Stimme dicht an ihrem Ohr. Vala roch Wein, Tierdung und Schweiß. Sie würgte, ihre Kehle tat weh.

«Tatsächlich, ein Mädchen.» Der Pferdeknecht versuchte, ihr das Hemd herunterzuziehen, und starrte fasziniert auf den Ansatz ihrer Brust, die im Halbdunkel schimmerte wie eine Mondsichel.

«Schönes Mädchen», grunzte der Knecht. Dann sank er um, Valas Dolch im Brustkasten. Der andere ballte die Faust.

«He, ihr beiden!» Vala hörte die neue Stimme nur undeutlich von ferne. Durch die Schleier vor ihren Augen erkannte sie, dass es Ismail war, der sie im Schein einer hochgehaltenen Laterne musterte. Hinter ihm standen zwei Wachen, von Kopf bis Fuß in Schwarz gekleidet.

«Vaih», murmelte sie, ehe sie das Bewusstsein verlor.

Ismail schaute seine Begleiter mit hochgezogenen Augenbrauen an. Dann zuckte er die Schultern. «Ladet sie auf», befahl er. «Aber verletzt sie nicht.» Ernst sah er zu, wie seine Männer Vala fesselten und zu einem Pferd trugen. Den toten Pferdeknecht stieß er mit dem Fuß an, ehe er die Schultern zuckte.

«Er hat wie immer Recht gehabt.» In seiner Stimme war Ehrfurcht. «Sie kam von selbst wieder, um ihr Pferd zu holen.» Mit einem Nicken verabschiedete er den kleinen Zug aus Pferden, Wächtern und einer halb betäubten Gefangenen, für den sich knarrend die großen Tore öffneten.

IN ÖEN VERBORGENEN GEMÄCHERN

Die Stimme, die Vala aus ihrer Benommenheit weckte, klang hoch und weiblich, deshalb war sie erstaunt, als sie die Augen öffnete und sich einem Mann gegenübersah. Seine schwarzen Augen waren dick mit Khol umrandet, und die Ohren, hinter die er seine glänzenden Ringellöckchen zurückgestrichen hatte, zierten dicke goldene Ohrringe.

Er richtete sich wieder auf; sein Kopf, der sich eben noch gleichauf mit Valas Gesicht befunden hatte, verschwand aus ihrem Gesichtskreis. Nun bemerkte sie, dass die Welt Kopf stand.

«Mir die Mädchen in so einem Zustand anzuliefern», beschwerte sich der seltsame Mann mit hoher, nörgeliger Stimme. «Der Hals hat wie der Stängel der weißen Lilie zu sein», dozierte er mit gezierten Handbewegungen. Dann wies er auf Vala, die noch immer kopfunter vom Rücken des Pferdes herabhing. «Habt ihr schon einmal einen Lilienstängel mit Blutergüssen gesehen?»

Die Wachen brummelten etwas von Ismail, der die Verantwortung trüge, und dass sie nur Boten wären. «Schöne Lilie; das Luder tritt und kratzt», meinte einer schließlich.

«Ja», fügte der andere hinzu und rieb sich seine Wange, die
ein rotes Mal zierte, seit er sich Vala über die Schulter geworfen
hatte. «Und sie beißt.» Er löste die Verschnürung, sodass sie,
noch immer gefesselt, zu Boden sank. Vala glitt auf Fliesen, die
sich unter ihrer Wange kalt anfühlten. Atemberaubende Arabesken schlängelten sich über die glatt glasierten Oberflächen
und bewirkten, dass ihr schwindelig wurde.

«Außerdem», meinte der Soldat und trat noch einmal nach
ihr, «kann sie ausgezeichnet mit der Klinge umgehen. Du lässt
sie also besser gefesselt, während du sie herrichtest.»

«Was für eine alberne Idee.» Der Weibische schüttelte energisch den Kopf. «Wie sollte ich sie wohl baden und salben, wie
kleiden und frisieren, wenn sie so verschnürt ist? Wie soll An-
mut entstehen unter groben Stricken?»

Der eine Wächter hob die Schultern und murmelte etwas,
was ganz ähnlich klang wie «Mir doch gleich». Er fühlte sich
sichtlich unbehaglich in diesen luxuriösen Räumen, zwischen
den zierlichen vergoldeten Möbeln, den üppigen Stoffen, den
schweren Düften und unter den Blicken der kichernden Dienerinnen, die auf ein Händeklatschen ihres Meisters hin hereinge-
strömt kamen und sich im Hintergrund aufstellten. Ihre Kleider
verhüllten die Körper kaum, so durchsichtig waren sie, sie ließen vielmehr das nackte Fleisch in purpurnen Nuancen durch
die Schleier leuchten. Auch die Wangen der Wache nahmen einen tiefen Rotton an.

«Das geht doch viel sanfter», erklärte der Mann mit der Frauen-
stimme gerade. Er nahm eine bronzene Schale, aus der wohl-
duftender Rauch aufstieg, kniete sich neben Vala und hielt sie
ihr vors Gesicht. Ein fremder Geruch stieg ihr in die Nase. Sie
bemühte sich, die Luft anzuhalten, musste aber kapitulieren und
atmete die Droge tief ein. Ihre Augen, bemüht, die seinen zu erforschen, fanden ihr Ziel nicht mehr.

Befriedigt betrachtete der Mann ihre sich verengenden Pupillen, dann tätschelte er gönnerhaft Valas Wange. «Was habe ich
gesagt.» Die Wachen winkte er hinaus.

Dann wies er die Mädchen an, die junge Steppenreiterin von ihren Fesseln zu befreien und sie auszuziehen. Vala war wach, wie sie sich angestrengt ins Gedächtnis zu rufen suchte. Sie stand nun aufrecht, wenn auch leicht wankend, auf ihren Beinen und verfolgte mit langsamen, erstaunten Blicken, wie die flinken Finger der Mädchen sie entkleideten. Hülle für Hülle sank; ihre Füße klatschten auf dem Fußboden, als sie, dem sanften Druck der fremden Hände gehorchend, nackt über die Fliesen auf das große Bassin zuging. Warm umspülte das Wasser ihre Glieder, während sie die blauen Stufen hinunterschritt, ins Wasser hinein.

Rosen, roch Vala, und etwas wie Gischt legte sich duftend und knisternd auf ihre Haut. Sie sah die Hände, diese vielen kleinen Hände, blasse und braune, wie sie Schwämme über ihre Haut führten, über ihre Arme, zwischen ihre Brüste, deren Spitzen sich wohlig zusammenzogen. Vala biss die Zähne zusammen und versuchte, sich zu konzentrieren. Sie wollte den Arm heben und das Mädchen abschütteln, das sich dagegen presste, die andere wegschieben, die einen Kuss auf ihre Schulter drückte. Doch ihr Arm gehorchte nicht. Sie blieb schlaff und entspannt im Wasser liegen, hingegeben all den ungewollten Liebkosungen, mit vor Feuchtigkeit glänzender, rosiger Haut, mit geöffneten Lippen und fiebrigen Augen, vor denen üppige unverständliche Bilder gaukelten wie große, sanfte Schmetterlinge.

Dieser Rauch, dachte sie, ich bekomme den klebrigen Geruch dieses süßen Rauches nicht aus meiner Nase. Von Zeit zu Zeit beugte sich der Mann mit den geschminkten Augen über sie und hielt ihr das betäubende Räucherwerk erneut vor ihr Gesicht. Valas Kopf folgte gehorsam pendelnd seinen Bewegungen. Sie starrte ihn stumpf an.

«Holt sie jetzt heraus.»

Vala taumelte wie eine halb Schlafende. Doch so dumpf ihr Geist auch war, ihr Körper, der Verräter, war sehr lebendig. Rosig und schimmernd kam ihre Haut unter dem sanften Streicheln der leinenen Handtücher hervor. Ihr Haar schien unter dem Strich der Bürste zu knistern.

Der Mann knetete ihr festes Fleisch mit kundigen Händen. «Das ist doch endlich einmal Muskulatur, Form, Straffheit», erklärte er. «Biegsam wie ein Knabe.» Sanft strich er den Schwung ihrer Hüften entlang und schnalzte anerkennend mit der Zunge. «Die Herren am Hof werden es lieben. Wollen mal sehen.» Er trat zu einer Gruppe Mädchen, die mit gesenkten Köpfen Kleider vor ihn hinhielten, und ging wählerisch wägend zwischen ihnen herum. Kopfschüttelnd winkte er eine lindgrüne Robe fort, mit bodenlangen Ärmeln, die in goldgefütterten Falten auseinander fielen. Auch ein rotes Gespinst aus Schleiern, die nur hier und da von mit bunten Edelsteinen besetzten Nadeln zusammen gehalten wurden, fand keine Gnade vor seinen Augen.

«Zu schwül», beschied er, «zu üppig. Aber Rot ist gerade die rechte Farbe.»

Er warf einen Blick zurück zu Vala. Sie saß zwischen Dienerinnen, die ihren Körper mit Ölen salbten und dabei ihre langen, schlanken Gliedmaßen streichelten. «Brüste wie aus Silber getrieben», murmelte er und klatschte dann erfreut in die Hände, als er gefunden hatte, was er suchte.

Es war ein Leibchen aus silbern schimmerndem Brokat. Blumen und Paradiesvögel waren in verschlungenen Arabesken hineingewoben. Es schmiegte sich so eng an den Leib, dass es Valas kleine feste Brüste nach oben drängte. Die kurzen Ärmel ließen ihre braunen Arme frei. Unterm Busen schloss es knapp ab, ließ aber einen feinen, beweglichen Saum von langen Silberfransen sich um ihren Leib legen, der die schlanke Taille bei jeder Bewegung umspielte. Die rote Pumphose, für die der Mann sich weiterhin entschieden hatte, setzte erst tief auf ihren Hüften mit einem breiten Gürtel aus Silber und Rubinen an, um sich dann weit um ihr Gesäß zu bauschen. Schlitze darin gaben bei manchen Bewegungen den Blick auf ihre Schenkel frei.

«Das Vorspiel», verkündete der Mann zufrieden und küsste ihre Fingerspitzen. «Jetzt kommen die Glanzlichter.» Er trug einen geschnitzten Kasten herbei, duftend von Sandelholz, und klappte ihn auf. Ein solches Gleißen hatte Vala noch nie gesehen. Als Erstes hob er breite Reifen heraus, besetzt mit roten und blauen Edelsteinen, die er um Valas Arme legte. Kalt schlossen sich die teuren Fesseln über ihrer Haut. Dazwischen hingen dünne Silberkettchen, die sich in anmutigen Bögen vom Ober- zum Unterarm und zum Handgelenk spannten, wenn sie die Arme hob. Wie Zügel, dachte Vala benommen.

Der Mann fuhr genießerisch über ihr tiefes Dekolleté. «In dieses Vogelnest müssen wir ein besonders kostbares Ei legen.» Und er ließ einen riesigen Saphir an einer langen Kette zwischen ihre Brüste gleiten. Um den Hals legte er ihr ein enges, breites Band aus zisieliertem Silber, mit einer glänzenden Kaskade von Kettenfransen dran, die bis zu ihren fein gewölbten Schlüsselbeinen herabhingen. Das verdeckte die blauen Flecken, die die Heugabel hinterlassen hatte.

«Wir sollten dasselbe Motiv um das Gesicht herum wiederholen», meinte ihr Zuchtmeister nachdenklich, während er ihr mit seinen sorgsam manikürten Fingern über die Schläfen fuhr. Mit diesen Worten wies er auf ein silbernes Stirnband, von dem lange Gehänge für die Schläfen baumelten. Es rahmte ihr Gesicht ein mit einem Regen aus Silber, feinsten Plättchen, deren kaltem Glanz hier und da durch Brillantsplitter nachgeholfen wurde.

Der Mann strich Valas Haar zurück und streichelte es so lange, bis es knisterte. «Lang und glatt», murmelte er, «lang und glatt und glänzend.» Er wand es versuchsweise auf verschiedene Arten um ihren Kopf, jedes Mal unzufrieden. Schließlich hob er die Hände. «Am besten offen», verkündete er seinen Ratschluss und wandte sich an ein Mädchen, das mit einem Korb voller Tiegel und Kämme bereitstand. «Wie ein Vorhang aus schwerer Seide», sagte er. Die Kleine nickte und machte sich an die Arbeit. Sie salbte, bürstete und kämmte die dichte Pracht, bis sie glänzend wie ein Lackschild über Valas Rücken hing.

Andere Frauen hatten sich derweil über ihre Hände und Füße hergemacht, sie gestreichelt, Öl einmassiert, raue Stellen mit Hölzern geglättet und die Fußflächen mit Henna gefärbt. Blumenranken wanden sich nun darüber. Juwelen funkelten auf ihren Nägeln. Blüten aus Edelsteinen saßen zwischen ihren Zehen und hielten die mit Blattgold verzierten Ledersandalen.

«Und nun: die Krönung!», verkündete der Zeremonienmeister. Persönlich griff er zur Schminkpalette, um Valas Mund in einen scharlachroten Riss zu verwandeln. «Die Süße des Granatapfels», murmelte er dabei.

Feiner Reispuder verwandelte ihr Gesicht in eine Maske, Khol ihre länglichen Augen in ein düsteres Geheimnis. Nach langem Überlegen gab er nur einen Hauch Goldstaub auf ihre Lider, die zugleich schwer wirkten und funkelten wie ein Sternenhimmel. Ihre Augenbrauen wurden zu hochgewölbten Bögen gezupft und gefärbt – «Die feinen Hörner des Neumonds», flüsterte ihr Betreuer –, ihre hohen Wangenknochen mit wenig Rot betont, das die Schatten darunter künstlich vertiefte und modellierte.

Vala starrte ungläubig in den Spiegel, den man ihr schließlich vorhielt. Was ihr entgegensah, war eine prächtige Maske. Die Konturen so fein und perfekt, wie aus Metall getrieben. Alle Farben kunstvoll aufgesetzt. Es war das Gesicht einer Fremden, einer Statue, kalt und tot. Sie öffnete den Mund, brachte aber keinen Ton hervor.

«Ein Zuckerpüppchen, süß wie Honigmandeln, unwiderstehlich», flötete der Weibische. Er hielt die Hände wie zum Gebet, dann kratzte er sich am Kinn und legte den Kopf schief. «Aber etwas fehlt noch.»

Schließlich holte er ein aus silbernen Kettengliedern gefertigtes Dreieck hervor und hängte es um Valas Hüften. Es lag schwer auf ihrer Scham, und Vala spürte seine Kühle durch den hauchdünnen Seidenstoff der Hose. «Der Eingang zum Tempel der Lust. Du sollst ihn spüren, meine Kleine, bei jedem Schritt.» Er legte seine Hand in ihren Schoß, und sofort strömte Hitze durch Stoff und Metall bis tief in sie hinein.

Entsetzt bemerkte Vala ihre Erregung, die verräterische Röte ihrer Wangen und senkte den Blick auf den Tisch. Dort standen die Tiegel, lagen die Kämme, Feilen und Spatel. Langsam nur erfasste sie die Einzelheiten, den gedrechselten Ebenholzgriff, die feine silberne Klinge. Das Bild verschwamm. Die hohe Stimme an ihrem Ohr flüsterte irgendetwas, heiß und feucht. Vala suchte sich zu konzentrieren. Ihre Finger bewegten sich hilflos über den roten Stoff auf ihren Schenkeln. Erneut versuchte sie, das Ziel ihrer Sehnsucht mit den Augen zu fixieren, und sandte den Befehl an ihre Hände.

Der Mann griff nun in ihre Korsage und hob ihre Brüste an, rückte sie im Stoff zurecht, streichelte sie wie junge Kätzchen. «Noch ein wenig höher, so ist es recht. Aber was ist das!» Empört wandte er sich ab, verteilte Ohrfeigen, die größtenteils die Luft trafen, und beschimpfte die sich wegduckende Nymphenschar. «Angetrockneter Schaum hinter den Ohren! Könnt ihr nicht besser aufpassen! Mein Meisterwerk!»

Valas Finger schlossen sich um Holz. Sie glaubte zu lächeln, aber das Gesicht im Spiegel, das sie anstarrte, blieb ausdruckslos.

Vala bekam nur wenig von dem mit, was ihr in den Gängen des Palastes begegnete. Sie erinnerte sich später an geschnitzte Holzdecken, dunkel und schwer, bronzene Ampeln an langen Ketten, deren buntes Glas rote, blaue und gelbe Lichtpunkte über die Wände streute. An wehende Vorhänge, zart und bestickt, zwischen denen sie einmal die Fetzen eines rosenfarbenen Morgenrots wie zerschlissene Banner die violette Nacht streifen sah.

Es ist bald Tag, sagte sie sich und atmete tief ein. Die Luft schien hier frischer. Weiße Marmorbalkone sah sie schimmern über grünen Gärten, duftende Säulen aus Sandelholz, glatt und warm. Einmal hieß man sie warten, und Vala spürte Augen, die auf ihr ruhten. Als sie langsam den Kopf wandte, sah sie ein hölzernes Gitter, geschnitzt wie Blumenranken. Die Blicke der Frauen dahinter spürte sie mehr, als dass sie sie sah. Da war ein Wispern, ein Rascheln, einzelne blasse Finger, verschlungen mit den hölzernen Blüten, im Dunkeln aufblitzende Ohrringe und das feuchte Glitzern der Augenpaare, Dutzende, oder waren es noch mehr? Vala spürte ihre Neugier, ihren Hass, ja, auch den, und eine Gänsehaut überlief sie. Was für eine heimliche Welt war das dort hinter den Gittern?

Endlich wurde sie in ein Gemach geführt, dessen Wände mit marmornen Ornamenten überdeckt waren. Weiche Teppiche schmückten die Nischen, in denen Ruhelager warteten und niedrige Tischchen, mit Elfenbein und Ebenholz eingelegt, auf denen Schalen voll mit Früchten standen, Flaschen mit blinkenden Getränken, um den Gast zu verwöhnen, und Flakons mit Duftwässern in allen Farben.

Vala sah Rauch aufsteigen aus dem Maul eines jadegeschnitzten Drachen. Angstvoll sog sie ihn ein, doch er glich nicht jenem, der sie betäubt und in seiner Gewalt hatte. Er war eher würzig und herb. Tatsächlich fühlte sie sich besser. Der lange Weg hatte sie angeregt, die kühle Luft aus den Gärten sie wohltuend erschauern lassen. Noch immer folgte sie den Sklavinnen, die sie im Schwarm umgaben, mit den Bewegungen einer Puppe, doch ihre Finger umfassten unter dem purpurnen Stoff fest die kleine Waffe.

Aus einem Berg von goldgestreiften Kissen erhob sich ein älterer Mann. Vala blinzelte, doch es war keine Täuschung. Sie hatte ihn schon einmal gesehen. Es war der Alte aus dem Hof, der Ismail verboten hatte, auf sie zu schießen. Sein Bart, lang und weiß, leuchtete fast in der Düsternis des Gemachs, das nur von wenigen kleinen Lampen erhellt wurde. Seine Augen lagen tief in den Höhlen, die Nase dagegen sprang raubvogelartig vor.

Er trug in dieser Nacht ein weißes Gewand, das in weiten Falten bis zum Boden fiel, einen Mantel aus muschelfarbener Seide, mit breiten bestickten Säumen in Blassgrün und Gold, und einen Überwurf in der Farbe des Morgenrots, der zu seinem Turban passte. Als Vala eintrat, richtete er sich auf.

Lange betrachtete er sie, wie sie da stand, verlassen von der flatterhaften Mädchenschar, die eine Handbewegung hinausgescheucht hatte. Er klopfte mit der Hand auf die Kissen neben sich. Sie war schlank und tiefbraun, diese Hand, dabei männlich und kraftvoll. Kaum verrieten die kräftig hervortretenden

Adern sein Alter. Vala setzte sich gehorsam in Bewegung. Als sie bei ihm angekommen war, knickten ihre Knie ein, und sie nahm ungelenk Platz.

Der Mann runzelte die Stirn, die sehr braun war und von der Sonne verbrannt wie bei einem, der viel draußen unterwegs war. Eine goldene Agraffe funkelte an seinem Turban, sah Vala, als er ihr Gesicht am Kinn anhob und ihr direkt in die Augen blickte. Was er darin entdeckte, schien ihn nicht zu befriedigen; der Mann seufzte. «Pupillen wie Nadeln», murmelte er.

Er wandte sich ab, um sich einen gläsernen Pokal mit Wein einzuschenken, wandte sich dann wieder ihr zu, schien ihr auch etwas anbieten zu wollen, ließ dann aber kopfschüttelnd von seinem Vorhaben ab und trank einsam einen tiefen Schluck, während Vala sich nicht rührte.

Dann legte er sich in die Kissen zurück und betrachtete sie erneut. Etwas wie Wehmut lag in seinem Blick und kämpfte mit der aufflammenden Wollust. Die Distanz zwischen ihnen war groß, als er seine Hand hob und mit den Fingerspitzen sacht die Wölbungen ihrer Brüste berührte, die sich unter ihrem heftigen Atem über dem Silberrand des Leibchens zitternd hoben und senkten. Auch sein Atem begann nun schneller zu gehen; seine Finger schoben sich unter den Stoff und griffen fester zu.

Vala nahm all ihre Kraft zusammen. Ihre Hand mit der kleinen Silberklinge schoss hoch.

ein platz in der welt

Kraftlos blieb Valas Hand im Raum zwischen ihnen beiden schweben; weit entfernt von der Kehle des Mannes. Ihr Wille vermochte nicht, sie weiter zu bewegen. Der Mann zeigte keinerlei Angst oder Überraschung. Ganz langsam, sie nicht aus den Augen lassend, zog er seine Finger zurück.

Vala rührte sich noch immer nicht. Doch aus ihren Augen traten plötzlich Tränen, rannen über den weißen Puder und tropften auf die schimmernde Haut ihres Dekolletés.

Der Weißbärtige seufzte, entwand ihr, die keine Gegenwehr zu leisten vermochte, die Klinge und legte sie auf den Tisch. Dann zog er ein Taschentuch heraus und tupfte Vala behutsam die Tränen ab. Dabei schüttelte er den Kopf.

«Es gab einmal ein Mädchen wie dich», sagte er mit dunkler, tiefer Stimme. «Mit genau denselben ...» Sein Blick wanderte sehnsüchtig über ihre lackschwarzen Haare, ihre mandelförmigen Augen. Er seufzte wieder. «Aber das ist lange her.» Seine Stimme wurde härter. «Sie war nicht du. Und auch ich bin nicht mehr derselbe.»

Ächzend richtete er sich in den Kissen auf, nahm einen weiteren Schluck und setzte sich aufrecht hin. «Wie töricht doch bisweilen das Alter sein kann.»

Er schenkte ihr etwas aus einer anderen Karaffe ein und setzte ihr das Glas an die Lippen. Vala schluckte. Fast sofort fühlte sie sich besser. Mit beiden Händen griff sie zitternd zu und trank mit seiner Hilfe das Glas bis auf den Grund aus.

Er schaute ihr dabei zu. «Du willst dein Pferd», stellte er fest.

Vala nickte und trank zugleich. Die Flüssigkeit lief ihr über Kinn und Hals. Sie wischte sie mit einer Hand fort.

Der Mann lächelte. «Ich wusste, du würdest zurückkommen. Deshalb habe ich Ismail auch geraten, dich nicht zu verfolgen.»

Vala fixierte ihn scharf über den Rand des Glaspokals. Endlich war ihr Blick wieder klar. «Du Harun al Raschid», sagte sie mit rauer Stimme, «der Kalif.»

Er bot ihr noch etwas aus der Karaffe an, und sie hielt ihm ihr Glas mit beiden Händen entgegen, ohne ihn aus den Augen zu lassen. Er schenkte ein, dann verneigte er sich vor ihr, wie zur Bestätigung, und grüßte sie, indem er mit seiner Hand erst sein Herz, dann seine Lippen und flüchtig auch die Stirn berührte.

«Ich grüße dich, Vala Eigensinn.»

Vala hätte beinahe ihr Glas fallen lassen. «Du weißt meinen Namen?», keuchte sie. Abbas hatte wahrhaftig Recht gehabt, der Kalif wusste alles. Und er war überall. Mit neuem Misstrauen betrachtete sie ihn. Ob er wohl eine Geistergestalt und in Wirklichkeit gleichzeitig anderswo war? Unwillkürlich streckte sie die Hand aus und berührte ihn.

Harun al Raschid ließ es ruhig geschehen. «Du hast meinen ja auch gewusst», meinte er.

Vala zog errötend ihre Hand zurück. «Ein …», sie hatte Freund sagen wollen und berichtigte sich in letzter Sekunde, «… Mann mir von dir erzählt.» Die alte Wut kam wieder, als sie sich an Abbas' Verrat erinnerte. «Aber er ein Schurke voller Lügen. Also ich dachte, du vielleicht auch …»

«… ein Schurke?» Der Kalif zog amüsiert die Augenbrauen hoch. «Ich hoffe doch nicht.»

Vala schüttelte den Kopf. «Eine Lüge», berichtigte sie rasch.

«Der gute Abbas», sagte Harun al Raschid. «Seine Geschäftsmethoden sind wahrhaftig nicht über jeden Zweifel erhaben.»

«Er hatte kein Recht», fiel Vala ein.

Doch der Kalif fuhr fort: «Aber sein Koch macht eine ausgezeichnete Orangencreme.»

Vala blickte düster. Ihr wurde langsam bewusst, wie nackt und schutzlos sie vor diesem Mann saß, dessen Absichten ihr unbekannt waren. Sie griff sich eine Hand voll Kissen und hielt sie sich vor ihren ungewohnt tiefen Ausschnitt. «Ich will mein Pferd zurück», erklärte sie und schob das Kinn vor.

Der Kalif lachte, so laut und herzlich, dass Vala errötete. «Du kämpfst wahrhaftig nicht mit den Waffen einer Frau», prustete er.

«Aber es gehört mir», fügte sie trotzig hinzu.

Der Kalif trocknete sich die Lachtränen. Vala spürte Wut in sich aufsteigen. Da richtete er sich auf und erklärte: «Es sei.»

Das Gebäude, in das die Sänfte sie brachte, war hoch und hallend. Es gehörte zu dem Wildpark, in dem sie früher in dieser

Nacht herumgetappt war. Vala sah Türme von Strohballen beim Eingang. Irgendwo weiter hinten brannten Laternen und wiesen ihr mit ihrem bräunlichen Licht den Weg. Staunend setzte Vala Schritt vor Schritt. Sie war barfuß, denn sie hatte sich der kostbaren Sandalen und ihrer übrigen Juwelen entledigt, als wäre es lästiger Ballast. Die Seidenhosen rauschten unter ihrem energischen Schritt.

Sie sah Futterkrippen, Wassereimer. Doch nirgendwo ein Tier. Sollte der Kalif, der hinter ihr ging, sie böse täuschen wollen? Sie stieß den schrillen Pfiff aus, den Vaih so gut kannte. Statt eines Wieherns ertönte jedoch ein unklares Rumoren als Antwort. Langsam ging Vala näher. Dann hörte sie ein lautes, schweres Schnaufen, das ihre Nackenhaare dazu brachte, sich aufzustellen. Nun ein Schleifen. Trotz ihrer Angst ging sie weiter. Ketten klirrten. Als sie endlich den Verschlag erreicht hatte, aus dem die Geräusche drangen, blieb sie wie erstarrt stehen. Eine große graue Schlange richtete sich drohend vor ihr auf. Sie fuhr vor ihrem Gesicht auf, berührte dann ihre Schulter und tastete sich pendelnd, tupfend über ihren ganzen Körper. Die Silberfransen an Valas Kleidern bebten unter der Berührung. Sie wagte nicht, sich zu rühren.

Die Schlange zog sich zurück, sie hob sich hoch, hoch über Valas Kopf. Und nun sah sie auch, dass es gar keine Schlange war. Ein mächtiges Tier stand vor ihr, mit einem Schädel wie eine Klippe, baumstammgleichen Beinen und riesigen Hauern. Dort, wo seine Nase sein sollte, war ein langer, beweglicher Schlauch mit einer doppelten Öffnung. Damit hatte es Vala untersucht. Nun ergriff es damit geschickt ein Büschel Stroh und führte es zum Maul, ließ es jedoch wieder fallen. Es schaute Vala dabei aus kleinen Augen an, über denen lange, drahtige Wimpern hingen.

Das Nasentier! Vala stand da wie vom Donner gerührt. Ja, waren denn alle Märchen Wirklichkeit?

«Die Wunder der Natur sind ohne Grenzen, nicht wahr?», sagte der Kalif neben ihr.

«Wie die Niedertracht der Menschen», antwortete Vala

knapp. Sie hielt, in dem bedrohlichen Dämmer der Halle, in dem keine Spur von Vaih zu sehen war, einen sorgsamen Abstand. Der Kalif schien es nicht zu bemerken. Er wandte sich, mit auf dem Rücken verschränkten Armen, wieder dem Elefanten zu, der seinen massigen Kopf monoton vor und zurück wiegte.

«Ich wollte dir das hier zeigen», sagte er ruhig. «Fremd, verwildert und heimatlos.» Es war nicht ganz klar, ob er mit diesen Worten das Tier oder das Mädchen meinte. Vala machte die Bemerkung zornig und traurig zugleich. Eben weil sie sie auf sich bezog. Und weil sie so wahr war. Es war genau das, was sie fühlte.

Der Alte mit dem schimmernden Bart drehte ihr noch immer das Profil zu. Sie folgte seinem Blick und musterte das riesige Tier genauer. Ihm gehörten die Erinnerungen, die ihr Geist auf der Suche nach Vaih gestreift hatte. Das wurde ihr klar, als sie es betrachtete, seine traurigen Augen, das monotone Geschaukel. Ihm gehörte dieses unendliche graue Gedächtnis, in dem sich heiße Sonne und Gras fanden, riesige Bäume, gemächliche Tritte und aufgewirbelter Staub.

«Es hat Heimweh», sagte sie.

«Es ist weit fort von zu Hause», bestätigte der Alte nickend. «Und es muss noch weiter.» Nachdenklich verstummte er. «Wenn ich nur wüsste, was ihm gut täte.»

Vala schloss die Augen und senkte den Kopf. Tief atmete sie ein. Sie suchte sich zu erinnern an das, was sie außerhalb ihres Körpers erlebt hatte. «Gib ihm ein Stück Grasland», sagte sie schließlich und schaute auf, «und einen Teich zum Baden.» Sie überlegte. «Und frisches Obst», fügte sie dann hinzu.

«Tatsächlich?», fragte der Kalif interessiert. Er schaute sich suchend um, entdeckte im Halbdunkel einige Körbe, auf die er rasch zuging, um darin zu wühlen, und kam mit einem leicht verschrumpelten Apfel in der Hand zurück. Er hielt ihn dem Elefanten hin. «Tatsächlich», wiederholte er wenig später mit zufriedener Stimme, als der bewegliche Rüssel erschien, ihm die Frucht abnahm und nach kurzer Untersuchung zwischen die mahlenden Kiefer schob. «Erstaunlich!» Er drehte sich zu Vala um und sah sie zum ersten Mal voll an. «Du hast ungewöhnliche Fähigkeiten, Vala Eigensinn.»

Vala errötete. Noch immer wusste sie nicht, wie sie die Situation einschätzen sollte, vertraute sie diesem Mann nicht völlig, schwankte sie zwischen Flucht und Neugier. Ihr war, als könnte sie von dem Mann nicht nur ihren Namen, sondern auch etwas über sich selbst erfahren, vielleicht sogar das Rätsel ihres seltsamen Schicksals.

«Vertrauen können», fuhr Harun al Raschid fort, «gehört nicht zu deinen Gaben.»

In diesem Moment hörte sie ein Klappern von Hufen, so vertraut, dass sie es unter Tausenden anderen herausgehört hätte. «Vaih!», rief sie. Und die junge Stute antwortete mit einem Wiehern. Der Pferdeknecht, der sie führte, hatte Mühe, Vaih am Zaum zu halten, obwohl er ein kräftiger Kerl war.

Vala war alarmiert. Ihr erster Impuls war, zu dem Pferd hinüberzulaufen und ihm um den Hals zu fallen. Aber da war mit dem Pferdeknecht ein weiterer Mann erschienen, wie aus dem Nichts. Wie viele mochten noch im Halbdunkel lauern? War sie bereits umzingelt? War dies eine Falle?

Harun al Raschid nahm den Zügel von seinem Diener entgegen und legte ihn in Valas Linke. Sie war so hin und her gerissen von ihren Gefühlen, dass sie nicht zu sprechen vermochte. Vaih drückte sich an sie und schnaubte. Vala fand bei einer raschen Inspektion ihre Satteltaschen, ihre Kleider, gewaschen, geflickt und sorgfältig gefaltet, sowie all ihre Waffen wieder.

Der Kalif betrachtete sie und strich sich über seinen Bart. «Verwildert und heimatlos», wiederholte er, «das war schon mein allererster Eindruck. Dabei unglaublich mutig und unglaublich verzweifelt.»

Vala stand da und wusste nicht, was sie tun sollte: sich auf Vaihs Rücken schwingen und mit dem Schwert in der Hand in die wartende Freiheit galoppieren. Oder sich diesem Mann in die väterlichen Arme werfen und ihm alles, alles erzählen, was ihr widerfahren war. Sie traute ihm zu, alles bereits zu wissen und auch die Lösung zu kennen für die Fragen, die sie bedrängten.

Vala senkte den Kopf und nagte an ihrer Unterlippe. Der Fluch des Schamanen hielt sie davon ab. Wenn sie auch nicht wirklich gestorben war, wie er es geplant hatte, wenn ihr Eigensinn sie auch am Leben gehalten hatte: Für ihren Stamm war sie gestorben, nicht mehr als ein Geist und würde es immer bleiben. Es sei denn, der Fluch würde aufgehoben.

Vala hob den Kopf. «Kennst du die Geister?», fragte sie, atemlos und hoffnungsvoll.

Doch zu ihrer unendlichen Enttäuschung lachte der Kalif nur leise und schüttelte den Kopf. «Du darfst nicht vergessen, dass es ein Lügner war, der dir von mir berichtet hat.» Er betrachtete sie nachdenklich. «Aber», fuhr er schließlich fort, «vielleicht ist es ja gar nicht nötig, die Geister zu bemühen.»

Fragend schaute Vala ihn an. «Aber Fluch von Herr der Geister hält mich ab, nach Hause zu gehen.»

Der Kalif hob die Hände. «Mein Eindruck ist», sagte er, «dass du dein Zuhause noch gar nicht gefunden hast.»

Nun war Vala vollends verwirrt. Was meinte er damit, ihr Zuhause noch nicht gefunden? War das nicht die Steppe, die Weite des Graslandes und die rauchigen Hütten ihres Stammes, alles, was bisweilen so sehnsüchtige Gefühle in ihr hervorrief? Als bemerkte sie Valas Hilflosigkeit, begann Vaih nervös zu tänzeln. Vala griff die Zügel fester.

Der Kalif war auf der Suche nach weiteren Äpfeln wieder zu den Körben hinübergegangen. «War ich denn nicht zu Hause?», rief sie seinem Rücken zu.

«Ich weiß nicht, warst du?», fragte er zurück.

Vala erstarrte, als sie darüber nachdachte. Über Krekas Lieblosigkeit und ihre eigene Einsamkeit. Über ihren zugigen Platz am Hütteneingang und die Mädchen, die stets über sie lachten, aber nie mit ihr. Der Kalif hatte Recht, sie hatte es sich selbst vielleicht nicht eingestehen wollen, aber ein wirkliches Zuhause hatte sie nie gekannt. Wie konnte er davon wissen?

Harun al Raschid hatte derweil gefunden, was er suchte, und bot dem Elefanten eine weitere Frucht an. Zufrieden schaute er zu, wie das riesige Tier sie mit zärtlicher Vorsicht ergriff und verzehrte. «Sobald es hell wird, soll er zum Baden geführt werden, wie du es vorgeschlagen hast, Vala. Dann geht er auf Reisen.»

Vala stellte sich neben ihn, Vaih am Zügel. Sie fürchtete sich nun nicht mehr vor Überfällen aus dem Hinterhalt. «Wohin er reisen?», fragte sie.

«Oh, weit fort, in ein nördliches Königreich am kalten Meer, wo Menschen mit goldenen Haaren leben. Der Herrscher dort heißt Karl. Man nennt ihn den Großen. Da schien dieses große Geschenk mir angemessen.»

Eine Erinnerung in Vala regte sich. Männer vom nördlichen Meer mit goldenem Haar. «Er Kaiser von Nordmänner?», fragte sie interessiert.

Doch der Kalif schüttelte den Kopf. Amüsiert schaute er sie von der Seite an. «Die leben noch weiter im Norden und im Krieg mit Karl, dessen Küsten sie plündern. Aber lass uns von dir reden: Wohin reist du?»

Valas Stimme zitterte so, dass sie die Worte kaum hervorbrachte. «Nach Hause?», fragte sie leise.

Harun al Raschid wandte sich ihr zu und fasste sie bei den Oberarmen. «Ich bin davon überzeugt», sagte er, «hörst du?»

Vala nickte, ein wenig verzagt, und doch strömte ein warmes Glücksgefühl durch sie hindurch. Sie glaubte ihm.

«Ich würde dir gerne einen Reisebrief mitgeben», fuhr der Kalif fort und trat nun einen Schritt zurück. «Aber ich kann niemanden auf diese Weise schützen, der einen meiner Diener gemordet hat.»

Der Schreck schnürte Vala fast die Kehle zu. Mit einer Bewegung saß sie auf Vaih, bereit zur Flucht.

«Geh», sagte Harun al Raschid, «und geh rasch, ehe der Tag endgültig dämmert.» Er erhob seine Stimme, als die Hufe Vaihs auf den Steinboden zu trommeln begannen. «Und geh mit Allah.»

Valas Rücken straffte sich unwillkürlich; sie wusste, er würde ihr nachsehen. Ein letztes Mal drehte sie sich um. «Die andere», rief sie zurück, «war sie wie ich?»

Harun al Raschid lächelte traurig. Statt einer Antwort winkte er sie fort. «Heimatlos und verloren», murmelte er in seinen Bart, so leise, dass nur er es hören konnte. «Traurig und jung gestorben.» Er wandte sich dem Elefanten zu, der ihn aus uralten Augen ansah. «Manche Fehler sollte man nicht zu oft wiederholen, nicht wahr?», flüsterte er dem Riesen zu. «Lebe, Steppenreiterin.»

In scharfem Trab ritt Vala durch das Tor.

DIE SPUR DES ELEFANTEN

Unschlüssig, wohin sie sich wenden sollte, schloss Vala sich anderntags dem prachtvollen Zug an, der sich aus Bagdad nordwärts schlängelte. Sie folgte dem grauen Riesen, mit dem sie so viel gemeinsam hatte und der wie sie durch eine unverstandene Fremde irrte. Eine Straße schien ihr so gut wie die nächste, und auf dieser reiste vor ihr zumindest ein Schicksal, an dem sie Anteil nahm. Sie hielt sich in einigem Abstand von der langen Karawane und den zahllosen Reitern in Schwarz, die sie begleiteten. Zwei der Reisenden waren hellhäutig und hatten goldenes Haar. Vala sah sie manchmal aus der Ferne. Sie nährten seltsame Träume in ihr, die ihre Nächte umspannten und die sie nicht deuten konnte. Doch eines Tages sah sie sie nicht mehr, und von den Bewohnern eines der Dörfer, die sie auf ihrem Weg den Euphrat hinauf durchquerte, hörte sie, die fremden Teufel seien am Fieber gestorben.

Vala kam noch an vielen Städten vorbei. Und dank Harun al Raschids stummem Abschiedsgeschenk, einem Beutel voller goldener Münzen, den sie an Vaihs Sattel festgebunden fand, lernte sie auch, sich in ihnen zu bewegen, Zimmer in einer Herberge zu nehmen und Essen in einem Gasthaus zu kaufen. Die Karawane des Kalifen war in allem ihr Vorbild.

So streifte Vala Samarra, Raqqa, Aleppo und schließlich Antiochia. Dort bestieg der Elefant mit seinen Begleitern ein Schiff, um über das Mittelmeer nach Italien gebracht zu werden. Ihm auf diesem Weg zu folgen, davor scheute Vala jedoch zurück. Nicht nur dass eine Schiffspassage, wie sie rasch herausfand, den gesamten Rest ihrer Barschaft gekostet hätte. Es war auch neu und erschreckend, dieses Meer.

Also sagte sie auch dem Elefanten Lebewohl, dessen Kopf aus dem Laderaum auf das Deck des Schiffes ragte, das ihn nach Europa bringen sollte. Vala schaute dem Schiff nach, bis das Segel am Horizont verschwunden war.

Vala und Vaih waren gleichermaßen entgeistert gewesen, als sie zum ersten Mal am Ufer des Meeres gestanden hatten, den warmen weißen Sand unter den Füßen und das ewige, unermüdliche Anbranden der Wellen vor Augen, deren donnerndes Rauschen einen zwang, die Stimme zu heben. Da war ein Anfang, aber kein Ende. Kein Berg, keine Erhebung, keine Grenze, die diese unermessliche Fläche beschnitt. Und dabei hob und senkte sich das Wasser ständig, wie die Flanke eines atmenden Tieres. Vala war fasziniert. Und so beschloss sie, hier zu bleiben und das Meer eine Weile zu betrachten.

Sie nahm Unterkunft in einer Herberge, die nicht von Arabern geführt wurde, sondern von Griechen, die sprachen wie Claudios, so wie die Mehrzahl der Bewohner Antiochias. Daneben allerdings gab es Syrer, Ägypter, Araber und einige Franken, Kaufleute und Pilger, deren helle Haut und Haare Vala nachhaltig beeindruckten. Sie schlenderte durch die Straßen der Stadt, die ihr, verglichen mit Bagdad, gar nicht mehr so labyrinthisch vorkamen. Antiochia war weit kleiner als die Stadt des Kalifen, mit weiten Grünflächen zwischen den Villen jenseits des uralten Stadtkerns, und Vala fand sich gut darin zurecht. Sie streifte durch die Gassen und die Vororte, bestaunte die Basare, die Moscheen und Kirchen, die sich in den alten Tempelruinen erhoben. Am liebsten aber hielt sie sich am Strand auf oder am Hafen, wo es nach Algen und Salzwasser roch und das Mittelmeer glucksend gegen die alten Steine schlug.

Als sie eines Tages wieder einmal dort saß, spielten in ihrer Nähe ein paar Kinder. Vor allem ein Mädchen fiel ihr auf, vielleicht acht Jahre alt. Ihr nachtschwarzes Haar war in zahllose Zöpfchen geflochten, die ihr wirr und zerzaust ins Gesicht fielen. Vala bemerkte Schmutzränder am Kinn und hinter den Ohren; die Kleine hatte wohl schon lange kein Wasser mehr gesehen. Die Kleider waren ihr zu groß, als wären sie geerbt von weit älteren Geschwistern. Aber ihre Augen blitzten lebhaft, und ihre Zähne leuchteten makellos aus dem braunen Gesicht, wenn sie lachte.

Das Mädchen schien in der Gruppe eine Außenseiterin zu sein, denn Vala beobachtete aus den Augenwinkeln, wie es Streit gab und die Kleine aus dem Kreis der anderen fortgeschubst wurde. Sie sah, wie sie die anderen beschimpfte und unter grässlichen Grimassen ihre rosafarbene Zunge herausstreckte. Vala musste grinsen. Der Kleinen fehlte es nicht an Energie. Auch ihr Wortschatz war erstaunlich. Vala hatte noch nie so viele grobe Schimpfworte auf einmal gehört. Obwohl die Karawansereien auf ihrer Reise ihr da eine gute Schule gewesen waren.

Schließlich, schneller, als Vala begriff, was da geschah, schnappte das Mädchen sich einen Stein und schleuderte ihn mit einem wohl gezielten Wurf einem der Kinder an den Kopf. Es gab einen schrecklichen Tumult und Vala überlegte bereits, ob sie eingreifen sollte. Doch da sah sie, wie die kleine Kämpferin sich aus den Fäusten zweier viel größerer Jungen loswand, die Beine in die Hand nahm und rannte. Blut rann ihr aus dem Mundwinkel, und ihr Haar stand in alle Richtungen ab. Haken schlagend entkam sie den Angreifern bis in Valas Nähe. Schon wandte sie sich zurück, um ihren Verfolgern eine Nase zu drehen, doch dabei übersah sie ein zum Trocknen ausgelegtes Fischernetz, stolperte und prallte bei dem Versuch, das Gleichgewicht zu wahren, mit vollem Schwung gegen Vala.

Die spürte, wie die kleinen Finger sich Halt suchend in ihr Gewand krallten, und fing das Mädchen in ihren Armen auf. Sie wurden beide von der Wucht des Aufpralls zu Boden gerissen. Die verfolgende Meute stoppte in einiger Entfernung, unsicher, was sie aus der neuen Situation machen sollte und wie die Unbekannte einzuschätzen wäre. Vala räumte rasch ihre Zweifel aus, indem sie wieder hochschnellte, sich vor das Mädchen stellte und die Hände angriffslustig in die Hüften stemmte. Die anderen Kinder gaben Fersengeld.

«Herrenloser Straßenköter!» Diese Bemerkung schickten sie Valas Schützling noch hinterher. Und wenn die rauflustige Kleine nicht schon Valas Sympathie besessen hätte, hätte sie sie durch diese Beschimpfung gewonnen. Herrenloser Köter, so war auch Vala schon genannt worden.

«Na, geht es?», fragte sie freundlich auf Arabisch und strich der Kleinen über die Haare.

«Klar», war die auf Griechisch geschnaubte Antwort. Vala stutzte. Ihr eigenes Griechisch war nicht so gut. Es beschränkte sich auf das Wenige, was Claudios ihr nach dem Zusammenstoß mit den Karawanensklaven beigebracht hatte, dazu die rüden Redewendungen aus den Herbergen. Unsicher schaute sie die Kleine an und musste wieder grinsen. Ihre Stimme hatte schon so hell und selbstsicher geklungen wie eine Kriegsfanfare. Nun stand sie da und plusterte ihre Federn. Dabei war ihr eines Auge blau und würde zweifellos in den nächsten Stunden anschwellen, ihr Mund blutete noch immer, und ihre Kleider sahen nun noch mitgenommener aus, falls das möglich war. Ein dicker Strick hielt das Übermaß an speckigem, halb zerfetztem Stoff in der Mitte zusammen. Sie packte alles mit einem Griff und hob es an, da es durch die Rauferei nach unten durchgerutscht war. Zwei magere, aber sehnige Waden unter einer dicken Schmutzschicht kamen zum Vorschein.

Als die Kleine das Lächeln in Valas Gesicht sah, wurde ihr Blick düster, und Vala bemühte sich rasch, ernst zu blicken. Du kämpfst gut, wollte Vala sie loben, du bist mutig wie ein Löwenjunges. Bist du auch allein?, wollte sie fragen. Stattdessen sagte sie: «Putz dir die Nase.»

Die Kleine schniefte demonstrativ und lachte.

«Wie heißt du?», fragte Vala und kramte in ihrer Tasche nach einem Tuch, das sie anbieten könnte.

«Thebais», sagte die Kleine. Ihre Augen betrachteten Vala lauernd.

So ähnlich, dachte die gerührt und strich mit der freien Hand über den Scheitel der Kleinen, hatte sie selbst wohl für Harun al Raschid bei ihrer ersten Begegnung ausgesehen, verwaist und wild wie eine Straßenkatze. Sie tastete noch immer in ihrer Tasche herum. Thebais' Augen verengten sich zu Schlitzen. Vala runzelte die Stirn. Da musste doch irgendwo ein Tuch sein? Thebais duckte sich, sprungbereit. Richtig, da war es auch. Aber noch etwas anderes störte Vala.

In dem Moment, in dem sie begriff, was nicht stimmte, schnellte Thebais los wie ein Pfeil von der Sehne.

«Meine Börse», schrie Vala. «Sie hat meine Börse gestohlen!» Noch einmal erinnerte sie sich an die Kinderfinger in ihrem Gewand, als sie den vermeintlichen Sturz auffing. Kleine Finger, schnell und geschickt. Fassungslos schaute sie Thebais nach.

Die kam diesmal nicht ins Stolpern, im Gegenteil, sie schlängelte sich mit erstaunlicher Geschwindigkeit zwischen den Hindernissen auf dem Kai hindurch und wich Haken schlagend jedem aus, der auch nur den Kopf nach ihr hob.

Vala stand noch immer wie angewurzelt. Sie hatte sich doch tatsächlich von dieser kleinen Streunerin ihr gesamtes Geld rauben lassen. Die hatte sie vermutlich schon lange beobachtet, vielleicht sogar den ganzen Streit nur provoziert, um sich ihr nähern zu können. Und Vala war auf den plumpen Trick hereingefallen.

Ihr ganzes Geld. Endlich wurde Vala klar, was das bedeutete, und sie setzte sich in Bewegung. Mit jedem Schritt steigerte sich ihre Wut. Sie würde die Herberge nicht bezahlen können! Man würde ihr Eigentum einbehalten! Vaih, Vaih stand dort im Stall!

Je zorniger sie wurde, desto schneller rannte Vala. Noch war es nicht zu spät. Sie sah, wie Thebais mit enormer Geschwindigkeit den Kai hinauflief und in einer Gasse verschwand. Vala rannte hinterher. Die Gasse war verwinkelt, es ging um mehrere Ecken, zwischen den Ständen einiger Schlachter hindurch, von deren Waren die Fliegen aggressiv summend aufstiegen, als Vala vorbeihetzte und beinahe einen der Tische umstieß. Sie fuchtelte im Laufen mit den Händen, kümmerte sich nicht um die erstaunten Gesichter und Empörungsrufe und rannte weiter. Fast glaubte sie schon, Thebais verloren zu haben, und überlegte, ob sich das Mädchen in eines der Geschäfte geflüchtet hatte, von denen manche geradezu labyrinthische Fluchten von Hinterzimmern besaßen. Schon wollte sie langsamer werden und sich umschauen, da sah sie in der Menschenmenge vor sich die Zöpfe fliegen und stürzte sich wieder ins Getümmel. Ein abgeschlagener Ziegenkopf, auf die Hörner gestellt, glotzte den beiden Mädchen, der Flüchtenden und der Jägerin, hinterher.

Thebais bog ein in die Gasse der Stoffhändler. Sie riss im Vorbeirennen Stoffbahnen herunter und entschlüpfte dem Aufruhr. Vala musste sich durch die aufgebrachte Menge kämpfen, wurde mehrfach am Ärmel festgehalten, verantwortlich gemacht, musste rufen und sich zur Wehr setzen. Nur mühsam kämpfte sie sich weiter. Während sie einem aufgebrachten jemenitischen Seidenhändler zu erklären versuchte, dass das nicht ihre Tochter gewesen war, die einen ganzen Ballen seines kostbaren Stoffs ruiniert hatte, verfluchte sie Thebais innerlich wohl hundertmal. Schließlich kam auch sie an das Ende der Gasse. Vor ihr öffnete sich der Markt, die ehemalige Agora. Säulenreihen rahmten ihn, Tauben nisteten friedlich in den vergammelten Fassaden. Auf dem Platz selbst wimmelte es von Menschen. Aussichtslos, die kleine Diebin hier zu entdecken. Die Einwohner Antiochias gingen ihren Geschäften nach, erledigten Einkäufe an den Ständen der Bauern, tauschten Neuigkeiten aus und strömten dem alten Tempel zu, hinter dessen fast unversehrter Fassade sich eine Moschee befand.

Links von ihr fauchte es. Vala wich einem Feuerschlucker aus, der seine Flamme nahe an ihrem Ohr vorbeilodern ließ. Ein Einarmiger ging mit einer Schale herum und sammelte die Almosen der Schaulustigen ein. Er warf ihr einen giftigen Blick zu, als sie zurücktrat, ohne etwas gegeben zu haben. Vala stellte sich auf die Zehenspitzen, um über die Köpfe der Schaulustigen blicken zu können, doch es war ein vergebliches Unterfangen. Das Mädchen war bestimmt längst über alle Berge. Dann fiel Valas Blick wieder auf den Feuerschlucker, und in ihrem Kopf keimte plötzlich eine Idee. Sie brauchte sich nicht lange umzuschauen, um noch andere Gaukler zu entdecken, einen Akrobaten, einen Mann mit einem Äffchen, einen tanzenden Hund. Ja, ihr war mit einem Mal, als wäre die Welt voll von ihnen, überall waren sie anzutreffen und sammelten ihre Münzen ein. Wo hatten sie nur bisher gesteckt? Und Vala fasste einen Entschluss.

Die Idee fußte auf einem kleinen Vorfall mit den Kindern ihrer Wirtin, wenige Tage zuvor. Vala war im Stall bei Vaih gewesen, hatte sie gestriegelt und ein wenig Zeit mit ihr verbracht. Da waren die beiden aufgeweckten kleinen Mädchen hereingekommen und hatten gebeten, die Stute streicheln zu dürfen. Bald kletterten sie auf ihr herum, tätschelten sie, fütterten sie und flochten ihr Blumen in die lange Mähne. Um das arme Tier ein wenig von seinen wohlwollenden Peinigern zu befreien, hatte Vala die beiden mithilfe eines der Kunststücke abgelenkt, die Claudios seinerzeit Vaih beigebracht hatte. Sie hob vier Finger ihrer Linken und fragte laut: «Vaih, wie viele Finger sind das?»

Und die Stute hob brav den Huf, um viermal aufzustampfen. Dazu nickte sie mit dem Kopf im Takt. Vala hatte über die verblüfften Mienen der Kinder gelacht, bis sie zufällig aufgeschaut und deren Mutter nicht weit entfernt hatte stehen sehen. Die stämmige, derbe Frau trug einen Korb auf der Hüfte und im Gesicht einen Ausdruck haltlosen, hingegebenen Staunens.

An dieses Gesicht hatte Vala denken müssen. Sie fand den Ausdruck in den Zügen mancher der Zuschauer wieder. Das machte sie sicher, dass ihr Plan funktionieren würde. Aber sie musste über die Details nachdenken. Vala verspürte Durst. Sie kämpfte sich zu einem antiken Brunnen durch, der allerdings, da die Aquädukte langsam verfielen, versiegt war. Stinkender Abfall empfing sie statt erfrischenden Wassers. Vala fluchte. Dann sah sie die Gestalt, die sich in den Schatten des leeren Beckens gekauert hatte und in aller Ruhe ihren Raub zählte.

«Du?», rief sie erstaunt.

Thebais schloss die Faust um die Münzen, sprang auf und hechtete in die Menge. Vala nahm sofort wieder die Verfolgung auf. Sie rannte noch viele Gassen entlang hinter Thebais her, die Haken schlug wie ein Hase und sie durch die ganze verdammte Stadt zu führen schien. Schließlich stand sie erschöpft, mit pumpenden Lungen, in einem Viertel, das sie noch nicht kannte, in der Nähe der verfallenden Stadtmauer. Hier gab es fast nur Ruinen, zerbröselnde Haufen von Schlammziegeln, hier und da einen ragenden Balken oder eine steinerne Schwelle, die in kein Haus mehr führte. Was an Gebäuden stand, war ein Labyrinth halb verfallener Hallen, die wenig vertrauenerweckend aussahen. Und doch wohnten hier Menschen. Vala sah sie aus Löchern kriechen, von denen sie dachte, dass sie nur in Kaninchenbauten führen konnten. Sie bemerkte ihre Kochfeuer hinter leeren Fensterhöhlen und die durchlöcherten Stoffbahnen, die sie hier und da anstelle eingefallener Decken aufgespannt hatten. Irgendwo dazwischen war Thebais verschwunden.

Vala bemerkte erst jetzt, dass es Abend wurde. Die Sonne stand tief am Horizont, lange Schatten krochen zwischen den Elendshütten hervor. Und dazu so manche Gestalt, der sie lieber nicht begegnen wollte. Der Gang jener Männer dort etwa, die sich von einer Hauswand lösten, um auf sie zuzukommen, er verriet, so zerlumpt die drei auch waren, jene Selbstsicherheit, wie sie nur große Kraft oder eine Waffe verlieh. Vala trat den Rückzug an.

An ihrer Herberge angekommen, überfiel sie wieder die Sorge um ihre Zukunft. Wenn sie auch einen Plan vor Augen hatte, so hing doch zunächst einmal alles davon ab, Vaih aus den Klauen der Wirtsleute zu retten. Die würden darauf bestehen, das Pferd als Pfand oder Entschädigung zu behalten, wenn sie bemerkten, dass Vala nicht mehr zahlen konnte. Angespannt trat sie in die Schankstube.

Die war so früh am Abend noch recht leer. In der Feuerstelle prasselten noch Flammen anstelle der Glut, der Bratspieß darüber wartete darauf, bestückt zu werden. Aus der Küche drang der Geruch der Grütze, die es in diesem Hause tagein, tagaus gab. An den Tischen saßen nur ein Schmied aus der Nachbarschaft, der gekommen war, mit dem Wirt einen zu heben, und ein paar Reisende aus Italien. Es waren Mönche, die jeden, der zuhören wollte, mit der Schauergeschichte ihres Schicksals unterhielten.

«Stellt euch vor», hörte Vala sie gerade dem Wirt und seinem Freund erzählen, «zweimal hintereinander überfielen sie uns. Fast hätten sie das Reliquiar des heiligen Gregorius geraubt. Aber wir konnten damit zum Glück in die Berge fliehen. Von dort sahen wir unser Kloster brennen.»

Vala trat an einen Tisch. Sofort kam die Wirtin aus der Küche und stellte einen Teller vor sie hin. «Das Übliche?», fragte sie und bestätigte Valas Antwort mit einem Nicken. «Und Ihr wisst ja …», fügte sie hinzu.

Vala wusste es sehr wohl. Es war der Tag, das Geld für die Woche zu bezahlen. Sie brummte etwas wie eine Zustimmung. «Erst mal das Essen», verlangte sie. «Und bringt mir Wasser dazu. Frisches.» Sie bemühte sich, möglichst energisch zu klingen, damit kein Verdacht aufkam, wenn sie jetzt aufstand und hinausging. Aus demselben Grund band sie ihr Schwert ab und legte es auf den Tisch, als wollte sie sich für das bevorstehende Mahl Erleichterung verschaffen. Ihr blutete das Herz bei dem Gedanken, die Waffe zurücklassen zu müssen. Doch bei Vaih im Stall warteten noch ihr Bogen und die Lanze. Es sollte alles so aussehen, als wollte sie nur eben noch einmal nach ihrem Tier sehen, ehe sie sich zum Essen setzte. Vala schob den Stuhl zurück und stemmte sich hoch.

«Es sind Barbaren, diese Nordmänner. Blonde Bestien. Aber im Heiligen Land werden die Gebeine des Gregorius wohl sicher sein.» Die aufgeregten Stimmen der Mönche drangen nur an ihr Ohr, nicht in ihr Bewusstsein. Vala schlenderte zum Ausgang.

«Zweimal, haben wir das erwähnt? Nicht die Hälfte unserer Brüder hat diese Mordtaten überlebt.»

Vala öffnete die quietschende Tür zum Hof; niemand hielt sie auf. Keiner sprach sie an. Sie war draußen.

Das unregelmäßige Steinpflaster draußen strahlte die Wärme des Tages ab. Über Vala stand ein samtiger Nachthimmel voller Sterne. Von jenseits des weit geöffneten Tores drangen die Lichter und Geräusche der Stadt herein, die um diese Zeit noch einmal auflebte. Vala sog tief die Luft ein, die erfüllt war vom Duft frischen Heus und dem der Tiere, die sie liebte.

«Hallo, Vaih, meine Süße», begrüßte sie ihr Pferd, als sie eintrat. Sie sprach beständig mit der Stute, bemüht, sie nichts von ihrer eigenen Aufregung merken zu lassen, während sie, so rasch es ging, ihre wenigen Habseligkeiten zusammenpackte und am Sattel verschnürte, im Wesentlichen die Waffen, eine Decke und ein Beutelchen mit einer Trinkschale und einer Hand voll der blauen Federn jenes Pfaus, der in Bagdad sein Leben hatte lassen müssen. Die hübschen Federchen hatten in den letzten Tagen den Kindern der Wirtin als Spielzeug gedient.

«Pst, pst, wir müssen leise sein, meine Hübsche, verstehst du?» Mit geübten Griffen sattelte und zäumte Vala ihr Pferd. Sie überlegte kurz, ob sie Vaih für den Weg über das Pflaster ein paar Stofffetzen um die Hufe wickeln sollte, und hatte den leeren Sack, den sie dafür benutzen wollte, schon in der Hand. Dann entschied sie sich dagegen. Der Weg zum Tor war kurz, der Lärm in der Küche erheblich. Und sollte jemand sie so sehen, wäre sie nicht nur verdächtig, sondern einer Übeltat praktisch schon überführt. Unter Schnalzen und Streicheln führte sie die Stute nach draußen. Noch einmal schaute Vala sich um. Der Hof war leer, nun zusätzlich beschienen von einem sattgelben Halbmond, der sich langsam über die Dächer im Osten schob.

«Komm schon, Vaih.» Sie zerrte an den Zügeln und zog das Pferd zum Tor. Eine Tür hinter Valas Rücken knarzte. Vala sprang auf Vaihs Rücken.

«He, haltet den Dieb!»

Sie erkannte die Stimme der Wirtin. Die Instinkte dieser Frau waren doch erstaunlich. Sie duckte sich, als Vaih, die sofort auf den Druck ihrer Schenkel reagiert hatte, durch das Tor preschte. «Behaltet das Schwert», rief sie über die Schulter zurück, «es zahlt Euch die Rechnung.»

Etwas zischte über ihre Schulter. Eine Bratpfanne knallte scheppernd gegen das Mauerwerk. Daneben! Vala lachte. «Und seid froh, dass es das nicht in meiner Faust tut!» Dann war sie die Straße hinunter.

Antiochia war längst nicht so belebt wie Bagdad. Vala konnte gemütlich auf ihrem Pferd sitzen bleiben. Die wenigen Leute auf den Straßen wichen ihr aus. Die Mehrheit hielt sich auch jetzt am späten Abend unter den alten Säulengängen und Arkaden, wo von jedem dritten Bogen eine Öllampe baumelte und die Händler auf Schemeln in den Eingängen ihrer Läden saßen, um mit den Vorbeikommenden ein Schwätzchen zu beginnen oder ein Geschäft abzuschließen. Vala saß erst ab, als sie ein gutes Stück von ihrem Wirtshaus entfernt war und der Gedanke die Oberhand gewann, man könnte, falls man nach ihr suchen würde, sie so hoch oben auf dem Rücken eines Pferdes viel rascher ausmachen, als wenn sie sich unter die Menge mischte. Vaih, zierlich, wie sie war, erregte nicht allzu viel Aufsehen. Aber genau das gedachte Vala zu ändern. Sie war bereit, es noch an diesem Abend auszuprobieren. Das alte Forum, auf dem sich nun der Bauernmarkt und die Stände der Geldwechsler befanden, schien ihr genau der richtige Ort dafür. Dort waren einige der Stuben, in denen die Araber ihren Tee zu trinken pflegten. Die Christen flanierten da wegen der Neuigkeiten, die fleißige Hände an alle Wände malten, und weil die Reisenden hier Halt zu machen pflegten. Die Gaukler und Taschendiebe waren vor Ort, weil alle da waren. Und Vala wollte es machen wie sie.

Sie suchte sich nach einigem Umherschauen einen günstigen Platz, nahe einem leeren Statuensockel, auf dem tagsüber Straßenkinder herumlümmelten, um zu klettern, herunterzuhüpfen oder die Beine baumeln zu lassen. Thebais, das verriet ihr ein kurzer Blick, war nicht dabei. Stattdessen aber hoffte Vala auf ein lebhaftes Publikum. Tatsächlich umringten die Kinder sie sofort, als sie begann, sich mit Vaih dort einzurichten. Vala erlaubte ihnen kurz, das Pferd zu streicheln, machte dann aber viel Aufhebens um das «Zaubertier», das nun seine Ruhe brauchte, um sich konzentrieren zu können. Sie kämmte Vaih umständlich die Mähne in die Stirn und dann wieder zur Seite, legte ihr die Hand auf, sprach ein paar Worte in ihrer Heimatsprache mit ihr, streute ihr magisches Pulver über die Nüstern – schlicht zerbröseltes Heu –, was das Pferdchen ganz prosaisch niesen ließ. Und dann ließ sie sich vor Vaih auf die Knie nieder und huldigte ihr wie einem Götterbild. Als sie wieder aufschaute, war die Menge der Zuschauer um sie herum beträchtlich angewachsen.

Vala richtete sich wieder auf und klopfte sich den Staub vom Kleid. «Dieses Pferd», verkündete sie mit lauter Stimme, «ist Zauberpferd. Es kann rechnen wie Mensch. Ach was, ist klüger.» Und sie beeilte sich, eine erste Kostprobe zu geben. Sie reckte ihre zierliche Gestalt zu voller Höhe, hob theatralisch eine Hand mit weit gespreizten Fingern vor Vaih und fragte laut und deutlich: «Vaih, wie viele Finger sind das?»

Brav hob die Stute den linken Vorderhuf und klopfte fünf Mal. Ebenso oft nickte ihr Kopf mit den langen Ponyfransen. Erstaunte Rufe unterbrachen die bis dahin angespannte Stille, zögernder Applaus kam auf.

«Ein Trick», rief jemand.

«Und nun, Vaih, wie viele Finger siehst du nun?», fuhr Vala fort, ohne sich von den Reaktionen stören zu lassen. Sie hatte drei ausgestreckt, und genauso oft schlug Vaihs Huf auch auf.

«Ein Wunder.» Der Applaus wurde lauter.

«Möchtest du es auch einmal versuchen?», fragte Vala einen Jungen, der in der ersten Reihe stand. Er nickte zögernd, ließ sich aber von ihr vor dem Pferd in Position stellen, das neugierig an seinem roten Gewand schnupperte. Der Junge musste kichern. Vala strubbelte ihm durch das Haar und forderte ihn auf, so viele Finger hochzuhalten, wie er wollte. Der Junge hob alle zehn.

Vala musste grinsen. «Vaih, wie viel Finger siehst du?», fragte sie das Pferd, trat beiseite und griff zu ihrer Schale, um unter den Zuschauern die Runde zu machen. Sie musste nicht hinsehen, um zu wissen, dass Vaih exakt die richtige Anzahl traf. Ein paar Münzen klirrten.

«Mach ruhig weiter», rief Vala über ihre Schulter.

«Vaih, wie viele Finger siehst du?» Die Stimme des Jungen kiekste vor Aufregung.

«Danke, danke!» Geschickt fing Vala eine geworfene Münze auf. Beifall umbrandete sie, als Vaih wieder richtig antwortete.

«Ich will auch mal!» Zahlreiche Kinderarme reckten sich ihr entgegen. Vala wählte ein Mädchen im bestickten Kleid, deren mit reichlich Schmuck behängte Mutter ihr eine größere Münze zusteckte.

«Vaih, wie viele Finger sind das?» Die kleine Stimme war befehlsgewohnt. Vala wollte weitergehen. Doch hinter ihr blieb es still. Nichts Gutes ahnend, wandte sie sich um. Vaih stand stocksteif vor dem Kind, das zwei geballte Fäuste gehoben hatte und nun herausfordernd das Pferd anstarrte. Auch die Menge hielt noch den Atem an. Aber Vaih blieb dabei, klopfte kein einziges Mal, und das folgende Klatschen war ohrenbetäubend. Vala holte Luft und tat einen tiefen Seufzer, dann musste sie grinsen. Claudios war doch mit allen Wassern gewaschen gewesen.

«Kann das Tier auch größere Zahlen?», kam eine näselnde Stimme von weiter hinten. «Zum Beispiel siebenhundertachtundzwanzig.»

«Esel», kam es sofort von einer Frau. «Sollen wir so lange herumstehen und mitzählen? Das ist wieder einmal typisch.»

«So weit kannst du ja selber nicht zählen.» Dröhnendes Gelächter quittierte die letzte Bemerkung eines stämmigen Mannes, auf den selbst die Behauptung gerne zutreffen mochte. Die Menschen wurden lauter und unruhig. Vala beschloss, dass es für heute gut war. Sie ignorierte das Gejammer zahlreicher weiterer Kinder und trat zurück, um sich in Positur zu stellen und ihren Dolch zu zücken. Die Menge schrie auf. Dann beobachtete sie mit einem faszinierten Seufzen, wie das schöne Mädchen begann, mit der Waffe einige Tricks vorzuführen. Vala warf sie hoch und fing sie in unmöglichen Positionen wieder auf. Sie ließ sie wirbeln und hielt sie mit unverletzten Fingern. Der Kontrast zwischen der zarten Gestalt, dem maskenhaft schönen Gesicht und der wirbelnden Klinge hielt vor allem die Männer gebannt. Vala konnte danach noch einige Münzen mehr einsammeln, doch sie hielt sich wohlweislich außerhalb der Reichweite der Hände, zu interessiert glühten einige der Augen, deren Blicke noch immer auf ihr ruhten.

Alles in allem war Vala hochzufrieden mit diesem ersten Abend. Sie zählte die Münzen in ein Tuch, das sie gut verschnürte und sich unter ihr Gewand steckte, und begann, Vaih wieder zu bepacken, während die Menge sich langsam verlief. Ihr Magen, der das Abendessen vermisste, knurrte vernehmlich. Vala genoss die angenehme Aussicht, sich mit ihrem Verdienst ein reichliches Mahl gönnen zu dürfen. Morgen würde sie früher anfangen und sich einen Standort in der Nähe des Stoffmarktes suchen. Außerdem würde sie eine zweite Klinge brauchen, vielleicht sogar eine dritte, um damit zu jonglieren. Ihr Schwert fehlte ihr schon jetzt. Da kam ein Mann auf sie zu. Mehr noch als sein düsterer Bart und seine strenge Miene machte Vala der schwarze Mantel nervös, den der Neuankömmling über einem bodenlangen Gewand mit weiten geschlitzten Ärmeln und Pluderhosen trug. Seinen Kopf zierte eine hohe spitze Mütze, die ihn als Beamten auswies.

Ohne sich vorzustellen, blaffte er Vala an: «Ihr übt ein Gewerbe aus, ohne die Erlaubnis dazu, wie ich sehe. Zeigt mir Eure Papiere.» Er verschränkte die Arme. «Oder habt Ihr einen Reisebrief des Kalifen?»

Vala kramte herum und überlegte fieberhaft, wie sie sich herausreden sollte. Ihre Augen schweiften über den Platz. Sie konnte keine Wachen erkennen, der Mann war offenbar allein. Vielleicht war er nur zufällig hier gewesen und hatte sie von einem der Teehäuser aus entdeckt. Vala verfluchte seinen Diensteifer. Aber eventuell konnte sie ihn einfach beiseite stoßen und entkommen? «Ich», setzte sie an. Da fiel ihr Blick auf eine ganz andere Szene.

Zwischen den verwitterten Säulen gegenüber standen zwei Kaufleute und unterhielten sich. Im Licht der Öllampe über ihren Köpfen konnte Vala sehr gut die prächtigen ornamentierten Izars sehen, die Wickelgewänder, die die beiden trugen. Einer von beiden hatte eine bestickte lederne Geldkatze an dem Gürtel hängen, der dieses Gewand über den darunter getragenen Hosen raffte. Und ebenso deutlich sah Vala die kleine braune Hand mit dem Messerchen, die sich diesem Beutel näherte. Vala kniff die Augen zusammen. Und da sah sie sie, hinter der Säule, gerade so weit vorgeneigt, wie es nötig war, um an dem dicken Bauch des Mannes vorbeizukommen.

«Thebais», flüsterte Vala tonlos. «Na warte.» Sie schubste den Beamten beiseite und sprintete los.

«He!», protestierte der Mann aufgebracht. Sein lautes Rufen weckte die Aufmerksamkeit der Umstehenden. Aber Vala war schneller. Ein Pfiff, und Vaih trabte ihr hinterher. Auch die beiden Kaufleute schauten nun auf. Erwartungsvoll hakte einer die Daumen in den Gürtel und reckte sich. Thebais' Hand, bemerkte Vala noch im Laufen, zog sich zurück. Vala sah das Mädchen, einem Schatten gleich, verschwinden. Aber diesmal würde sie ihr nicht entkommen! Sie konzentrierte sich darauf, die schmale Gestalt des Mädchens nicht aus den Augen zu verlieren, und rannte weiter.

Jetzt am Abend war es leichter. Zwar war Thebais' Gewand dunkel, wenn nicht von der Farbe her, dann vom Schmutz, doch es gelang Vala, der kleinen Diebin auf den Fersen zu bleiben. Als die Gassen stiller wurden und dunkler, wartete sie einen Moment, bis Vaih heran war, dann nahm sie Anlauf und sprang auf das Pferd, um sofort, tief über die Mähne gebeugt, hinter dem Mädchen herzujagen. Der Lärm von Vaihs Hufen auf den Steinen musste der Kleinen gewaltige Angst einjagen. Gleich würde sie sie eingeholt haben.

Flüchtig nahm Vala wahr, dass sie wieder in jene seltsam trostlose, ärmliche Gegend nahe der Stadtmauer gelangt waren. Aber Thebais war dicht vor ihr. Vala beugte sich an Vaihs Seite herab, um die Flüchtende an der Schulter zu packen. Da war die Kleine mit einem Schlag verschwunden.

«Brrr, Vaih, he!» Der Befehl kam so plötzlich, dass die Stute einen Moment brauchte, um zu reagieren. Schlitternd kam sie auf dem Pflaster zum Stehen. Vala sprang ab und lief zu der Stelle zurück, an der sie die Taschendiebin verloren hatte. Wie dunkel es hier war! In dieser Gegend hängte niemand Öllampen auf. Und die Stadtsklaven scherten sich nicht um die Beleuchtung. Dennoch erkannte sie im Licht des höher gestiegenen Mondes ein Loch im Boden. Es war unregelmäßig, wie aus Mauerwerk gebrochen. Hockte die Kleine jetzt da drinnen unter der Erde? Vala bückte sich, um in den schwarzen Schlund zu schauen, konnte aber nichts erkennen.

«Halloo!», rief sie halbherzig. Das leichte Echo verriet ihr, dass dort unten ein Gewölbe sein musste oder zumindest ein gemauerter Raum. Wahrscheinlich war es ein Keller. Vala richtete sich verärgert auf. Wo ein Zimmer war, konnte sich gut auch ein weiteres befinden und noch eines, eine ganze Zimmerflucht womöglich. Vala kannte sich nicht gut mit Städten aus, aber sie wusste, dass die meisten sehr alt waren und dass die Menschen immer wieder an denselben Stellen gebaut hatten, die neuen Häuser über die alten, wenn diese zerstört worden waren, wodurch das Bodenniveau sich mit der Zeit beträchtlich hob. Dort unten mochte wer weiß was sein.

«Wieder verloren», sagte sie leise und verärgert und pfiff nach Vaih. «Ist ja gut.» Beruhigend klopfte sie der Stute den Hals. Sie war nicht bereit, das Tier hier allein zu lassen, um wie ein Wühl-

143

tier hinter der kleinen Räuberin herzujagen. Die Gefahr war zu groß, dass sie Vaih dabei auch noch verlor.

«Ein verdammtes Diebespack wohnt hier», murmelte sie bitter.

«Ich muss doch sehr bitten», sagte eine tiefe Stimme dicht neben ihr. So dicht, dass Vala zusammenzuckte und Vaih unwillkürlich einen kleinen Satz machte. Vala verschanzte sich hinter der Stute und zückte ihren Dolch.

«Ich muss doch bitten, dass Ihr Eure Ausdrucksweise mildert», sagte die Stimme nun, «und mir Eure Börse überreicht.» Der Sprecher machte einen Schritt und trat aus dem Schatten des Mauerwerks. Im Mondlicht erkannte Vala einen Hünen von Mann, groß, aber vor allem breit und massig gebaut wie ein Bulle. Es war die erste imponierende Gestalt in diesem Elendsviertel. Und ausgerechnet die musste ihr begegnen.

«Na, wird's bald?», sagte der Riese und trat einen Schritt näher.

Vala ging in Verteidigungsstellung. Da hörte sie hinter sich ein Geräusch. Sie fuhr herum und sah, wie Thebais sich aus dem Loch im Boden herausarbeitete. Langsam kam sie zu Vala und ihrem Angreifer herübergeschlendert.

«Ist sie das?», fragte der Hüne.

Thebais kam näher; sie hüpfte dabei wie ein spielendes Kind. «Mmmh», machte sie und nickte dazu. «Und sie ist verdammt gut.»

«Wirklich?», fragte der Mann und machte eine rasche Bewegung.

Valas Hand schnellte hoch. Ihre Finger umschlossen den Griff des Messers, das der andere geworfen hatte, dicht neben ihrem Kopf. Sie blinzelte nicht einmal. «Wirklich», sagte sie.

Thebais grinste anerkennend. Ihre zufriedene Miene drückte deutlich aus: Hab ich's nicht gesagt?

Vala steckte das fremde Messer in ihren Gürtel. Niemand protestierte, niemand griff sie an.

«Na ja.» Der Dicke kratzte sich am Kopf, noch bemüht, seine

Überraschung zu verarbeiten. «Dann muss ich Euch wohl zum Abendessen einladen. Wenn Ihr Ratteneintopf mögt.» Er verbeugte sich zeremoniell.

Valas Magen knurrte. Sie dachte an den Beamten auf dem Forum. Mit schief gelegtem Kopf betrachtete sie den Mann ihr gegenüber und suchte zu einem Entschluss zu kommen. Thebais war neben sie getreten. Instinktiv legte Vala die Hand auf ihre Tasche. Thebais grinste, schüttelte leise den Kopf und schob ein paar klebrige Finger in Valas. Die schloss die ihren fest darum und wandte sich an den Mann. Ihre Entscheidung war gefallen.

«Es kommt auf einen Versuch an», sagte sie.

DAS RATTENNEST

Ihre neuen Freunde führten Vala in ein Labyrinth, von dessen Existenz wohl die wenigsten Einwohner Antiochias etwas ahnten. Von Kriegen und Erdbeben wiederholt zerstört und immer wieder neu überbaut, waren alte Schichten der Stadt in die Erde versunken und bildeten dort eine teils mehrere Stockwerke tiefe, fast endlose Flucht von halb verfallenen Räumen, Höhlen, Kavernen und Gängen.

Vala bestand darauf, Vaih mitzunehmen, daher kamen sie nur langsam voran, da sie sich auf Pfaden bewegen mussten, denen das Pferd folgen konnte. Eine Fackel, die Thebais aus den Ruinen eines Stalles hervorzauberte, in dem man nichts als Bauschutt und Ratten vermutet hätte, wies ihnen den Weg. Doch so, wie das Mädchen und der Riese sich bewegten, dachte Vala, als sie hinter ihnen herging, auf die hallenden Tritte ihres Pferdchens lauschte und sich Schutz suchend an dessen warme Flanke presste, hätten sie den Weg auch im Dunkeln gefunden. Kühl war es hier unten, aber trocken. Durch einen Einsturz im Boden des Stalls, der durch das nachrutschende, festgetretene

145

Material zu einer Art Rampe geworden war, ging es hinab in Räume, die einmal zu einem Haus, ja einer Villa gehört haben mussten. Flüchtig sah Vala die Spuren alter Malereien an den Wänden. Abgeblättert und entstellt von den Pockennarben zahlloser Flechten und Moose, sahen doch hier und da Augen sie an im ungewissen Schein des Fackellichts. Und Vala fragte sich, ob es die Gesichter der ursprünglichen Bewohner waren, die da noch immer stumm von den Wänden ihres versunkenen Heimes blickten, oder längst vergessene Götter.

Ein Loch in der Wand, ein Schritt nach unten, und sie waren in einem anderen Gebäude, einer anderen Zeit. Plötzlich wanderten sie durch einen Wald aus Säulen, regelmäßig angeordnet, mit schön geschmückten Kapitellen. Der Hall ihrer Schritte verriet Vala, dass dies eine hohe Halle sein musste, doch sie konnte sich deren Zweck nicht erklären. Ihre Existenz hier unter der Erde war ein Wunder. Sie wusste nicht, dass sie sich in einer alten, längst aufgegebenen Zisterne befand. Vom Wasser war keine Spur zurückgeblieben, kein Tropfen Feuchtigkeit seit Jahrhunderten. Valas Hufe wirbelten den feinen Staub alter Sedimente auf.

Der nächste Gang zeigte auf einer Seite nackten Fels, auf der anderen Seite dagegen Mauerwerk. Jemand schien hier einen Durchbruch geschaffen zu haben. Eine Schwelle führte zu einer Flucht kleiner Räume, Tonscherben lagen auf den Böden, die unter ihren Schritten knirschten. Dann kam ein glatt überwölbtes Teilstück der ehemaligen Kanalisation. Einmal sah Vala durch ein Steingitter hoch oben Sterne funkeln.

«Siehst du das?», flüsterte sie Vaih ins Ohr.

«Schneller, ihr beiden», rief der Riese ihnen zu. So ging es fort. Es war eine Märchenwelt.

«Hier findet uns niemand», verkündete Thebais schließlich stolz und ließ die Fackel kreisen, damit Vala einen angemessenen Eindruck von der düsteren, verfallenen Pracht ihres Rattenloches bekam. «Keiner kommt hier herunter.» Sie trat in eine Ecke des Raumes, wo sie eine Decke zur Seite zog. Vala hatte den Stoff, der grau und staubig war wie der Stein, gar nicht bemerkt. Ein neuer Durchgang tat sich auf, dahinter ein Gelass, Feuerschein flackerte über die Wände.

Vala nickte stumm. Das Versteck war in der Tat perfekt. Bestimmt existierten noch kürzere Wege, die hierher führten. Wie bei einem richtigen Rattenbau gab es zweifellos zahlreiche Ein- und Ausgänge.

«Ein Pferd, ein Pferd!» Eine Hand voll Kinder sprang von dem Herdfeuer in der Mitte des Raumes auf, als Thebais und ihr Begleiter mit Vala und Vaih eintraten. Begeistert stürzten sie sich auf das Tier. Vala dämpfte ihren Eifer, es zu streicheln, ein wenig, damit Vaih nicht zu sehr erschrak, und hatte dabei Muße, die Kleinen zu betrachten. Es waren größtenteils bejammernswerte Geschöpfe, die hinkten, schiefe Hälse hatten oder verkrüppelte Hände. Den Jungen mit den verfilzten Locken, dessen eines Auge milchig und tot in seinem Gesicht saß, glaubte Vala schon einmal beim Betteln auf der Agora gesehen zu haben. Die Bettelei war zweifellos ihrer aller Beruf. Und das Stehlen, soweit sie dafür geeignet waren.

Vom Feuer erhob sich eine Frau. Sie sah dem Riesen so missmutig wie erwartungsvoll entgegen. Von ihrem Gesicht war wenig zu erkennen; was der Schmutz nicht entstellte, wurde von lang herunterhängenden fettigen Haarzotteln verdeckt. Ohnehin wäre niemand auf die Idee gekommen, ihr Gesicht zum Studienobjekt zu erheben, wo es doch ihre enormen Körpermaße waren, die einem zuerst ins Auge sprangen. Das Weib war nicht nur grotesk fett, Ring auf Ring gesetzt unter ihrer Lumpenhülle. Sie hatte auch den größten Busen, den Vala je gesehen hatte. Als hätte sie diese ganze Horde Bälger, für die sie hier am Feuer kochte, persönlich geboren und gesäugt. Sie war eine Gefährtin, des Riesen würdig.

Der begrüßte sie mit einem zufriedenen Grunzen und einem kräftigen Schlag auf ihren ausladenden Hintern, der den ganzen Fettberg erzittern ließ.

«Wir haben einen Gast», sagte er nur. «Thebais hat sie aufgegabelt.»

Die Frau warf Vala einen kurzen, scheelen Blick zu, nickte dann aber, die knappe Erklärung offenbar akzeptierend, und begann, das Essen auszuteilen. Mit dem großen Löffel, den sie in der Hand hielt, klatschte sie Portionen eines braunen Eintopfes in Holznäpfe und reichte sie den Essern. Fasziniert beobachtete Vala, wie sie zwischendurch gähnte, eine ihrer Brüste unter dem Kleid hob, sich über die Schulter warf und sich darunter mit dem stumpfen Ende ihres Schöpflöffels kratzte. Kreka, dachte sie, wäre vor Neid erblasst.

Sie selbst erbleichte bei näherer Betrachtung des Mahles, das wenig vertrauenerweckend in dem grob geschnitzten Napf herumschwappte. Glücklicherweise bestand es nicht wirklich aus Rattenfleisch, sondern aus Bohnen und Rauchspeck. Ratten, sollte Vala lernen, nannten sich, und das nicht ohne Stolz, diejenigen, die es kochten und aßen. Löffel gab es keine, jeder nahm den Brei mit Hilfe entzweigerissener Fladenbrote auf, die außen eine bittere Ascheschicht hatten und im Inneren so dampfend heiß waren, dass sie einem die Finger verbrannten. Oder sie schlürften ihn aus.

Vala bemerkte jetzt, dass außerdem noch zwei andere Männer im Raum waren. Ein ausgemergelter, dürrer Kerl mit einer Augenklappe über dem linken Auge hatte sich über seinen Napf gebeugt wie ein Frettchen über seine Beute. Und ein Mann mit gänzlich schwarzer Haut, groß und stumm, saß neben ihm am Rand des Lichtscheins, der sich in der Kugel seines glatten, kahlen Schädels spiegelte. Beide schenkten Vala keine Aufmerksamkeit, sondern schienen ganz mit dem Essen beschäftigt.

Sie ihrerseits kam nicht dazu, sie näher zu mustern, da der Hüne offenbar den Zeitpunkt für gekommen hielt, die offizielle Vorstellung vorzunehmen.

«Ich bin Ursus», eröffnete er die Zeremonie und schlug sich an die Brust.

Thebais kicherte. «Man nennt ihn so, weil er so klein ist.»

«Quatsch», fiel ein vorlauter Junge ein, «wegen der braunen Zotteln auf seinem Rücken.» Die Kinder kicherten.

Vala, deren Griechisch nicht so gut war, bemühte sich, dem Geschehen zu folgen.

Ursus zeigte nun auf das Weibsbild. «Das ist Thisbe. Die Frau in den Katakomben, die am meisten zu bieten hat.»

Vala verstand den Witz nicht, doch sie bemühte sich, das dröhnende Gelächter, das der Bemerkung folgte, mit einem Lächeln zu honorieren. Dass Thisbe nicht nur die Mutter einer zusammengewürfelten Straßenkinderschar spielte, sondern auch eine ganze Reihe Männer beglückte, hätte sie nicht für möglich gehalten. Doch Thisbe war tatsächlich eine begehrte Hure in ihren Kreisen. Die nächsten Wochen sollten Vala Gelegenheit genug geben, sie bei der Arbeit zu sehen.

«Thebais kennst du schon», fuhr Ursus fort. «Mein begabtester Zögling.» Thebais strahlte, und auch Thisbe grinste, mit fettigem Mund und voller Stolz. Es entging Vala allerdings nicht, dass über das Gesicht des halb blinden Jungen bei diesen Worten ein Schatten huschte. Sie lächelte ihm verstohlen zu, ehe sie sich an das Mädchen wandte.

«Thebais?», wiederholte sie in fragendem Ton.

«Nach der Stadt, in der sie geboren wurde.» Ursus kaute die Reste seines Essens. «Mehr weiß man nicht von ihr.»

Thebais reckte das Kinn, um klarzustellen, dass ihr das nicht das Geringste ausmachte.

«Ich auch keine Familie», beeilte Vala sich zu versichern. Sie bemerkte nicht, dass Ursus daraufhin die Augenbrauen hob und Thisbe bedeutungsvoll zunickte. Thebais nahm die Auskunft hin wie etwas, was nur recht und billig war. Dennoch gab sie sich versöhnt. Sie lächelte und nahm Valas Hand. Als eines der anderen Kinder wegen Valas fremdartiger Aussprache kicherte und sich über sie lustig machen wollte, verbat Thebais sich das streng und warf sogar einen Stein in die Richtung, aus der die spottende Stimme kam. Besitzergreifend schmiegte sie sich enger an Vala.

Thisbe runzelte die Stirn, als sie es sah, sagte aber nichts. Stattdessen machte sie sich schnaufend und brummelnd am Topf zu schaffen.

«Das da hinten», beendete Ursus seinen Vortrag, «sind Schnüffler und Totmacher. Sie glauben vielleicht nicht, dass du so nützlich bist, wie Thebais sagt.»

Die beiden Männer waren so lautlos aufgestanden, dass Vala nichts davon mitbekommen hatte. Erst bei Ursus' Worten bemerkte sie den Schatten hinter sich. Sie stieß mit dem Ellenbogen zu, was einen schrillen Schmerzenslaut zur Folge hatte. Das Frettchen, Schnüffler genannt, taumelte mit blutender Nase in den Lichtschein der Glut. Vala hatte sich unterdessen erhoben, war unter Totmachers zupackenden Armen geschmeidig hindurchgetaucht und hielt ihm nun von hinten das Schwert vor die Kehle.

«Ihr mich brauchen dafür?», fragte sie und versetzte ihrem Opfer einen Fußtritt, der es in sichere Entfernung katapultierte.

Ursus nickte, mit offenem Mund kauend. «So in etwa», bestätigte er, «so in etwa.»

EINE NEUE FAMILIE

Von da an traten Vala und ihre neuen Freunde gemeinsam auf. Während sie Vaih vorführte, plünderten die flinken Hände von Thebais und ihren kleinen Kollegen die Taschen der Zuschauer. Schnüffler pfiff, wann immer ein Beamter auch nur von weitem auftauchte, und Totmacher sorgte dafür, dass keiner von ihnen Vala mehr zu nahe kam.

Von Thebais und Ursus lernte sie im Gegenzug eine ganze Reihe Taschenspielertricks, mit denen sie ihr Programm erweitern konnte. Sie war eine begabte Jongleurin, vor allem mit den Messern, und hatte sich auch rasch eine Reihe akrobatischer Reiterkunststücke angeeignet.

Nach den Vorführungen zogen Thebais und sie über den

Markt, wo sie ein paar Äpfel für Vaih stahlen. Und wenn sie einen Kaufmann mit einer besonders dicken Börse sahen, dann lief Vala ihm über den Weg und schenkte ihm ein Lächeln, sodass Thebais in Ruhe ihrer Arbeit nachgehen konnte.

Am einträglichsten für alle aber waren die nächtlichen Streifzüge mit Ursus, der seltsame, geheimnisvolle Kontakte hatte und manchmal Nachricht bekam von unbewachten Ladenkassen, teuren Stoffen und wertvollen Waren, die allzu sorglos in Lagern untergebracht waren, welche nicht geeignet waren, einen Dieb abzuhalten. Vala wurde bald zur unverzichtbaren Helferin. Sie war beinahe so klein wie die Kinder und ebenso beweglich, was es ihr ermöglichte, sich durch kleine Kellerfenster, enge Schächte und dicht stehende Gitter zu winden. Aber sie war zugleich wesentlich kräftiger und, wenn drinnen etwas Unvorhergesehenes geschah, viel kaltblütiger als die Jungen und Mädchen aus Ursus' Bettlerbande. Bald war sie schon in zahlreiche fremde Häuser eingestiegen. Und jedes Mal hatte sie mit herausgebracht, was man ihr beschrieben hatte.

Gewissensbisse verspürte sie dabei nicht. Niemals hätte sie in den Hütten ihres Stammes lange Finger gemacht oder einem aus ihrer Sippe etwas entwendet. Das wäre schändlich gewesen und weit unter ihrer Würde. Doch hier war es anders. Sie war fremd hier und stand keinem nahe. Von Harun al Raschid abgesehen, hatte sie von keinem Menschen eine Freundlichkeit erfahren. Im Gegenteil, verraten und verkauft hatte man sie. Nur diese Diebesbande war gut zu ihr, sie lobte sie und schätzte sie für das, was sie tat. Und außerdem: dieses Geld. Vala hatte sich nie daran gewöhnen können. Es ging so leicht von Hand zu Hand wie eine Sache ohne Bedeutung. Wie viel Schweiß und Arbeit steckte in einem Fell, wenn die Jäger zu Hause es erbeutet hatten. Man spürte noch die Wärme des Tieres, das es getragen hatte, roch noch sein Blut, erinnerte sich der Anspannung der Jagd und der Anstrengung aller Kräfte, die es gekostet hatte, es zu erwerben. Es bedeutete Wärme in einem tödlich kalten Winter; es bedeutete Überleben.

Aber Geld bedeutete Vala nichts. Man sah ihm nicht an, woher es kam. Es schien gleichgültig, wohin es ging. Vala nahm es mit einem Achselzucken.

Sie war viel zu sehr beschäftigt mit ihrem neuen Leben, all den Menschen, die darin eine Rolle spielten, und vor allem mit Thebais. Von den Männern der Gruppe hielt sie freundlichen Abstand, Thisbe war ihr fremd. An die Kinder jedoch schloss sie sich herzlich an, vor allem aber an Thebais. Sie hatte das Mädchen vom ersten Moment an gemocht, hatte etwas von sich selbst in ihr zu finden geglaubt. Vala in ihrer Einsamkeit fing an, ihr Herz an Thebais zu hängen, ein Wesen, das sie nicht bedrohen konnte, sondern im Gegenteil noch mehr Schutz zu brauchen schien als sie selbst. Und diese Zuneigung, die im Lauf der Zeit noch zunahm, wurde heiß erwidert.

Thebais hing an Vala mit glühender Bewunderung und eifersüchtiger Wachsamkeit. Wann immer eines der anderen Kinder sich ihr zu nähern suchte, scheuchte sie es wütend fort. Vor allem der einäugige Junge, der Petrus hieß und Vala schüchtern aus der Ferne verehrte, musste sich ihren Spott und ihre Grobheiten gefallen lassen, sobald er sich auch nur am Rand ihres Gesichtskreises zeigte. Vala bemühte sich, ihn zum Ausgleich ausgesucht herzlich zu grüßen und ihm beim Essen freundlich zuzunicken, doch seine Miene war bald nur noch düster, wenn er die beiden betrachtete.

Noch jemand sah es nicht gerne, dass die zwei so dicht beieinander hingen, und das war Thisbe. Ihr, die jahrelang für Thebais fast eine Mutter gewesen war, wurde nun diese dahergelaufene Fremde vorgezogen, die sie noch dazu heimlich verachtete! Das spürte die dicke Hure, und es erweckte ihren Neid. Sie sparte ihrerseits nicht mit Spott und machte zuweilen Bemerkungen, die Vala die Röte in die Wangen trieben.

«Wir sind hier nicht auf Lesbos», giftete sie einmal. Und Thebais solle sich ihre Glut für die Herren aufheben. Vala musste sich den Sinn der Anspielung erklären lassen und wurde sehr zornig, als sie es begriff.

«Wie kann sie dich in ihre schmutzigen Geschäfte hineinziehen?», rief sie empört. Thisbes Gewerbe war ihr stets so abstoßend erschienen wie die Männer, die es anzog. Selims, dachte sie, wenn sie sie sah, und zog sich tiefer in den Schatten der Rattenhöhle zurück, wann immer die betrunkenen Stimmen aus Thisbes Nische lauter wurden. Selims, einer wie der andere. Sie ertrug den Gedanken nicht, dass diese Kerle ihre Hände auf Thebais legen könnten, die für sie wie eine kleine Schwester geworden war.

Aber die zuckte nur mit den Schultern. «Warum nicht?», fragte sie. «Es ist leicht verdientes Geld. Thisbe hat mir alles gezeigt, was man dazu braucht.» Trotzig schob sie den Unterkiefer vor.

Vala betrachtete den mageren Mädchenkörper in den lumpigen Kleidern. Es drängte sie, das Mädchen zu packen, zu schütteln und aus ihr herauszuholen, was sie bereits alles gelernt hatte. Doch sie ließ es bleiben. Sie wollte Thebais' Vertrauen nicht verlieren. Wenn das Mädchen manchmal spät in der Nacht zu ihr auf das Lager gekrochen kam, um sich an sie zu kuscheln, nahm Vala sie nur wortlos in den Arm. Sie starrte ins Dunkle, hielt die Kleine fester und hoffte, ihre schwachen Kräfte würden ausreichen, ihr Wärme und Geborgenheit zu geben. Denn das wollte sie, wollte sie mit all der Liebe, die sie für dieses Geschöpf der Straße empfand. Und sie war sich sicher, Thebais liebte sie wieder. Sie rief Valas Namen, wenn Albträume sie quälten und sie schreiend an ihrer Seite erwachte. Sie flüsterte ihn, wenn sie weinend in ihren Armen wieder einschlief.

Nur eines irritierte Vala: Thebais war nicht nur verschlossen und stur – das alles nahm Vala gerne hin –, sie war auch unaufrichtig. Thebais bestahl sie.

Es hatte mit Kleinigkeiten angefangen, Süßigkeiten, die Vala gekauft und gehortet hatte, um Thebais damit zu überraschen. Als sie die Schachtel öffnete, waren sie weg, und Thebais leugnete entschieden, etwas damit zu tun zu haben. Vala trat nahe an sie heran, wedelte die Biene weg, die um Thebais'

153

Mund schwebte, wischte ihr mit dem Finger über die krümeligen Mundwinkel, leckte ihn ab und sagte vorwurfsvoll: «Du schmeckst nach Honig.»

Thebais lachte nur und hüpfte davon.

«Es ist nicht richtig, oder?», sagte Petrus hoffnungsvoll und drückte sich näher an sie heran. Aber Vala schob ihn nur, wenn auch sanft, zur Seite und lief Thebais hinterher, laut ihren Namen rufend. Warum tat das Mädchen das? Es war doch ohnehin alles für sie. Es gab nichts, was Vala ihr nicht geben würde, wenn sie darum bäte. «Thebais, bleib gefälligst stehen und hör mir zu!»

Petrus schaute ihr mit brennenden Augen nach.

Eines Morgens vermisste Vala die blauen Federn des Pfaus. Sie hatte sie den ganzen langen Weg seit Bagdad mitgeschleppt, ohne je dazu zu kommen, sie an ihr Gewand zu nähen. Aber sie hing an den leuchtenden Dingern. Am Vorabend nun war ihr die Idee gekommen, sie könnte Vaih für ihre Nummer damit schmücken. Sie wusste plötzlich genau, wie sie sie am Zaumzeug und der Mähne befestigen würde. Die Stute würde wunderschön damit aussehen. Doch das Beutelchen war nicht da.

«Thebais?», fragte Vala. «Hast du den Beutel mit den Federn irgendwo gesehen?»

«Ich?», entgegnete die scheinheilig. «Keine Ahnung.»

Vala sah schon an ihrem Gesicht, dem gleichzeitig unverschämten und schuldbewussten Grinsen, dass sie nicht die Wahrheit sagte. Trotz ihres Berufes war Thebais keine besonders gute Lügnerin.

Vala kniete sich vor ihr hin und packte sie fest an beiden Schultern. «Was soll denn das, Thebais», sagte sie. «Du kannst sie doch nicht einmal benutzen, ohne dass ich es merke.» Ungläubig schüttelte sie den Kopf. «Gib sie wieder her», bat sie. «Ich schenk dir welche, wenn du sie so magst.»

Thebais presste die Lippen zusammen. In ihren dunklen Augen funkelte Wut auf. «Immer verdächtigst du mich.» Sie stieß Vala so heftig von sich, dass diese rückwärts umfiel. «Ich hasse dich», brüllte sie. Ihre Faust war geballt, als wollte sie zuschlagen.

Völlig verblüfft starrte Vala eine ganze Weile vom Boden zu ihr auf, ehe sie daran dachte, sich wieder aufzurichten. Woher, dachte sie, kam nur diese unbändige Wut? Erneut versuchte sie, Thebais zu berühren, die jedoch die Geste abwehrte. Thisbe im Hintergrund werkelte zwischen ihren Töpfen herum und tat, als sähe sie nichts. Lautlos verschwand Schleicher irgendwo. Zweifellos folgte Totmacher ihm nach.

«Aber ich hasse dich nicht», sagte Vala schließlich. Sie musste überlegen. «Ich mag dich, sogar sehr, Thebais.» Bei jedem Wort beobachtete sie die Reaktion des Mädchens, das verbissen zu Boden starrte. «Aber es macht mich wütend, dass ich dir nicht vertrauen kann. Vertrauen ist wichtig, weißt du?» Unwillkürlich wurde sie ein wenig rot, als sie das sagte. Wie lange war es her, dass Harun al Raschid gesagt hatte, vertrauen zu können gehöre nicht zu ihren Tugenden? Nun, sie hatte beschlossen, Thebais zu vertrauen, und sie würde es durchhalten.

Thebais, die die kleine Unsicherheit sofort spürte, trumpfte auf. «Aber du kannst mir vertrauen», erwiderte sie frech. «Verlass dich einfach darauf, dass ich dich immer betrügen werde.»

«Warum?», fragte Vala.

«Man muss weiterkommen im Leben», gab Thebais knapp zurück. «So ist das nun mal.» Ihr Blick wanderte unwillkürlich zu Thisbe, die ihnen den fetten Rücken zuwandte.

Vala folgte ihren Augen. Daher also bezog die Kleine ihre Lehren? Das war es, was Thisbe ihr beibrachte? Dass die Liebe etwas war, was man rasch ausnutzen musste, etwas nur Dahingesagtes und niemals von Dauer? Die Liebe der Männer und jede andere auch?

Erneut zog sie Thebais an sich. «Meine Kleine», murmelte sie und streichelte das Mädchen, das sich stocksteif machte. Dann schob sie sie ein Stück von sich und schaute ihr fest in die Augen. «Du hast das nicht nötig», sagte sie. «Weil ich immer für dich da sein werde. Immer. Das weißt du doch, oder?»

Thebais nickte, langsam, wie unter Zwang, dann schüttelte sie den Kopf.

«So ist es aber», fuhr Vala eindringlich fort. «So ist es. Thebais, Kleines, glaubst du mir das?»

Diesmal nickte Thebais. Aber noch immer sah sie wie eine Schlafwandlerin aus. «Ich glaube es ja», antwortete sie. «Aber ein Teil von mir begreift es nicht.» Und plötzlich umarmte sie Vala stürmisch.

Vala drückte sie an sich, so fest sie konnte. Eine Weile verharrten sie so. «Na, komm», sagte sie schließlich und stand auf. «Gehen wir arbeiten.»

Nach ihrem Tagewerk schlenderten sie an den Hafen, der noch immer Valas Lieblingsaufenthalt war. Was für eine frische Brise wehte hier doch im Vergleich zur muffigen, dämmrigen Unterwelt des Rattenpacks. Und Thebais neben ihr sah aus wie ein ganz normales, nur vielleicht etwas schmutziges Mädchen. Sie balancierte über ausgelegte Seile, lutschte an billigem Dattelhonig, den Vala für sie gekauft hatte, und lachte.

Weiter draußen am Kai lag seit ein paar Tagen ein neues Boot. Es sah anders aus als die Kauffahrer ringsum, war flach, mit niedrigen Bordwänden, an denen bunt bemalte, kriegerische Schilde aufgestellt waren. Und von seinem Steven blickte ein grimmiger Drachenkopf. Von der Mannschaft war nichts zu sehen. Seine Besitzer, sagten die Sklaven, die am Hafen arbeiteten, waren wilde Krieger aus dem hohen Norden. Vala erzählte Thebais, was sie über Nordmänner wusste. Dass sie an einem fernen, kalten Meer lebten, dass ihre Haare flammten wie das Fell von Löwen und ihre Augen wie der Himmel leuchteten. Dass sie furchtlose Krieger wären, so wie die ihres eigenen Stammes, die mit einem Lachen auf den Lippen starben, wenn denn gestorben werden musste. In ihrer Begeisterung dichtete sie manches dazu.

Thebais lachte und zog sie mit ihrem Eifer auf. «Du kennst wohl so einen feurigen Nordmann?», fragte sie anzüglich und verstummte dann. Vala verneinte, doch Thebais hörte ihr gar nicht zu. Sie starrte in das schmutzige Wasser nahe der Mauer. «Wenn ich mal einen liebe, dann nicht, weil er ein schönes Gesicht hat und mit dem Schwert umgehen kann», sagte sie verächtlich. «Reich muss er sein, Geschenke muss er mir machen können wie einer Königin.» Sie hatte sich in Feuer geredet. «Und wenn ich all sein Geld habe, dann, dann … Dann bringe ich ihn um.»

Als sie begriff, was sie gesagt hatte, verstummte Thebais, selber erschrocken. Vala sah ihre Kiefer aufeinander mahlen.

«Du willst den umbringen, den du liebst?», fragte sie entsetzt.

Thebais errötete, schaute aber nicht auf. Plötzlich flog sie Vala um den Hals und umarmte sie mit einer Heftigkeit, dass diese nach Atem rang. «Aber dich lieb ich sehr», flüsterte sie.

Vala zog es vor, nichts zu sagen.

An diesem Abend war der Lärm aus dem Loch, in dem Thisbe ihr Bordell betrieb, besonders laut. Vala rollte sich zusammen und versuchte lange vergebens, mit auf den Ellenbogen gelegtem Kopf einzuschlafen. Männer lachten. Vala dachte an Claudios, und sie dachte an Selim, und es war, als rissen ihre Empfindungen sie in zwei Stücke.

Spät in der Nacht dann kroch Thebais zu ihr unter die Decke. Vala versuchte zu ignorieren, dass sie fremd roch, fast stechend, nach Schweiß und billigem Duftwasser, und machte ihr Platz auf dem Lager. Thebais kuschelte sich an sie.

«Ich hab was für dich», flüsterte sie. Mit diesen Worten drückte sie Vala etwas in die Hand, was ganz warm und klebrig war, so lange und fest hatte sie es in ihren Fingern gehalten. Die Übergabe schien sie erleichtert zu haben, denn fast augenblicklich schlief sie ein.

Vala rückte etwas von dem heißen Kinderleib ab und richtete sich auf dem Ellenbogen auf. Sie hielt den Atem an, als sie im Schein der letzten Glut sah, was sie in Händen hielt. Es war ein Ohrring, zweifellos aus Gold, so schwer wie er war. Er hatte die Gestalt einer sich ringelnden Schlange, der als Auge ein kleines, aber leuchtendes Stück Smaragd im fein ziselierten Kopf saß. Vala strich mit dem Finger darüber. Sie glaubte, jede Schuppe zu spüren, wie sie sich spröde unter ihrer Berührung sträubte. Dann, einem plötzlichen Impuls folgend, wickelte sie das rätselhafte Schmuckstück in einen Stofffetzen und versenkte ihn tief in ihrem Gepäck. Was mochte er das Mädchen gekostet haben?

Thebais erwähnte den Ohrring nie wieder.

DER GROSSE FISCHZUG

«Vaih, wie viele Finger sind das?» Vala hielt fünf Finger hoch und ließ ihren Blick gelangweilt über die Menge schweifen, während sie auf die Antwort wartete und den Beifall. Thebais war nirgends zu sehen, was Vala nicht beunruhigte, schließlich war Unsichtbarkeit ein Teil ihres Berufes. Petrus ging heute für sie mit der Schale herum. Er hinkte neuerdings, da er einen eiternden Abszess an der linken Ferse hatte. Vala, die sah, welche Schmerzen er ihm bereitete, hatte ihm schon angeboten, die Wunde zu säubern und auszubrennen. Doch Petrus hatte sie sehr unwirsch zurückgewiesen.

Ich habe ihn wohl zu wenig beachtet in letzter Zeit, überlegte Vala und nahm sich vor, sich verstärkt um ihn zu kümmern, um sein Vertrauen zu gewinnen. Dann würde er sich sicher behandeln lassen. Wenn Thebais es zuließ, dachte sie mit einem Lächeln auf den Lippen, das sich verstärkte, als sie ihren Liebling jetzt entdeckte. Verstohlen winkte sie ihr zu.

«Jawohl, fünf. Ein Wunderpferd, meine Herrschaften! Wer will es einmal versuchen?» Sie ging steif an einem Mann vorbei, der sie am Ärmel festzuhalten versuchte. Der schon wieder! Wie der sie immer mit den Augen verschlang. Sein langes braunrotes Haar war ölig. Und sein geflochtener Spitzbart stank nach süßlicher Salbe.

Mit einer einzigen schnellen Bewegung schüttelte Vala seine Hand ab, ohne ihm auch nur einen Blick zu gönnen. Sie wählte ein kleines Mädchen aus und stellte es vor Vaih hin. Dabei sah sie aus den Augenwinkeln, wie der Mann Petrus heranwinkte und ihm eine große Münze in seine Schüssel warf. Er zog den Jungen zu sich heran und redete auf ihn ein. Petrus' Miene konnte sie nicht deuten; auf der ihr zugewandten Seite war nur sein milchiges, totes Auge, das keinen Ausdruck zeigte.

Vala wurde abgelenkt durch eine Frage des Mädchens und widmete sich wieder der Vorführung. Als sie unter verhaltenem Applaus der Menge endete, war der fremde Mann verschwunden. So gründlich, dass sogar seine großzügige Spende in der Schüssel unauffindbar war. Vala zählte zweimal nach. Aber eine Münze der Größe, wie sie sie gesehen zu haben glaubte, war nicht dabei. Petrus blickte gelangweilt zur Seite, als sie ihm einen strengen Blick zuwarf. Vala schüttelte den Kopf, aber sie konnte sich auch getäuscht haben, daher beschloss sie, die Sache um des lieben Friedens willen auf sich beruhen zu lassen.

«Wie geht's deinem Fuß?», versuchte sie es stattdessen. Aber Petrus griff nur schweigend nach seinem Stock und dem Geld, das er wie üblich Ursus überbrachte, und verschwand in der Menge. Von ihrem Anteil lud Vala Thebais zu einer Schüssel Bohnen mit gerösteten Leberspießen ein. Als sie unter der Markise an den schlecht geschrubbten hölzernen Tischen saßen, Essig an ihre Bohnen schütteten und auf die kross gegrillten Fleischstückchen pusteten, die in ihren Schüsseln dampften, sah sie Ursus auf das Lokal zukommen. Sie winkte ihm, doch er hatte sie bereits gesehen und kam auf sie zu. Vala bemerkte Totmacher und Schleicher, die sich unauffällig am Ausgang und der nächsten Straßenecke postierten.

«Willkommen», grüßte sie den Bären von einem Mann. «Wir würden dich gerne einladen, aber für deinen Appetit wird es kaum reichen.» Sie hielt den Spieß mit den knapp fingerkuppengroßen Leberteilen hoch. «Wollen wir neu bestellen?»

Ursus schüttelte den Kopf, bestellte beim Wirt einen Becher

Wein und beugte sich dann über den Tisch vor. «Wir haben einen Auftrag», flüsterte er.

Thebais schaute ihn scheel an und kaute weiter. «Wurde auch Zeit», meinte sie. «Was ist es diesmal? Ein Krämerladen? Ein Stofflager?»

Ursus ignorierte sie. Er warf den beiden Männern am Nebentisch einen so finsteren Blick zu, dass sie hastig ihre Schüsseln auslöffelten, das Geld auf den Tisch warfen und verschwanden. Dann lehnte er sich noch weiter über die Platte. Vala blinzelte erstaunt, als er ganz dicht vor ihrem Gesicht mit heiserer Stimme sagte: «Ein Schmuckhändler.»

«Ein Schmuckhändler?», quiekte Thebais und bekam glänzende Augen.

Ursus versetzte ihr eine Ohrfeige und knurrte: «Halt den Mund», was ihre Vorfreude nicht wesentlich zu dämpfen schien.

Vala packte sein Handgelenk, um ihn von weiteren Misshandlungen des Mädchens abzuhalten. Sie starrten einander in die Augen und senkten langsam, ganz langsam die Hände auf den Tisch. «Ein Schmuckhändler ist zu groß für uns», sagte Vala ruhig. «Wir haben das noch nie gemacht.»

«Du vielleicht nicht», gab Ursus knapp zurück. Dann kam sein Wein, und er stürzte einen großen Schluck hinunter. «Angst?»

Eine Antwort war unter Valas Würde. Ursus erwartete auch keine und fuhr fort. «Wir brechen nicht in sein Lager ein, das ist zu gut bewacht. Aber er hat einen Fehler gemacht, unser neuer Kunde.» Über sein Gesicht ging ein Grinsen. «Er hat sich in eine Frau verliebt. Und ihr einen riesigen Diamanten geschenkt. Der liegt jetzt zu Hause auf ihrem Nachttisch herum. Muss Liebe schön sein.» Er leerte den Becher und winkte nach mehr.

Vala zog sorgfältig mit den Fingern das letzte Leberstück von ihrem Spieß. «Ich soll einbrechen in seine Villa?» Thebais strahlte sie stolz an.

«Er wohnt im Erdgeschoss einer großen Insula. Das Mietshaus an der Straße der Rosenbüsche.»

Vala kannte die Straße. Sie hieß so nach den zahlreichen Topf-rosen auf den Balkonen, die mit ihrem Duft gegen den Gestank der Kloaken allerdings nicht ankamen.

«Viele Leute da», meinte sie.

«Wir gehen um die übliche Zeit», gab Ursus zurück.

Vala nickte. Er meinte die dritte Stunde nach Mitternacht. Die Stunde, da die Menschen am tiefsten schliefen. Die tote Stunde der Nacht. Die Stunde der Diebe.

«Hier, ein Sklave des Haushalts hat uns einen Plan gezeich-net.» Ursus legte ein zerknittertes Pergament auf den Tisch und knurrte den Wirt an, als der beim Abstellen des Weinkruges rote Spritzer darauf machte. Thebais nahm sie mit der Fingerspitze auf und leckte sie genüsslich ab. Vala neigte sich über die grobe Zeichnung und ließ sich alles erklären. Sie nickte, während Ur-sus' dicker Finger dahin und dorthin wies. Ja, es war zu machen. Die Fenster im Erdgeschoss waren alle vergittert, aber sie konnte über einen Balkon im ersten Stock in die darüber liegende Woh-nung eindringen und dann von drinnen über das Treppenhaus kommen, das nicht bewacht war. Die anderen wollten auf der Straße warten.

Ein Pfiff ertönte. Sie schauten auf und sahen Schleicher, der sich betont unbeteiligt umdrehte und davonschlenderte. Dabei zupfte er sich am linken Ohrläppchen. Totmacher ging in die entgegengesetzte Richtung davon.

«Stadtwache», murmelte Ursus. Im nächsten Augenblick wa-ren sie alle verschwunden. Es blieb nichts von ihnen zurück als zwei leere Schüsseln, ein paar rollende Münzen und eine Wein-pfütze auf dem Tisch.

Nur die Straßenkatzen waren noch wach, als Vala mit Thebais und Ursus in einem Torbogen an der Straße der Rosenbüsche stand. Sie beugte sich hinunter, um das zerzauste Tier zu strei-cheln, das maunzend um ihre Beine strich. Dann nickte sie Ursus zu. Sie war bereit.

«Viel Glück», flüsterte Thebais, während Ursus mit der zierlichen Steppenreiterin, die an seiner Seite wie ein Kind aussah, rasch und lautlos die Straße überquerte. Als sie unter dem Balkon angekommen waren, formte er die Hände zur Räuberleiter. Vala setzte ihren Fuß hinein. Katzenschnell stand sie auf seinen Schultern, dann hing sie am Gitter des Balkons und hatte sich mit einer geschmeidigen Bewegung hinaufgeschwungen, verhakte die Füße im Balkongitter, zog sich hoch und stand zwischen den Blumentöpfen. Aufmerksam lauschte sie auf die Atemgeräusche der Schläfer hinter dem Türvorhang, der sich sacht im Nachtwind bauschte. Drei Menschen, notierte sie im Geiste, in der linken Zimmerhälfte. Sie schliefen tief und fest. Vala winkte ein letztes Mal, dann tauchte sie ein in das Dunkel der fremden Wohnung.

Thebais unten knotete die Finger fest ineinander. «Du machst das, Vala», flüsterte sie. Ursus neben ihr klopfte ihr gelassen auf die Schulter. «Kann gar nicht schief gehen», brummte er.

Vala droben tastete sich Schritt für Schritt in das unbekannte Zimmer. Sie ließ ihren Augen Zeit, sich an die Dunkelheit zu gewöhnen, hier, wo keine Sterne mehr schienen. Die Luft war stickig vom Schweiß der Menschen, und Vala atmete flacher. Noch immer fühlte sie sich unwohl in den steinernen Räumen der anderen. Es mochte daran liegen, dass noch keiner ihr Zuhause gewesen war. Sie kannte sie nur als Gefangene oder als ungebetener Gast. Aufatmen jedenfalls würde sie erst wieder, wenn der Nachtwind ungehindert über ihr Gesicht fuhr.

Nach wenigen Minuten war sie an der Haustür. Sie tastete nach dem Riegel, schob ihn Zentimeter für Zentimeter zurück und drückte leicht gegen den Türflügel. Er gab nach und schwang auf, mit einem lang gezogenen, ohrenbetäubenden Quietschen. Vala schien es, als müsste es Tote erwecken. Mit angehaltenem Atem blieb sie stehen und lauschte. Ein Seufzen in der Finsternis, ein Rascheln, als änderte jemand zwischen den Laken seine Position, ein leichtes Schmatzen, dann herrschte wieder Stille.

Vala seufzte leise und trat hinaus ins Treppenhaus. Ein Fenster ließ etwas Licht auf die Treppe fallen, die sie, sich eng an der Wand haltend, ohne Knarzen und andere Geräusche hinunterschlich. Die schwere, reich verzierte Holztür im Erdgeschoss, an der kupferne Nägel schimmerten, passte zur Wohnung eines Goldschmiedes. Doch ihr Gewährsmann, der Sklave, von dem auch der Wohnungsplan stammte, hatte ihnen versichert, dass sie massiver aussah, als sie war. Man verließ sich ganz auf die Eingangstür und hatte die Wohnungstür nicht sonderlich gesichert. Nur ein einziger Riegel verschloss sie, und der würde dank demselben Sklaven in dieser Nacht nur lose in seiner Verankerung sitzen.

Mit den beiden Wachleuten davor hatte Vala gerechnet. Immer noch dicht an der Wand, setzte sie sich auf die zehnte Stufe, wo sie sie im Auge behalten konnte, ohne selbst gesehen zu werden, und wartete darauf, dass sie ihren Rundgang durch den Innenhof anträten, wie es ihr gesagt worden war. Tatsächlich gingen die beiden Männer schon nach wenigen Minuten. Vala schaute ihnen nach, bei jedem Schritt, den sie hinab und hinaus in den Flur machte, doch sie schienen tatsächlich verschwunden. Nun hieß es schnell sein. Die beiden würden nicht allzu lange fortbleiben. Vala zückte ihren Dolch und schob ihn zwischen die beiden Türflügel. Vorsichtig rüttelte sie, richtig, da saß der Riegel, und sie konnte spüren, wie er auf den Druck der Klinge reagierte. Den geringen Spielraum nutzend, den die Ritze ihr bot, setzte sie immer wieder neu an, um den Riegel millimeterweise zurückzuschieben. Wenn er saß wie versprochen, würde er schon auf geringen Druck aus der Halterung springen. Schritte näherten sich vom dunklen Ende des Korridors. Vala trat der Schweiß auf die Stirn. Nur noch ein Stückchen. Jemand räusperte sich; die Wachleute begannen ein Gespräch. Geh auf, verflucht nochmal. Ihre Hände begannen zu zittern, sie war kurz davor zurückzuspringen in den Schatten der Treppe. Da spürte sie, wie der eine Türflügel aufsprang. Rasch drückte sie ihn auf, schlüpfte hindurch und verschloss ihn wieder, indem sie den Riegel vorschob. Die Wachleute sollten nicht bemerken, dass sie hier gewesen war. Erst dann drehte sie sich um.

Die Stille sprang sie an wie ein Raubtier. Sie stand, soweit sie das beurteilen konnte, in einer Art Eingangshalle. Und aus deren Mitte starrte sie jemand an. Vala sog die Luft ein und rührte sich nicht. Auch ihr Gegenüber stand stocksteif. Nach einer Weile wurde ihr klar, dass es eine Statue sein musste. Mit zitternden Knien drückte sie sich an die Wand und verfluchte den Zeichner ihres Planes. Hatte er das nicht vermerken können? Doch von nun an ging alles glatt. Sie wählte wie angewiesen die linke Tür, fand das Schlafzimmer der Frau des Goldschmiedes, die aus irgendeinem Grund heute nicht da war, und auch den Nachttisch mit der Schatulle. Sacht strich sie darüber, ehe sie sie öffnete. Und da lag er, tatsächlich, ein Diamant, so groß, wie sie noch nicht einmal bei Abbas einen gesehen hatte. Er funkelte in zahllosen Farben, als sie ihn ins Sternenlicht vor dem Fenster hielt.

«Mein Schöner», flüsterte sie.

Da blendete sie plötzlich Lichtschein. Ein Mann mit einer Öllampe stand in der Tür. Vala erkannte blinzelnd den Spitzbärtigen, der sich am Vortag so für sie interessiert hatte. Selbst der Geruch, den er verbreitete, war unverkennbar. In seinem Schatten bewegte sich etwas, jemand Kleines, der sich hinter ihn drückte. Vala glaubte für einen Moment, Petrus zu erkennen, doch das konnte nicht sein, also verdrängte sie den Gedanken wieder. Als Allererstes musste sie hier heraus. Ein rascher Blick zeigte ihr, dass die Fenster alle vergittert waren.

Der Goldschmied hatte ihr grinsend zugesehen. «Du kommst hier nicht heraus», erklärte er. «Dies ist dein Zimmer. Ich habe es extra für dich eingerichtet.»

Valas entsetzter Blick ließ ihn auflachen. «Ja, ja», kicherte er, «ich habe dich erwartet. Aber das alles hat Zeit», sagte er und zog sich langsam aus der Tür zurück, «bis du dich ein bisschen beruhigt hast. Den Stein kannst du behalten», fügte er noch hinzu, «als Willkommensgeschenk.»

Vala sah, wie die Tür sich vor ihr schloss. In wenigen Augenblicken säße sie unwiderruflich gefangen. «Ich will ihn nicht», zischte sie und tat das Erste, was ihr in den Sinn kam: Sie warf den Edelstein. Er traf den Goldschmied mit voller Wucht am Kopf, Blut schoss ihm in die Augen. Noch ehe er die Hand erheben konnte, um es abzuwischen, war Vala mit einem Panthersatz bei ihm. Ein Tritt ließ ihn in die Knie sinken, ein weiterer warf ihn in eine Ecke. Er verlor die Lampe, die scheppernd auf eine Nische zurollte.

«Petrus!», rief Vala, die sich gerade nach dem Stein bückte, wie vom Donner gerührt. Dort, vor einem Wandteppich, stand der Junge, plötzlich grell von unten erleuchtet. Er schien anwachsen zu wollen, bis er bemerkte, dass der Teppich Feuer gefangen hatte. Die Flammen fraßen sich rasch neben seinem Gesicht hoch. Da rannte er schreiend davon.

«Petrus, warte!» Vala wollte ihn aufhalten, ihn fragen, was er hier zu suchen hatte und was das Ganze sollte. Sie hielt inne, als er sich noch einmal umdrehte. Der Hass in seinem Gesicht traf sie wie ein Schlag. Und ihr wurde es mit einem Mal klar: Er hatte sie an diesen Mann verraten. Der ganze Coup war eine Falle. Man hatte sie erwartet, sie und … «Thebais!», rief sie erschrocken. Sie musste die beiden warnen, die draußen auf sie warteten. Noch ehe sie eine weitere Bewegung machen konnte, waren zwei kräftige Sklaven am anderen Ende des Korridors erschienen. Bald würde der ganze Haushalt hinter ihr her sein. Vala riss den brennenden Teppich herunter, warf ihn auf ihre Verfolger und flüchtete in die Richtung, in der den Plänen zufolge die Küche liegen musste. Dort gab es eine kleine Pforte, die auf die Straße führte. Ihr Gewährsmann sollte dort auf sie warten und sie hinauslassen. Vala wusste, er würde nicht da sein. Doch sie hatte keine andere Wahl.

Unbehelligt fand sie die Küche und die Pforte, hinter ihr war man mit Löscharbeiten beschäftigt. Vala verrammelte die Küchentür und schob einen mächtigen Holztisch davor. Das würde ihre Verfolger eine Weile aufhalten. Sie stürzte zur Pforte. In Augenhöhe war eine vergitterte Fensteröffnung eingelassen. Sie war groß genug, Vala durchzulassen, doch das Gitter saß fest, wie ein erstes Rütteln ihr zeigte. Vala gab auf und schaute hindurch. «Ursus», zischte sie, «Thebais.» Etwas rührte sich im Hauseingang gegenüber. Hinter sich hörte sie Geschrei.

«Ursus, hier!» Sie streckte eine Hand durch die Gitter und reichte den Diamanten nach draußen. Der riesenhafte Mann kam über die Straße. Langsam, viel zu langsam. In panischer Angst drehte Vala sich wieder und wieder nach der Küchentür um. Sie roch Rauch. Endlich war Ursus da, Thebais neben ihm. «Du verschwindest sofort, hörst du?», wies Vala sie an. Dann wandte sie sich an Ursus. «Du musst mir helfen. Das Gitter.» Sie rüttelte erneut. Die Stangen bewegten sich ein wenig in ihrer Verankerung. Nicht viel, aber doch so, dass Hoffnung bestand. Wenn Ursus mit seinen Bärenkräften zupackte, konnten sie es schaffen. Aber er musste sich beeilen.

«Ursus, rasch!»

Doch der Riese war nicht aus der Ruhe zu bringen. Er nahm den Diamanten, ließ ihn im Mondschein aufleuchten, wandte den Kopf dann zu Vala um und warf den Stein mit aller Macht auf den Boden. Vala und Thebais schrien zur selben Zeit auf.

Der Stein zerbarst in tausend Splitter.

«Was ...», flüsterte Vala.

«Glas», sagte Ursus. «Tut mir Leid, Vala, unser Geld haben wir schon bekommen. Die Ware warst du.» Er legte den Arm um die wie erstarrt dastehende Thebais, drehte sie um und schickte sich an, mit ihr wegzugehen.

Vala packte mit beiden Händen die Gitterstäbe. «Du Schweinehund!», schrie sie. «Nimm deine Hände von ihr. Thebais! Thebais!» Wieder und wieder rief sie den Namen des Mädchens. Thebais wand sich schließlich los, lief ein paar Schritte zurück und stand nun zwischen dem Bandenführer und der Tür, an deren Gitter sich Valas Finger klammerten. Hilflos sah sie ein paar Mal zwischen den beiden hin und her. Vala konnte es im Gesicht des Mädchens arbeiten sehen. Sie sah Zorn und Trauer darin kämpfen. «Meine Kleine», flüsterte sie hilflos.

Dann wurden Thebais' Augen hart und leer. Sie wandte sich

an Ursus. «Ich will das Pferd», sagte sie und schob trotzig das Kinn vor. Sie gingen, in ihre Verhandlungen vertieft.

«Thebais!» Valas Stimme war schrill vor Schmerz. Sie sah, wie das Mädchen die dünnen Schultern unter dem viel zu großen Kittel hochzog, dann war sie fort. Eine Weile stand Vala wie betäubt. Es dauerte, bis sie das laute Krachen und Dröhnen an der Küchentür wahrnahm. Sie saß wie der Fuchs in der Falle, und bald würden ihre Verfolger bei ihr sein.

Verzweifelt schaute sie sich um. Schließlich fiel ihr Blick auf eine große, schwere Zange, mit deren Hilfe wohl sonst glühende Kohlenstücke aus dem Ofen geholt wurden. Sie hatte lange Griffe. Vala überlegte nicht lange; es war ihre letzte Chance. Sie ergriff das Werkzeug, steckte es zwischen die Gitter und begann, es als Hebel zu benutzen. Die Schläge an der Tür wurden lauter. Die Bronzegitter ächzten und bewegten sich. Vala keuchte vor Anstrengung und warf sich ein letztes Mal gegen den langen Hebelarm. Da sprang eine Stange aus ihrer Verankerung, eine zweite verbog sich. Das Holz der Küchentür splitterte.

Vala schleuderte die Zange gegen den Kopf des ersten Mannes, der sich in der Bresche zeigte, und zog sich zu der entstandenen Öffnung hoch. Die Lücke war eng, beinahe zu eng, und Vala wand sich wie ein Fisch auf dem Trockenen, um hindurchzugelangen. Der erste Mann war schon in der Küche, ein zweiter stolperte ihm hinterher. Mit einem Schrei stürzten sie sich auf sie. Vala trat zu, so fest sie konnte. Der Druck katapultierte sie durch die Gitter auf die Straße, wo sie sich abrollte und wie eine Katze auf die Füße kam. Sie rannte, sie wusste nicht, wohin, doch sie rannte. Vier Straßen weiter war sie sich sicher, dass sie nicht mehr verfolgt wurde.

Um die zehnte Stunde des folgenden Morgens wurde Valas geduldiges Warten belohnt. Sie blickte vorsichtig aus ihrem Versteck hinter dem Brunnenbecken hervor und sah, wie Vaih auf ihren üblichen Platz geführt wurde. Es war Petrus, der heute die Zügel hielt. Der Lohn für den Verrat, dachte Vala und nickte grimmig. Sie zweifelte nicht daran, dass der Junge es war, der die ganze Sache eingefädelt hatte. Sicher hatte er den Vorschlag des verliebten Goldschmiedes an Ursus herangetragen. Und der wiederum hatte nicht gezögert.

Petrus hängte der Stute ihren Futtersack um und begann mit den üblichen Vorbereitungen. Vala reckte den Hals noch ein wenig weiter. Dort drüben stand Schleicher, da Totmacher, wie immer am selben Platz. Sie würde schnell sein müssen. Ein letzter Blick, doch Thebais war nirgends zu entdecken. Ob sie schmollte, weil sie Valas Pferd nicht bekommen hatte? Vala spürte erneut den Schmerz in sich. Mit einer zornigen Geste zog sie die Kapuze des Mantels, den sie am Morgen auf dem Markt gestohlen hatte, über ihren Kopf und mischte sich unter die Schaulustigen.

«Vaih, wie viele Finger sind das?»

Petrus machte seine Sache nicht schlecht. Die Stute gehorchte ihm aufs Wort. Wie gut muss er mich all die Wochen beobachtet haben, dachte Vala. Unter anderen Umständen hätte sie ihm dafür Anerkennung gezollt.

«Wer möchte es einmal versuchen?» Petrus Stimme, hoch und schrill, suchte sich Gehör zu verschaffen. Vala drängte sich vor, trat einem Mitbewerber nachhaltig auf den Fuß und entmutigte einen anderen, indem sie ihm rasch und diskret ihren Dolch zeigte.

«Die Dame mit der Kapuze», kiekste Petrus und winkte sie vor.

Mit zwei Schritten war Vala bei ihrem Pferd und nahm es am Zügel. Zutiefst befriedigt stellte sie fest, dass Vaih ihre Satteltaschen trug.

«Nein, meine Dame, nicht so», tönte Petrus eifrig hinter ihr. Er verstummte, und sein zu einer eilfertigen Grimasse verzogenes Gesicht gefror, als er Vala erkannte. Sie packte ihn am Kragen und zog ihn dicht vor ihr Gesicht.

«Ich werde dich nicht töten», zischte sie, «aus einem Grund.»

Der Junge riss seine Augen, das gesunde wie das tote, weit

auf. Für einen Augenblick tat er Vala beinahe Leid. Sie sah die Angst in seinem Blick und dahinter noch immer eine hündische Anhänglichkeit. Eine Liebe, die bissig geworden war. Sie lockerte ihren Griff und hielt ihn auf Armlänge von sich.

«Du gehst zu Thebais und sagst ihr, dass ich ihr verzeihe, verstehst du?» Aus den Augenwinkeln sah Vala, dass Schleicher, das Frettchen, die verschränkten Arme auseinander gelöst hatte und sich anschickte herüberzukommen. Ein zweiter Blick zeigte ihr, dass auch Totmacher auf dem Weg zu ihnen war. Sie stieß Petrus heftig von sich fort.

«Das im Ausgleich für dein Leben.» Vala schwang sich auf Vaih; sie hatte keine Sekunde mehr. Die Stute stieg wiehernd. Man machte ihr Platz. Ein letztes Mal wandte Vala sich um.

«Du sagst ihr, dass ich ihr verzeihe!» Es war ein Befehl, aber ein verzweifelter. Noch während Vala in halsbrecherischem Ritt durch die Straßen Antiochias fegte, auf die rettenden Tore zu, fragte sie sich wieder und wieder, ob Petrus ihre Botschaft wohl ausrichten würde.

TEIL III

IN DER STILLEN BUCHT

DAS SCHWARZE MEER

Vala wusste nicht, wohin ihr Weg sie führte. Fort von allen Menschen, das war ihr einziger Impuls gewesen. Sie folgte alten Straßen, überquerte Berge und sah fruchtbare Ebenen. Als sie am Ufer eines Meeres stand, dass das Schwarze genannt wurde, war es vielleicht der Hall einer Erinnerung, der sie bewog, hier innezuhalten. Wie lange war es her, dass Abbas der Philosoph ihr erzählt hatte, die blonden Nordmänner kämen über dieses Meer nach Asien? Damals hatte das Leben der Metropole Bagdad sie umtobt.

Sie schaute hinaus auf die Wasserfläche, die fast weiß in der Sonne gleißte. Der Wind ließ ihre Haare tanzen, und sie schmeckte das Salz in der Luft. Mit geschlossenen Augen hielt sie ihr Gesicht der Brise entgegen. Sie genoss das Licht und die Wärme, als fühlte sie beides zum ersten Mal. Kurzstänglige weiße Lilien, die auf dem Sand wuchsen, verströmten einen betäubend süßen Duft. Vala bückte sich, brach eine davon ab und steckte sie sich ins Haar. Vaih wandte den Kopf, schnupperte daran und musste niesen. Vala lachte. Sie wischte der Stute den gelben Blütenstaub von den Nüstern und schmiegte sich an ihren Hals.

«Brr, Vaih, du riechst aber nicht halb so gut», stellte sie allerdings rasch fest und richtete sich wieder auf. Dann schaute sie an sich selbst hinunter. «Na, ich vermutlich auch nicht. Zeit, den Staub der Reise aus den Kleidern zu schütteln.»

Übermütig sprang sie auf den Rücken der Stute und lenkte sie ins Wasser, dass die Gischt nur so aufspritzte. Vaih blieb stehen, als ihr die Wellen bis zum Bauch gingen, und zog es dann vor, zurück ans Ufer zu traben. Vala rutschte vom Rücken des Tieres, entledigte sich ihrer Kleider und schwamm, bis eine Gänsehaut sie von Kopf bis Fuß überzog. Sie versuchte, Vaih durch Spritzen dazu zu ermuntern, sich ihr wieder anzuschließen, doch die schlug nur mit dem Schwanz und wandte schnaubend den Kopf ab. Schließlich hatte auch Vala genug. Sie schlüpfte in ihre feuchten, sandigen Kleider und ritt mit Vaih den weißen Strand entlang. Das Salz auf ihrer Haut trocknete und juckte. Auch hatte sie Durst. Sie mussten nach Süßwasser Ausschau halten.

Bald fand Vala, was sie gesucht hatte: einen Fluss, der aus einem Einschnitt zwischen den Hügeln hervortrat und auf das Meer zulief, eine Weile parallel zum Strand dahinfloss und schließlich aus seinem Gürtel aus Schilf und Lilien heraustrat, um sich in einem breiten, flachen Delta über den Sand ins Meer zu ergießen. Vala ritt an seinem Ostufer entlang, bis sie eine Stelle fand, an der statt der Pflanzen rote und schwarze Felsen, in natürlichen Treppen und Kissen ansteigend, sein Bett rahmten. Hier war eine kesselförmige Ausbuchtung, beinahe ein Teich, der sich wunderbar zum Baden eignete. Als sie dann auch noch die blassrosafarbenen Blütenrispen des Seifenkrauts entdeckte, war Vala überzeugt, am richtigen Ort angelangt zu sein. Sie pflückte eine Hand voll der Blumen und fand eine Mulde im Fels, in der sie sie zusammen mit etwas Flusswasser zerdrücken konnte. So entstand schnell ein herrlich zarter Schaum. Vala überlegte, dann nahm sie ihr feuchtes Haar, wrang es über der Mulde aus und ließ das Salzwasser zu der Lauge tröpfeln, die prompt stärker schäumte. Befriedigt tauchte sie ihre Hand hinein, zerrieb die schillernden Bläschen zwischen den Fingern. Sie pfiff nach Vaih. «Badezeit!»

Es war ein herrliches Gefühl, endlich einmal wieder sauber zu sein. Vala spülte allen Schmutz gründlich von sich ab, schrubbte Haut und Kopf, wusch ihr langes Haar, bis es in der Sonne glänzte wie Lack, und machte sich dann energisch daran, die Stute denselben Verschönerungen zu unterziehen. Bald stand Vaih von Kopf bis Schwanz eingeschäumt im Wasser, während Vala ihr Fell mit einer Distelkarde bearbeitete.

Als das Tier fertig war, begann Vala, mit einer anderen Karde ihr eigenes Haar von allen Verfilzungen und Knoten zu befreien. Ich bräuchte einen Kamm, dachte sie, während sie ihr Haar mühsam mit den Fingern in Strähnen unterteilte. Es war eine langwierige Arbeit, der sie sich geduldig unterzog. Nackt, mit untergeschlagenen Beinen saß sie auf dem warmen Fels, wie eine Nymphe. Ihre Lippen bewegten sich sacht, als formulierte sie leise Gedanken, doch keinen davon vermochte sie lange festzuhalten. Ihre Augen verfolgten nichts als das Schattenspiel des Haarvorhangs, der ihr vors Gesicht fiel.

Hier, wo sie durch die Felswand geschützt war vom starken Wind, waren mit einem Mal die Zikaden zu hören. In der Ferne rauschte das Schilf. Es war so friedlich. Der Seifenkrautschaum duftete weich.

Ich müsste die Wurzeln sammeln und dörren, dachte Vala, es ist bald die Zeit dafür. Damit ließe sich ein guter schleimlösender Sirup kochen. Aber wohin wanderten ihre Gedanken da? Fast erschrocken erwachte sie aus ihrer friedlichen Lethargie. Mit energischen Bewegungen flocht sie ihr Haar und warf sich den Zopf über den Rücken. Dachte sie etwa daran, sich hier niederzulassen? Vala schaute sich um. Wo war sie hier gelandet?

Die stille Landschaft gab ihr darauf keine Antwort. Nur in Vala drinnen tobte plötzlich wieder der Schmerz. Wie weit war sie nicht schon geritten, ohne eine Heimat gefunden zu haben? So oft hatte sie nun schon geglaubt, sie hätte jemanden getroffen, zu dem sie gehörte. Jemanden, für den sie da sein könnte. Doch jedes Mal war sie schmerzlich betrogen worden. Von Claudios, von Abbas, selbst von Thebais. Tränen traten ihr in die Augen. Unwillkürlich ballten sich ihre Fäuste in ihrem Schoß. Nein, sie wollte sich gar nicht daran erinnern, es war zu niederschmetternd. Sie konnte es nun einmal nicht ändern, dass es keinen Ort zu geben schien auf dieser Welt, an den sie gehörte. Trotzig wischte sie mit den Fäusten die Tränen fort, die dennoch immer weiterströmten.

Nun war sie hier gelandet, am Ende der Welt. Schön war es,

still, und sehr einsam. Vala schien es, als wäre sie nun jenseits der Menschen angekommen. Dahinter wartete nur noch die Welt der Geister. Harun al Raschid hat Unrecht gehabt, dachte sie, ich habe den Platz nicht gefunden, der für mich bestimmt war. Sie stand auf. Fische zuckten mit rascher Bewegung vor ihrem Schatten davon. Eine grüne Eidechse huschte über die Felsen. Die Insekten summten lauter. Vala fasste einen Entschluss. Sie würde bleiben. Für mehr hatte sie nicht mehr die Kraft.

In den folgenden Tagen baute Vala sich ein Zuhause. Sie fällte junge Bäume und bog ihre schlanken Stämme zu einem Gitter, einem umgekehrten Korb, der beinahe mannshoch war. Dann umflocht sie ihn mit Weiden und erhielt so eine Rundhütte, die grünte und nach frischem Holz roch. Natürlich fehlten ihr die Häute, sie zu bespannen, wie sie es aus ihrer Heimat kannte. Und es wuchsen hier keine Moose, mit dem sie die Ritzen stopfen konnte. Noch war das kein Schaden, doch Vala ahnte, dass die Winter hier kalt werden würden. Sie würde auf die Jagd gehen müssen, früher oder später, um für Abhilfe zu sorgen. Sie brauchte Felle und Fleisch, das sich dörren und aufheben ließ. Vorerst lebte sie von Fischen und den Früchten der Erdbeerbäume mit ihrer schüchternen Süße. Jeden Tag unternahm sie Streifzüge in die Umgebung, um alles zu erkunden. Sie merkte sich, wo es Beeren gab und essbare Pflanzen. Wo Wurzeln auszugraben waren und wo Wildspuren Beute versprachen. Dazwischen flocht sie mit geschickten Fingern Körbe und Schalen aus Schilf, baute aus Ästen Trockengestelle und flocht aus einigen Schwanzhaaren Vaihs dünne Schnüre, um daran Büschel von Kräutern aufzuhängen, die unter der Decke der Hütte dörrten und dabei ihren würzigen Duft verströmten. Vala arbeitete jeden Tag bis zum Umfallen, sie war abends so müde, dass sie rasch in einen tiefen, traumlosen Schlaf fiel. Ihre rastlose Tätigkeit schützte sie vor den traurigen Gedanken, die am Rand ihres Bewusstseins lauerten.

Bisher hatte Vala nur Hasen und Vögel gejagt. Bei einem ihrer

Ausritte ins Hinterland jedoch erspähte sie, worauf sie lange gehofft hatte: eine Gruppe sanftäugiger sandfarbener Antilopen. Da wusste sie, wie sie ihre Probleme lösen würde. Froher als sonst ritt sie heim. Für heute war es zu spät, und sie war unvorbereitet. Aber morgen würde sie einen Versuch wagen. Sie würde es mit dem Bogen versuchen.

Wieder einmal dankte sie im Stillen ihrem Schicksal dafür, dass nichts von ihrem kargen Besitz in Antiochia verloren gegangen war. Petrus musste so ängstlich gewesen sein, jemand im Rattenbau könnte ihm etwas von seinem frisch ergaunerten Besitz stehlen, dass er Valas komplette Ausrüstung zusammengepackt, auf Vaih geladen und mitgenommen hatte, als er an jenem Morgen aufgebrochen war, um die erste Vorstellung auf dem Marktplatz zu geben. Vala konnte sich lebhaft vorstellen, wie er zuvor mit Thebais gestritten haben musste, die sicher Anspruch auf ihren Teil der Beute erhoben hatte.

Vala hatte, als sie später ihre Satteltaschen durchsuchte, den Eindruck gehabt, dass er noch nicht einmal dazu gekommen war, sich in Ruhe alles anzuschauen und zu sortieren. Kaputte Riemen und zersplitterte Perlen, die eigentlich zum Wegwerfen bestimmt waren, hatten sich ebenso noch vorgefunden wie, im untersten, hintersten Winkel der Packtaschen, der goldene Ohrring, den Thebais ihr geschenkt hatte. Hätte Petrus ihn entdeckt, er hätte ihn sicherlich umgehend verkauft.

Vala hatte den Schmuck eine Weile stumm betrachtet und schließlich der Versuchung widerstanden, ihn mit einer Bewegung weit hinaus ins Meer zu schleudern. Dann hatte sie plötzlich eine Woge der Sehnsucht erfasst. Sie hatte den Ohrring an sich gepresst und ihm einen heimlichen Kuss aufgedrückt, ehe sie ihn sorgsam wieder einwickelte und tief in der Satteltasche versenkte.

Ich schweife ab, ermahnte Vala sich ärgerlich. All diese sentimentalen Erinnerungen brachten doch nicht das Geringste. Die Antilopen waren das, was zählte. Sie musste es schaffen, zwei oder drei davon zu erlegen. In Abständen natürlich. Himmel, es würde Arbeit genug sein, den Kadaver allein zu zerlegen und das Fleisch zu ihrer Hütte zu schaffen, harte Knochenarbeit. Beim Tragen allerdings könnte ihr Vaih helfen. Sie musste ein paar Tragekörbe für sie flechten, für die größeren Fleischportionen. Überhaupt wollte sie versuchen, Vaih bei der Jagd einzusetzen. Sie hatte das Gefühl, dass die Gegenwart des Pferdes die Antilopen beruhigte, vielleicht sogar ihre eigene menschliche Witterung überdeckte, zumindest lange genug, um auf Schussnähe heranzukommen.

In Gedanken ritt Vala dahin und ließ die Zügel hängen, bis ein ängstliches Schnauben Vaihs sie aufschreckte. Die Stute scheute, und Vala musste rasch in die Zügel greifen, um im Sattel zu bleiben.

«Brr, he, meine Gute.» Sie beugte sich vor und tätschelte Vaihs Hals. «Was hast du denn?» Dann sah sie es selbst. Ein Löwe lag unter einem Baum, lohfarben wie das Gras, das ihn umgab. Im Lichterspiel, das die Blätter der Steineiche auf sein Fell zauberten, war er kaum zu erkennen. Es war ein Weibchen, noch jung, entschied Vala, nachdem sie sie einige Augenblicke still betrachtet hatte. Sie hatte vermutlich noch keine Jungen gehabt. Aber wo waren die anderen Jägerinnen ihrer Gruppe?

Das Tier zuckte ein wenig mit den Ohren. Seine bernsteinfarbenen Augen ließen Vala nicht aus dem Blick. Die starrte fasziniert zurück. Anfangs hatte der Schwanz der Löwin ein paar Mal nervös gepeitscht, aber nun schien sie beschlossen zu haben, dass das seltsame Doppeltier dort drüben keine Gefahr darstellte. Sie legte sich auf die Seite, dehnte den schlanken, kräftigen Leib und krümmte die Pfoten, die sie zwischendurch sorgsam ableckte, wie ein Kätzchen beim Spielen. Dann schüttelte sie den Kopf und richtete sich wieder auf.

Vala lächelte. Langsam klopfte sie Vaihs Hals, da sie die Anspannung der Stute spürte. «Sind wir also doch nicht ganz alleine», flüsterte sie. «Sieh sie dir an. Wie schön sie ist.»

Vaih schnaubte und schien diese Ansicht keineswegs zu teilen. Aber Vala konnte der Versuchung nicht widerstehen. Sie schloss die Augen, konzentrierte sich und griff mit ihrem Geist nach der Löwin. Sie spürte ein Zucken, eine Verwunderung, sie fühlte die Hitze des Bernsteinblicks in ihrem Inneren brennen. Dann war da der Geruch sonnenbeschienenen Staubes, durchbrochen von köstlichen Aromen, stark, vielversprechend. Das Spiel von Muskeln, die Gewissheit von Kraft. Eine Fliege summte, ein Zucken von Fell. Ein Bedürfnis, seine Befriedigung. Dazwischen ein kraftvoller Herzschlag, goldene Wärme, das Fehlen jeglicher Furcht. Vala badete in diesem lebensfrohen Dasein. Dann nahm sie eine neue Gegenwart wahr, einen starken Duft. Ein Gebrüll erhob sich und rollte über die Ebene. Vala löste sich und öffnete die Augen. Die junge Löwin war aufgesprungen und erwartete mit witternd erhobenem Kopf das Männchen mit der dunklen Mähne, das in lockerem Trab durch das trockene Gras herankam.

«Wir gehen besser, Vaih», flüsterte sie und gab der Stute das Zeichen zum Aufbruch. Seltsam zufrieden und fern jeder Angst ritt sie nach Hause.

Die einsame Jägerin

Jeder Schamane, so hatte Vala es gelernt, als sie noch ein Teil des Stammes war, musste seinen Geist mit einem Tier vereinigen, ehe er sein Amt antreten konnte. Es war ein tieferer Vorgang als die flüchtigen Besuche, die sie bislang geübt hatte, bedeutender als der Jagdzauber, den auszuüben sie gelehrt worden war.

Vala fragte sich, ob die Löwin wohl das Wesen sei, das bestimmt war, ihren Geist zu begleiten, so sehr fühlte sie sich hingezogen zu dem Tier. So wohltuend war der Trost, den sie aus seiner Stärke zog, so tief ihr Wohlbehagen in der Nähe des Weibchens. Sie fühlte sich der Löwin verbunden, wann immer sie die Zeit fand, in das Tal zurückzukehren, wo zwischen den vereinzelt stehenden Eichen Felsblöcke lagen, zwischen denen die Löwen in der Sonne dösten. Vala hatte sich einen abseits gelegenen, besonders hohen Block ausgesucht, um dort mit untergeschlagenen Beinen zu sitzen und das Treiben der Tiere zu beobachten. Sie sah den Herrn der Herde und sein gespanntes Verhältnis zu den halbwüchsigen Jungtieren. Die Weibchen, Mütter und Tanten, die die Kleinen aufzogen und sich im Rudel zum Jagen aufmachten. Aber am meisten Anteil nahm sie an Bernstein, wie sie die junge Löwin getauft hatte. Ihr galt ihre ganze Sympathie. In ihrem Geist eingeschlossen, streifte Vala durch das Grasland und erlebte den Rausch der Jagd. Mit ihr gemeinsam bebten Valas Flanken, wenn sie eine Witterung aufnahm, und ihr Herzschlag beschleunigte sich, obwohl sie still wie ein Standbild auf ihrem Felsen saß. Bei ihr fand sie all die Aufregung, die Spannung, die ihrem eigenen einsamen Leben fehlte.

Als Bernstein dem Werben des Schwarzmähnigen nachgab, zog Vala sich taktvoll zurück und löste sich, um dem Pärchen nachzusehen, das im goldenen Gras verschwand. Obwohl sie nicht mehr im Geist der jungen Löwin steckte, spürte sie eine seltsame Unruhe und Erregung, eine Rührung, von der sie nicht wusste, wem sie galt, der Löwin oder ihr selbst. Und einen Stich von Neid. Wie konnte es sein, dass jeder seine Bestimmung fand, seine Heimat, seinen Partner, und nur sie, Vala, immer allein blieb?

An dem Morgen, an dem Vala wieder einmal aufbrach, um nach Bernstein zu sehen, war der Himmel blau und tief, die Wolken strahlend weiß. Ein frischer Wind ließ die Eichen rauschen. Vala setzte sich an ihren gewohnten Platz und betrachtete mit äußerlich trägem Blick, aber gespannter Aufmerksamkeit die Umgebung. Das Rudel war nicht da. Nur Bernstein entdeckte sie nach einigem Suchen an einem sonnigen Plätzchen. Sie war nicht mit auf die Jagd gegangen. Aber die junge Löwin war seltsam unruhig. Vala tauchte in ihren Geist und nahm wechselnde Bilder war: schnellen Lauf, Keuchen, Sich ducken. Etwas Fremdes war da und stürzte auf sie ein. Beute? Gefahr? Bernstein war unschlüssig, ihr Fell bebte.

Vala öffnete die Augen. Vor ihr, unter ihr, mit dem Rücken an einen Felsen gepresst, stand ein Mann und starrte die Löwin an. Er hatte keine andere Waffe bei sich als einen Knotenstock, der nun seinen Fingern entglitt. Der Mann sank auf die Knie. Irritiert fauchend fuhr die Löwin auf. Sie lief hin und her, unschlüssig, ob sie sich auf den Eindringling stürzen oder flüchten sollte.

«Sie hat keinen Hunger», sagte Vala ruhig.

Der Kopf des Mannes fuhr erschrocken herum. Jetzt sah Vala mehr von ihm als das einfache Tuch, in das er eingewickelt war und aus dem seine nackten Arme und Beine hervorragten, lang, sehnig und dürr. Er hatte ein sehr lang gezogenes, schmales Gesicht. Über der hohen Stirn stand wolliges, verfilztes Haar in schreiendem Rot. Seine Nase war lang und gewölbt, das Kinn ragte energisch vor. Das Bemerkenswerteste aber waren seine Augen, die, etwas zu dicht beieinander stehend und tiefschwarz, einen stechend intensiven, fast wütenden Ausdruck besaßen.

«Äh, ja?», keuchte er nur. Sein großer Mund blieb offen stehen.

«Ja», erwiderte Vala, noch immer ruhig und ohne sich zu regen. «Ihr seid ihr nur zu nahe gekommen. Steht vorsichtig auf und bewegt Euch rückwärts.»

Er gehorchte ihr, und sie dirigierte ihn mit Worten, bis er bei ihr war und sie ihm auf ihren Felsen helfen konnte. Er hockte sich so weit entfernt von ihr, wie er konnte, hin und starrte sie mit noch immer geöffnetem Mund an.

«Sie ist nämlich trächtig», bemerkte Vala noch, «das macht sie besonders nervös.»

«Tatsächlich?» Der Mann runzelte die Stirn. Neugierig betrachtete er die Löwin, an der noch kein Anzeichen ihres Zustandes zu erkennen war. «Woher wisst Ihr das?» Sein schwarzer Blick ruhte fordernd auf ihr.

Vala zuckte mit den Schultern. «Ich weiß es», sagte sie vage. «Ihr habt keine Waffe dabei?»

Der Fremde richtete sich stolz auf. «Ich trage nie Waffen. Gott, unser Herr, liebt die Friedfertigen.»

Vala versuchte, das Gesagte zu begreifen. «Ihr meint ...», setzte sie an, doch der Mann schnitt ihr das Wort ab.

«Wenn einer dich schlägt, so sollst du ihm auch die andere Wange hinhalten», sagte er bestimmt.

Vala verzog ungläubig das Gesicht. «Ihr seid kein Krieger», bemerkte sie. Sie konnte nicht verhindern, dass es ein wenig abfällig klang.

Den Rothaarigen schien das nicht zu stören. «Ganz recht.» Er nickte und reckte seine lange, dürre Gestalt noch ein wenig länger. Sein Gesicht glühte vor Stolz und im Feuer einer Überzeugung. Vala betrachtete ihn voller Staunen. Es steckten Kraft und Glut in ihm, wenn sie auch von anderer Art waren als die, die sie kannte. Doch er schien schlecht ernährt, seine Schultern waren knochig, seine Arme mager und seine Haut von Schmutz entstellt. Haar wie Bart waren ungeschnitten und ungepflegt, die Fingernägel schwarz. Und er roch nicht gut.

Vala schüttelte den Kopf. «Aber wenn Euch die Löwin angegriffen hätte?», wandte sie ein.

Der Mann hob Hände und Augen gen Himmel. «Dann wäre es Gottes Wille gewesen.» Er schaute sie an. «Aber Gott hat Euch geschickt.»

Würdevoll richtete Vala sich auf. «Davon weiß ich nichts», erklärte sie, pfiff nach Vaih und machte sich an den Abstieg.

Der Mann beugte sich über den Rand des Felsens und blickte ihr nach. «Wie heißt Ihr?», fragte er rasch und schickte, als sie nicht innehielt, ohne Pause nach: «Ich bin Johannes der Einsiedler. Meine Klause liegt dort, auf dem Hügel.» Er wies mit seinem Stock auf einen Berghang, den Vala noch nie erforscht hatte. Johannes beugte sich noch ein Stückchen weiter vor. «Und ich danke Euch.»

Den letzten Satz musste er rufen, denn Vala hielt nicht an und schaute nicht zurück. So rasch sie konnte, ritt sie zu ihrer Hütte, setzte sich an die Feuerstelle, schlang die Arme um die Knie und starrte in die kalte Asche. Äußerlich wirkte sie ruhig, doch ihr Herz schlug wie wild. Sie hatte sich geirrt, sie war nicht allein. Dicht bei ihr, dichter, als sie geglaubt hatte, lebte ein Mensch. Vala wusste nicht, was sie von ihm halten sollte. Er war seltsam, und sie glaubte, ihn nicht zu mögen. Doch er war kein Pferd, und er war kein Löwe. Er war ein Mensch. Jemand, der ihre Sprache sprach, ihre Erfahrungen und ihre Gefühle teilte. Wie aufregend und wie beängstigend zugleich! Lange saß Vala an diesem Tag da und erforschte den Sturm ihrer Empfindungen. Er war ein Mann, doch er trug keine Waffen. Unmittelbare Gefahr ging von ihm wohl nicht aus, doch sie fürchtete instinktiv das innere Feuer, das sie in diesem Johannes gespürt hatte. Wen würde es verheeren, wenn es ausbrach?

Vala war hin und her gerissen, doch schließlich fällte sie eine Entscheidung. Sie würde kein Risiko eingehen. So erforschte sie zwar in den nächsten Tagen, wo und wie dieser Johannes lebte, sie sah seine Hütte, nicht mehr als ein Weidenverschlag, der an einer Felswand lehnte, aber sie zeigte sich ihm nicht und suchte ihn nicht auf. Johannes schien es ebenso zu halten, denn er war nirgendwo zu sehen. So gingen sich die beiden Einsiedler aus dem Weg.

pfeilspitzen

«Verflucht!» Erschrocken beschleunigten die Antilopen in geschlossener Formation noch einmal ihren Lauf, wechselten die Richtung und waren außer Reichweite, ehe Vala einen zweiten Pfeil auf die Sehne brachte. Den ersten nahm ein junger Antilopenbock in seiner Flanke mit sich fort. Vala sah ihn wippen und verschwinden. Verflucht!

Sie hatte schon in Bagdad, bei ihrer Flucht vor Ismail, kostbare Pfeile verschwendet. In der Stadt hatte sie sie kaum gebraucht. Nun aber waren sie ihr kostbarstes Gut, überlebenswichtig geradezu. Missmutig betrachtete Vala ihren beinahe leeren Köcher. Noch zwei Pfeile verloren sich darin. Zwei letzte Hoffnungen auf Sattheit und Wärme. Sicher, sie konnte sich neue Schäfte schnitzen, sie glätten, ausrichten und mit Federn versehen, damit sie besser flogen. Aber die tödlichen Eisenspitzen waren unersetzlich. Noch einmal schaute Vala der fliehenden Herde nach. Zwecklos, sie verfolgen zu wollen, sie hatte das Tier nicht gut genug getroffen, um hoffen zu können, dass es in absehbarer Zeit zusammenbräche. Mit einer zornigen Bewegung riss sie Vaih am Zügel und kehrte zu ihrem Heim zurück.

An diesem Abend beschäftigte Vala sich lange mit dem Versuch, aus dem Knochen eines von ihr erlegten Tieres eine neue Pfeilspitze zu schnitzen. Sie war mit dem Ergebnis nicht zufrieden und warf das verdorbene Werkstück schließlich fort. Dumpf brütend saß sie eine Weile da. Sie dachte an den Mann, diesen Johannes. Er hatte gesagt, er besäße keine Waffen. Aber vielleicht war das ja gelogen? Waffenlos in der Wildnis, das war einfach unsinnig. Möglicherweise hatte er das nur behauptet, um sich für sein Versagen vor der Löwin zu entschuldigen.

Und falls doch: Vala hatte bemerkt, dass der Einsiedler manchmal Besuch empfing. Menschen suchten ihn auf, Frauen und Männer, Alte und Junge, manche brachten Kinder mit. Fast alle waren sie so armselig wie er selbst. Was sie bei ihm wollten, begriff Vala nicht, doch sie hatte bemerkt, dass viele der Leute etwas mitbrachten, ein Brot, einen Krug, ein Bündel, dessen Inhalt sie von ihrem Beobachtungsposten aus nicht erraten konnte. Vielleicht konnte man ja von einem dieser Menschen eine Pfeilspitze erhalten, sie gegen etwas eintauschen.

Je länger Vala darüber nachdachte, desto vernünftiger erschien ihr die Idee. Diese Menschen kamen aus Siedlungen, wo es Schmiede geben musste. Noch immer konnte Vala sich nicht aufraffen, eines der Dörfer aufzusuchen, die irgendwo jenseits der Hügelkette lagen, die ihren einsamen Strand abschloss. Sie scheute sich vor Menschenansammlungen, vor Blicken und dem Gefühl, als Fremde in eine Gemeinschaft zu dringen. Johannes aufzusuchen, traute sie sich aber zu. Vielleicht konnte sie ihn ja überreden, den Handel mit den anderen für sie abzuschließen. Sie würde ihm Fisch versprechen oder Fleisch. So, wie er aussah, würde er kräftige Nahrung bestimmt zu schätzen wissen. Eigentlich unfassbar, wie abgemagert er war inmitten des Reichtums der Natur ringsum.

Vala schlief mit dem sicheren Gefühl ein, das Richtige zu tun, wenn sie am nächsten Tag zur Klause des Einsiedlers ritte. Sie brauchte diese Pfeilspitzen. Ob sie Gesellschaft brauchte, nun, wo die Abende kälter wurden und der Winter nahte, darüber legte sie sich keine Rechenschaft ab.

Als sie anderntags vor der Klause ankam, saß sie nicht ab, sondern rief ihn von Vaihs Rücken aus heraus. Johannes schien von ihrem Besuch nicht überrascht.

«Gott hat dich hergeführt», erklärte er schlicht.

Vala fühlte wieder Unbehagen aufsteigen. Doch das Lächeln, mit dem er seine Worte begleitete, war freundlich. Deshalb überwand sie sich, langte in ihren Köcher und hielt Johannes einen Pfeil unter die Nase. Sie wies auf die eiserne Spitze. «Kannst du mir so etwas besorgen?», fragte sie.

«Wofür brauchst du das?»

«Ich jage, um zu leben», gab sie knapp zurück. «Du nicht?»

Johannes schüttelte den Kopf. «Ich bin wie die Lilie auf dem Felde», sagte er. «Ich säe nicht, ich ernte nicht, und», er nickte ihr lächelnd zu, «ich jage nicht. Und der Herrgott ernährt mich dennoch. Aber komm doch herein.»

Vala war so verblüfft, dass sie abstieg und ihm in die ärmliche Hütte folgte, in die der Wind durch alle Ritzen pfiff. Die Felswand, so viel konnte sie im dunklen, verräucherten Inneren des Unterstandes erkennen, machte an dieser Stelle eine viel tiefere Ausbuchtung, als man von außen vermutet hätte. Es gab fast so etwas wie eine Höhle, deren eine Hälfte von einer Art Ziegenstall eingenommen wurde. Ein einziges Tier stand dort, angebunden mit einem Strick auf schmutzigem Stroh. Es war beinahe so mager wie sein Herr. Dennoch spritzte in dicken Strahlen Milch aus dem Euter, als Johannes einen dreibeinigen groben Holzschemel heranzog und sich daranmachte, die Ziege zu melken. Er schüttete etwas von der lauwarmen Milch in eine Tonschale und bot sie Vala an.

«Ich lebe davon», erklärte er, während Vala trank, «von den Wurzeln und Beeren, die der Wald mir gibt. Und von den milden Gaben meiner seltenen Besucher, die mir Brot bringen oder Korn, das ich mir selber mahle.» Er wies auf einen flachen Stein, auf dem eine Art Faustkeil lag, bereit, einen kleinen Vorrat Körner mühsam zu zerreiben.

«Diese Leute», begann Vala und schaute sich nach einem Platz um, an den sie die Schale stellen könnte. Doch es gab kaum Möbel außer dem dreibeinigen Schemel. Ein Brett an der Wand barg das Wenige an Hausrat, was der Einsiedler besaß. Eine Strohschütte markierte sein Bett. Und an dem einzigen Tisch im Raum saß er sonst wohl auf demselben Schemel, der ihm auch zum Melken diente. Vala trat an den Tisch. Darauf lag etwas, was ihre Aufmerksamkeit erregte. So etwas hatte sie noch nie gesehen.

«Kannst du lesen?», fragte Johannes und sah zu, wie sie verwundert die dünnen Blätter aus einem ihr unbekannten Stoff umblätterte, die mit Hunderten seltsamer Zeichen übersät waren. Es war wie Rinde, nur viel dünner. Und was bedeuteten die schwarzen Krakel darauf?

Johannes lächelte. «Ich könnte es dir beibringen.»

Vala sah auf. «Was?»

«Lesen. Die Zeichen dort entziffern.»

«Das da sind Zeichen?» Ihre Hand fuhr über die speckige Buchseite.

Johannes nickte. «Alles, was man sagt, kann man auch aufschreiben. Für jeden Laut, den wir sprechen, gibt es ein Zeichen, das ihn festhält.»

186

Nachdenklich betrachtete Vala das seltsame Ding. Etwas daran erregte ihr tiefes Interesse. «So kann etwas zu dir sprechen, auch wenn du alleine bist», sagte sie langsam.

«Das ist richtig», gab Johannes zurück. «Doch das wäre eitel, wenn es nicht die Stimme Gottes wäre. Denn es ist sein Wort, das aus diesen Seiten zu mir spricht.»

Vala zog ihre Hände zurück. «Ich brauche Pfeilspitzen», sagte sie unwirsch.

«Nun, ich bin sicher, einige meiner Schäflein könnten welche besorgen. Aber wie willst du sie bezahlen?» Johannes blieb trotz ihres feindseligen Tones freundlich.

Darüber hatte Vala bereits nachgedacht. Sie zog das Fell eines Fuchses heraus, den sie schon vor Wochen erlegt hatte. Eigentlich hatte sie daraus etwas für den Winter machen wollen. Doch dies hier war wichtiger. Johannes nahm das Fell und versprach, ihr zu helfen. Vala hätte nun gehen können. Unschlüssig stand sie in der Hütte und schaute sich um, unter Johannes' nachsichtigen Blicken. «Warum nennst du die Leute Schafe?», fragte sie schließlich.

«Weil ich sie leite», sagte Johannes. «Sie kommen zu mir, weil sie krank sind an Leib und Seele. Und ich helfe ihnen und spende ihnen Trost.»

Diese Erklärung elektrisierte sie.

«Du bist ein Heiler?», fragte sie erfreut, und obwohl Johannes bescheiden abwehrte und meinte, seine Kenntnisse seien arg gering, waren sie doch bald in ein Gespräch über Kräuter vertieft. Sie redeten über den besten Zeitpunkt dafür, die Wurzeln der Färberröte zu sammeln, über die richtige Temperatur zum Trocknen von Rosmarin und die richtige Stärke eines Ringelblumenauszuges. Da Vala die Namen vieler Pflanzen im Griechischen unbekannt waren, griffen sie auf Johannes' reichhaltige, in einem Holzkasten aufbewahrte Sammlung zurück und unternahmen schließlich einen Spaziergang in die nähere Umgebung. Johannes zeigte ihr die Stellen, an denen er Birken anritzte, um den Saft zu gewinnen, seine Brombeerhecken, die Weiden und

Pappeln. Er erklärte Vala, eine Salbe aus den Letzteren kühle bei Verbrennungen.

Vala kannte nur Pappeltee als Mittel gegen Rheuma und ließ sich die Zubereitung erklären. Als sie hörte, dass dazu die Knospen gesammelt werden mussten, seufzte sie. Ob ich nächstes Frühjahr noch hier sein werde?, dachte sie. Aber wo sollte ich sonst hin? Johannes sah sie an, als wollte er dasselbe fragen. Vala lächelte und ging weiter.

Wie Vala und Johannes vereinbart hatten, besuchte sie ihn nun in regelmäßigen Abständen. Johannes hatte sie gewarnt, dass er nicht allzu häufig von Hilfesuchenden aufgesucht wurde, und nicht jeder davon mochte ein geeigneter Handelspartner sein. Doch Vala empfand ihre Besuche nie als Enttäuschung. Sie lernten viel voneinander, und der Gesprächsstoff ging ihnen nicht aus. Auch strich sie immer wieder um das Buch herum, und Johannes war entzückt, als sie schließlich den Wunsch äußerte, lesen zu lernen. Sofort beschloss er, dass Schreiben dazugehörte. Und wenn sie damit fertig waren, die besten Zutaten für Fiebertees zu diskutieren, setzten sie sich vor der bescheidenen Hütte des Einsiedlers in den Staub, wo er ihr, mit seinem Stecken Figuren in den Boden ritzend, das griechische Alphabet beibrachte.

Vala lernte rasch, und es machte ihr große Freude.

Johannes begann, auf ihre Besuche zu warten, und wurde unruhig, wenn sie zu lange ausblieb. Als er darüber nachdachte, kam er zu dem Schluss, dass es die Freude darüber war, ein verirrtes Schaf in den Schoß der Kirche zu führen, die ihn bewegte. Und zufrieden mit dieser Erkenntnis, setzte er sich auf seinen dreibeinigen Schemel und suchte nach einer Passage, die er Vala das nächste Mal lehren könnte.

Gerade an dem Tag dann, an dem Johannes die begehrten eisernen Objekte aus der Hand eines Schmiedes erhielt, dem er einen Abszess am Daumen geheilt hatte, war Vala nicht erschienen. Als sie auch am Morgen des nächsten Tages nicht vor der

Hütte auftauchte, fütterte Johannes die Ziege, ergriff seinen Stab und machte sich auf, sie zum ersten Mal seinerseits aufzusuchen. Vala hatte eine gewisse Scheu gezeigt, den Ort, an dem ihr Refugium stand, zu verraten, doch Johannes hatte eine ziemlich genaue Vorstellung davon, wo er das Mädchen suchen musste.

Er folgte dem Lauf des Flusses bis zu der Kehre, an der Vala das erste Mal mit Vaih gebadet hatte. Die rote Felswand am östlichen Ufer war ein Hindernis, das ihn verbarg und das er gerade weit genug erklommen hatte, um durch eine Spalte hindurch das Wasser des Kessels schimmern zu sehen, als er sie erblickte.

Es war ein kühler Herbsttag, und ein frischer Wind kräuselte die Oberfläche des Wassers. Dennoch stand Vala splitterfasernackt inmitten der sich kräuselnden Wellen, den Fischspeer in der erhobenen Hand. Ihr Körper leuchtete weiß aus den dunklen Fluten, das schwarze Haar klebte am Rücken, um sich dort, wo es die Wasserlinie traf, aufzulösen in flutende, Valas Gestalt wie Wasserpflanzen umspielende Schleier. Johannes erschienen sie wie sich ringelnde Krakenarme, die nach ihm griffen.

Vala schien ganz in ihre Aufgabe vertieft, ihr Gesicht war unverwandt auf die Wasseroberfläche gerichtet, dennoch warf er sich auf den Boden. Johannes konnte den Blick nicht von ihr wenden. Es war lange her, dass sein Volk an Hexen geglaubt hatte, an übernatürlich schöne Frauen, die aus dem Meer stammten und aus seinem Schaum geboren waren. Doch Johannes wusste, oder vielmehr, er spürte es: So mussten sie ausgesehen haben. So anmutig, so frei. So gefährlich. Johannes sah Valas nackten Arm herunterfahren und das Blitzen des Fischleibes, der sich durchbohrt auf dem Spieß wand. Er sah, wie ihre Brüste sich spannten, als sie die Arme hob, um ihre Beute an Land zu schleudern, und die Tropfen, die über ihre von der Gänsehaut gekörnte kalte Haut liefen. Johannes stöhnte. Schmerzhaft spürte er das Blut in seine Lenden strömen. Einen Moment lang musste er gegen den Drang ankämpfen, hinunterzustürmen und über das Mädchen herzufallen. Lüsterne, verstörende Bilder von ineinander verschlungenen Gliedmaßen, schwellendem Fleisch und feuchten Lippen tobten in seinem gequälten Geist.

«Lass mich in Ruhe, böser Geist», flüsterte er verzweifelt. Als er die Augen wieder zu öffnen wagte, erschrak er. Vala war inzwischen aus dem Wasser gestiegen. Sie drückte ihr Haar aus und wand es sich um den Kopf, schlüpfte in ihren Kittel und kam dann, den Fisch in der einen, ihren Speer in der anderen Hand, direkt auf ihn zu. Es war zu spät, um unauffällig davonzuschleichen. Hastig richtete er sich auf.

«Johannes», rief Vala erstaunt. Sie hatte nicht erwartet, ihn jemals in der Nähe ihrer Hütte zu sehen. Ehe sie noch darüber nachdenken konnte, sah sie das Bündel in seiner Hand, dessen Form verriet, dass die begehrten Pfeilspitzen darin sein mussten. Ein glückliches Lächeln strahlte in ihrem Gesicht auf, und sie streckte die Hand aus, um das Päckchen an sich zu nehmen. «Wie schön, du hast es mir gebracht.» Dabei streiften ihre Finger seine Haut. Sie war glühend heiß.

«Bist du krank?», fragte sie besorgt. Jetzt bemerkte sie auch seinen Gesichtsausdruck, den unruhig flackernden Blick und die gebleckten Zähne in einer Grimasse aus Lust und Ekel. Was ist?, wollte sie fragen. Doch Johannes hatte seinen Knotenstock erhoben. Und hätte Vala nicht gewusst, dass er niemals kämpfte und keine Waffe zur Hand nahm, so hätte sie schwören können, dass er sie schlagen wollte.

Verwundert und beunruhigt sah sie, wie seine Zunge über die Lippen leckte, als könne er, ohne sie befeuchtet zu haben, keinen Ton herausbringen. Eine Weile standen sie einander ganz still gegenüber. Dann ging durch Johannes' Gestalt ein Beben. Vala wollte näher treten, um ihn zu stützen. Da stieß der Einsiedler mit dem Stock nach ihr.

«Weiche, Satanas!», kreischte er in höchster Erregung.

«Johannes!» Erschrocken wich sie aus.

Der Einsiedler, mit kreidebleichem Gesicht, drehte sich auf dem Absatz seiner löchrigen Sandalen um und floh. Vala hob die Pfeilspitzen auf, die bei der Attacke in den Sand gefallen waren, und klopfte den Staub ab, während sie ihm nachsah. Was um Himmels willen war nur in ihn gefahren?

PETERSILIE UND HASELWURZ

Vala beschloss, dies so bald als möglich herauszufinden. Der Umgang mit Johannes war ihr zu wichtig geworden, um alles auf sich beruhen zu lassen. Außerdem wusste er offenbar, wo sie lebte. Sie konnten einander nicht dauerhaft aus dem Weg gehen. Bereits wenige Tage später machte sie sich auf zu Johannes' Hütte, und sie war froh, den Einsiedler freundlich wie eh und je vorzufinden. Johannes entschuldigte sein Benehmen damit, Visionen gehabt zu haben, die ihn gequält und verwirrt hätten. Er versuchte Vala zu erklären, wer Satanas, der Gehörnte, Gottes Widersacher, sei. Doch die machte nur große Augen. Nachdem sie ihm lange verwirrt und auf ihrer Unterlippe herumkauend zugehört hatte, meinte sie schließlich erleichtert: «Bilsenkraut, du hast Bilsenkraut gegessen. Es macht, dass man gehörnte Wesen sieht.»

Auf ihre Nachfragen hin gab er zu, die letzten Tage ein wenig fiebrig gewesen zu sein. Doch als sie anbot, ihm einen Tee aus Weidenrinde, Fieberklee und Wasserdostkraut zu brauen, lehnte er ab. Dies sei eine Krankheit, die mit dem Geist bekämpft werden müsse. Mit Gottes Hilfe werde er sie besiegen.

Vala war verwirrt. Auch der Schamane hatte mit vielen seiner Zeremonien versucht, die innere Kraft, den Geist der Kranken zu stärken, damit ein Übel besiegt werden konnte. Aber warum wollte Johannes ihre Heilkräuter nicht?

«Es ist eine Versuchung», erklärte Johannes. «Gott prüft, ob ich vom rechten Weg abweiche, wenn das Böse mich lockt.» Er lächelte gequält. «So gesehen ist es eine Gnade. Nur die Auserwählten werden versucht und haben die Gelegenheit, sich zu beweisen. Und ich bin entschlossen, mich zu bewähren.» Er sah, wie Valas Wimpern zarte Schatten auf ihre Wangen warfen, als sie die Augen senkte, um über das Gesagte nachzudenken, und er hoffte, seine Kraft würde tatsächlich dafür ausreichen.

Wie immer setzten sie sich vor die Hütte, um in ihren Lektionen der griechischen Schrift ein wenig weiterzukommen. Doch der Einsiedler war nicht wie sonst bei der Sache. Zum ersten Mal bemerkte Johannes, wie unbekümmert Valas Schenkel sich manchmal gegen den seinen drückte, wenn sie sich bewegte. Oder war das ein grausames Spiel? Er betete stumm und schalt sie für einige Fehler, die sie machte, schärfer, als es sonst seine Art war.

War es ein Zufall, dass ihr Arm seine Schulter berührte, wenn sie mit dem Stab herüberlangte, um auf einen Buchstaben zu zeigen, den er in den Staub geschrieben hatte? Jesus hilf! Er konnte ihre kleine, feste Brust gegen seinen Arm pendeln spüren. Johannes starrte in Valas Gesicht mit diesen fremdartig hohen Jochbögen, den rätselhaften Mandelaugen, und ihm schien für einen Moment, ein teuflisches Lächeln breite sich darauf aus und lasse es zur Fratze werden, einer Fratze, die sich glühend auf ihn stürze. Er musste es vernichten, zerschmettern.

«Das ist ein Lambda, nicht wahr, Johannes?», fragte Vala gerade und schrak zurück, als plötzlich seine Faust hochschnellte.

«Johannes?», fragte sie leise und besorgt.

Der Einsiedler fuhr sich mit der geballten Faust über die Stirn und ließ dann den Kopf zwischen den Knien hängen. Er seufzte erschöpft.

Vala umarmte ihn mitleidig. «Du Armer. Das Fieber.» Sie nahm seinen Kopf in die Hände und schaute ihn an. Sein Gesicht war alles andere als schön, doch gezeichnet von einer inneren Leidenschaft, die es fast irrlichternd lebendig machte. Vala war es inzwischen so vertraut. Ich wünschte, er würde sich einmal waschen, dachte sie und fuhr ihm mit der einen Hand zärtlich über die verfilzten Haare. Er wäre gar kein so übler Mann. Und sie spürte, dass sie ihm gefiel. Wie lange war es her, dass sie sich in jemandes Armen hatte geborgen fühlen können? Vielleicht war es gar kein so schlechter Gedanke, sich in den kalten Winternächten aneinander zu wärmen und sich Trost zu spenden. Sie spürte, wie es bei diesem Gedanken in ihrem Schoß zu pochen begann. Sie hatte nicht vergessen, was Claudios sie gelehrt hatte. Die Erinnerung daran war durch Selims Gewalttaten überdeckt, aber nicht ausgelöscht worden. Und mehr als einmal schon hatte Vala sich des Abends, während sie sich auf ihrem Lager wälzte und nicht schlafen konnte, eingestehen müssen, dass es Begehren war, was ihren Körper quälte. Doch warum sich quälen? Erlösung war so einfach zu gewinnen. Sie näherte ihre Lippen denen des Einsiedlers.

Johannes spürte Feuer durch seinen Körper fluten. Er zitterte und bebte, als würde er im nächsten Moment in tausend Stücke zerspringen. Gleich würde geschehen, was er am meisten auf dieser Welt fürchtete. Was er am meisten ersehnte. Er würde die Wärme ihrer Lippen fühlen, sie schmecken. Er würde eintauchen in die feuchte Höhle ihres Mundes, all ihre Aromen kosten, er würde mit seinen Zähnen ihre Lippen zerfleischen und ihr Blut trinken, er …

Mit einem Schrei sprang er auf. Vala fiel vornüber, rappelte sich auf und starrte ihn an.

«Vater Johannes?»

Fast gleichzeitig fuhren ihre Köpfe zu der Sprecherin herum, einem jungen Mädchen, fast noch ein Kind, in einem schlichten braunen Kittel. Ihr Haar unter dem Kopftuch fiel in einem kräftigen Zopf über ihren Rücken. Sie war barfuß und hielt auf der Hüfte einen Korb, in dem mit einem Tuch bedeckt ein Brot lag, so frisch, dass der Duft Vala in die Nase stieg. Sie stand auf und klopfte sich ab.

Schweigend beobachtete sie, wie Johannes, der bleich, aber gefasst war, über dem Mädchen das Kreuzzeichen schlug und sie hineinbat. Vala folgte ihnen. Das Mädchen schien über ihre unerwartete Gegenwart froh zu sein. Als sie schließlich, mit einer Stimme, die so leise war, dass man sie trotz der Stille in der Einsiedelei kaum verstehen konnte, ihr Anliegen vorgetragen hatte, wusste Vala auch, warum. Das Mädchen bat um eine Abtreibung.

Vala bat sie, sich hinzulegen, damit sie ihren Leib abtasten könne. Das Bild, das sie unter dem Stoff erwartete, sagte ihr genug: Quetschungen an den Oberschenkeln, Kratzer und Blutergüsse. Es passte zu dem Veilchen, das das Gesicht des Mädchens zierte. Vala drehte sich zu Johannes um, doch der hatte sich abgewandt. Die Stirn auf die Hand gestützt, brütete er in einer Ecke wie ein drohendes Unwetter. Und im nächsten Moment brach es aus. Eine Flut von Verwünschungen ergoss sich über das arme Mädchen, das kaum wusste, wie ihm geschah. Wie sie es wagen könne. Wie sie die Stirn besäße. Ihn zu derart gotteslästerlichem Tun aufzufordern. Welcher Teufel von ihr Besitz ergriffen habe. Und ob sie glaube, er reiche seine Hand dar zu Mord und Schandtat und Sünde, schlimmer als jede Buhlerei.

Vala stand wie vom Donner gerührt, während der Einsiedler brüllte und brüllte. So hatte sie Johannes noch nie erlebt. Er konnte heftig sein, rechthaberisch, er konnte sprechen wie von innerer Glut beseelt. Aber dieser Ausbruch war neu an ihm. Und es schien ihr so falsch, was er sagte.

Das Mädchen zog sich schluchzend wieder an und lief mit gesenktem Kopf aus der Hütte. Johannes rannte hinter ihr her und schüttelte die Fäuste, ihr ein ums andere Mal mit der ewigen Verdammnis und allen Feuern der Hölle drohend. «Rösten wirst du dort auf Spießen», gellte er, «rösten!» Er hielt keuchend inne.

Vala zupfte ihn am Kleid. «Aber sie ist vergewaltigt worden», wandte sie ein. «Hast du die blauen Flecken nicht gesehen? Und an ihrem Hals waren Würgemale.» Sie verfolgte das flüchtende Mädchen mit den Augen.

Johannes atmete schwer, beruhigte sich jedoch langsam. «So wird den Vergewaltiger Gottes Strafe treffen», erklärte er würdevoll. «Sie aber muss sich fügen in das, was sein Wille ist.»

Vala starrte ihn an. «Aber …», setzte sie an, doch Johannes schnitt ihr das Wort mit einer raschen Geste ab. «Willst du, dass ihre Seele in der Hölle brennt?», fragte er gebieterisch.

Vala hatte trotz ihrer gemeinsamen Zeit eine nur sehr unzureichende Vorstellung von Wörtern wie Seele oder Hölle. Sie verstand nicht, was der Einsiedler meinte. Was war denn so schlimm gewesen an dem Wunsch der jungen Frau? Vala war aufgewachsen mit der Vorstellung, dass eine Frau die Entscheidungen darüber traf, ob sie sich fortpflanzte oder nicht. In ihrem Stamm wäre so etwas gar nicht erst geschehen. Frauen, die unverheiratet waren und keine Kinder wünschten, tranken einen bestimmten Tee aus einer Pflanze, über deren Wirkung sie von ihrer Mutter aufgeklärt wurden. Wenn Vala etwas verwunderte, dann, dass das arme Kind überhaupt in diese Lage geraten war.

Höllenbrand? Sie dachte unwillkürlich an die Wirkung von Mutterkorn, das einige in solchen Fällen verwandten, um die Leibesfrucht auszutreiben. Es verursachte Halluzinationen und manchmal ein Gefühl in den Zehen, als würde man verbrennen. Er muss Mutterkorn meinen, dachte sie und schüttelte schon den Kopf.

«Nein, nein», rief sie. «Mutterkorn ist viel zu stark. Ich würde Petersilienwurzeln nehmen und ...»

Johannes hielt sich die Ohren zu. «Nein, nein, nein, ich höre dich nicht. Sündige Brut, Hexenvolk, Teufelshuren! Führe mich nicht in Versuchung. O Herr!» Betend und mit inbrünstig erhobenen Händen sank er auf die Knie. Vala schaute ihm eine Weile verständnislos zu, doch als er sich weigerte, sie wahrzunehmen, und sich nur mit schaukelndem Oberkörper immer weiter in Ekstase trieb, lief sie in die Hütte. Sie wusste, wo Johannes aufbewahrte, was sie suchte. Mit fliegenden Fingern stellte sie die Zutaten für einen Aufguss aus Petersilienwurzel und Haselwurz zusammen. Gern hätte sie noch Rainfarn und etwas Nieswurzsalbe dazu gehabt, doch es musste auch so gehen. Vala beeilte sich. Sie erwartete jeden Augenblick, Johannes' schwarzen Umriss in der Tür auftauchen zu sehen. Doch hörte sie nur seine Stimme von draußen, wie er seinen Herrn um Schutz vor ihr anflehte. Ein heftiges Klatschen ließ sie kurz zusammenzucken, das bald rhythmisch wurde, aber nicht näher kam. Darum konnte sie sich nun nicht kümmern. Hatte sie alles, was sie benötigte? Das Mädchen würde schon ein ganzes Stück gelaufen sein. Im letzten Moment ergriff Vala noch ein Büschel Beifuß. Sie stürzte aus der Hütte.

Was sie sah, ließ sie innehalten. Beinahe hätte sie ihre Kräuter fallen gelassen. Auf dem Vorplatz kniete Johannes, noch immer dort, wo sie ihn verlassen hatte. Doch in der Hand hielt er nun eine Peitsche. Vala erinnerte sich dunkel, sie schon einmal in der Hütte an der Wand hängen gesehen und sich gefragt zu haben, wozu der Besitzer einer einzigen räudigen Ziege sie wohl benötigte. Nun sah sie es. Der Einsiedler hatte sich das Hemd von den Schultern gerissen und begonnen, sich selbst zu geißeln. Er hatte sich bereits einige brennend rote Striemen zugefügt; die nächsten Schläge brachen die Haut auf. In namenlosem Ekel stand Vala vor ihm. Johannes holte erneut aus; Blut spritzte in dunklen Klumpen in den Staub und entstellte die Buchstaben, die sie noch vor kurzem einvernehmlich dort eingeritzt hatten. Vala sah es voller Schmerz.

Dann hatte der Einsiedler sie bemerkt. Mit kalkweißem Gesicht starrte er sie an. «Wir sind schlecht», flüsterte er, «verdorbenes Fleisch, das gezüchtigt werden muss.» Er kam auf Knien näher und hob die Peitsche. «Auch du bist schlecht, Vala, eine Verführerin steckt in dir. Auch du musst bestraft werden.» Er hob den Arm mit der Peitsche. «Knie nieder», keuchte er und griff nach ihrem Gewandsaum.

Vala stieß ihn beiseite und rannte los.

«Vala!» Der Schrei klang so qualvoll, so sehnsüchtig, dass sie beinahe umgekehrt wäre. Doch ihre Verwirrung und ihr Ekel waren größer. Und ebenso ihre Entschlossenheit. Diesem Mädchen musste geholfen werden; Johannes hatte ihm unrecht getan und ihr, Vala, ebenso.

Sie lief rasch und gleichmäßig, immer den Pfad entlang, der von Johannes' Hütte fort in die Hügel führte, hinter denen die Dörfer liegen mochten, die Vala nie aufgesucht hatte. Nach einigen Windungen um Felsblöcke und von Stachelbüschen überwucherte Geröllhalden sah sie die Kleine auf dem Stamm einer umgestürzten Eiche sitzen. Sie hatte sich offenbar nicht entschließen können, nach Hause zu gehen. Wer wusste, was sie dort erwartete? Vala näherte sich ihr mit keuchendem Atem. Das Mädchen stand erschrocken auf und spielte in seiner Verlegenheit mit seinem Zopf.

«Da», sagte Vala und drückte der anderen ohne weitere Umstände das Säckchen mit den Kräutern in die Hand. «Davon einen Tee, am besten am Abend zu trinken. Du wirst bluten, das weißt du?», fragte sie eindringlich und fuhr, als die Kleine nickte, in ihren Erklärungen fort. Sie zog den Beifuß hervor. «Wenn es zu viel wird, nimm hiervon. So viele Teile» – sie zeigte es – «auf eine kleine Kanne. Lass es lange ziehen, so lange, wie es dauert, zehnmal das Vaterunser zu sprechen.» Das hatte Johannes ihr beigebracht.

«Kennst du auch Johanniskraut?», fragte Vala dann. Und als die Antwort wieder ein Nicken war, fuhr sie fort: «Pflück dir viel und schütte dir daraus dein Bettstroh auf. Es hilft, dass man danach nicht krank wird.»

«Ich weiß.» Die Stimme des Mädchens war dünn und leise. «Die Hebamme benutzt es bei den Gebärenden.»

«Genau», bestätigte Vala. Sie forschte im Gesicht der anderen. Dann umfasste sie ihre Hände, in die sie die kostbaren Gaben gelegt hatte. Sie waren kalt wie Eis, doch sie hielten alles fest, was Vala ihr gegeben hatte. Sie ist kaum älter als Thebais, dachte Vala. «Du tust das Richtige», sagte sie.

Das Mädchen hob den Kopf, wie ein störrisches Pferd. «Er sagt, ich bin schuld, weil ich sein Blut in Wallung bringe.»

«Wer?», fragte Vala.

Die andere senkte den Blick. «Mein Vater», flüsterte sie.

Vala war einen Moment lang sprachlos. Ihre Hand fuhr unwillkürlich zu dem Dolch in ihrem Gürtel. Doch das Mädchen riss so erschrocken die Augen auf, als sie die Geste sah, dass Vala begriff, dies würde niemals eine Lösung für sie sein. Erschrocken von der Wildheit ihrer Wohltäterin und vielleicht auch getrieben von der Scham über das eigene Geständnis, begann das Bauernmädchen, sich rückwärts zu entfernen.

Valas Blick schweifte verzweifelt über die Umgebung, als könnte dort eine Eingebung lauern. Der Gedanke, die Kleine einfach so in ihr Unglück zurückkehren zu lassen, war ihr unerträglich. Da fesselte eine filigrane, rosa blühende Pflanze ihre Aufmerksamkeit. Mit wenigen Schritten war Vala bei ihr und pflückte sie.

«Kennst du das auch?», fragte sie.

«Eisenkraut.» Die Antwort kam schüchtern. Das Mädchen war nur ungern noch einmal stehen geblieben.

Mit wenigen Schritten war Vala bei ihr und drückte ihr das Kraut in die Hand. «Bereite ihm daraus einen Wein. Keine Angst», fügte sie rasch hinzu, als sie den erschrockenen Blick des Mädchens bemerkte, «es schadet ihm nichts. Aber es wird das Feuer in seinem Blut gewaltig dämpfen.»

Das Mädchen starrte ungläubig auf die Pflanze. Doch sie schloss ihre Finger nach einigem Nachdenken auch um dieses neue Geschenk. Dann nickte sie langsam. «Danke», hauchte sie. Noch ehe Vala etwas antworten konnte, war sie herumgewirbelt und rannte davon.

Vala ging langsam ihren Weg zurück. Sie hatte das Richtige getan, davon war sie überzeugt. Und der Gedanke, einem Mädchen geholfen zu haben, das sie an Thebais erinnerte, tat ihr wohl. Erst als sie sich Johannes' Hütte näherte, griff das Unbehagen wieder nach ihr. Ich verstehe ihn nicht, sagte sie sich. Ich begreife einfach nicht, was ihn treibt. Beinahe hätte er sie heute sogar geküsst. Und sie wäre bereit gewesen, den Kuss zu erwidern. Was also war in ihn gefahren? Warum dieses Aufblitzen von Gewalt, dieser Wunsch, sich und – die Empörung überkam sie erneut – ihr Schmerz zuzufügen?

Sie blieb vor der letzten Wegkehre stehen, die sie von der Einsiedelei trennte. Es ging über ihren Horizont zu verstehen, dass der Eremit sie gerade des Begehrens wegen hasste, das sie in ihm entzündete. Sie fühlte wohl, dass Johannes mit sich rang und dass sein letzter Ruf nach ihr ein Hilferuf gewesen war. Aber sie wusste beim besten Willen nicht, wie sie ihm helfen sollte. Und sie war nicht bereit, es auf die Weise zu tun, die er von ihr verlangt hatte. Energisch schlug sie sich in die Büsche, um die Einsiedelei zu umgehen. Es war wohl besser, wenn Johannes und sie sich eine Weile nicht sahen.

WINTERTAGE

Johannes schien das ebenso zu sehen, jedenfalls suchte er sie nicht wieder auf. Der Winter, der nun recht schnell kam, wurde einsam für die Steppenreiterin. Oft lag sie morgens unter ihren Felldecken und dachte über den Tag nach, den sie in ihrer Hütte verbringen würde, allein. Sie würde sich allein ihre Mahlzeiten bereiten und einsam über den Flecht-, Schnitz- und Reparaturarbeiten sitzen, mit denen sie die Winterstunden ausfüllte. Niemand würde ihr gegenübersitzen und schwatzen oder Arbeitslieder in einem Rhythmus singen, der einem alles leichter von der Hand gehen ließ, niemand würde mit ihr über Kräuter fachsimpeln und sie die Buchstaben des Alphabets abfragen. Später würde sie ausreiten, am grauen Strand unter dem grauen Himmel. Und nur ihre Stute Vaih würde ihr Wärme und Gesellschaft spenden, wenn sie auf die grauen Wogen hinaussah. Es dauerte jeden Morgen länger, bis Vala sich dazu aufraffen konnte.

Manchmal dachte sie daran, zu Johannes zurückzukehren und sich seinen seltsamen Lektionen zu unterwerfen, nur um eine menschliche Stimme zu hören und die Wärme einer anderen Hand auf ihrer Haut zu spüren. Doch die Erinnerung an seinen blutenden Rücken hielt sie zurück. Das tägliche Überleben meisterte sie; es war hart, aber nicht unmöglich. Doch an der

Einsamkeit nicht zu zerbrechen, das war schwer. Vala wälzte sich auf ihrem Lager, und ihr Körper wie ihr Geist ersehnten sich einen Gefährten.

«Was bin ich doch undankbar», sagte sie plötzlich laut und setzte sich entschlossen auf. «Ich habe ja dich, Vaih!» Damit begrüßte sie zärtlich die Stute, die ihren Kopf ins Innere der Flechthütte steckte, um zu sehen, wo ihre Herrin heute wieder so lange blieb. Ihr warmer Atem stand als weißer Dampf in der klammen Luft.

Mit zitternden Händen schürte Vala ein Feuer, dessen Glut sie begrüßen sollte, wenn sie von ihrem Ritt zurückkam. Sie wartete, bis die Flammen hoch genug schlugen, legte dickere Stücke nach und umrahmte das Ganze sorgsam mit Moos. Auch einige Steine legte sie bereit, die ihr, in Ermangelung eines Kessels, das Teewasser in ihrer Schale erhitzen sollten.

Dann ging sie hinaus an die frische Luft. Die blies ihr wie jeden Tag die trüben Gedanken fort. Ihr Ritt führte wie immer hinunter ans Meer, gefolgt von einem wilden Galopp über den Sand, bei dem die Gischt nur so aufspritzte, bis hin zu der felsigen Landzunge, die ihr Reich von der nächsten Bucht trennte. Dort pflegte sie eine Pause einzulegen und von der vordersten Klippe aus das Meer zu betrachten. Manchmal angelte sie dort auch ihr Frühstück.

Aber nicht heute. Noch ehe sie den Blick auf den Horizont richtete, schon als sie über die feuchten, gischtumspülten Steine vor zur Spitze kletterte, hatte Vala das Gefühl, dass heute etwas anders wäre. Als flögen die Möwen anders über den grauen Strand. Als flitzten die braunen Krabben anders in ihre glucksenden Löcher, wenn sie sich näherte. Als röche der grüne Seetang ungewohnt und neu. Valas Herz klopfte bereits, als sie den Kopf hob, um hinauszusehen. Es war beinahe, als erwartete sie dort etwas. Und so war es. Denn heute zeigten sich dort am Horizont das bunte Segel und der drohende Steven eines Schiffes. Eines Drachenschiffes.

Vala stand mit hängenden Armen und offenem Mund da. Sie

wusste kaum, wie ihr geschah. Zweimal nun waren ihr die Nordmänner schon begegnet: in Bagdads Straßen und im Hafen von Antiochia. Und beide Male hatte die Begegnung sie fasziniert und seltsam berührt. Vala fragte sich, ob ihre Wahl, an die Küste dieses Meeres zu ziehen, sich nicht den Zufällen der Reise verdankte, sondern ihrem geheimen Wunsch, ihnen ein drittes Mal zu begegnen. Diesen Kriegern, von denen Abbas — sie hatte es noch gut im Ohr — gesagt hatte, sie kämen über das Meer, das das Schwarze hieß, in die Länder des Ostens.

Nun, wenn es ein Wunsch war, so ging er gerade in Erfüllung. Vala wurde ganz aufgeregt. Sie spürte, dass etwas von Bedeutung sich ereignete, doch sie wehrte sich dagegen.

Sie werden nicht hierher fahren, sagte sie sich. Was sollen sie an diesem einsamen Strand? Doch das Schiff mit der zähnebleckenden Bestie am Steven drehte den Bug und hielt direkt auf die benachbarte Bucht zu. Sie konnte die bunten Schilde auf der ihr zugewandten Bordseite erkennen und die Köpfe vieler Männer dahinter. Und wenn sie mich nun ebenfalls sehen? Vala duckte sich mit wild klopfendem Herzen zwischen die Felsen, während sie den Manövern des Schiffes zusah.

Sie werden niemals landen, sagte Vala sich, wie könnten sie das, so fern jedes Hafens. Doch sie erlebte nur wenig später, wie das Wikingerschiff mit seinem flachen Kiel fast bis ans Ufer gelangte. Männer sprangen heraus, mit flatternden gelben Haaren, und Vala beobachtete mit offenem Mund, wie sie durch die Brandung wateten.

Sie werden nicht bleiben, seufzte sie leise. Aber die Männer schlangen Stricke um ihr Schiff und zogen es so hoch auf den Strand, wie sie es vermochten. Einige gingen mit Äxten los, um Bäume zu fällen und die Stämme unter den Rumpf zu legen, damit es sich höher ziehen ließ, aus der Reichweite der Flutlinie.

Was Vala beobachtete, ließ nur einen Schluss zu: Die Nordmänner hatten vor, hier zu überwintern. Sie sah zu, wie sie Bündel und Fässer auszuladen begannen. Eine Gruppe gestikulierender Männer bildete sich, aus der sich schließlich ein kleiner

Trupp löste. Sie waren zu dritt; ihr blondes Haar flatterte ihnen über die Schultern, da sie den Wind im Gesicht hatten. Und sie trugen Waffen. Späher, dachte Vala. Sie wollen die Gegend auskundschaften. Und voller Schrecken erkannte sie, dass sie direkt auf sie zukamen. Vala duckte sich noch tiefer und schaute nach Vaih. Zum Glück stand die Stute ganz in der Nähe und rupfte an den trockenen, harten Gräsern, die weiter oben auf dem Sand wuchsen. Mit einem leisen Pfiff rief Vala sie heran. Sie würde sich vorerst zurückziehen.

Sie musste ihre Hütte tarnen. Das braune Flechtrund mit den Häuten war im umgebenden Buschwerk zwar ohnehin nur schwer auszumachen, doch Vala wollte vorsichtig sein. Sie beglückwünschte sich dazu, ihr Zuhause so weit flussaufwärts eingerichtet zu haben, in einem Seitental, nicht mehr als eine Bodenfalte, die auf den ersten Blick von Gestrüpp und altem Holz versperrt und unzugänglich schien. Valas erster Impuls war es gewesen, nahe am Wasser zu siedeln, am besten bei ihrem Badeplatz. Doch dort hatten die Felsen gestört. Und weiter oben hatten die Fährten einiger Raubtiere, die nachts dort zur Tränke gingen, sie rasch bewogen, sich seitab der Wasserader zu halten. Es war nicht so bequem, aber es war sicher. Vor allem nun, da diese Männer angekommen waren. Es war sicher klüger, sich nicht zu zeigen. Und doch schrie die Einsamkeit in ihr, und sie musste den Impuls bekämpfen, sich aufzurichten und auf die Fremden zuzugehen.

Noch einmal gönnte sie sich einen verstohlenen letzten Blick auf die Neuankömmlinge. Der vorderste war schon recht nah. Es war der Größte der drei, breitschultrig gebaut, aber noch jung, und er trug keinen Bart. Sein glattes Kinn wirkte energisch. Die Nase gerade, die Stirn hoch. Das Haar trug er in einem flatternden Zopf, der ihm über den Rücken fiel. Am bemerkenswertesten aber fand Vala seine leuchtend blauen Augen, die aufmerksam und neugierig in die fremde Umwelt blickten. Vala überrieselte es bei dem Gedanken, der feste, freundliche Blick dieser Augen könnte auf ihr ruhen. Der Fremde hob den Arm und rief seinen

Gefährten etwas zu, Worte, die der Wind von Vala fortriss. Dann deutete er in ihre Richtung.

Instinktiv duckte Vala sich tiefer. Nein, unmöglich, er konnte sie nicht gesehen haben. «Vaih, komm her!» Mein Feuer!, durchfuhr es sie da. Er sieht den Rauch meines Morgenfeuers. Sie werden mich sofort entdecken. Und sie wandte sich um.

WO RAUCH IST ...

Der Himmel über Vala war grau und schwer. Kein Anzeichen eines Feuers zeigte sich, kein verräterischer weißer Faden stieg irgendwo auf, nur die Wolken wanderten träge. Sie seufzte erleichtert. Den Schreck noch in allen Gliedern, zögerte sie nicht länger und warf sich auf Vaihs Rücken. Sie musste sich beeilen; die Wikinger würden jeden Augenblick über die Klippen kommen. Noch ehe dies geschah, war Vala mit Vaih ins raschelnde Schilf eingetaucht, eine letzte Woge spülte ihre Hufspuren fort. Dann schrien nur noch die Möwen.

«Eirik, was ist?»

Der Anführer des Spähtrupps blieb auf den Klippen stehen und wartete, bis seine beiden Gefährten herangekommen waren. Als er sich nach ihnen umwandte, strich er sich sein langes Haar aus dem Gesicht, das ihm den Spitznamen Eirik Schönhaar eingetragen hatte. Der Erste, der neben ihm stand, war ein kräftig gebauter Mann mit einem leuchtend roten Spitzbart. Von derselben Farbe war auch sein Haupthaar, in das er sich Bänder geflochten hatte. Sein auffallend breiter Brustkorb hob und senkte sich unter dem Wams von der Anstrengung des kurzen Aufstiegs. Sigurd war Eiriks Freund seit Jugendtagen.

Er wandte sich um und reichte seine große Hand dem Jungen, der ihnen nachkam und der sich, obwohl er sie an Größe beinahe erreichte, neben den beiden Kriegern fast wie ein Kind ausnahm. Er hatte die Frage gerufen und wiederholte sie nun. «Was siehst du, Eirik?»

Der wies mit der Hand auf das, was nun vor ihrer aller Augen lag: «Wasser, Hastein. Leif hat gesagt, findet uns Trinkwasser, und da ist es schon.» Grinsend wandte er sich an seinen Freund Sigurd und klopfte ihm auf die Schulter. «Wir hätten es nicht besser machen können.»

Sigurd nickte und stützte sich auf seinen Speer. «Lasst uns trotzdem noch ein wenig weitergehen», meinte er. «Ich möchte wissen, was diese Küste uns zu bieten hat.»

«Dörfer zum Tributeintreiben», sagte Hastein eifrig.

Eirik überblickte die karge Strandlandschaft und schüttelte den Kopf. «Ich fürchte, unsere Wintervorräte müssen wir uns anderweitig besorgen.» Er grinste wieder und wuschelte Hastein das von der Sonne gebleichte flachsblonde Haar. «He, du bist ja ein richtiger Draufgänger geworden auf deiner ersten Reise.» Er hob das Gesicht des Jungen am spitzen Kinn an und tat stirnrunzelnd, als studiere er dessen Züge. Die vom Wind geröteten Wangen zierte ein erster flaumiger Bartwuchs.

«Du solltest dich mal rasieren», sagte Eirik ernst.

Hastein schlug die Hand weg. «Hör auf, dich über mich lustig zu machen», sagte er und wurde rot. «Ich weiß ganz gut, dass es noch nicht viel ist.» In der Tat war der Bart, seiner überhellen Blondheit wegen, kaum zu sehen.

Sigurd kratzte sich vernehmlich die Wolle, die sein eigenes Kinn zierte. «Wenn du so rot anläufst, sieht man ihn besser», spottete er gutmütig.

Hastein in seiner Verlegenheit drohte den beiden Prügel an, und die Älteren flüchteten in gespieltem Entsetzen die Klippen hinunter in Valas Bucht. Dort angekommen, rangelten sie alle eine Weile miteinander, bis die beiden Männer Hastein schließlich überwältigt hatten.

«Was meinst du, Sigurd?», fragte Eirik mit einem Augenzwinkern. «Sollen wir ihn rasieren?»

«Baden, würde ich sagen!», gab der lachend zurück.

Und sie trugen ihr um sich schlagendes Opfer zum Fluss, wo sie es mit großem Schwung und «Eins, zwei, drei!» ins Wasser warfen. Klatschend tauchte der Junge ein und kam prustend wieder hoch. Aus den Zöpfchen in seinem Nacken troff das Wasser. Die Kleider klebten ihm am Leib. Sigurd krümmte sich vor Lachen. Doch er hatte nicht mit dem schlammigen, schilfigen Untergrund gerechnet. Ehe noch Hastein herangewatet war, war er ausgerutscht und lag selbst im Wasser.

«Seht mal», lachte Eirik und klatschte sich auf die Schenkel, «ein roter Schwan. Und sein Junges.»

Sigurd und Hastein tauschten nur einen einzigen kurzen Blick. Dann waren sie blitzschnell abgetaucht. Eirik hatte keine Zeit, zu reagieren. Schon hatten sich zwei Paar Hände unter Wasser um seine Knöchel geschlungen. Ein kurzer Ruck, dann lag auch der dritte Wikinger im Wasser.

Die anschließende Schlacht verursachte ein solches Getöse und Geplansche, dass die Enten protestierend aufflogen und Vala noch in ihrem Schilfversteck nassgespritzt wurde. Sie verstand nicht ganz, was da vorging, warum die Männer in ihren Kleidern badeten. Oder warum sie sich aufführten wie die kleinen Kinder. Doch sie begriff die Freude, die dahinter steckte. Und sie konnte kein Auge davon wenden. Das laute, fröhliche Lachen tat ihr wohl. Unwillkürlich stahl sich auch auf ihr Gesicht ein Lächeln, während sie am Ufer entlangschlich, um die Männer weiter zu beobachten.

Als sie sich ausgetobt hatten, schwammen die drei ein Stück flussaufwärts und fanden den Kessel, in dem auch Vala zu baden pflegte. Sie zogen sich auf die roten Felsen, die von der Wintersonne ein wenig aufgeheizt waren. Eirik reichte Hastein die Hand und zog ihn hinauf. Sigurd ließ sich wie ein Seelöwe schnaubend neben sie fallen. Sie seufzten abwechselnd und blinzelten in die blasse Sonne, die sie langsam erwärmte.

«Hier», sagte Eirik schließlich und drückte Hastein etwas in die Hand. «Du solltest dich doch rasieren gehen.»

Hastein betrachtete die Gabe erstaunt. Auch Vala, geduckt hinter einen Felsen, konnte sie erkennen. Es war ein Messer, dessen scharfe Klinge im Licht blinkte, eine hervorragende Arbeit. Den Griff schmückten komplizierte Kordelornamente, die in einen Wolfskopf ausliefen. Bis ins letzte Detail war das Tier gearbeitet.

«Aber ...» Hastein hob verwundert den Kopf. «Das ist dein Messer. Und es ist, es ist ...» Viel zu kostbar, um es herzugeben, wollte er sagen, doch er brachte es nicht fertig. «Wunderschön», murmelte er stattdessen hingerissen und fuhr mit der Hand andächtig über die feinen Ziselierungen.

Eirik legte ihm den Arm um die Schulter und drückte ihn einmal kurz und anerkennend. «Du hast dich gut gehalten die letzten Monate», sagte er knapp. «Dein Vater wäre genauso stolz auf dich, wie ich es bin.»

Ein kurzer Schatten flog über das Gesicht des jungen Wikingers, doch dann leuchteten seine Augen.

«Danke», sagte er mit belegter Stimme. Dann sprang er auf, um das Messer zu benutzen. Tief beugte er sich über die glatte Fläche des Wassers. Vala beugte sich weit vor, um zu sehen, was er da tat. Da spiegelte sich, für einen Moment, ihr Bild im Fluss wider, einen Augenblick lang, ehe sie ihren Kopf hastig zurückzog und Hasteins ausgestreckte Hand mit dem Messer den stillen Spiegel zerbrach, blickten der junge Wikinger und sie sich in die Augen.

Mit einem Schrei sprang Hastein auf.

«Was ist?», rief Eirik und war schon auf den Beinen, die Hand an der Waffe. Sigurd stand neben ihm.

«Ach nichts», sagte Hastein und wurde wieder rot. «Einen Augenblick lang dachte ich nur, ich hätte einen Wassergeist gesehen.»

Sigurd lachte, dennoch warf er Eirik einen kurzen, besorgten Blick zu. Der schüttelte beruhigend den Kopf. Die beiden ließen sich wieder nieder. Sie beobachteten das Hantieren des Jungen und lauschten auf die Geräusche des Schilfes. Vala betrachtete den Blonden. Sie war sicher, er spürte den Frieden dieses Ortes ebenso, wie sie selbst ihn am ersten Tag gespürt hatte. Überhaupt kam dieser Mann ihr vertraut vor. Er war stark und freundlich, und sie spürte das Bedürfnis, ihm nahe zu sein. Als sie Zeugin wurde, wie er etwas verschenkte, war es ihr fast, als beschenke er sie selbst. Sie wünschte, sie hätte zwischen den Felsen hervortreten, ihn um etwas bitten und sich dann ebenfalls in die Arme schließen lassen können.

Unwillkürlich schloss sie die Augen und begann, nach seinem Geist zu greifen. Dort vor ihr war Leben, bewegt und vielfältig. Und all die Menschen, mit denen sein Geist umgeben war. So viele Gesichter und Stimmen. Vala war, als renne sie an einem bunten Wandteppich voller Szenen vorbei. Noch suchte sie den Eingang in dieses fremde Wesen. Da, sie konnte ihn beinahe spüren, eine Ahnung von Wärme. «Ach», seufzte Vala.

Da hielt sie erschrocken inne. Was tat sie da nur? Beinahe hätte sie sich verraten. Erschrocken hielt Vala den Atem an. Wollte sie denn tatsächlich den Frevel wiederholen, der sie schon einmal fast das Leben gekostet hatte, der sie bis heute zur Einsamkeit verdammte? Wollte sie wieder gegen jedes Gebot den Geist eines Menschen rufen? Was war nur in sie gefahren? Zerknirscht und verwirrt lehnte sie sich gegen den Stein und lauschte.

Doch unten auf den Felsen schien niemand etwas bemerkt zu haben. Nur Eirik hatte sich plötzlich aufgesetzt und den Kopf gehoben. «Aber irgendetwas ist hier», murmelte er.

«Was?», fragte Sigurd im Halbschlaf und kratzte sich am Hals.

«Das ist ein ganz besonderer Ort», fügte Eirik leise, mehr für sich selbst, hinzu. Genauer hätte er es nicht zu erklären vermocht. Es war, als wäre er schon einmal hier gewesen oder hätte diesen Strand in seinen Träumen gesehen. Eirik war nicht furchtsam, aber er gab viel auf solche Empfindungen. Seine Mutter hatte ihn gelehrt, dass sich darin zuweilen der Wille der Götter ausdrückte. Um keinem bösen Zauber aufzusitzen, beschäftigte er sich eine Weile damit, Schaden abwehrende Runen in den Fels zu kratzen. Er setzte das Zeichen der Sonne neben die Spitze, die männliche Stärke bezeichnete. Danach rückte er ein wenig näher zu Hastein ans Ufer. Von Zeit zu Zeit warf er unauffällig einen spähenden Blick ins Wasser, so als hoffe er, die rätselhafte Wasserfrau möchte auch ihm erscheinen.

heimliche blicke

Valas Alltag hatte sich vollkommen verwandelt. Sie schlüpfte beim ersten Tageslicht aus den Fellen, noch ehe Vaih ihre neugierige Nase in die Hütte schieben konnte. Keine Spur mehr von Hoffnungslosigkeit und mangelnder Unternehmungslust. Sie versorgte ihr Pferd, frühstückte rasch ein paar Happen und bereitete auch schon ihren Aufbruch vor. Vaih schüttelte missbilligend die Mähne. Sie begriff es nicht. Wo war ihr Morgenritt, wo die stundenlangen Ausflüge an der Seite ihrer menschlichen Freundin? Sie wieherte fordernd, wurde aber rasch ermahnt, still zu sein.

«Es ist zu gefährlich, Vaih, das verstehst du doch?», schmeichelte Vala ihr, dabei klang ihre Stimme kein bisschen verängstigt. Im Gegenteil, Valas Herz klopfte vor Aufregung und Vorfreude. Und sie tänzelte herum wie jemand, der es kaum erwarten konnte fortzukommen. Rasch gab sie Vaih einen der rar gewordenen, verschrumpelten Äpfel aus ihrem Vorrat. Dann war sie auch schon davon.

Vala kämpfte sich durch das Gestrüpp, das die Hütte verbarg, drehte einen losen Dornbusch zur Seite, der neuerdings den Zugang zu der kleinen Senke gänzlich verdeckte, brachte ihn hinter sich wieder in Position und wandte sich zurück, um ihr Heim zu betrachten. Sie war mit dem Anblick zufrieden: Von menschlicher Gegenwart war kein Anzeichen zu entdecken.

Seit die Wikinger angekommen waren, ging sie auf vielerlei

verschiedenen Wegen zum Wasser, damit nirgends eine feste
Spur zurückblieb. Sie war unauffindbar. Noch einmal rief Vaih
klagend nach ihr, und Valas schlechtes Gewissen regte sich. Sie
beschloss, der Stute zum Trost eine Leckerei mitzubringen. Doch
nun musste sie los.

Zuerst schritt sie munter aus, dann wurden ihre Bewegungen
vorsichtiger, schließlich pirschte sie sich an wie ein Jäger an seine Beute. Am Kessel angekommen, strich sie wie immer rasch
über die rätselhaften Zeichen, die Eiriks Hand dort eingegraben
hatte. Und bald hatte sie ihren geliebten Beobachtungsposten
erreicht. Eine kindliche Freude erfüllte sie, wie immer, wenn es
ihr gelang, die Männer noch schlafend anzutreffen und zu beobachten, wie sie sich aus ihren Lagern schälten. Rasch suchten
und fanden ihre Augen den, den sie suchte. Eirik nannten ihn
die anderen, das hatte sie bereits begriffen. Obwohl sie nichts
von dieser seltsamen Sprache verstand, die die Fremden sprachen. Es ähnelte weder dem Arabischen, das Claudios sie gelehrt, noch dem Griechischen, das sie bei Thebais' Leuten
vervollkommnet hatte. Es klang gänzlich unvertraut. Dennoch
bemühte Vala sich stets, so nahe wie möglich heranzukommen
und ihren Stimmen zu lauschen. Das heißt vor allem einer Stimme, die tief und voll und freundlich klang. Eine Gänsehaut
überlief sie, wenn sie sie hörte. Dann schloss sie für einen Moment die Augen und stellte sich vor, die Stimme spräche ihren
Namen aus.

«Sigurd, Schnarchbeutel, kriech endlich aus deinem Läuse-
fell!» Eirik streckte sich, dass die Knochen knackten, und begutachtete den blassblauen Himmel. Dann ging er zu Hastein
hinüber, um auch ihn wachzurütteln. Unter mehreren Fellen
wurde donnernd gefurzt. Man grunzte und gähnte. Das Lager
war erwacht.

Fasziniert beobachtete Vala, wie die Nordmänner an die Arbeit gingen. Feuer wurden geschürt, Kessel erhitzt. Vom Schiff
erklang Hämmern; eifrig wurden Planken aus der Bordwand gelöst, die schadhaft waren. Einige Männer bearbeiteten mit Äx-

ten einen herbeigeschleppten Eichenstamm, und Vala wurde
Zeuge, wie er nach und nach von Ästen befreit, gespalten und in
Bretter zerteilt wurde. Diese wiederum wurden geglättet, zu-
rechtgehackt, über heißem Dampf gebogen und an die leeren
Stellen in der Schiffsseite gesetzt. Das Werk war beinahe getan,
das konnte selbst Vala erkennen. Und sie fragte sich, nicht zum
ersten Mal, was werden würde, wenn die Wikinger wieder auf-
brächen. Sollte sie sie ziehen lassen, sollte sie sich ihnen zeigen?
Ihre Gedanken schweiften ab. Wo war Eirik, fragte sie sich plötzlich. Sie schaute sich um und entdeckte ihn schließlich im Wasser, wo er bis zur Hüfte in den Wellen stand, mit einem Speer in
der Hand. Er hatte das Hemd ausgezogen, und sie konnte seine
nackten Schultern sehen, das Spiel der Muskeln unter der Haut.
Sein Arm fuhr kraftvoll hinunter, gleich darauf hob sich der
Speer mit seiner glitzernden durchbohrten Beute. Eirik watete
zurück ans Ufer, beobachtet von Vala und den Augen eines anderen Mannes.

Vala hatte ihn schon lange bemerkt. Er war groß, fast größer
als Eirik, sein Haar beinahe gelb. Die Brauen über seinen kleinen, stets ein wenig zusammengekniffenen Augen waren ebenso
blond, sein Bart so üppig, dass er Vala an einen Löwen erinnerte.
Die anderen nannten ihn Leif, und Vala hatte keinen Zweifel,
dass er der Anführer war. Leif ließ solche Zweifel auch nicht
aufkommen. Sein stechender Blick wanderte unablässig über die
Gesichter seiner Gefährten, und bemerkte er irgendwo den
Hauch eines Widerstandes oder Zweifel an seiner Autorität, so
sträubte er sein Fell.

Vala begriff all dies, da es keine Worte benötigte, sehr gut.
Und sie fragte sich, was vorgefallen sein mochte, dass Leif Eirik
mit solch unausrottbarem Misstrauen beobachtete.

«Au!» Hastein zuckte zurück und stieß den Kessel um. Das
kochende Wasser ergoss sich auf den Strand, und der Mann, der
das Brett über den Dampf gehalten hatte, konnte sich nur mit einem gewagten Sprung davor retten, böse verbrüht zu werden.

«Du blöder Bengel», brüllte er.

Leif kam herüber und versetzte Hastein, der sich erschrocken die verbrannte Hand rieb, einen Fausthieb. Vala hielt den Atem an. Eirik kam gerannt und stellte sich zwischen die beiden. Er warf Leif einen kurzen Blick zu, wandte sich dann jedoch ab und streckte dem Jungen, der von dem Hieb lang hingestürzt war, die Hand entgegen. Hastein ergriff sie und zog sich hoch, den Kopf schuldbewusst gesenkt. Eirik klopfte ihm ermunternd auf die Schultern, dann gab er ihm einen Schubs, fort aus der Kampfzone.

«Wir gehen neues Feuerholz holen», sagte er knapp zu Leif, der mit vor der Brust verschränkten Armen dastand. Dann bückte er sich bei seinem Lager nach der Axt und folgte Hastein mit langen, ruhigen Schritten.

Leif schaute den beiden nach. Sein mächtiger Brustkorb hob und senkte sich. Vala war sich sicher, dass es darin ebenso brodelte wie eben noch in dem Kessel.

Ein älterer Mann, der in der Nähe saß, war mit Flickarbeit am Segel beschäftigt. Sein struppiges Haar war grau durchsetzt, das gebräunte Gesicht durchzog um die Augen ein Netz von Falten. Als er den Mund öffnete, um zu sprechen, sah Vala, dass ihm ein Zahn fehlte.

«Der Junge hat es nicht absichtlich getan», sagte der Alte begütigend.

Leif löste die verschränkten Arme und wandte sich ab. «Ach, halt's Maul», fauchte er. Im Weggehen hörte man ihn etwas grummeln wie: «Den dummen Bengel auch noch begünstigen.»

Sigurd schaute von seiner Arbeit auf, doch Armod, der Alte, schüttelte den Kopf, und so hob Sigurd nur die Axt und ließ sie mit doppelter Wucht auf den Stamm krachen.

Armod beugte sich tiefer über das kaputte Segel. Sorgen ließen die Runzeln auf seiner Stirn noch tiefer werden.

Auf Eiriks Rat hin hielt Hastein seine verbrannte Hand lange ins kalte Wasser.

«Du musst vorsichtiger sein», ermahnte der Krieger ihn.

211

«Er kann mich nicht leiden», sagte Hastein bedrückt, «er konnte schon Vater nicht leiden.»

«Leif hat deinen Vater sehr geschätzt», widersprach Eirik nachdrücklich. «Er ist nur verärgert darüber, dass du nach deines Vaters Tod dessen vollen Anteil am Gewinn der Fahrt erhalten wirst.»

Er erinnerte sich nur zu gut daran, wie Leif im Rat getobt hatte. Einen vollen Anteil für eine halbe Portion, das sei doch ein Witz. Wo Hasteins Vater doch schon in den ersten Wochen der Fahrt gestorben war. «Er hat nicht die Arbeit geleistet, die ihn berechtigt, seinen ganzen Anteil einzufordern.»

«Er hat sein Teil an Fellen und Handelsgut gegeben», hatte Armod damals eingewandt, der als Ältester berufen war, den Fall zu schlichten. «Und sein Sohn erbt von ihm den Einsatz wie den Gewinn.» Leif hatte sich schließlich knurrend darein ergeben.

«Aber es ist mein Recht», begehrte Hastein auf, als hätte Eirik ihm etwas abgesprochen.

Der nahm das Handgelenk des Jungen und tauchte die verbrannten Finger nochmals ein. «Das ist es», bestätigte er grimmig. Und er dachte, wie vorausschauend er doch gewesen war, auf diese Fahrt selbst mitzugehen, statt seinen jüngeren Bruder zu schicken, der gerade im rechten Alter für die erste Reise gewesen wäre. Dieser Leif war ein habgieriger Mann, und er behandelte seine Leute schlecht. Sie hatten viel in diese Reise investiert. Es war gut, dass er dabei war, ein Auge auf alles zu haben.

«Dich mag er auch nicht», spann Hastein sein Thema weiter, «was mich wundert.» Voller Verehrung schaute er zu dem großen Krieger auf.

Der hob die Brauen und lächelte. «Und warum das?»

«Na ja.» Hastein wurde rot. Wie konnte irgendjemand Eirik nicht wunderbar finden? Rasch überlegte er, was er ohne Peinlichkeit sagen könnte. Schließlich war er kein Helden verehrendes Kind mehr. «Weil, er hat dir doch seine Schwester versprochen.» Hastein verstummte, als er Eiriks Miene sah. Irgendetwas hatte es vor der Abfahrt zwischen Frigga und Eirik gegeben, davon redeten alle an Bord. Es wusste nur keiner etwas Genaues.

«Hast du sie sitzen lassen?», platzte er schließlich heraus.

«Sie hat mir das Verlobungsgeschenk zurückgegeben», antwortete Eirik schlicht. Unwillkürlich fuhr er mit der Hand zu der Tasche an seinem Gürtel, in dem er den Kamm aufbewahrte, den er im letzten Winter aus Horn geschnitzt und anschließend Frigga überreicht hatte. Es war die Arbeit langer, geduldiger Stunden. Die Zähne standen gerade und fein, der Rücken war mit verschlungenen Motiven verziert. Sein Kreuz hatte geschmerzt, und die Augen waren vom trüben Lampenlicht ganz rot geworden, so lange hatte Eirik sich über dieses kleine Kunstwerk gebeugt. Es war ihm vollkommen erschienen. So vollkommen wie die groß gewachsene Frigga mit ihren langen blonden Zöpfen und den kalten Augen. Früher hatte gerade ihre kühle, abweisende Art ihn herausgefordert. Er hatte gedacht, es müsste köstlich sein, diesen Eisberg zum Schmelzen, diese Augen zum Leuchten zu bringen. Sein Werben war hartnäckig und zäh gewesen und hatte sich durch nichts entmutigen lassen.

Doch als sie, so kurz vor der Abfahrt, als die Sorgen um seine zurückbleibende Familie ihn drückten und er gerne einen verständnisvollen Zuhörer gehabt hätte, mutwillig einen nichtigen Streit vom Zaun brach und ihm den Kamm vor die Füße warf, da war er mit seiner Geduld am Ende gewesen. Er hatte das kleine Kunstwerk aufgehoben, mit dem Finger über das abgebrochene Eck gestrichen, das kaum sichtbar war, aber die Makellosigkeit seines Werkstücks unwiederbringlich beschädigte, und war wortlos gegangen. Frigga hatte mit trotzig gerecktem Kinn dagestanden, als wartete sie auf etwas. So hatte Eirik sie in Erinnerung behalten; er schüttelte den Kopf, um das Bild loszuwerden.

«Und Leif?», fragte Hastein.

Eirik zuckte mit den Schultern. Er konnte sich gut vorstellen, dass Frigga ihrem Bruder gegenüber ihm die Schuld an dem

Zerwürfnis gegeben hatte. Zweifellos war Leif der Meinung, so oder so hätte er seiner Schwester den Kamm auf Knien wieder anbieten sollen. Er verehrte sie endlos.

«Gehen wir Holz schlagen», sagte Eirik nur. «Deine Hand wird es aushalten.»

Hastein war da nicht so sicher. Die Fläche brannte wie Feuer und warf schon Blasen. Aber er wollte nicht als Schwächling dastehen. Als sie schließlich in einem Wäldchen standen und krachend auf tote Äste einhieben, meinte er: «Ich hab es mir anders vorgestellt, das Leben auf großer Fahrt.» Zum Holzholen hatte ihn seine Mutter zu Hause auch immer geschickt.

«Wie denn?», fragte Eirik und wischte sich den Schweiß von der Stirn. «Klöster plündern und Burgen stürmen?»

«Na ja.» Hastein hielt inne. Er hatte tatsächlich von erstürmten Mauern und eroberten Schätzen geträumt. Von glorreichen Siegen gegen feindliche Recken und ein wenig von Mädchen, die er sich über die Schulter warf, um sie aufs Schiff zu schleppen. Wenn er auch etwas wirre Vorstellungen von der Fortsetzung dieses Geschehens hatte.

«Von brennenden Dörfern und geschlachteten Bauern?»

«Na ja», wiederholte Hastein kleinlaut. Dann platzte es aus ihm heraus: «Ich fand, wir hätten das Dorf damals gut und gerne plündern können.»

«Wegen zwei Schweinen mehr?» Eirik schüttelte den Kopf. «Sie hatten uns bereits freiwillig Tribut gebracht, und wir hatten versprochen, sie dafür zu verschonen. So etwas nennt man ein Abkommen.»

Hastein hörte zu. Wenn man es so sah. Eirik bekräftigte seine Ausführungen mit einem kräftigen Hieb gegen einen langen gewundenen Ast, der krachend nachgab. «Ich würde mich Leif in dieser Sache jederzeit wieder entgegenstellen.»

Hastein nickte. Er dachte nach. «Es ist nur so», meinte er dann zögernd, «dass ich mich gar nicht wie ein echter Krieger fühle. Du weißt schon.»

Eirik musste lächeln. «Aber vor Kiew hast du dich doch tapfer gehalten», wandte er ein. «Als wir vor der Burg standen und ungewiss war, wie wir aufgenommen würden. Da hattest du die Hand auf dem Schwert. Und gezittert hast du kein bisschen.»

«Das hast du gesehen?», fragte Hastein und strahlte. «Aber zum Kampf ist es dann nicht gekommen», meinte er bedauernd.

Eirik überlegte. «Mich hast du jedenfalls aus Todesgefahr gerettet», sagte er dann.

Hastein starrte ihn verblüfft an. Er wünschte glühend, es wäre so, aber er konnte sich beim besten Willen nicht erinnern. Dann fiel es ihm ein. «Ach», sagte er nur.

«Ja.» Eirik nickte bekräftigend.

«Aber ich hab dich doch nur gerufen.»

«Es war ein Ruf zur rechten Zeit.»

«Wegen eines Mädchens?», staunte Hastein.

«Das sind die gefährlichsten Momente.» Eirik schmunzelte, doch er meinte es ernst. Er war drauf und dran gewesen, diesem Wesen mit der bestickten Schürze und den rätselhaften grünen Mandelaugen seinen Kamm zu schenken. Wie eine Königin hatte sie ihn angeschaut, und er hatte dagestanden, hin- und hergerissen zwischen dem Wunsch zu rennen, was das Zeug hielt, und dem, eine Dummheit zu begehen. Dann hatte er Hasteins Stimme gehört und nicht gezögert.

«Sie war wohl nicht die Richtige, was?», fragte Hastein und versuchte, wie ein Kenner zu klingen.

Eirik hielt in der Arbeit inne. «Es war noch nie die Richtige, glaube ich manchmal. Selbst Frigga. Ich war so beschäftigt, ihren Widerstand zu überwinden. Aber als sie ihn aufgegeben hatte, begann ich, zaghaft zu werden und mich zu fragen …» Er hielt inne und versank in seinen Gedanken.

Hastein wagte sich ein Stück weiter vor. «Wie war es denn», er überlegte, wie er es formulieren sollte, «als sie ihren Widerstand aufgab?»

Eirik erwachte aus seinen Träumereien und lachte. «Das kann ich dir nicht sagen, Junge.»

Hastein senkte den Kopf. «Ich verstehe», murmelte er.

Eirik schüttelte den Kopf. «Nein, nicht deshalb. Es ist einfach so, dass ich sie nie umarmt habe.»

«Nicht?» Hasteins Augen wurden groß vor Staunen. «Aber alle haben gesagt …» Er verstummte und dachte nach. «Ja, aber dann … Und die Grünäugige?», fragte er weiter, alle Vorsicht fahren lassend.

Eirik schüttelte amüsiert den Kopf. «Auch nicht. Ich habe noch keine Frau umarmt, Hastein.»

Der konnte es kaum glauben. Alle redeten doch ständig von nichts anderem als ihren Eroberungen. Auf den Heuböden, in den Wäldern, bei den Festen und natürlich auf großer Fahrt. «Bist du etwa einer von dem neuen Glauben?», fragte er atemlos.

Eirik lachte wieder. «Nein, Hastein, ich bin kein Christ. Es ist nur einfach, wie ich sagte. Die Richtige war nie dabei.»

«Ja, aber», wandte Hastein ein, «muss es denn unbedingt die Richtige sein?» Er wurde rot bei dieser Frage.

«Nein, mein Junge, muss es nicht, nehme ich an.» Eirik klopfte ihm auf die Schulter. «Das ist wohl nur mein ganz persönliches Problem.»

«Aha.» Hastein nickte vage. Doch während sie damit beschäftigt waren, das geschlagene Feuerholz zu bündeln und mit einem Seil zu umwickeln, damit sie es hinter sich herschleifen konnten, erschien ihm die Sache, je länger er darüber nachdachte, von einer immer positiveren Seite. Erstens wusste er nun etwas über Eirik, was garantiert keiner sonst wusste. Er besaß sein Vertrauen. Dieser Gedanke ließ Hasteins Brust anschwellen. Und zweitens sah vor dem Hintergrund von Eiriks Mangel an Erfahrung in diesen Dingen seine eigene Ahnungslosigkeit nur noch wie eine halb so schwere Bürde aus.

Etwas raschelte, als sie aufbrachen. «Hast du das gehört?», fragte Eirik.

«Vielleicht ein Eichhörnchen?»

Sie schauten hinter die Büsche, aus denen das Geräusch gekommen war.

«Nichts», stellte Hastein fest, doch dann verstummte er. Eirik war in die Knie gegangen und strich mit den Fingern über ein paar Linien im Sand, die, krakelig und unsicher, die Runenzeichen für Sonne und männliche Kraft formten.

«Einer von uns muss hier gewesen sein», murmelte Eirik und musterte den stillen Hain. Niemand außer einem Wikinger hätte diese Zeichen benutzt. Er ging im Geiste die Gefährten durch. Wer hätte Veranlassung, sie hier zu beschleichen?

«Du, es sind dieselben Runen, die du am Felsen eingeritzt hast», bemerkte Hastein.

Er hat Recht, dachte Eirik, und sein Herz schlug schneller bei der Erkenntnis. Es waren die Zeichen seines Zaubers. Ein letztes Mal schaute er sich um. Etwas war hier, er war sich nun sicher. Und es beobachtete ihn, ihn ganz allein.

EINSAME ABENDE

Vala hatte lange, sehr lange nachgedacht. Sie saß vor den glühenden Scheiten ihres kleinen rauchlosen Feuers und starrte in die Glut. Ihr Gesicht brannte und prickelte, an ihrem Rücken zog es kalt. So gespalten fühlte die junge Steppenreiterin sich auch innerlich. Dieser Winter, er hatte ihr gezeigt, dass sie nicht für die Einsamkeit gemacht war. Sie war nicht wie Johannes, der sich begeistert in die Einöde begab, um durch Leiden seinem Gott nahe zu kommen. Sie sehnte sich nach Gesellschaft, nach Anerkennung und Zuneigung. Vala zog die Beine näher an den Körper und umschlang sie mit den Armen. Das Kinn auf die Knie gelehnt, sinnierte sie weiter. Sei ehrlich, sagte sie zu sich selbst. Du sehnst dich nach einem Mann. Nach diesem Mann.

Selbst jetzt konnte Vala ihn in allen Einzelheiten vor sich stehen sehen. Die kraftvolle, lockere Art, in der er sich bewegte. Seine Schlankheit, die über seine Stärke keinen Moment hinwegtäuschte. Sein von der Sonne gebräuntes Gesicht mit den leuchtend blauen Augen, die ruhig und forschend blickten, freundlich, aber nicht naiv. Und da war etwas in seinem Blick, was Vala nicht benennen konnte, ein Kummer, eine Sehnsucht, die ihn von den anderen zu unterscheiden schien, die zu ihr sprach und die ihr vertraut vorkam.

Vala hatte sich schon hundertmal gesagt, dass das eine Dummheit war. Wenn sie Gesellschaft suchte, brauchte sie nur ins nächste Dorf zu gehen. Das wäre weit klüger, als sich einem Haufen wilder Männer auszuliefern, deren Sitten allen Beobachtungen nach roh und ungehobelt waren. Aber in das Dorf zog sie nichts, zu den Nordmännern dagegen alles. Wie schon so oft malte Vala für sich die Runen in den Sand, die Eirik am Tag seiner Ankunft in den Fels geritzt hatte.

Das Feuer wurde kleiner, der Schein dunkler, das Funkeln der Sterne durch die Ritzen im Geflecht ihrer Hütte begann sein blinzelndes Spiel. Vala griff nach einem Antilopenfell und zog es über sich. Zusammengerollt, wie sie war, legte sie sich auf die Seite. Sie verstand ja nicht einmal, was diese Zeichen bedeuteten. Johannes fiel ihr ein. Ob er sie wohl kannte? Ob er ihr raten könnte? Sie hatten sich nicht im Guten getrennt. Und doch ... Vala erinnerte sich daran, dass der Einsiedler oft gesagt hatte, man müsse seine Seele erforschen. Sie war sich fast sicher, dass Johannes ihr beim Nachdenken über das, was sie trieb, helfen könne. Er mochte von seltsamen Grundsätzen bestimmt werden, die sie nicht anerkannte, aber seine Menschenkenntnis war groß und davon nicht berührt. Ja, er würde ihr sicher etwas raten können.

Und er war ihr Freund, das spürte Vala mit aller Deutlichkeit. Er war der erste uneigennützige Freund, den sie hatte. Ihr Entschluss stand fest: Morgen wollte sie zu Johannes gehen. Schon die Aussicht, damit den seit langem schwelenden Streit zwischen ihnen zu begraben, machte sie ruhiger und zuversichtlicher. Es war fast, als hätte sie schon beschlossen, zu ihm zu gehen.

«He, Rollo, sing uns noch eins!» Die Stimmung unter den Wikingern war gut. Sie hatten eine kurze Ausfahrt mit ihrem reparierten Boot unternommen, dabei eine kleine Stadt entdeckt und ihre Lagerhäuser geplündert, noch ehe der Alarm wegen der fremden Eindringlinge bis zur Burg gedrungen war. Es hatten sich etliche Weinfässer in den Speichern gefunden; eines davon war an diesem Abend geöffnet worden. Rollo, der unter ihnen anerkanntermaßen die schönste Stimme hatte, viele Heldenlieder auswendig kannte und auch daheim oft aufgerufen wurde, ein Fest mit seinen Beiträgen zu verschönern, griff wieder zur Laute. Der erste Akkord war ein Missklang. Auch er war schon ein wenig hinüber, doch seine Gefährten, die nur darauf warteten, den Refrain mitgrölen zu können, scherte das wenig. Es war keiner unter ihnen, der noch klar aus seinen Augen schauen konnte.

«He, sing richtig, du Trottel!», brüllte Sigurd lachend und schüttete den Inhalt seines Bechers nach Rollo, der die Ballade vom blutdurstigen König Thorbjörn begonnen hatte. Die Ladung traf und tropfte rot aus Rollos Bart, der sich die Lippen leckte und fortfuhr.

«Sing selber richtig», gab Leif zurück, der zurückgelehnt auf einem Ellenbogen auf seinem Lager ruhte und mit einem prächtigen Silberpokal aus der Beute den Takt schlug. «Ich mache jeden nieder» – er rülpste –, «der meinen Sänger beleidigt.»

Die Männer lachten unbändig. Rollo sang, von Hastein und seinen gleichaltrigen Freunden mit heftigem Händeklatschen begleitet.

«Schwer beschenkt sind die Helden, hört her, die kämpfen an Thorbjörns Hof. Sie werden reich mit Geld und Schwertern beschenkt, mit hunnischem Metall und Sklavenmädchen aus dem Osten.»

«Ja! Hoho! Jawohl!» Die Aufzählung der Belohnungen fand reichlich Zustimmung bei den Wikingern, die jeden weiteren Vers, der neue Beuteherrlichkeiten aufzählte, jubelnd begrüßten.

«Ach was», grölte Sigurd dazwischen, «niedermachen.» Er hielt inne, um seinen neu gefüllten Becher zu leeren. «Du willst einen Mann niedermachen? Du kannst ja nicht mal ein Horn voll Wein niedermachen!» Vergeblich suchte Eirik seinen Freund am Arm zurückzuhalten. Der schüttelte ihn ab und fixierte aus trüben Augen Leif, den Kapitän. Rollo sang noch immer, einige klatschten, doch die Aufmerksamkeit der meisten hatte sich dem streitenden Paar zugewandt.

Leif richtete sich auf und winkte. Man brachte ihm das silberbeschlagene Horn, aus dem sie zu Anfang des Festes ihr Trinkopfer für Thor dargebracht hatten. Es fasste mehr als drei Becher. Mit einer weiteren Geste ließ Leif es füllen und zu Sigurd hinübertragen. Ragnar tat dies, Gardars Bruder, der Einäugige. Mit seinem toten und seinem lebenden Auge grinste er Sigurd an. Der nahm das Horn ohne Zögern, setzte es an die Lippen und trank. Aller Augen waren auf seinen Adamsapfel gerichtet, der auf und ab wanderte im Takt seiner gierigen, keuchenden Schlucke. Ein guter Teil ging daneben, tropfte aus seinem spitzen Bart und floss ihm, glitzernd im Feuerschein, über den nackten Hals.

«… und Silber der Sarazenen gab er ihnen, Sklavinnen und …» Rollos Gesang erstarb. Alle starrten.

«Jaaaaaah!» Mit einem Triumphschrei setzte Sigurd das Horn ab, hob es hoch und drehte es um, um zu zeigen, dass kein Tropfen mehr darin war. Mit der anderen wischte er sich Kinn und Bart, während seine Augen Leif triumphierend fixierten. «Mach es nach, du Schlappschwanz.»

Der ließ sich das neu gefüllte Horn reichen und begann ebenfalls zu trinken. In der Stille glucksten seine Trinkzüge laut. Schneller als Sigurd hatte er das Horn geleert und reckte es hoch. Er schwankte nur leise dabei und rief seinem Gegner Schmähworte zu, während dieser auf das neue Horn wartete.

Eirik betrachtete das Schauspiel mit gerunzelter Stirn. Beider Gesichter waren bereits stark gerötet. Er konnte sehen, wie Leifs Stirnadern anschwollen vor Anstrengung. Ihre Pöbeleien wurden immer wüster, lauter und böser. Bald würde etwas gesagt werden, was nicht verziehen werden konnte, und einer von beiden würde sein Schwert ziehen.

«Leif kann nicht zielen, nur ziellos schielen», versuchte Sigurd einen Spottvers, als dem anderen das Horn verrutschte.

«Du warst auch schon mal besser», raunte Eirik ihm zu. Sigurd klopfte ihm begütigend auf die Schulter und blinzelte ihm zu, ehe er zum nächsten Horn griff.

«Sigurd, das wird böse enden», versuchte Eirik es erneut. Doch sein Freund schob ihn beiseite.

«Sigurd kann die Lanze nicht hochkriegen, weder im Stehen noch im Liegen», höhnte Leif gerade.

Da rappelte Sigurd sich auf. Die Wikinger verstummten, es wurde so vollkommen still, dass nur noch das Knacken des Holzes im Feuer zu hören war. Alle verfolgten mit wachsender Erregung, wie Sigurd sich schwerfällig aufrichtete, dass die Knochen knackten, um dann langsam, wankenden Schrittes, auf Leif zuzugehen. Auch der hatte sich mit Mühe erhoben und erwartete seinen Gegner. Schließlich kam Sigurd, schwankend wie eine Tanne im Sturm, vor dem Kapitän an, der ihn aus roten Augen anstarrte und sich bemühte, das Wackeln seines Kopfes zu beherrschen. Alle hielten den Atem an.

Sigurd hob seine Pranken und ließ sie klatschend auf Leifs breite Schultern fallen. Die beiden schwankten einen Moment umher wie ein verliebtes Paar. Eirik umfasste sein Schwert fester.

Dann öffnete Sigurd den Mund und erbrach sich, direkt in das Gesicht des anderen. Der halb verdaute Brei schoss in breitem Strahl heraus, Leif in Augen, Nase und Bart, von wo es ihm über die Brust herabrann.

Leif stieß einen Ton aus wie ein röhrender Hirsch, dann spie auch er und besudelte Sigurd, der sich noch immer an ihn klammerte, in derselben Weise. Völlig verschmutzt, Brocken von Erbrochenem im Haar, standen sie beide da. Noch immer sagte keiner ein Wort.

«So, das war nötig», stöhnte Sigurd dann mit schwerer Zunge.

«Man möge es mir nicht übel nehmen. Was herausmuss, muss nun einmal heraus, was?» Damit klopfte er Leif auf die Schulter und stolperte zurück zu seinem Platz. Eirik stieß ihn beiseite, als Sigurd sich dicht neben ihm niederlassen wollte. Leif stand noch immer da, wie vom Donner gerührt. Dann, nachdem er an Sigurd und an sich heruntergeschaut hatte, begann er laut und donnernd zu lachen. Roric war der Erste, der einstimmte, dann die Jungen. Schließlich wälzten sich alle vor Lachen auf dem Boden. Eirik gab Armod ein Zeichen; die beiden nahmen sich einen leeren Kessel, holten still und leise Meerwasser und überschütteten erst den einen, dann den anderen der Beschmutzten, die hilflos protestierten.

«Ein Lied», forderte Leif triefend. Und Rollo griff in die Saiten.

Stunden später tastete Eirik sich mühsamen Schrittes ins Gebüsch. In seinem Kopf, so schien ihm, schwappte der Wein, und der sandige Hain um ihn rollte herum wie ein Schiff auf hoher See. Kein Wunder, dachte er, dass einem schwindelig wird. Dann opferte er die Mahlzeiten des Abends dezent in einen ausgedörrten Busch.

«Eirik? Eirik, wo bist du?» Es war Hasteins Stimme. Mit hängendem Kopf stand Eirik auf.

«Was», lallte er, «rufst du denn schon wieder nach mir? Immer rufst du nach mir.»

«Du hast doch gesagt, das hat dich schon mal gerettet», gab Hastein beleidigt zurück. Er schien nicht halb so betrunken zu sein wie Eirik, und das nötigte dem Älteren Respekt ab. Wie hatte der Kleine es nur geschafft, so zu tun, als hielte er tapfer mit? Es steckte eine Menge in diesem Hastein, dachte Eirik. Er klopfte ihm wohlwollend auf den Brustkasten und ließ es zu, dass der andere ihn umschlang und stützte.

«Hoppla!» Fast wäre er gefallen, doch Hastein hielt ihn. «Musst mir nicht immer nachlaufen», murmelte er, und dann plötzlich, lauter und mit einem Lachen, fügte er hinzu: «Vor welcher Frau wolltest du mich denn diesmal retten?»

«Na ja», brachte Hastein nur verlegen hervor, während sein bewunderter älterer Gefährte ziellos vor sich hin brabbelte:

«Siss gar keine da, weit und breit keine. Frau. Keine.»

«Ich dachte, die Wasserfrau.»

Eirik erschrak, doch sein betrunkenes Ich lachte. So laut, dass er spürte, wie Hastein zusammenzuckte. «Ha! Der is gut. Wasserfrau.» Eirik kicherte ein wenig. Dann richtete er sich auf und schaute Hastein mit einem Ernst an, der nur dadurch beeinträchtigt wurde, dass er umzufallen drohte und sich am Hemd des Jungen festhalten musste. «Ich sag dir was, die rätselhaften», er schluckte mühsam, «rätselhaften Weiber. Eine Plage.» Er schlug nach einer unsichtbaren Fliege und verlor fast den Halt. «Sind die schlimmsten.»

«Klar, Eirik», stöhnte Hastein, der sich bemühte, ihn zu halten und zum Lager zurückzuführen.

«Machen nur Ärger.»

«Sicher doch», ächzte Hastein. «Linker Fuß.»

«Brechen einem das Herz.» Eirik grübelte nach. Warum hatte er nur diesen verdammten Hang zu rätselhaften Frauen? Frigga, das wurde ihm in einem Geistesblitz klar, den der Alkohol ihm schenkte, hatte ihn eigentlich nur gereizt wegen ihrer herausfordernden, unverständlichen Kühle. Er hatte sehen wollen, was sich dahinter verbarg. Aber dann hatte er den Kamm aufgehoben und nicht zurückgegeben. Er hatte nicht gemocht, was er gesehen hatte. Danach die schöne Unbekannte mit den grünen Augen. Wäre sie ihm noch so reizvoll erschienen, wenn er ihre Sprache verstanden hätte? Wenn sie sich weniger geheimnisvoll gegeben hätte? Was für Fragen. Er schloss die schmerzenden Augen. Zu viele Fragen für das arme Gehirn eines hart trinkenden Mannes. «Nein!» Er schüttelte den Kopf und überließ sich Hasteins Führung.

«Hast du verstanden?», brummelte er dabei.

«Aber sicher, Eirik.» Hastein schwitzte, doch er zog ihn weiter.

Noch einmal hielt Eirik inne. «Es sind die einzigen, Hastein.»

Er schaute seinem jungen Freund groß in die Augen, in denen sich das Sternenlicht spiegelte. «Das Einzige, was sich lohnt.»

«Klar doch», sagte Hastein, legte sich Eiriks Arm um die Schultern und zog ihn zurück bis zum Strand, wo er ihn auf sein Lager fallen ließ. Eirik schlief, noch ehe er die Felle berührte.

LÖWENJAGD

Vala beschloss am nächsten Morgen, Vaih mitzunehmen, um ihr den Genuss eines Ausfluges zu gönnen. Sie striegelte und liebkoste die Stute ausgiebig, die sie begrüßte, als wüsste sie bereits, dass an diesem Tag große Dinge geschehen sollten.

«Wir werden Johannes besuchen», sagte Vala und bemerkte amüsiert, wie Vaihs Ohren zu spielen begannen, als sie den vertrauten Namen hörte. Was für eine Wohltat es war, den Wind eines schnellen Rittes in den Haaren zu spüren. Ihr war, als hätte sie die letzten Wochen mit angehaltenem Atem gelebt, und sie schrie vor Freude, während sie über die Ebene fegte. Erst als sie sich dem Hügel näherte, an dessen Hang Johannes' Hütte stand, ritt sie langsamer. Der Pfad war ihr nur zu vertraut, und bald stand sie vor dem ärmlichen Vorbau, der das Heim des Asketen abschloss. Alles war so schlicht und still wie immer. Nichts regte sich. Johannes schien gerade keinen Besuch zu haben. Vala konnte nicht anders, als einen schnellen Blick auf den sandigen Vorplatz zu werfen, dorthin, wo sie ihre Buchstaben gekritzelt hatten und wohin Johannes' Blut gespritzt war, als sie ihn verließ. Von beidem war nichts mehr zu sehen.

Vala holte tief Luft. «Johannes», rief sie. «Johannes, bist du da?»

«Oaaah!» Mit einem Schrei ließ Eirik sich in das kalte Wasser fallen. Das Meer umschloss ihn wie eine eisige Hand, und ein scharfer Wind spritzte ihm Gischt von den Wellenkämmen ins Gesicht. Eirik blinzelte und prustete, tauchte noch einmal kurz unter, in die so viel stillere, im Rhythmus des Wellengangs leise mitschaukelnde graue Welt unter Wasser, wo ein paar Fische ihn erstaunt und gelangweilt betrachteten. Dann schwamm er mit kräftigen Zügen an Land. Er fühlte sich wieder sauber und klar, sein Geist war erfrischt. Und er hatte Lust auf ein Frühstück.

Die anderen saßen schon über den Resten des Fleisches vom Vortag, Getreidebrei und gegrilltem Fisch.

«Du», sagte Hastein kauend, «Leif hat einen Vorschlag gemacht.» Eirik hielt Sigurd, der noch ein wenig trübe dreinsah, ein Stück Antilopenbraten hin und fragte: «Hm?»

«Er möchte auf Löwenjagd gehen.»

«Kann ich mir vorstellen», antwortete Eirik. Eine Löwenhaut würde dem Kapitän zweifellos prächtig stehen.

«Er hat gefragt, ob ich mitkommen will. Sigurd geht auch.»

Eirik musterte Hastein rasch. Das Gesicht des Jungen glühte vor Unternehmungslust. Er konnte ihn verstehen. Auch in ihm weckte die Aussicht auf eine Jagd die Lebensgeister. Was ihn allerdings störte, war, dass der Vorschlag von Leif kam. Alles, was von Leif kam, machte ihn missmutig. Er war sich keineswegs sicher, dass der Kapitän Sigurds Attacke gestern mit dem Humor genommen hatte, den er zur Schau gestellt hatte. Und warum wollte er ausgerechnet Hastein dabeihaben?

«So ein Löwe hat nur ein Fell, aber viele scharfe Zähne», wandte Eirik ein. Die Enttäuschung in Hasteins Miene versetzte ihm einen Stich. Er wusste, dass er sich für den Jungen anhören musste wie ein altes Weib, wie ein Feigling. Aber deutlicher konnte und wollte er seinen Verdacht nicht aussprechen, dass mit Leifs Vorschlag vielleicht etwas nicht stimmte.

Dann sah er, dass auch der einäugige Roric seinen Speer schärfte. Floki, der schlaksige Bursche mit dem zernarbten Gesicht, kam herüber und bot sich an mitzugehen. Floki war ein Tollpatsch; wenn ein Missgeschick passierte, geschah es ihm, und seine ewig traurig dreinblickenden Hundeaugen schienen zu sagen: Ich weiß ja, dass ich euch zu nichts nütze sein werde. Leif setzte tatsächlich eine abweisende Miene auf, aber Eirik hatte bereits genickt. Voller Vorfreude sprangen die Jungen auf und bereiteten sich vor. Auch Eirik gürtete sein Schwert und suchte nach seinem Speer. Vielleicht war er einfach zu misstrauisch. Dies würde eine Jagd werden wie jede andere. Vielleicht keine sehr vernünftige, aber wo, bei Odin, stand geschrieben, dass man vernünftig sein musste? Außerdem war er ja dabei, um nach dem Rechten zu sehen und ein Auge auf seine Freunde zu haben. Und bei dem Gedanken an die bevorstehende Pirsch klopfte Eiriks Herz schneller.

«Johannes?» Es beunruhigte Vala zunächst nicht, dass ihr Ruf nicht beantwortet wurde. Der Einsiedler mochte unterwegs sein, um Kräuter zu sammeln, er mochte in der Einsamkeit beten. Oder, und sie schluckte bei dem Gedanken, er wollte ihr nicht antworten.

«Johannes, ich bin's, Vala.» Sie machte einen Schritt auf die Hütte zu. In diesem Moment begann die Ziege zu schreien, laut und kläglich, als hätte sie Schmerzen. Johannes muss vergessen haben, sie zu melken, dachte Vala. Und im selben Moment begriff sie, dass etwas nicht stimmen konnte. Johannes hatte sein Tier noch nie vernachlässigt. Vala beschleunigte ihre Schritte. Die Tür quietschte in den Angeln. Mit einem deutlichen Gefühl der Beklommenheit trat sie ein.

«Sie sitzen da vorne irgendwo im hohen Gras.» Leif blickte hinaus auf die Steppe und runzelte die Stirn. «Wir verteilen uns.» Er wies den Männern ihre Positionen zu.

Eirik drang mit Hastein an seiner Seite in die raschelnde gelbe Welt vor. «Denk dran, das sind keine Wildschweine», mahnte er. Hastein nickte und fasste seinen Speer fester. Sie waren schon tief ins Grasland vorgedrungen, ohne etwas bemerkt zu haben. Das Gewirr lichtete sich vor ihnen um einige Eichen herum.

«Eirik, schau dir das an!»

Der Ruf klang erstaunt, aber nicht furchtsam. Als Eirik ohne Hast das letzte Gestrüpp beiseite bog, sah er Hastein auf dem Boden kauern. Vor ihm, verspielt mit seinen Pfoten nach Hasteins Lanzenspitze schlagend, saß ein Löwenjunges, nicht größer als eine Katze. Es schnupperte vorsichtig an Hasteins Fingern, als er sie ausstreckte, um das goldene Bündel zu kraulen, wich ihnen dann aus und begann stattdessen, hingebungsvoll an seinen Fußriemen zu kauen.

«He, du kleiner Teufel.» Hastein versuchte, ihn auf den Arm zu nehmen. Er wandte sich zu Eirik um. «Was meinst du, soll ich ihn meiner Mutter als Haustier mitbringen?»

«Setz ihn sofort wieder hin.» Eiriks Stimme klang so scharf und befehlend, dass Hastein umgehend gehorchte. Das Kleine machte keine Anstalten zu fliehen. Es warf sich auf den Rücken und haschte nach Hasteins Hosensaum.

«Was hast du? Meinst du, er wird meiner Mutter nicht gefallen?», fragte der Junge mit gerunzelter Stirn.

«Ich meine», sagte Eirik leise und wechselte seinen Speer in die rechte Hand, «es wird *seiner* Mutter nicht gefallen.» Seine Nüstern blähten sich, als er den stechenden Raubtiergeruch wahrnahm.

«Wieso?», fragte Hastein verwirrt. Als er Eiriks angespanntes Gesicht sah, duckte er sich unwillkürlich und griff ebenfalls zu seiner Waffe. «Wo ist sie?», flüsterte er.

Eirik wies mit dem Kinn auf eine Wand aus Gras, die für Hastein völlig harmlos aussah. Vergebens starrte er sie an, bis seine Augen tränten. Er konnte nichts entdecken und wollte schon etwas sagen, doch Eirik legte den Finger auf den Mund und schob sich langsam zwischen ihn und das gräserne Dickicht.

«Lauf», flüsterte er. Seine um den Speerschaft gekrallten Finger wurden weiß.

Valas Augen gewöhnten sich nur nach und nach an die Dunkelheit. Das klägliche Schreien der Ziege drang aus dem hinteren Teil der Hütte. Vor ihr lag Johannes' Bereich der Behausung, und sie konzentrierte sich darauf, sich zu seinem Bett vorzutasten, wo sie ihn krank oder verletzt daliegend vermutete. Doch das Lager war, wie sie nun erkennen konnte, leer. Langsam zeichneten sich die Umrisse der spärlichen Möbel des Einsiedlers vor ihren Augen ab. Das Bord mit dem wenigen Geschirr über der kalten Feuerstelle, das Bett, der dreibeinige Schemel … Vala wandte sich mit einer Heftigkeit um, als wüsste sie bereits, was sie erwartete. Dort stand der Tisch. Und davor hing, an einem Strick von der Decke herab, der dunkle, traurige Umriss von Johannes' Gestalt, deren Kopf in einem unnatürlichen Winkel abgeknickt war. Von den Füßen, sie hörte es nun, als die Ziege für einen Moment verstummte, tropfte es.

Entgeistert lauschte Vala dem Geräusch. Für einen Moment begriff sie nicht, was es bedeutete. Dann stürzte sie zu dem Freund, umschlang seine Beine und suchte sie zu dem Tisch hinüberzuziehen, um sie dort abzustützen. Aber es war zu spät, sie wusste es, hatte es schon gewusst, als sie sein gebrochenes Genick gesehen hatte. Johannes' Körper hing schwer und schlaff in ihren Armen. In ihre Nase stieg der stechende Geruch von Exkrementen.

Vala setzte sich, überwältigt von der Erkenntnis, dass er tot war, auf den Boden, dann sprang sie wieder auf. Sie konnte ihren Freund nicht so dort hängen lassen. Sie stieg auf den Tisch, zückte ihr Messer und sägte so lange verbissen an dem straff gespannten Seil, bis es zerfaserte und riss. Trotz ihrer Bemühungen gelang es ihr nicht, Johannes aufzufangen, der dumpf auf dem Boden aufschlug. Sie schleppte ihn hinüber zum Bett und ließ ihn mit letzter Kraft darauf sinken. Tränen überströmten unaufhaltsam ihr Gesicht, während sie sich über ihn neigte, um ihm das wirre, wie immer schmutzige Haar aus der Stirn zu streichen. «Warum?», flüsterte sie verzweifelt und drückte ihr Gesicht an seines. «Warum hast du mich dir nicht helfen lassen?» Sie wiegte Johannes wie ein kleines Kind, selbstvergessen in ihrem Kummer. Er war noch warm; sie war nur wenige Minuten zu spät gekommen.

Hastein rannte wie noch nie in seinem Leben. Gras peitschte ihm ins Gesicht, und der Gedanke trieb ihn voran, dass überall dort drinnen, ohne dass er es sah, die Bestien auf ihn lauern konnten. Er musste sich beeilen, er musste Hilfe holen, für Eirik. Die anderen konnten doch nicht weit sein. Erleichtert hörte er endlich ein lautes Rufen vor sich. Doch das Bild, das sich vor ihm auftat, ließ seine Angst erneut aufflammen. Ein riesiges Löwenmännchen mit schwarzer Mähne stand Sigurd gegenüber. Es fauchte, schüttelte den Kopf und peitschte mit dem Schwanz. Sigurd hatte sich hingekniet und hielt den Speer unerschüttert, mit dem Schaft in den Boden gestemmt, als erwarte er den Angriff eines Ebers. Aber das hier war kein Wildschwein. Der Löwe öffnete sein Maul und brüllte. Seine Stimme rollte wie Donner über die Ebene. Sie übertönte Hasteins Schrei.

Vala arbeitete rasch und entschlossen. Noch immer rollten ihr Tränen über die Wangen, doch sie achtete nicht darauf. Sie häufte duftende Berge von Kräutern auf Johannes' toten Leib, seine gesamten Vorräte, jedes Büschel, das sie fand. Es würde ein ehrenvolles Räucherwerk sein. Den letzten Bund legte sie über sein Gesicht. Von da an ging es leichter. Sie schleppte herbei, was aus Holz war, den Tisch, den Schemel, dazu das Stroh aus dem Stall, Reisig vom Dach, soweit es sich herabziehen ließ. Alles Brennbare häufte sie um Johannes' Lager. Die Ziege ließ sie frei. Bei der Bibel zögerte sie einen Moment. Darin waren die Buchstaben, die er sie gelehrt hatte. Ohne das Buch würde sie ihre Lektionen nicht fortsetzen können. Aber das, was darin stand, gehörte zu Johannes, nicht zu ihr. Sie würde es niemals begreifen. So war auch das entschieden, und sie legte den schweren Band dorthin, wo unter den trockenen Bündeln Johannes' Brust sein musste. Er sank tief ein. Vala entfachte Feuer und warf den Brand in die Hütte. Es knisterte, dann loderten die Flammen hoch auf. Der Rauch, dachte Vala grimmig, wird bis in die Dörfer zu sehen sein. Vaih scheute, und Vala nahm sie beim Zügel, dankbar, ihr feuchtes Gesicht an einen warmen Körper drücken zu dürfen. Der

Fluch der Einsamkeit, dachte sie voll Verzweiflung, er erledigt jeden. Er hatte sogar Johannes getötet, der sich ihm doch freiwillig unterworfen hatte. Vala schluchzte auf. Noch nie war sie der Verzweiflung so nahe gewesen. Sie holte tief Luft.

«Aber mich bekommst du nicht!», schrie sie. «Hörst du mich, großer Alter? Vala Eigensinn bekommst du nicht!» Ihr war, als stiege ihre Botschaft mit den wirbelnden Rußpartikeln im Rauch auf in den Himmel und erreichte in der Glut eines anderen Feuers in einer fernen Steppe den, dem sie galt.

WUNDEN

Als Vala in wildem Galopp auf Vaih davonritt, wusste sie, was sie zu tun hatte. Ihr grauste vor der stillen Hütte, die auf sie wartete, vor dem einsamen Lager, der kalten Feuerstelle, vor dem Hall ihrer eigenen Stimme, der niemand antwortete. Wenn sie hier bliebe, würde sie eines Tages enden wie Johannes. Nein, sie wollte erneut aufbrechen und ihr Schicksal auf eine Karte setzen. Im Geiste packte sie bereits ihre wenigen Habseligkeiten zusammen. Doch ihre Gedanken wurden unterbrochen. Vom Tal der Löwen drang lautes Grollen herüber.

Vala erinnerte sich an Bernstein. Ihre Jungen mussten doch bereits geboren sein! Fast schämte sie sich, die Gefährtin ihrer frühen einsamen Stunden in diesem Winter so vernachlässigt zu haben.

«Wir sollten uns von ihr verabschieden», sagte Vala zu Vaih und lenkte sie bereits in Richtung des Löwengebiets. Da ließ etwas ihr Herz schneller schlagen: Außer dem Gebrüll der Tiere waren auch menschliche Stimmen zu hören.

«Rasch, Vaih!»

Vala ritt, so schnell sie konnte; es war ihr nicht schnell genug. Das hohe Gras peitschte um ihre Beine. Vaih wäre fast gestürzt, so abrupt zügelte Vala sie, als sich die Ebene mit den Eichen am Eingang zur Löwenschlucht auftat. Das Bild, das sich Vala darbot, war erschreckend.

Der große Schwarze lag über einem Körper, dessen Arme und Beine noch zuckten. Im ersten Augenblick glaubte Vala, der Mann lebe noch, doch es war nur das heftige Reißen und Rütteln, mit dem der mächtige Löwe sich über seine Beute hergemacht hatte, das die Gliedmaßen durcheinander schüttelte. Der Mann war tot. Vala sah den Kapitän, Leif, mit hoch erhobener Axt auf den Löwen losgehen, der mit einer Pfote nach dem lästigen Angreifer schlug. Die beiden Jungen, Floki und Hastein, drängten sich am Stamm eines Baumes, um sich gegen die beiden näher schleichenden Löwinnen zu verteidigen.

Mit einem lauten Schrei versenkte Leif seine Axt in der Flanke des Löwen; selbst Vala konnte die Rippen krachen hören. Der Kapitän war ein mutiger Mann. Doch er hatte den Löwen nicht getötet. Er erhob sich, mit einknickenden Pfoten und blutigem Maul, noch immer bereit, sich mit seinen letzten Kräften auf den Feind zu stürzen. Vala schaute lange genug hin, um zu erkennen, dass die Überreste, von denen er sich hochstemmte, rothaarig waren. Unendliche Erleichterung durchströmte sie. Es war nicht Eirik!

Doch ihr blieb wenig Zeit. Leif brauchte ihre Hilfe nicht, der hünenhafte Wikinger würde sich selbst helfen. Vala preschte auf Vaih, die sich heftig sträubte, vor zu den beiden Jungen, von denen sie noch keiner bemerkt hatte. Zu sehr waren sie in ihren Kampf verwickelt. Sie sah, wie eine der Löwinnen zum Sprung ansetzte.

«Nein!» Der Befehl, den sie sandte, war stumm, doch so heftig wie ein Schrei. Und die Wirkung erfolgte unmittelbar. Das überraschte Tier brach mitten im Sprung ein und landete auf seinen vier Pfoten. Unsicher schlug es mit dem Schwanz und fauchte. Ihm war, als hätte es soeben einen Schlag erhalten, doch es konnte den Gegner nicht ausmachen. Verwirrt und widerwillig zog es sich zurück.

«Geh!» Auch das zweite Weibchen brach seinen Angriff ab. Angst hatte die Löwin überfallen vor diesem seltsamen Feind, der unsichtbar war. Vala atmete auf. Sie konnte den Tieren der Wildnis keine wirklichen Befehle erteilen. Ihr Geist war ein Reisender, der sich dem anderen anschloss, nicht mehr. Doch sie konnte die Verwirrung nutzen, die ihre unerwartete Anwesenheit im Geist der Tiere auslöste, wenn sie sich so plötzlich enthüllte wie eben gerade.

Keuchend zügelte sie Vaih. Die Anstrengung hatte sie erschöpft. Ihr war, als hätte sie selbst einen Schlag erhalten. Sie stand im Schatten der Eichen, die Wikinger hatten sie noch immer nicht bemerkt.

«Warum sind sie fort?», fragte Floki ungläubig.

Hastein antwortete nicht. Sein Blick suchte Leif. Und als er wie Vala sah, dass ihr Kapitän sehr gut allein zurechtkam, rief er: «Wir müssen Eirik helfen!»

«Bist du verrückt, nochmal in das Gras?»

Vala verstand nichts von dem kurzen Gespräch. Nichts als das eine Wort: Eirik. Und den Ton von Dringlichkeit und Angst in Hasteins Stimme. Er zeigte in das Grasland hinaus, während sein Gefährte den Kopf schüttelte.

Vala hingegen zögerte nicht. «Los, Vaih!»

Die Stute gehorchte nicht gerne, doch Vala trieb sie voran. Sie spornte sie auf das äußerste an, schmeichelte und drohte. Dann hörte sie die Stimme des Löwen.

«Bernstein», flüsterte sie. Sie hätte dieses Grollen unter allen anderen erkannt. Ihre Freundin hatte Eirik vor ihr gefunden. Und sie war äußerst zornig.

Eirik lehnte mit dem Rücken an der Eiche. Sein Bein blutete. Vala konnte es riechen durch die Nüstern der Löwin. Es duftete köstlich, erregend und scharf. Ihre Augen leuchteten; eine Gänsehaut überlief sie. «Bernstein», flüsterte ihr Geist. Und sie spürte, indem sie sich selbst beruhigte, wie aus den Wirbeln der Mordlust ruhigere Gefühle aufstiegen. Die Löwin, grollend und noch immer aufgeregt, wandte sich nach ihr um. Und auch der

Mann hatte sie bemerkt. Sein schmerzgetrübter Blick hing an ihrer Gestalt. Vala blieb reglos. Ihr Geist sandte Koseworte und Beruhigung, forschte nach etwas in den Sinnen der Löwin, was geeignet wäre, sie abzulenken, sie fortzuschicken. Dann fand sie es, stark wie nichts anderes.

«Sie sind wunderschön», lobte Vala. Ihre Augen wanderten herum, um die Jungen zu finden. Dann sah sie die zwei goldenen Fellknäuel hinter einem Stein. Sie hütete sich, eine Bewegung in ihre Richtung zu machen. «Sie sind kostbar. Du musst sie beschützen.» Die Stärke des Gefühls für diese Wesen überwältigte Vala fast. Sie war dankbar, als Bernstein, nach langem Zögern, sich schließlich zurückzog und ihre beiden Welpen sacht mit der Schnauze in den Schutz des Graslandes schob. Schon nach wenigen Metern war von den Katzen nichts mehr zu sehen. Alle Kraft schien Vala zu verlassen, doch sie stürzte vor zu Eirik.

«Du bist verletzt», stieß sie hervor und beugte sich tief über die Wunde, um ihre Verlegenheit zu verbergen.

«Wer bist du?», fragte Eirik. Es waren seltsame Laute in ihren Ohren.

«Das war nur Bernstein», murmelte sie, wie man ein Kind beruhigt. «Sie hat es nicht böse gemeint. Sie wollte nur ihre Kinder schützen.»

Wie fremd das klingt, dachte Eirik. Das sind wohl die fremdesten, fernsten Töne, die ich je gehört habe. Als kämen sie aus der Geisterwelt. Seine Haare stellten sich auf bei dem Gedanken, wie die fremde Frau dagestanden und den Löwen allein mit ihrer Anwesenheit vertrieben hatte. War sie ein Geist? War sie der Geist dieses Ortes, der ihn beobachtet hatte?

Doch der Schmerz, den ihre Finger in seiner Wunde auslösten, war höchst real. Eirik stöhnte und packte ihr Handgelenk, damit sie aufhörte. Es war schlank und warm, mit fliegendem Puls unter der Haut.

Vala wehrte sich gegen seinen Griff. Sie hob den Kopf. Zum ersten Mal sahen sie einander in die Augen. Erschrocken ließ Eirik ihr Handgelenk los. Er war noch nie im Leben so angesehen worden. So ganz und gar, als wollte sie ihn verschlingen, jede kleinste Einzelheit seiner Erscheinung. So hungrig hatte nicht einmal die Löwin vorhin geblickt. In diesen schwarzen Augen war dieselbe Wildheit, doch keinerlei Kälte. Im Gegenteil. Eirik spürte, wie eine nie gekannte Wärme ihn überlief.

Sie hatte sich losgemacht und suchte ihm etwas zu bedeuten, was er nicht verstand. Was für eine Erscheinung. Götter, sie war zart wie ein Kind, und dabei lag eine federnde Entschlossenheit in ihrem Gang. Sie war so schlank und stark wie eine edle Klinge. Ihr Haar schimmerte wie Rabenflügel. Und dieses Gesicht; Eirik hatte noch nie so ein Gesicht gesehen, ebenmäßig wie eine Elfenbeinschnitzerei. Trotz der Schrecken, trotz der Schmerzen traf ihn die Erkenntnis, dass er vor der schönsten, rätselhaftesten Frau stand, die er je gesehen hatte. Und sie ging fort! Er rief ihr etwas nach.

Vala drehte sich um. «Ich gehe nur eine Pflanze suchen, die deine Wunde säubern wird», sagte sie, «Eirik.» Damit war sie verschwunden.

Der Wikinger versuchte aufzustehen und sank stöhnend wieder zurück. Er hatte sie nicht verstanden, doch das Letzte, was sie gesagt hatte, war sein Name gewesen, zwar mit fremdartiger Betonung ausgesprochen, aber es gab keinen Zweifel. Woher kannte sie seinen Namen?

Die Frau war zurück, ehe er die Augen wieder öffnete. Sie machte sich mit irgendwelchen Blumen an seiner Wunde zu schaffen. Es tat weh, doch Eirik biss die Zähne zusammen. Er wollte vor ihr ganz gewiss nicht als Waschlappen dastehen.

«Sag mir, wie du heißt», brachte er zwischen zusammengepressten Zähnen hervor. Als sie aufschaute, wiederholte er die Frage und wies mit dem Kinn auf sie.

«Vala», sagte sie und fuhr mit ihrer Arbeit fort.

Vala, dachte Eirik und wiederholte es laut. Ein seltsamer Name, er bedeutete nichts, es war nur ein Klang, doch er brachte eine Saite in ihm zum Schwingen. «Vala», sagte er noch einmal.

Da bemerkte er, dass sie zitterte. Er konnte ihr doch unmöglich Angst machen, angeschlagen, wie er war? Er legte den Speer aus der Hand, den er noch immer festgehalten hatte.

«Du musst dich nicht fürchten», sagte er freundlich und fasste sie an den Schultern.

Vala schaute ihn an. So nah war sie ihm noch nie gewesen. Wie blau seine Augen waren, wie Teiche, in denen sie zu versinken drohte. Sie konnte die Wärme seiner Haut spüren, die lebendige, prickelnde Wärme eines Menschen, in dem ein starkes Herz schlug. Sie konnte ihn riechen. Mit bebenden Nüstern sog Vala diesen Duft ein.

Als Eirik das sah, ging ein Beben durch seinen Körper.

«Du», sagte er und zog sie näher zu sich. Sie wehrte sich nicht, auch nicht, als seine Hände besitzergreifend über ihre Schultern wanderten. Nur ihre wilden, staunenden Augen blieben geöffnet, als könnten sie sich nicht von ihm lösen, während ihr weicher, warmer Mund dem seinen näher kam.

«Eirik!»

Der Wikinger sah das Erschrecken in ihren Augen. Ehe er etwas sagen oder sie festhalten konnte, war sie seinen Händen entschlüpft. So schnell wie ein Fisch, den man in der Quelle zu fangen versuchte.

«Eirik, hat die Löwin dich verschont?» Über dem Gras tauchte das vor Angst blasse Gesicht des jungen Wikingers auf. Hinter ihm erschienen Leif und Floki, ebenfalls ernst und blass.

«Hastein», brachte er heraus. Noch nie im Leben war Eirik die Stimme seines jungen Freundes unwillkommener gewesen. Sein Blick hing noch immer an der Stelle, wo Vala verschwunden war. Ihm war, als hörte er Pferdegetrappel, doch die anderen fielen mit ihren lauten Stimmen über ihn her. Froh, ihn am Leben zu sehen, halfen sie ihm auf. Eirik humpelte stärker, als es die Wunde vielleicht erfordert hätte. Doch es trieb ihn voller Verlegenheit, vor seinen Freunden die qualvolle Erektion zu verstecken, die nicht weichen wollte.

«Wieder habe ich dich gerettet.» Hastein strahlte. Er war so erleichtert, dass er Eiriks finstere Miene kaum bemerkte.

Zurück im Lager, kam der alte Armod zu ihnen herüber, mit seinem Kasten unter dem Arm, um ihre Wunden zu versorgen. Leif wies jede Hilfe von sich. Er brauche nichts als einen kräftigen Schluck Wein. Den beiden Jungen fehlte nichts. Es war nur schwer, ihren aufgeregten Redefluss zu stoppen.

Als Armod zu Eirik kam und die verbundene Wunde sah, hielt er verwundert inne. Er untersuchte sie und konnte nur zustimmend nicken. «Ich wusste gar nicht, dass du dich so gut mit Heilkräutern auskennst, Eirik Schönhaar», sagte er.

Mit vielsagend gehobenen Brauen pflückte er von Eiriks Schenkel ein Haar, das lang war und glänzend und schwarz wie ein Rabenflügel.

Eirik schnappte danach und sah sich unwillkürlich um. Armod zuckte mit den Schultern. Murmelnd und grummelnd, wie er es zu tun pflegte, packte er sein Kästchen zusammen und hinkte davon. Eirik, erschrocken und tief errötet, sah nicht mehr, wie der Alte lächelte.

heilmittel

In dieser Nacht hielt es Vala nicht in ihrer Hütte. Sie konnte nicht schlafen, ja sie brachte es nicht einmal fertig, still zu sitzen. Zu viele Dinge gingen ihr im Kopf herum, zu sehr waren alle ihre Gefühle in Aufruhr. Ihr war, als hörte sie immer noch seine Stimme ihren Namen aussprechen, wieder und wieder. Sie schien zwischen den Sternen widerzuhallen und verantwortlich zu sein, dass heute Nacht selbst der Himmel in Unruhe flimmerte. Kometen gingen wie silberne Schleier nieder.

Sein Griff an meinem Arm, dachte Vala, er war genauso stark und zärtlich, wie ich ihn mir vorgestellt habe. Ach, wenn es doch nur Morgen werden wollte und sie zu ihm gehen könnte! Selbst der Boden schien zu vibrieren. Das war der Frühling, sie spürte es, das war all die Kraft, die in der toten Erde verborgen lag und herausdrängte. Sie spürte es in allem, in Vaihs Wiehern, im Wehen des Windes, in der Unruhe in ihrem eigenen Blut. Vala lachte, wild und hoffnungsfroh. Große Änderungen standen bevor.

Im Lager der Wikinger brannten die Feuer bis tief in die Nacht. Sigurd war begraben und ein Runenstein über der Stelle aufgerichtet worden. Eine Schlange ringelte sich darauf um seinen Namen und den seines Vaters und all die Worte, die von seiner Tapferkeit erzählten. Armod hatte sie eingeschlagen.

Eirik hatte den Wein vergossen aus dem geweihten Horn. Doch er hatte nichts davon getrunken. Die anderen sangen wieder: «Wir haben Fahrt, selbst gegen den Tod.»

Eirik hörte die Worte, und er wusste, sie waren wahr. Denn obwohl sein bester Freund gestorben war, dachte er doch an nichts anderes als an die Frau. Die schwarze Nacht in diesem fremden Land war nicht geheimnisvoller, als ihre Augen es gewesen waren. Eirik starrte in die Dunkelheit. Er bat seinen Freund um Vergebung. «Sie hätte dir gefallen, Sigurd», sagte er leise, «sie ist mutig wie eine Löwin.»

Frigga hatte Sigurd nicht gefallen. Er war stets gegangen, wenn sie Eiriks Hof betreten hatte, sodass die beiden Freunde sich vor der großen Fahrt nur noch selten begegnet waren. Sigurd war anders gewesen als Eirik. Seine Mädchen waren immer fröhliche Dinger, mit lachenden Gesichtern und leichtem Herzen, einer Liebelei nie abgeneigt, unbeschwert zwischen den Fellen und jenseits des Bettes, wie Sigurd zu sagen pflegte, gute Kameradinnen, die einen Scherz nicht übel nahmen. Einen Scherz wie den, dass ihr Liebhaber am nächsten Morgen mit seinem Schiff weitersegelte, neuen Horizonten entgegen.

«Bei dir ist das anders», hatte Sigurd gesagt und dabei gelacht, aber nicht auf verletzende Weise. «Du willst eben alles auf einmal. Thor stehe dir bei, wenn du es findest. Das wird ein Beben geben, bei dem wir uns alle festhalten müssen. Eins kann ich dir sagen: Sie wird schön sein wie eine Göttin, stark wie eine Löwin, viel klüger sein als du, und deine Mutter wird sie hassen. Weil noch nie eine Frau eine andere so gründlich überflüssig gemacht haben wird!»

Und er hatte gelacht, seinen Becher mit beiden Händen ergriffen und Eirik zugeprostet. Der erwiderte über dem Grab die Geste noch einmal. «Jetzt wirst du es nie erfahren», murmelte er. «Trink auf uns in Odins Hallen, mein Freund.» Aber was redete er da nur? Die Trauer musste ihn verwirren; er wusste nichts von diesem seltsamen Wesen, dieser, dieser ... «Vala», flüsterte er, als er sich niederlegte.

Morgen früh würde er sie suchen.

Als Vala am anderen Morgen am Eingang zur Löwenschlucht stand, wurde sie von vielerlei Gefühlen heimgesucht: Da war zunächst Erleichterung, dass die Wikinger die Spuren des gestrigen Blutvergießens getilgt hatten. Sie erwiesen ihren Toten Ehre, das war gut so. Enttäuschung, dass er nicht hier war, so wie sie es gehofft hatte. Vala suchte die Eiche auf, an der er am gestrigen Tag gelehnt hatte, doch niemand wartete dort auf sie. Vielleicht, suchte sie ihn zu entschuldigen, hinderte ihn die Wunde. Dabei wusste sie genau, so schwer war die nicht gewesen. Sie fühlte Unsicherheit, was sie als Nächstes tun sollte. Und Verwunderung über die Laute, die sie aus einem nahen Gebüsch hörte.

Vala roch den stechenden Dunst von Blut und Tod, noch ehe sie die Zweige beiseite gebogen hatte. Es war der große Schwarze. Mit glasigen Augen lag er auf der Seite und hechelte. Fliegen umsurrten die Wunden, die Leif ihm geschlagen hatte. Sie flogen kaum noch auf, wenn sein Schwanz mit müder Bewegung ziellos in die Höhe peitschte. Der Löwe hob nur mit Mühe den mächtigen Kopf, als sie näher trat. Bernsteins Gefährte, das sah Vala, würde sterben. Noch einmal fletschte er die Zähne, doch sein matter Blick hielt sie kaum fest.

«Es tut mir Leid», sagte Vala und hob ihren Bogen.

«Vala!» Eirik rief ihren Namen, so laut er konnte. Doch niemand antwortete. Er trat mit dem Fuß nach einem Stein und verfluchte sich, dass er nicht eher hergekommen war. Aber die anderen hatten gestern Nachmittag, während sie selbst ihr Löwenabenteuer bestanden hatten, in den Bergen eine Rauchwolke gesehen. Und Eirik hatte sich denen angeschlossen, die heute hingegangen waren, um nachzusehen. Er hatte gehofft, der Rauch könne etwas mit dem Erscheinen der Frau zu tun haben.

Was sie fanden, war eine Art Grotte, die Hütte davor fast verbrannt. In der Asche lagen ein paar Schüsseln, ein Topf, ein halb verkohltes Buch, Knochen. Nicht ihre, beschwor er sich; sie war zu diesem Zeitpunkt schon bei ihm gewesen. Wer immer hier gelebt hatte, allein, war allein gestorben. Eirik war erleichtert. Armod hatte ihn mit hochgezogenen Brauen beobachtet, aber nichts gesagt. Dann hatte Hastein eine verängstigte Ziege gefunden, das Euter so prall, dass es schon fast entzündet war. Und die Jungen machten sich einen Spaß daraus, sie einzufangen und ins Lager zu schleppen.

Auf dem Rückweg hatte Eirik sich fortgeschlichen, hierher, aber vergeblich. Sie war nicht da. «Verdammt!»

Ein Schwarm Raben weckte seine Aufmerksamkeit, der kreischend über einer Stelle kreiste. Als er hinkam, sah er den gehäuteten Kadaver eines mächtigen Löwen. Er fragte sich, was das zu bedeuten hatte.

Vala hatte die Löwenhaut aufgespannt und notdürftig behandelt. Sie musste sich beeilen, wenn das Leder nicht steif werden und verderben sollte. Aber ihre Gedanken waren nicht bei der Arbeit.

Er hatte nicht auf sie gewartet. Bedeutete das, dass er sie nicht wieder sehen wollte? Sollte sie zum Lager gehen und nach ihm sehen? Es widerstrebte ihr, ihren üblichen Beobachtungsposten wieder einzunehmen. Sie wollte ihn nicht mehr von weitem betrachten, sie wollte ihn berühren, mit ihm sprechen, bei ihm sein. Und sie glaubte, dass er das auch wollte.

Da hast du dich, flüsterte eine böse Stimme in ihrem Kopf, eben wieder einmal geirrt. Ihr blieb ja noch immer Vaih, ihr kleines Heim, die täglichen Pflichten des Überlebens … Düster schabte Vala über die Haut. Da hatte sie sich eben wieder einmal geirrt. Hatte sie?

«Nein, verflucht!» Mit einem Schrei donnerte sie den Schaber auf den Boden. So leicht gab sie nicht klein bei. Wenn er nicht bei den Löwen gewesen war, dann wartete er eben anderswo auf sie. Ein wenig ruhiger geworden, bückte sie sich und hob den Schaber auf, der zum Glück nicht beschädigt war. Er hatte eine v-förmige Kerbe im Boden hinterlassen. Verdutzt schaute Vala sie an. Dann lachte sie. Ja, sie wusste, wo sie ihn finden würde.

Unruhig auf und ab gehend, hielt Eirik wohl zum zehnten Mal vor den Runen an, die er an jenem ersten Tag in ihrem Winterlager in den Felsen geschnitten hatte, um jeglichen Fluch zu bannen. Die Zeichen für Sonne und das große umgekehrte V für männliche Stärke. Hier sollte er sich ruhig und sicher fühlen. Doch die Ungewissheit ließ ihn nicht los.

Genau diese Zeichen hatte er im Hain auf den Boden gekritzelt gefunden. Jemand war dort gewesen, hatte ihn beobachtet und sie hinterlassen.

Durfte er daraus wirklich schließen, dass sie hier gewesen war und die Runen gesehen hatte? Dass sie es war, die in jenem Gebüsch gesessen und ihn belauscht hatte? Dass sie der Geist dieses Ortes war, der auf ihn gewartet hatte, damit er ihn bannte? Sigurd, dachte er, würde über diese Fragen lachen und ihm raten, das Mädel herzhaft zu küssen.

Eirik setzte sich ans Wasser und starrte hinein. Es war dunkel und klar. Abgestorbene Stiele von Schilfgras ragten hell aus dem Schlick, dazwischen stand blass wie der Tagmond ein wohl bekanntes Gesicht, zitternd und verwischt unter der einsetzenden Brise. Eirik lächelte.

«Willkommen», sagte er ernst. «Willkommen, Vala Wasserfrau.»

DIE BEGEGNUNG

Er stand auf und wandte sich zu ihr um. Voller Entzücken betrachtete Vala seine Bewegungen, die mühelose Kraft, die daraus sprach, lauschte sie seiner Stimme, die ihren Namen sagte und noch andere Worte dazu, die sie nicht verstand, die aber warm und verlockend in ihren Ohren klangen.

«Eirik», wollte sie sagen, doch die Worte blieben ihr im Halse stecken.

Der Wikinger betrachtete das stumme Mädchen. Jetzt, wo sie beide standen, sah er deutlich, wie zierlich sie war. Dabei strahlte sie Selbstbewusstsein und Stärke aus. Wie eine junge Birke, dachte er. Und welch ein Ebenmaß. Sie hatte bestimmt das schönste Gesicht, das er je gesehen hatte, schmal, mit einem fein geschwungenen roten Mund und hohen Jochbögen, die sich unter der braunen Haut abzeichneten. Die mandelförmigen Augen mit den geschweiften Lidern ließen ihren Blick zurückhaltend wirken. Aber er hatte die Wildheit in diesen Augen bereits gespürt. Unwillkürlich musste er lächeln, als er daran dachte.

Da überzog auch ihr Gesicht ein Lächeln. Es war so unvermutet aufgetaucht wie ein Sonnenstrahl über frostiger Landschaft, und Eirik seufzte unwillkürlich, als er es sah. Er streckte die Hand aus, um sie zu berühren. Auch Vala hatte die Hand gehoben, um über seine Wange zu streichen, wo sein Lachen dieses Grübchen schuf. Ihre Hände begegneten sich in der Luft und stießen unbeholfen gegeneinander.

«Entschuldige.»

Errötend zogen sie sie wieder zurück und standen für eine weitere Weile so da, einen Abgrund an Fremdheit zwischen sich, und doch nur wenige Zentimeter voneinander entfernt.

Vala betrachtete ihn und wusste nicht, was tun. Sie wollte, dass er sie in seine Arme nahm. Da schloss sie die Augen und ließ sich zu Boden sinken. Erschrocken fing Eirik sie auf.

«Vala, was ist? Bist du verletzt?» Forschend blickte er hinunter auf das Gesicht mit den geschlossenen Augen, das an seiner Brust ruhte.

Ein paar köstliche Momente lang lauschte Vala auf seinen Herzschlag. Wie lange hatte sie darauf gewartet! Dann öffnete sie die Augen, hob die Arme, schlang sie um seinen Hals und zog sich hoch an seine Lippen.

Eirik hatte schon geküsst, ungeschickte, gierige Küsse, säuerlich vom Bier der Feiern, die in dunklen Winkeln des Hofes getauscht wurden, unterbrochen von Kichern und albernem Geflüster. Keiner war wie dieser hier gewesen. Keiner, der ihm so den Atem raubte und mit ihm das Bewusstsein, sodass er kaum wusste, ob er Stunden an ihren Lippen hing oder wenige Augenblicke. Und keiner hatte dieses quälende, unbedingte Begehren in ihm ausgelöst, diese Gewissheit: Er musste die Frau besitzen. Es war nicht nur die heftige Reaktion seiner Männlichkeit. Es war wie ein Schmerz in seinem ganzen Körper, der danach verlangte, sich im Fleisch dieser Frau zu vergraben.

Vala spürte sein Verlangen, die zunehmende Heftigkeit seiner Umarmung raubte ihr fast den Atem. Keuchend tauchte sie aus seinen Küssen auf, nur um sich im Blau seiner Augen erneut zu verlieren.

«Komm», flüsterte sie, «komm mit.» Sie entzog sich ihm und nahm seine Hand.

Eirik schien zu begreifen; er folgte ihr einige zögernde Schritte. Doch dann, als ertrüge er es nicht, dass ihre Körper so weit getrennt wären, riss er sie wieder an sich und nahm sie auf den Arm. Vala umschlang ihn heftig, barg ihr glühendes Gesicht an seinem Hals und wies ihm den Weg.

Beglückt lauschte sie seinem Herzschlag, dem Ziehen seines Atems, sog das Aroma der Wärme ein, die durch sein Hemd drang, und kostete den Schweiß auf seiner Haut.

Eirik rannte mit seiner leichten Last, ohne sich umzusehen. Er hatte kein Auge für das kleine Flusstal, die Barriere aus Gestrüpp und die wohl verborgene Hütte. Er nahm sich nicht die Zeit, die Ordnung darin zu betrachten, das sorgfältig abgedeckte Feuer, die wenigen, selbst gefertigten Gebrauchsgegenstände in der Ecke, das lehmverschmierte Flechtwerk. Er bemerkte nicht einmal das Pferd.

Eirik legte seine Last auf das einzige Lager, das er fand, weiches, duftendes Gras, aufgehäuft und mit Antilopenfellen bedeckt, und betrachtete seine Beute. Ihr Gesicht war blass vor Aufregung, doch ihre Wangen hatten sich gerötet. Zurückgelehnt saß sie einen Moment da und schaute zu ihm auf. Dann hob sie die Arme und zog ihn zu sich.

Mit zitternden Fingern schnürte sie sein Hemd auf und zog es ihm über die Schultern. Sie hatte ihn schon so gesehen, von weitem, beim Fischfang im Wasser, doch nun gehörte alles ihr. Sie musste sich nicht mehr ducken und verstecken, nur hastige Blicke werfen. Sie hatte alle Zeit der Welt. Andächtig strich Vala über seine muskulösen Schultern, die Brust, seinen Nacken, in dem alle Haare sich sträubten, als ihre Finger zart darüber glitten. Vala lächelte, als sie ihre Wirkung auf ihn sah, und neigte sich vor, um seinen Hals zu küssen.

Ein wenig errötete sie dabei, denn dies waren Spiele, die Claudios ihr beigebracht hatte, und ihr war ein wenig, als blicke ihr früherer Liebhaber ihr über die Schulter. Doch jeder Seufzer Eiriks lief wie ein Beben durch ihren eigenen Körper. Und die Erinnerung an den jungen Griechen schwand, ging unter in der alles beherrschenden Erregung des Augenblicks. Vala ließ ihre Lippen über Eiriks Körper wandern, keinen Fleck wollte sie auslassen, ihn ganz und gar kosten. Ihr Haar strich sie beiseite; es fiel über Eiriks Gesicht, der es mit beiden Händen ergriff und tief seinen Duft einsog, ein Aroma von salziger Luft und Rauch, gemischt mit ihrem ganz eigenen Parfüm.

Als er jedoch die prickelnde Spur ihrer Zähne und ihrer Zunge um seine Brustwarzen spürte, schnappte er nach Luft. Er griff nach Vala und zog sie auf sich. Mit der anderen Hand versuchte er, sich seiner Hosen zu entledigen. Er spürte, wie sie ihm

243

zu Hilfe kam, dabei war die Berührung ihrer flinken Finger fast mehr, als er ertragen konnte.

Heftig zog er sie an sich. Vala starrte ihn an. Ihre Augen glänzten, ihr Mund stand offen. Eirik begann, die Strähnen, die über ihre Züge gefallen waren, beiseite zu wischen, zärtlich und rasch legte er ihr Gesicht frei, als berge er einen Schatz, und bedeckte es mit einer Unzahl kleiner Küsse, bis Vala sich seufzend ergab und zurücklehnte.

Nun war es an ihm, sie auszuziehen. Und so stürmisch Vala zu Anfang gewesen war, so willig, fast schüchtern ließ sie es geschehen. Es fiel ihr schwer, die Kontrolle abzugeben; zu gewohnt war sie durch das Alleinsein, dass immer sie es war, die wach und aktiv sein musste, diejenige, die die Situation beherrschte. Doch Eirik wollte es anders, und sie fügte sich, zurückhaltend erst, dann immer leidenschaftlicher.

Und Eirik ergriff die Initiative. Er hatte lange auf diesen Moment gewartet. Und er fand, er sollte es richtig machen. Er wollte Vala wiedergeben, was sie ihm geschenkt hatte; die Momente der Überrumpelung, in denen er sich ihr ganz überlassen hatte, hatten ihn viel gelehrt. Und so zog er ihr das seltsame Gewand über den Kopf, mit den Bernsteinen, Fransen, Knochenperlen und Federn, und betrachtete, was es verborgen hatte. Ihre Brüste waren klein, rund und vollkommen. Eirik gab dem Impuls nach, seine Lippen darüber wandern zu lassen, und hörte an ihrem Stöhnen, dass auch sie es genoss. Das machte ihn mutiger.

Vala trug Hosen wie er, bemerkte er, als seine suchenden Hände sich verfingen. Er musste innehalten und sich über sie knien, um den Knoten zu lösen und die Beinkleider abzustreifen. Zum ersten Mal sah er eine Frau ganz nackt. Und was für eine Frau das war!

«Meine Schönste», seufzte er und strich mit dem Finger zart ihren Schenkel entlang, der schlank und fest war, matt schimmernd wie eine Perle, und in wunderbarem Schwung in die Hüfte überging. Mit beiden Hände streichelte er ihre Taille, glitt hinab zu ihrem Gesäß, das er fest umfasste. Unwillkürlich wölbte Vala sich ihm entgegen.

«Du», stöhnte Eirik.

Vala umschlang ihn mit ihren Schenkeln und öffnete sich ihm, wie sie sich noch nie einem Mann geöffnet hatte.

«Du», gab sie sein Seufzen zurück. Es war das erste Wort seiner Sprache, das sie lernte.

Die beiden waren so erschöpft, dass sie so, wie sie waren, das Antilopenfell über sich zogen und einschliefen. Er spürte ihren Rücken an seinem Bauch und umschlang sie; so lagen sie dicht an dicht, die Beine angezogen, sein Gesicht in ihrem Nacken vergraben.

Als Eirik nach einigen Stunden erwachte, fand er sie neben sich auf dem Bauch liegend. Der Anblick ihres von zarten Schweißtropfen bedeckten, schimmernden Rückens und ihres runden Gesäßes gaben ihm eine Idee ein, die ihn sofort völlig wach werden ließ. Er rollte sich auf sie, schob sanft ihre Knie auseinander und kam zu ihr. Mit wenigen Bewegungen trieb er sie aus dem Schlaf in einen halb wachen, von unbewussten Begierden erfüllten Dämmerzustand. Sie seufzte und schrie und wand sich unter ihm ziellos hin und her. Jede ihrer Bewegungen ließ seine Erregung wachsen. Ihre Hände tasteten hilflos über das Fell des Lagers. Eirik ergriff sie und verschränkte ihre Finger miteinander.

Vala war im ersten Moment von Panik erfüllt gewesen. Das Gesicht ins Heu gepresst, von Haaren gefesselt, war auf einmal dieses Gewicht auf ihr. Fast hätte sie geschrien. Doch es war keine Gefahr, es war Eirik, war sein Geruch, seine Haut, seine Schwere. Seine Hände, die sie umfingen, seine flüsternde Stimme an ihrem Ohr. Vala gab sich seinem Willen ganz und gar hin. Es war berauschend.

Als er sie schließlich, müde und befriedigt, umdrehte und in seine Arme schloss, zitterte sie nicht nur vor Erschöpfung, sondern angerührt von einem tieferen Gefühl. Sie weinte hemmungslos an seiner Brust, erleichtert, von seinen Armen festgehalten zu werden. Doch hinter ihrer Erleichterung saß die Angst: Was nur sollte aus ihr werden, wenn dieses neue Gefühl siegen würde: das Gefühl, dass sie ohne ihn nicht mehr leben konnte?

Eirik hielt sie fest. Er hatte sie ansehen, ihr die Tränen abwischen und sie trösten wollen. Besorgt fragte er, ob er ihr wehgetan hätte. Doch sie hatte abgewehrt, unter Tränen gelächelt und ihn mit Küssen bedeckt.

So beschränkte er sich darauf, sie zu umschlingen und an sich zu drücken. Eirik war müde, stolz und glücklich. Er war kein Sonderling gewesen; er hatte Recht gehabt. Er hatte auf die Richtige gewartet, und es war überwältigend geworden. Es war ganz anders gewesen als in den prahlerischen Erzählungen, die er kannte. Etwas hatte ihn hochgehoben und fortgetragen, das stärker war als er. Und er hoffte, dass er die Kraft hätte, es festzuhalten.

Er drückte Vala noch einmal fester an sich. Sie schien wieder eingeschlafen zu sein. Das war gut so. Er würde sie halten und beschützen. Er würde sie mit sich nehmen.

An dieser Stelle begann sich eine Ahnung in seine überschwänglichen Gedanken zu schleichen, dass sich dies alles nicht so einfach gestalten könnte, wie er es sich ausmalte. Leif fiel ihm ein. Und die anderen Männer. Es war eine vollkommen andere Welt, die mit einem Mal wieder vor ihm stand. Wirklicher als die dunkle Hütte mit ihren fremden Dünsten. Seine Welt. Die anderen würden eine Frau an Bord niemals dulden, wenn es keine Sklavin war. Vielleicht wäre es eine Lüge, dieser Frau zu erzählen: Ich liebe dich und werde immer bei dir sein. Vielleicht sollte er besser damit warten. Eirik runzelte die Stirn.

Das Liebesmahl

Am nächsten Morgen fühlte sich Vala zerschlagen wie nach einem langem Ritt. Ihr Haar war verfilzt, und ihre Haut klebte. Der Dunst ihrer Liebesnacht hing noch immer in der Luft. Eirik! Vala rollte sich herum, um sich an ihn zu schmiegen, doch die andere Hälfte des Lagers war kalt. Eirik war fort.

Mit einem Satz war Vala auf.

Hass griff nach ihr. Dann schwarze Melancholie. Er hatte sie zurückgelassen; sie war wieder allein. Vala glaubte zu versteinern. Nein, sie würde sich keine Tränen erlauben. Mit trockenen Augen starrte sie lange in die graue Dämmerung. Draußen wieherte es. Valas Kehle entrang sich ein Stöhnen, es war ein Laut, wie sie ihn von sich selbst noch nie gehört hatte. Und sie wusste, dass etwas in ihr zerbrochen war. Lange saß sie so, bis wieder Bewegung in sie kam. Sie musste aufstehen. Sie musste gehen und Vaih füttern. Entschlossen holte sie Luft und versuchte aufzustehen. Sie sank wie gefällt auf ihr Lager.

«Du bist schon auf?» Eirik zog die Tierhaut am Eingang beiseite und trat ein.

Vala starrte ihn an wie eine Erscheinung. In seinen Haaren hingen Wassertropfen, in denen die hereinfallenden Sonnenstrahlen glitzerten. In der Hand hielt er eine Schnur, an der zwei frisch gefangene Fische baumelten. Er war nackt.

«Unser Frühstück», verkündete er fröhlich, «ich dachte, du müsstest Hunger haben. Mir geht es jedenfalls so.»

Vala verstand nicht, was er sagte, doch seine Geste war unmissverständlich. Eirik machte sich an der Feuerstelle zu schaffen. Offenbar hatte er auch daran gedacht, Anmachholz mitzubringen. Vala wollte aufstehen, ihn umarmen und ihn nie mehr loslassen. Doch ihre Knie zitterten noch. Und seine heitere Geschäftigkeit schüchterte sie ein. So saß sie nur auf ihrem Lager, ihre Nacktheit notdürftig mit dem Antilopenfell bedeckend, und schaute zu, wie er in ihren Vorräten stöberte, am Feuer herumhantierte und ihr schließlich auf einem Brettchen eine Mahlzeit aus gegrilltem Fisch, Pilzen und getrockneten Preiselbeeren servierte. Dabei stand eine dampfende Tasse Tee.

Die nahm sie zuerst und kostete andächtig.

«Dein Pferd wollte sich nicht von mir füttern lassen», sagte Eirik, «das Biest hat mich doch tatsächlich gebissen.» Und er rieb sich die rote Stelle an seinem Arm, wo Vaihs Zähne zugeschnappt hatten.

«Schmeckt es nicht?» Er schaute sie mit einem so liebevollen Lächeln an, dass Vala ganz schwach wurde. Ohne einen Blick von ihm zu wenden, streckte sie die Hand nach dem Essen aus, das er ihr hinhielt, nahm davon, was sie zwischen die Finger bekam, und führte es unbeholfen zum Mund. Sie kaute andächtig und schluckte. Und immer schaute sie nur ihn dabei an. Es schmeckte köstlich, aber das war nicht wichtig. Er war hier; er hatte für sie gekocht. Dies war die erste Mahlzeit, die ein Mann nur für sie zubereitet hatte. Sie hätte schmecken können wie rohe Schnecken, Vala hätte sie Bissen für Bissen vertilgt.

Sie war glücklich. So glücklich, dass sie nichts weiter tun konnte. Stumm saß sie da und schaute und kaute und aß voller Staunen, während Eirik ihr lachend zusah und ihren Appetit lobte.

Eirik wurde warm ums Herz bei ihrem Anblick. Er bediente sie wie ein krankes Kind und hatte seinen Spaß dabei. Als eine Beere in ihrem Mundwinkel hängen blieb, streckte er die Hand aus, nahm sie auf seinen Finger und bot sie ihr dar. Sie nahm sie gehorsam, mit weichen Lippen. Beschämt bemerkte Eirik, wie schon wieder Erregung ihn erfasste. Er begann, mit dem Finger die Konturen ihres Gesichts nachzuzeichnen, ein wenig errötend, halb vor Scham, halb vor Lust, und mit einem so schüchtern fragenden Ausdruck in den Augen, dass es an Vala war zu lachen. Mit ausgestreckten Armen warf sie sich ihm an den Hals.

Als sie später zufrieden nebeneinander lagen, müde von der Liebe und satt von dem Essen, das sie nackt auf dem Lager miteinander geteilt hatten, hing jeder seinen Gedanken nach.

Ich muss beginnen, seine Sprache zu lernen, dachte Vala. Es wird höchste Zeit. Zu dumm, dass er weder Arabisch noch Griechisch sprach. Aber wenn das Erlernen einer weiteren Sprache der Preis für ihre Liebe war, würde sie ihn mit Freuden entrichten. Es war ihr die letzten beiden Male auch nicht schwer gefallen.

Der Gedanke gab ihr so viel Kraft, dass sie beschloss, ihn sofort in die Tat umzusetzen. Sie sprang auf, über den träge protestierenden Eirik hinweg, der sich herumrollte, um zu sehen, was sie vorhatte.

«Was hast du da eigentlich ...», fragte er, dann blieb ihm der Satz im Hals stecken.

Vala hatte vor ihm eine Reihe Gegenstände aufgebaut und saß mit erwartungsvoller Miene davor. Erst begriff Eirik nicht, dann runzelte er die Stirn.

Vala wies fragend auf den Dolch.

«Also wirklich», protestierte Eirik. Er wälzte sich auf den Rücken und räkelte sich, ehe er ihr wieder einen Blick zuwarf. «Muss das jetzt sein?» Er langte nach ihr. «Komm lieber her.»

Doch Vala kam nur kurz herübergeschlüpft, küsste ihn und deutete dann wieder auf den Dolch.

«Dolch», grunzte Eirik widerwillig.

«Dolsch», wiederholte Vala mit lustigem Akzent. Lächelnd verbesserte er sie, und sie ging die Reihe der Dinge durch, die sie angeschleppt hatte: Bogen, Pfeil, Korb, Funkenschläger.

Eirik staunte, mit welcher Geschwindigkeit sie die Wörter aufnahm. Sie wiederholte sie immer wieder in rascher Folge, und niemals irrte sie sich. Dann deutete sie auf sich selbst.

«Vala», sagte er erstaunt, doch sie schüttelte den Kopf. Sie nahm seine Hand und veranlasste ihn, auf sich selbst zu zeigen. Gleichzeitig tippte sie sich mit dem Finger an die Brust.

«Ich», sagte Eirik, der begriffen hatte.

Sie deutete auf ihn und sagte klar und deutlich: «Du.»

Eirik wurde es heiß. Und er war froh, dass in diesem Moment die Stute mit so forderndem Gewieher ihr ausstehendes Frühstück einklagte, dass Vala aufsprang, um nach ihr zu sehen.

Allein wälzte er sich auf den Rücken und starrte an die Decke. Kleine Flecken Sonnenlicht drangen durch das Flechtwerk der Hütte und hüpften fröhlich im Takt der wippenden Zweige draußen über den Boden und sein Gesicht. Die Heiterkeit verdross ihn.

Was soll daraus werden dachte er. Er mochte dieses Mädchen, nein, es war mehr. Und er würde so freundlich zu ihr sein, wie er konnte, und ihr niemals wehtun. Solange er hier war. Aber was dann geschehen sollte, davon hatte er keine klare Vorstellung. Er versuchte, sich auszumalen, wie er vor die anderen trat und ihnen Vala als seine Gefährtin vorstellte. Es gelang ihm nicht, die Szene wollte keine Gestalt annehmen. Und Eirik glaubte zu begreifen, dass es niemals geschehen würde. Er konnte sie doch nicht mitnehmen. Ein Mädchen, das er im Busch gefunden hatte. Oder doch? Er errötete vor Scham über den Verrat, den er in Gedanken an ihr beging, aber dann schüttelte er heftig den Kopf. Die anderen würden ihm das niemals erlauben.

Würde sie, die Fremde, es wert sein, sich ihretwegen gegen das ganze Schiff, gegen seine Leute zu stellen? Sei ehrlich, flüsterte eine Stimme in seinem Kopf. Du weißt nicht, ob du den Mut dazu hättest. Der Gedanke machte Eirik ärgerlich. Mut, dachte er verdrossen. Was hatte Mut damit zu tun?

WAS HAT MUT DAMIT ZU TUN?

Eirik ging früh an diesem Morgen, damit seine Leute keinen Verdacht schöpften. Er versprach, bald wiederzukommen, und ließ Vala in einem seltsamen Zustand zurück, halb schwebende Glückseligkeit, halb zitternde Nervosität. Vala stand auf und tat alles wie immer: Feuer schüren, Vaih füttern, ein Frühstück bereiten. Aber ihr fehlte die Ruhe für die täglichen Verrichtungen. Erstaunt bemerkte sie, wie schnell ihr Herz schlug, wie ihre Finger zitterten. Als könnte sie, wenn sie alles nur rasch genug erledigte, damit die Zeit dazu bringen, ihrerseits schneller zu vergehen und ihr Eirik zurückbringen. Ich muss wieder zu mir kommen, dachte Vala. Wie soll ich in diesem Zustand einen Pfeil auf der Sehne halten?

Aber sie lächelte, während sie es überlegte, und überraschte Vaih damit, dass sie ihr einen stürmischen Ausritt gönnte und dabei sang. Erst auf der Ebene hielt sie inne. Von weitem sah sie Bernstein mit ihren Jungen, die nun keinen Vater mehr hatten. Doch Valas schlechtes Gewissen hielt nur kurz vor. Danke, rief sie in Gedanken voller Inbrunst, danke, dass du ihn verschont hast. Für mich, für mich, für mich!

Valas Aufregung blieb, auch nachdem Eirik wiedergekommen war. Und wieder und wieder. Er teilte seine Zeit zwischen dem Wikingerlager und Vala auf, so gut er es vermochte. Er ging dabei Umwege zu ihrem Lager, um sein und ihr Geheimnis gut zu bewahren. Er war so stürmisch zärtlich, dass sie in seinen Umarmungen kaum zu Atem kam, und sein leidenschaftlicher Eifer, sie zu befriedigen, hatte in nichts nachgelassen. Vala hätte zufrieden sein sollen.

Dennoch war ihre Ruhe dahin. Sie spürte, sie lebte zwischen zwei Zeiten, der Zeit ihres Einsiedlerlebens in der stillen Bucht und einer unbekannten Zukunft. Nach Eiriks Eintritt in ihre Hütte würde das Leben hier nie wieder so sein, wie es gewesen war, das wusste Vala. Ihr Lager war kalt, wenn er fort war, das Tageslicht tot, die Landschaft öde. Sie schwankte zwischen tiefer Traurigkeit und fiebernder Erregung. Ich könnte, dachte sie, keinen Tag länger mehr hier leben, wenn ich nicht wüsste, dass er wiederkäme. Schaudernd dachte sie an den armen Johannes und roch den Geruch seiner einsam verbrennenden Knochen.

War Eirik das Vorzeichen ihrer Zukunft? Es drängte sie, mit ihm darüber zu sprechen, und sie strengte sich an, seine Sprache so rasch als möglich zu lernen. Doch es schien ihr manchmal, dass Eirik sie in diesen Bemühungen eher hemmte als unterstützte. Nur widerstrebend ließ er sich herbei, ihr die Namen der Dinge zu nennen, auf die sie wies. Und er küsste sie, um ihr den Mund zu verschließen, wenn sie etwas fragte. Begriff er denn nicht, dass Entscheidungen gefällt werden mussten? Sah Eirik denn nicht, was sie sah: dass das Schiff der Wikinger wieder seetüchtig war und der Frühling in voller Entfaltung? Jeden Tag konnte die See sich glätten und die Reisenden einladen fortzusegeln.

Eirik war keinesfalls blind. Er sah und wusste sehr wohl, dass der Aufbruch bevorstand. Seine Gefährten packten die Vorräte neu, und jeden Tag stand Leif auf den Klippen, um in den Wind zu wittern.

Aber er wusste nicht, was er tun sollte. Er ahnte wohl, dass Vala auf eine Entscheidung gedrängt hätte, wenn sie sich hätte verständlich machen können. Und eben das suchte er zu verhindern. Eirik gefiel sich nicht in der Rolle, die er da spielte. Er begriff sich selbst nicht ganz: Wie konnte man sich auf der einen Seite so sicher sein, dass man die Frau seines Lebens umarmte, die Einzige, auf die man immer gewartet hatte, der man ganz und gar verfallen war, und auf der anderen Seite ernsthaft planen, sie zu verlassen?

Er schämte sich dafür. Und diese Scham trieb ihn an, Vala stumm zu halten. Manchmal tat sie ihm Leid, wenn er sie im Netz ihrer Sprachlosigkeit zappeln sah. Dann wieder erstaunte, ja erschreckte sie ihn mit etwas, was sie plötzlich sagte und was ihm eröffnete, wie weit sie möglicherweise schon war.

Einmal hatte er sie beobachtet, wie sie Vaih striegelte, und belustigt bemerkt, dass sie sich mit dem Tier in ihrer seltsamen Sprache unterhielt wie mit einem Menschen. «Du redest ja mit deinem Pferd», hatte er unwillkürlich ausgerufen.

Vala hatte aufgesehen und ihn ernst angeblickt. «Ich lebe mit meinem Pferd», hatte sie erwidert, flüssig und schlicht. Eirik hatte eine Gänsehaut bekommen. Es schien ein Vorwurf in dem zu liegen, was sie sagte, und in diesem Moment hatte er zum ersten Mal erwogen, nicht wieder herzukommen. Aber wie sollte er das tun? Er hielt es doch kaum eine Nacht ohne sie aus. Allein der Gedanke an ihre Stimme, ihre Berührung trieb ihn in den Wahnsinn.

Morgens, wenn er allein auf seinem Lager am Strand erwachte, schrie sein ganzer Körper schmerzhaft nach ihr. Bei allem, was er tat, verbissen und lustlos, hatte er ihr Bild vor Augen. Und je mehr Stunden des Tages hinschlichen, desto unruhiger wurde er, und desto dringender verlangte es ihn, sie wieder zu sehen und sie in die Arme zu nehmen. Selbst im Traum sah er ihr fremdartiges, wunderschönes, rätselhaftes Gesicht, das ihn überallhin begleitete. Wie konnte ein Mensch nur so schön sein?

Einmal hatte er sie überrascht, wie sie gerade auf Vaih ritt. Er hatte sich in den Schatten der Bäume zurückgezogen und sie beobachtet. Ihre geschmeidigen Bewegungen, die schlafwandlerische Sicherheit, mit der sie sich auf dem Pferd hielt, in vollem Galopp die Zügel losließ und ihren Bogen hob, den Pfeil auf der Sehne. Ihre Haare flogen im Wind, doch ihre Miene inmitten all der Bewegung war ruhig und konzentriert. Dann schwirrte der Pfeil ab. Eirik kam sie in diesem Moment wie eine Göttin vor. Er hatte noch nie etwas Schöneres gesehen. Kraft und ein so wunderbarer Frieden gingen von diesem Gesicht aus. Trotz seiner Zerrissenheit zog es Eirik immer wieder zu ihr hin. Er wusste, dort, nur dort könnte er seine innere Ruhe finden. Ohne Vala wäre sie ihm für den Rest seines Lebens verwehrt. Er seufzte. Doch mit Vala reden wollte er nicht.

«Mein Liebster!» Auch diese Worte hatte Vala gelernt. Hatte sie Eirik entrissen, entlockt, abgeschmeichelt. Sie lagen schon eine Weile auf dem Antilopenfell, träge von der Liebe. Vala hatte begonnen, Eirik zu streicheln und jeden Teil seines Körpers in seiner Sprache zu benennen, ehe sie ihn küsste. Es kitzelte manchmal, und Eirik musste sich ein Lachen verbeißen. Krampfhaft versuchte er, die Augen geschlossen und die Arme hinter seinem Kopf verschränkt zu halten. Wenn sie ein Wort nicht wusste, hielt sie inne, bis er es ihr schließlich sagte. Dabei verstärkte sich das Prickeln in seinem Körper, während sie weiterwanderte. Ihr heißer Atem verriet Eirik nur zu genau, wo sie nun wartete, und er spürte, wie sein Glied, ohne das Schamgefühl seines Herrn zu teilen, sich hoffnungsvoll in die Höhe reckte. Vala kicherte.

«Sag mir Name», hauchte sie.

Eirik schüttelte mit zusammengebissenen Zähnen den Kopf. «Na warte», keuchte er.

Sie kicherte und wehrte sich spielerisch, versuchte, von ihm fortzukriechen, doch er zog die Zappelnde an den Füßen zurück auf die Felle.

«Wenn du glaubst, du kannst ungestraft tun mit mir, was du willst …» Mit festem Griff öffnete er ihre Schenkel. Valas Gesicht übergoss sich mit Röte, und sie wandte den Kopf zur Seite, halb aus Scham und halb vor bebender Erwartung. Sein Atem auf ihrer Haut war köstlich. Einen Moment dachte Vala an die Sklavinnen im Palast des Kalifen, deren kleine Hände damals, im warmen Wasser des Bassins, bis an die verborgensten Stellen ihres Körpers gewandert waren, die auch Eirik sich nun anschickte zu erforschen. Damals war es eine Vergewaltigung gewesen, diesmal jedoch war es anders. Schwer strömte die Erregung in ihre Hüften, und sie reckte sich ihm entgegen. Eirik beugte sich vor und kostete von ihr.

Es ging wie ein Blitzschlag durch Valas Körper; ihre Finger krallten sich in das Fell, sie bäumte sich auf, und Eirik packte ihre Hüften, damit sie ihm nicht entglitt. Er spürte das haltlose Beben, das durch seine Geliebte ging; es feuerte seinen Forschergeist an. Irgendwann begriff Vala, dass das hohe Wimmern, das Keuchen wie von einem Tier, von ihr stammte, die sich auf den Fellen wand. Auch Eirik hörte es, und es berauschte ihn. Er überwand die Versuchung, sie jetzt, auf der Stelle, zu nehmen, und trieb sie weiter.

Valas Körper bebte, als würde sie von Fäusten geschüttelt. Sie griff nach Eirik und schrie. Dann brach sie wie sterbend zusammen. Eirik nahm sie in die Arme. Doch sie wehrte sich, drückte ihn auf die Felle, kletterte, noch immer keuchend, auf ihn wie eine Schiffbrüchige auf das rettende Ufer.

So lagen sie lange, gaben ihrem Verlangen hier und da mit einer sanften Bewegung Nahrung, schürten das Feuer mal weniger, mal mehr, und gelangten unversehens noch einmal an ihr Ziel. So, eng verschlungen, einer im Schweiße des anderen liegend, schliefen sie ein.

Eirik allerdings hatte nur seine Augen geschlossen und auf den Moment gewartet, da er allein wach wäre. Er lauschte auf Valas gleichmäßige Atemzüge. Noch immer drehte sich ihm die Dunkelheit vor Augen. Es war unwirklich, was mit ihnen geschehen war. Er hatte sich nie vorstellen können, dass es so etwas geben könne, Gefühle, die so stark waren, dass man meinte, brüllen und Knochen zermahlen zu müssen. Er hatte gehört, dass es Männer gab, die im Kampf zu Berserkern wurden, von den Göttern aufgestachelte Tierseelen, die die Furcht und sich selbst nicht mehr kannten und brüllend alles hinschlachteten, was ihnen in den Weg trat. Dass Männer und Frauen bei der Liebe Ähnliches empfinden konnten, ähnliche Selbstvergessenheit bis an den Rand des Wahnsinns, das hatte er nicht gedacht. Es machte ihm beinahe Angst.

Vielleicht, dachte er, war es gut, dass ich dies noch gelernt habe. Der Gedanke schnürte ihm fast die Kehle zu. Doch war es nicht ein würdiger Abschluss ihrer traurigen Geschichte? Denn die Segel waren geflickt, die Planken ersetzt, die Stämme, auf denen das Schiff ins Wasser rollen sollte, bereits geschlagen. Sie wollten am nächsten Tag in See stechen.

Vala lauschte Eiriks Herzschlag, der unruhig war. Warum sagst du es mir so, dachte sie, sprichst du nicht mit deinem Mund zu mir? Dein Schiff fährt bald. Sie hatte den Satz geübt. Aber sie brachte ihn nicht über die Lippen. Sie wusste nicht, was sie dann sagen sollte, das heißt, sie wusste es wohl, es war eine lange Rede, die ihr schon oft durch den Kopf gegangen war, doch ihr fehlten die Worte dafür. Zu viel wollte sie ihm sagen. Wie sehr sie ihn liebte. Dass sie zum ersten Mal in ihrem Leben das Gefühl hatte, allein nicht mehr vollständig zu sein. So viele Jahre hatte ihre Einsamkeit gedauert.

Und er liebte sie ebenso, das wusste sie, auch wenn er manchmal so düster dreinschaute und die Stirn runzelte. Auch wenn er ihr auswich, um sie danach wie zur Entschuldigung mit Aufmerksamkeiten zu überschütten. Es war mehr als die körperliche Lust, was ihn zu ihr zog. Er liebte sie wirklich. Vala wusste nicht, woher sie diese Gewissheit hatte, doch sie besaß sie, ruhig und sicher. Sie wünschte nur, sie hätte ihm etwas von dieser Sicherheit wiedergeben können. Denn ihn schienen Zweifel zu plagen. Auch jetzt noch, während er dalag und ihr vorspielte, er schliefe. Sie hörte doch an seinem Atem, dass er schauspielerte. Was hatte sie an sich, dass die Männer, die es zu ihr hinzog, gleichzeitig von ihr fortstrebten?

Vala legte ihre Hand auf seine Brust. Sie spürte, wie er danach griff, sie mit seinen warmen Fingern fest umschloss, leise etwas dabei murmelte. Sie lächelte unmerklich, als sie die zärtlichen Worte hörte. Dann schlief sie ein.

Als sie erwachte, war sie allein. Sie räkelte sich und lauschte, doch es war ungewöhnlich still um die Hütte. Mit einer Bewegung hatte sie das Fell zurückgestreift und war auf den Beinen. Eine Brise schlug ihr entgegen, anders als der Wind der letzten Monate. Mild und frisch, dabei kräftig, voll neuer Düfte, blau und verheißungsvoll. Der Frühling war gekommen.

Und Eirik war fort. Sie begriff es, ohne dass sie nach ihm hätte suchen müssen. Ihr Blick wanderte verzweifelt in die dämmerige Hütte zurück, in der noch sein Geruch hing, so stark und vertraut, dass ihr ganz seltsam wurde. Ihre Knie zitterten, und sie sank zurück auf ihr Lager. Das Fell, war noch etwas von seiner Wärme darin? Sie rollte sich wimmernd darin zusammen und ignorierte das gleißende Sonnenlicht, ignorierte die Vogelrufe und die neue Wärme, die alles zu umfangen begann. Sie hasste den Frühling. Dann stießen ihre Finger, die trostlos das Fell streichelten, auf etwas Hartes. Vala hob es hoch ins Licht.

Es war ein Kamm.

Letzte Geschenke

Vala betrachtete ihn lange. Die feine Schnitzarbeit der Zähne war ein Wunder. Die verschlungenen Ornamente des Rückens glänzten halb durchsichtig, fast wie Jade, und waren sorgsam poliert. Er musste lange an diesem Schmuckstück gesessen haben. Endlich besaß sie einen Kamm; wie lange hatte sie sich einen gewünscht. Aber Eirik hatte sie nicht mehr.

Nachdenklich befühlte Vala eine Ecke, die ihr beschädigt schien, fast unmerklich, aber sie konnte sie dennoch ertasten. Ob das etwas zu bedeuten hatte? Ihr war, als spräche diese kleine Scharte zu ihr, eine Geschichte, die sie noch nicht verstand. Eine Geschichte über Eirik. Vala setzte sich auf. Es war seltsam: Wäre Eiriks Geschenk vollkommen gewesen, sie wäre wohl einfach auf ihr Lager zurückgesunken und hätte um ihn geweint. Aber dieses beschädigte Stück schien ihr ein Rätsel, eines, das gelöst werden wollte. Wann hatte er den Kamm geschnitzt? Sie hatte ihn nie bei der Arbeit gesehen. Es war, als bäte Eirik damit selbst darum, dass sie ihn verstünde. Dass sie ihn besser verstünde als er sich selbst. Vala stand auf. Sie war nicht die Einzige, die in den letzten Tagen gepackt hatte.

Das Bündel, das sie wenig später auf Vaihs Rücken packte, war nicht groß. Wäre Eirik weniger mit seinen eigenen Sorgen beschäftigt gewesen, hätte er bemerken können, dass weniger Kräuter von der Decke der Hütte baumelten als sonst. Er hätte sehen können, dass die Löwenhaut nicht mehr auf ihrem Gestell hing und die Zahl der geschnitzten Schalen abgenommen hatte. Die Waffen und das Antilopenfell waren schnell dazugepackt.

«Komm schon, Vaih, sei nicht so störrisch.» Die Stute wehrte sich, je näher sie dem Lager der Nordmänner kamen. Vala redete auf sie ein; sie wollte nicht so vor den Kriegern erscheinen: eine schwache Frau, die nicht einmal ihr Pferd beherrschte. Ungeduldig redete sie der jungen Stute zu. Insgeheim gab sie ihr Recht. Es gelang ihr ja kaum, die eigene Erregung zu beherrschen. Wie konnte sie da erwarten, dass das Pferd sich von ihr beruhigen ließ?

Ein wenig wunderte es sie, während sie so dastand, Vaih tätschelte und sich nervös umschaute, dass die Wikinger keine Wachen aufgestellt zu haben schienen. Für gewöhnlich waren sie vorsichtiger. Dann sah sie etwas, das ihr den Schreck in alle Glieder trieb: Über dem Rand der letzten Klippe, die sie vom Wikingerlager trennte, tanzte die Spitze eines Mastes hin und her. Das Drachenschiff war in Bewegung.

«Sie legen ab! Wir müssen uns beeilen, Vaih», rief Vala. Ihr Herz klopfte wie wild. Sie durfte nicht zu spät kommen. Den Gedanken, Eirik als ferne, kleine Gestalt an einer Reling stehen zu sehen, einen unüberwindlichen, stetig breiter werdenden Streifen Wasser zwischen ihr und ihm, war mehr, als sie ertragen konnte.

Als sie keuchend auf den letzten Klippen stand, die Vaih nur widerwillig hinaufbalanciert war, konnte sie innehalten, um ihren Atem zu beruhigen. Das schlanke Schiff dümpelte zwar schon im Wasser, doch der Strand war noch übersät mit Gepäckstücken. Männer wuselten hin und her; Äxte wurden geschwungen, Rufe flogen über den Sand. Vala war so erleichtert, dass sie sich einen Augenblick an Vaihs Zügeln festhalten musste. Dann packte sie die Angst. Ganz eng zog sie Vaihs widerstrebenden Kopf an ihr Gesicht. «Du weißt doch auch, dass er mich liebt, oder?», fragte sie.

Vaih wieherte.

Vala nickte. Sie holte tief Luft. «Dann müssen wir es ihm sagen.»

«Was zum Teufel ist das?», brüllte Leif, als er sah, was sich da über den Strand bewegte. Er wollte seinen Augen nicht trauen. Den ganzen Winter über hatten sie in der Überzeugung gelebt, an dieser trüben Küste allein zu sein, und nun das, wie aus dem Nichts. Er griff nach seinem Beil und kniff die Augen zusammen, um gegen das Morgenlicht besser zu sehen, doch es blieb dabei: Eine Frau mit einem Pferd kam auf ihn zu. Leif wusste nicht, ob er lachen sollte über den Anblick oder auf der Hut sein.

Nach und nach bemerkten sie auch die übrigen Wikinger. Die Krieger ließen von ihren Tätigkeiten ab und nahmen ihre Waffen in die Hand. Einer nach dem anderen traten sie zu ihrem Kapitän, vor dem die fremde Frau stand, die mit entschlossenem Schritt über den Strand gekommen war. Was für seltsame Augen sie hatte! Und diese komischen Kleider, voller Knochen und Fransen. Hosen hatte sie auch an. Vor Überraschung brachten die Nordmänner kein Wort hervor. Vereinzelt erklang Gelächter, doch es verstummte rasch. Eine stille, fast wütende Energie ging von der kleinen Gestalt aus. Und sie war so schön, dass es ihnen den Atem verschlug.

«Dabei so winzig wie eine Puppe.» Es war Harald mit dem geflochtenen Bart, der diese Worte flüsterte.

Vala musterte sie alle rasch. Da war der Junge, den Eirik mochte, Hastein hieß er, Staunen und Besorgnis in der Miene. Der Alte neben ihm sah freundlich aus. Die beiden, die sich jetzt herandrängten und offensichtlich Brüder waren, würde sie dagegen gut im Auge behalten müssen. Sie sahen wie wüste Kämpfer aus. Denen war es zuzutrauen, dass sie …

Vala konnte ihre Inspektion nicht beenden. Der Kapitän machte eine Bewegung auf sie zu. Sie hatte gesehen, mit welcher Kaltblütigkeit er gegen Bernsteins Furcht erregenden Gefährten losgegangen war. Der Mann war zweifellos gefährlich.

Vala hatte auch Eirik gesehen. Er stand etwas weiter weg bei dem Jungen mit den traurigen Augen und den Aknenarben im Gesicht, um ihm beim Zusammenrollen eines Segels zu helfen, und bemerkte sie als einer der Letzten. Er ließ seine Arbeit sinken und schaute sie ungläubig an. Vala schenkte ihm einen langen Blick.

Dann drehte sie sich zu Leif, dem sie fest in die Augen sah, wie man es bei einem wilden Hund tat. Ohne den Blick von ihm zu wenden, schnürte sie das Löwenfell vom Sattel los, hob es hoch und warf es dem Kapitän mit Schwung vor die Füße. Sand spritzte auf.

«Fahrt. Geld», sagte sie. Ihre Stimme klang ruhig, doch ihr Herz klopfte bis zum Hals.

Leif trat gegen das Bündel, das sich entrollte. Die Augen traten ihm fast aus dem Kopf. Er erkannte die mächtige schwarze Mähne sofort. Aus der Gruppe um sie herum waren überraschte und bewundernde Rufe zu hören. Es war ein prächtiges Fell, von nicht geringem Wert, und sie alle wussten, wie sehr es ihren Kapitän danach verlangt hatte.

Vala wusste das auch, und sie hoffte, dass Leifs Gier über sein Misstrauen ihr gegenüber siegen würde. Sie hatte ihn beobachtet, ihn im Streit um Sigurds Beute erlebt und schätzte ihn als einen Menschen ein, dem kostbare Dinge wichtig waren. Er erinnerte sie an Abbas. Aber der Araber war hinterlistig gewesen, voller Heimtücke, ein Wiesel, dachte Vala. Leif dagegen war ein einsamer Wolf. Auch er konnte listig sein, doch er verfügte dazu noch über Stärke und einen alles versengenden Zorn. Wenn er ihr an die Kehle sprang, würde sie das wohl nicht überleben. Sie musste auf seine Liebe zum Reichtum vertrauen.

Leif betrachtete das Fell lange. Es juckte ihn in den Fingern, es zu berühren, über die Mähne zu streicheln, die einen wunderbaren Kragen auf seinen Schultern abgeben würde. Aber er erinnerte sich an die Niederlage, die er und seine Männer gegenüber den gelben Bestien hatten einstecken müssen. Sie war schmerzhaft gewesen. Und demütigend. Und er fragte sich mit zusammengekniffenen Augen, ob diese Frau wohl Zeugin dieser Niederlage gewesen war.

«Schwarze Haare, hm?», bemerkte Armod leise zu Eirik, der an die Gruppe herangetreten war. Er grinste. Eirik wurde rot.

Leif ließ derweil ein Schnauben hören. «Schau einer an. Und da haben wir die ganze Zeit gedacht, wir wären hier mutterseelenallein.» Er trat einen Schritt nach vorne, dabei schob er das Löwenfell scheinbar achtlos beiseite. Dann hob er die Hand und packte Valas Kinn. «Nicht schlecht», sagte er, während er ihr Gesicht hin und her wendete. «Da ist uns wohl was entgangen.» Grob zog er sie an sich und näherte seine auffallend roten Lippen ihrem Mund. «Wir beiden Hübschen hätten uns gut den Winter versüßen können.»

Die Männer johlten.

Vala schlug seine Hand zur Seite, sprang zurück und zog ihren Dolch. Gleichzeitig tastete sie nach Vaihs Zügel, um sicherzustellen, dass ihr ein Fluchtweg offen stand. Die nächsten Sekunden würden über ihr Schicksal entscheiden.

«He», protestierte Leif, seinen Ärger nur mühsam hinter einem herablassenden Lachen verbergend. Er wandte den Kopf nach rechts und links, als suche er die allgemeine Aufmerksamkeit. Ist das nicht komisch, schien seine Miene zu sagen. Die Kleine glaubt, sie kann mir Widerstand leisten. Breitspurig baute er sich erneut vor Vala auf, die die Klinge hob und ihn nicht aus den Augen ließ. Er tat vor seinen Leuten, als wäre sie kein Gegner, doch sie sah an seinem konzentrierten Blick, dass er ihr nicht den Gefallen tun würde, sie zu unterschätzen.

Doch plötzlich war Eirik zwischen die sich Belauernden getreten. Er wusste selbst kaum, was er tat. Als er Leifs Pranken auf Valas Gesicht gesehen hatte, war etwas in ihm vorgegangen. Ehe er wusste, wie ihm geschah, stand er vor ihr und zog sie mit der Linken hinter seinen breiten Rücken.

«Lass sie in Ruhe, Leif», hörte er sich sagen. «Sie gehört zu mir.»

Das war er also. Der Augenblick, vor dem er sich all die Wochen gefürchtet hatte. Für einen Moment schloss Eirik die Augen; doch als er sie wieder öffnete und seinen Blick auf Leif richtete, schauten sie so ruhig und entschlossen wie je. Die Entscheidung war endlich gefallen. Sacht drückte er Valas Arm.

Sie spürte seine Geste und erwiderte sie freudig.

«Eine Hunnensklavin», rief Leif, «wie in Rollos Lied. Du hast dir eine Hunnensklavin geholt, alle Achtung. Du lebst auch nicht schlechter als die Mannen an Thorbjörns Hof.» Wieder machte er einen Schritt auf Eirik zu.

Der wich nicht zurück. Vala spürte, wie er sich versteifte.

«Und, willst du sie nicht mit deinen Gefährten teilen?», fragte Leif. «Das wäre aber sehr selbstsüchtig von dir. Findet ihr nicht, Männer?»

Zustimmendes Johlen antwortete ihm. Die Wikinger schlossen den Kreis enger.

«Sie ist keine Sklavin», sagte Eirik ruhig. Vala lauschte dem Klang seiner Worte, die sie nur halb verstand. «Sie ist meine Frau.»

Vala spürte, wie ein Ruck durch die Menge ging. Man machte ihnen Raum, die Stimmung allerdings wurde womöglich noch feindseliger. Was immer Eirik gesagt haben mochte, es gefiel seinen Gefährten ganz und gar nicht.

«Das ist nicht dein Ernst», entfuhr es Leif. Sofort ärgerte er sich, dass er sich seine Verblüffung hatte anmerken lassen. Ablehnend verschränkte er die Arme vor der Brust. Seine kleinen hellen Augen unter den weißblonden Brauen musterten Eirik und Vala voller Abneigung. Er hatte den anderen noch nie gemocht, immer hatte Eirik ihm Ärger gemacht. Und die Männer hatten ihn obendrein noch bewundert dafür. Aber jetzt hatte er ihn.

Mit sicherem Instinkt begriff Leif, dass er in Vala Eiriks schwache Stelle gefunden hatte. Der Idiot liebte diese komische Fremde zweifellos, und er hatte offenbar tatsächlich vor, sie mitzunehmen. Das aber war ein klarer Verstoß gegen die Gesetze ihrer Gemeinschaft. Diesmal würden alle auf seiner Seite sein. Er konnte sich die Zustimmung seiner Mannschaft sichern, er konnte endlich wieder eindeutig der Kapitän sein, und er konnte Eirik damit schaden. Leif zögerte keine Sekunde, die Gelegenheit zu ergreifen.

«Unmöglich», sagte er ruhig und schüttelte den Kopf. «Du kennst die Regeln, Eirik.» Sein Blick suchte und fand die Zustimmung der Umstehenden. «Keine Frauen an Bord.»

Aufgeregtes, zustimmendes Gemurmel erscholl. Eirik atmete tief durch und schaute sich um. Armod blickte besorgt, Hastein völlig fassungslos. Er sah es dem Jungen am Gesicht an, wie beleidigt er war, dass Eirik ihm von Vala nichts erzählt hatte. Rollo betrachtete die Szene so distanziert, als erwöge er ihre Tauglichkeit für ein Heldenlied. Floki wirkte verwirrt und unsicher, wie immer. Er würde tun, was die anderen taten. Ragnar und Gardar fraßen Vala förmlich mit den Augen. Eirik bemerkte, wie der Einäugige ihr zublinzelte und ein obszönes Wort flüsterte. Er dankte Thor, dass sie es nicht verstand. Wenn sie jetzt auf einen der Krieger losginge, wäre das ihr Ende. Die anderen lachten. Eirik überlegte. Zwanzig Männer. Kaum bei dreien war er sich sicher, dass sie auf seiner Seite stehen würden. Er kam nicht an Leif vorbei.

Eirik dachte nach und entschied sich rasch.

«Die Hälfte meines Anteils», sagte er.

Armod und Hastein schnappten nach Luft. Der einäugige Ragnar ließ von Vala ab und starrte Eirik an. «Aber euer Hof …?», stieß er hervor.

Eiriks Schultern strafften sich. Ja, seines Vaters Hof. Sie hatten große Hoffnungen in ihn gesetzt, die dort zu Hause zurückgeblieben waren, in ihn und den Gewinn aus dieser Reise. Dass der einzige Sohn mit reicher Beute heimkehrte, war ihre letzte Chance, um die drückenden Schulden von dem Land zu nehmen, das ihnen seit Generationen gehört hatte. Wenn sie es verloren, würden sie sich kaum durch den nächsten Winter bringen können. Ihr ganzes Geld hatten sie in diese Fahrt angelegt.

«Die Hälfte», bestätigte Eirik sein Angebot. Er sah, wie Leif sich auf die Lippen biss. Ich habe dich, dachte er. Der Kapitän war gierig, das Angebot zu groß. Leif hatte schon nach Hasteins Anteil gegriffen, und auch das Feilschen um Sigurds Hinterlassenschaft war hart gewesen. Eirik, abgelenkt durch seine Verliebtheit, hatte sich der Angelegenheit nicht mit der Härte gewidmet, die er sonst aufgebracht haben würde, und Leif hatte sich einiges von Sigurds Anteilen einverleibt. Und jetzt, dachte Eirik grimmig, schiebe ich ihm auch noch mein schwer verdientes Geld in den Rachen.

Vala hinter ihm beobachtete die Szene. Sie bemerkte, dass etwas vorging, konnte es aber nicht einordnen. Der Kapitän, schien ihr, wurde schwankend. Da spürte sie eine Hand, die verstohlen ihren Hintern betastete. Blitzschnell griff sie zu und zog sie mit einem Ruck hoch, über ihren Kopf, wo alle sie sehen konnten.

«Hand weg», rief sie laut.

Die allgemeine Aufmerksamkeit wandte sich von dem Duell zwischen Leif und Eirik ab und Vala zu, die inzwischen dem Missetäter gegenüberstand. Zu ihrem Erstaunen war es der junge Mann mit dem Aknegesicht, der sein Handgelenk rieb, als hätte er sich verbrannt. Flokis Gesicht war vor Scham und Schreck dunkelrot angelaufen. Er tat Vala Leid, dennoch packte sie ihn am Ohr, als wäre er ein unartiges Kind.

«Mutter nicht lernen?», schimpfte sie.

Die Wikinger staunten. Dann lachten sie. Es sah wirklich zu komisch aus, wie der ein Meter neunzig lange Schlaks von der kleinen Frau ausgezankt wurde, weil seine Mutter ihm keine Manieren beigebracht hatte. Als wäre er ein siebenjähriger Apfeldieb.

«Ja, ja, ja», jammerte Floki und bog sich zur Seite, dem Zug ihrer kleinen energischen Hand folgend. «Ich tue es ja nicht wieder.»

«Gut», erklärte Vala ernst und ließ ihn los.

Floki verzog sich, so rasch er konnte. Er sah noch, wie Rollo grinste. Zweifellos würde der Sänger ihn an den nächsten Abenden mit Spottversen überschütten. Immer ich, dachte er verzweifelt. Leif ist genauso hereingefallen bei ihr, aber über den lacht keiner. Ich hätte es wissen müssen.

Die Atmosphäre war nach diesem Zwischenfall fast ein wenig

entspannt. Selbst Eirik musste lächeln. Vala hatte eine Menge Sympathien gewonnen, das spürte er. Und er zweifelte keinen Augenblick daran, dass sie so klug gewesen war, dies absichtlich zu tun. Sie hatte ihr Opfer gut gewählt. Armer Floki. Doch der Kleine hatte seine Schuldigkeit getan. Die Männer sahen nun, dass sie keine verführerische Sirene war, die auf dem Schiff für Unordnung sorgen würde. Und sie wirkte nicht mehr so fremd.

Tatsächlich fragte der einäugige Ragnar: «Was wird eigentlich deine Mutter dazu sagen, Eirik?»

Sein Gesicht war dabei vollkommen ernst. Andere nickten. Nicht nur Ragnar erinnerte sich an die strenge, kerzengerade Frau. Wie keine andere im Dorf hatte sie sie alle als Jungen zusammengestaucht und nicht gezögert, kräftig zuzulangen, wenn sie irgendeinen Unsinn angestellt hatten. Es gab kaum einen in der Mannschaft, der sie als Kind nicht gefürchtet hatte. Mit Frau Inga konnte man sich keinen Unsinn erlauben, das wusste jeder Junge im Dorf. Nein, Ragnar meinte es durchaus ernst mit seiner Frage. Was würde Inga dazu sagen?

Eirik dachte an Sigurd und musste grinsen. «Sie wird sie hassen», sagte er schlicht.

Ragnar stutzte, dann lachte er dröhnend und hieb Eirik seine Pranke auf die Schulter. «Wahrhaftig», wiederholte er prustend, «sie wird sie hassen.» Und er lachte, bis ihm die Tränen in die Augen traten.

«Sie hat mich einmal verdroschen, deine Mutter, als ich die Finger bei euch im Honigtopf hatte, dass ich es heute noch spüre», keuchte er in einer Pause. «Fürwahr, sie wird sie hassen.» Und er lachte wieder. Der Gedanke, dass die steife, stets beherrschte Frau Inga die Fassung verlieren könne, gefiel ihm dabei gar nicht schlecht.

«Sie wird sie hassen.» Der Witz machte die Runde.

Eirik, die amüsierten Männer hinter sich, die sich gegenseitig auf die Schulter klopften, schaute Leif fest in die Augen. Er hob vielsagend eine Augenbraue.

Leif machte ein finsteres Gesicht. Ja, er wollte Eiriks Anteil, er konnte es nicht leugnen. Obwohl er sich viel lieber aufgespielt und ihn klein gemacht hätte. Aber das Angebot war zu verlockend.

Als Frau Ingas Name genannt wurde, fiel ihm seine Schwester ein, und die Zornesröte stieg ihm ins Gesicht. Ihm wurde klar, dass dieser Hurensohn, dieser dahergelaufene Niemand allen Ernstes vorhatte, die schwarzhaarige kleine Schlampe mit ins Dorf zu nehmen und sie der Sippe zu präsentieren. Wie konnte er es wagen, Frigga gegen so eine einzutauschen? Noch einmal stieg die Wut in ihm hoch. Aber er bezwang sich, nicht nur des Geldes wegen. Leif wollte nicht, dass der Name seiner Schwester hier fiel und die Männer sich das Maul über sie zerrissen. Das würde noch früh genug geschehen.

Du pass nur auf, dachte er, während er mit den Schultern zuckte und den beiden ohne ein Wort den Weg freigab. Eines Tages räche ich Frigga. Und dann hole ich mir deinen gesamten Teil. Er schaute Vala nach, wie sie an Eiriks Seite ging. Und das Mädchen auch. Was für einen Arsch sie hatte. Ja, das Mädchen auch. Es wäre kein Schaden. Und Eirik, da war er sicher, würde es vernichten.

DIE FAHRT BEGINNT

Vala ließ sich von Eirik an Bord führen. Sie schaute sich alles an und begann zu begreifen, dass es eine schwierige Zeit werden würde. Es gab nur ein einziges offenes Deck, auf dem die Ruderer saßen, kein Darüber und kein Darunter. Zwischen ihren Bänken, um den Mast, am Bug und am Heck waren die Vorräte und die Beute aufgestapelt und vertäut, so dicht, dass keine Maus mehr dazwischen passte.

Eirik zeigte ihr eine Stelle dicht am Mast, wo sie begonnen hatten, ein Gatter für Vaih zu errichten. Vala würde ebenfalls dort unterkommen. Sie würde dort sitzen, dort essen und, falls sie nicht landeten für die Nacht, dort auch schlafen. Wie alle anderen, die sich ihr Plätzchen suchten, wo sie es fanden. Es gab kein Dach über dem Kopf, keinen Sichtschutz, keine Einsamkeit. Vala würde unter den Augen all dieser Männer leben, auf engstem Raum, Woche um Woche.

Selbst ihr wurde es ein wenig angst bei der Aussicht. Sie ließ ihren Blick an dem bunten Segel hochwandern, das im Wind beunruhigend laut knatterte. Sie spürte die stetige Bewegung unter ihren Füßen, die nicht nachließ und ihr schon jetzt den Magen umzudrehen drohte. Doch etwas anderes war stärker: Er hatte sich zu ihr bekannt! Die Erkenntnis durchströmte sie, ein unendliches Glücksgefühl. Noch einmal durchlebte sie den Moment, in dem er an ihre Seite getreten war, ohne zu zögern. Sie spürte wieder seinen breiten Rücken, seinen Arm, der sie heimlich an sich drückte. Und auch ohne alles, was vorgegangen war, verstanden zu haben, begriff sie, dass er ein großes Opfer für sie gebracht hatte. Vala wusste noch nicht, was es war, aber sie würde es herausfinden. Außerdem hatte er sich den Kapitän endgültig zum Feind gemacht, das spürte sie deutlich. Dieser Mann würde in der Zukunft noch eine Gefahr bedeuten.

Im Moment jedoch war Vala außerstande, sich zu fürchten. Ich werde bei Eirik sein, sagte sie sich wieder und wieder. Sie flüsterte es selig in den Wind, der sie bald übers Meer treiben würde. «Ich bin bei ihm.»

Verstohlen schaute sie zu Eirik hinüber, der neben ihr an der Reling stand. Er schaute ernst, als dächte er an die Gefahren, die ihnen bevorstanden. Vala ergriff seine Hand. Er entzog sie ihr, sanft zwar, aber entschieden, mit einem Blick auf die Männer weisend, die rings um sie arbeiteten. Vala zog schuldbewusst ihre Finger zurück. Das würde noch hinzukommen, dachte sie trübsinnig. So nah sie einander alle waren auf diesem Schiff, sie und Eirik würden wie durch einen Abgrund voneinander getrennt sein. Nicht einmal berühren würden sie einander können. Es war traurig, doch er hatte Recht, alles andere wäre unvernünftig.

«Nein, nicht! Langsam!», rief sie plötzlich und beugte sich weit nach vorne, als sie sah, wie Hastein und Gardar versuchten, Vaih mit lauten Schreien in das Netz aus Lederriemen zu treiben, das sie an Bord heben sollte. Die Stute war ohnehin schon verwirrt genug von all den fremden Menschen. Sie würde gleich um sich schlagen. Vala sprang mit einem Satz ins Wasser, um selbst Hand anzulegen.

Voller Sorge beugte Eirik sich vor. Er war erst ruhig, als alle gesund an Bord waren. Das Pferd stampfte und schnaubte, obwohl Vala an seinem Hals hing und wie wild auf es einredete. Hastein ging schmollend seiner Wege. Erst am Bug angekommen, drehte er sich neugierig wieder um. Eirik presste die Lippen zusammen, als er sich so von dem Jungen ignoriert sah. Das würde noch Ärger geben, all dies, er konnte es spüren.

«Sie wird sie hassen.» Gardar konnte es nicht lassen, seinen Lieblingswitz zu wiederholen. Eirik griente unfroh zurück. Seine Mutter würde allen Grund dazu haben. Sie würde ihr aller Voraussicht nach den tiefen Fall in Armut und Besitzlosigkeit verdanken. Wie hatte er nur so dumm sein können? Aber Eirik konnte es nicht bedauern. Wie hätte er anders handeln können? Sein Blick wurde weich, als er Vala betrachtete, und er lächelte.

Das Lächeln erstarb, als Leif an Bord kam. Die beiden Männer wandten einander abrupt den Rücken zu. Sie redeten während des ganzen Ablegemanövers kein Wort. Eirik nahm seinen Platz an den Riemen ein und ruderte mit den anderen, stumm und verbissen, bis ihm der Schweiß den Rücken hinunterlief und die Brise weiter draußen ihr Segel erfasste und aufblähte. Seine Blicke und seine Gedanken hingen dabei an Vala.

Auch an den übrigen Riemen gab es kein anderes Thema als die junge Steppenreiterin.

«Prächtig», brummte Gardar. «Würd ich auch gern.»

«Würde jeder gern», gab sein Bruder Ragnar zurück. Damit

war das Thema erledigt. Solange Eirik darauf bestand, sie sei seine Frau, war sie unberührbar. Die beiden stammten aus seinem Volk, das Vergewaltigung mit dem Tode bestrafte. Ein wenig waren sie ja wütend, dass Eirik sie so einer Versuchung aussetzte, mit einer Frau an Bord. Es war nicht recht. Und es mochte noch Schlimmes geschehen. Nicht, dass sie sich fürchteten; Wikinger fürchteten sich nie. Aber wenn doch etwas geschah, was zum Fürchten war, hatte am ehesten eine Frau die Finger im Spiel.

Ein wenig hegten sie auch Hoffnungen. Vielleicht überlegte Eirik es sich ja anders und betrachtete sie nicht mehr als sein Weib. Dann würden die Karten neu gemischt. Das war nur recht und billig. Ragnar schnalzte genießerisch mit der Zunge.

«Halt's Maul und rudere», sagte sein Bruder, der weniger romantisch veranlagt war.

Hoffentlich singt sie nicht, dachte Rollo, schob das Futteral mit seiner Laute tiefer unter den Sitz und legte sich in die Riemen. Man weiß ja, dass solche fremden Zauberinnen Seeungeheuer heraufrufen können. Und dass sie eine Zauberin war, das sah man schon an ihren Kleidern. Wenn sie den Mund aufmacht, um zu singen, beschloss er, erschlage ich sie sofort. Und er schaute trotzig zu Armod, der sich seine eigenen Gedanken zu machen schien.

«Ein rätselhaftes Geschöpf», murmelte in der anderen Hälfte des Schiffes Hastein, halb bewundernd und halb voller Ablehnung. Er war ziemlich entschlossen, diese Vala nicht zu mögen. Sie hatte ihm immerhin seinen besten Freund weggenommen. Bevor sie gekommen war, hatte Eirik ihm vertraut, ihm sogar von seiner Unberührtheit erzählt. Dass es damit dann kurz darauf wohl vorbei war, hatte er dagegen mit keinem Wort mehr erwähnt. Offensichtlich hatte er sich vor dieser Erfahrung nicht von Hastein retten lassen wollen. Der Junge schnaubte beleidigt. «Er mag rätselhafte Frauen», setzte er dann altklug und ein wenig abfällig hinzu.

«Ich mag sie auch», sagte Floki überraschend. Selbst Roric, der eine Bank vor ihnen saß, aber wenig mit ihnen sprach, weil er ein halbes Jahr älter war, schon an einer Fahrt teilgenommen hatte und dabei einen Mann getötet haben wollte, schaute erstaunt zu ihm hin.

Ausgerechnet du?, wollte Hastein schon fragen. Nicht nur weil es ja Floki gewesen war, den Valas Zorn getroffen hatte, sondern auch weil der Gedanke an Floki mit seinem hässlichen Gesicht und den hoffnungslosen Hundeaugen, der Gedanke also an Floki und irgendeine Frau, rätselhaft oder nicht, ihm völlig abwegig erschien.

«Ja», meinte Floki verträumt. «Sie kommen aus dem Nichts und lieben einen aus Gründen, die man nicht versteht. Das mag ich.» Er hielt inne und schaute die anderen beiden schuldbewusst an. «Mir fiele jedenfalls kein Grund ein, warum eine Frau mich sonst lieben sollte.»

«Oder wo sie herkommen sollte», brummte Roric.

Die drei schwiegen und ruderten. Hastein aber begann zu überlegen, wo diese Vala eigentlich hergekommen war und was sie wohl für Eirik empfand. Vielleicht konnte er sie ja fragen? Allerdings müsste er ihr dafür erst einmal das Sprechen ordentlich beibringen. Der Gedanke, so abwegig er ihn zunächst fand, ließ Hastein nicht mehr los.

Vala saß mit steifen Gliedern an ihrem Platz. Sie spürte die Blicke der Männer. Sie spürte auch die feindseligen Gedanken jener, deren Blicke sie mieden. Der Boden unter ihr schwankte. Vaih schnaubte klagend. Kalte Gischt spritzte von den Rudern und übersprühte sie. Es ging wieder einmal einer ungewissen Zukunft entgegen. Vala wusste, sie sollte glücklich sein. Sie hatte es geschafft, sich Eirik gegen alle Umstände zu ertrotzen. Es war nur natürlich, dass sie den Preis dafür bezahlen musste. Es war eben so, dass sie nicht mehr frei, als ihr eigener Herr, einen Pferderücken unter sich, durch die Weite streifen konnte. Aber sie wusste ja, wofür sie das alles aufgegeben hatte.

Sie suchte und fand Eiriks Augen. Schweigend hielten sie sich so aneinander fest, ineinander versunken und stumm zueinander sprechend. Vala lächelte plötzlich. Ja, sie spürte die Kraft in sich, mit alldem hier fertig zu werden. Das Segel über ihr entfaltete sich mit einem Knall; die Ruder wurden hochgezogen; die Möwen schrien. Das Drachenschiff hatte seine Fahrt begonnen.

TEIL IV

DIE REISE MIT DEM
DRACHENSCHIFF

TAGEWERK

«Ruder hoch.» Die tropfenden Ruder gingen in die Höhe, und der Bug des Drachenschiffes schob sich knirschend auf den Strand. Männer mit Waffen in den Händen sprangen über die Bordwände, wateten durch das Wasser und stürmten das Ufer hoch auf die befestigten Gebäude zu. Vala hörte Glocken; es musste ein Kloster sein. Mit Armod zusammen blieb sie, wie meist bei diesen Gelegenheiten, an Bord zurück. Sie sah, wie die Mönche auf den nächstgelegenen Feldern die Geräte fallen ließen, ihre Kutten rafften und auf das Klostertor zuliefen. Die Gruppe der langhaarigen Wikinger, die ihre bunten Schilde schwangen und brüllten, rannte hinterher. Die Mönche verloren den Wettlauf. Vala sah die Wikinger hinter der Pforte verschwinden, bald danach stieg Rauch auf. Die Klosterglocke bimmelte noch einmal wie wild, dann verstummte sie. Auch die Schreie wurden leiser. Wenige Augenblicke später kehrten die Männer zurück, auf ihren Schultern die Beute dieses Angriffs: goldene Kreuze, Messgeschirr, Schweine und Schafe, silberne Leuchter, Säcke mit Korn, seidene Altardecken, deren Fransen im Staub schleiften. Ragnar und Gardar gaben sich besondere Mühe mit einem kleinen Fass.

«Da waren noch viel mehr», verkündeten sie fröhlich. «Leider sind die meisten kaputtgegangen, als der Abt seine Ringe nicht hergeben wollte.» Ragnar grinste breit, ein glitzerndes Grinsen. Da er alle Hände voll zu tun gehabt hatte, den Messwein durchs Gelände zu rollen, hatte er die erbeuteten Preziosen in seinem Mund untergebracht. Nun spuckte er einen Siegelring und einen dicken Goldring mit einem Smaragd aus, dazu ein paar Kleinigkeiten. Harald, mit geflochtenem Bart und rotem Gesicht, ließ ein schweres silbernes Räuchergefäß auf die Planken knallen und begann, sich von den lebenden Hühnern zu befreien, die gackernd und um sich schlagend kopfunter an seinem Gürtel hingen. «Die Viecher haben mich angeschissen.»

«Jetzt sind sie selber angeschissen. Heute Abend gibt's Hühnchen», antwortete Leif, der sich gerade an Bord hievte.

Vala, die sich zu Vaih zurückgezogen hatte, bekam eine meckernde Ziege auf die Füße gestellt. Vaih schob vorsichtig den Kopf vor und schnupperte an der neuen Gefährtin. Eirik kletterte über die Reling, und Vala lächelte ihm erleichtert zu. Er zwinkerte zurück, wurde aber sofort wieder ernst und schüttete seinerseits einen Beutel Münzen auf den Haufen von Edelmetall, der immer höher wurde.

Ein heftiger Stoß erschütterte das Schiff. Leif beugte sich hinunter. «Die Kuh bleibt hier», brüllte er, «verstanden?»

«Wo ich solche Mühe damit hatte!», hörte Vala jemanden mosern. Das musste Floki sein. Dann gab es einiges Plätschern und Ächzen. Das Schiff schwankte erneut.

«Schneid den Strick durch», rief jemand.

«Bist du verrückt?» Das war Rollo. «Das ist keine Kuh, das ist ein Stier.»

Gleich darauf sah man Floki wild durchs Wasser rennen. Knapp hinter ihm senkte ein reichlich erboster schwarzer Stier seine Hörner und trieb ihn eine Weile am Strand entlang.

«Wasser», rief Vala, die an die Reling getreten war und heftig gestikulierte. Sie dachte an die schlimmen Verletzungen, die Stierhörner zufügen konnten. «Wasser!» Sie brüllte, was sie konnte, um das Pfeifen und Johlen der um sie herum in der Takelage hängenden Männer zu übertönen. Und sie deutete Richtung Meer. Endlich schien Floki zu begreifen. Er steuerte tieferes Wasser an, stürzte sich mit einem Kopfsprung hinein und schwamm um sein Leben. Der Stier schien abgekühlt und drehte ab Richtung Strand, schüttelte sich würdevoll und trabte zurück zum Kloster, wo man in der Ferne die ersten Figuren mit Löscharbeiten beschäftigt sah.

Floki kam schwimmend zurück zum Schiff. Vala war unter denen, die ihm an Bord halfen. Der arme Junge musste sich eine Menge Gespött anhören und Knüffe hinnehmen. Er tat Vala Leid, die ihn rasch musterte, ob er irgendwelchen Schaden davongetragen hatte, doch er schien heil zu sein.

«Wie kann man nur so dämlich sein und eine Kuh nicht von einem Stier unterscheiden können», brüllte Leif und klatschte sich auf die Schenkel. Floki ließ den Kopf hängen.

Vala wischte ihm das triefende Haar aus der Stirn. «War mutig», sagte sie leise, «mit Stier am Seil.»

Leif, der sie gehört hatte, wurde schlagartig ernst. Abrupt stand er auf. «Es war dämlich», beschied er harsch und marschierte davon. Die Männer wurden ruhiger und zerstreuten sich.

Hastein kam und legte den Arm um Floki. Er sandte Vala einen vorwurfsvollen Blick, so als wäre sie an allem schuld. Als Floki aber später sagte: «Das war freundlich von ihr», widersprach er nicht.

Vala schaute den beiden nach, dann wandte sie sich achselzuckend ab. Sie war es gewohnt, von allen ignoriert zu werden. Trotzdem tat es weh. Diese Stille, die stets um sie herum entstand, nagte an ihr. Und Eirik war keine Hilfe. Er ignorierte sie fast noch deutlicher als die anderen. Ihre Bemühungen, hier und da ein Lächeln oder einen heimlichen Händedruck zu erhaschen, wies er beinahe schroff zurück. Vala konnte sich hundertmal sagen, dass dies geschah, um sie zu schützen, es verletzte sie doch. Sie litt unter der Einsamkeit, die unter all diesen Menschen nur sie immer noch in ihrem Klammergriff hielt. Und in ihr wuchs die Angst, dass Eirik es langsam bedauern könnte, sie mitgenommen zu haben. Sie befürchtete, dass er unter der Ablehnung seiner Kameraden litt, die nicht mehr so zwanglos mit ihm umgingen wie früher. Eirik war es nicht gewohnt, heimatlos zu sein und ewig derjenige, der nirgends dazugehörte, sagte

Vala sich. Er liebte seine Leute und musste darunter leiden, dass manche ihn schnitten. Sie konnte sich gut vorstellen, wie er sich nachts auf seinem Lager wälzte und das Gefühl in ihm wuchs, sich in etwas verstrickt zu haben, was sich Tag für Tag enger um seinen Hals zog, eine Last, die ihn hinunterziehen würde, ohne Ausweg. Und sie befürchtete, dass er sie dafür verantwortlich machen würde. Sein Gesicht war manchmal so düster, wenn er sie betrachtete. Gerne hätte sie ihn in den Arm genommen und getröstet. Dringend hätte sie mit ihm über alles reden wollen.

Jeden Abend schlug er sein Lager so auf, dass er zwar zwischen ihr und den anderen zu liegen kam, aber kein vertrauliches Wort, keine Berührung möglich war. Sie kam sich vor wie eine Aussätzige, sie hungerte nach seiner warmen Umarmung, nach einem Wort, das ihr sagte, er liebe sie immer noch.

Vala schüttelte die düsteren Gedanken ab und kletterte über die herumliegenden Bündel zur Schiffsmitte. Dort kauerten inzwischen die meisten Männer, um über die Verteilung der neuen Beute zu diskutieren. Jedes Stück ging von Hand zu Hand, wurde gedreht, gewendet, mit den Zähnen geprüft und geschätzt. Dann wanderte es auf einen der vielen Haufen, die vor den Kriegern langsam wuchsen. Vala schaute gelangweilt über ihre Köpfe hinweg. Sie sah, dass die Rauchwolke über dem Kloster kleiner geworden war. Gestalten bewegten sich eifrig um ein Pferd, das vors Tor geführt wurde. Vala bemerkte, wie eine der Figuren sich hinaufschwang und in wildem Galopp fortpreschte. Sie klopfte Leif auf den Rücken und wies hinüber.

Der schaute brummig auf. «Bote», knurrte er. Dann fügte er, an die anderen gewandt, hinzu: «Byzanz ist nicht mehr weit. Sie werden eine Garnison der oströmischen Armee benachrichtigen.» Doch es schien ihn nicht weiter zu beunruhigen. «Bis die hier sind, sind wir längst über alle Berge.»

Vala starrte seinen Rücken an. Jemand stupste sie. Armod hielt ihr ein Stoffbündel hin und schlug einen Zipfel zurück. «Rosinenbrötchen», sagte er, «nimm, sie sind noch warm.»

Vala lächelte ihn dankbar an. «Rosinenbrötchen», wiederholte sie, nahm eins und ging zurück zu Vaih, die sich inzwischen an die neuen Nachbarn gewöhnt hatte. Vala zwängte sich zwischen die streng riechenden Schafe und knabberte an dem Gebäck. Heute Abend, dachte sie, werden sie wieder sturzbetrunken sein. Das war immer so, wenn sie ein Kloster geplündert hatten, da diese meist ausgedehnte Weinkeller besaßen.

Sie hörte ein Rufen, richtete sich auf, sah Harald, der johlend ein Fass über die holprige Wiese auf das Ufer zurollte, und seufzte.

NÄHE UND FERNE

Sie hatten das Drachenboot für die Nacht an einer Flussmündung an Land gezogen. Die Feuer loderten unbekümmert auf, und ihr Gesang schallte in das Abendrot.

Vala saß abseits. Immerhin hatte sie durchgesetzt, dass Vaih ausgeladen worden war. Die junge Stute schnupperte in der Nähe an einigen Kräutern. Vala musste lächeln, als sie sah, dass auch der Gang des Pferdes etwas vom Schwanken des erfahrenen Seemannes angenommen hatte. Auch sie, musste sie zugeben, spürte noch das Schaukeln der Planken unter ihren Füßen. Ach, wie viel lieber hätte sie den Trab von Pferdehufen gefühlt!

Aber sie wusste, dass Eirik es nicht gerne sah, wenn sie sich von der Gruppe entfernte. Dabei war es so unerträglich, immer unter aller Augen zu sein. Vala sehnte sich nach Einsamkeit. Am liebsten nach Einsamkeit mit Eirik zusammen. Aber der saß mit dem Rücken zu ihr am Feuer und trank mit den anderen. Nicht so wie sie, das bemerkte Vala, sondern zurückhaltend und maßvoll. Er sang, aber er war weder betrunken noch fröhlich. Die anderen mussten das doch auch merken, dachte Vala.

Er tat ihr Leid. Er war es nicht gewohnt, sich als Außenseiter zu fühlen. Es war alles ihre Schuld. Und sie konnte nur hier herumsitzen … es war einfach nicht auszuhalten. Vala sprang auf. Ohne lange nachzudenken, pfiff sie nach Vaih, schwang sich auf ihren Rücken und galoppierte den Strand hinunter. Ja, das hatte sie vermisst: der Wind in ihren Haaren, der fliegende Boden unter Vaihs Hufen, die Kraft der Stute, die dem geringsten Druck ihrer Schenkel gehorchte, und die Freiheit, zu bestimmen, wohin der Weg ging. Vala scherte sich für eine kurze Weile nicht um die Männer, die sie zurückließ. Ob ich da bin oder fort, dachte sie, macht für die keinen Unterschied.

Eirik wandte sich um, als er den Hufschlag hörte. Verdammt, das hatte er befürchtet. Fast wäre er aufgesprungen, um ihr nachzulaufen. Dann bemerkte er Leifs hämischen Blick und blieb sitzen. Er holte sie ohnehin nicht mehr ein. Seine Lippen pressten sich aufeinander, während er dem kreisenden Trinkhorn entgegensah. Wie konnte sie nur so unvernünftig sein? Begriff sie denn nicht, wie vorsichtig sie beide in dieser Situation sein mussten? Jede Freizügigkeit, jede Eigenwilligkeit musste die anderen in ihrer Meinung bestärken, dass es ein Fehler gewesen war, sie mitzunehmen. Leif wurde nicht müde, darauf hinzuweisen, trotz des Löwenfells. Und so mancher in der Mannschaft war seiner Meinung. Schon ein kleiner Vorfall konnte den Ausschlag geben. Schon ein wenig Beachtung, eine Freundlichkeit, eine Zärtlichkeit zu viel konnte die Missgünstigen gegen sie aufbringen. Es tat ihm selbst in der Seele weh zu sehen, wie einsam sie war.

Aber ging es ihm selbst besser? Eirik stöhnte, wenn er an die Nächte dachte, während deren er sie so wenige Schritte von sich entfernt wusste, ohne sie an sich ziehen zu können. Aber er tat es für sie. Sah sie denn nicht, wie er sich täglich überwand, wie er sich beherrschte, um ihretwillen, für sie? Konnte sie ihn da nicht ein klein wenig unterstützen? Eirik konnte nicht anders, er war wütend auf Vala. Konnte sie nicht einmal das für ihn tun, für sie beide? Sich still verhalten, wenn er es ihr befahl?

Armod hatte ihn beobachtet und neigte sich zu ihm, als er ihm das Horn reichte. «Es ist vielleicht ganz gut», meinte er beschwichtigend und wies mit dem Kinn in die Richtung, in die Vala verschwunden war. «Sie, meine ich. Nicht immer unter aller Augen.»

Eirik nahm das Horn. Missmutig antwortete er: «Es sind nicht die Augen aller, die ich fürchte. Solange alle sie sehen, ist es gut. Es sind die Augen eines Einzigen.» Und er schaute unauffällig in die Runde. Jeder, der sich daraus lösen würde, wäre verdächtig. Verdammt! Er nahm einen tiefen Schluck. Vala hatte sein Leben wirklich nicht leichter gemacht.

Die junge Steppenreiterin lenkte ihr Pferd nach einer Weile in den Wald. Wie gut es tat, wieder einmal Grün um sich zu haben! Still ritt sie unter den ausladenden Zweigen dahin. Sie folgte einem einsamen Pfad, bog Zweige zur Seite, ließ ihren Blick auf dem frischen Grün ruhen. Irgendwann fand sie einen Wasserfall. «Vaih, sieh nur! Endlich waschen!»

Vala rutschte aus dem Sattel und begann, sich auszuziehen. Diese Schweine heute hatten wahrhaftig gestunken. Überall war man auf ihren Unrat getreten. Es war eine Wohltat, sich endlich gründlich einweichen und reinigen zu können. Vala stellte sich unter das Wasser, das in starken Strahlen auf ihre Schultern prasselte und in ihren Ohren dröhnte. Es schien auf der Welt nichts anderes zu geben als sie und das schäumende, prickelnde Nass. Doch sie konnte sehen, dass ihre Stute nervös mit dem Schwanz schlug und ihren Kopf herumwarf.

«Was hast du denn, Vaih?», fragte sie, als sie herauswatete und ihr Haar im dicken Zopf auszuwringen begann. Nackt ging sie zu dem Pferd hinüber. Es dämmerte bereits, und die ersten Nachtvögel schrien. Valas Körper schimmerte hell neben dem schwarzen Fell des Pferdes.

«Ist etwas nicht in Ordnung?» Die Unruhe ihrer Stute übertrug sich auch auf Vala. Sie dachte an den Angriff der Wolfsmeute und suchte, so rasch sie konnte, ihre Kleider zusammen, dabei hielt sie sich immer dicht an Vaih, an deren Sattel ihre Waffen hingen.

«Ruhig, ganz ruhig.» Auf einem Bein stehend, versuchte sie sich in ihre Hosen zu zwängen. Das Leder klebte an ihrer feuchten Haut. Es war das Holundergebüsch gegenüber. Vala hätte nicht sagen können, warum. Aber sie wusste mit aller Sicherheit, die ihr die wachsende Gänsehaut auf ihrem Rücken gab, dass sie nicht allein war, dass dort etwas lauerte, was sie beobachtete. Das Dämmerlicht war trüb und ungewiss, erkennen konnte sie nichts.

Unauffällig brachte sie das Pferd zwischen sich und den unsichtbaren Feind. Sie zog ihren Gürtel straff. Ein Zweig knackte. Jemand hatte sich bewegt. Das war kein Wolf. Leif, überlegte sie, oder Ragnar? Vala verfluchte ihre Dummheit. Das Lager war weit; niemand dort würde sie hören; Eirik würde sie nicht hören. Sie schaute sich nach ihrem Oberteil um. Verdammt, sie hatte es auf einen Ast neben jenen Busch gehängt. Dort baumelte es, unerreichbar, und wurde nun von einer unsichtbaren Bewegung im Buschwerk in leise schaukelnde Bewegung versetzt. Instinktiv kreuzte Vala die Arme vor dem Leib. Wieder raschelte etwas.

«Wer da?», rief sie und griff nach ihrem Dolch. Da, ein neues Geräusch, jemand kam auf sie zu. Mit einem Satz warf Vala sich in den Sattel. Sie riss Vaih an den Zügeln herum. Plötzlich sah sie eine Gestalt vor sich auftauchen. Sie sprang Vala in den Weg.

Vaih wieherte auf und stieg. Fast wäre Vala gestürzt; sie fing sich in letzter Sekunde. Da war der Mann bereits heran und griff in Vaihs Zaumzeug. Sein Gesicht war ganz nahe an ihrem. Sie konnte seinen Weinatem riechen. Verzweifelt holte Vala aus.

«Nicht», rief er da. Es war Hastein.

Verdutzt hielt Vala inne. Der Junge?

«Nicht, ich meine, ich will dir ja nichts tun», rief Hastein erneut.

Verlegen ließ er Vaihs Zügel los und trat einen Schritt zurück. Es war ihm peinlich bewusst, dass sie halb nackt war. «Ich wollte ehrlich nicht … Nur, wenn du jetzt ins Lager zurückrast und allen erzählst, ich hätte dich überfallen …» Er schaute sie an, die noch immer mit hoch erhobenem Dolch im Sattel saß und zu ihm

282

herunterstarrte. «Das gäbe Ärger mit Eirik, verstehst du?» Sie rührte sich nicht. «Vermutlich nicht, was?», sagte er resigniert.

Dann bemerkte er, dass er noch immer ihr Oberteil in Händen hielt. Er reichte es ihr hinauf, wandte den Kopf ab und wurde rot. «Es tut mir wirklich Leid», sagte er.

Vala nahm ihr Hemd und schlüpfte hinein.

«Was du wollen?», fragte sie misstrauisch, während sie sich durch die Halsöffnung wurstelte.

«Ich dachte …» Hastein überlegte, wie er sich ihr verständlich machen könnte. «Eirik hat sich Sorgen gemacht, verstehst du?» Er schaute sie flehend an, bis sie nickte. «Aber er konnte nicht gut selbst gehen. Also habe ich nach dir geschaut.» Er hob die Hände und wies abwechselnd auf sich und sie. «Ich dich suchen», wiederholte er, «bewachen.»

Vala nickte langsam. Sie begriff, was er meinte. Und es erleichterte sie, dass er ihr nicht aus anderen Gründen nachgeschlichen war. Sie mochte den Jungen. Es hätte ihr Leid getan, ihn zu ihren Feinden zählen zu müssen. «Eirik?», fragte sie unsicher und saß ab.

«Mann», platzte es aus Hastein heraus. «Was soll er denn tun? Er kann doch nicht vor aller Augen hinter dir herrennen! Er hat sich riesige Sorgen gemacht.»

Vala nickte vage. Sie war nicht sicher, ob sie ihn ganz verstand. Aber sein Gesicht war so ernst und sorgenvoll, dass sie unwillkürlich lächelte.

«Du bist Hastein», sagte sie, «Eiriks Freund.»

«Na ja.» Der Junge wurde rot. «Du weißt meinen Namen», sagte er verlegen.

«Ich euch beobachten. Lange.»

«Du hast uns beobachtet?» Hastein staunte. Aber wie anders sollte es auch gewesen sein? Er erinnerte sich des Festabends, als sie die unerklärlichen Runen entdeckt hatten. Natürlich war sie den ganzen Winter um ihr Lager geschlichen und hatte alles bespitzelt, was sie taten.

«Du hast wohl eher Eirik beobachtet», sagte er spitz.

Vala nickte. «Eirik. Aber auch alle.» Sie führte Vaih am Zügel aus dem Dunkel des Waldes und lud Hastein mit einer Geste ein, an ihrer Seite zu gehen. Jetzt, da ihre Aufregung sich einigermaßen gelegt hatte, war sie froh, dem Jungen begegnet zu sein. Er sagte, er wollte nach ihr sehen, und sie glaubte ihm. Hastein hing an Eirik und war deshalb wohl eher als die anderen bereit, auch sie zu akzeptieren. Bisher allerdings war er ihr gegenüber sehr distanziert gewesen.

Vala betrachtete ihn nachdenklich. Die schlaksige Gestalt verriet bereits den kraftvollen Mann, der er einmal sein würde. Sein Gesicht war offen und arglos. Der Bart an seinem Kinn war in diesem Winter dichter geworden. Und Hastein gefiel sich neuerdings darin, die Haare an seinen Schläfen zu flechten und mit Perlen zu verzieren.

Vala spürte allerdings instinktiv, dass der Junge eifersüchtig auf sie war. Und sie wollte ihm zu verstehen geben, dass dies nicht nötig wäre. «Er dir Messer geschenkt. Er guter Freund.»

«Das hast du gesehen?» Unwillkürlich tastete Hastein nach der Klinge. Wie hatte er das nur vergessen können! Die Szene am Fluss stand ihm wieder vor Augen. Zum ersten Mal seit langem dachte er mit unvermischt freundlichen Gefühlen an Eirik und sich. «Na ja», murmelte er.

«Mir schenkt Kamm», fuhr Vala fort und zog ihn zum Beweis heraus.

Hastein erkannte ihn sogar im dürftigen Mondlicht. «Er hat dir diesen Kamm geschenkt?», rief er verblüfft aus. Dann kam ihm das Beleidigende seiner Überraschung in den Sinn. «Ich meine …» Er verstummte erschrocken.

Aber Vala war hellhörig geworden. «Du kennst Kamm?», fragte sie.

Hastein nickte. «Er hat mir alles darüber erzählt.» Erneut wallte in ihm der Stolz auf, von Eirik so ins Vertrauen gezogen worden zu sein. Eifrig fuhr er fort: «Er hat ihn für Frigga gemacht, als sie einander noch versprochen waren. Aber sie hatten einen furchtbaren Streit, und sie hat ihm gesagt, er soll sich sonst wohin scheren und seinen Kamm mitnehmen. Sie hat sogar damit nach ihm geworfen. Siehst du hier die Schramme?»

Vala verstand nicht alles von Hasteins sprudelndem Bericht. Mit gerunzelter Stirn versuchte sie, ihm zu folgen. Ein schlimmer Verdacht keimte in ihr auf.

Inzwischen hatte Hastein zu Ende geredet. Hin und her gerissen zwischen dem Stolz, doch noch ein wenig mehr über Eirik zu wissen als diese Frau, und der Sorge, zu mitteilsam gewesen zu sein, wartete er auf eine Reaktion.

«Frigga?», fragte Vala unsicher.

«Ja», sagte Hastein und nickte. «Leifs Schwester. Und genauso ein harter Brocken wie er, das kannst du mir glauben. Wenn die einen mit ihren Eisaugen ansieht … Aber trotzdem waren sie wie wild hinter ihr her. Natürlich auch Eirik, aber sie …»

«Frigga Frau?», unterbrach Vala seinen Redestrom, um sicherzugehen.

Hastein hielt verblüfft inne, dann seufzte er ungeduldig. «Ja, Frigga Frau», gab er zurück. Diese Fremde verstand ja wirklich gar nichts. Seine Gereiztheit wich allerdings der Bestürzung, als er Valas Gesicht sah. Er hatte geglaubt, wenn sie einmal weinen würde, dann allenfalls vor Wut. «Frigga Frau», bestätigte er und überlegte fieberhaft, wie er sich ausdrücken sollte. «Aber lange vorbei, verstehst du? Vergangenheit.»

«Vergangenheit?», echote Vala zweifelnd. Eirik hatte eine andere, so viel verstand sie. Sie wartete vermutlich zu Hause auf ihn. Das erklärte allerdings Eiriks zurückhaltendes Benehmen ihr gegenüber. Er hatte zu Hause eine Frau, der er mit jedem Ruderschlag näher kam. Und sie, ein Abenteuer auf der Reise, hatte sich ihm aufgedrängt, hatte sich an Bord eingeschlichen und sich nicht abschütteln lassen. Kein Wunder, dass er so abweisend war. In Vala brach eine Welt zusammen.

Hastein überlegte derweil, wie er es ihr erklären könnte. «Vergangenheit ist …» Er blieb stehen und wies auf sie beide, den Himmel, den Strand. «Wir sind hier. Heute. Heute Nacht.»

Vala schaute sich um und nickte angespannt.

Hastein fuhr fort: «Morgen werden wir wieder mit dem Schiff fahren. Erst schlafen, dann aufstehen. Dann weiter.» Er zeigte alles pantomimisch und wies nach vorne. «Morgen», bekräftigte er. Dann wies er über seine Schulter zurück. «Gestern», sagte er. «Der Sturm, weißt du noch? Als das Schiff schwankte? Dir war schlecht gestern. Aber das ist vorbei.» Er machte eine abschließende Geste.

«Gestern», bestätigte Vala, und wiederholte die Reihe: «Gestern, heute, morgen.» Sie schaute noch immer verwirrt.

«Und gestern ist Vergangenheit», schloss Hastein. «Sie ist vorbei. Weg. Nicht mehr wichtig.» Erleichtert sah er, dass ihre Tränen nicht mehr flossen. Hinter ihrer Stirn schien es zu arbeiten, und sie wischte sich energisch die Nase.

Vala runzelte die Stirn und dachte nach. «Wie viel gestern?», fragte sie dann barsch.

Sie gingen Seite an Seite zurück zum Lager. «Weißt du», sagte Hastein nach einer Weile, «du solltest unsere Sprache wirklich besser lernen.»

«Du mich lernen?», fragte Vala sanft zurück.

Hastein hatte das Gefühl, in eine Falle getappt zu sein. Kurz streifte ihn die Furcht, was Leif dazu sagen würde. Aber dann straffte er sich. Was ging Leif die Sache an! Er war schließlich frei und konnte tun, was er wollte, genau wie Eirik. Diese Frau brauchte Hilfe, und er, Hastein, würde ihr beistehen. Auch Eirik würde ihm dankbar dafür sein. Eirik, sein Freund. Die Vorstellung machte Hastein nicht wenig stolz.

Er lieferte Vala mit zeremonieller Würde an ihrem Lager ab und trat wenig später wieder in den Kreis der Trinkenden. Knapp nickte er Eirik zu, wie ein Gleichgestellter. Er bemerkte den verärgerten Blick, den Eirik kurz in Valas Richtung schickte, und runzelte die Stirn. Sicherlich hatte Vala vorhin eine Dummheit gemacht. Aber übertrieb es Eirik mit der Vorsicht nicht ein bisschen? Na, zum Glück hatte das Mädchen noch Freunde. Hastein setzte sich. Gleich morgen würde er beginnen, Vala zu unterrichten. Floki konnte ihm helfen. Da wäre wirklich nichts zu verpatzen.

Vala sah seine Gestalt vor dem Feuer und lächelte. Er wirkte, als wäre er um einige Zentimeter gewachsen. Was ein wenig Freundlichkeit doch auszurichten vermochte, dachte sie. Was ein wenig Freundlichkeit doch bei ihr vermocht hätte. Nachdenklich betrachtete sie Eiriks Rücken. Sie spürte seinen Ärger, und es tat ihr Leid. Gerne hätte sie sich bei ihm entschuldigt, aber sie fürchtete, er würde ihr keine Gelegenheit dazu geben. Er sprach nie mit ihr, außer um ihr laute Anweisungen zu geben, die jeder hören durfte.

Vala wickelte sich in ihre Decke und wartete auf den Schlaf. Sie dachte an diesen fremden Namen, Frigga, und die Bedeutung des Wortes ‹Vergangenheit›.

DER VERGESSENE BOTE

Sie war an Bord des Schiffes. Sie war allein. Wo sie auch hinsah, nur verlassene Ruder und leere Bänke. Sie stürzte zur Reling, aber da war nichts zu sehen. Das Wasser war kalt, blauschwarz, tief und leer. So leer wie der Himmel. Wo waren die anderen geblieben? Vala rief, aber sie bekam keine Antwort. Was war geschehen, warum hatte man sie zurückgelassen?

«Eirik.» Ihre Stimme hallte einsam über das Wasser. Plötzlich wusste sie, dass noch jemand da war. Sie wandte sich um. Am Ruder im Heck stand eine Frau. Sie war dünn, fast unnatürlich dünn, mit einem langen Hals und wehenden weißblonden Haaren. Ihre Augen waren fast so geschlitzt wie die Valas. Und mit einem Mal wusste Vala, wo sie sie schon einmal gesehen hatte: reitend auf einer Mischung aus Pferd und Raubvogel. «Frigga», hauchte sie. Und beim Klang des Namens schien kalter Nebel aufzuziehen.

«Er kommt nicht», sagte die Frau ganz ruhig. Dann kreischte sie plötzlich: «Aber wir beide fahren jetzt in die Hölle.» Damit riss sie das Ruder herum. Vala kippte in die Dunkelheit.

Etwas Warmes, Feuchtes weckte sie auf. Vaih schnoberte ihr übers Gesicht. Vala stieß sie grunzend weg. Wenn sie die Augen schloss, sah sie noch immer die andere Frau. Und sie hörte ihren Schrei. Aber das war kein Traum. Mit einem Schlag war Vala vollkommen wach und lauschte. Es war auch kein Nachtvogel. Es war ein Signal. Vaih schnaubte. Vala hielt ihr die Nüstern zu, tastete dann vorsichtig unter das Bündel, das ihr als Kopfkissen diente, und ergriff ihren Dolch. Nicht zum ersten Mal verfluchte sie den Umstand, dass sie ihr Schwert in der Herberge in Antiochia zurückgelassen hatte. In der tintenschwarzen Finsternis würde ihr Bogen ihr wenig nützen. Sie robbte zu Eirik hinüber und rüttelte an seiner Schulter.

Einen Moment lang stieg sein wohlvertrauter Schlafgeruch ihr in die Nase, und sie spürte die Wärme seines lange vermissten Körpers. Aber es war nicht der Moment; sie befanden sich alle in Gefahr. «Eirik?», flüsterte sie.

Er war unverzüglich wach. «Ich habe dir doch gesagt ...», zischte er leise.

«Eirik, da ist was.»

Der Wikinger hielt inne und lauschte. Seine Nüstern bebten. Sie hatte Recht, er konnte es sofort spüren. Diese unnatürliche Stille, das Fehlen der Nachtgeräusche, die Anspannung, die in der Luft lag.

«Was glaubst du, wie viele sind es?»

Eirik kam nicht mehr dazu, eine Antwort zu geben. In diesem Moment brach der Feind aus den Büschen und stürzte sich auf die Schlafenden. Im Licht der Fackeln, die sie trugen, konnte Vala erkennen, dass sie Uniformen trugen. Dann schlug das Kampfgetümmel über ihr zusammen.

«Odin!», brüllte Eirik, rollte sich herum, ergriff sein Schwert und rammte es dem Mann in den Bauch, der sich mit schlagbereiter Waffe über dem noch liegenden Hastein aufgebaut hatte. Der Soldat brach zusammen. Vala lief geduckt hin und wand ihm das Schwert aus den zuckenden Händen. Dann richtete sie sich auf. Es war keinen Moment zu früh, ein weiterer Soldat kam hinter ihr heran. Sie holte im Umdrehen aus, dass ihre Haare flogen, die schwere Klinge durchschlug den Panzer ihres Gegners und brachte ihn zu Fall. Hastein nickte ihr zu und sprang wortlos auf; eine Weile kämpften sie Rücken an Rücken. Vala sah aus den Augenwinkeln, dass sich überall ringende Paare gebildet hatten. Sie bemerkte Leif, der zwei der Angreifer bei den Köpfen gepackt hatte und sie zusammenstieß, Rollo, halb liegend, der, auf einen Arm gestützt, sich mit dem anderen verzweifelt nach oben verteidigte. Floki stand mit dem Rücken an einem Baum. Die Kraft, die jeder Hieb ihn kostete, ließ seine schmächtige Gestalt beben. Vala hörte Kommandos. Griechen!, dachte sie. Es mussten oströmische Soldaten sein. Der Bote!, fiel es ihr ein. Er hatte es tatsächlich geschafft, eine Garnison zur Hilfe zu holen. Wie hatte das nur so schnell geschehen können? Dann dachte Vala nichts mehr. Es galt, Hieb um Hieb zu parieren. Vala holte aus, duckte sich, stieß zu, zog zurück. Hastein hatte sich von ihr gelöst und stürzte sich brüllend auf einen Mann, der den alten Armod niederzuringen drohte.

«Hab ich dich, du Hure!» Vala wurde an den Haaren zurückgerissen. Sie stolperte, packte ihr Schwert mit beiden Händen und stieß die Klinge nach hinten. Ein Schrei sagte ihr, dass sie getroffen hatte. Als sie herumwirbelte, sah sie, wie der Mann, der sie gepackt hatte, sein blutendes Gesicht mit den Händen hielt. Vala trat ihm in den Leib, dass er stürzte, und schlug zu.

Erschöpft schaute sie auf. Wo war Eirik?

«Gut gemacht!» Ragnar tauchte neben ihr auf, warf einen verächtlichen Blick auf den toten Soldaten zu ihren Füßen, blinzelte ihr mit seinem einen Auge zu und stürzte sich dann brüllend wieder ins Getümmel.

Wo war Eirik?

Als das Gemetzel vorüber war, stand Vala mit blutenden Händen zwischen den schwer atmenden Wikingern. Jemand hatte die Fackeln der Feinde gesammelt und damit ein neues Feuer entfacht. In seinem Schein sah Vala die Toten. Es waren in der Tat Byzantiner. Ihr Anführer lag zu Leifs Füßen, der hingebungsvoll den juwelenbesetzten Griff von dessen Schwert liebkoste.

Vala erkannte einen Wikinger unter den Leichen, einen Mann mit wildem braunem Bart, von dem sie glaubte, dass er Heriold hieß. Hastein blutete an der Schläfe, stand aber keuchend und stolz aufrecht. Floki war zitternd an ihn herangetreten und umarmte ihn.

Wo war Eirik?

«Hierher, schnell!» Wie erleichtert war Vala, als sie seine Stimme hörte. Eirik kniete neben einer Gestalt, die sich mit schmerzverzerrtem Gesicht an ihn lehnte. Es war Rollo. Er versuchte, sein Bein zu fassen, fiel aber mit zusammengebissenen Zähnen wieder zurück. Jemand brachte eine Fackel und hielt sie hoch. Die Wikinger verstummten, Rollo schloss die Augen.

«Das wird nichts mehr», hörte Vala jemanden murmeln.

Armod hatte sich seinen Weg zu Rollo gebahnt und begann, die Stofffetzen von der verletzten Stelle zu schneiden. Aber alles, was er freilegte, war ein Chaos aus Blut und Fleischfetzen. Der Alte wusste kaum, wie er es berühren sollte. Als Vala es sah, lief sie zu ihrem Lager.

«Na, mein Junge», sagte Armod derweil. Seine Stimme klang warm und freundlich. Doch die Hoffnungslosigkeit stand ihm ins Gesicht geschrieben.

Rollo versuchte ein Grinsen. «Wir haben Fahrt, selbst gegen den Tod», rezitierte er und nickte. Dann ließ der Schmerz ihn erneut verstummen.

Ein paar Stimmen in den hinteren Reihen nahmen das Lied auf. Vala hörte das Singen und beeilte sich. Es verstummte, als sie sich zwischen den Männern nach vorn drängelte und laut sagte:

«Lasst mich versuchen.»

Erstaunte, hoffnungsvolle, misstrauische Blicke trafen sie.

«Vala!», rief Eirik rau. Die Aufmerksamkeit machte ihn nervös. «Geh an deinen Platz.»

Vala reckte das Kinn. Wo war ihr Platz? Wer hatte das zu bestimmen? Sie schaute Eirik und dann seinen Gefährten direkt ins Gesicht. «Wollt ihr Freund nicht retten?», fragte sie.

Zweifelnd wanderte Eiriks Blick zwischen ihr und Rollos Wunde hin und her. Sie ging ein zu großes Risiko ein. Wenn der Sänger trotz ihrer Bemühungen starb, und daran konnte kaum ein Zweifel bestehen, dann war Vala verloren. Wie konnte sie so dumm sein? Eirik biss die Zähne zusammen. Er bemühte sich, seine Angst um sie nicht zu zeigen. Wenn die anderen sahen, dass er ihr nicht glaubte, dann würde keiner ihr vertrauen.

Vala sah sich noch immer auffordernd um. Der alte Armod schien willens, ihr Platz zu machen. Aber Rollo riss die Augen auf, als sie sich über ihn beugte. «Lasst die Hexe nicht an mich heran!», rief er angstvoll.

Vala lachte verächtlich. «Willst du leben oder sterben?», fragte sie den Mann, der von Minute zu Minute bleicher wurde.

Rollo antwortete nicht, nur in seinem Gesicht arbeitete es.

«Lasst es sie versuchen», rief jemand. «Was haben wir zu verlieren?» Es war Hastein.

Erstaunt schaute Eirik ihn an. Dann senkte er beschämt den Blick und nickte schließlich selbst. Ermutigend drückte er Rollos Schulter. Nun hingen die Blicke an Leif. Der hob sein neues Schwert.

«Wenn sie eine falsche Bewegung macht, schlage ich ihr den Kopf ab», versicherte er seinem Gefolgsmann.

Eiriks blauer Blick glühte, doch er sagte nichts. Vala schien Leif überhaupt nicht wahrzunehmen. Niemand sah ihre Finger zittern, als sie schnell ihr Bündel aufschnürte. Mit dem Lederseil selbst band sie Rollos Bein ab, sodass die Blutung aufhörte. Dann musterte sie die Kräuter, die sie besaß. Rollo zuckte und ächzte unter jeder Berührung. Vala warf einen raschen Blick auf sein verzerrtes Gesicht. Sie musste ihn betäuben, und das rasch, sonst starb er ihr an den Schmerzen. Sie griff zu den Blättern einer Blume mit gelben trichterförmigen Blüten, die violettschwarze Adern durchzogen. Selbst im getrockneten Zustand strömte sie noch einen modrig-animalischen Geruch aus. Die am nächsten Stehenden traten unruhig zurück.

«Geisteraugen», murmelte jemand. Vala nickte. Ihr Volk hatte diese Blüten ähnlich genannt. Waldaugen, weil sie den Blicken der Eulen so ähnlich sahen, den Nachtgeistern, die im Wald lebten und wie kein Tier sonst mit der anderen Welt in Verbindung standen.

Kurz entschlossen warf Vala ein wenig davon ins Feuer. Es konnte nicht schaden, wenn alle sich ein wenig entspannten. Manche Männer machten schadensabwehrende Gesten. Aber Vala ließ sich nicht ablenken. Sie hielt dem widerstrebenden Rollo ein paar noch einigermaßen frische Blätter hin und befahl ihm zu kauen. Als er zögerte, stopfte sie sie ihm kurzerhand zwischen die Zähne. «Wein», befahl sie.

Es war Floki, der ihn ihr brachte.

Vala hielt Rollo den Becher an die Lippen. «Mein Zauber ist ein guter Zauber», sagte sie sanft, «kein böser. Du wirst sehen.»

Rollo starrte sie an. Dann öffnete er den Mund und schluckte.

«Er darf davon trinken, so viel er mag», erklärte Vala, die sich nun wieder dem Bein zuwandte. Ragnar und Gardar nickten, erstmals ein wenig hoffnungsvoll. Diese Medizin war ihnen vertraut.

Vala reinigte die Wunde vorsichtig, bis sie merkte, dass Rollos Muskulatur sich entspannte. Das Gesicht des Sängers blieb friedlich. Vala lächelte, sie wusste, er fühlte sich großartig. Rollo begann etwas zu brabbeln, was einem Lied glich. Eirik, der ihn noch immer hielt, knetete angespannt sein Gewand zwischen den Fingern.

Trotz des Erfolgs der Droge machte Vala sich daran, auch die Wunde selbst noch mit einem schmerzstillenden Sud abzutupfen. Dabei konnte sie zugleich die letzten Reste Schmutz entfernen. Als Eirik sah, dass Vala sich dem Riss in Rollos Bein mit ihrem Dolch näherte, gab er dem Sänger ein Stück Holz, damit er darauf bisse, aber Rollo wies es selig lächelnd zurück.

«Weiber», lallte er froh.

«Er tanzt mit den Walküren.» Jemand lachte. Dann wurde es wieder still.

Vala besah sich die Muskulatur und stellte erleichtert fest, dass sie sauber durchtrennt worden war. Der Hieb war fast bis auf den Knochen gegangen, hatte ihn aber nicht verletzt. Schmutzig, zerfetzt und wohl von einer geschwungenen Fackel versengt war nur die Haut darum herum. Sie schob die Stränge wieder an ihren Platz, netzte alles mit Ringelblumentinktur aus ihrem Bündel und verlangte dann nach sauberem Leder für einen festen Verband. Der lose Muskel verrutschte wieder.

Vala fluchte stumm und überlegte. Dann fragte sie laut nach Nadel und Faden. Niemand antwortete.

«Hält keiner Kleider Ordnung?», fragte sie ungläubig.

Ein Knurren antwortete, eine Hand streckte ihr das Gewünschte hin. Der raue Roric machte ein abwehrendes Gesicht, als Hastein und Floki ihn erstaunt ansahen.

«Das hat meine Mutter mir eingepackt», rechtfertigte er sich in einem Ton, der klarstellte, dass ihm das gegen seinen Willen zugesteckt worden war.

Vala nahm beides entgegen, fädelte ein, zögerte noch einmal kurz und stach dann in das Fleisch. Die Männer um sie herum ächzten. Auch Vala war nicht ganz wohl; es war das erste Mal, dass sie zu diesem Mittel griff. Aber wenn sie wollte, dass alles an seinem Platz blieb, schien es ihr das richtige Mittel zu sein. Sie hoffte nur, dass sich die Wunde um den Faden nicht entzünden würde.

Als der Muskel befestigt war, verband sie das Bein erneut. Dann schiente sie es zusätzlich mit zwei Ästen. Es war zwar nichts gebrochen, doch Vala wollte, dass Rollo es so wenig wie möglich bewegte. Sie löste das Lederband und stellte erleichtert fest, dass nur noch wenig Blut floss.

«Fertig», sagte sie schließlich. Sie schaute auf. Leif hatte sein Schwert längst gesenkt. Eirik atmete tief aus und wischte sich die Schweißtropfen von der Stirn.

Vala stand auf, um zu ihrem Lager zurückzugehen.

«Großartig», rief Hastein, «aber, aber, aber, ich meine, wird er denn wieder gesund?»

Vala drehte sich noch einmal um. «Jetzt vielleicht», sagte sie.

Leif kratzte sich am Kopf, während er Rollo betrachtete, der nun friedlich eingeschlafen war. Dann wanderte sein Blick über das verwüstete Lager voller Leichen.

«Also diese Byzantiner», sagte er langsam, «machen mich allmählich wütend.»

VOR DEM STURM

Wie sich herausstellte, gedachte Leif seiner Wut auf Byzanz Herr zu werden, indem er die Stadt überfiel. Dies war bislang noch keinem Wikingerschiff gelungen. Wann immer ein Drachensegel vor den Häfen der Stadt aufgetaucht war, war es kurz darauf in Flammen aufgegangen. Die Byzantiner verfügten über eine verheerende Waffe, genannt das Griechische Feuer. Sie schleuderten es mit Katapulten auf ihre hilflosen Gegner, und es hieß, selbst Wasser vermöchte es nicht zu löschen.

«Ammenmärchen», brummte Leif, als jemand die Geschichte aufbrachte.

«Sie haben uns in Kiew zur Genüge gewarnt», gab Armod zu bedenken.

Aber die Männer waren so entschlossen wie ihr Kapitän. Allen voran Eirik, der in den Reichtümern der Stadt eine Möglichkeit sah, etwas von dem Gewinn zurückzuerhalten, der ihm entgangen war, als er Teile seiner Beute für Vala hingab. Byzanz konnte ihn dafür entschädigen; es konnte ihren Hof retten. Es war eine kühne, fast verzweifelte Hoffnung. Aber was im Leben war nicht gefährlich? Der Tod lauerte überall. Und am ehrenvollsten stellte man sich ihm im Kampf.

Sie hatten Heriold auf einem brennenden Floß aufgebahrt, das sie ins Wasser hinausschoben, und während sie auf den beißenden Qualm gestarrt hatten, der von dem schwimmenden Scheiterhaufen aufstieg, hatten sie im Geiste schon die Kirchen und Paläste von Byzanz brennen sehen.

«Wir werden sie überraschen», hielt Leif gegen Armods Einwand. Auch die anderen Männer sprachen sich für den Angriff aus. Die Debatte war lebhaft, aber weitgehend einmütig.

Hastein und Floki sahen ihr von weitem zu. Sie saßen mit Vala an einen Baumstamm gelehnt und übten mit ihr das Sprechen. Es ging besser, als die beiden es sich hatten träumen lassen, und sie waren nicht wenig stolz auf ihre Leistung. Rollo, noch ein wenig blass, aber deutlich auf dem Weg der Besserung, verfolgte ihre Bemühungen und griff hin und wieder ein. Er war überrascht, als er bemerkte, dass Floki sich anschickte, Vala einige der Göttergesänge auswendig lernen zu lassen.

«Ich dachte, Gedichte merken sich leichter», sagte der Junge und wurde rot.

«Kannst du sie denn selber?», fragte Rollo stirnrunzelnd.

Floki nickte und rezitierte einige seiner Lieblingsstellen. Seine Stimme, sonst leise und unsicher, war dabei nach wenigen Versen volltönend und schön. Rollo nickte beifällig. Er half ihm an einigen Stellen, an denen der Junge stecken zu bleiben drohte, viele waren es nicht, und verbesserte seine Intonation.

«Du musst tiefer atmen, in den Leib hinein», wies er ihn an. Dann unterbrach er sich. «Erstaunlich», meinte er, «dass doch jemand zuhört. Und ich dachte immer, ich spiele für eine betrunkene Horde, die nichts anderes im Sinn hat, als den Refrain von Thorbjörns Hunnenmädchen mitzugrölen.» Er neigte entschuldigend den Kopf zu Vala. «Kennst du dieses hier?» Von Eifer gepackt, tastete Rollo nach seiner Laute, die Vala ihm schließlich reichte, und schlug für Floki einige Akkorde an. Schon nach wenigen Minuten waren die beiden in ihre Beschäftigung versunken.

Hastein schaute Vala an.

«Floki auch Schüler», sagte sie lächelnd.

Hastein dachte darüber nach, und es erschien ihm nicht unpassend. Ein Berserker wie Ragnar würde aus Floki wohl nie werden. Warum nicht ein Sänger? Es passte zu seiner zurückhaltenden Art.

Die Versammlung der Älteren löste sich inzwischen auf. Es erging das Kommando, an Bord zu gehen. Auch Vala machte sich bereit. Und nie hatte sie die Planken der «Windpferd» leichteren Herzens betreten. Die Stimmung an Bord hatte sich deutlich verändert, niemand schaute sie mehr scheel an. Nicht nur dass sie Rollo das Leben gerettet hatte, sprach in den Augen der Männer für sie, sondern auch ihr mutiger Einsatz im Kampf. Jetzt, wo Vala mehr von dem verstand, was um sie herum gesprochen wurde, fing sie hier und da Satzfetzen auf, in denen ihre kriegerischen Fähigkeiten gewürdigt wurden. Und es machte sie froh.

Als alles verstaut, Rollo in die Nähe des Ruders gebettet und auch Vaih wieder an ihrem Platz festgezurrt war, schaute Vala sich um. Sie sah den leeren Platz auf der Ruderbank neben Roric, wo Heriold gesessen hatte, und zögerte nicht. Niemand sagte etwas, als sie über die Ladeballen nach hinten stieg und dort Platz nahm.

Roric rückte beiseite. «Das gibt Blasen», warnte er, als sie den Rudergriff in die Hände nahm. Er spuckte vielsagend ins Wasser und machte ihr Platz. Vala nickte nur.

Es war Flokis Stimme, die als erste aufstieg, um das Lied anzustimmen, zu dessen Takt die Wikinger auf See hinausruderten.

Alle waren fröhlich an diesem Tag und voll sorgloser Kampfeslust. Nur Eirik blieb weiterhin auf der Hut. Noch mochte er dem Frieden nicht so recht trauen. Er konnte noch immer die Namen derer nennen, die Vala nicht wohlgesinnt waren, allen voran Leif, obwohl der Kapitän das mit keiner Geste zu verstehen gab. Aber es konnte doch nicht anders sein, oder? Hat Rollos Rettung Leif tatsächlich versöhnt?, überlegte Eirik und legte sich in die Riemen. Die Wellen schlugen höher gegen die Schilde an der Bordwand, und das Segel begann verheißungsvoll zu schlagen. Was nur ging im Kopf des Kapitäns vor?

«Was ist Byzanz?», fragte Vala an einem der folgenden Abende, als sie ihrem Ziel schon sehr nahe waren.

«Ein Riesenhaufen Beute», sagte Ragnar und lachte, während er sein Schwert polierte. «Der größte Haufen am Mittelmeer.»

«Eine Stadt», erklärte Hastein, «tatsächlich eine sehr große, stimmt's, Rollo?»

Der Sänger nickte. «Sie soll sehr alt sein. Ein Kaiser regiert sie.»

«Kaiser ist wie Kalif?», hakte Vala nach. «Kalif von Bagdad? Regiert alles?»

Rollo nickte. «Aber die Kaiser von Byzanz und die Araber mögen sich nicht besonders.»

«Du kennst Bagdad?», fragte Armod erstaunt. Die Stadt war mehr eine Sage, obwohl er von Wikingern gehört hatte, die dort gewesen sein wollten.

Vala nickte. «Ist Stadt im Westen.»

Eirik horchte auf, als sie das sagte. Im Westen! Dann musste Vala von noch weiter aus dem Osten kommen, als er gedacht hatte, aus den Tiefen eines völlig unbekannten Landes. Zum ersten Mal seit langem fragte er sich wieder, wer sie wohl war und was sie hierher geführt hatte. Ohne es zu wollen, ließ Eirik seinen Blick voller Wärme und Leidenschaft auf ihr ruhen. Armod bemerkte es und senkte den Kopf.

Auch Vala spürte diesen Blick, so wie sie sich jeder Regung Eiriks bewusst war. Freude und Begehren durchflutete auch sie. Also war er doch nicht ganz kalt geworden. Wie kam es nur, dass es die Freundlichkeit einer ganzen Schiffsladung voller Wikinger brauchte, damit Eirik ihr gegenüber auftaute? Manchmal war es Vala in den letzten Wochen erschienen, als wäre er ihr der Fremdeste von allen.

«Ich freue auf Byzanz», sagte sie.

«Ja, wir werden denen einheizen», erwiderte Ragnar.

Alles lachte. Aber Eirik schüttelte den Kopf. «Du bleibst an Bord», erklärte er knapp. Es klang wie ein Befehl. «Es ist zu gefährlich», fügte er rasch hinzu, als bemerke er selbst, wie grob der Satz geklungen hatte.

Vala schaute ihn verständnislos an. Alle mochten sie, sie fühlte sich ihnen endlich zugehörig. Nur Eirik stieß sie immer wieder zurück. Warum nur? Sie spürte, wie Wut und Traurigkeit sie zu überwältigen drohten, und sprang auf.

Die Männer schauten ihr nach, wie sie in den Wald lief, keiner sagte ein Wort. Auch als Eirik nach einigen Momenten aufstand und ihr folgte, blieb es still. Nur Armod hob eine Augenbraue. Gardar versenkte sich noch etwas intensiver in die Geheimnisse der Klingenpolitur, und Roric schüttelte die Hand, als hätte er sich die Finger verbrannt. Hastein wollte auf und hinterher. Aber Floki zog ihn wortlos zurück.

Eirik holte Vala auf einer Lichtung ein. Ein übermannshoher Felsblock lag dort, wie von Gigantenfaust an diesen Platz geschleudert. In seinem Schatten stellte er Vala zur Rede.

«Was ist nur in dich gefahren?», herrschte er sie an.

«Nein», gab sie wütend zurück, «was in dich gefahren?» Sie suchte nach Worten. «Alle mich mögen. Nur du, du …»

Eirik packte sie bei den Schultern. «Bei weitem nicht alle», sagte er eindringlich. «Begreifst du nicht, wie gefährlich es ist, Gräben aufzureißen, Parteiungen zu bilden, solange wir noch unterwegs sind? Auf dem Schiff ist kein Platz für Streitereien.»

«Kein Platz für mich, meinst du.» Sie schüttelte den Kopf. «Du lieber wollen, alle mich nicht mögen.»

«Ja, verdammt», gab er schroff zurück. «Es wäre mir lieber, sie würden dich übersehen, bis wir zu Hause sind. Wir sind nicht stark genug, Leif herauszufordern. Halt dich zurück.»

Vala riss die Augen auf. «Nicht Rollos Leben retten?»

Eirik schaute sie ernst an. «Für dich wäre es vielleicht besser gewesen, du hättest es nicht getan», sagte er.

Sie geriet in Zorn. «Du willst nicht, sie mich mögen», warf sie ihm vor. «Du willst nicht, ich Heimat hier. Bei euch.» Sie hob den Kopf und schaute ihn an. «Warum?»

Eirik schüttelte nur wieder und wieder den Kopf. Wie konnte man nur so stur sein! War es denn so schwer zu verstehen, was er wollte?

Vala betrachtete ihn. Sie spürte seinen Ärger, seine Ungeduld, und gegen ihren Willen traten ihr die Tränen in die Augen. Nur er brachte das fertig, dachte sie. Es machte sie ärgerlich. Vielleicht war es dieser Ärger, der sie dazu brachte, die Frage zu stellen, die seit dem Abend, da Hastein sie am Wasserfall überrascht hatte, auf ihren Lippen lag. Bisher hatte stets die Angst sie zurückgehalten. Zu sehr fürchtete Vala sich vor der Antwort. Aber jetzt schleuderte sie ihm die Frage entgegen, die ihr ganzes Denken beherrschte:

«Du nicht wollen, ich zu Hause, weil du schon Frau da hast?»

«Was?», fragte Eirik völlig verblüfft und ließ sie vor lauter Überraschung los. Vala schob das Kinn vor. Er sollte sie jetzt nicht anlügen. Sie schaute ihm fest in die Augen.

«Du und Frigga», sagte sie. Jetzt war es heraus.

«Frigga? Was um alles in der Welt ...» Eirik warf die Arme hoch. In seiner Stimme mischten sich Überraschung und Wut. Wie konnte sie nur davon erfahren haben? Er erstarrte mitten in der Bewegung. Natürlich. Eirik lächelte grimmig.

«Hastein hat dich viel gelehrt», sagte er. Es klang verächtlich.

Vala verschränkte die Arme. Er sollte nicht sehen, dass sie zitterte.

Eirik bemühte sich, seine Fassung zurückzugewinnen. «Also Frigga, das ist lächerlich.» Er hob die Arme, als riefe er den Himmel zum Zeugen an, und lief nervös hin und her. «Was soll das eigentlich?», platzte es aus ihm heraus. «Ich versuche hier alles, um unser Leben zu retten, und du kommst mir mit Frigga.»

Vala rührte sich nicht.

«Frigga, das ist, das ist ...»

«Vergangenheit?», fragte Vala leise.

«Ja!» Eirik brüllte es fast. «Schnee von gestern, aus und vorbei. Ich weiß gar nicht, warum wir noch darüber reden.»

Das war gelogen, und er wusste es. Frigga war mit ihm noch lange nicht fertig. Sie hatte ihm den Kamm vor die Füße geworfen, um ihn zu provozieren, mehr nicht. Er seinerseits hatte sich zurückgezogen, weil er wusste, dass sie das mehr reizen würde als jeder Streit. Aber aus war es nicht. Er hatte lange nicht an Frigga gedacht. Aber seit sie Kurs nach Hause genommen hatten, kam sie ihm wieder öfter in den Sinn. Meist wenn er Vala betrachtete. Ja, er und Frigga würden eine letzte Aussprache führen müssen. Er würde ihr erklären, dass es eine andere gab, sie würden offiziell die Verlobung lösen, und dann mochte es gut sein, aber erst dann. Eirik freute sich nicht darauf. War er ehrlich zu sich, dann hatte er beinahe Angst davor. Das war ihm peinlich, und er hatte keine Lust, mit irgendjemandem darüber zu reden. Am allerwenigsten mit Vala.

Die betrachtete ihn sehr genau. Sie spürte sein Unbehagen; sie sah die Röte, die in seine Wangen stieg, sie wusste, dass er log, und sie wartete darauf, dass er sich ihr erklärte. Aber Eirik sagte nichts. Vala wurde es kalt. Fröstelnd schlang sie die verschränkten Arme enger um sich und zog die Schultern hoch.

«Vala, nun komm.» Eirik hatte sie erneut an den Schultern gefasst und versuchte, sie an sich zu ziehen. Steif ließ sie es geschehen. Sie hungerte nach einem Wort der Zuneigung, einer Erklärung. Aber Eirik schwieg. Er hatte seinen Kopf geneigt und sein Gesicht in ihr Haar vergraben. Tief atmete er ihren Duft ein. Er hatte fast vergessen, wie betäubend gut sie roch. Unverzüglich reagierte sein Körper darauf. Er zog sie näher an sich, seine Hände begannen über ihren Rücken zu wandern.

Vala schloss die Augen. Erst sträubte sie sich, dann gab sie langsam nach. Bedeutete dies, dass er sie liebte? Dass er sie bei sich haben wollte? Die Fragen in ihrem Kopf verstummten, als Eirik sich vorbeugte und sie küsste. Es war wie ein Signal. Mit allen Sinnen stürzte Vala sich in den Taumel, den er in ihr auslöste. Ihre Zurückhaltung war vergessen. Sie klammerte sich an ihn und erwiderte seine Küsse mit demselben Hunger. Sie taumelten eng umschlungen gegen den Felsen. Das lange aufgestaute Begehren brach sich in ihnen Bahn. Eirik hob sie hoch, und sie umschlang seine Hüften mit ihren Beinen. Sie fühlte die raue Felswand in ihrem Rücken kaum, gegen die er sie presste, um sie abzustützen. Eirik hielt sie mit einer Hand, während seine gierigen Lippen über ihr Gesicht, ihren Mund, ihren Hals wanderten. Mit der anderen nestelte er hastig ihre Hosen auf. Vala half ihm dabei, sie war mehr als bereit. Wie lange, wie lange hatte sie ihn entbehrt! Sie umschlang ihn, als wollte sie ihn nie mehr loslassen, und schloss die Augen. Endlich wieder gab es nur noch sie und ihn.

«Vala», keuchte Eirik an ihrem Ohr. Seine Bewegungen waren drängend und hungrig. Vala ließ sich von ihnen mittreiben bis zu einem Höhepunkt, der sie die Welt vergessen ließ. Es gab nur noch ihn. Zitternd hielt Eirik sie in seinen Armen. Er bedeckte ihre Lider, ihr Gesicht, ihr Haar mit Küssen. Mit jeder Geste, jeder Bewegung wollte er ihr zeigen, wie sehr er sie liebte, wie viel sie ihm bedeutete. In jeden Kuss legte er all seine Gefühle: dass er ohne sie nicht leben konnte, dass sie die Einzige war. Er hoffte verzweifelt, dass sie ihn ohne viele Worte verstand.

Langsam ebbte der Rausch, in dem die beiden sich befunden hatten, ab. Sie spürten den kühlen Wind auf ihrer Haut und die raue Oberfläche der Felswand. Behutsam setzte Eirik Vala ab und strich ihr die Haare aus der Stirn. Sie lächelte, noch immer mit geschlossenen Augen, und schmiegte ihre Wange in seine warme Hand.

«Eirik», murmelte sie und versuchte, ihn zu sich auf den Boden hinunterzuziehen. Ihre Hände wanderten über seine Brust. Der Wikinger war mehr als versucht, ihrer Einladung zu folgen und dem kurzen Vergnügen ein längeres folgen zu lassen. Da hörte er das Geräusch. Blitzschnell war Eirik auf den Beinen. War ihnen jemand gefolgt? Hatte man sie gesehen? Hastig nestelte er seine Hosen zu. Sein Blick fiel auf Vala, die noch immer vor ihm kauerte, mit wirrem Haar, verschobener Kleidung und dem trägen Ausdruck der Lust noch auf ihrem Gesicht. Sie blinzelte verwirrt.

Der Anblick, der ihn eben noch zutiefst berührt hatte, verärgerte ihn nun mit einem Mal. Warum bewegte sie sich nicht? Wenn jemand sie so sah! Eirik fluchte innerlich. Wie hatten sie sich nur so aufführen können, so unbesorgt und leichtsinnig! Sie rochen förmlich nach Unzucht; das konnte rasch die zweibeinigen Raubtiere auf ihre Spur bringen.

Seiner Sorge haftete etwas beinahe Abergläubisches an. Tatsächlich hatte Eirik sich vorgenommen, Valas für die Dauer der Reise zu entsagen. Es gab dafür viele vernünftige Gründe; er wollte die Lüsternheit der anderen nicht durch sein Beispiel wecken. Aber seine Sorge ging weit tiefer. Unausgesprochen und kaum bewusst hoffte Eirik, durch sein Opfer das Schicksal zu versöhnen, das sie beide herausgefordert hatten. Es war ein Geschäft mit den Göttern. Und Eirik hatte seinen Teil nicht eingehalten.

Wieder raschelte es; aber nur eine Krähe durchwühlte das Laub unter einem nahen Busch. Er atmete erleichtert auf. Vala lachte.

«Zieh dich an», stieß Eirik hervor. Dann trat er einen Schritt zurück, richtete sich Haar und Gewand, warf einen misstrauischen Blick in die Gegend und brach auf. «Benimm dich, wenn du ins Lager kommst.»

Vala war so verblüfft, dass sie ihm nur wortlos hinterherstarrte. Unwillkürlich bedeckte sie ihre Blöße. Welche Demütigung! Dabei war er eben noch so zärtlich gewesen. Ihre Eingeweide zogen sich zusammen, wenn sie daran dachte; ihr schwindelte. Die Erinnerung an seine Berührung tat beinahe weh. Ihn so zu lieben tat beinahe weh. Und nun war er fort. Mit düsterer Miene, als triebe ihn das schlechte Gewissen. War es denn so quälend, sie zu begehren? Und hatte er nicht mehr von ihr gewollt als das?

Zieh dich an. Die Stimme hallte noch in ihrem Ohr. Vala war zum Heulen zumute. Aber den Gefallen würde sie ihm nicht tun.

Der grosse fischzug

«Pst, Ruder einziehen! Leise jetzt.» Das Wikingerschiff glitt lautlos in die Bucht und auf einen großartigen Anblick zu. Vor ihnen, schwarz unter einem glutroten Abendhimmel, der auch das Wasser blutig färbte, lag die Landzunge von Byzanz. Nebel ließen ihre Umrisse verschwimmen, doch sahen sie einen mächtigen Hügel sich erheben. Lichter flackerten darauf wie verirrte Seelen. Als sie näher kamen, während ihr Bug langsam durch die spiegelglatten roten Fluten schnitt, konnten sie erkennen, dass es kein Hügel war, der da vor ihnen lag, es war eine getürmte Masse aus Stein, von Menschenhand geschaffen. Die Häuser von Byzanz ragten stumm, doch in ihren Straßen brannten die Laternen.

«Unglaublich», murmelte Armod an Valas Seite.

«Ja», stimmte Ragnar zu, «aber wie kommen wir da rein?»

«Am Kai stehen Wachen», bemerkte Leif nüchtern.

«Bald nicht mehr», gab Harald zurück. Er steckte seine Axt ins Halfter, winkte einem Kameraden und ließ sich zwischen den Schilden hindurch über Bord gleiten. Vala sah ihre Köpfe, schwarz im roten Wasser. Bald waren sie im Schatten der Kaimauer verschwunden. Dann hörten sie ein leises Ächzen, einen dumpfen Schlag. Und bald darauf gingen an diesem Teil des Kais die Lichter aus.

Mit wenigen sachten Schlägen war das Drachenboot unbemerkt längsseits geglitten. Die Wikinger sprangen an Land und strebten der Mauer zu, die sich so hoch vor ihnen auftürmte, dass sie das ganze Licht des Abends zu verschlucken schien. Sie hatten Glück; Vala hörte ihre leisen Rufe. Das Tor stand offen, es wurde an einigen Kais noch geladen. Vorne war schon der Lärm der ersten Gefechte zu hören, als Eirik und Armod an Land sprangen; sie waren die Letzten.

«Du bleibst an Bord», wiederholte Eirik seinen Befehl an Vala, ehe auch er in der Dunkelheit verschwand.

Aber die dachte nicht daran, ihn zu befolgen. Als Rollo, der

Bordwache hielt, ihr den Rücken zuwandte, glitt sie lautlos wie ein Schatten an Land. Nicht umsonst war sie einige Monate bei Meisterdieben in die Lehre gegangen. Die Spur der Nordmänner war leicht zu finden; Vala fand auf ihrem Weg tote Wächter und machte sich die Mühe, ihre Körper tiefer in den Schatten zu ziehen, ehe sie weiterschlich. Dann sah sie Gestalten, die voll beladen aus einem Speicher stürmten: Ragnar und Gardar. Laute Rufe folgten ihnen. Ihr Besuch in der Hauptstadt des oströmischen Reiches würde nicht unbemerkt bleiben.

Doch der größere Lärm kam aus den Gassen der Stadt. Ob Eirik mit den anderen bis dorthin vorgedrungen war?

Vala lief neugierig dem Tumult entgegen. Gleich hinter den Speichern, mit ihren breiten, geraden Straßen und leeren Ladeplätzen, begann eine ganz andere Welt: enge, teilweise überdachte Gassen, Häuser, die bis zum Ersticken aneinander rückten. Schatten und Winkel, Abzweigungen und Treppen – Vala stand vor einem Labyrinth, aus dem vielerlei Lärm und Gerüche beängstigend und verlockend zu ihr herdrangen. Noch zögerte sie, sich hineinzustürzen.

Sie hörte Rufe, griechische Rufe, und freute sich zu ihrem eigenen Erstaunen, eine vertraute Sprache zu hören. Sie sah eine Taverne von der Sorte, wie sie sie selbst oft in Gesellschaft von Thebais und Ursus besucht hatte, einen Weinhändler mit einer Wand dunkler Fässer hinten in seinem engen Laden, einen Metzger, dessen Ladenschild mit dem Schafskopf in der Nachtluft sacht hin und her schwang, einen öffentlichen Abtritt. Es stank nach Alkohol, Urin, Wolle und Lavendel aus den Blumenkästen in den Fenstern der oberen Stockwerke. Es roch überwältigend nach Menschen, nach vielen Menschen. Und da wälzte sich die Menge auch schon auf sie zu.

Vala war wie betäubt von den Ausdünstungen und Rufen, von der Begeisterung und den Gesängen. Sie wurde aufgesogen und mitgespült. Viele der jungen Männer, aus denen der Auflauf überwiegend bestand, trugen seltsame weite Gewänder, lange Haare, bemalte Gesichter und leuchtend grüne Bänder. Sie schienen in Feststimmung zu sein und skandierten immer wieder Verse, die Vala nur zum Teil verstand.

«Hoch die Grünen!», riefen sie und sangen. Die Grünen? Aber konnte das denn sein? Vala wusste nicht, dass das öffentliche Leben in Byzanz für viele seiner Bewohner vor allem von den Pferderennen bestimmt war. Man hing einem Rennstall an, und das mit ganzer Leidenschaft. Ganze Stadtteile und Zünfte bekannten sich zur Farbe ihrer Renner, verstanden sich als deren ergebene Anhänger, richteten ihr Leben danach aus. Selbst die Kaiser beugten sich der Menge, wenn sie nach Wettkämpfen verlangte.

Heute hatten die Grünen gewonnen. Feiernd zogen deren Anhänger durch die Straßen und Vala mit ihnen. Weinschläuche wurden ihr angeboten, Küsse aufgedrückt, beinahe hätte einer ihr den Geldbeutel gestohlen. Energisch versuchte sie nach einer Weile, sich aus dem Treiben zu lösen, um nicht zu weit vom Hafen abzukommen.

Da gab es in einer Gasse auf einmal einen Aufruhr. Die Vordersten waren stehen geblieben, die Hinteren drängten nach. Vala wurde übel angerempelt und eingeklemmt, ehe es ihr gelang, sich auf den Rand eines Brunnens zu retten. Dort sah sie, was ihren Zug aufgehalten hatte: eine Gruppe Menschen, ganz ähnlich ihrer eigenen, betrunken und aufgekratzt und seltsam geschmückt. Nur war die Farbe der Bänder und Mäntel eine andere. Die Leute trugen Blau!

«Schlagt sie!» Der Ruf kam aus allen Richtungen. «Die Blauen! Treibt sie zurück in ihre Löcher! Wettbetrüger! Rosstäuscher! Gesindel!»

Die beiden Parteien wogten aufeinander zu, und ehe Vala es sich versah, befand sie sich inmitten einer Straßenschlacht. Was eben noch ein harmloses Vergnügen schien, wurde mit einem Mal ernst. Die Jungen zogen die Krummschwerter, denen Vala bislang keine große Aufmerksamkeit gewidmet hatte, und schlugen einander die Köpfe blutig. Auf einmal waren überall Waffen: Dolche, Schwerter, Schlachtermesser, Stuhlbeine, abgerissene Markisenstangen, Steine aus dem Straßenpflaster, metallbewehrte Fausthandschuhe, Tonscherben. Es klirrte und krachte. Die ersten Läden wurden gestürmt, Plünderer drängten sich mit vollen Armen durch die Menge. Vala sah Rauch aufsteigen. Dann hörte sie das Horn der Wache. Stiefeltrappeln dröhnte Unheil verheißend durch die Gassen.

Sie schaute, dass sie von ihrem erhöhten Platz herunterkam. Nach einem letzten Blick auf das Chaos tauchte sie in eine dunkle Nebengasse ein. Nichts wie zurück zum Hafen. Doch sie hatte in dem Gewirr die Orientierung verloren. Vala landete nicht bei den Speichern, sondern auf einem stillen Platz, wo ein großäugiger Steinfaun Wasser in ein Becken spie. Herrenlose Katzen lagen in den Ecken und gönnten ihr einen misstrauischen Blick. Vala blieb kurz stehen und überlegte. Dann wählte sie von fünf Gassen die mittlere und lief weiter. Diesmal kam sie am oberen Ende einer Treppe heraus; eine steinerne Balustrade fing sie auf. Unter ihr lag Byzanz. Doch das majestätische Funkeln seiner Lichter hatte sich in ein verwirrendes Flimmern verwandelt, Lärm und Rufen drangen zu ihr hoch, und an mehr als einer Stelle sah Vala Rauch aufsteigen. Das Zusammentreffen der Grünen und der Blauen schien kein einzelnes Gefecht gewesen zu sein. Es war ein Krieg, der die ganze Stadt erfasste. Gut für uns, dachte Vala, kein Mensch wird sich in diesem Chaos um das Drachenboot scheren. Aber wo war das Schiff?

Sie drehte den Kopf in alle Richtungen. Dort hinten, beschloss sie schließlich erleichtert, wo alles schwarz und still war, dort musste das Meer liegen. Den dicken Turm allerdings, der dort neben der Mauer ragte, den hatte sie vorher nicht bemerkt. Aber sie hatte ja auch nicht nach oben gesehen. Vala nahm sich das schwere Gemäuer als Orientierungspunkt und hielt mit seiner Hilfe zielstrebig auf die Küste zu. Inzwischen läuteten Glocken Sturm; die ganz Stadt schien auf den Beinen zu sein. Vala sah undeutlich die Umrisse von Kuppeln und Dächern, nahm den Duft großer Parks war, vernahm Gesang und Geschrei, aber sie lief weiter. Niemand hielt die Steppenreiterin auf.

Menschen, die Arme voller Beute, kamen ihr entgegen. Andere klagten, mit weit aufgerissenen Mündern, schwenkten Waffen, zeigten Wunden, hielten anklagend verletzte Kinder hoch, warfen Steine.

Vala lief weiter.

Als sie zu dem Turm kam, bemerkte sie, dass es auch hier zu brennen schien. Hoch oben in der glatten Mauer befand sich eine schießschartenartige Öffnung, hinter der es glutrot flackerte. Vala blieb einen Moment stehen, den Kopf in den Nacken gelegt. Im Inneren brüllte etwas Riesenhaftes los. Ein Sturm fegte Vala von den Beinen und schleuderte sie gegen eine Ladenfassade. Steine prasselten auf sie herunter wie Regen. Sie zog instinktiv die Beine an, rollte sich zusammen und schützte ihren Kopf mit den Armen. So lag sie da, während rings um sie die Welt unterging. Schließlich wurde es ruhiger, Staub quoll in grauen Wolken auf und nahm ihr beinahe den Atem. Hustend rollte Vala sich auseinander und stolperte zurück auf die Straße.

Doch als der Staub sich langsam legte, erkannte Vala erschrocken, dass die Ladenstraße sich in ein Trümmerfeld verwandelt hatte. Der Turm selbst stand noch; er enthüllte sich langsam: Dach und Zinnen fehlten, das massive Mauerwerk zeigte einen tiefen Riss, so, als wäre das Bauwerk in voller Größe entzweigerissen, wie ein zerbrochener Krug. Zwischen den Scherben flackerte es.

Vala hustete noch immer. Sie röchelte und spuckte, dann kam sie einigermaßen wieder zu Atem. Das Schiff!, war ihr erster Gedanke. Hoffentlich war es durch die Erschütterung nicht beschädigt worden. Was hatte dieses Chaos nur ausgelöst? Die Häuser waren zerborsten und die Steine aufgeflogen wie eine Schar Vögel. Der Boden unter ihren Füßen hatte getanzt. Sie selbst war herumgeschleudert worden wie ein Blatt. Vala kletterte noch halb betäubt über die Schutthaufen, als sie bemerkte, dass sie nicht allein war. Noch jemand hatte das Unglück überlebt, das sie nicht benennen konnte. Es war ein Mann.

Vala sah ihn über einen Berg Steine kriechen, der sich zu Füßen des Risses im Turm gebildet hatte; er musste aus dem Inneren gekommen sein. Stolpernd lief Vala hin und richtete ihn auf. Er sank unter ihren Händen wieder zusammen. Seine Haut, sah Vala, war schwarz wie Ruß. Sie färbte ab, als sie ihn berührte, um ihn zu stützen. Er hatte offenbar schwere Verbrennungen. Zwischen Kleidern und Körper ließ sich nicht mehr unterscheiden. Seine Augen waren weit aufgerissen, was das Weiße darin leuchten ließ, und starrten Vala stumm an.

Der schwere Ring um seinen Hals fiel ihr auf. Sklave, dachte sie. Sie kannte das Zeichen der Unfreiheit von Claudios. Auch der hatte einen kupfernen Reifen getragen. Aber der hier war schwer, und die Reste einer Kette hingen noch daran; der Mann musste irgendwo angeschmiedet gewesen sein.

«Aaarhch!»

«Ist ja gut, alles gut.» Unwillkürlich sprach Vala Griechisch mit ihm, obwohl er nicht mehr herausbrachte als unartikulierte Laute. «Ganz ruhig.» Mühsam versuchte sie, seine zuckenden Bewegungen zu dämpfen, und hielt seinen Kopf. Immer noch brabbelte der Mann. Vala blickte in seinen aufgerissenen Mund, ein scharlachrotes Loch, und erstarrte. Fast hätte sie den Mann fallen gelassen. In der feuchten Höhle war keine Zunge, dort vibrierte nur ein Grauen erregender Stumpf, der die gurgelnden Laute hervorbrachte, die er noch immer ausstieß. Angeekelt wandte Vala das Gesicht ab. Man hatte diesen Menschen verstümmelt. Stumm gemacht, eingesperrt und angekettet hinter den dicksten Mauern, die sie je gesehen hatte. Aber warum?

Sie hörte Stiefeltritte, ein gleichmäßiges, drohendes Trommeln. Der Mann in ihren Armen grunzte lauter. Er wedelte mit seinen Händen.

Da bemerkte Vala, dass er etwas in der einen Faust hielt; es war eine Art Kapsel, eine Hülle mit einer Schnur daran. Vala versuchte, es ihm zu entwinden; es war nicht leicht. Vala war nicht sicher, ob der Schmerz, der den Mann zweifellos bis zum Wahnsinn quälen musste, für seine Zappelei verantwortlich war oder ob er sie hindern wollte, das seltsame Ding an sich zu nehmen. Schließlich hatte sie es den verkrampften Fingern entwunden.

Ja, es war mit einer scharlachroten Schnur umknotet, daran hing ein glatter, harter Klumpen in Form einer Münze, aber leichter. Und darauf war ein Bildnis, auch wie bei einer Münze. Vala konnte in der Dunkelheit keine Einzelheiten erkennen. Sie wusste nicht, was ein Siegel war. Der Klumpen zerbrach unter ihren Fingern wie ein Plätzchen, als sie versuchte, die Kapsel zu öffnen.

Pergament, das war Pergament. Vala erkannte es, weil die Seiten von Johannes' Bibel ebenso gerochen und ebenso geraschelt hatten. Dies hier allerdings war nur ein kleiner Zettel. Stand etwas darauf? Vala hielt ihn hoch und kniff die Augen zusammen. Es ließ sich im roten Licht des Feuers aus dem Turm nicht sagen. Da bemerkte Vala die Augen des Mannes. Sie waren fest auf sie geheftet, der Mund aufgerissen. Und obwohl das Gegurgel so unartikuliert war wie zuvor, glaubte Vala zu begreifen, dass der Mann lachte. Sie fröstelte. Er stirbt, dachte sie, er wird wahnsinnig. Und doch wurde sie den Eindruck nicht los, dass der geheimnisvolle Sklave genau wusste, was geschah, und dass es ihm eine tiefe Befriedigung bereitete. Sein Wahnsinn schien der eines berauschenden Glücksgefühls zu sein. Oder eines ebenso großen Hasses.

«Halt, im Namen des Kaisers!» Soldaten strömten auf das Trümmerfeld. Vala schaute sich noch einmal nach dem Sterbenden um, dessen irre Augen sie noch immer festhielten. Aber sie konnte nichts für ihn tun. Dann rannte sie los. Sie stolperte über die Steine, glitt auf dem Staub aus, schlug sich die Knie blutig, rutschte einen Abhang hinunter, der früher eine Treppe gewesen sein mochte, und huschte geduckt eine Promenade entlang. Sie war so konzentriert darauf, den byzantinischen Wachen zu entkommen, dass sie kaum bemerkte, wie ihre linke Faust das Pergament fest umschlossen hielt.

Als sie endlich wieder in stillen, friedlichen, von allem Chaos unberührten Straßen stand, war es Vala, als käme sie eben aus einer anderen Welt. Sie wischte sich mit dem Ärmel den Staub vom Gesicht und ging zu einem Brunnen, um zu trinken. Da bemerkte sie den Zettel. Er war zerknittert und feucht geworden. Gedankenlos steckte sie ihn weg, um sich die Hände zu befeuchten und das Gesicht zu waschen. Puh, war das ein Albtraum gewesen! Die unmenschlichen Laute, die der schwarze Kadaver ausgestoßen hatte, verfolgten sie noch immer in ihren Gedanken. Ihr Haar war grau vom Staub, wie es bei manchen Menschen über Nacht ergraute, wenn sie im Schlaf mit den bösen Geistern rangen.

Und ich werde mit Eirik ringen müssen, überlegte sie beklommen. Sie bereute ihren Ausflug mittlerweile zutiefst. Was wird Eirik wütend sein, dachte sie, wenn ich nicht bald zurückkomme. Falls die anderen ihretwegen warten mussten, brachte sie alle in Gefahr. Da schoss ihr ein neuer Gedanke durch den Kopf: Würden sie überhaupt auf sie warten?

Panik stieg in Vala hoch. Ruckartig richtete sie sich auf und ließ ihren Blick über die Fassaden hasten. Nirgends etwas, das ihr bekannt vorkam. Doch dann hörte sie etwas, was ihr Herz höher schlagen ließ: Sie vernahm das Rauschen des Meeres.

Vala fand das Ufer rasch. Es war nicht der Ort, wo sie angelegt hatten. Sie sah ein paar kleine elegante Segler, Blumenbeete schmückten die Uferanlage. Aber sie orientierte sich anhand der Küstenlinie rasch, kam zu dem Schluss, dass sie südöstlich von ihrem jetzigen Standort gelandet sein mussten, und trabte los. Das Laufen schmerzte sie, und ihr wurde bewusst, dass ihr Brustkorb morgen vermutlich grün und blau aussehen würde. Bald spürte sie ein Stechen und einen metallischen Geschmack im Mund. Ich wünschte, Vaih wäre hier, dachte Vala und lief weiter. Zurück zum Schiff, zu Eirik, fort aus diesem wirren Traum. Die Gasse, der sie folgte, war ein enger, gewundener Schlauch, rechts die hohe Stadtmauer, links dunkle Häuser.

Vala war dankbar, dass niemand sich dem einsamen Stakkato ihrer Schritte entgegenstellte. Sie lief auf die lauernde Dunkelheit zu und ließ sich von ihr fressen. Eirik, dachte sie, warte, Eirik.

DER DRACHE SPUCKT FEUER

«Wir legen ab», befahl Leif und wandte dem Ufer den Rücken zu. Die Männer saßen schon an den Rudern. Zwischen ihnen stapelte sich, funkelnd im Licht der Flammen, die aus den geplünderten Speichern schlugen, mehr Reichtümer, als sie je zu hoffen gewagt hatten. Niemand hatte sie nennenswert belästigt, die verrückten Byzantiner kämpften lieber untereinander und konnten, wie Ragnar hämisch verkündet hatte, das bisschen Gold offenbar gut entbehren. Das bisschen Gold. Es bedeutete die Zukunft seines Hofes, Eirik wusste es wohl. Trotzdem konnte er seinen Blick nicht vom Ufer wenden.

Seine Finger krampften sich um die Bordwand. Als jemand neben ihn trat, wandte er den Kopf nur weit genug, um zu sehen, dass es Hastein war. «Vala ist noch dort drüben», sagte er leise. Als ob der andere das nicht wüsste.

Leif gab seine Befehle, als wäre nichts. Armod kam und legte Eirik den Arm um die Schulter. Eirik wusste, was der Freund ihm damit sagen wollte. Gib ihm nicht die Genugtuung, verbirg deinen Schmerz. Bewahre deinen Stolz und damit deinen Anteil an der Beute, an der Würde, an der Gemeinschaft. Es war eine Mahnung. Und er wusste, sie war berechtigt.

Jeder Augenblick konnte ihre Entdeckung bringen. Sie mussten los, es war Wahnsinn, den leichten Sieg aufs Spiel zu setzen. Eirik erwiderte den tröstenden Druck mit einem Schnauben. Mit gesenktem Kopf sah er sich um. Hastein, der an seinen Platz zurückgekehrt war, schaute bedrückt, Floki verwirrt. Rollo wich seinem Blick aus und hinkte schwerfälligen Schrittes zum Heck. Er legte die Hand auf das Ruder, doch er bediente es nicht.

Leif hatte die bedrückte Stimmung wohl bemerkt. Zwar widersetzte sich niemand seinen Befehlen, doch spürte er, wie sie zögerten. Hätte er ihnen angeboten, auf das Weibsbild zu warten, sie hätten womöglich alle Vernunft über Bord geworfen und ihm dafür zugejubelt. Allein der Gedanke machte ihn rasend.

Er war versucht, sie alle anzubrüllen. Ob sie sich denn nicht verdammt nochmal freuen wollten über ihre reiche Beute? Ob sie denn verrückt wären, wegen dieser Hexe alles aufs Spiel zu setzen, wollte er sie fragen. Doch dann besann er sich. Es war besser, ihren Namen gar nicht erst zu erwähnen.

«Ablegen», raunzte er nur.

Floki schaute Rollo an, der sacht den Kopf schüttelte und ihn dann beschämt senkte.

«Wollen wir nicht auf das Mädchen warten?» Die Stimme hatte tief und ruhig gesprochen. Alle starrten Armod an. Doch der Alte saß so gelassen auf der Bank wie nur einer. «Ich meine, das muss entschieden werden.» Er hob die Hände, als überließe er es den anderen.

«Genau!», kam es erlöst von hinten.

Eirik schaute erstaunt auf; es war Ragnar. Hasteins Gesicht leuchtete. Er wagte nichts zu sagen, doch sein Blick hüpfte von einem zum anderen wie ein eifriger schwanzwedelnder Hund.

Eirik machte den Mund auf, um etwas zu sagen. Leif allerdings kam ihm zuvor. Er brüllte wie ein Löwe, stürzte auf Armod zu, baute sich vor ihm auf und war drauf und dran, den älteren Mann zu schlagen. Armod hatte sich nicht gerührt. Alle hielten die Luft an.

Da durchbrach ein gleißender Lichtbogen den nachtschwarzen Himmel und zog alle Blicke auf sich. Ein lodernder Stern schien vom Firmament gefallen. Ruhig und lautlos vollendete er seine Bahn. Dann brach die Hölle los. Wasser spritzte, als der seltsame Komet unweit des Schiffes eintauchte, Funken flogen den Wikingern um die Ohren. Mit versengten Haaren und aufgerissenen Augen starrten sie auf das Wasser, wo geschah, was nicht sein konnte: Feuer brannte auf der Oberfläche des Meeres und schob seine bleckenden, leckenden Fangarme mit jeder Welle näher an sie heran.

In seinem Licht erblickten sie auch, was vorher nur ein Schatten in der Schwärze gewesen war: den mächtigen Bug eines byzantinischen Schiffes. Er überragte sie um ein Vielfaches. Nun hörten sie sogar das Kommando, den Schlag. Etwas sirrte. Und feurig erhob sich das nächste Geschoss in den Himmel. Es würde noch näher bei ihnen einschlagen.

«Bei Odin!» Entsetzen schwang in den Stimmen mit. Hastig küssten sie ihre Amulette, ehe sie sich über die Ruder beugten, um von diesem unheimlichen Ort zu entfliehen.

«Rudert, was ihr könnt!»

Niemand achtete mehr auf Eirik, der mit der Faust auf die Reling hieb. Verdammt, warum hatte sie auch nicht auf ihn gehört! Verzweifelt blinzelte er hinüber zu der rauchverhängten Silhouette der Stadt. Er hörte das Sirren des nächsten Geschosses, spürte das Rucken, sah den ersten glitzernd schwarzen Streifen Wasser, der sich auftat zwischen ihm und Byzanz. Ihm und Vala. So sollte das alles enden?

Etwas in ihm bäumte sich auf. «Nein», rief er. Der nächste Lichtbogen tauchte sie in sein flackerndes, tödliches Licht.

Die Männer zogen die Köpfe ein und ruderten weiter.

Nein, schrie es in Eirik. Und dann hörte er sie. Vala! Sie rief nach ihm. Warte, rief sie, er konnte es hören.

«Sie ist da!»

Die anderen hörten seinen Aufschrei und blickten hoch. Sie sahen gerade noch, wie Eirik über Bord hechtete. Entgeistert vernahmen sie den lauten Platsch, mit dem er im Wasser aufschlug.

«Rudert», brüllte Leif, aber alles stürzte an die Reling. Dort schwamm Eirik. Und nun sahen sie auch die schmale Silhouette der Steppenreiterin auf der Mole, schwarz hob sie sich vor den roten Bränden der Speicher ab. Sie rannte, als ginge es um ihr Leben. Ohne zu zögern, lief sie bis ans Ende des Kais und sprang ins Wasser, aus dem Eirik nach ihr rief und winkte. Vala schwamm, so rasch sie konnte, immer auf Eirik zu. Doch der Flammenteppich schob sich unerbittlich zwischen sie. Jeder konnte sehen, wie Vala mit den Händen auf der Stelle ruderte und hilflos den Kopf wandte. Jeder konnte erkennen, dass ihr bald auch der Rückweg abgeschnitten sein würde.

«Eirik, nach links!», brüllte Gardar und fuchtelte wild mit den Händen. «Links!»

Eirik schaute verzweifelt um sich. Eine Feuerkugel schlug dicht neben ihm ein. Blinzelnd hielten seine Gefährten auf dem Schiff sich die Hände vor die Gesichter, aber in dem feurigen Gewoge konnten sie ihn nicht mehr finden. Ein Schlag erschütterte das Schiff und riss sie von den Beinen. Mächtig flammte hinter ihnen ihr Segel auf. Die Hitze rollte brüllend über sie hinweg.

«Kappt es», brüllte Leif. «Werft es ins Meer.» Gardar rappelte sich als Erster wieder auf. Mit seiner Axt in der Hand stürzte er sich auf das brennende Tuch.

Eirik tauchte unter, in die kalte, fremde, tödliche Tiefe. Sie war nicht still, wie er geglaubt hatte. Dumpf drangen die Geräusche der Kämpfe zu ihm, und über ihm loderte es gelb und violett durch das verzerrende Spiel der Wellen. In diesem fremdartigen Licht fand er Vala, sah er ihre zappelnden Beine. Er zog sie zu sich hinab, als der Flammenteppich sie gerade erreicht hatte.

Ihr blasses Gesicht starrte ihn an. Die Haare umwogten es wie Tang, die Augen waren so schwarz wie das Meer hinter ihr. Nie war sie mehr Vala Wasserfrau gewesen. Eirik hielt sie fest und wies mit einer Kopfbewegung in die Richtung, in die sie schwimmen mussten. Sie nickte, ängstlich, verzagt? Er konnte es nicht deuten. Mit langsamen Bewegungen machten sie sich daran, unter dem Feuer hindurchzuschwimmen. Eiriks Lungen brannten. Er schluckte und würgte. Gleich, gleich würde er dem Drang, tief einzuatmen, nicht mehr widerstehen können. Nur noch ein letztes Stück. Er sah Vala vor sich. Seine Arme holten ein letztes Mal aus.

«Aaaah!» Mit einem Schrei durchbrach er die Oberfläche und fiel klatschend ins Wasser zurück. Luft, köstliche Luft strömte in ihn. Er pumpte, hustete und spuckte. Dann griffen Arme nach ihm.

Keuchend und sprachlos lag er auf den Planken. «Vala?» Es war das Einzige, was er herausbrachte. Sie lag neben ihm. Keiner sagte ein Wort.

Eirik hob den Kopf. Über ihm ragte ihr stolzer Mast, schwarz verbrannt und kahl. Einige Seilreste kokelten noch vor sich hin, schwarze Fetzen mit roten Glutpünktchen segelten im Wind. Er konnte es nicht glauben.

«Vala.»

Er war unendlich erleichtert und unendlich wütend. «Bist du wahnsinnig!», brüllte er, als er das letzte Salzwasser ausgespuckt hatte, und stemmte sich mühsam hoch. Tropfend richtete er sich über Vala auf. «Ich hatte dir befohlen, an Bord zu bleiben.»

Sechs Hände packten ihn und rissen ihn zurück von dem Mädchen, das keuchend und vor Erschöpfung zitternd zu ihm aufschaute. Er sah aus, als wolle er sie schlagen. Vala und Eirik starrten einander an.

Aus seinen Haaren troff das Wasser, die Kleider klebten ihm am Leib. Doch seine Augen glühten in einem Zorn, den Vala bei ihm noch nie erlebt hatte. Sie brachte kein Wort hervor.

Ich dachte, du wärst tot, schrie es in Eirik. Ich dachte, ich sehe dich nie wieder. Er wusste nicht, ob er sie an sich reißen wollte, um ihr alle Knochen im Leib zu brechen oder um sie nie mehr loszulassen.

«An die Ruder», wiederholte Leif. Er sagte es diesmal leise, doch in einem Ton, der alle ohne weitere Verzögerungen an ihre Plätze huschen ließ. Eirik wischte sich mit dem Ärmel über das Gesicht. Er schien noch etwas sagen zu wollen, winkte dann aber ab, als gäbe er auf, und wies energisch zum Mast. Vala verstand. Sie sollte zurück an ihren Platz.

Widerstrebend und verzweifelt leistete sie seinem stummen Befehl Folge. Die unterschiedlichsten Empfindungen kämpften noch in ihr, unausgegorene Gedanken summten in ihrem Kopf. Ganz verwirrt stolperte sie über die aufgehäuften Reichtümer auf Vaih zu, deren Wärme ihr jetzt als das verheißungsvollste Ziel erschien. Ein Schlag gegen die Bordwand ließ sie stolpern. Auf allen vieren erreichte Vala ihr Versteck hinter Fässern und Bündeln, wo sie sich sofort zusammenkauerte.

Vaih wieherte schrill.

«Ist ja gut, ist gut!» Vala griff der Stute in die Nüstern, die panisch auf den Geruch von Rauch reagierte und zitternd nach einem Fluchtweg suchte. Doch dann packte auch Vala das Entsetzen, als sie mit einem Mal das riesige Schiff neben ihrer Bordwand in die Höhe wachsen sah. O Gott, sie waren eine Nussschale dagegen. Vala starrte die mächtige hölzerne Wand an, die geöffneten Klappen über den Ruderbänken, aus denen grelles Fackellicht drang und eine höllische Szenerie beleuchtete aus nackten Körpern, Ketten, Ruß und Schweiß. Sie glitten vorbei an einem Wald aus Rudern, die krachend auf Masten und Ruderblätter der Wikinger stießen. Holz splitterte und flog ihnen um die Ohren, dann war das Inferno vorüber. Das Drachenboot tauchte in stumme, schützende Finsternis.

Auf der flucht

Vala wusste nicht, wie es ihnen gelang, dem großen Schiff zu entkommen, das sie jagte. Im Morgengrauen ruderte die «Windpferd» an menschenleerer Küste entlang und hatte hinter sich nichts als die See. Aber wie sah sie aus: ohne Segel, schwarz verbrannt alles, was über das Deck ragte, und bedeckt mit den Resten gesplitterten, geborstenen Holzes. Auch die Männer hatten das Inferno nicht unbeschadet überstanden. Gardars Kopf war übel verbrannt, eine schwarzrot gemusterte, stinkende Kugel ohne ein einziges Haar. Und einer der Männer lag tot unter seiner Ruderbank, einen großen Holzspan im Hals, der ihn hatte verbluten lassen. Vala rutschte aus in der Lache, als sie zu ihm kroch, um zu sehen, ob noch etwas zu retten war.

Alle waren übermüdet und erschöpft. Doch sie ruderten immer weiter. Gegen Abend fanden sie eine versteckte Bucht und gönnten sich etwas Ruhe. Keiner sprach, jeder warf sich hin, wo er gerade war, und sank in einen ohnmachtsähnlichen Schlaf.

Nur Vala kam lange nicht zur Ruhe. Sie hatte noch immer Eiriks wütendes Gesicht vor Augen. Noch niemals hatte sie Angst vor ihm gehabt. Selbstvorwürfe schüttelten sie, quälende Gedanken, die sie zusammenzucken ließen, als dröhne die Explosion noch immer, als renne sie noch immer um ihr Leben. Die schiere Erschöpfung machte dem bunten Bildersturm, machte Vorwürfen und Selbstvorwürfen schließlich ein Ende; Vala schlief ein.

Noch im Traum hörte sie das seltsame Lachen des Verstümmelten. Doch nun war es der Schamane, der mit verdrehten Augen, aus denen das Weiße leuchtete, über dem Feuer tanzte. Er hielt ihr einen Pergamentstreifen entgegen. Vala konnte sich nicht bewegen. Wie betäubt sah sie, dass auch die Buchstaben auf dem Brief sich wanden. Sie waren scharlachrot, formten sich zu Friggas Mund und sprachen: Ab in die Hölle. Der Schamane lachte. Dann loderten die Flammen auf und verschlangen alles.

Als sie aufwachte, hatte sich eine schmutzige Hand über ihren Mund gelegt.

«Sie haben uns gesehen!»

«Sie können uns nicht gesehen haben!»

«Pst, leise.»

Vala riss die Augen auf und schaute in Rollos Gesicht. Sie machte ein Zeichen, dass sie still sein würde. Rollo ließ sie los, und sie richtete sich so weit auf, dass sie die Szenerie überblickte.

Die Wikinger duckten sich tief hinter ihre Reling. Und als der mächtige Bug des ersten Schiffes an der Öffnung der Bucht vorbeiglitt, begriff Vala, warum. Sie hatten ihr flaches Boot nahe ans felsige Ufer manövriert, unter die überhängenden Zweige mächtiger Bäume, wo es nun im flachen Wasser dümpelte. Die verräterischen Ruder waren eingezogen, der Drachenkopf mit Laub getarnt und sie alle beinahe unsichtbar.

«Als ob die uns da drüben hören könnten auf die Entfernung», schnaubte Gardar.

Leif verwies ihm das Sprechen mit einer knappen Geste.

Vala hatte weder Auge noch Ohr für die Auseinandersetzung. Sie starrte die hölzernen Riesen an, die draußen auf dem offenen Meer kreuzten und sich näher schoben. Bei Tageslicht waren sie noch furchterregender. Ihre Segel waren prächtig, leuchtend bunt gestreift, üppig bestickt, mit riesigen Figuren verziert und kündeten von Macht und Reichtum der Byzantiner. Was Vala aber weit mehr beeindruckte, waren ihre riesigen Leiber. Hoch und gewölbt ragten die Bordwände auf und umschlossen einen Raum, in dem wohl ein ganzes Dorf Platz gehabt hätte. In drei Reihen übereinander ragten die Ruder aus diesem Bauch. Und oben, hoch oben war ein geschlossenes Deck, auf dem Türme und Katapulte standen. Es waren schwimmende Festungen. Das flache, offene Drachenboot kam Vala dagegen wie ein Kinderspielzeug vor.

«Wenn sie Verdacht schöpfen, werden sie ein Boot hereinschicken, um die Bucht zu erkunden», murmelte Rollo neben ihr. «Und wenn uns das entdeckt, sitzen wir wie Ratten in der Falle. Sie werden die Ausfahrt abriegeln und uns wieder mit ihrem Griechischen Feuer bespucken. Dann brennt der Wald über uns wie eine Fackel.»

«Der Wald?», schnaubte Ragnar höhnisch. «Sogar das Wasser wird brennen.»

Vala betrachtete kurz das glasklare Nass, dass jeden Stein auf seinem Grund erkennen ließ und einen munteren Schwarm Fische, der dort spielte. Für einen Moment schien ein rascher violetter Schatten darüber hinwegzuziehen, ein ferner Reflex des Infernos von Byzanz. Dann wandte sie ihren Blick wieder der Bucht zu.

Ein weiteres Schiff schob sich langsam und träge vorbei, versperrte für kurze Zeit den Ausblick auf Meer und Horizont und verschwand dann hinter den Felsen. Zweifellos hielt man vom Deck aus angespannt nach ihnen Ausschau.

«Odin mache sie blind», murmelte Floki.

«Sieht aus, als zögen sie weiter, seht!» Der hoffnungsvolle

Ruf kam von Roric. Und tatsächlich, nach einer schier unendlich langen Weile schien sich das Gros der byzantinischen Flotte weiter draußen zu sammeln und abzuziehen.

«Die werden hier jede Bucht abkämmen.» Gardar spuckte ins Wasser. Er schaute sich um. «So langsam könnte ich was zu essen vertragen.»

Als wäre sein Wunsch von den Göttern erhört worden, erklang in diesem Moment ein munteres Bimmeln. Alle wandten die Köpfe und sahen eine Ziegenherde samt ihrem jungen Schäfer aus den Wäldern an die Ufer der Bucht trotten. Ihnen lief das Wasser im Munde zusammen. Als die Tiere begannen, zwischen den Lilien oberhalb des Strandes zu weiden, griff Ragnar zu seinem Speer.

Doch Eirik fiel ihm in den Arm. Er schüttelte den Kopf. «Warte noch. Wenn sie Rauch sehen, kommen sie zurück.»

Ragnar warf ihm die Waffe mit einem Fluch vor die Füße. «Da haben wir den Kahn randvoll mit Gold, aber nix zu fressen!»

Als Vala ihn ansah, zog er vielsagend das Unterlid seines leeren Auges hinunter. Vala musste trotz ihres Kummers lächeln.

Sie warteten ungeduldig darauf, dass die Flotte Ostroms endgültig vom Horizont verschwand und auch das sanfte Klingeln der Herde weiterzog, damit sie wenigstens unbemerkt angeln oder jagen konnten. Als es endlich so weit war, sprangen sie eifrig ins Wasser und wateten mit ihren Waffen an Land. Leif schickte Kundschafter aus und befahl dann, ein Lager aufzuschlagen.

Vala war es übel. Das musste vom Schreck der letzten Stunden kommen, dachte sie, von der Anstrengung, der Angst und dem Kummer wegen Eirik. Vor allem davon, dachte sie, als sie sah, wie er ihren Blick mied und sich den Jägern anschloss.

Dankbar watete Vala auf den festen Boden des kleinen Strandes. Sein weißer Halbmond, umgeben vom grauen, runden Fels der Klippen, leuchtete vor dem Hintergrund des Waldes. Das Wasser war klar und erglühte in einem Blau, das hier und da von dem grünen Widerschein der Bäume, die sich darüber neigten, noch vertieft wurde. Es war ein wunderschöner Flecken Erde, aber Vala hatte wenig Sinn dafür.

Rasch atmend, um die Übelkeit zu bekämpfen, blieb sie eine Weile im warmen Sand liegen, ehe sie sich aufrichtete. Vaih schnupperte an ihr und schüttelte wiehernd ihre Mähne. Vala streckte die Arme nach ihr aus und zog sich an Vaihs Zaumzeug hoch.

«Ich bin nicht für die Seefahrt gebaut, schätze ich», murmelte sie.

Um sich von der eigenen Schwäche abzulenken, nahm sie ihren Kräutervorrat und machte sich auf, die Verwundeten zu versorgen. Nicht wenige hatten bei dem Überfall im Hafen von Byzanz Blessuren davongetragen; Haralds Schulter hatte ein Schwerthieb gestreift, und Rorics Bein war gespickt mit Splittern.

Betroffen musste sie feststellen, dass nicht alle Männer ihre Hilfe annahmen. Einige wandten sich ab, als sie sich näherte, einer drohte ihr sogar mit der Faust. Vala war verwirrt und bedrückt, doch sie begriff, dass ihr eigenmächtiges Verhalten viele Männer verärgert hatte und manche ihr offenbar die Schuld daran gaben, dass die Byzantiner sie angegriffen hatten. Floki und Hastein dagegen schleppten Roric zu ihr. Während Vala ihn versorgte, beteuerten sie wortreich, für alles sei ganz alleine Leif und sein verrückter Plan verantwortlich. Außerdem wären sie ja bereits entdeckt gewesen und hätten unter Feuer gelegen, ehe Eirik ins Wasser gesprungen war.

Ihre Versicherungen taten Vala wohl. Und Roric wurde von ihrer Fürsorge in einer Weise entflammt, die peinlich sichtbar zu werden drohte, sodass er mit rotem Gesicht dasaß und die Hände in den Schoß presste, zum Gaudium seiner Freunde.

Auch Gardar kam. Ganz gelassen saß er da, während sie die Reste der Salbe aus Pappelknospen, Olivenöl und Wachs auf seinem geschundenen Kopf verteilte, in deren Herstellung Johannes sie unterwiesen hatte. Er stank erbärmlich, und sie musste all ihre Willenskraft aufbringen, um sich nicht doch noch an Ort und Stelle zu übergeben. Ihr Patient grinste sie an. «Jetzt werde ich doch noch so schön wie mein Bruder», erklärte er. Der einäugige Ragnar knuffte ihn herzhaft. Vala erwiderte erleichtert ihre Freundlichkeit. Es waren nicht alle gegen sie, das tat ihr gut.

Auch Rollo schenkte ihr ein Lächeln und erlaubte ihr, als alle Arbeit getan war, seine Beinwunde zu inspizieren, die bestens verheilte. Vala hatte die Fäden bereits gezogen und freute sich, dass keine roten, heißen oder eitrigen Stellen zurückgeblieben waren, die darauf hindeuteten, dass noch schlechte Kräfte in der Wunde arbeiteten.

Rollo betrachtete sie ernst, während sie sich ihm widmete. «Da hast du eine ganz schöne Dummheit gemacht, Mädchen.»

Vala ließ den Kopf hängen. «Ich weiß.»

Er tätschelte ihr tröstend die Schulter und humpelte davon. Ein anderer ging vorbei und spuckte hörbar aus.

Sie haben Recht, dachte Vala traurig, es ist meine Schuld. Was konnte sie anderes tun, als es zu bedauern? Übelkeit stieg wieder in ihr auf und sie krümmte sich zusammen.

Dann bemerkte sie den alten Armod, und ihr fiel etwas ein. Rasch wühlte sie in ihrer Tasche und ging dann hinüber zu dem weißhaarigen Wikinger.

«Darf ich Gesellschaft leisten?», fragte sie.

Armod machte ihr Platz. «Du sprichst schon sehr gut», lobte er sie.

Sein freundlicher Tonfall tat Vala gut. «Hastein und Floki gute Lehrer», erwiderte sie bescheiden.

Als Schweigen zwischen ihnen eintrat, zeigte sie ihm das Pergament des rätselhaften Mannes aus Byzanz. Erwartungsvoll schaute sie Armod an.

Der nahm das Dokument und betrachtete es stirnrunzelnd. «Das ist Griechisch», erklärte er nach einer Weile.

«Du können lesen?», fragte Vala. Sie hatte mitbekommen, dass der Alte ein wenig Griechisch sprach. Und neben Rollo war er derjenige, der sich in der Runenschrift am besten auskannte.

Armod kratzte sich am Kopf. Er war weit herumgekommen in

seinem Leben, hatte mit Arabern und Byzantinern verhandelt und einiges von ihrer Sprache aufgeschnappt. Lange starrte er auf die Buchstaben. Seine rissigen Finger fuhren über die größer geschriebenen ersten Zeilen.

«Das sind die Namen ihres Kaisers», sagte er dann. «Ich erkenne das Wappen, es ist auch auf ihren Segeln.» Er hatte einmal einen Wikinger gekannt, der stolz berichtete, in der Garde des byzantinischen Kaisers gedient zu haben. Der Mann hatte ihm seinen Soldbrief gezeigt, dasselbe Dickicht aus Bildern, Schnörkeln und Zeichen.

«Sie haben viele Namen für ihre Kaiser», murmelte Armod.

Vala schüttelte ungläubig den Kopf. Das Schriftstück sollte dem oströmischen Kaiser gehören? Aber sie hatte es einem glatzköpfigen Mann ohne Zunge abgenommen! Unbeholfen versuchte sie, Armod dies zu erklären. Der hörte ihr geduldig zu.

«Ein Mann ohne Zunge? Das mag schon sein.» Langsam und gewichtig erklärte er ihr, dass derzeit eine Frau auf dem Thron sitze, Kaiserin Irene. «Alle Welt weiß, dass sie ihren eigenen Sohn blenden ließ, um selbst auf den Thron zu kommen. Einer, der versehrt ist, darf bei ihnen nämlich nicht Herrscher sein.»

Vala nickte. Wer Menschen blendete, konnte sie auch auf andere Art verstümmeln. Aber warum ihm dazu dieses Schriftstück anvertrauen?

«Er war eingesperrt. In Turm», sagte sie, mehr zu sich selbst. Armod reichte ihr das Pergament zurück. Angestrengt versuchte sie sich an ihre Lektionen bei Johannes zu erinnern. Im Grunde kannte sie die meisten Buchstaben. Es bereitete Vala nur unendliche Mühe, sie zu Worten und Sinn zusammenzusetzen. Es war, als wolle man ein Rudel Rehe hüten: Ständig lief alles nach allen Richtungen auseinander. Vala erinnerte sich an eine der ersten Lektionen für Jäger: Wenn du eine große Herde oder einen Schwarm vor dir hast, halte nicht wahllos darauf. Such dir ein bestimmtes Tier und konzentriere dich darauf, es zu verfolgen. Das tat sie.

«Das hier ist ein I», stellte sie bald fest. «Und das hier auch.

Das Wort fängt mit einem G an.» Sie biss sich auf die Zunge, während sie auf die Zeilen starrte. «Es heißt, es heißt Greichisch, nein, Griechisch. Das erste Wort heißt Griechisch.»

Armod zuckte mit den Schultern. Nun, das war beinahe zu erwarten gewesen. «Warte bis Kiew, Mädel», meinte Armod gutmütig. «Dort treiben sie viel Handel mit den Byzantinern, da kann dir sicher einer weiterhelfen.» Er stand auf und ging davon, weil Leif nach ihm rief.

Vala nickte zerstreut. Der Name Kiew sagte ihr nichts. Sie las weiter. Der nächste Buchstabe war ein F, da war sie beinahe sicher. Dann folgte ein E, dann ein U. Ihr Herz klopfte schneller, je länger sie las.

«Armod», rief sie aufgeregt und schaute auf, um den Alten zurückzuwinken.

Sie fand ihn bei den anderen Männern am Strand. Die Jäger waren zurück, und alle hatten sich versammelt, um vor dem Mahl über das neue Beutegut zu entscheiden. Leif stand, Armod neben ihm; alle anderen saßen im Kreis. Gereiztheit lag in der Luft, eine ganz andere Atmosphäre, als Vala sie von den Kämpfern sonst kannte. Doch was sie in der Hand hielt, schien ihr zu wichtig, um damit zu warten. Wenn sie Recht hatte, war es der beste Teil dessen, was ihnen in Byzanz in die Hände gefallen war. Entschlossen trat sie näher.

Vor Leifs Füßen im Sand lag das Löwenfell, das sie ihm als Bezahlung für ihre Überfahrt gegeben hatte, und darauf lag ein glänzender Berg. Vala hielt den Atem an und vergaß für einen Moment, weswegen sie hier war. Nicht wegen der Kostbarkeiten, die sich dort häuften, sie hatte in den Schmuckschatullen in Harun al Raschids Palast mehr und Wertvolleres gesehen. Sondern wegen des kleinen goldenen Anhängers, der in dem Gewirr obenauf lag. Wie gebannt ging sie darauf zu. Es war eine fein gearbeitete runde Scheibe, in der Art ihres Volkes gefertigt. Sie zeigte eine Stute, die sich gegen Wölfe wehrte. Es war wie ihr Amulett!

Vala sah mit einem Mal die Szene wieder, in deren Verlauf

es ihr fortgenommen worden war. Hörte den Schamanen, der sie für tot erklärte und es ins Feuer warf. Doch sie lebte noch, und nun war auch ihr Amulett hier. Wie konnte das sein? Es war doch den Weg durch die Flammen gegangen! Vala hatte die Hand schon danach ausgestreckt, als eine Faust sie am Gelenk packte.

«Die Beute geht nur an Kämpfer.» Es war Leif, der das sagte.

Vala wurde rot und senkte den Kopf. Doch dann hob sie ihn wieder. Sie hatte nichts Böses im Sinn gehabt, sie wollte doch nur ihr Amulett sehen! Und sie war ein Kämpfer, so gut wie jeder andere, das hatte sie schon bewiesen. Ihre Gedanken überschlugen sich, doch sie konnte sie nicht so rasch in Worte fassen. Dann fiel ihr etwas ein. Mit einer raschen Geste hielt sie die Beute hoch, die sie selbst aus Byzanz mitgebracht hatte: das Geheimnis des Griechischen Feuers. Vala atmete schwer; sie konnte den Blick nicht von der Kette lassen. Das Dokument fiel auf den Haufen zu den anderen Schätzen.

«Was ist das?», knurrte Leif und griff danach. Er drehte und wendete es ungeduldig. «Bekritzeltes Pergament», verkündete er, «wertlos.» Er warf es Vala vor die Füße.

«Aber nein, es ist ...», setzte Vala an.

Leif ließ sie nicht ausreden. Er befahl ihr, sich zu packen, und legte die Hand auf den Griff seines Schwertes, um seiner Forderung Nachdruck zu verleihen. Rasch suchte Vala die Blicke der anderen, doch die vermieden es, die junge Steppenreiterin anzusehen, oder nickten sogar grimmig. Wie eine Gruppe wilder Hunde, der man versucht, einen Knochen fortzunehmen, dachte Vala betäubt. Sie tastete nach ihrem Schatz und stolperte fort. Sie wusste, sie hatte eine Dummheit begangen. Aber trotzdem brauchte niemand zu sehen, dass sie Tränen in den Augen hatte. Einen Moment lang hoffte sie, Eirik würde ihr nachkommen. Aber sie wusste, das würde er nicht tun.

Ja, ich weiß ja, ich habe einen Fehler gemacht, dachte sie. Aber konnte nicht wenigstens er ihr verzeihen? Wenn Rollo sich vorhin zu einem Lächeln hatte überwinden können, warum nicht Eirik? Geflissentlich verdrängte Vala, wie verzweifelt er aus dem Wasser nach ihr gerufen hatte. Ich möchte nur wissen, überlegte sie, warum er mich überhaupt aus dem Meer gezogen hat.

Er ist wie die anderen, dachte sie. Und das Schlimmste war, er hatte auch noch Recht. Wenn er sie nicht gerade ansah, mit seinen vorwurfsvollen blauen Augen, fiel es Vala gar nicht so schwer, das zuzugeben. Sie hatte sich verantwortungslos verhalten und musste jetzt mit der Feindseligkeit der anderen fertig werden. Das war schwer, aber sie würde es ertragen. Nur dass Eirik sich von ihr abgewandt hatte, das ertrug sie nicht. Denn für ihn, das glaubte Vala fest, war Byzanz, war die Beute doch nur ein Vorwand. In Wahrheit war es so, dass er sie nicht mehr liebte. Weil da diese andere war, der der Kamm gehörte. In Augenblicken wie diesem zweifelte Vala sogar daran, dass er sie jemals geliebt hatte. Er wäre doch damals fortgesegelt, ohne sich auch nur von ihr zu verabschieden. Sie war es, die sich ihm aufgedrängt hatte. Sie hatte ihn gezwungen, sie mitzunehmen. Sicher, er hatte ihr beigestanden gegen die anderen. Daran klammerte Vala sich mit aller Hoffnung, wie an den verflixten Kamm, den sie manchmal geradezu hasserfüllt betrachtete und doch nie fortwarf. Er hatte sich schützend vor sie gestellt.

Mit müden, hungrigen Augen schaute sie sich noch einmal um. Was, was nur empfand er für sie?

Manchmal schien es ihr wirklich einfacher, allein zu sein.

Unwillkürlich schlug Vala den Weg in das Wäldchen ein. In der ruhigen grünen Dämmerung unter den Bäumen atmete sie auf. Hier gab es keine missbilligenden Blicke, keine ablehnenden Gesten. Sie richtete sich ein wenig auf. Hier musste sie nicht darauf achten, was sie sagte oder tat.

Eirik biss sich auf die Lippen, als er sie fortgehen sah, wandte sich aber wieder den anderen zu. Er hatte sie oft genug ermahnt, bei der Gruppe zu bleiben. Warum hörte dieses Mädchen nie auf ihn? Er war es langsam leid. Nie hielt sie sich an die Regeln, und jetzt hatte sie alle gegen sich aufgebracht.

Leif grinste, als er sah, wie mühsam Eirik seine Wut unterdrückte. So war es gut. Er hatte doch gewusst, er brauchte nur zu warten.

Floki schaute traurig zu seinem Freund hinüber. Doch als Eirik nichts sagte, schwieg auch er. Die Verteilung schritt voran.

Vala konnte sich lange nicht entschließen zurückzukehren. Doch als sie Schritte hinter sich hörte, begann ihr Herz zu flattern. Hatte er sich doch noch für sie entschieden. War er … Mit strahlendem Gesicht wandte sie sich um. «Eirik!» Das Lächeln erstarb, als sie sah, wer dort stand.

Im ersten Augenblick blinzelte sie verwirrt. Dann stand sie auf. Ihr Körper begriff die Gefahr eher als ihr Verstand. Ihr Mund wurde trocken. «Du», sagte sie. Sie wusste, was nun geschehen würde, es hatte lange in der Luft gelegen. Und sie verstand mit einem Mal, wovor Eirik sich die ganze Zeit gefürchtet hatte. Es schüttelte sie selbst vor Angst.

Das falsche Amulett

«Was willst du?», fragte sie. Ihre Stimme klang brüchig. Der Kapitän der «Windpferd» schaute sie so seltsam an mit seinen kleinen Augen unter diesen unnatürlich hellen Wimpern.

«Was willst du, Leif?», wiederholte sie lauter und kräftiger. Er sollte nicht merken, dass sie sich vor ihm fürchtete.

Dabei kroch in Vala die Angst hoch, mit jedem Schritt, den Leif weiter auf sie zuging. Er sagte kein Wort.

Wie hatte sie nur so dumm sein können, ohne Waffe hierher zu kommen? Hatten ihre Sorgen ihr so die Sinne vernebelt? Valas Hände tasteten nach dem Dolch in ihrem Gürtel und griffen ins Leere. Sofort tauchte vor ihrem inneren Auge ein Bild auf: Sie hatte den Dolch aus der Hand gelegt, nachdem sie einen letzten Faden an Rollos Wunde abgeschnitten hatte, in den warmen Sand. Dort lag er noch immer.

«Bleib stehen!», sagte sie heiser und machte einen weiteren Schritt rückwärts. Als wäre es ein Signal gewesen, stürzte der Wikinger sich auf sie. Vala schrie und fiel hintenüber. Leifs weizengelbe Haare streiften ihr Gesicht, als er über ihr war; sie spürte seinen Atem. Angestrengt versuchte Vala, ihn von sich herunterzuwälzen, doch er lag auf ihr, schwer wie ein Fels. Vergeblich suchte sie, ihre Knie einzusetzen. Sie biss in seine Hand.

Leif schrie auf und schlug ihr mit der blutenden Hand ins Gesicht, ließ dabei aber wenigstens ihren einen Arm für einen Moment los. Valas Finger fuhren hoch und krallten sich in sein Gesicht. Sie suchte seine Augen. Doch ein weiterer Fausthieb ließ sie beinahe ohnmächtig werden. Sie hörte ihre Kieferknochen knirschen. Mit letzter Kraft griff sie in sein Haar und zog. Leif packte ihre Hand, riss sie von sich los und presste sie keuchend an den Boden. Ihre beiden Handgelenke mit einem Griff umfassend, riss er ihr die Arme über den Kopf. Mit der freien Hand begann er an ihren Kleidern zu zerren. Vala wimmerte vor Wut und Panik. Ohne eine Klinge hatte sie gegen den kräftigen Mann keine Chance, sie wusste es. Und doch durfte es nicht geschehen, es durfte nicht sein.

Sie sah die Wut in Leifs gerötetem Gesicht. Es bereitete ihm Freude, sie zu demütigen. Er wollte nicht nur seine Lust an ihr befriedigen, er wollte ihr wehtun, das konnte sie sehen. Sie konnte es spüren.

Nein, dachte Vala. Sie fühlte seine Verachtung beinahe körperlich. Es drohte sie zu zerschmettern. NEIN!

Vala glaubte zu schreien, doch es war kein Laut zu hören. Dennoch hielt Leif für einen Moment inne. Er starrte sie an. Seine Pranke, die in der Lage gewesen wäre, ihr ohne Umstände die Kehle zu zerdrücken, fuhr an ihrem Hals entlang, zärtlich beinahe, riss mit einem plötzlichen Ruck ihr Hemd auf und glitt über ihre Brüste.

«Doch», sagte Leif grinsend. «Und du weißt es.»

Die Übelkeit überwältigte sie beinahe. Vala bäumte sich auf. Da zerrte er sie mit einem Ruck hoch und drehte sie auf den Bauch. Vala bekam Erde in den Mund und spuckte. Ihre Fersen hämmerten wirkungslos auf seinen Rücken. Seine Hand war zwischen ihren Beinen, zog an ihrer Hose, fand den Weg hinein.

Nein, nein, nein! Mit aller Kraft, die ihr blieb, griff Vala nach Leifs Geist. Der Hass überwältigte sie, wie Wogen überrollte es sie, sie schnappte nach Luft, schlug um sich, suchte. Nein! Sie brachte ihren ganzen Willen gegen ihn auf.

Plötzlich hob sich sein Gewicht von ihr. Der Schwung, mit dem sie nach ihm getreten hatte, warf sie beinahe herum. Vala lag da und japste nach Luft. Benommen starrte sie den Kapitän an.

Als hätte ihn etwas geschlagen, war Leif vor ihr zurückgewichen. Sein Gesicht war bleich und verwirrt, als suche er mühsam, etwas zu begreifen. Dann siegte die Wut erneut über ihn.

«Du», knurrte er und wollte sich erneut auf sie stürzen. Vala klammerte sich an seine Hände, die sich gnadenlos um ihren Hals schlossen. «Du!»

Lass mich, befahl Vala. Sie keuchte und hustete; ihr wurde schwarz vor Augen. Er wollte sie töten. Sie suchte die Windungen seines Bewusstseins und krallte sich hinein.

Da schrie er auf, schrill und hoch, und fiel hintenüber. Seine Hände umklammerten den Schädel. Heftig schüttelte er den Kopf. «Nein!», stöhnte Leif. Er wimmerte und rammte die Stirn gegen einen Stamm. Benommen kniete er dann still zwischen den Bäumen. Vala starrte ihn an.

Langsam hob Leif den Kopf. Blut sickerte von seiner zerschrammten Stirn und verwandelte seine Züge in eine Maske, die das Grauen verzerrte. Sein Brustkorb hob sich in einem tiefen Atemzug. Sein Arm hob sich. Er wies mit bebenden Fingern auf Vala.

«Du bist in meinem Kopf», brüllte er. «Du verdammte Hexe! Du bist in meinem Kopf.»

Voller Panik kroch er einige Meter von ihr fort, ehe er sich ganz aufrichtete. Leif keuchte; noch immer zitterten seine Knie.

Entsetzt starrte er sie an und fuhr sich über die blutige Stirn, als könne er die Erinnerung fortwischen. Plötzlich zog er sein Schwert, gleich darauf ließ er es fallen. Dann stürzte er fort.

Aufstöhnend ließ Vala sich zur Seite fallen. Sie wollte nichts als so zusammengerollt liegen bleiben. Aber Leif konnte wiederkommen. Irgendwann würde er die Furcht abschütteln und dann ... Mühsam richtete Vala sich auf. Dabei wurde ihr schwindelig, und sie musste sich erneut übergeben. Rasch stolperte sie zu einem Gebüsch und würgte, ohne dass etwas kam. Seltsam, dachte Vala. Gestern Morgen war es dasselbe gewesen. Und den Tag davor, schon vor Byzanz, wenn sie darüber nachdachte. Und als sie überlegte, wie lange genau, da wusste sie die Antwort. Es hatte nur einen Tag gegeben, der dafür infrage kam. Zieh dich an. Sie hatte es noch genau im Ohr.

«Hat er dir wehgetan?» Die Frage ließ sie jäh herumfahren.

Da stand Floki, unsicher von einem Fuß auf den anderen tretend. Er bemühte sich, sie nicht anzusehen.

Vala wischte sich den Mund und lächelte bitter. Ihr Haar war wirr und verfilzt, ihre Kleidung zerrissen, Gesicht und Arme bedeckten blutige Kratzer. Sie konnte sich kaum gerade halten und stöhnte bei jeder Bewegung. Es war wohl mehr als offensichtlich, dass man ihr wehgetan hatte. Aber sie wusste auch, das meinte Floki nicht.

«Nein», sagte sie daher, schon ein wenig milder. Sie schniefte und versuchte ihre Haare in Ordnung zu bringen, aber ihre Hände zitterten so, dass es nicht gelang.

«Ich helfe dir», bot Floki an. Er drückte sie sanft hinunter, bis sie saß, wand ihr den Kamm aus den Fingern, kniete sich hin und begann, langsam und andächtig ihre Haare zu kämmen.

Vala entspannte sich. Sie atmete ruhiger.

«Lehn dich ruhig an mich», bot Floki an, und sie tat es. Die Nähe und Wärme eines vertrauten Menschen tat ihr gut. Vala schloss die Augen und gab sich dem Genuss seiner Fürsorge hin. Als es ihr besser ging, begann sie an ihrem Gewand herumzunesteln. Das Hemd war wirklich übel mitgenommen. Man sah ihre Brüste durch den zerrissenen Ausschnitt, es ließ sich nicht verbergen, wie sie die Fetzen auch miteinander zu verknoten suchte.

«Bist du nicht der, der Nähzeug dabeihat?», fragte sie. Sie glaubte sich zu erinnern, dass es Floki gewesen war, der ihr die Nadel gereicht hatte, um Rollos Bein zu flicken.

Floki schüttelte den Kopf. «Nein», japste er, um zu verbergen, wie hastig sein Atem ging.

Erstaunt drehte Vala sich um. Flokis Gesicht übergoss sich mit Röte, als er sah, dass sie verstand. Er streckte die Hand aus, um sie zu berühren, wagte es aber nicht. Verlegen drehte er den Kamm in seinen Händen. Dann plötzlich, als wäre ihm etwas in den Sinn gekommen, ließ er ihn fallen.

«Ich, ich habe etwas für dich», sagte er hastig.

Vala traute ihren Augen nicht. Was er ihr da hinhielt, war ihr Amulett! Sie griff danach, nahm es in beide Hände und liebkoste es mit ihren Fingern.

«Floki», sagte sie nur. Ihre Stimme brach. Ja, es war ein Stück ihrer Heimat, gemacht von den Händen ihres Volkes. Sie meinte, die Steppe darin gespiegelt zu sehen und den Rauch der Hütten zu riechen. Es sah genauso aus wie ihr Amulett. Doch es war nicht dasselbe. Traurig und gerührt strich ihr Finger über den Kopf des Pferdchens, der sich auf ihrem Anhänger andersherum geneigt hatte, über das Zaumzeug, das in anderer Weise ziseliert war. Tränen ließen ihr das Bild verschwimmen, Tränen der Enttäuschung und der süßen Erinnerung.

Erschrocken legte der junge Mann ihr die Hände auf die Schultern.

«Ach, Floki! Danke.» Sie schaute auf in das schüchterne Gesicht mit den hungrigen Hundeaugen. Ihre Hand strich über seine raue, von der Akne gezeichnete Wange.

Der Junge erbebte. Mit feuchten Lippen näherte er sich ihrem Mund. Vala lächelte mütterlich, schüttelte den Kopf und streichelte erneut sein Gesicht. Dann küsste sie ihn auf die Wange.

«Danke», flüsterte sie an seinem Ohr.

In diesem Moment knackte ein Zweig. Valas Kopf fuhr hoch.

Eirik schaute auf sie beide hinunter, wie sie da dicht beieinander saßen, sie zwischen Flokis Schenkeln, ihr Gesicht nahe bei dem seinen, der Junge in sichtlicher Erregung. Ihre Hand lag noch immer zärtlich auf seiner Wange. Eirik wurde für einen Moment schwarz vor Augen.

Seit Wochen quälte er sich für diese Frau. Vor zwei Tagen dann, in Byzanz, hatte er seine Freunde für sie verraten. Er hatte etwas getan, was falsch gewesen war, er wusste es. Er hatte sie alle in Gefahr gebracht und doch nicht anders gekonnt. Er begriff es noch immer nicht. Trotzdem hatte er sich aufgemacht, um ihr zu sagen, dass er in dem Moment, wo sie beinahe gestorben wäre, geglaubt hatte, auch sterben zu müssen. Und dass nur sie, nur sie ... Eiriks Gedanken verwirrten sich. «Du», keuchte er.

Da lag sie, in den Armen eines anderen. Und um den Hals, er sah es jetzt, trug sie sein Geschenk, das verdammte Halsband, hinter dem sie so her gewesen war. Floki war so schlau gewesen, es bei der Beuteverteilung für sich zu erhandeln. Eirik hatte sich schon gewundert. Es war das erste Mal gewesen, dass der Junge auf etwas bestanden und seinen Willen durchgesetzt hatte. Nun, er hatte gewusst, warum, er war dafür belohnt worden. Belohnt auf eine Weise, an die Eirik sich so gut erinnerte, dass sein ganzer Körper schmerzte. Tränen schossen ihm in die Augen. Nur gut, dass er das Weib nicht mehr sah. Wäre seine Liebe ein Glied seines Körpers, er würde das Schwert zücken und sie sich abhauen.

Floki sprang auf. «Es, es ist gar nicht ...» Sein Gesicht war totenbleich. Vala sah das Narbengeflecht darauf deutlicher denn je. Der arme Junge, dachte sie, während sie sich aufrappelte, er glaubt tatsächlich, Eirik hält ihn für einen Rivalen. Beinahe musste sie lächeln.

Eirik sah es und hob die Hand.

«Nein!» Mit erhobenem Schwert trat Floki dazwischen. Die Klinge zitterte so sehr, dass er sie beinahe fallen gelassen hätte.

Schamrot presste er sie sich an die Brust und floh. Eirik und Vala blieben allein zurück. Noch immer fiel zwischen ihnen kein Wort.

Vala hob die Hände in einer Geste, die Ratlosigkeit und Versöhnung ausdrückte. «Eirik?», fragte sie mild und verwundert. Sie suchte den Blick seiner blauen Augen. Wenn er sie doch nur ansehen könnte. Sie würde sich an seine Brust stürzen und alles gestehen, ihren Trotz, ihren Eigensinn. Sie würde ihm schwören, ab jetzt immer auf ihn zu hören. Es drängte sie doch so, ihm von der Vermutung zu erzählen, die sie hegte, die so beängstigend war und in seiner Gegenwart plötzlich so süß. Tief sog sie seinen Duft ein. Ihr Herz klopfte so laut, dass sie glaubte, er müsse es hören.

Von ihm kam ein Laut wie ein Schluchzen. Eirik schob sie von sich. Er streckte die Hand aus und berührte den Anhänger, der in ihrem Ausschnitt baumelte. Dabei strich seine Hand wie absichtslos über ihre Brüste, verweilte dort, konnte sich nicht losreißen. Vala atmete tief ein und schloss die Augen, erbebend unter der Liebkosung. Eiriks Finger ergriffen das Amulett. Vala spürte den sanften Zug an ihrem Hals, als er es anhob und sich vor die Augen hielt. Sie bog sich ihm erwartungsvoll entgegen. Dann spürte sie den kleinen harten Schlag, mit dem das goldene Rad gegen ihr Brustbein prallte. Der Zug ließ plötzlich nach. Vala musste die Arme ausstrecken, um ihr Gleichgewicht wieder zu finden. Erschreckt öffnete sie die Augen. Eirik war fort.

Das Reich am Fluss

Die byzantinischen Schiffe kehrten nicht mehr zurück, um die Reise der Wikinger längs der Küste zu stören. Dennoch wollte die rechte Stimmung nicht aufkommen. Zu greifbar war für alle an Bord die Spannung zwischen Vala und Eirik. Floki, der den

Zorn des eifersüchtigen Mannes fürchtete, zog sich völlig von Vala zurück, was Hastein nicht verstand, der den Unterricht für Vala fortsetzen wollte, ohne seinen Freund allerdings nicht mehr recht wusste, wie. Sosehr er auch in Floki drang, der wollte ihm den Grund dafür nicht nennen. Sprachlos und unglücklich saßen die Jungen beieinander, beäugt von Rollo, der ahnungsvoll seine Laute schlug.

Eirik beschränkte sich aufs Rudern. Er sprach nicht mehr, er sang nicht mehr. Sein Lachen und sein ausgleichendes Wesen fehlten den Gefährten umso mehr, da mit Leif ein unerklärlicher Wandel vorgegangen war. Der Kapitän der «Windpferd» war immer schon ein stolzer, aufbrausender und harter Mann gewesen und das Segeln unter ihm nicht leicht. Doch nun benahm er sich so unduldsam und grob wie nie zuvor. Bei der kleinsten Kleinigkeit bekam er Wutausbrüche, die keinem erklärbar waren. Mehr als einmal verhinderten Rollo und Armod gerade noch einen blutigen Kampf. Und bei alldem schaute Leif sich manchmal hastig um wie einer, der sich vor etwas fürchtet. Er trank nur noch für sich allein, abseits der anderen, dumpf und brütend. Und Rollo, der sich auskannte mit den Kräften der Unterirdischen, erklärte, dass etwas Leif verhext haben müsse.

Manch einer glaubte zu wissen, wer das gewesen sei. Und manchmal wanderte ein misstrauisches Augenpaar zum Mast, wo zu Füßen des Pferdes, zwischen Fässern und Ziegen, Vala noch immer hauste. Doch Vala gab keinen Anlass mehr zur Klage. Sie kauerte jetzt die meiste Zeit zusammengerollt dicht bei ihrer Stute, ein Platz, den sie nur aufgab, um zur Reling zu hasten und sich zu übergeben. Sie war so unsichtbar und still, wie Eirik sie sich immer gewünscht hatte. Die meisten allerdings mussten sich eingestehen, dass sie die Steppenreiterin und ihr keckes, gebrochenes Geplauder vermissten. Nie waren die Siege fader, die Gelage freudloser gewesen als jetzt.

Das änderte sich erst, als sich die Bucht des Flusses auftat, der sie zurück zur Heimat führen würde. Selbst Vala wurde von dem allgemeinen Jubel hervorgelockt.

«Das ist der Dnjepr», erklärte Armod ihr auf ihre Frage hin und wies auf die Ufer, die sich zu beiden Seiten dicht an das Schiff heranschoben. Nach der Weite des Meeres kam Vala diese Enge geradezu bedrückend vor.

«Er kommt von Kiew her und darüber hinaus. Wir folgen ihm bis dahin, wo er der Düna nahe kommt. Dort ziehen wir das Schiff über Land und folgen ihr stromabwärts bis in die Ostsee.»

«Bernsteinmeer», rief Rollo und sang beinahe. «Heimatmeer.»

Vala starrte auf die flachen Ufer mit ihren Bäumen und dem stacheligen Gestrüpp, das bis hinunter ans Wasser wuchs. Junge Fichten und Birken ragten hier und dort heraus und schlossen sich auf den Hügeln dahinter zu immer dichteren und dunkleren Wäldern. Sie sollte die blaue Weite des Meeres nicht mehr sehen?

«Was heißt das, ihr zieht es über Land?», fragte sie.

Ragnar antwortete ungefragt und euphorisch. «Da wird die ‹Windpferd› zum Plankenochsen, zum Bären auf Rollen, ‹Hlunnbjörn› heißt sie dann.» Er lachte schallend über seine Erklärung.

Vala begriff, als Rollo die Sache ausführte, dass das Schiff über Baumstämme gerollt werden sollte. Vorzustellen allerdings vermochte sie sich den Vorgang nicht. «Was», fragte sie stattdessen, «ist Kiew?»

Die Antwort erhielt sie Wochen später, nach langen Phasen ermüdenden Ruderns gegen den Strom, als der Lauf des Flusses sich erweiterte und sie Kiew an seinem Ufer liegen sah wie an einem See. Es waren die ersten Wikingerbauten, die Vala sah, und sie bestaunte die hölzernen Langhäuser mit den gekreuzten Balken über dem Giebel, die sich vom Ufer an zahlreichen Straßen hochzogen bis zu der Burg mit dem Wehrgürtel aus spitzen Planken, die auf dem höchsten Hügel thronte. Auch sie war nicht viel mehr als ein Langhaus mit Querhäusern, doch sie besaß einen viereckigen hölzernen Turm, der noch überragt wur-

de von den Speeren der Wachen, die auf ihm Posten gingen und
deren Hörner das Kommen der «Windpferd» allen in der Stadt
ankündigten. Vala sah eine Menschenmenge dort stehen und sie
erwarten, Wikinger mit langen Bärten und zottigen Fellmänteln,
dazwischen Frauen, die ersten seit langem, die sie aus der Nähe
sah. Sie trugen lange Schürzen vor ihren Kleidern und eine Art
Haube über den Köpfen, aus denen lange Zöpfe hervorbaumelten. Ihre Umhänge waren aus Stoff und bei manch einer über der
Brust mit einer schönen Brosche geschlossen.

Vala wies auf einen Mann mit gehörntem Helm. Er war von
Kriegern umgeben und deutlich prächtiger gekleidet als die an-
deren. Ein Bärenfell auf seinen Schultern wurde von goldenen
Schnallen gehalten, und Vala konnte selbst aus der Ferne die
Edelsteine am Griff seines riesigen Schwertes erkennen.

«Das ist Egil», erklärte Armod ihr leise, «Egil Eisenseite. Er
beherrscht die Burg und den Ort. Er und Leif kennen sich schon
Ewigkeiten.»

Vala schaute zu, wie der Kapitän, mit Eirik, Ragnar, Gardar
und Armod als Abordnung, den Herrn von Kiew begrüßen
ging.

«Sie sind Freunde?», fragte sie, während sie sah, wie die Männer sich schulterklopfend umarmten.

Rollo lächelte. «Hat der Bär Freunde?» Er winkte Hastein,
Roric und Floki zu sich. «Leif wird die Bedingungen unseres
Aufenthalts aushandeln», erklärte er, «das heißt den Preis dafür, dass sie uns nicht alle Beute rauben und nächtens die Kehle
durchschneiden.» Er lachte, als er Valas Gesicht sah. «Das ist nur
das übliche Geschäft», meinte er dann besänftigend. «Alle hier
sind Geschäftsleute. Und Leif versteht sich ganz hervorragend
darauf, mit ihnen umzugehen. Kommt.» Er machte sich mit seiner kleinen Karawane daran, ebenfalls das Schiff zu verlassen,
auf dem nur vier Männer als Bewachung zurückblieben. «Heute
Abend wird es dort oben ein Gelage geben.» Er wies mit dem
Finger auf die Burg. «Da werde ich singen. Aber bis dahin gehen
wir einkaufen.»

Fröhlich pfeifend machte er sich auf den Weg. Die Jungen und Vala folgten ihm zögernd. Es war lange her, dass Vala auf festem Boden eine längere Strecke gegangen war, und noch länger, dass sie sich durch eine Ansammlung von Menschen gedrängt hatte. Zwar kannte sie größere Städte als das bescheidene dörfliche Kiew, dass sich mit den Straßen von Antiochia oder gar Bagdad nicht zu messen vermochte. Trotzdem dauerte es eine Weile, bis sie sich daran erinnerte, wie man sich durch eine Menschenmenge schlängelt, ohne allzu viel herumgeschubst zu werden und seine Börse zu verlieren.

Kiew war nicht nur kleiner, es war auch weit übersichtlicher angelegt als die Städte, die sie kannte. Die meisten Straßen führten vom Ufer schnurgerade den Hang hinauf, andere kreuzten sie rechtwinklig. Unübersichtlich wurde es nur durch die Enge und das viele Volk, das sie anstarrte. Straßen allerdings war ein großes Wort für die gestampften Lehmpfade, auf denen sie gingen und die sich im Frühjahr sicherlich in eine einzige Schlammwüste verwandelten. Wo ein naher Bachlauf, das Sickerwasser eines Misthaufens oder einfach der Unrat der Vorbeikommenden den Boden jetzt schon aufgeweicht hatte, halfen Weidenknüttel über den Morast. Zu manchen Häusern führte ein Weg aus festen Planken. Hühner liefen ihnen zwischen die Beine, Ziegen steckten meckernd die Köpfe aus ihren Verschlägen, Kinder tollten allerorten herum.

«Hier lang», kommandierte Rollo und führte sie in eine Seitengasse. Vala roch das stechende Aroma von Urin, von verdorbenem Fleisch und Blut und mühte sich, sich nicht zu übergeben, als sie ein hölzernes Tor aufstießen und in eine der Hütten eintraten.

Sie war offen bis zum Dach; Vala konnte die hölzernen Streben und das Stroh dazwischen sehen, durch das der Himmel blinzelte und der Rauch eines kleinen Feuers abzog, welches in einer steinernen Einfassung brannte. Der fensterlose Raum bot wenig Licht, dennoch konnte Vala sehen, dass auf Gestellen entlang der Wände große Stapel Felle lagerten. Kreuz und quer übereinander sah sie dort den satten, stumpfen Glanz des Bärenfells, das rote und silberne Schimmern der Füchse, das dichte, glänzende Biberhaar. Großflächig und stumpf die Rehhäute, mit weißen Streifen an den Seiten, langhaarig und widerborstig die der Wildschweine, mit buschigen Schwänzen in dichten Büscheln von der Decke hängend die Marder, Eichhörnchen und Hermeline. Die Schwanzspitzen kitzelten Vala und ihre Freunde im Gesicht, als sie sich ihren Weg tiefer in die Hütte bahnten. Ein riesiges Löwenfell war an die Rückwand genagelt.

Darunter stand ein Bett, ebenfalls mit Schichten von Fell beladen, die sich wogend hoben und senkten. Etwas darunter schnaubte und grunzte wie ein Tier.

Rollo blieb stehen, die anderen mit ihm. «Thorwald?», rief der Sänger, worauf der hochrote Kopf eines Mannes mit einem zotteligen braunen Vollbart auftauchte, der sich in der Sammlung prächtig gemacht hätte.

«Rollo», krächzte er und klatschte auf den nackten Hintern, der unter ihm sichtbar wurde. Ächzend schnürte er seine Hosen zu, während die Frau, die sich unter den Fellen hervorrappelte, mit ausdrucksloser Miene ihre Kleider überzog, sich das Haar aus dem Gesicht wischte und an den Besuchern vorbei zum Feuer schlurfte, wo sie in einem großen Topf zu rühren begann. Thorwald schickte ihr ein zufriedenes Grinsen hinterher, ehe er sich den Schweiß vom Gesicht tupfte und sich seinen Besuchern zuwandte. «Altes Walross, was kann ich für dich tun?»

Dann bemerkte er Vala, und sein Gesicht leuchtete auf. Er umschritt sie einmal und fasste ihr dann ans Kinn. «Eine Hunnin, hm? Ganz was Feines. Wie sieht der Arsch aus?»

Vala schlug seine Hand so heftig fort, dass es klatschte.

Rollo schüttelte den Kopf. «Sie gehört Eirik», erklärte er.

«Dem Schönhaar, wie?», fragte Thorwald und blinzelte. «Schade.»

Rollo stieß ihm in die Rippen. «Aber wie's aussieht, bist du ja gut bedient.»

Thorwald grinste, während er zum Feuer hinübersah. Vala

verzog das Gesicht. Die andere hatte fast so schwarzes Haar wie sie selbst. Und ihre Haut, bemerkte Vala, als die Hand des Mädchens hochfuhr, um sich eine Strähne hinter das Ohr zu schieben, war unter all dem Schmutz für eine Wikingerin ungewöhnlich braun.

«Ich hab sie neu», erklärte Thorwald derweil und schnäuzte sich in seine Finger. «Direkt aus Arabien. Ich soll sie warm halten.» Er lachte und fasste sich in den Schritt. «Also heize ich ihr gut ein.»

Rollo lachte mit, die beiden Jungen erröteten.

Vala wurde wütend. Wütend auf Thorwald, denn sie begriff, dass es eine Sklavin war, die er sich da hielt, und wütend auf Rollo, der mit ihm Scherze machte und darauf verzichtete klarzustellen, dass sie selbst keine Handelsware war. Sie hätte am liebsten das Messer gezogen, es dem dicken Pelzhändler in den Leib gerammt, wie sie es mit dem arabischen Kaufmann gemacht hatte, und dem Mädchen zugerufen: Flieh.

So aber wartete sie nur wie auf Kohlen sitzend darauf, dass Rollo sein Bündel aufschnürte, die Felle vorführte und mit Thorwald langwierig und umständlich verhandelte, wie viele Silberstücke ihm dafür zustanden. Als die beiden endlich handelseinig waren und einschlugen, lief Vala vor ihnen her aus der Hütte.

Draußen musste sie erst einmal tief durchatmen. Hastein klopfte ihr auf den Rücken.

«Geht's wieder?», fragte Rollo besorgt.

Vala nickte. Sie war inzwischen sicher, schwanger zu sein, aber die Übelkeit, die sie am Anfang geplagt hatte, war verschwunden. Dies hier war etwas anderes. Sie war wieder unter Sklavenhaltern! Und alles, was sie davor schützte, seit Eirik sich von ihr abgewandt hatte, war die Zuneigung zweier halber Kinder und ein Mann, der ihr zwar verpflichtet war, aber vor allem seinen eigenen Geschäften nachging. Sie betrachtete Rollo und seine gute Laune mit Abneigung.

Vala war sich noch nie so verwundbar vorgekommen wie in dieser gänzlich fremden Umgebung. Ihr Pferd und ihre Waffen waren auf dem Schiff geblieben, und ihr Leib wurde von etwas beschwert, was wie ein Mühlstein am Hals eines Ertrinkenden hing und sie hinunterziehen würde, wenn sie es zuließ.

Rollo dagegen wirkte hochzufrieden. Er wog das Ledersäckchen mit Silber in seiner Hand und erklärte, nun einen Schmied aufsuchen zu wollen. «Denn aus einigen dieser Münzen soll eine hübsche Gewandnadel entstehen für jemanden, der zu Hause darauf wartet.» Er blinzelte ihr zu. «Hast du etwas Bestimmtes vor, Vala?»

«Ich suche Steinöl.»

Rollo kratzte sich am Kopf und überlegte. «Steinöl?», brummte er. Das gehörte nicht zu den Dingen, die er üblicherweise einzukaufen pflegte. «Ah», rief er plötzlich, «da kommt Armod. Na, sind die Verhandlungen gut gelaufen?»

Der Alte hinkte durch die Menge auf sie zu. Er wich einer fressenden Katze aus und den Federwolken, die über den Körben zweier Weiber aufstiegen, die sich zum Gänserupfen vor ihre Haustüren gesetzt hatten.

«Heute Abend», sagte er wie zur Bestätigung. «Es wird hoch hergehen. Du sollst auch da sein, Vala.»

«Vala sucht einen besonderen Händler», sagte Rollo rasch, sichtlich froh, sie an jemand anderen abgeben zu können.

Die Steppenreiterin erklärte Armod, was sie suchte.

«Steinöl», wiederholte dieser, ebenso ratlos wie zuvor Rollo. «Brauchst du das für eine deiner Kuren?» Vala nickte und wollte schon verzagen, als er so bedächtig den Kopf wiegte. Dann aber erhellte sich Armods Miene. «Der alte Jude», rief er und lächelte. Vala bemerkte zum ersten Mal, wie schwarz seine Backenzähne waren. «Der alte Jude könnte so etwas haben. Bei ihm gibt es alles, was es anderswo nicht gibt.»

Rollo runzelte die Stirn. «Aber man sagt, er sei ein byzantinischer Spitzel», gab er zu bedenken.

Armod zuckte mit den Schultern. «Das ist Egils Problem. Was schert uns das?», fragte er.

Rollo ließ sie gerne ziehen. Pfeifend machte er sich mit den

Jungen auf zu seinem Silberschmied. Vala dagegen ließ sich von Armod durch die engen Straßen Kiews leiten. Sie hakte ihn, der ein wenig hinkte, unter, damit er nicht auf dem Hühnerdreck ausglitt, und so drängten sie sich gemeinsam durch die Gruppen von Frauen, die ihre Körbe vor den Bauch gepresst hielten und gafften, und die Schwärme von Kindern, die sich ein paar Gassen weit den Spaß machten, ihnen nachzulaufen, bis sich eine neue Attraktion fand.

Vala war in dieser Siedlung nicht die Einzige mit fremdartigen Zügen. Vor einer Schenke sah sie eine Gruppe Reiter mit breitflächigen Gesichtern und runden Fellmützen, deren Pferde sie ein wenig an Vaih erinnerten. Ihre schwarzen Augen folgten Vala ohne ein Wort, und sie drückte sich enger an Armod, der grummelnd ihren Arm tätschelte. In einer Seitengasse erhaschte sie einen kurzen Blick auf eine Gestalt im Turban, die aber so tief in ihren Pelzumhang gemummelt war, dass sich unmöglich mehr erkennen ließ.

«Kommen arabische Händler hierher?», fragte Vala Armod, der nickte. Vala wandte den Kopf, doch der Vermummte war verschwunden. Sie kämpfte das ungute Gefühl nieder, dass es Selims Verwalter Walid war, den sie gesehen hatte. Sie hatte gar nicht genug erkennen können von der fernen Gestalt. Es war nur so, dass diese Stadt ihr nicht gefiel und zu viele düstere Gedanken sie bedrückten.

Als sie vor dem Haus des Juden standen, bat Armod um die Erlaubnis, in der Schenke gegenüber auf sie zu warten. Dort gebe es Met, dessen heilende Wirkung ja sattsam bekannt sei.

Vala schaute den verschmitzt dreinblickenden Alten an und musste lachen. Der Alkohol ist die Schwäche der Wikinger, selbst so weiser Männer wie Armod, dachte sie, nickte aber und klopfte ihm auf die Schulter. «Als Medizinfrau kann ich Met nur empfehlen», sagte sie zum Abschied. Sie lachte noch, als sie eintrat.

Das Haus des Juden unterschied sich stark von dem Thorwalds. Sie stand in einem Vorraum, der vom Rest des Hauses durch eine getünchte Holzwand abgetrennt war. Eine Tür mit einem Ledervorhang gewährte Zugang, doch versperrte eine hölzerne Theke den Weg dorthin. Rechts und links der Tür standen dunkle Regale voll mit Schubladen, Körben, Krügen und allen erdenklichen Behältern. An jedem hing ein kleiner Streifen Pergament mit einer Aufschrift. Vala hatte nicht mehr so viele Buchstaben gesehen, seit Johannes der Einsiedler seine Bibel für sie aufgeschlagen hatte. Ihr Herz klopfte erwartungsvoll. Sie räusperte sich und rief laut: «Hallo! Ist jemand da?»

Der Mann, der daraufhin durch den Vorhang kam, entrang ihr einen Ausruf: «Harun al Raschid!»

Der Silberbärtige lächelte. «Möge sich der Kalif noch lange Jahre seiner Gesundheit erfreuen.» Mit tief liegenden Augen musterte er sie über den scharfen Haken seiner Nase hinweg. «Was kann ich für Euch tun, Tochter des Grasvolkes?» Er steckte die Hände in die weiten Ärmel seines bodenlangen Gewandes und verneigte sich leicht.

Vala erwiderte die Begrüßung, ohne ihn aus den Augen zu lassen. Er glich dem Sultan sehr, bis hin zu dem schimmernd weißen Haar, das bei ihm allerdings unter einer Filzkappe von seltsamer Form hervorleuchtete. Sie ermahnte sich, ihn nicht anzustarren, räusperte sich erneut und sagte dann: «Ich suche Steinöl.»

Der dunkle Blick der Augen durchleuchtete sie bis ins Innerste, wie es ihr schien. Aber ehe sie etwas sagen konnte, hatte der Alte sich schon abgewandt und schritt seine Regale entlang. «Steinöl, Steinöl», brummelte er. «Das hat schon lange keiner mehr verlangt. Aber ich glaube, ich habe da noch ein Krüglein im Lager. Entschuldigt mich.» Damit war er verschwunden.

Als er wiederkam, schleppte er eine Amphore von nicht unerheblichen Ausmaßen mit sich und setzte sie neben Vala ab. Er war zu diesem Zweck um seine Theke herumgekommen und stand nun dicht neben ihr.

Sie hatte seine Abwesenheit genutzt, noch einmal das Pergament zu studieren, das sie in Byzanz erhalten hatte. Da niemand außer ihr seinen Wert hatte erkennen wollen und auch kaum mehr jemand mit ihr gesprochen hatte, hatte sie es im Licht der länger werdenden Abende still für sich allein übersetzt und war sich der Bedeutung der einzelnen Worte nun ziemlich sicher. Sie hatte ein Rezept vor sich, das war es, nicht mehr und nicht weniger.

«Was sagt Eure Liste?», fragte der Händler.

Erschreckt versteckte sie den Zettel wieder. «Salpeter», forderte sie dann.

Der Jude sah sie nachdenklich an. «Das hat zuletzt ein Schmied von mir verlangt, ein kunstvoller Handwerker.»

«Ich brauche es für eine meiner Kuren», wiederholte Vala spröde Armods Worte.

Der Jude nickte nur und schaffte einen verschlossenen Tontopf herbei. Er wartete.

«Schwefel», sagte Vala. Sie war sich nicht sicher, ob sie das Wort richtig aussprach, aber der Jude schien sie zu verstehen und brachte das Gewünschte. Der letzte Punkt auf ihrer Liste war Harz.

«Das könnt Ihr bei den Schiffsbauern unten erstehen», sagte der Jude. Als er sah, dass Vala zögerte, bot er ihr an, es von einem Boten beschaffen zu lassen. «Ihr könnt so lange hier warten, wenn Ihr wollt.»

Vala nickte vage. Der Mann flößte ihr Vertrauen ein, und doch war etwas Geheimnisvolles an ihm, etwas Unwägbares, wie er so dastand, sie nachdenklich betrachtete und sich dabei den Bart strich. «Wollen wir uns so lange über die Bezahlung unterhalten?», fragte er.

Vala nickte erleichtert. Sie schaute ihm versonnen zu, wie er murmelnd Notizen auf einer Schiefertafel machte. Schließlich hob er den Kopf und nannte eine Summe, die Vala wieder zu sich brachte. Hastig wühlte sie in ihrem Beutel herum und holte hervor, was sie besaß: ein paar letzte Münzen aus der Gabe des Kalifen, ein paar kleine Schmuckstücke, die Eirik ihr zugesteckt hatte, als er sie noch liebte. Vala schluckte bei dem Gedanken. Ein paar Brocken Bernstein von ihrem Gewand.

Der Jude lächelte fein. Höflich nahm er, was ihm gereicht

342

wurde, wog das Gold und Silber und gab es dann zurück mit den Worten, das werde wohl nicht reichen. Vala begann zu schwitzen. Sie hatte sich immer unwohl gefühlt in der Welt des Geldes, und sie begriff nicht, wie man den Wert eines Dinges in Einheiten messen sollte, wo es doch um das Bedürfnis ging, das man hatte und befriedigen wollte. Nun, offenbar hatte der Jude an ihren Gaben keinen Bedarf.

Sollte sie ihr Vorhaben einfach aufgeben? Sie war ihrer Neugier gefolgt und ein wenig auch dem Wunsch, ihren Gefährten einen Dienst zu erweisen. Ja, und um ihre Anerkennung zu gewinnen, wenn sie sähen, was Vala Eigensinn für sie gefunden hätte. Aber würden sie denn ihre Gefährten bleiben, diese Wikinger? Was sollte aus ihr werden, wenn Eirik sie aufgab? Sie versuchte, den Gedanken abzuschütteln.

«Ich, ich werde meinen Begleiter im Gasthaus bitten …», setzte sie an.

Der Jude neigte sich vor. «Vielleicht werden wir auch so einig», sagte er langsam und nachdrücklich, «wenn Ihr mir das Dokument einmal zeigt, dass Ihr in Eurem Beutel habt.» Als Vala ihn erschrocken ansah, fügte er hinzu: «Eure Einkaufsliste.»

Vala schaute sich um, ob irgendwo Männer lauerten, die über sie herfallen und ihr ihren Schatz rauben könnten. Doch sie beide waren in der dunklen Stube allein. Zögernd griff sie nach dem Zettel und zog ihn heraus.

Der Jude nahm ihn und legte ihn vor sich auf die Theke. Seine Finger zitterten, als er glättend über die Oberfläche strich.

«Ihr wisst, was das ist», sagte er. Es war keine Frage. Der Jude blickte sie mit seinen schwerlidrigen Augen an. Er seufzte und strich erneut über das Pergament.

Vala bekam eine Gänsehaut. Sie musste an den Sterbenden denken, den Mann ohne Zunge. Wer war er gewesen? Einer, der kein Geheimnis weitererzählen konnte? «Ihr könnt die Liste haben», sagte sie spontan, «im Austausch gegen die Ware.»

Der Alte lächelte wieder. «Ihr kennt sie auswendig, nicht wahr?»

Vala trat einen Schritt zurück.

Der Jude breitete die Arme aus. Es schien, als wollte er etwas sagen, dann sanken seine Hände wieder herab. Die Tür klappte, und der Bote kam zurück mit einer Spankiste voller Harz. Rasch faltete der Händler das Schriftstück zusammen und ließ es in einer Tasche seines Gewandes verschwinden. Höflich und ohne ein weiteres Wort über ihren Handel zu verlieren, bot er ihr den Jungen an, um die Ware zu ihrem Schiff bringen zu lassen. Vala akzeptierte und verabschiedete sich mit einem letzten Blick auf den Alten.

Der schaute ihr lange nach. Es ist schade, dachte er, aber ich werde einen Brief schreiben müssen. Sehr schade. Doch die Wünsche meiner Kaiserin lassen wenig Raum für Sympathien. Er zog das Pergament aus seiner Tasche und studierte ein letztes Mal die Schrift, die von keinem lebenden Wesen gelesen werden durfte. Dann faltete er es, siegelte es und legte es in ein Kästchen, das er verschloss, um den Schlüssel wegzuwerfen. In Byzanz würden sie die Mittel haben, es wieder zu öffnen. Dazu schrieb er einen weiteren Brief, band ihn an die Schatulle und gab beides einem zweiten Jungen zu besorgen, den er hinter dem Vorhang hervorrief, einen Knaben mit schwarzen Kirschenaugen und blassem Gesicht, der ihn ansah, ohne Fragen zu stellen.

Als er fort war, öffnete der alte Jude eine der vielen Schubladen in seinen Schränken, um einen Dolch hervorzuziehen. Es war eine schöne Arbeit, aus der Heimat des Knaben, der eben gegangen war. Wehmütig dachte der Alte an die Zeit, da er sie erworben hatte, an den Duft der Orangenblüten, die Augen der Frau, die in denen ihres Sohnes weiterlebten. Es war eine gute Zeit gewesen, ein gutes Leben. Doch die Wünsche einer Kaiserin fragten nicht danach. Der alte Mann sprach ein letztes Gebet. Dann setzte er die Klinge an den Hals.

Das Gelage

Vala war so in Gedanken versunken nach diesem Besuch, dass sie gar nicht bemerkte, wie Hastein und Floki sie riefen.

Sie stand gerade auf etwas, was ein Marktplatz sein mochte, zwischen Körben voller Hühnereier, Bälgen toter Enten und Kisten mit Fischen. Vala erklärte dem Boten, der ihre Kiste trug, wo er die «Windpferd» finden würde, und wandte sich den beiden Jungen zu, die nach Armod fragten und lachten, als sie beschrieb, wo sie ihn zurückgelassen hatte.

«Brauchst du noch irgendetwas?», fragte Hastein, und Vala wollte schon den Kopf schütteln, als sie eine Alte erblickte, die Büschel getrockneter Kräuter feilbot. Rasch ging sie zu dem Stand.

Doch dann verharrte sie unschlüssig vor dem Angebot. Die Angst vor der Zukunft riet ihr zu kaufen, was sie seinerzeit dem Bauernmädchen gegeben hatte, um seine Leibesfrucht loszuwerden. Sie betrachtete Rainfarn und Haselwurz und strich, schweren Herzens, über ein kleines Säckchen Mutterkorn. Doch etwas in ihr ließ sie zögern. Unschlüssig zählte Vala ihre Münzen. Die alte Frau legte ihr hin, was Vala berührt hatte. Sie schaute nicht einmal auf.

«Fertig?», fragte Armod und schreckte Vala aus ihren Überlegungen.

Nein, fertig war sie noch lange nicht, falls er ihre Entscheidung meinte. Verwirrt nahm sie seinen Arm und ließ sich zum Schiff zurückführen.

Manche der Frauen in den Gassen hatten bestickte Schürzen mit Borten, und dieselben Borten hingen ihnen als Bänder von den Hauben. Auch ihr Haar trugen sie anders, schien es Vala, ohne dass sie genau sagen konnte, warum. Ihr Auge war es nicht geübt, modische Feinheiten wahrzunehmen. Sie fragte Armod danach, froh, ein Gespräch beginnen zu können, und er erklärte es ihr gerne.

«Das sind Slawinnen. Ihr Volk hat hier zunächst gesiedelt, bis wir Wikinger kamen, die sie Rus nennen.»

«Und warum herrschen jetzt die Rus?», fragte Vala und dachte an Thorwald.

Armod lächelte. «Das fragst du den Herrscher heute Abend am besten selbst.»

«Warum?», grölte Egil Eisenseite wenige Stunden später, als Vala ihre Frage stellte, und lachte so herzhaft, dass das Bier aus seinem Trinkhorn über die Tafel spritzte. «Weil sie uns eingeladen haben, darum!» Sie saßen um eine lange Tafel in der Mitte einer hohen Halle. Ein Feuer in ihrem Rücken wärmte sie, ebenso das Licht zahlloser Fackeln. Felle an den Wänden hielten die Nachtkälte ab. Schweiß, Rauch und Bier schwängerten die Luft und überdeckten den Duft der frischen Spreu auf dem Boden, die sich mit den Resten des Mahles voll zu saugen begann.

Egil nahm einen tiefen Schluck und warf sich in Positur. Dann deklamierte er: «‹Unser Land ist groß und reich, aber es gibt keine Ordnung. Kommt und herrscht über uns.› Das haben sie gesagt.» Er rülpste donnernd und schlug mit der Faust auf den Tisch. «Und jetzt sorgen wir für Ordnung.»

Vala senkte die Augen. Doch leise, an Armod, der neben ihr saß, gewandt, flüsterte sie: «Ist das auch wahr?»

Trotz des Lärms ringsum schien Egil sie gehört zu haben. «Ich habe es einem Schreiber diktiert, der hat es für alle Zeiten festgehalten, in heiligen Buchstaben. Und jetzt ist es wahr. Wie alles, was geschrieben steht.» Er ließ sich so heftig in seinen fellbespannten Stuhl zurückfallen, dass er sein Bier verschüttete.

Eine Dienerin huschte hinzu und schenkte ihm nach, eine Slawin, wie Vala an ihrem Gewand mit den Haubenbändern erkannte. Ihr Haar war von so seidigem Fuchsrot und ihre großen, länglichen Augen leuchteten in einem so tiefen, überraschenden Grün, dass sie Vala in jedem Fall aufgefallen wäre. Auch wenn sie Eirik nicht so offensichtlich schöne Augen gemacht hätte.

Argwöhnisch beobachtete Vala das Treiben. Es waren zahlreiche Mägde im Saal. Mit teils fröhlichen, teils angespannten Gesichtern trugen sie das Fleisch auf und schenkten Bier und Wein ein. Aber nur diese, die Rote, die Vala so schön vorkam wie keine Frau, die sie bisher gesehen hatte, schlank und hoch gewachsen und biegsam wie eine Gerte, nur diese bediente Eirik. Öfter als allen anderen schenkte sie ihm nach, das war Vala nicht entgangen. Und sie neigte sich dabei jedes Mal so kokett und so unverschämt vor, dass er gar nicht anders konnte, als einen tiefen Blick in ihren Ausschnitt zu tun. Vala konnte von dort, wo sie saß, erkennen, dass ihre Haut zart war und weiß wie Sahne. Ganz anders als ihr eigener sonnenverbrannter Hautton.

Jedes Mal blieb die Rote ein bisschen zu lange bei Eirik stehen, als erwartete sie, dass er sie anschaute. Ihr Lächeln war herausfordernd, fast spöttisch. Aber Eirik starrte nur in sein Bier. Sein Gesicht allerdings, auch das musste Vala bemerken, war stark gerötet, und es arbeitete sichtlich in ihm.

Egil langte nach der verführerischen Magd, als sie kam und sein Horn füllte. Er versuchte, ihr den Hintern zu tätscheln, doch sie entwand sich ihm mit einer raschen, ungeduldigen Bewegung, ohne jede Furcht, um ihrer Arbeit anderswo nachzugehen. Und wieder sandte sie Eirik einen ihrer langen, rätselhaften Blicke.

Egil nahm es gutmütig auf.

«Schau einer an, Schönhaar, da hast du bei deinem letzten Besuch einen bleibenden Eindruck hinterlassen.» Er zog die Magd an einem ihrer roten Zöpfe. Sie kreischte auf und schlug nach ihm. Egil ließ sie lachend los. «Ich warne dich, die hat Feuer im Blut. Jetzt tut sie sanft, aber wenn sie erst mit dir alleine ist, fährt sie dir bestimmt mit allen zehn Fingern durch dein hübsches Gesicht.»

Eirik murmelte dumpf etwas Unverbindliches. Er schaute die Frau nicht an. Oh, es war schon fast lächerlich, dachte Vala, wie sehr er sich bemühte, sie nicht anzusehen. Als ob irgendjemand glauben könnte, dass er dieses Weib nicht bemerkte. Wenn sie Egils Scherzen Glauben schenken durfte, dann kannte Eirik sie sogar von seinen früheren Besuchen. Die hilflose Wut ließ ihr die Bissen im Halse stecken bleiben.

Vala wandte den Kopf, um zu sehen, wo jemand säße, den sie fragen könnte. Als Floki an ihr vorbeikam, hielt sie ihn am Hemd fest. «Kennt Eirik diese Frau?», fragte sie.

Floki antwortete nicht. Hilflos schaute er zu Eirik, der die beiden bemerkte und den Jungen wütend anfunkelte. Er sah, der Ältere war betrunken. Wenn Eirik jetzt herüberkäme, um ihn zur Rede zu stellen, dann wäre er ein toter Mann. Aber Vala schaute so flehentlich.

«Ja», stammelte Floki bedrückt und dachte daran, wie dicht Eirik auf ihrer Hinfahrt davor gewesen war, der rätselhaften grünen Augen wegen hier zu bleiben. Nur Hasteins warnender Ruf hatte ihn damals gerettet, das hatte sein Freund ihm immer wieder stolz erzählt. Er zögerte. «Schon, aber ich glaube nicht ...»

In diesem Moment hob Eirik sein Horn und rief nach Bedienung. Als die Magd angetänzelt kam, umschlang er ihre Taille und zog sie auf seinen Schoß, wo sie es laut kichernd zuließ, dass er ihr Küsse auf den Hals und den Ausschnitt drückte.

Vala erstarrte. Ihre Hand ließ Flokis Hemd los und sank herab.

Ein großes Hallo feuerte Eirik an, und die Stimmung stieg. Vala saß stumm zwischen den Feiernden. So eine war sie also, eine von vielen. Ein Reiseandenken. Sie konnte nicht einmal weinen.

«Vala», flüsterte Hastein zu ihrer Linken und drückte ihr besänftigend die Hand. Doch sie schüttelte sie ab. Ihre Rechte umkrampfte das Messer.

Leif, der die Szene genoss, stimmte ein frivoles Lied an, in das die meisten einstimmten. Von Strophe zu Strophe grölten sie lauter.

Die Rothaarige hatte sich losgewunden, um ihrer Arbeit nachzugehen. Doch ihren Hals zierten feuerrote Male, und die Blicke, die sie Eirik über die Tische zusandte, glühten in Valas Herz.

Eirik sah es und prostete ihr zu. Ihr Schmerz war ihm bittere Befriedigung. Er begriff gar nicht mehr, warum er sich eben noch geschämt hatte, das slawische Mädel wieder zu sehen. Was sollte eine abgelegte Liebe ihm peinlich sein vor Vala, die sich vor seinen Augen einen Liebhaber genommen hatte? Die sogar hier bei Tisch noch mit ihrem grünen Jungen flüsterte? Wieder sah er Vala vor sich, wie sie im Wald in Flokis Armen lag.

Er stürzte den Inhalt seines Bechers auf einmal hinunter und rief nach mehr. Die Rothaarige kam, mehr als willig. Sie füllte seinen Becher und streichelte schmeichelnd sein langes Haar. Ob Vala es auch sah? Er konnte es nicht recht erkennen, sein Blick wurde schon trübe. Er hatte zu viel und zu schnell getrunken und rief doch schon nach mehr.

Die anderen lachten. Eirik, wie im Taumel, griff der Rothaarigen in den Ausschnitt. Sie quiekte und schlug nach ihm, doch er kämpfte ihren Widerstand nieder und hängte sich an ihre Brüste wie ein Säugling.

«Göttermilch», rief einer, und ein neues Lied erklang. Eirik zog die Rote auf seinen Schoß, wo sie im Takt des Liedes auf und ab hüpfte. Ragnar und Gardar schlugen den Rhythmus mit ihren Bechern auf den Tisch und sahen sich ihrerseits nach Mädchen um.

Leif begann mit einer prahlerischen Erzählung ihres Überfalls auf Byzanz. Vala erkannte das Geschehen kaum wieder. Von Gold und Silber war viel die Rede, von Perlen und Edelsteinen in allen Farben. Und von ruhmreichen Siegen über eine überlegene Flotte.

«Ja, Byzanz», grunzte Egil und wischte sich den Bart. «Wir stehen uns gut mit den Byzantinern und ihrer verrückten Kaiserin. Sie schätzt die neuen Nachbarn. Hat begriffen, dass wir keine Barbaren sind, sondern ehrbare Händler. Sie will sogar eine Leibgarde, nur aus Wikingern.»

«Wahrscheinlich braucht sie ein paar ordentliche Männer, die es ihr besorgen», grölte einer.

Eirik sah den rätselhaften Blick der grünen Augen. Seltsam,

das letzte Mal hatten sie ihn so spröde betrachtet, abweisend wie eine Königin. Und jetzt fühlte er deutlich die kleinen, warmen Finger, die sich an seinem Hosenschlitz zu schaffen machten. Eirik ächzte. Trüben Blickes blinzelte er über den Tisch. Ragnar hatte eine blonde Magd über den Tisch gelegt, die sich, voller Ekel vor seinem toten Auge, verzweifelt wehrte.

Die Finger der kleinen Rothaarigen wurden zudringlicher. Warum eigentlich nicht, dachte Eirik, wenn er es so angeboten bekam? Sigurd, sein lebenslustiger Freund, der hätte es nicht abgelehnt.

«Auf Sigurd», lallte er einen Trinkspruch. «Mögen die Toten in Walhall sich so gut amüsieren wie wir.»

«Auf Sigurd», nahmen seine Gefährten den Ruf auf. Rollo erhob sich und brachte ein Trankopfer dar. Ragnar rollte mit seiner Gespielin krachend unter den Tisch. Man sah ihre nackten zappelnden Füße, deren Fersen Furchen in die Spreu traten.

Die Rothaarige ließ ihre Hüften in Eriks Schoß kreisen. Er hatte Mühe, die Augenlider zu heben. Sein trüber Blick erfasste, dass Vala aufstand und ging.

«Noch ein Hoch», brüllte er, so laut, dass sie es hören musste, und hob seinen Krug. «Ein Hoch auf die Liebe.»

Alle stimmten begeistert ein. Die Magd kicherte. Ragnars Keuchen wurde rhythmisch. Die Tür hinter Vala schloss sich. Eirik stöhnte wie ein sterbendes Pferd. Dann schob er die Rothaarige rüde von seinem Schoß und schloss mit zitternden Fingern seine Hose. Er sah auch Floki hinausgehen. Aber das änderte nichts mehr. Den Rest des Abends, der lauter, feuchter und fröhlicher wurde, saß er stumm brütend vor seinem leeren Krug, bis sein Kopf auf die Tischplatte sank.

Floki fand Vala an einer Balustrade, tief in den Schatten gedrückt. Als die Steppenreiterin ihn kommen sah, hoffte sie zunächst, er würde sie übersehen. Wenn er sie diesmal fragte, ob ihr jemand wehgetan hätte, würde sie in Tränen ausbrechen. Aber Floki übersah sie nicht. Und er sprach nicht. Sie standen lange nur stumm nebeneinander und schauten auf die Lichter Kiews, die sich im schwarzen Wasser des Dnjepr spiegelten.

«Morgen fahren wir nach Hause», sagte der Junge schließlich.

«Ja», antwortete Vala knapp. Die anderen fuhren morgen nach Hause. Sie nicht. Sie niemals, wohin sie auch ging. Vielleicht wäre sie morgen nicht einmal mehr an Bord.

Von alldem erzählte sie Floki nichts, doch er spürte wohl, was sie dachte, denn er trat ein Stück näher und legte schüchtern den Arm um sie.

«Ich weiß schon, das ist sicher nicht der passende Moment», stammelte er, «aber könntest du dir vorstellen ...» Er brachte den Satz nicht zu Ende. Schweigend und hoffnungsvoll schaute er sie an.

Vala dachte einen Augenblick nach. Einen kurzen Moment lang versuchte sie, es sich vorzustellen. Dann schüttelte sie den Kopf. Wie tief war sie gesunken, dass sie erwog, sich an diesen Knaben zu hängen, der fast noch ein Kind war und den sie noch nicht einmal liebte. Sie tätschelte Flokis Hand so mütterlich, dass der den Kopf sinken ließ und sie freiwillig zurückzog.

«Ich meine nur», sagte er lahm, «du musst nicht denken, dass ich wegen des Kindes nicht will.»

Vala zuckte zusammen. «Woher weißt du davon?», zischte sie und starrte ihn in der Dunkelheit mit bleichem Gesicht an.

Floki zuckte mit den knochigen Schultern. «Wir haben dich doch alle immer an die Reling rennen sehen. Ich habe fünf Schwestern, weißt du. Ich kenne mich aus.»

Sein Seufzen verriet, dass dieses Wissen nicht leicht erworben worden war. Vala musste lächeln. Er war noch so jung, auch wenn er sie um zwei Köpfe überragte mit seiner schlaksigen Gestalt. Sie umarmte ihn und zog ihn kurz an sich. «Eines Tages wirst du eine treffen», sagte sie zuversichtlich, «die dich von ganzem Herzen will. Darunter solltest du dich nicht hergeben.»

Floki nickte verzagt. «Es ist ja nicht so, dass ich viel zu bieten hätte.»

Vala drückte ihn noch einmal, ehe sie ihn losließ. «O doch», antwortete sie bestimmt.

«Wirklich?», fragte Floki.

Vala nickte. Dann fragte sie: «Sag mal, weiß noch jemand davon?»

«Die meisten, würde ich meinen», antwortete Floki nach kurzer Überlegung.

«Und Eirik?»

«Der ist ein Idiot, ich meine, ich weiß nicht.» Floki klang unsicher. Wenn Eirik eines Tages dahinter kam und dann noch immer dachte, er und Vala wären ein Paar, dann würde er Floki vermutlich umbringen.

Vala und Floki versanken in ihre düsteren Gedanken, und so schwiegen sie wieder, bis die Stille von lauten Stiefeltritten unterbrochen wurde. Unwillkürlich drückten sie sich tiefer in den Schatten, während der bedrohlich klingende Lärm näher kam.

«Was …?»

Vala legte Floki sacht den Finger auf den Mund.

Ein Trupp Krieger zog an ihnen vorbei. Im Licht der Fackeln, die sie bei sich trugen, sah Vala ihre Waffen blitzen. Seltsam, dachte Vala; Waffen waren doch beim Gelage nicht erlaubt. Es hatte eine lange Diskussion darüber gegeben, dass die Männer von der «Windpferd» ihre Äxte und Schwerter auf dem Schiff lassen sollten. Was sie aber noch mehr alarmierte, war der Anführer des Haufens. Das Fackellicht glänzte auf seinem ziselierten Helm; sein wehender Mantel mit der Silberborte streifte Vala beinahe, als er ahnungslos ganz dicht an ihr vorbeimarschierte. Sie packte Floki so fest an der Schulter, dass der beinahe aufgeschrien hätte.

«Die Uniform», flüsterte Vala. Sie hatte sie nun schon mehrfach gesehen, im Licht ihrer Lagerfeuer und im Schein der Laternen von Byzanz. Der Mann, der Egils Wikinger führte, war ein byzantinischer Offizier.

Entsetzt sahen die beiden in ihrem Versteck, wie sie sich der Doppeltür des Festsaals näherten, einen Moment lauschten und schließlich hineinstürmten. Die Mägde kreischten als Erste. Dann hörte Vala Männerstimmen. Sie meinte, Hastein unterscheiden zu können, der nach Eirik rief, und ihr Herz krampfte sich zusammen. Es schepperte und klirrte, als der Tisch umgestoßen wurde. Der betrunkene Lärm begann sich mit Kampfgeräuschen zu vermischen. Da fielen die mächtigen Türflügel krachend wieder zu. Im Gang hallte nur noch das endgültige Geräusch, mit dem der Riegel wieder vorgelegt wurde.

«Diese Hundesöhne», knurrte Floki und wollte losstürmen. Seine Hand fuhr zum Schwert und fasste ins Leere.

Vala hielt ihn zurück. Mit großen Augen starrte sie auf die wieder verrammelte Tür. «Wir können gar nichts tun.»

ÒIE WÜNSCHE EINER KAISERIN

Mit fliegendem Atem rannten Vala und Floki die Gänge entlang. Es musste ihnen gelingen, aus der Burg hinaus und zu ihrem Schiff zu gelangen. Dort lagerten ihre Waffen, dort befanden sich ihre Schätze. Dort waren Roric, Harald und zwei andere ahnungslos als Wachen zurückgeblieben, die gewarnt werden mussten; die Byzantiner würden sicher auch dort auftauchen.

Floki fluchte und schimpfte, während sie rannten. «Dieser Hurensohn Egil, der Verräter», empörte er sich.

Vala keuchte. «Er hat selbst gesagt, er hat gute Beziehungen nach Byzanz und will der Kaiserin demnächst sogar Leibwächter stellen. Die werden die Auslieferung von ein paar Plünderern sicher gut bezahlen. Wir hätten nur hinhören müssen.»

«Und wir haben Angst vor dem Juden gehabt», erwiderte Floki und spuckte aus.

Der Jude, durchfuhr es Vala. Ob der Überfall damit zu tun hatte? Wollte er so verhindern, dass das flüssige Feuer in andere Hände gelangte? Schuldbewusst trieb sie Floki zu größerer Eile

an. Zu ihrer Erleichterung fanden sie das Tor der Burg wachen-
los. Egil hatte wohl erwartet, alle Wikinger oben in der Halle
versammelt zu finden, und deshalb alle seine Männer dorthin
beordert, um die dort Eingesperrten sicher zu überwältigen.
Vala und Floki drückten sich ungehindert und ungesehen hinaus in die Finsternis.

Ein Pfad war hier kaum zu erkennen. Nichts als die ärmlich
blinkenden Lichter einiger Hütten vor Augen, machten sie sich
stolpernd auf den Weg in den Ort. Hinab musste es gehen, immer hinab, dann würden sie zum Wasser kommen.

«Es kann doch nicht so schwer sein», keuchte Floki und starrte in die Schwärze. Doch nach kurzer Zeit hatten sie sich ver-
laufen.

«Wo …?», setzte der junge Wikinger an.

«Schsch», machte Vala scharf. Sie hatte ein Geräusch gehört.
Unwillkürlich rückten sie enger zusammen. Da waren die Stimmen wieder. Nun sahen sie auch das Licht.

«Es sind zwei», flüsterte Floki. Vala brachte ihn mit einer
Handbewegung zum Schweigen.

Langsam kamen die beiden Gestalten näher, beleuchtet vom
unruhig flackernden Schein einer Fackel. Eine davon war eine
Frau. Vala hielt den Atem an, als die Kapuze ihres Mantels verrutschte und leuchtend rotes Haar sichtbar wurde: Es war die
Magd aus der Burg. Nun allerdings wirkte sie gar nicht mehr kokett. Ihr Gang war schwer vom Gewicht der vermummten Person, die sich auf ihren Arm stützte, ihr Blick besorgt und ihre
Stimme murmelte dumpf in einer fremden Sprache. Es klang, als
spräche sie einem kleinen Kind Mut zu. Floki und Vala hatte sie
noch nicht bemerkt.

Erst als Floki, der sich einen Knüttel abgebrochen hatte, ihnen
in den Weg sprang, schauten sie erschrocken auf. Das Mädchen
schrie, als sie sie erkannte.

«Bleib stehen», rief Vala. Das erschrockene Paar rührte sich
nicht.

Vala ging ganz nahe an ihre Konkurrentin heran, die sie mit

einem spöttischen Lächeln musterte, das erlosch, als Vala dicht vor ihren Augen das Tafelmesser zückte, das sie seit der Szene im Festsaal umklammert gehalten hatte.

«Wo ist er?», fragte sie und konnte nicht verhindern, dass Sorge, Zorn und Erbitterung in ihrer Stimme mitschwangen. Die hier musste es doch wissen, sie hatte ihn ja umgarnt und mit Bier betäubt, diese … Vala rief sich zur Ordnung. Ihre Hand mit dem Messer, die gezittert hatte, wurde ruhiger. Sie musste Eirik retten, nichts sonst zählte für den Moment.

Die Grünäugige machte ein verschlossenes Gesicht und wich ihrem Blick aus. «Wo?», wiederholte Vala ihre Frage und brachte die Klinge näher an den Hals der anderen, wo eine Ader heftig pochte.

«Ich kann nichts dafür», platzte die auf einmal heraus. «Egil. Er hat gesagt, ich soll es machen.» Ihr grüner Blick flammte für einen Moment auf, dann wandte sie wieder den Kopf ab.

«Was machen?», fragte Vala und betrachtete die andere kalt.

Die Grünäugige zögerte. Vala sah im Licht der Fackel ihr eigenes kleines Abbild im Auge der Feindin. Sie drückte die Klinge fester gegen das weiße Fleisch.

«Mohnsaft», brachte die Magd heraus und schluckte hörbar. «Im Bier. Und … ihn ablenken.» Sie wurde beredter. «Egil sagte, es wäre vor allem wichtig, dass er nichts merkt, Leif wäre zu eitel und der Rest zu betrunken.»

Valas Augen wurden schmal vor Zorn. «Du Miststück», flüsterte sie. «Er hat dich einmal geliebt.»

Die Rote warf spöttisch die Lippen auf. Valas Messerhand bebte erneut.

Floki drängte sich zwischen die beiden Frauen. «Wo hat Egil sie hingebracht?», verlangte er zu wissen. Als keine Antwort kam, packte er das schlaffe, verhüllte Bündel fester, das immer noch an der Seite des Mädchens hing. Ein lautes Stöhnen drang unter der Kapuze hervor.

«Vater!», schrie die Magd. Sie machte sich mit einer heftigen Bewegung aus Valas Griff frei und beugte sich zu der Gestalt

355

hinunter, die in Flokis Händen zu Boden gesunken war. Wütend hob sie den Kopf. «Seht ihr nicht, dass er noch ganz geschwächt ist?»

Vala und ihr Gefährte traten einen Schritt zurück und betrachteten das Pärchen. Der Mann, den die Magd nun behutsam aus seinen Hüllen schälte, war bleich wie ein Gespenst. Schütterer Bartwuchs bedeckte sein Gesicht wie Flechten einen Fels. Es war unschwer zu erkennen, dass Läuse darin herumwuselten. An seinem Hals und den Händen trug er Streifen schwarz-violetten Schorfs. Er war abgemagert und mit eitrigen Wunden bedeckt. Die Rothaarige wiegte ihn weinend in ihren Armen.

Valas Gedanken arbeiteten rasch. «Sie haben deinen Vater festgehalten, damit du ihnen gehorchst», stellte sie fest.

Die Magd schaute nicht auf und antwortete nicht.

Vala beugte sich vor und hielt dem Mann die Fackel dicht ans hagere Gesicht. «Wo sind die Kerker?», fragte sie ihn, langsam und eindringlich.

Die Rothaarige fauchte und schlug nach ihr. «Er kommt eben erst von dort», rief sie schrill. «Sollen sie ihn mir erneut wegnehmen?»

Da öffnete ihr Vater zum ersten Mal die Augen. Er kniff sie schmerzhaft zusammen und schützte sich mit einer zitternden Hand gegen das ungewohnte Licht. Doch er richtete sich auf.

«Niemand», sagte er, «sollte dort sein.»

Vala betrachtete ihn. So heruntergekommen er war, als er nun ihren Blick suchte, strahlte er eine Würde aus, die ihr verriet, dass sie keinen gewöhnlichen Mann vor sich hatte. Ein Hustenanfall schüttelte ihn, als er zu sprechen versuchte. «Ihr werdet mich tragen müssen», sagte er mit schwacher Stimme und gebot seiner Tochter, die zu schluchzen begonnen hatte, mit einer Handbewegung Schweigen. Dann ließ er sich von Floki hochheben, seine Tochter ging der kleinen Gruppe mit dem Licht voran, und er erklärte Vala mit stockender, brüchiger Stimme, was es mit den Verliesen Egil Eisenseites auf sich hatte.

«Sie werden eure Leute durch eine Klappe im Boden des Fest-

saals hinunterstoßen», berichtete er und ignorierte Flokis Zähne-
knirschen. «Es gibt aber noch einen Zugang von unten, wo die
Wächter aus und ein gehen.»

«Wo?», stieß Floki hervor. Seine Augen glühten.

«Er liegt in der Burg», sagte der Alte und hustete erneut. Floki und Vala tauschten einen besorgten Blick. Dem bedrohlichen
Zugriff der Burg waren sie eben erst entkommen.

Der Mann lächelte mühsam. «Aber auch dahin gibt es einen
geheimen Weg. Mein Töchterchen kennt ihn gut.»

«Vater», protestierte die Rothaarige, die ihm nach jedem Hustenanfall mit einem Taschentuch das Blut vom Mund tupfte.
Doch sie wurde mit einem Blick zum Schweigen gebracht. Die
beiden tauschten einige gezischte Sätze in der fremden Sprache.
Vala konnte nur vermuten, worum es bei dem Streit ging. Ihr
schien, dass die engen Beziehungen des Mädchens zu Egils Fes-
tung ihrem Vater ein Dorn im Auge waren.

«Alle Mägde kennen die Pforte», klagte die Rothaarige prompt
und verstummte dann.

«Mägde!», höhnte der Gefangene, und sein Atem pfiff. «Mäg-
de! Alle sind sie Mägde geworden.» Er schüttelte düster den
Kopf. «Ich möchte sehen», sagte er an Vala gewandt, «wie die
Pläne dieses Hundesohns durchkreuzt werden.»

Den Rest des Weges bis zum Palisadenzaun der Burg legten sie
schweigend zurück. Als sie vor der kleinen Tür standen, zögerte das Mädchen wieder. Verstockt stand sie da und musste von
ihrem Vater mit unverständlichen Vorhaltungen dazu gebracht
werden, den Schlüssel hervorzukramen und aufzusperren. Die
Pforte öffnete sich quietschend auf einen leeren, nachtschwarzen Flur.

«Dort drüben geht es zur Küche», erklärte die Rothaarige flüsternd, «da hinunter zu den Vorratskellern, und in die andere
Richtung führt eine Treppe zu den Kammern der Dienstboten.»

Ihr Vater fügte hinzu: «Vom Weinkeller aus führt ein Gang
zu den Kerkern hinüber. Sie hat mich dort hinausgebracht.» Er
wies mit dem Kinn auf die dunklen Stufen.

«Ja», zischte sie, «ich habe dich herausgebracht.» Ihr nachfolgendes Schweigen umfasste das ganze Maß des Undanks, der ihr dafür zuteil geworden war. «Und du» – sie verschluckte ein Schluchzen – «bringst uns wieder hinein.»

«Schweig, eh uns man hört!», gebot der Alte.

Das Mädchen biss sich auf die Lippen. Dann wandte sie sich an Vala. «Ihr müsst da hinunter», erklärte sie knapp. «Die Tür ist hinter dem dritten Fass verborgen. Lasst ihr uns jetzt gehen?»

«Nein», antwortete Vala. Sie schaute Floki an, der nickte. «Ich traue euch», sagte sie an den Vater gewandt und neigte leicht den Kopf. «Aber ich traue ihr nicht.» Der Alte kniff stumm den Mund zusammen, als Floki ihn erneut hochhob.

Die Rothaarige heulte auf, als hätte man sie getreten. Vala packte sie am Arm und schob sie vor sich her. «Wir beide gehen voran», erklärte sie. «Dein Vater bleibt bei meinem Freund. Und wehe, du versuchst, uns hereinzulegen.»

«Wir werden alle sterben», wimmerte die Magd, fügte sich aber schließlich.

Langsam, nur von ihrem einen spärlichen Licht begleitet, tappte die Gruppe die Stufen hinab in die Tiefen unter der Burg. Es roch feucht und ein wenig vergoren. Sie machten sich nicht die Mühe, in die dunklen Öffnungen zu leuchten, die sich auf den Absätzen auftaten. Der Gang am Ende der Treppe wurde eng und schlauchartig, dann kam ein kühler, modriger Hauch: der Weinkeller.

«Bei Odin!», flüsterte Floki und ließ das Licht über die Fässer an den Wänden wandern. Für einen Moment blitzten seine Zähne in einem Lächeln auf. «Wenn das Ragnar sehen könnte!»

«Er hat heute Abend bestimmt die Hälfte davon gesoffen», gab Vala trocken zurück. Sie wandte sich fordernd an die Magd: «Der Durchgang!»

Die wies auf ein Fass, das zurückgesetzt zu sein schien und in der Wand verschwand. «Ihr müsst klopfen», sagte sie nicht ohne Schadenfreude, «es geht nur von innen auf.»

Vala hätte sie für ihr boshaftes Lächeln am liebsten geschüttelt, doch dann brachten zwei herumstehende Krüge sie auf eine bessere Idee. Sie füllte sie am nächstliegenden Fass, aus dem ein perlender heller Rotwein strömte. Dann wies sie Floki an, sich mit dem Alten in eine uneinsehbare Ecke zurückzuziehen, drückte der widerstrebenden Magd den einen der vollen Krüge in die Hand, holte noch einmal tief Luft und pochte dann kräftig an das vermeintliche Fass.

«Ein Wort», raunte sie ihrer unfreiwilligen Gefährtin noch zu, «und du siehst deinen Vater nie wieder.» Sie nickte Floki zum Abschied über die Schulter zu, der den Gruß mit zusammengepressten Lippen erwiderte.

Die hölzerne Tür öffnete sich und ließ für einen kurzen Moment Lichtschein und Lärm in den leeren Keller. Vala sah einen Vorraum mit einem roh gezimmerten Tisch und einer Bank. Drei Männer, zählte sie. Das waren weniger, als sie befürchtet hatte. Zur Not würde sie sie alle töten.

«Seid gegrüßt», rief sie laut. «Wir bringen einen Schluck für einsame Männer.» Sie gab der Rothaarigen einen Stoß. Beide stolperten sie in den warmen Raum, dessen Tür sich knarrend hinter ihnen schloss.

IM KERKER

Vala sah die Tür sofort. Sie registrierte die massiven Bohlen, die Eisennägel und den dicken Riegel. Und sie bemerkte die Hände, die sich um die Gitterstäbe der kleinen Öffnung klammerten. Sie kannte diese Hände, mit dem rötlich blonden Flaum. Vor nicht allzu langer Zeit hatten sie sich um ihren Hals gelegt.

Mit dem geübten Blick der erfahrenen Diebin erfasste sie alle Einzelheiten der Örtlichkeit, auch wenn die Wächter ihr alle Hände voll zu tun gaben. Noch ehe sie fertig einschenken konnte, wurde Vala auf einen Schoß gezogen. Sie hätte es nie für möglich gehalten, dass man mit nur zwei Händen so aufdringlich werden könnte. Doch sie war dankbar dafür: So war der Kerl abgelenkt, und sie konnte sich auf ihre Aufgabe konzentrieren; seine Zudringlichkeiten nahm sie kaum wahr. Rasch und unauffällig glitten ihre Finger zu seinem Gürtel und dem daran befestigten Schlüsselring. Ihre Augen schätzten das Schloss an der Tür ab. Ihre Finger tasteten nach der zugehörigen Form. Sie durfte sich nicht irren.

Ein Kerl mit fettigen schwarzen Locken hatte sich ihre Gefährtin auf die Knie gezogen, der Dritte sprach zum Trost dem Wein besonders heftig zu. «Ein Lied!», forderte er. Auf Valas mahnenden Blick hin begann die Rothaarige zu trällern, zuerst zögernd und mit angeekeltem Gesicht. Vala nickte ihr aufmunternd zu. Lauter, dachte sie, lauter. So ist es recht. Ihre Finger waren inzwischen fündig geworden. Vollmundig stimmte sie in den Refrain mit ein und übertönte so das feine Klirren, als die Schlüssel vom Bund des Wächters in ihre Kleider wanderten.

«He, nicht so voreilig!» Sie schlug dem Burschen auf die Finger, der sich daranmachte, ihr Hemd aufzuschnüren, und entwand sich ihm. Mit ein paar spielerischen Tanzschritten war sie von ihm weg. Die Arme ausgestreckt, stemmte sie sich gegen die Tür und räkelte ihren Körper, so wie sie es beim Gelage bei der Rothaarigen gesehen hatte. Die versengte Vala fast mit den Augen. Sie hatte die böswillige Nachahmung wohl bemerkt. Ihr Hass half Vala in der ungewohnten Rolle. Verführerisch zeigte sie den Männern ihre bloßen Schultern. Der Schlüssel in ihren Fingern glitt unbemerkt von den Wächtern durch die Gitter.

Vala machte ein paar Schritte vorwärts und versuchte eine Drehung, die sie zur Ausgangstür brachte und die Köpfe der Wächter sich mitdrehen ließ. Sie hob die Arme, die Rothaarige sang weiter. Vala tanzte wie seit einer Ewigkeit nicht mehr. Sie tanzte wie an den Lagerfeuern ihrer Steppenheimat. Ihre Füße stampften, als feuerte Rua sie an wie damals und Kreka schlüge mit den Klanghölzern den Takt. Ihre Haare peitschten durch die Luft. Den Kopf in den Nacken gelegt, schrie sie kehlig auf.

360

Das alte Feuer brannte wieder in ihr und mischte sich mit der Erregung der Gefahr. Vala wusste nicht, dass es noch in ihr gewesen war.

Ihre Zuschauer klatschten begeistert, doch Vala ließ die Tür im Hintergrund nicht aus den Augen. Sie fragte sich, wie lange es dauern würde, bis sie sich öffnete, ein paar abgerissene Gestalten freigab, die heranschlichen und …

«Na endlich», seufzte sie und senkte die Arme, als die Wachen unter den Tisch sackten. Einem hatte Ragnar den Weinkrug auf dem Schädel zerschlagen, den anderen hatte Leif mit einem Hocker außer Gefecht gesetzt. Eirik würgte den, auf dessen Schoß Vala gesessen hatte, mit einer Kette. Armod musste ihn rütteln, damit er aufhörte. Die Wikinger waren bleich, angeschlagen von Wein, Met und Mohnsaft, doch die Wut hatte sie wach gemacht.

Vala wischte sich den Schweiß von der Stirn. Sie wollte etwas sagen, da ertönte draußen ein Schrei.

Sie fanden Floki und den Alten mit dem Rücken zur Wand, vor sich zwei Wachen mit Spießen, die überrascht aufschauten, als die Tür zum Wachraum sich so unerwartet öffnete und eine Horde aufgebrachter Krieger ausspuckte. Es gab ein lautstarkes Handgemenge, dann waren die beiden überwältigt.

«Sie werden uns gehört haben», meinte Leif und erprobte den eben erbeuteten Speer, der ihm gut in der Hand lag. In seiner Stimme lag weniger Furcht als Befriedigung. «Wir müssen schnell sein.»

Die Gefährten machten sich auf den langen Weg die Treppe hinauf. Ihre Schritte dröhnten von den steinernen Wänden wider, es schien, als müsse die ganze Burg davon aufgeschreckt werden. Doch sie kamen ungehindert in den Flur und durch die Pforte. Einzelne Männer, halb angezogen, den Schlaf noch in den Augen, kamen hier und da aus den Kammern, um zu sehen, was es gab. Sie waren rasch überwältigt. Manch einer suchte freiwillig das Weite, als er die entschlossene Horde sah. Aber als sie den Hügel hinunterstürmten, flammten hinter ihnen in der Burg die Fackeln auf, und die Hörner schickten dumpf ihren Warnruf in die Nacht.

Bei den ersten Hütten, die sie erreichten, bellten die Hunde. Drinnen wurden verschlafene Stimmen laut.

«Setzt mich hier ab», verlangte der Vater der Rothaarigen mit schwacher Stimme.

Leif nickte Floki stumm zu, und der gehorchte.

«Schneller, sie kommen», mahnte Leif, als der Junge seine Last behutsam an eine Mauer bettete.

Vala wollte dem Alten danken, doch seine Tochter stellte sich zwischen sie. Ihre Augen loderten grünes Feuer, und sie zischte der Steppenreiterin nur ein Wort zu: «Verrecke!»

Vala fuhr zurück. Doch noch ehe sie etwas antworten konnte, wurde sie mitgerissen. Die Wikingerschar stürmte ohne Rücksicht auf Entdeckung zur Stadt, durch die engen Gassen, über den verlassenen Markt, dem Hafen zu, zur «Windpferd», ihrer Beute, ihren Waffen. Erst kurz vor den Anlegestegen machten sie Halt.

Es standen keine Wächter am Pier, und das Boot lag still da. Aber Leif streckte den Arm aus und befahl, anzuhalten und leise zu sein. Im Schatten eines Speichers duckten sie sich und lauschten dem Pfiff, den ihr Kapitän ausstieß, ein langer, melodischer Triller. Er konnte von einem Nachtvogel stammen, wie er so einsam übers Wasser schallte. Aber er wurde nicht erwidert.

«Sie sind an Bord», knurrte Leif. Eirik kroch neben ihn und reckte lauschend den Kopf. Warnend hob er dann die Hand. Leif, der schon ein Kommando hatte geben wollen, schloss den Mund wieder. Nun hörten sie es alle. Die Stille am Kai wurde unterbrochen von leisem Ächzen und Schleifen, dann ein Gemurmel wie von mehreren Männern. Plötzlich durchbrach ein lautes Wiehern die Stille.

Vaih!, wollte Vala rufen und dämpfte ihre Stimme im letzten Moment zu einem Flüstern. «Vaih!»

Eirik lächelte befriedigt, als er das Trommeln der Hufe auf den Decksplanken und die darauf folgenden Flüche vernahm.

Er wusste nur zu gut, wie die kleine Stute mit Fremden umging, die sich ihr ungefragt näherten. Er trug die Narben ihres Bisses noch immer am Oberarm. Die Eindringlinge an Bord der «Windpferd» hatten einen Fehler gemacht, als sie glaubten, das Pferd mitsamt der anderen Beute für sich nehmen zu können.

Alle hielten den Atem an, als plötzlich der byzantinische Offizier aus dem Schatten trat und zum Rand des Piers ging. Vala hatte ihn schon auf der Burg gesehen, für alle anderen war es eine Überraschung zu erfahren, dass Egil Landsleute für ein Handgeld an Ostrom verkaufte. Und es heizte ihre Kampfeslust gewaltig an.

«Was treibt ihr da so lange?», rief der Offizier auf Griechisch zum Schiff hinüber. «Ihr sollt das Gold holen und dann verschwinden.» Er trat einen Stein ins Wasser. Ihm war der Auftrag nicht ganz geheuer. Da hatten sie seit Tagen im Hinterhalt gelegen und auf die Plünderer gewartet, und dann kam der Jude mit seinem Päckchen und der seltsamen Botschaft, die verlangte, eine Kiste unbesehen zu verbrennen und ein Mädchen zu töten. Er trat nach einem weiteren Stein. Das alles war nur die Schuld dieser Wikinger. «Dämliches Barbarenpack», murmelte er vor sich hin.

Von Bord her kam eine unverständliche Antwort.

«Habt ihr die Kiste gefunden?», rief der Offizier erneut und schien diesmal einen befriedigenden Bescheid zu bekommen, denn er setzte gedämpft hinzu: «Dann legt jetzt das Feuer.»

Vala brauchte es ihren Gefährten nicht zu übersetzen, denn im selben Moment schon loderten die Brände auf. Als wäre es ein Signal, stürzten sich Leif und seine Männer auf den Offizier, durchbohrten ihn mit Speeren und stürzten weiter auf das Schiff, wo im Licht des Feuers bald die Umrisse ineinander verkeilter, kämpfender Männer sichtbar wurden.

Floki wollte Vala zurückhalten. Aber sie riss sich los. Die Kiste, dachte sie voller Panik, wenn die Brände sie erreichten, würde alles in die Luft gehen, das Schiff, Vaih, Eirik. Mit einem Satz war sie an Bord.

Hastig schlängelte sie sich zwischen den Kämpfenden durch. Etwas ließ sie stolpern. Sie stürzte zwischen die Ruderbänke, griff in etwas Weiches und erblickte Roric, gefesselt, geknebelt, wie er mit weit aufgerissenen Augen zu ihr aufstarrte. So schnell sie konnte, schnitt sie mit ihrem Messer seine Fesseln durch, doch ihre Augen waren anderswo. Die Kiste! Wo hatte der Bote sie abgestellt?

Sie entdeckte sie schließlich in der Schiffsmitte, dicht beim Mast, wo Vaihs Hufe auf das Deck trommelten und nach Freund und Feind gleichermaßen ausschlugen.

«Vaih!», rief sie und kletterte auf die Stute zu, die in Panik die Augen verdreht hatte. Der Kampflärm, der Blutgeruch und auch der stechende Rauch machten das Tier fast wahnsinnig.

«Vaih, ist ja gut, ist ja alles gut.» Doch die Stute ließ sich nicht beruhigen; sie schien sie gar nicht zu hören. Verzweifelt schaute Vala sich um: Ihr blieb wenig Zeit, das Feuer griff immer weiter um sich. Sie entdeckte eine Decke, zog sie zwischen Vaihs gefährlich ausschlagenden Hufen hervor, hastete damit zur Bordwand und tauchte sie ins Wasser, um damit auf die nächstliegenden Brände einzuschlagen, die überall dort loderten, wo die Angreifer ihre Fackeln fallen gelassen hatten. Da ließ ein böses Sirren sie herumfahren.

Plock, plock, plock schlugen Pfeile ein, ins Holz des Schiffes, in Kisten, Fässer und in Fleisch. Vala sah Armod die Arme hochwerfen und zur Seite fallen und schrie auf. Erst als sie ihren eigenen Arm hob, bemerkte sie, dass er knapp über dem Ellenbogen ebenfalls von einem Schaft durchschlagen war. Ungläubig starrte sie auf das gefiederte Ende, das in ihrem Fleisch steckte. Wo war der Schmerz?

Plock, plock, plock, die nächste Salve flog, schlug in Körper und Holz. Vala sah Blut spritzen und Männer fallen. Sie schnellte herum, um Deckung zu suchen. Vaih stieg vor ihren Augen. Vala sah die rudernden Hufe dicht vor ihrem Gesicht, sah den Pfeil in Vaihs spiegelnder schwarzer Flanke, sah sich selbst, wie sie sich streckte, zur Seite warf, sah sich fallen, langsam, wie in

Zeitlupe. Sie wusste, dass Vaih sie an der Hüfte getroffen hatte, als sie vorwärts gerissen und gegen die Kiste geschleudert wurde, doch sie spürte auch das verzögert, wie in einem Traum. Für einen kurzen Moment musste sie ohnmächtig gewesen sein; doch als sie Augen wieder aufschlug, hörte sie noch immer den Kampflärm. Und vor sich, auf dem Holz, sah sie die Flammen, die langsam, aber unaufhaltsam auf die Kiste mit dem flüssigen Feuer zukrochen. Vala blinzelte. Schon das kostete all ihre Kraft. Sie biss die Zähne zusammen, befahl ihren Gliedern, die sie kaum noch spürte, zu gehorchen und richtete sich auf. Mit letzter Energie hob sie die feuchte, schwere Decke in ihrer Rechten und schleuderte sie auf die Flammen.

Es roch versengt. In Valas Kopf explodierte der Feuerball. Ein riesiger Komet glühte über den Himmel heran, direkt auf sie zu, wurde größer und größer und platzte in einer überwältigenden heißen Blutwolke zwischen ihren Beinen. Valas Kopf sank auf das Holz, und sie wurde davongespült.

ᴆᴇʀ ᴢᴡᴇɪᴋᴀᴍᴩꜰ

Leifs Männer hatten begonnen, sich zu wehren. Als die Gegner an Bord überwältigt waren und sie ihre Waffen wieder in Händen hielten, kam ein Geschosshagel von der «Windpferd» und fegte die ersten Reihen von Egils Kriegern vom Anlegesteg. Leif musste keinerlei Kommandos erteilen. Mit ungebremster Wut stürzten seine Männer sich auf die am Ufer aufgestellten Kiewer, die mit einem Gegenangriff nicht gerechnet hatten. Die Axt beidhändig führend, metzelte Ragnar sich durch die Reihen, Rücken an Rücken mit seinem Bruder, das entstellte Gesicht in dämonischem Gelächter verzerrt. Leif suchte brüllend im Gewühl nach Egil, doch es war Eirik, der ihn stellte. Rote Blutfäden liefen über sein Gesicht und durchzogen sein blondes Haar, als er auf den Fürsten der Rus zuging, der bei seinem Anblick das Schwert fester packte. Doch sein Mut war zu wenig gegen den unbändigen Zorn des Wikingers. Nur zweimal klirrten ihre Klingen aufeinander, dann sank Egil zu Boden, Kopf, Schulter und ein Arm beinahe vom Rumpf getrennt.

Die Jungen, Hastein, Roric und Floki, kletterten behände über das Schiff, um alle Brände zu löschen, Trümmer und Leichen beiseite zu schaffen und die «Windpferd» bereit zum Ablegen zu machen. Roric war es, der als Erster die herannahenden byzantinischen Soldaten sah, die sich in einer Gasse verborgen gehalten hatten. Sein Pfiff warnte Leif, der brüllend sein Schwert schwenkte, um seine Berserker zum Rückzug zu bewegen. Der Letzte sprang an Bord, als der Drachenkopf der «Windpferd» bereits auf die Mitte des Flusses wies.

Der Streifen Wassers, der sich zwischen den Wikingern und Kiew auftat, war rot wie Blut.

«Rudert!», brüllte Leif, wie damals in Byzanz. Und die Männer legten sich in die Riemen, mit verbissenen Gesichtern, ihre Wunden ignorierend und den Blick starr von den toten Gefährten abgewendet, die noch immer, wie sie gefallen waren, auf dem Boden des Schiffes lagen.

Eirik sah Armod, voller Schaudern. Würde diese Reise ihn denn jedes guten Freundes berauben, fragte er sich verzweifelt. Sein Blick wanderte fort von der verdreht daliegenden Leiche mit den starr aufgerissenen Augen, über Taue und Trümmer, zu Vaih. Dort lag Vala, und der Schmerz zerriss ihn fast, als er sie erblickte. Eirik öffnete den Mund, doch es kam kein Laut heraus.

«Rudert!»

Seine Arme gehorchten. Vala, schrie es in ihm, Vala, Geliebte, Einzige.

Da kroch Floki heran und hob sie auf. Sie lebte, sie öffnete die Augen, tastete mit den Händen nach Halt. Eirik sprang auf.

Floki zog eine Decke über sie, an die sie sich mit beiden Händen klammerte. Die beiden sprachen etwas. Ein neuer Schwarm

Pfeile fauchte über sie hinweg, prasselte um sie herum ins Wasser. Eirik duckte sich nicht einmal. Er sah, wie Vala ihren Kopf an Flokis Brust lehnte und die Augen schloss. Eirik sank zurück auf die Bank.

«Rudert um euer Leben!», brüllte Leif.

Eirik ruderte.

Es wurde hell, als die Wikinger das erste Ufer ansteuerten. Ein sumpfiger Flussarm zwischen Schilf und Erlen bot ihnen Schutz. Der Tag war der Sonne vorausgeeilt, die mit ihrem hoffnungsvollen Goldschein noch hinter dem Horizont lag; das Licht stand grau und tot über den farblosen Wiesen. Vereinzelt sangen die ersten Vögel, und mit protestierendem Quaken rauschten Enten aus dem Wasser, als die «Windpferd» in ihren heimlichen Hafen fuhr.

Leif kommandierte alle von Bord. Die erste Sorge galt den Verwundeten, die dringend versorgt werden mussten, die zweite den Toten. Nach wenigen Minuten lag ein Haufen ausgepumpter Männer im feuchten Gras. Die, die heil waren, waren erschöpft vom Rudern. Mit schmutzigen, blutverschmierten Gesichtern starrten sie einander an. Da riss ein erneuter Tumult sie alle hoch.

«Steh auf!», brüllte es. «Steh auf, du verdammter Feigling!»

Die Männer rappelten sich hoch und sahen Eirik, wie er den am Boden liegenden Floki mit Fußtritten traktierte. Der blonde Wikinger schien außer sich zu sein. Als der müde Junge nicht sofort reagierte, zerrte er ihn am Arm in die Höhe und stellte ihn auf die taumelnden Beine, um ihm sofort einen Fausthieb mitten ins Gesicht zu versetzen.

«Eirik, hör auf damit!» Rollo war der Erste, der zu den Kämpfenden stürzte. Er trat Eirik in den Weg, der die Hand auf sein Schwert gelegt hatte und wutblind auf Floki hinunterstarrte.

Der taumelte rückwärts von seinem erzürnten Gegner fort. Eine Hand presste er auf den schmerzenden Bauch, die andere war schützend vor das Gesicht erhoben, über das Blut aus der gebrochenen Nase sprudelte. In seinen Augen stand Angst, und er zitterte.

Inzwischen waren auch die anderen herangekommen und umstanden Eirik.

Hastein und Roric drängten sich besorgt durch die Reihen, um ihrem Freund zu helfen, wurden aber von Ragnar zurückgehalten.

Floki wischte sich das Blut ab und schniefte. «Der große Krieger da glaubt, ich mache ihm seine Frau abspenstig», sagte er. Das Zittern seiner Hand strafte seine trotzigen Worte Lügen.

Durch Eirik ging ein Ruck. Drei Männer mussten ihn festhalten; an seinem Hals traten die Adern blau hervor.

Erschreckt stolperte Floki einige Schritte rückwärts und schaute sich um. Peinlich berührt senkte Hastein den Kopf, ehe ihre Blicke sich trafen. Er erwartete, der Freund würde fliehen. Tränen der hilflosen Wut traten in Flokis Augen, als er es sah. Er blieb stehen. Seine Brust hob und senkte sich ein paar Mal in raschen Atemzügen. Dann brüllte er unerwartet los:

«Glaubst du wirklich, ich würde dir deine Frau nehmen? Ich Wurm, ich Niemand, dir, dem großen Krieger?» Der bittere Hohn ließ seine Stimme kippen. Einen Augenblick schwiegen alle entsetzt. Auch Floki holte neu Atem.

«Ja», schrie er dann, mit aller Kraft. «Ja, ich würde es, verdammt nochmal!» Er ging in die Knie, doch sein brennender Blick hing an Eirik. «Wenn sie mir nur die geringste Chance dazu gäbe! Wenn sie mich überhaupt wahrnehmen würde! Ich würde mein Leben für sie geben, wenn sie es mir erlaubte.» Seine Stimme wurde leiser. «Und wenn sie tausendmal dein Kind trüge.» Floki senkte den Kopf und kämpfte mit dem Schluchzen. Hastein fasste ihn rasch um die Schultern und zog ihn hoch. Keiner sagte ein Wort.

Eirik regte sich nicht mehr; zögernd ließen die anderen ihn los. Seine Hand mit dem Schwert sank kraftlos herab. Er begriff nur langsam, was er da gehört hatte. Benommen tastend, ging er auf Floki zu. Die vorwurfsvollen Blicke Hasteins ignorierend, klopfte er dem Jungen auf die Schulter. Die Geste war zerstreut und hilflos. Eine Entschuldigung brachte er nicht über die Lippen.

«Wo ist sie?», fragte er nur.

Im blassen Licht schaute er von einem zum anderen, sah Tote, sah Wunden, sah zertrampeltes Gras. «Wo ist Vala?»

Es war Hastein, der ihm schließlich antwortete. «Sie begräbt es», sagte er.

Vala hörte Eiriks Rufen kaum. Sie hatte Erde an den Knien und Erde an den Händen, als er sie fand. Der Schmerz hatte sie ausgehöhlt, sie fühlte sich kraftlos und leer. Mechanisch stand sie auf, als er sie ansprach.

«Vala!» Eirik fing die Wankende auf und drückte sie an sich. Er wusste nicht, ob sie bewusstlos war oder wach, aber er sprach in einem fort. «Vala, meine Liebste», flüsterte er, während er sie fest umschlang und durch den Hain trug. Birkenzweige streiften ihre Köpfe. «Vala, meine Einzige, mein Leben. Verzeih mir, oh, verzeih mir.» Er flüsterte endlose Liebkosungen. Konnte sie ihn verstehen? War er zu spät gekommen? Er blieb stehen und schaute in ihr Gesicht. Ihr schwarzer Blick hing an ihm, und Eirik glaubte, darin zu versinken. Sie bewegte die Lippen, brachte aber keinen Ton heraus. Dann, ganz langsam, hob sich ihre Hand und berührte sacht sein Gesicht. Eirik drückte sie an sich, damit sie die Tränen nicht sah, die über sein Gesicht strömten. Er setzte sich wieder in Bewegung.

Die Sonne stieg über den Horizont und ließ die weißen Birkenstämme aufleuchten. An allen Zweigen glitzerte der Tau, und das Laub über ihnen leuchtete in warmem sommerlichem Grün.

Es war beinahe wie daheim, dachte Eirik mit überströmendem Herzen, wie in dem Wäldchen hinterm Haus, in dem er und sein Bruder als Kinder schon gespielt hatten. Er küsste Vala das wirre Haar aus der Stirn. «Mein Mädchen», sagte er warm. «Ich bringe dich nach Hause.»

TEIL V

DIE HEIMAT IM NORDEN

IN DER BERNSTEINBUCHT

Als der Bug der «Windpferd» in die stillen Gewässer der Ostsee vorstieß, stand Vala an Eiriks Seite und blickte über die Reling. Sie war wieder gesund und kräftig und schaute der neuen
Heimat voller Erwartung entgegen. Der Herbst war gekommen,
früh für ihr Gefühl, und zwischen den dunklen Kronen der Na-
delwälder an den Ufern flammte das gelbe Laub der Birken und
das sehnsuchtsvolle Rot der Ebereschen.

Eirik hatte den Arm um sie gelegt und sie an sich gezogen. Sie
fuhren über ein Meer, das die Herbstfarben seiner Ufer spiegelte
und Vala so glatt vorkam wie die glänzende Oberfläche eines
Bernsteins. «Es ist so friedlich», murmelte sie.

Eirik lachte. «Es kann auch anders. Warte, bis der Winter
kommt und sich die Eisschollen vor der Küste türmen.»

Vala drängte sich enger an ihn. «Dann werde ich mit dir unter
einem Fell liegen und die Nase gar nicht mehr herausstrecken.»
Sie kicherte, als er sein Gesicht in ihr Haar wühlte.

«Wenn ihr beiden Turteltauben dann mal fertig seid. Wir sind
noch nicht zu Hause.»

Es war Gardars tiefer Bass, der sie an die Ruder zurückrief.
Vala nahm ihren Platz am Mast wieder ein. Froh streichelte sie
Vaih, die die Nüstern reckte, als erkenne auch sie die Seeluft
wieder. Beruhigend redete sie auf das Pferdchen ein. «Bald hast
du wieder festen Boden unter den Füßen, meine Schöne. Du und
ich, wir werden dann am Ziel sein.»

So suchte sie die Stute zu beruhigen und wusste doch, dass sie
ebenso sich selbst Mut zusprach. Je näher sie ihrem Ziel kamen,

dem Dorf von Eirik und seinen Leuten, umso größer wurde Valas bange Erwartung. Sie war zuversichtlich, sich die Anerkennung der Dorfbewohner ebenso erobern zu können wie die der Männer auf dem Schiff, die sie aus den Kerkern von Egil Eisenseite gerettet hatte. Und sie war entschlossen, allen dort freundlich, mutig und hoch erhobenen Hauptes entgegenzutreten. Aber wenn sie ehrlich mit sich war, dann wuchs zugleich auch die Angst in ihr mit jeder Meile, die sie ihrer neuen Heimat näher kam. In ihrem Bauch rumorte es ein wenig, und mit flatternden Gefühlen dachte sie an Eiriks Eltern, denen sie bald gegenüberstehen würde. Er hatte auch einen jüngeren Bruder, Helge, hatte er ihr erzählt. Oh, er hatte ihr so viel erzählt in den Nächten an der Düna.

Keine davon war Vala mehr allein eingeschlafen. In Eiriks Armen hatte sie dagelegen, in die sterbende Glut der Lagerfeuer geblickt und seinen Geschichten gelauscht. Wie Helge und er als Jungen beim Klettern nach Vogeleiern in der Wand stecken geblieben waren und eine lange Gewitternacht in einer Höhle über den Klippen verbracht hatten. Wie sein Vater ihn das erste Mal mitgenommen hatte zum Fischfang, wo das silberne Gewimmel der Heringsleiber in der Sonne glänzte wie ein Schatz, als sie das Netz herauszogen. Seine ganze jungenhafte Kraft hatte das gekostet, während sein Vater im Boot stand wie ein Fels, zuckende Fische zu seinen Füßen und die Arme triefend vom Meerwasser. Wie er es nicht lassen konnte, versuchsweise seine Zähne in einen dieser kräftigen, saftigen, gleißenden Leiber zu schlagen.

«Und?», hatte Vala gefragt.

«Ich hatte Schuppen zwischen den Zähnen.»

Sie hatte gelacht, sich enger an ihn geschmiegt und es genossen, die Wärme seines Körpers an ihrem Rücken zu spüren.

Eirik hatte weiter erzählt, dass im Winter die See vor ihrem Dorf zufror und die Kinder mit Schlittschuhen darauf herumliefen, von einem Ende der Bucht zum anderen. «Ich werde dir Schlittschuhe bauen», hatte er geflüstert, und die Buchenzweige im Feuer hatten dazu geknackt. «Aus dem Mittelfußknochen eines Rindes werden sie gemacht. Und ich werde sie so schärfen, dass wir dahinfliegen werden wie die Seemöwen.» Vala war lächelnd eingeschlafen an diesem Abend.

Von seiner Mutter hatte er erzählt, die ihr Haar flocht und zu einem makellosen Knoten aufwand, die ihre Schürze stets sauber und ihren Rücken kerzengerade hielt. Und die ihren Mann, als er beim Holzmachen im Wald verunglückt und das Pferd mit dem Schlitten durchgegangen war, auf ihrem Rücken durch die Schneewehen bis nach Hause getragen hatte. Keiner begriff, wo sie die Kraft dafür hergenommen hatte.

Vala dachte oft an diese Mutter, auch jetzt, während ihr Auge die Küstenlinie verfolgte. Die Wälder hatten sich zurückgezogen. Was sie sah, waren grüne, zähe Matten von Gras, die sich an graue Felsen klammerten. Nur wenige Blumen zitterten darin in einem salzigen, ewigen Wind, der alles zu beherrschen schien: das Grün, das Grau und das Blau des Himmels, der seine weiße Wolkenlast dicht über dem Horizont ablagerte.

Es war eine karge Landschaft, dachte Vala, erfüllt von einem klaren, unerbittlichen Licht. Eine, die wenig Spielraum ließ. Würde das im Dorf ebenso sein? Mehr noch als Inga, Eiriks Mutter, machte ihr Frigga Sorgen, deren Kamm sie manchmal in die Hände nahm, um ihn hin und her zu wenden, als könnte sie dadurch zu einem Schluss kommen, was sie wohl erwarten würde. Sie hatte nie wieder von Frigga geträumt. Eirik hatte nicht mehr von ihr gesprochen.

Das Horn ertönte am fünften Tag ihrer Reise. «Da!», rief Ragnar aus, als er es absetzte. «Waldweide!»

Vala sprang erwartungsvoll auf. Vor ihr türmte sich die Küste ein wenig höher. Ein tiefer Einschnitt zwischen zwei schroffen Hängen barg Wald und darin wohl einen Bach. An seinem Ausgang lag das Dorf, dicht am Meer. Gras reichte bis dorthin, wo die Wellen an Land leckten, gefleckt von grauen Steinen und Felsen. Es war so gelb wie die Flechten auf dem Fels, das Licht dieses späten Nachmittags, voll und erntesatt.

Die wenigen braunen Hütten standen nahe beim Wasser und

drängten sich dicht aneinander. Kaum dass Vala Pfade zwischen ihren Wänden erkennen konnte, die alle von gekreuzten Giebeln überragt wurden. Davor gab es Weide und Zäune aus Pflöcken, dahinter Ziegen. Hier und da hingen Netze an Trockengestellen. Ein Fischzaun säumte in weitem Rund die kleine Bucht. Die «Windpferd» schwenkte in diesem Moment herum, um die einzige Öffnung darin anzusteuern, die die Fahrrinne freigab.

Ihr Horn war nicht unbemerkt geblieben. Schon klang vom rasch herangleitenden Ufer Geschrei herüber, Kinder rannten zu den Hütten, um den Dringebliebenen Bescheid zu geben. Aus einem Fischerkahn winkte ihnen ein Mann freudig zu. Er ließ für einen Moment seine Netze los und wölbte die Hände vor den Mund, um ihnen etwas zuzurufen, was Vala nicht verstand. Doch Ragnar sprang auf die Reling und hielt sich an den Tauen fest, um zu antworten, und alle an Bord lachten.

Einzelne Läufer rannten über die Hügel ins Inland, wo sie Valas Blicken rasch entschwanden. «Sie benachrichtigen die Höfe», erklärte Eirik, der wieder neben sie getreten war. «Die liegen weit verstreut.» Er wies mit der Hand auf ein Tal, das links von der Schlucht im Hintergrund abging. «Dort hinten ist unserer», sagte er, und Vala bemerkte, dass seine Stimme vor Rührung zitterte. Sie umschlang seine Hüften und drückte ihn an sich.

Sie waren nun in Sichtweite der Anlegestelle und konnten die ersten Gestalten an den Kais unterscheiden, die hüpften, schrien und winkten. Auch die Männer an Bord hielt es nicht mehr alle auf ihren Ruderbänken. Ragnar kletterte noch immer kühn auf der Reling herum, warf seinen Helm in die Luft, dass er hoch ins Blau trudelte, und fing ihn gerade noch an einem Horn wieder auf. «Ho!», rief er und winkte begeistert. «Ho!»

Zu Valas Überraschung wurde selbst Leif von der allgemeinen Erregung angesteckt. Der Kapitän hatte es anderen überlassen, ihr für die Rettung aus Kiew zu danken. Immerhin hatte er sie für den Rest der Reise in Ruhe gelassen. Anderen schien er wie eh und je, barsch, leicht aufbrausend und sehr entschlossen. Nur wenigen fiel auf, dass er nicht mehr so gerne zu feiern schien wie früher und dass er unfroh wurde, wenn er trank, und Rollos Liedern, ohne mitzusingen, lauschte, mit Missmut, ja fast Ekel im Gesicht.

Vala hatte ihn genauer beobachtet. Doch was sie sah, verwirrte sie. Der Wikingerführer hatte Angst vor ihr, und das wiederum machte ihr Angst. Voller Unbehagen erinnerte Vala sich an die letzte Szene zwischen ihnen, als er jaulend von ihr fortgerobbt war und gebrüllt hatte: «Du bist in meinem Kopf.» Warum nur hatte ausgerechnet er es sein müssen, der Zeuge wurde, wie sie zum zweiten Mal die Regeln brach und ihre Kräfte verbotenerweise nach einem menschlichen Geist ausstreckte? Wenn seine Furcht und sein Hass ihn dazu trieben, sie deshalb öffentlich anzuklagen, würde auch diese Gemeinschaft sie aus ihren Reihen stoßen, und sie wäre wieder, wäre endgültig allein. Sie hatte über den Vorfall gegenüber Eirik nie ein Wort verloren und würde weiter schweigen, solange Leif schwieg.

Nun allerdings war ungewohntes Leben in den Kapitän gekommen. Er schnürte seinen Umhang auf und schlüpfte aus dem Hemd. Mit nacktem Oberkörper schwang er sich unter großem Hallo erst auf die Reling und sprang, als er sicher war, dass die Aufmerksamkeit an Bord und am Ufer ungeteilt auf ihn gerichtet war, von dort auf die Riemen. Heftig mit den Armen rudernd, suchte er sein Gleichgewicht zu halten. Als er sich sicherer fühlte, wagte er den Sprung zum nächsten Holm, wo er wieder schwankte, sich aber rasch fing und den nächsten Schritt wagte. Schneller und sicherer werdend, lief er so außenbords über die Ruder der «Windpferd» vom Bug bis zum Heck. Vom Dorf her kamen Hochrufe. Triumphierend sprang Leif wieder an Bord, umklammerte das Heckruder und riss die Faust hoch, um sich feiern zu lassen. Vala klatschte mit den anderen. Leifs trunkener Blick schweifte über sein Schiff. Er verdüsterte sich, als Leif Vala sah, und sie drehte den Kopf weg.

«Los, Eirik», brüllte Ragnar, und die Männer nahmen den Ruf auf. «Eirik, Eirik.»

Erschreckt sah Vala, wie ihr Geliebter von ihrer Seite trat, sich frei machte wie Leif und sich anschickte, die gefährliche Mutprobe nachzuahmen. Sie stürzte zur Bordseite und schaute hinunter. «Wenn er abrutscht», rief sie entsetzt, «wird er unter das Schiff geraten. Das ist verrückt.»

«Genau!», rief Gardar und lachte.

Doch Eirik gelang das Kunststück ohne Fehltritt. Nach ihm machte Ragnar sich bereit, aber Roric, von plötzlichem Ehrgeiz gepackt, sprang auf und drängte sich mit einem Satz vor. Anfeuerungsrufe und Gelächter stiegen auf, das lauter wurde, als Roric nach dem dritten Riemen taumelte und hilflos mit den Armen ruderte. Vala beugte sich vor. Sie sah seinen weit aufgerissenen Mund und die vor Erstaunen kugelrunden Augen, als er kopfüber ins Wasser segelte. Sie schrie, doch bald tauchte Roric prustend, mit klatschnassen Haaren im Gesicht, wieder auf. Zahlreiche Ruderblätter streckten sich ihm entgegen, damit er sich wieder ins Trockene ziehen konnte.

Noch einige andere Männer versuchten ihr Glück, die meisten mit wenig Erfolg, während die «Windpferd» langsam in die Bucht trieb. Als sie am Kai längsseits gingen, waren die meisten Männer nass, doch niemand schien sich daran zu stören. Noch immer wuchs die Menge, die die Heimkehrer begrüßte.

Erleichtert stellte Vala fest, dass sie und Vaih nicht die Sensation waren, die sie befürchtet hatte. Jeder dort an Land hielt mit hungrigen Augen Ausschau nach Mann, Vater oder Sohn, den er nach einem langen Jahr wieder zu sehen hoffte. Mancher der Wartenden wurde enttäuscht. Vala sah Hastein mit hilflos hängenden Armen vor einer Frau stehen, die ihr Gesicht in der Schürze verbarg. Richtig, erinnerte sie sich, sein Vater war bei einem Überfall umgekommen, noch ehe sie selbst zu den Gefährten gestoßen war. Eirik zeigte ihr drei junge Männer, die mit trotzig vorgeschobenen Lippen inmitten der allgemeinen Aufregung standen und vergeblich ihre Verwirrung und ihren Schmerz zu verbergen suchten. Das waren Armods Söhne. Vala hielt den Ledersack umklammert, in dem Armods bescheidene Medizinsammlung ruhte. Sie wollte ihn seiner Familie übergeben und berichten, wie der alte Mann gestorben war, den sie lieb gewonnen hatte und für den sie nach der Nacht in Kiew nichts mehr hatte tun können. Sie schaute Eirik an, aber der riet ihr, damit ein paar Tage zu warten. Da hob Armods ältester Sohn seinen Stab, und die drei schlurften mit gesenkten Köpfen durch die Menge davon. Bald waren sie zwischen den Häusern verschwunden.

Vala sah ihnen noch nach, als Eirik plötzlich ausrief: «Mutter!», und von ihrer Seite verschwand. Für einen Moment stand sie allein im Gewühl. Ragnar neben ihr schulterte eine Kiste und zwinkerte ihr zu, um sich danach in die Arme einer vielköpfigen Familie zu stürzen, die bereits Gardar umdrängte und auch ihn heftig heranwinkte. Er knuffte Eirik in die Schulter, der gerade zurückkam.

«Sie wird sie hassen», rief er, als wäre es ein guter Witz.

«Vala, dies ist Inga vom Schlangensteinhof, meine Mutter.»

Vala wandte sich um. Sie hätte gewünscht, dass Eirik einen Namen genannt hätte, der ihre Herkunft bezeugte, damit sie sich vor dieser Frau nicht wie Strandgut fühlen musste. Vala Eigensinn, Vala Steppenreiterin, Vala Wasserfrau oder auch Mädchen des Grasvolkes. Doch als sie dem kühlen dunkelblauen Blick Ingas begegnete, begriff sie, dass nichts davon vor ihr Gnade gefunden hätte.

Eiriks Mutter war groß gewachsen und schlank wie ihr Sohn. Ihr weißblondes Haar zeigte nicht die geringste Unordnung, die Schürze war makellos und ihr Gesicht fast ohne Falten. Nur ihr Hals und die Hände verrieten, dass sie eine Frau mit erwachsenen Söhnen war. Ihr Mund war fest zusammengepresst. Sie schien nicht vorzuhaben, Vala zu begrüßen. Stattdessen wandte sie sich an ihren Sohn.

«Eine Leibeigene?», fragte sie mit gerunzelter Stirn. «Wir brauchen keine weitere Magd auf dem Hof. Wir …»

«Vala ist keine Leibeigene», unterbrach Eirik sie und schlang den Arm um Valas Schultern. «Sie ist meine Frau. Wo ist Vater?», fuhr er dann gut gelaunt fort.

«Er ist tot», sagte Inga. Ihr unbewegter Blick ruhte auf Vala, als wäre es deren Schuld und als hätte die Existenz des Mädchens alles Unglück ihrer Familie erst verursacht. Wir kämpfen mit unserem Schicksal, besagte ihr Ton, und mein Sohn gibt sich frivolen Vergnügungen hin.

«Das tut mir Leid», brach es aus Vala heraus, der tatsächlich beinahe die Tränen in die Augen stiegen, als sie spürte, wie Eiriks Griff um ihre Schulter sich lockerte und ein Zittern durch ihren Geliebten ging. Sie drückte seine Hand und atmete auf, als er die kleine Geste erwiderte und sie fester denn je an sich drückte. Eng umschlungen standen sie so Inga gegenüber, die nichts weiter sagte, sich nur zum Aufbruch umwandte und es den beiden überließ, ihr Gepäck aufzunehmen und ihr zu folgen.

Vala warf einen letzten Blick auf ihre Gefährten. Sie alle schienen so froh und beschäftigt. Gerne hätte sie sich noch von Floki verabschiedet, nach dem Rollo schon ungeduldig rief, da er noch immer neben Hastein stand und kein Ende zu finden schien. Sie winkte den beiden Jungen. Doch scheu geworden seit dem Zweikampf zwischen Eirik und Floki, mieden sie ihren Blick und verschwanden schließlich ohne Gruß. Sie verstand, dass Floki sich seiner Rolle schämte, seiner unerwiderten Liebe wie seiner Niederlage gegen Eirik. Und sie respektierte, dass Hastein sich für die Loyalität zu seinem Kameraden entschied. Aber es ging Vala ans Herz, dass sie die Freundschaft der beiden verloren haben sollte. Sie besaß nicht genug Freunde, um leichten Herzens auf zwei verzichten zu können.

«Kommst du, Vala?», rief Eirik da, der schon einige Schritte gegangen war und sich unter seiner schweren Last nur kurz nach ihr umdrehte. «Du siehst doch alle bei der Feier wieder.»

Vala schnappte sich rasch ihren Teil des Gepäcks, zwei voll gepackte Satteltaschen, und warf sie über Vaihs Rücken. Dabei bemerkte sie zwei Mädchen mit zerzausten Rattenschwänzen, die aufgeregt versuchten, die Stute zu streicheln. Vaih wich nervös tänzelnd vor den zudringlichen Schmutzfingern zurück. Die beiden kicherten, als sie sich entdeckt sahen. Die Mutigere der beiden trat einen Schritt vor, die Schürze in den Händen wringend, und fragte: «Ist das noch ein Junges?»

Vala schüttelte den Kopf. «Wo ich herkomme, sind alle Pferde so klein. Sie ist erwachsen und stark. Ihr werdet es sehen. Wenn sie sich erst mal eingewöhnt hat, lässt sie euch sicher mal reiten.»

«Du bist auch klein», stellte das jüngere der Mädchen zufrieden fest, als wäre damit alles erklärt. Vala musste lächeln.

«Wie heißt es?», wollte die Ältere wissen.

«Vaih», antwortete Vala und sprach den Namen deutlich aus. «Und es ist eine Stute.»

«Vala!»

Rasch verabschiedete sie sich bei diesem erneuten Ruf Eiriks, indem sie den beiden Mädchen über den Kopf strich. Dann zog sie Vaih am Zügel hinter sich her. Die Stute scheute und stemmte die Hufe so störrisch in den matschigen Boden, dass Vala zunächst gar nicht bemerkte, wie jemand ihr in den Weg trat. Es war eine Frau. Als Vala sie bemerkte, richtete sie sich auf, strich sich die langen schwarzen Haare aus dem Gesicht, um die andere besser sehen zu können, und lächelte freundlich.

«Sei gegrüßt», sagte sie, wie Eirik es sie an Bord des Schiffes gelehrt hatte, und blinzelte in die Sonne. Da traf sie etwas im Gesicht. Die andere hatte sie angespuckt. Ohne ein Wort wandte die Frau sich ab und ging.

Frigga, begriff Vala, viel zu spät. Sie wischte mechanisch den Speichel aus ihrem Gesicht und schaute der Davonschreitenden nach. Auch Frigga war groß und schlank, ihr Gang stolz, ihr Haar glänzte in der nachmittäglichen Sonne, als sie sich entfernte. Vala blieb nur die Erinnerung an blasse Wimpern, die einen silbernen Vorhang über türkisblauen Augen bildeten, Augen, die nicht groß waren, eher klein und rund wie die ihres Bruders und ein wenig tief liegend, aber von durchdringender Kraft. Sie schritt davon wie eine Königin, die Ebenmäßigkeit ihres Gesichts und die Schönheit ihrer Züge schienen ihr ein Anrecht darauf zu verleihen.

Mehr verwirrt als zornig rieb Vala sich das Gesicht. Hier war jemand, so viel hatte sie begriffen, der angebetet werden wollte. Und der wahrhaft zu hassen verstand. Beklommen dachte Vala an die Zukunft.

«Vala?» Eirik hatte sich nach ihr umgewandt. «Wo bleibst du denn?» Er nahm ihr Vaihs Zügel ab und umschlang sie, um sie im Schutz des Pferdes heimlich auf den Nacken zu küssen. Er spürte ihre Verwirrung, schob es aber auf den kühlen Empfang durch seine Mutter. «Keine Sorge», flüsterte er, «sie wird dich lieben, wenn sie dich erst näher kennt.»

Vala schaute dorthin, wo Frigga verschwunden war. Sie bezweifelte es.

Der Schlangensteinhof

Vala folgte Eirik und seiner Mutter einen Pfad am Bach entlang bis dorthin, wo das Tal, dessen Einschnitt sie vom Schiff aus gesehen hatte, sich nach Süden öffnete. Der Weg führte durch einen lichten, grasbestandenen Erlenhain. Es dauerte nicht lange, bis sie auf eine Rodung kamen. Vala sah eines der ihr nun schon vertrauten Langhäuser, aus dessen Dachöffnung eine kerzengerade Rauchschnur stieg. Das Strohdach reichte bis fast herunter auf den Boden. Der westliche Teil diente offenbar als Stall; Vala sah ein paar Schweine sich gegen das Türgatter drängen. Der östliche, größere Teil war den Bewohnern vorbehalten. Zwei niedrigere Scheunen schlossen sich an und wurden mit dem Haus von einem runden Zaun eingehegt, um den sich ein größerer Kreis von Weiden und Feldern legte, die ihrerseits jeweils ein Weidezaun schützte. Hinter dem Hof lag dichter Wald, hohe Fichten und Eichen ragten daraus auf, mit zahlreichen Stümpfen dazwischen, wo die Bewohner ihr Bauholz geschlagen hatten. Seitab sah Vala auf einem kleinen Hügel einen Kreis von

Steinen, darunter einen großen, mit Bildern darauf, die auf die Entfernung nicht zu erkennen waren. Vala vermutete, dass dies der Schlangenstein war, der dem Hof seinen Namen verlieh.

Ziegen drängten sich ans Gatter ihrer Weide und begleiteten sie den ganzen Weg bis zum Haus, meckernd und um Futter bettelnd. Frau Inga gab ihnen aus ihrer Schürze, ohne stehen zu bleiben oder hinzusehen.

«Komm schon, Vaih.» Vala, die nicht zurückbleiben wollte, zwang das neugierige Pferd, das seine Nase zwischen die Zäune schob, weiterzugehen.

Ein Hund erhob sich aus dem Schatten des Hauses und sträubte, als sie näher kamen, knurrend sein Fell. Er war schlank, mit großem Kopf und langen Läufen, fast so hoch wie ein Kalb. Plötzlich schoss er auf Vala zu und schnappte nach ihrem Knöchel. Er bekam einen Zipfel ihrer Hose zu fassen und zeigte drohend seine Zähne. Vaih wich tänzelnd zurück.

«Mutter, ruf ihn!», schrie Eirik und zog sein Schwert aus dem Gürtel. Der Hund wandte ihm kurz sein gefletschtes Gebiss zu und stürzte sich dann wieder auf Vala. Die musterte den gesträubten Nacken, die flach angelegten Ohren und die gebleckten Zähne. Ihre Gedanken wanderten durch seine Augen, an seiner Wut vorbei; sie erfassten Angst, berührten Treue, wirre Düfte und sich kreuzende Fährten in einer ungewissen Welt.

Still, sagte ihr Geist zu ihm. Ein Zittern durchlief das Tier. Es legte das Fell an, zog den Schwanz ein und kroch beinahe auf dem Bauch zu Vala hin, deren ausgestreckte Hand es unterwürfig und begeistert zu lecken begann. «Er ist neu hier», sagte sie zu Eirik, der erstaunt sein Schwert wieder einsteckte, um das Tier seinerseits zu streicheln. Das drohende Knurren erklang erneut, bis Vala «Kschsch» rief.

Eirik kraulte den Grauen hinter den Ohren. Stolz drehte er sich nach seiner Mutter um, die die ganze Zeit mit verschränkten Armen dagestanden und sich nicht gerührt hatte. «Kann Vala nicht wunderbar mit Tieren umgehen?», rief er fröhlich.

Frau Inga wandte sich ab und ging ins Haus.

Die Eingangstür wurde von zwei geschnitzten Pfeilern gerahmt, an deren oberen Enden Vala Gesichter erkannte. Nicht sicher, ob sie Gottheiten vor sich hatte, vermied Vala eine Berührung und band Vaihs Zügel an der Lehne einer Bank daneben an, ehe sie hinter Eirik in das dunkle Langhaus trat.

Licht fiel nur durch die Tür und die beiden Dachöffnungen herein, die den Rauch abziehen lassen sollten. Aufrecht stehen konnte man nur in der Mitte des Raumes, rechts und links der Feuerstellen, die sich über fast die gesamte Länge des Baues zogen. Die Seiten unter der Dachschräge wurden von jeweils einem Podest ausgefüllt, auf denen sich, wie Kissen und Felle verrieten, die Schlafstellen befanden. Pfeiler, die das Dach stützten, teilten sie in Kojen, die manchmal zusätzlich durch Vorhänge abgeteilt waren. Einige dieser Kojen dienten nicht dem Schlaf, sondern als Vorratsräume. Andere wurden durch bestimmte Gerätschaften als Arbeitsstätten gekennzeichnet. An der Wand zum Stall hin standen auf Brettern die wenigen Kessel, Krüge und Platten, die Inga für ihre Küche benötigte.

Eirik hängte sein Schwert an die Rückwand einer Koje links der Mitte. Vala legte ihre Satteltaschen dicht daneben. Dann setzte sie sich neben ihn an den Rand des Podestes.

Frau Inga rückte einen kleinen Tisch vor sie hin, auf den sie tiefe Holzteller und Becher stellte. Vala sah, wie sie eine lange eiserne Stange aus der Glut zog, deren Ende in eine flache runde Scheibe auslief. Darauf lag ein flaches Brot, frisch gebacken und ein wenig schwarz. Frau Inga nahm ein Messer und schabte einen Teil des Verbrannten ab. «Ich hatte es schon im Feuer, als ich das Horn hörte», erklärte sie. Dann schöpfte sie Suppe aus einem Kessel, der an einer Kette über dem Feuer hing, und goss sie in die Teller. «Iss.»

Unaufgefordert griff auch Vala zu.

«Wolf hat uns gar nicht begrüßt», meinte Eirik, während er genussvoll die großen Brocken eingeweichten Brotes schlürfte. Was sich nicht mit dem Messer aufspießen ließ, stopfte er mit den Fingern in den Mund.

«Er wich deinem Vater nicht von der Seite, da habe ich sie gemeinsam begraben.»

Inga hatte die Hände vor der Brust verschränkt und beobachtete mit verächtlicher Miene Vala, die vorsichtig an der Suppe schnupperte. Es roch seltsam, ein wenig käsig, ein wenig vergoren, und schmeckte nach verdorbener Milch.

«Das ist Molkesuppe», unterbrach Eirik sein Gespräch mit seiner Mutter. «Iss», forderte er sie auf, «es ist köstlich.»

Vala lächelte ihm zu und nahm einen winzigen Schluck.

«Sag mir, wie er gestorben ist», verlangte Eirik von seiner Mutter.

Die schaute ihren Sohn kühl an. «Das alles scheint dich wenig zu überraschen.»

Eirik stocherte mit dem Messer in seiner Schüssel herum. «Er hat es mir angekündigt», sagte er ruhig. Dann schaute er auf und seiner Mutter ins Gesicht. «Bei der Abreise, als er mitfuhr bis Haithabu, um mir dort ein Schwert auszusuchen.» Eirik musste lächeln. Sicher hätte sein Vater es ihm zugetraut, auch ohne seine Hilfe eine gute Waffe zu finden. Aber da war noch diese Wirtschaft gewesen, von der er ihm schon auf der Fahrt vorgeschwärmt und in der er nach erfolgreich abgeschlossenem Handel mit Behagen seinen Met getrunken hatte. Eirik war sicher, dass dies der eigentliche Grund für die Reise seines Vaters gewesen war: Abschied von ein paar alten Freunden zu nehmen und von den kleinen Freuden des Lebens. «Er sagte, er wäre nicht mehr da, wenn ich wiederkäme.»

Frau Inga dachte einen Moment nach, nickte dann und wischte sich die Hände an der Schürze ab. Ihr Mann hatte nie etwas leichtfertig ausgesprochen. «Er saß auf der Bank draußen, ganz friedlich.» Sie wies mit dem Kopf in Richtung des Eingangs, wo Vaih angebunden war.

Und die Steppenreiterin begriff, dass sie einen weiteren schweren Frevel begangen hatte.

Eine Weile lauschte sie Ingas Erzählung vom Tod und der Beerdigung ihres Mannes. Dann ging ihr Blick und mit ihm ihre

Gedanken auf Wanderschaft. Sie bemerkte neben sich zwei geschnitzte Pfeiler, ähnlich denen an der Tür. Sie rahmten die Koje
in der Raummitte, welche ein klein wenig höher war als die anderen, wohl der verwaiste Sitz des Hausherrn. Sie betrachtete
die Pfeiler- und Querstrebenkonstruktion, die das Dach trug.
Einige Bretter bildeten über den Kojen ein zweites Stockwerk,
das zur Mitte hin offen war. Dort oben sah sie Kisten und Kästen
im Dunkeln stehen. Auch was sie und Eirik an Schätzen von
ihrer Fahrt mitgebracht hatten, würde bald dort oben verstaut
werden. Wie aber würde ihr Leben hier drunten aussehen?

Eirik und seine Mutter unterhielten sich lange. Das Tageslicht, das durch die Dachluken fiel, wurde grau. Frau Inga
zündete zusätzlich zur Kochglut noch eine Lampe an. Fischöl
brannte darin in einer Eisenschale, deren langer angespitzter
Fuß sich überall dort in den Boden rammen ließ, wo Licht be-
nötigt wurde. Dann machte Inga sich daran, den beiden ihr Lager zu bereiten.

Eirik begleitete Vala nach draußen. Er zeigte ihr den Brunnen
und den Ort, an dem sie ihre Notdurft verrichten konnte.

Vala betrachtete die dunkle Silhouette des Waldes, die hinter dem Haus aufragte, lauschte den ungewohnten Nachtgeräu-
schen und sog tief die würzige Luft ein. Ein unbekannter Nachtvogel schrie, und Vala war, als bringe dies die fremden Sterne
über ihr zum Flimmern. Die Kühle ließ sie erschauern; sie rieb
sich die Arme.

Eirik kam zurück und umarmte sie von hinten. Dankbar lehnte Vala sich an ihn, während sie einen Moment lang gemeinsam
den Geräuschen im Dunkeln lauschten, Vala erwartungsvoll, Eirik mit der Zufriedenheit dessen, der wieder findet, was er von
Kindheit an kannte.

«Zeit, dich willkommen zu heißen», flüsterte er in ihr Ohr.
Seine Stimme klang rau. Eng umschlungen gingen sie zurück
ins Haus. Doch als sie eintraten, war der magische Augenblick
vorbei.

«Mutter!», rief Eirik. Seine Stimme klang wütend.

Auf den zweiten Blick erst bemerkte Vala, was ihn so aufbrachte: Frau Inga hatte ganz offensichtlich zwei getrennte Lager für sie vorbereitet. Eiriks Felle waren in der Koje aufgeschlagen worden, in der er auch gesessen hatte. Valas Gepäck dagegen
fand sich am Ende des Raumes, an der Wand, hinter der das Vieh
rumorte.

Offenbar mochte Inga sie nicht als Eiriks Frau ansehen. Vala
vermutete, dass es bestimmter Zeremonien bedurfte, die ihre Be-
ziehung in Ingas Augen legalisieren würden. Und sie war bereit,
darauf zu warten, wenn das den häuslichen Frieden rettete. Begütigend hakte sie sich bei Eirik unter.

Doch der Wikinger schob ihren Arm beiseite. Drohend trat
er auf seine Mutter zu. «Das ist eine Leibeigenen-Schlafstelle»,
sagte er leise.

Vala wurde blass. Frau Inga hob das Kinn und erwiderte Eiriks Blick.

Der fuhr mit vor Wut leiser Stimme fort. «Mutter, ich habe es
gesagt und wiederhole es nur noch dieses eine Mal. Vala ist keine
Sklavin, sie ist meine Frau. Sie ist frei wie du und ich.» Er ging
auf seine Mutter zu, die nicht mit der Wimper zuckte. Nur ihre
Lippen kniffen sich noch fester zusammen.

Mit drei langen Schritten war Eirik an ihr vorbei, packte Valas Zeug und schleuderte es zurück an die Seite seiner eigenen
Habseligkeiten. Dann hielt er kurz inne, als überlege er, raffte,
einer neuen Eingebung folgend, noch einmal alles zusammen
und warf es hinüber in die erhöhte Mittelkoje. Vala sah Inga
nach Luft schnappen.

Eirik beugte sich in den Alkoven, um die Felle auszubrei-
ten. «Und sie ist die Frau des neuen Herrn dieses Hofes, der ich
nach meines Vaters Tod rechtmäßig bin …», klang seine Stimme
dumpf zu den Frauen heraus. Dann erschien sein Kopf wieder,
das Gesicht gerötet vor Anstrengung und Ärger.

«Nicht, Eirik», warf Vala ein.

Ingas Kopf fuhr herum. Es war das erste Mal, dass sie Vala in
die Augen sah.

Aber Eirik ließ sich nicht aufhalten. «Als meine Frau ist sie die neue Herrin dieses Hofes», fuhr er unerbittlich fort und zog Vala an seine Seite.

Inga schaute von einem zum anderen. In ihrem Gesicht arbeitete es, doch noch immer brachte sie kein Wort heraus. Schließlich fuhr sie auf dem Absatz herum und ging zu einer entfernten Koje auf der anderen Seite. Vala hörte das böse Geräusch, mit dem der Ledervorhang vorgezogen wurde, danach war es still.

ᴅɪᴇ ᴇʀꜱᴛᴇ ɴᴀᴄʜᴛ

Vala und Eirik machten sich jeder für sich zum Schlafen bereit, sie beklommen, er verbissen. Als Vala sich zwischen den Fellen zusammenrollte, fürchtete sie sich ein wenig vor der Einsamkeit, die nun jeden von ihnen in der Dunkelheit umschließen würde, allein mit seinen Gedanken. Aber Eirik streckte den Arm nach ihr aus und zog sie an sich.

Dankbar kuschelte Vala sich an seinen warmen Körper, der ihre Heimat geworden war. Sie schmiegte ihre Wange an seine Brust und ließ sich von dem weichen Haar dort kitzeln, das so berauschend nach ihm duftete.

Eirik strich mit den Fingern durch ihr Haar, langsam und beruhigend erst, wie bei einem Kind, dann neugieriger, kundiger. Er suchte und fand die zarten Stellen an ihrem Nacken, von denen aus ein Schauder über ihren ganzen Körper lief, wenn er sie berührte. Als Eirik spürte, wie sie bebte, zog er sie enger an sich.

«Willkommen zu Hause, Vala vom Schlangensteinhof», flüsterte er heiß in ihr Ohr. «Heute ist deine Brautnacht.»

Valas Mund war so trocken vor Erregung, dass sie nur nicken konnte. Wie hatte sie sich nach diesem Moment gesehnt. Sicher, sie hatten Seite an Seite gelegen, den Rest der Reise. Und manchmal hatte verstohlen sein heißes Glied den Weg zu ihr gefunden, halb bekleidet, unbemerkt von den ringsum liegenden Gefährten, in einer engen, gierigen, hilflosen Verschlingung, die den anderen vorspiegeln sollte, sie lägen nur schlafend Bauch an Rücken wie immer. Vala erinnerte sich an seine Hände auf ihren Brüsten, die sie festhielten, fast wie ein Schraubstock, und an die Bewegungen seines Beckens, unauffällig, verhalten und doch so hungrig, wie sie selbst gewesen war. Es hatte nicht viel gebraucht in ihrer gegenseitigen Begierde, und gering war ihre Befriedigung gewesen in diesen stummen kleinen Explosionen. Heute Nacht sollte es anders sein.

Sie richtete sich auf und begann, ihn auszukleiden. Von der Feuerstelle her schimmerte noch rote Holzglut, die Lampe züngelte und tauchte Eiriks Körper in ein lebendiges, rosiges Licht. Vala wollte sich auf ihn stürzen und den Duft seiner Haut trinken, doch Eirik ließ es nicht zu. Mit zitternden Fingern machte er sich nun daran, sie zu entkleiden. Als sie nackt vor ihm lag, schaute er sie lange an. «Meine Geliebte», flüsterte er rau. Dann zog er sie an sich für einen langen Kuss. Als sie wieder zu Atem kamen, nahm er sie bei den Hüften und setzte sie auf seinen Schoß. Langsam und bewundernd fuhren seine Hände über ihren Rücken, während er sie mit den Augen verschlang. Vala, ein wenig verlegen unter seinem Blick, legte ihm die Hände auf die Schultern und legte den Kopf schräg. «So feiert man hier die Brautnacht?», fragte sie.

Eirik schüttelte den Kopf. «Dort draußen müsste eine Horde betrunkener Wikinger sitzen, die uns anfeuert», sagte er und neigte sich vor, um ihre Brustwarzen mit seinen Lippen zu liebkosen. Vala atmete scharf ein und schloss die Augen. Seine Hände zogen an ihrem Haar; ihr Kopf folgte ihnen gehorsam und bog sich zurück, gab ihm die Kehle frei, auf die sein Mund sich stürzte. «Aber darauf können wir wohl verzichten», murmelte er an ihrem Hals.

Sie spürte seinen liebevollen Biss, der einen Schauer über ihren ganzen Körper jagte.

«Ja», stieß sie aus. Es war kaum mehr als ein Ächzen.

«Und auf grauenhaft falsch gegrölte Trinklieder.»

«Ja», seufte Vala.

«Und auf derbe Witze über meine Ausdauer und deine Willigkeit.»

«Ja, ja!» Ihr letztes Ja war beinahe ein Schrei. Sie war so hungrig, sie konnte nicht mehr warten. Eiriks Proteste erstickte sie mit Küssen. Sie wollte ihre Nägel in ihn schlagen, sie wollte ihre Zähne in sein Fleisch versenken, sie wollte, was sie nicht mit Worten auszudrücken vermochte. Doch Eirik las es in ihren weit geöffneten Augen.

Er warf sie so heftig rücklings auf die Felle, dass ihr Haar sich wie ein Fächer darüber ausbreitete. Er streichelte es, nahm es und wand es sich um die Hand, bis ihr Kopf sich hob und ihr Gesicht dicht an seinem war.

«Du gehörst mir?», flüsterte er heiß auf ihre Lippen, die dicht vor ihm bebten, hungrig, gierig.

«Ja», flüsterte Vala zurück.

Sein Stoß war heftig, doch sein Blick umfing sie mit einer Wärme, die Hitze in Valas ganzen Körper strömen ließ. Sie öffnete sich ihm, umschlang ihn, zog seinen Körper an sich und eroberte seinen Mund.

«Ganz und gar?», flüsterte er, jede Frage mit einer Bewegung skandierend, die Vala in seinen Armen erbeben ließ.

«Ja!» Sie flüsterte es, sie sang es. Sie wusste nicht mehr, wie es kam, dass sie es schrie. Er nahm sie wieder hoch und hielt sie in seinen Armen wie ein Kind. Vala hielt ihn eng umklammert. Auf jedem Zentimeter ihres Körpers spürte sie seine Haut. So würde es von nun an sein, jede Nacht in ihrem Leben.

Sie legte ihren Kopf auf seine Schulter, dankbar, dass er die Tränen nicht sah, die über ihr Gesicht liefen und sich mit dem salzigen Schweiß auf seiner Schulter vermischten. Gedankenverloren leckte sie daran.

«Frau!», stöhnte Eirik und Vala musste lächeln. Sie dehnte sich wohlig. Diesmal würde er ihr gehören. Einen Moment blieb ihr Blick an dem geschlossenen Vorhang hängen, hinter dem die Stille noch immer lauthals protestierte.

«Vala», bettelte Eirik. Sanft drückte sie ihn in die Felle. Dann vergaß sie Inga.

DU WEISST, DIE WEIBER

Der nächste Morgen begann mit einem in eisigem Schweigen genossenen Frühstück. Doch kurz darauf öffnete sich die Tür der Hütte, und begleitet von einem Schwall kalter Luft und eifrigem Hundegebell, kam Eiriks jüngerer Bruder Helge herein.

Die beiden Männer begrüßten sich freudig mit Schulterklopfen und Umarmungen. Vala hatte Muße, den Neuankömmling zu betrachten, ehe er sich ihr zuwandte. Er war beinah so groß wie Eirik, aber noch von jugendlicher Schlankheit. Ansonsten aber ähnelte er ihm sehr. Vielleicht waren seine Wangenknochen ein wenig breiter; Eirik hatte eher das hagere Gesicht der Mutter geerbt. Und sein Blick war ein wenig unbekümmerter. Vala rief sich ins Gedächtnis, dass dieser Hüne, der sie um zwei Köpfe überragte, höchstens fünfzehn sein konnte.

Als Eirik sie vorstellte, von keinem Kommentar Ingas begleitet, glitt sein Blick erst verlegen zur Seite, aber dann schaute er sie einen Moment offen an. Vala erkannte Arglosigkeit, guten Willen und einen Funken jener errötenden Anbetung, den sie schon von Floki kannte. Ehe sie es sich versah, wurde sie einen halben Meter vom Boden hochgehoben und einmal kräftig gedrückt.

Als Helge sie wieder abstellte, war er puterrot. «Du bist schwerer, als ich dachte», sagte er und lachte.

Eirik grinste. «Übernimm dich nur nicht, Bruderherz.» Dann lachte auch er. «Sie ist zäh und stark wie ihr Pferd.»

Helge setzte sich mit an den Tisch und langte herzhaft zu. «Ich habe es gesehen», sagte er kauend. «Schön, dass wir wieder einen Gaul haben für den Holzschlitten. Und du kannst bestimmt auch ordentlich mit anpacken», sagte er freundlich zu Vala. Seine Mutter rührte stumm im Kessel. «Es gibt viel zu tun, seit Vater tot ist.»

«Wo hast du dich eigentlich herumgetrieben?», fragte Eirik. «Wieso musste Mutter uns alleine hier begrüßen?» Er dankte Inga, die ihm eine Hand voll Brombeeren in seinen Teller legte, wartete eine Weile und teilte, da nichts mehr nachkam, seine Portion mit Vala.

«Ich war in Blaufurt drüben», erklärte Helge kauend. «Mit dem alten Sige. Sie haben um eine Abordnung gebeten, weil sie reden wollen.»

«Was gibt es denn?», erkundigte Eirik sich.

«Ihre Ernte war schlecht», meinte Helge achselzuckend. «Sie hatten so komische schwarze Pocken auf den Getreidekörnern und getrauen sich nicht, sie zu essen.»

«Mutterkorn», rief Vala. «Das ist gefährlich. Sie dürfen das auf keinen Fall verwenden, Eirik.»

Helge schaute sie mit großen Augen an. «Das haben sie auch gesagt. Aber es sieht eng aus drüben. Leere Scheuern. Und der Winter soll schneereich werden.»

«Faulpelze und Taugenichtse sind sie in Blaufurt.» Es waren die ersten Worte, die Frau Inga an diesem Morgen sprach. «Das war schon immer so. Keinen Halm werden wir ihnen überlassen.»

Ihre beiden Söhne nickten und schlürften Molkebrei. Die Feindschaft mit den Blaufurtern war alt, das gegenseitige Misstrauen ging tief. «Die würden uns nicht das Schwarze unterm Fingernagel geben», schimpfte Inga weiter.

«Hast ja Recht», gab Helge zurück. «Aber sie werden hungern, wenn nichts geschieht. Und Leifs Sippe hat Verwandte drüben. Wir werden sehen.»

«Da fällt mir ein, unsere Waldweide muss noch gemäht werden», sagte Helge und wischte sich über das Gesicht. «Ich werde mich dranmachen, wenn ich vom Rat zurück bin.»

Eirik schüttelte den Kopf. «Jetzt bin ich wieder da, Bruder.»

Helge lachte und knuffte ihn. «Der Herr im Hause, was?» Er schaute zu Inga, die sich wegdrehte, um ein neues Eisen mit Brotteig in die Glut zu schieben, und zuckte mit den Schultern. «Aber du solltest mich ins Dorf begleiten, ehrlich.»

Eirik nickte. Er hatte auch schon daran gedacht. Es war an der Zeit, ihre Schulden zu begleichen. Leifs Onkel Sige würde es zu schätzen wissen, wenn er ihn rasch auszahlte. Und er selbst käme erst dann richtig zur Ruhe, wenn sein Land wieder ihm gehörte. Wäre da nur nicht die Möglichkeit, bei Sige auch auf seine Nichte zu stoßen. Frigga wusste, dass er früher oder später dort vorbeikommen würde. Bei dem Gedanken war ihm nicht wohl. Schuldgefühle, dachte Eirik, stimmte aber zu. Helge gab ihm einen herzhaften Knuff. Danach besprachen die beiden Brüder mit vollen Backen kauend die anstehenden Arbeiten auf dem Hof.

Die Tür stand offen, Vogelgezwitscher drang herein. Fang kam angetrottet und legte sich Vala zu Füßen, die ihm gedankenverloren das Fell kraulte. Es war friedlich in der Hütte. Die Männer unterhielten sich leise, das Feuer knisterte und verbreitete Wärme, der Hund zu ihren Füßen schnaufte glücklich. Nur durch die Wand zum Stall drang das ungeduldige Meckern zahlreicher Ziegen und Schafe. Vala kannte den Ton, und sie verstand die Bitte. Die Tiere wollten gemolken werden. Unauffällig sah sie zu Inga hinüber, die Teig in einem Bottich knetete und tat, als bemerke sie nichts. Vala verstand auch diese Botschaft. Sie hatte den Kübel neben der Stalltür und den Dreibeinhocker schon lange bemerkt. Ingas Schultern arbeiteten ein wenig mehr und energischer, als es zum Kneten nötig schien.

Vala lächelte. Sie schob den Hund beiseite, dessen Schwanz hoffnungsvoll auf den Boden klopfte, als sie aufstand, ging zur Stalltür und nahm das Arbeitsgerät. Eirik sah es nicht ohne Stolz.

Helge betrachtete seine Mutter, die sich nicht rührte, bis sich die Stalltür hinter Vala schloss. Na und?, sagte ihr trotziges Gesicht, noch ehe jemand eine Frage gestellt hatte.

Helge grinste. «Mutter», sagte er, halb vorwurfsvoll, halb amüsiert. «Du hättest ihr wenigstens sagen können, dass der neue Bock ein Teufel ist und man von Glück sagen kann, wenn er einem den Eimer nicht umwirft.»

Frau Inga knetete ihren Teig. Helge erzählte Eirik Anekdoten über seine Erlebnisse mit der widerspenstigen Herde.

«Vala kann gut mit Tieren umgehen» war alles, was Eirik sagte. Dann winkte er Fang heran, der es aber vorzog, wieder nach draußen zu verschwinden. Sie schwiegen alle und warteten auf Schreie, Rumpeln oder das Geräusch von umgestoßenem Gerät. Aber nichts war zu hören. Schließlich trat Vala wieder in den Raum, in der Hand einen Eimer, der so voll war mit schäumender weißer Milch, dass er beinahe überlief. Vorsichtig stellte sie ihn ab und ging an ihren alten Platz. Sofort war Fang wieder da.

Diesmal grinste Eirik. Helge war aufgesprungen und besah sich das Ergebnis. «Wie hast du das gemacht?», rief er entgeistert. «So viel. Hast du auch noch die Schweine gemolken?»

Vala lachte. Frau Inga knetete und knetete ihren Teig.

«Ich glaube», sagte Eirik, «wir sollten jetzt aufbrechen.»

Auf dem Weg ins Dorf ging Helge pfeifend voran. Hin und wieder hielt er an, um Vala etwas zu zeigen, oder suchte sie zu trösten. Irgendwann würde seine Mutter schon noch auftauen. Vala, die hatte mitkommen wollen, um endlich Armods Familie seine Besitztümer zu übergeben, war dankbar für seine Freundlichkeit.

Eirik ging schweigend neben den beiden her. Er war ein wenig angespannt, nicht nur wegen des Silbers in seinen Taschen, sondern auch wegen des Empfangs, der ihnen bereitet werden würde. Im Gegensatz zu Helge war er nicht so sicher, dass die Dörfler Valas Gegenwart so ohne weiteres hinnehmen würden, und er machte sich auf Auseinandersetzungen gefasst. Vala, die ihn einmal sanft an der Schulter berührte, spürte erschrocken, wie angespannt er war.

«Da sind schon die Häuser», rief Helge. Das Meer glitzerte

silbern unter der Sonne, die von einem blanken Herbsthimmel schien. Zahlreiche weiße Rauchsäulen stiegen kerzengerade von den eng zusammengerückten Dächern zu ihm auf.

«Es sieht so friedlich aus», sagte Vala und beschattete ihr Gesicht.

Da kam ein Tannenzapfen geflogen. Er verfehlte sie knapp. Ein weiterer traf Helge. «Zauberweib, Zauberweib», riefen helle Stimmen hinter einem Felsen im Chor. Dann wurde gekichert und eine Bande Kinder machte sich, so schnell sie konnte, davon.

«Ich habe dich gesehen, Bue, Sohn von Björn», rief Helge und schüttelte drohend seine Faust. Doch er lachte. «Lausebengel.» Dann wandte er sich zu Eirik um. «Wie kommen sie bloß auf so einen Unsinn?»

Eirik sagte nichts. Aber er konnte es sich denken. Grimmig nahm er Valas Hand, und bald marschierten sie durch die Gassen, vorbei an Dörflern, die Helges unbekümmerten und Eiriks ernsten Gruß nur verschämt erwiderten. Hier und da schlug eine Tür hörbar zu, die meisten allerdings hatten nicht den Mut, sie zu ignorieren. Unsicher standen sie beieinander, an die schützenden Wände ihrer Hütten gelehnt, und nickten ihnen gesenkten Blickes zu, um ihnen nachzustarren, sobald sie vorüber waren. Andere wiederum wollten sie gar nicht übersehen, sondern musterten Vala gründlich von Kopf bis Fuß. Sie wirkten nicht feindselig, kamen aber auch nicht freundschaftlich auf sie zu.

«Das Dorf kommt mir heute seltsam vor», murmelte Helge.

Eirik kniff die Lippen zusammen. Da erblickte Vala Gardar und winkte. Laut seinen Namen rufend, lief sie auf ihn zu. Der Hüne blieb stehen, man sah, dass ihm unwohl war, doch er wartete ab, bis Vala vor ihm stand.

Lebhaft erkundigte sie sich nach seiner Verletzung, berührte seine Narben und fragte, ob er Schmerzen habe. Gardar antwortete einsilbig und schaute an ihr vorbei. Inzwischen war Eirik herangetreten.

«Nun, Gardar», sagte er statt eines Grußes und nickte dem anderen ernst zu.

Der biss sich auf die Lippen. Dann seufzte er hörbar. «Du weißt doch, wie es ist, Eirik. Frigga hat die Weiber aufgehetzt, Vala wäre … Und jetzt sind sie alle ganz wild, und da will man irgendwann nur seinen Frieden.» Er hob bittend die Hände. «Wer legt sich schon mit seiner Frau an?»

Eirik sagte nichts. Er nickte noch immer vielsagend, und seine türkisblauen Augen glühten. Vala war erstaunt einen Schritt zurückgetreten und sah nun, wie Gardar sich rasch und mit verlegenem Gruß davonmachte. Fragend schaute sie Eirik an, der ihre Hand nahm und fest drückte. «Es hat angefangen», sagte er.

An Siges Haus wurden sie in der Tür empfangen. Weiter gelangten sie nicht. Der alte Mann dort stemmte seine Schultern in den Rahmen, verschränkte die Arme und wankte nicht. Eirik musste ihm wohl oder übel den Beutel mit Münzen halb auf der Straße stehend übergeben, ein Geschäft, das eigentlich mit einem Becher Bier, einem Gespräch unter Männern und einer kräftigen Mahlzeit hätte begangen werden müssen. Doch er tat, als wäre nichts, und zählte dem Alten langsam und laut die Münzen vor. Wenn Sige dabei vor aller Augen auf der Schwelle stehen wollte, dann sollte er es tun. Das Gesicht des Alten wurde röter, doch er sagte nichts und nahm schließlich alles mit einem würdevollen Nicken entgegen.

Eirik nahm seinen ganzen Mut zusammen. «Ist deine Nichte da?», fragte er.

Sige verneinte. «Wenn du sie siehst», fuhr Eirik fort und wählte seine Worte sorgfältig, «sag ihr, ich bin bereit, ihr Rede und Antwort zu stehen. Aber ich werde es nicht dulden, dass sie hinter ihrem Rücken Lügen über mich und die meinen erzählt.»

Sige starrte über seine Schulter. «Das musst du ihr schon selbst sagen», brummte er. Und schloss die Tür.

«Mann, die hast du aber verärgert, was?», meinte Helge, als sie weitergingen. Die Brüder rieten Vala davon ab, noch bei Armods Hütte vorbeizuschauen, aber sie bestand darauf. Also klopften sie an der Tür, neben der tropfende Netze zum Trocknen hingen. Unter ihren Füßen knirschten zerbrochene Muschelschalen. Es roch durchdringend nach Algen und Fisch.

Auf das Pochen hin öffnete eine zierliche alte Frau mit einer fast erdrückenden Fülle von Silberhaar über einem Gesicht, das so runzelig war wie ein Winterapfel. Noch ehe sie etwas sagen konnte, wurde sie schon beiseite geschoben von der breiten Gestalt von Armods Ältestem, den Vala schon am Vortag am Hafen gesehen hatte. Hinter ihn traten seine Brüder.

Feierlich hob Vala ihm den Kasten entgegen; er riss ihn ihr beinahe aus der Hand. «Schon gut», unterbrach er schroff ihre kaum begonnene kleine Ansprache.

«Ich war die Letzte, die mit eurem Vater sprach», endete Vala unsicher. Sie betrachtete sein verschlossenes Gesicht.

Dessen Kiefer mahlten sichtlich. «Woher soll ich wissen», stieß er dann hervor, «dass du ihn nicht umgebracht hast mit deinen Künsten?» Hinter ihm wurde gemurmelt.

Eirik schnaubte. «Ein ganzes Schiff voller Männer hat gesehen, wie ein byzantinischer Pfeil ihn fällte», rief er empört und wollte vortreten. «Hatte keiner von ihnen den Mut, das auch zu sagen?»

Ihr Gegenüber errötete. Er knurrte barsch: «Mag sein», und wollte die Tür rasch schließen. Aber Valas kleine Hand hielt sie auf. «Euer Vater hat mir eine letzte Botschaft für euch mitgegeben.»

Der Mann biss sich auf die Lippen. «Und die wäre?», fragte er argwöhnisch.

«Sie ist für eure Mutter», entgegnete Vala. Da stand die alte Frau bereits vor ihr, als hätte sie gewusst, was käme. Sie lächelte krampfhaft.

Vala nahm ihre Hand. «Sie lautet: Als Erstes habe ich dein rotes Haar geliebt an jenem Nachmittag.» Die Alte schlug die Hände vors Gesicht und schluchzte. Vala berührte sie ein letztes Mal an der Schulter, ehe ihre Söhne die Weinende in die Hütte schoben. Eirik wandte sich schon um. Da erklang sein Name:

«Eirik Schönhaar.»

Erstaunt sah er Armods Ältestem ins Gesicht. «Und du?», fuhr der fort und nickte der Steppenreiterin zu.

«Vala», sagte Vala.

«Vala», wiederholte der Wikinger und neigte knapp den Kopf. «Danke.» Dann fiel die Tür zu.

Helge sah Eirik an. Stumm gingen sie hinter der Steppenreiterin her nach Hause.

ḢOꜰLEꞄEN

Inga konnte sich über ihre Schwiegertochter nicht beklagen. Das Mädchen war willig, fleißig und geschickt. Und ihre Kraft schien so unermüdlich, wie Inga sich die eigene wünschte. Die war lange schon nicht mehr so groß wie früher, auch wenn sie es sich nicht eingestehen mochte. Zum Erhalt des Hofes brauchte sie Hilfe.

Alles wurde besser mit Vala auf dem Schlangensteinhof. Sie stand früh auf, um ein besonderes Kraut von den Hangweiden zu holen, das sie dem Vieh in die Raufen schüttete, und kam seither jeden Morgen mit zwei Eimern voller Milch aus dem Stall. Sie mahlte das Mehl auf dem Stein so fein, wie Inga es mit ihrem Rücken schon lange nicht mehr konnte. Und sie war unermüdlich bei der Mahd, nachdem Eirik ihr erst einmal gezeigt hatte, wie die Sichel zu führen war.

Mit ihrem Pferd schleppte sie halbe Bäume aus dem Wald. Inga hatte an einem der ersten Tage versucht, das Vieh vor einen Pflug zu spannen. Es hatte sich zerren lassen, hatte gebockt und getreten, ein wahrer Satan war das. Sie hasste das Tier so innig, wie sie die junge Frau nicht zu hassen wagte. Und sie war wild entschlossen, es ins Joch zu zwingen. Das laute Wiehern hatte Vala und Eirik vom Feld herbeigerufen. Die Fremde hatte ihr

Pferd umarmt wie einen Menschen und es getröstet, mit seltsamen Lauten, als spräche sie wahrhaftig mit ihm. Eirik hatte seiner Mutter Vorhaltungen gemacht.

«Es ist kein Joch gewohnt», hatte Vala Inga erklärt. «Man muss es langsam angehen.»

«Das Vieh soll sein Brot verdienen, oder es wird geschlachtet», war Ingas Antwort gewesen.

«Vala», hatte Eirik gesagt, «geh ins Haus. Mutter und ich müssen miteinander reden.»

«Nein, Eirik. Deine Mutter und ich müssen miteinander reden.» Und sie hatte Inga in die Augen geschaut.

Da war Inga davongegangen, mit sehr geradem Rücken.

Das Mädchen war mutig und tüchtig, sie wusste es, während sie ihre eigenen gichtigen Hände betrachtete und nicht verstand, woher die Wut in ihr kam.

Die Zärtlichkeit, die sie sah, tat ihr weh, der Erfolg tat ihr weh und die Freude der anderen, aus der sie sich ausschloss. Wenn sie einen im Dorf raunen hörte, das Blühen des Schlangensteinhofes verdanke sich einem üblen Zauber der Fremden, dann lächelte sie voller Verachtung für die Dummheit der Menschen. Doch ihre Bitterkeit blieb.

Im abendlichen Halbdunkel am Feuer sah Eirik seine Mutter hinter ihrem Webrahmen sitzen. Er war müde von seinem Tagewerk und zufrieden. Ihre Scheuern waren voll, ihre Vorräte für den Winter gut, und das Holz stapelte sich längs der Hüttenwand. Der Schnee war schon in der Luft zu spüren; er erwartete ihn gelassen. Was ihn irritierte, war etwas anderes, und er wusste lange nicht, was. Sein Blick wanderte weiter zu Vala, die ihm gegenüber damit beschäftigt war, einige beschädigte Pfeile zu reparieren. Sie wollten morgen auf Entenjagd gehen. Wie schön sie war, dachte er, wie immer, wenn er sie betrachtete, und er schämte sich fast für das Glück, das er empfand.

Helge in seiner Koje schnitzte an einem Messergriff herum und verteilte Hornspäne über seine Felle. Eirik musste lächeln.

Wieder wanderte sein Blick zu seiner Mutter und blieb an dem Gewebe hängen. Vage dachte er daran, dass Vala Winterkleider brauchen würde. Doch was da zwischen den Kettfäden entstand, das war kein Mantelgewebe.

Eirik stand auf, ging hinüber und nahm es zwischen die Finger. Frau Inga ließ das Schiffchen nicht ruhen.

«Ein Segel», murmelte er.

Helge hielt im Schnitzen inne und spitzte die Ohren. Der Schwung seines Messers ging ins Leere.

«Ich wusste nicht, dass wir uns wieder an einer Fahrt beteiligen.» Eiriks Stimme war ruhig, aber scharf. Alarmiert schaute Vala auf, Federkiele in den Händen. Sie sah Helge aufspringen und zu den beiden hinübergehen.

«Ich werde fahren», verkündete Eiriks kleiner Bruder stolz und stellte sich neben den Webrahmen.

«Nein.» Eiriks Antwort war denkbar knapp. «Ich brauche dich hier.»

Helge biss sich auf die Lippen und wurde ein wenig rot. Dann verlegte er sich aufs Betteln. «Ach bitte», sagte er. «Du hast doch Vala», er nickte ihr zu und schenkte ihr einen flehentlichen Blick. «Und, und … Ich will auch endlich mal raus hier und die Welt sehen.»

Aber Eirik blieb unerbittlich.

Vala betrachtete ihn amüsiert. «Liebster», wandte sie schließlich ein. «Er will tun, was du getan hast.»

«Ja!», rief Helge und machte eine triumphierende Geste mit der Faust.

Doch Eirik schüttelte den Kopf. «Er könnte sterben, wie ich fast gestorben wäre.» Er nahm Valas Hand und küsste ihr Gelenk. «Er hat nicht dich dabei, um ihn zu retten.»

Sie lächelte ihn liebevoll an.

«Du meinst, ich bin zu jung und zu dumm und habe nicht die Fähigkeiten meines großartigen Bruders», ereiferte sich Helge hinter den beiden, die ihn für einen Augenblick vergessen hatten. «Aber da irrst du dich. Du wirst es sehen. Ich bin auch

ein Krieger. Und ich werde mit einem Berg an Schätzen heim-
kommen und mit ...» Er bemerkte Valas Blick und verstummte,
feuerrot.

Zum ersten Mal ließ Frau Inga sich vernehmen. «Wir könnten
das Waldstück am Bach gut gebrauchen», sagte sie.

Eirik schwieg und dachte nach. Dachte an den Waldgrund am
Bach, der gerodet ein gutes Stück Ackerland ergäbe. Dachte an
seine eigene Freude beim Aufbruch, das Herzklopfen und den
Stolz. Helge würde fahren, das wusste er, dieses Jahr oder nächstes. Mit seinem Segen oder ohne sich noch einmal umzusehen.

«Es ist beschlossen», sagte Frau Inga. Vala drückte seine Hand.
Eirik seufzte. Dann stand er auf, ging zu seiner Koje und kam mit
einem Gegenstand zurück, der sorgsam in Leder gehüllt war.

Unter dem erwartungsvollen Schweigen der Anwesenden
packte er ihn aus. Glut spiegelte sich auf blankem Stahl und ließ
die Verzierungen funkeln. Eirik drehte das Objekt vor Helges be-
wundernden Augen hin und her. «Das ist das Schwert, das Vater
für mich ausgesucht hat», begann er feierlich. «Der Schmied in
Haithabu sagte, die Sarazenen hätten es gemacht und er könnte
es nicht besser. Nicht einmal geradeso gut.»

Langsam streckte Helge die Finger aus, um sie um den Griff
zu schließen.

«Hepp», rief Eirik und warf ihm überraschend die Waffe in
den Schoß. Verdutzt hielt der Junge sie in Händen. «Du kannst
mir deins dafür geben», sagte Eirik gelassen. «Wenn du vorher
den Rost abkratzt.»

Für den letzten Satz musste er die Stimme heben, denn Helge
war schon zur Tür hinaus, um auf dem Vorplatz die ersten Hiebe
zu üben. Sie hörten die Klinge pfeifen und seine eifrige Stimme,
die rief: «Weg, Fang, dummer Hund. Wirst du wohl!» Der Rüde
bellte fröhlich.

Frau Inga verbarg ihr Lächeln hinter einem raschen Stirnrun-
zeln. «Jetzt wird er auf dem Fest vor allen damit angeben», sagte
sie.

«Ein Fest?», fragte Vala.

Frau Inga schaute ihren Sohn forschend an. Hatte er seiner Frau nichts davon gesagt? Plante er etwa, sich zu drücken? Ihr Rücken straffte sich, und sie war kurz davor, etwas zu sagen. Denn Wegbleiben kam nicht infrage. Die vom Schlangensteinhof würden sich niemals von einer Meute dummer Dörfler einschüchtern lassen. Und wenn sie selbst dieser Frigga das Schandmaul stopfen musste.

Wie war das Mädchen an ihr vorbeigerauscht damals, am Abend vor Eiriks Abfahrt! Ihr persönlich war sie ja immer schon ein wenig zu hochnäsig erschienen. Zu hochnäsig und zu kalt; ein Fisch an der Seite ihres warmherzigen großen Sohnes. Sie hatte nicht gelauscht, gewiss nicht. Aber wie hatte der Junge ausgesehen am anderen Morgen! Und sie hatte Frigga dafür gegrollt, dass sie ihn so hatte gehen lassen. Nein, Frau Inga führte das Schiffchen energisch durch und kämmte den Faden fest. Kein Mitglied des Schlangensteinhofs würde bei der großen Feier fehlen.

«Ein Fest», sagte Eirik düster. Dann zog er Vala an sich und küsste sie. «Und du wirst die Allerschönste dort sein.»

Die Geschichte vom Elefanten

Das Haus von Sige dem Reichen war groß, doch es fasste nicht alle Gäste, die am Nachmittag der Feier kamen. Seit dem Morgen schon hatte drunten auf dem freien Platz neben dem Hafen ein Markt stattgefunden. Und vor Siges Haus waren Feuer angezündet worden, um die Wildschweine zu braten. Drum herum auf dem Boden waren dick Tannenreiser ausgelegt. Hier standen die Männer, im Schein der Flammen und dem fetten Rauch, um sich zu unterhalten. Drinnen war die Luft schwanger von der Ausdünstung all der Menschen, die sich darin drängten. Und auch hier brannte die Glut über die volle Länge der Feuerstelle.

Dicht an dicht hockten sie auf den Schlafpodesten und rösteten ihre Füße in der Hitze der Holzkohlenglut. Die Becher mit Bier standen auf dem Boden, sodass Inga und Vala sehr Acht geben mussten, als sie den engen Gang entlanggingen, auf der Suche nach der Gastgeberin. Eirik war draußen geblieben, wo unter freiem Himmel die Geschäfte abgemacht wurden, solange der Kopf noch klar war. Auch Helge stand dort, zum ersten Mal ein vollwertiges Mitglied im Kreis der älteren Männer, da er zur neuen Mannschaft der «Windpferd» gehören sollte.

«Ich gehe uns etwas von dieser Suppe holen», murmelte Inga und ließ Vala allein, um sich zu dem großen Kessel am Ende der Hütte durchzukämpfen.

Vala nickte nur. Die Nähe der vielen Menschen schüchterte sie ein. Alles drückte und drängte sich und schien sich dabei prächtig zu amüsieren. Und jeder kannte den anderen. Sie hielt Ausschau nach einem vertrauten Gesicht. Im Inneren der Hütte befanden sich allerdings vor allem die älteren Männer und die Frauen mit den Kindern. So sehr Vala auch suchte, sie konnte niemanden entdecken, mit dem sie ein Lächeln oder auch nur einen Gruß hätte tauschen können.

Sie wippte auf den Zehen. Langsam kam sie sich dumm vor, so in der Mitte herumzustehen. Zweimal schon hatten sich Kinder an ihr vorbeigedrängt und sie beinahe umgeworfen. Vala beschloss daher, sich einen Sitzplatz zu suchen. Ihr Blick wanderte an den Reihen diesseits und jenseits des Feuers entlang. Da war keine Lücke zu entdecken. Allerdings geschah es manchmal, dass jemand von draußen oder vom Kessel dazutrat, einen ansprach, und schwupp, saß er und wurde von der Reihe geschluckt. Vala drehte sich einmal um sich selbst, um sicherzugehen, dass sie alles gesehen hatte. Ungeniert kauend und kichernd hockten die anderen da. Manche starrten sie träge an, die meisten mieden ihren Blick, um sich dafür gegenseitig umso vielsagendere zuzuwerfen.

Vala wurde es schwindelig, und sie dachte, das müsse am Rauch und dem Geruch liegen.

«Na, die hat Mut, hier aufzutauchen», hörte sie es hinter sich zischeln.

Als sie sich umwandte, saß da nur eine Reihe ältlicher Frauen in Hauben, mit prächtigen Fibeln an den Schürzenträgern und dampfenden Holznäpfen auf den Knien.

«Hat den armen Floki verhext und Armod getötet», kam es aus einer anderen Ecke.

«Ich habe nicht …», begann Vala, doch sie verstummte wieder. Ein Sprecher, an den sie sich hätte wenden können, war nicht auszumachen.

«… aufpassen, dass sie nichts mit dem Essen anstellt …», hörte sie noch.

Wo war Inga? Vala reckte den Hals, um nach ihr Ausschau zu halten. Sogar die Gesellschaft der alten Frau wäre ihr jetzt lieb gewesen. Inga gab ihr zwar zu verstehen, dass alles, was sie tat, falsch und beleidigend sei. Aber sie hatte ihr wenigstens nie etwas unterstellt. Inga war jedoch nicht zu sehen. Es schien Vala, als würde der rot durchglühte Dunst in der Hütte immer dichter, als rückten die Menschen immer näher an sie heran, als zischelte die Menge immer öfter ihren Namen, als senke das Dach sich herunter und nehme ihr den Atem, bis …

«Vala? Steh nicht herum wie ein Schaf.» Inga stieß ihr einen Teller mit Getreidebrei und Moltebeeren vor die Brust und zog sie auf einen Sitzplatz, der sich umstandslos für sie auftat.

Da saß sie und kaute, während sich zur Rechten ein unbekannter Arm an ihr rieb und zu ihrer Linken Inga in strengem Ton über die diesjährige Fischausbeute diskutierte. Gegenüber bemerkte Vala plötzlich Floki und Hastein, die breitbeinig, mit aufgestemmten Ellenbogen, über ihren Schüsseln hockten. Auch die beiden hatten sie gesehen. Sie unterbrachen ihr Gespräch, aßen rasch und beinahe wütend, ohne Vala einen Blick zu gönnen, und gingen wieder. Hastein wandte sich in der Tür noch einmal zurück, aber Floki zog ihn weiter. Sie waren draußen, ehe Vala etwas sagen oder auch nur ein Zeichen des Erkennens geben konnte.

Wie war das möglich?, überlegte Vala verwirrt. Wie konnte ihre Freundschaft in solche Feindseligkeit umschlagen? Sie musste mit den beiden reden. Hastig stand sie auf, was böses Gemurre bei ihrer unbekannten Nachbarin hervorrief, und drängte sich zum Ausgang durch.

«Ah, Vala! Segel vor dem Wind?», tönte es da gut gelaunt. Ragnar, mit fetttriefendem Bart und sichtlich angeheitert, wankte ihr von draußen entgegen und zwinkerte ihr mit seinem einen Auge zu.

Erleichtert wollte Vala ihm antworten. Da erklang von hinten eine strenge Stimme: «Ragnar!»

Eine kleine Frau mit spitzer Nase und winterapfelroten Wangen war aufgestanden und funkelte ihren Mann wütend an. Ragnar zog ein bedauerndes Gesicht und drückte sich an ihr vorbei zu den anderen. Er murmelte etwas wie: «Kann man nichts machen.»

Vala schüttelte den Kopf. «Danke, Ragnar», sagte sie bitter. «Da kann man wirklich nichts machen.»

Floki, der im Schatten der Hütte stand, hörte ihre Worte und biss sich auf die Lippen. Er tauschte mit seinem Freund Hastein einen langen schuldbewussten Blick. Schon wollte er sich von der Wand lösen, um auf Vala zuzugehen, da hörte er drüben am Feuer Eirik laut lachen. Voller Feindseligkeit betrachtete er den blonden Mann dort drüben, an dessen Lippen alle hingen. Ihr findet, er ist freundlich und klug und vertrauenswürdig, dachte er voll Abscheu. Aber er ist ein Mistkerl, sonst gar nichts. Floki sah Valas Augen aufleuchten bei Eiriks Anblick und trat zurück in den Schatten.

«Au», sagte dort jemand.

Floki trat erschrocken zur Seite. «Entschuldige, ich habe dich gar nicht gesehen.»

Das Mädchen drehte an einer Locke, die unter der Haube hervorsprang. «Aber ich habe dich gesehen, Floki», sagte sie und lächelte.

Floki spürte, wie ihm das Blut in die Wangen schoss. Nur gut, dass es so dunkel war. «Wirklich», sagte er und hätte sterben können vor Scham, dass ihm nichts anderes einfiel.

Am Feuer ergriff ein Mann mit einem in zwei Zöpfe geflochtenen Bart das Wort. Er hatte zottige braune Augenbrauen und behaarte Hände, mit denen er jedes Wort, das er sagte, lebhaft unterstrich. Und er sagte viel. Vor wenigen Wochen noch sei er in Dänemark gewesen, wo er Verwandtschaft habe, und sei mit auf einen Streifzug ins Landesinnere gegangen. Er brüstete sich viel mit den Niederlagen, die seine Vettern dort dem Frankenkönig beigebracht hätten, und noch mehr berichtete er von seinen eigenen Heldentaten. Er bekam ein paar amüsierte Zurufe und manche Neckerei zu hören für seine Prahlereien, ließ sich davon aber nicht beeindrucken. Sie hätten ja keine Ahnung, erklärte er, die Leute des kleinen Fleckens Waldweide, von den Dingen, die es da draußen in der Welt gäbe.

Ironisch lächelnd reichte Eirik dem Mann ein weiteres Trinkhorn, zwinkerte seinem Nachbarn zu und bat in ihrer aller Namen demütig um Aufklärung.

Jemand schüttete Bier über die braun gebrannte Seite des Wildschweins über der Glut, dass es zischte.

Vala trat näher, nahm sich einen Teller und ein Messer, schnitt sich wie alle ein Stück gegarten Fleisches herunter und lauschte kauend. Die meisten Anwesenden waren so groß, dass sie sie um ein, zwei Köpfe überragten.

«Also, Leute», setzte der Sprecher an. «Da war dieser Wald, und wir mittendrin.» Er runzelte vielsagend seine wilden Brauen. «Und irgendwo jenseits des Dickichts die Männer des Frankenkönigs. Wir arbeiteten uns auf Händen und Knien vor, geduckt, lauschend. Da, plötzlich!» Er hatte seine Stimme so abrupt gehoben, dass manche zusammenzuckten. Vala drängte sich mit ihrem Teller ein wenig nach vorne. Der Mann war gut, er war beinahe so gut wie damals bei ihrem Stamm Ellac, der ein Angeber und ein Feigling gewesen war, aber ein erstklassiger Geschichtenerzähler.

«Ein Laut!», rief der Braunhaarige. «Ein Schrei. Wie ich noch nie im Leben einen gehört habe. Laut wie ein Kriegshorn. Ungelogen, ich hatte Gänsehaut am ganzen Körper.»

«Man sieht's», rief jemand frohgemut. «Deine Augenbrauen sind immer noch gesträubt.»

Der Braunhaarige ließ sich nicht stören. «Dann ein Krachen», er hob beide Hände, «als ob der Wald einstürze. Der Boden bebte unter unseren Füßen. Wir rannten auf die Stelle zu.»

«Ihr ranntet wohl eher weg», versuchte sich der Witzbold erneut, aber ohne Erfolg. Alle hingen an den Lippen des Erzählers.

«Und dort lag es.» Er machte eine Pause und registrierte mit befriedigtem Grinsen, dass nun absolute Stille herrschte und aller Augen erwartungsvoll auf ihn gerichtet waren. «Die Krieger des Frankenkönigs standen um etwas herum, was aussah wie ein großer grauer Fels. Aber es atmete.»

Die Zuhörer sogen kollektiv die Luft ein.

«Wahrlich», rief der Braunhaarige, und seine Pranken malten die Umrisse des unglaublichen Tieres in die Luft, das er beschrieb. Hoch wie ein Langhaus sei es gewesen und größer als zehn Kühe, ach was, zwölf. Ohren habe es gehabt wie Segel. Seine Haut sei grau und zerklüftet gewesen und so dick, dass, als sie versuchten, mit ihren Messern hineinzuschneiden, sie abgeglitten seien wie von einem Eichenstamm. Das Erstaunlichste aber seien die Zähne gewesen. Das Wesen habe nämlich zwei Eckzähne gehabt, die mehr als zwei Meter aus seinem Mund herausgestanden hätten. Der Braunhaarige machte es vor. «So haben sie aus seinem Mund gestanden.»

«Das ist doch Blödsinn», rief jemand. «Wie soll es denn damit fressen?»

«Du glaubst mir nicht?», fragte der Erzähler. «Dann warte mal ab. Das Beste kommt nämlich erst noch.» Er schaute triumphierend in die Runde. «Die Nase nämlich. Das Vieh hatte eine Nase, so lang wie ein Seil und so dick wie mein Arm.» Er krempelte seinen Ärmel hoch und nutzte die Gelegenheit, seinen Bizeps vor den Zuhörern spielen zu lassen, die pfiffen und johlten. «Die lag vor ihm auf dem Boden und regte sich noch, wie ein fünftes Bein.» Er kratzte sich am Kopf. «Wir dachten, er würde damit vielleicht laufen.»

Schallendes Gelächter antwortete ihm, was ihn finster dreinblicken ließ.

«Wärt ihr mal dabei gewesen», gab er zurück, «statt hier in eurem Dorf zu hocken. Dann würdet ihr nicht so dumm daherreden.»

Rollo trat vor und klopfte ihm versöhnlich auf die Schulter. «Eine gute Geschichte, Harald», sagte er, «wirklich.»

Doch der erboste Harald wischte seine Hand fort. «Glaubt ihr mir etwa nicht?», fragte er drohend.

«Können Fische fliegen?», fragte jemand aus der Menge, und Harald musste von mehreren Männern zurückgehalten werden. Im Handumdrehen fanden sich die Parteien.

Ein Elefant, dachte Vala und leckte sich die fettigen Finger, während sie sich zwischen den erregten Männern auf den Beinen zu halten suchte. Er hat einen Elefanten gesehen. Und dann begriff sie es. Er hatte nicht irgendeinen Elefanten gesehen, sondern das Geschenk Harun al Raschids, das Tier, das sie auf der Suche nach Vaih in den Ställen entdeckt hatte und mit dem sie so lange gereist war. An der Mole von Antiochia hatte sie von ihm Abschied genommen und sich gefragt, was aus ihnen beiden werden würde. Nun, sie hatten beide ihren Weg in den Norden gefunden: Der Elefant war in seinen Tod gegangen, Vala hierher ans Feuer.

«Du hast einen Elefanten gesehen», sagte sie. Ihre Stimme war hoch und laut genug, um von allen gehört zu werden. Erstaunt drehten die Männer sich nach ihr um. Der Dänenfreund starrte sie an. Das war die zierlichste Frau, die er je gesehen hatte. Ein Gesicht, so fein wie das einer Puppe. Und was für seltsame Augen sie hatte, länglich und dunkel, es konnte einen ordentlich überlaufen, wenn man hineinsah. Sie hielt ein Messer in der Hand, mit dem sie ein Stück Fleisch aufspießte, um es zu essen, aber wie sie es hielt, das konnte einen schon nachdenklich stimmen. Was hatte sie gesagt? Du hast einen Elefanten gesehen. War schon möglich, dass er das hatte. Der Braunhaarige kratzte sich den Bart. «Genau!», rief er dann. «Ich hab's euch ja gesagt.»

Vala hatte Haralds Untier gesehen! Die Nachricht sorgte für ordentlich Gemurmel im Kreis. Es kamen neue Zuschauer hinzu. Abwechselnd erzählten Vala und Harald, wie so ein Elefant genau aussah.

«Er hat kleine, traurige Augen», sagte Vala, «mit Wimpern aus wenigen Haaren, die so dick und steif sind wie seine Haut. Ich habe einen Ring gesehen auf einem Basar, der war aus einem einzigen Elefantenhaar gedreht.» Es war der, den sie für Thebais gekauft hatte.

«Genau», fiel Harald ein. «Und er guckt ganz traurig. Als er dalag und starb, da hat er geweint.»

«Du würdest auch weinen, wenn du eine solche Nase hättest, Harald.»

Die Stimmung stieg, jede Feindseligkeit war vergessen. Rollo stellte sich neben Vala und fragte sie weiter aus. Er machte ihr freundliche Vorwürfe, dass sie nicht schon auf der Fahrt davon erzählt hatte. Seine Freunde standen neugierig um sie herum und lauschten. Vala sah Eirik, der über das Feuer zu ihr herübersah und kurz sein Horn hob, um ihr zuzuprosten. Sie schickte ihm den Gruß zurück. Sie wusste, er war stolz auf sie.

«Meine Frau sagt, du bist eine Hexe», posaunte einer heraus, mehr erstaunt als bösartig.

«Ach, lass das doch jetzt», murmelte jemand anderes verlegen.

Vala schaute ihn direkt an. «Ich bin eine Heilkundige», sagte sie, «das ist alles.» In diesem Moment fiel ihr Blick auf eine Gestalt im Hintergrund. Es war Leif. Sein Haar leuchtete wie die Silbermähne eines Löwen. Vala erstarrte. Sie hatte gelogen, sie wusste es. Das Heilen war nicht die einzige Kunst, die sie beherrschte. Wenn Leif sie nun bloßstellte, wenn er allen enthüllte, was sie getan hatte … Nur mit Mühe schaffte sie es, mit zitternden Fingern das Horn zum Munde zu führen, damit es ihr Gesicht verdeckte.

Leif stand wortlos da. Dann bog er ab und verschwand in der Dunkelheit, ohne sich der Gruppe anzuschließen.

«Hab ich doch gleich gesagt», hörte sie Rollo jemandem antworten. Und eine weitere Stimme murmelte: «Weibergewäsch.»

Andere zweifelten, an Harald und seinem Elefanten ebenso wie an Vala. Doch Harald selbst war überzeugt. «Sie weiß, dass ich kein Angeber bin», erzählte er jedem, der es im Verlauf des Abends hören wollte. «Sie weiß es.»

Die Meinungen blieben geteilt.

«Na», flüsterte Eirik und trat neben sie, den Arm um sie schlingend. «Wie ist der Abend?»

«Drinnen war er die Hölle», gab Vala wahrheitsgemäß zurück und küsste ihn auf die Stirn, als sie sah, dass er sie besorgt kräuselte. «Hier draußen ist die Luft und die Gesellschaft besser.»

Eirik musste lächeln und drückte sie enger an sich. «Dann wollen wir mal sehen, ob wir nicht drinnen für bessere Gesellschaft sorgen können.» Eng umschlungen machten sie sich auf den Weg hinein. Da öffnete sich die Tür des Langhauses erneut, und eine Frau trat heraus. Sie blieb auf der Schwelle sehen, als sie das Paar entdeckte. Mit einer Hand zog sie ihren Mantel enger um die Schultern und richtete sich stolz auf.

Diesmal hatte Vala mehr Muße, Frigga zu betrachten. Ihre hellblauen Augen erschienen in der Nacht dunkler, aber die Wimpern und die Haare um ihr Gesicht leuchteten im Gegenlicht so hell wie die ihres Bruders. Ihre Stirn war hoch, ihre Nase gerade und das Kinn energisch wie das eines Mannes. Sie war beinahe so groß wie Eirik, und sie kam Vala, die den Blick zu ihr heben musste, wie eine Königin vor. Eine Schneekönigin, dachte Vala unwillkürlich. Und sie konnte nicht anders, als sich vorzustellen, was für ein schönes Paar die beiden doch abgegeben hätten. Eiriks Finger gruben sich fast schmerzhaft in ihre Schulter. Sie griff danach und drückte sie begütigend.

«Frigga», sagte Eirik. Er presste es heraus, als bereite das

Sprechen ihm Mühe. Die Blonde hob das Kinn. Doch zu einer Antwort kam sie nicht.

Hinter ihr drängte eine kleine weißhaarige Gestalt durch die Tür. Vala erkannte den gebeugten Rücken und das Winterapfelgesicht von Armods Mutter. Sie schob Frigga beiseite, ihre drei Söhne im Schlepptau, ging mit wackeligen Greisinnenschritten auf Vala zu, hob ihre zittrigen Finger zu deren Gesicht und nahm es in beide Hände. Vala fühlte die trockene alte Haut auf ihren Wangen knistern und senkte den Kopf. Die Alte küsste Vala. Mit feuchten Augen schaute sie sie an.

Für einen Moment glaubte Vala, darin etwas von dem jungen Mädchen zu erkennen, das an einem Sommertag auf der Wiese getanzt und das Herz von Armod für immer mit ihren roten Haaren eingefangen hatte. Dann verschwand das Bild. Die alte Frau nickte mehrmals, sank wieder in sich zusammen und ließ sich von ihren Söhnen wegführen, die, einer nach dem anderen, Vala und Eirik stumm grüßend passierten. Als sie gegangen waren, war Frigga fort.

IM SCHNEE

Der von Eirik prophezeite Schnee war gefallen. Das Meer in der Bucht begann zuzufrieren, und an den langen, dunklen Wintertagen, wenn das Vieh versorgt, das Holz für die nächsten Stunden drinnen gestapelt war, wenn das Wasser, das aus dem Teich gebrochen wurde, in großen Eisbrocken im Eimer ruhte und tropfend taute, dann nahmen die versprochenen Schlittschuhkufen unter Eiriks Händen langsam Gestalt an.

Vala nahm sie auf und fuhr mit dem Finger über die feine Kante, die Eirik herausgeschliffen hatte. Sie konnte sich kaum vorstellen, dass sie darauf tatsächlich stehen sollte, ohne umzukippen. Wenn er wieder zurück war, musste er ihr unbedingt zeigen, wie das funktionierte. Au! Sie zuckte zurück und hielt ihren Finger ins Licht des Herdfeuers, das nun Tag und Nacht brannte. Sie hatte sich an einer noch unebenen Stelle des geschliffenen Knochens einen Splitter eingezogen. Vala zupfte ihn heraus und sog an dem Blutstropfen, der hinterherquoll. Sie wünschte, Eirik wäre schon wieder zurück.

Plötzlich hatte sie Lust, hinauszutreten und die kalte Luft einzuatmen. Ingas Schweigen, die dumpfe, stickige Wärme, das Knacken des Daches unter seiner Schneelast, all das bedrückte sie mit einem Mal. Sie rannte beinahe zur Tür und riss sie auf. Tief sog sie die Kälte ein, spürte sie auf ihren Wangen. Ja, beiß zu, dachte sie, zeig mir, dass ich lebendig bin. Ihr Blick wanderte über den Wald, der sich düster hinter der Hütte erhob. Sie kannte Schnee aus ihrer Kindheit, unendliche weiße Weiten, in denen die Hütten ihres Volkes wie verlorene Inseln in einem Meer standen. Aber sie hatte nicht die Wirkung gekannt, die ein verschneiter Wald ausübte: die silbern ziselierten Zweige, die Kuppeln und Dächer, die sich auf breiten Tannenästen häuften, das Glitzern an allen Spitzen, all die Höhlen und Gänge, Nester und Grotten, die Gesichter und Geister, die es hervorzauberte. Ein betörend schönes, tödliches Jenseitsreich war es, so fremd wie die Tiefen des Meeres. Und Eirik war nun dort, mit Vaih vor dem Schlitten, um Holz zu schlagen.

«Kommt er noch nicht zurück?» Das war Ingas Stimme. Ungewöhnlich, dass sie Vala einfach ansprach. Die schüttelte den Kopf. «Dann schließ die Tür, mir wird kalt.»

Vala wollte schon gehorchen, da sah sie eine Gestalt vom Bach heraufstapfen. «Aber Helge ist da», rief sie erleichtert.

Eiriks jüngerer Bruder brachte eine Wolke Schneeluft ins Herz des Hauses. Er prustete und stampfte; sein langes Haar, das unter der Mütze hervorhing, war gefroren, der Schweiß hing ihm in glitzernden Kristallen an den Brauen.

«Dein Fisch, Mutter», sagte er und warf Inga ein Bündel Sprotten hin.

Inga stand vom Webstuhl auf und untersuchte den Kauf.

«Schau dir das an», schimpfte sie. «Solche Mickerlinge, so ein Ausschuss. Was hast du dafür bezahlt?»

Ihr Sohn warf sich in seine Koje, gab brummelnd Auskunft und widmete sich wieder seiner Schnitzerei. Er wandte den Frauen den Rücken zu.

«Also bitte», schnaubte Inga. «Wenn ich nicht zu alt wäre, ich würde selber gehen, ihm diesen Schmutz um die Ohren zu schlagen. Was ist nur aus uns geworden!», lamentierte sie. «Früher hätte keiner gewagt, Frau Inga solchen Fisch anzudrehen.»

Ja, bevor ich hierher kam, dachte Vala, und euren Ruf verdarb. Unwillkürlich trat sie näher und betrachtete die Fische mit den blutig glotzenden Augen, die in der Tat armselig waren. Offene Mäuler, zerfetzte Flossen, erblindeter Schuppenglanz. Schwermut überfiel Vala, die sie kaum abzuschütteln vermochte. Inga entzog ihr den Fang und machte sich schimpfend daran, ihn zuzubereiten.

«Es sind schwierige Zeiten, Mutter», erwiderte Helge über die Schulter, missmutig und müde. «Ich bin sicher ...» Er sagte nicht, wessen er sicher war.

Vala ging zu ihm hinüber und setzte sich auf den Rand des Podestes. «Was schnitzt du da?», fragte sie und lugte über seine Schulter. Sie wusste es bereits, es war ein Kamm, einer, wie sie ihn von Eirik geschenkt bekommen hatte. Wo der nur blieb?

Um ihre Unruhe zu verdrängen, begann sie Helge zu necken. «Hattest du den nicht schon zum Fest fertig? Ich dachte, ich würde dort ein Mädchen sehen, dass ihn als Schmuck im Haar trägt?»

Helge warf ihr einen raschen Blick zu. Ihr Lächeln verschwand, und sie legte ihm die Hand auf die Schulter, die er abschüttelte. «Sie geht jetzt mit Floki», sagte er, und sein Messer schnitt einen Span ab, der im hohen Bogen davontrudelte.

«Floki hat eine Freundin?», fragte Vala erstaunt. Sie konnte den frohen Ton in ihrer Stimme nicht ganz unterdrücken. Ihr schlechtes Gewissen gegenüber dem Jungen war noch immer lebendig, obwohl sie nichts getan hatte, als seine Zuneigung nicht zu erwidern, und immer freundlich zu ihm gewesen war. Es erleichterte sie zu hören, dass er jemanden gefunden hatte. Heimlich hoffte sie, dass er ihr nun, als Frischverliebter, verzeihen und wieder freundlich zu ihr sein könnte. Zu ihr und Eirik.

«Schön, wenn's dich freut», sagte Helge bitter und rollte sich von ihr weg wie ein trotziges Kind. «Ich geh ins Dorf», verkündete er.

Die Tür schloss sich krachend. Der Webstuhl klapperte ohne Unterbrechung weiter. Vala versank in melancholischen Tagträumen. Auf einmal richtete sie sich lauschend auf. «Das war Fang!»

Inga schüttelte den Kopf, ohne aufzusehen.

«Doch, ich habe Fang gehört. Er kommt!» Vala war aufgesprungen. Sie riss die Tür auf und starrte in die nun vollkommene Dunkelheit. «Aber er hat gebellt.»

«Sie werden sicher bald da sein», sagte Inga.

Aber Vala schüttelte den Kopf. Ihre Gedanken rasten, rannten, hetzten zwischen Bäumen, peitschten unter Ästen hindurch, rechts, links, hechelten, dachten: Wolf! Schrien: Wolf! Jaulten, bissen, schmeckten Blut. Ihr Herz klopfte bis zum Hals! Schmerzen!

«Wolf!» Sie hatte es nur geflüstert.

«Was redest du da?», murmelte Inga und kämmte den Faden straff. Sie war nicht bereit zu zeigen, wie sehr das Verhalten ihrer Schwiegertochter sie beunruhigte.

Wie eine Antwort kam das Heulen aus dem Wald, hoch und schaurig.

Vala zitterte. Ein Scharren von Pfoten, ein Keuchen. Wolf!

Plötzlich stand Inga neben ihr. Sie hatte die Schneeschuhe in der Hand. «Ich gehe ihm entgegen», sagte sie.

Vala erwachte. Sie schaute Inga an, die hohe, dürre Gestalt mit dem harten Gesicht. Sie dachte an die Geschichten von Ingas Kraft. Doch die Hände, die die Schneeschuhe hielten, waren knochig und von Adern durchzogen. Inga hielt sich aufrecht wie früher, doch der Rücken tat ihr weh, wenn sie sich über den Kessel beugte. Vala sah das, sah es vielleicht als Einzige. Sie hatte die Salbe fertig, die sie Inga geben wollte, wenn die sie je darum bäte.

«Nein», sagte sie und nahm ihr die Schneeschuhe fort. «Ich gehe.»

Inga spürte das Beben in der Hand der Jüngeren. Die Furcht, die Gewissheit, dass etwas Schreckliches passiert sein musste, sprang auf sie über. Sie konnte es in Valas Augen lesen. Das und auch alles andere.

Ohne ein Wort wandte sie sich ab. Sie holte den Pelz. «Du kennst den Weg?», fragte sie, während Vala sich hastig anzog. Sie reichte ihr die Mütze, Biber, glänzend, kein Atemhauch fror daran fest. Aus dem Wald heulte es. Die Handschuhe. Sie erinnerte sich an den Winter, als sie sie genäht hatte. Für Eirik.

Vala nickte.

Sie wunderte sich, dass ihr Griff fest war, ihr Tritt sicher. Das Knarzen des Schnees, das Keuchen ihres Atems, es klang ihr laut in den Ohren, sperrte sie ein, diesen warmen Körper inmitten der Kälte, in eine Kapsel aus Angst. Aber sie irrte sich nicht ein einziges Mal. Jeder Baum, den sie umrundete, jeder Felsbrocken war ein Vorhang, der sich vor dem Drama beiseite zog, auf das sie zuging; sie wusste es.

Fang kämpfte, Fang schrie. Mut, flüsterte Vala. Fang starb, sie spürte, wie er still wurde, fühlte sein Leben versiegen. Mut, flüsterte Vala. Denn Eirik lebte, sie konnte ihn fühlen, sie konnte ihn beinahe ertasten, sie spürte seine kalte Hand und das Blut. Weiter wagte sie sich nicht.

Die Tannen standen still und starr. Und dann war das Keuchen echt. Vala hob die Axt. Sie kannte den Anblick; so hatte sie einst den großen Braunen verloren und dazu fast das eigene Leben, damals in dem Wald am Gebirge. Sie hörte das tiefe, befriedigte Knurren aus vielen Kehlen und schleuderte die Fackel mitten dazwischen. Zottige Rücken, geduckt. Glimmende Augen, irrlichternde Punkte, wenn sie sich zurückzogen. Aufgerissene Rachen und klumpiges Blut an den Lefzen.

«Aaai!», schrie Vala und sprang auf sie zu. «Verschwindet, Bestien!» Sie zerschmetterte einem Tier den Schädel und attackierte die anderen, bis sie sich zurückzogen. Dann fiel sie neben Eirik auf die Knie. Er lag eingeklemmt unter einem umgestürzten Baum, der seine gesamte rechte Körperhälfte bedeckte. Hosen und Ärmel der Linken, an denen die Wölfe schon gezerrt hatten, waren zerfetzt und blutig. An seiner Seite lag Fang, winselnd, kaum atmend. Er hatte seinen Herrn verteidigt, solange er konnte. Eirik hielt sein Messer fest umklammert, er war kaum mehr bei Bewusstsein. Dennoch lächelte er zu ihr auf. Sie sah die zerschnittenen Zügel. Es war seine letzte Tat gewesen, Vaih zu befreien, ihr Pferd zu retten. Die Stute war nirgends zu sehen.

«Eirik», flüsterte Vala, sein Gesicht zwischen ihre Hände nehmend. Sie hörte hinter sich einen Laut und nahm ihre Hand von seiner Wange. Es war eine Bewegung: sich umdrehen, einen Pfeil aus dem Köcher ziehen, ihn in die brennende Fackel halten, auflegen, abschießen und sehen, wie er mit einem heftigen Sirren im Leib des Wolfs einschlug. Der beißende Geruch brennenden Fells zog durch die Luft. Grollendes Gebell überdeckte das Zischen und Knistern, als die anderen sich auf den sterbenden Rudelgenossen stürzten. Vala erlegte noch drei; die anderen verschwanden zwischen den schwarzen Stämmen.

Sie nahm die Fackel auf und leuchtete den Stamm ab, der Eirik einklemmte. So würde sie ihn nicht bewegen können. Sie rammte das brennende Holz in den Boden und begann zu graben, schaufelte Schnee weg, stieß auf Wurzelwerk und Steine. Mit aller Kraft zog sie an dem stöhnenden Eirik, doch vergebens.

Vaih, dachte Vala. Vaih, wo bist du? Bitte, ich brauche dich. Astdickichte tanzten schwankend um sie her. Vaih! Immer wieder rief Vala im Geiste den Namen ihrer Stute, ohne mit dem Graben abzusetzen.

«Vala», ächzte Eirik. «Ich …» Er fiel in Ohnmacht.

Da hörte sie das Trappeln von Hufen. «Vaih!»

Ein Wiehern antwortete ihr. Vala sprang auf und umarmte die Stute, die zitternd neben ihr stehen blieb. Nur kurz strich sie über die Krallenspuren an Vaihs Flanke, dann nahm sie auf, was von den Zügeln übrig war. Zweige hatten sich darin verfangen, vertrocknete Nadeln und Laub. Vala klopfte alles ab, suchte auf dem Schlitten nach Riemen, verknotete beides, so gut sie es mit ihren halb erfrorenen Fingern vermochte, und schlang es um den Baumstamm. Dann klatschte sie dem noch immer verschreckten Pferd auf die Hinterhand.

«Zieh, Vaih!» Die Stute schlug erschrocken aus, beinahe hätte sie Eirik getroffen.

«Vaih, Vaih!» Vala kamen die Tränen. Sie begriff, dass sie ruhiger werden musste. Sie unterdrückte den Wunsch, laut herauszuschreien, mühte sich, langsamer zu atmen, schloss die Augen, senkte den Kopf, spürte, wie ihr Herz langsamer schlug. «Mein Pferdchen», flüsterte sie. Sie zwang sich, auf das Tier zuzugehen und ihm die Nüstern zu streicheln.

Eirik, Eirik, Eirik, flüsterte es in ihr, doch sie hörte nicht darauf. Sie würde Eirik nicht retten, wenn das hier nicht gelang. «Es ist ja alles gut, meine Schöne. Wir werden jetzt gemeinsam etwas tun, ja?»

Als das Pferd einigermaßen friedlich war, schnappte sie die herabschleifenden Seile erneut und schlang sie um den Stamm. Diesmal war ihr nur das Zittern ihrer eigenen Finger im Weg. Vaih stand still und stampfte nur mit einem Vorderhuf im Schnee.

«So, Vaih», kommandierte Vala, als sie fertig war. «Jetzt zieh!»

Der Stamm hob sich quälend langsam, Schnee rieselte, staubte, rutschte dann plötzlich mit einem Mal in großen Flözen und begrub Eirik im selben Moment, in dem das Holz und die mächtigen Äste ihn freigaben. Vala stürzte hin und schaufelte ihn frei. Er war nicht wieder erwacht.

«Gut, Vaih, das war fein, braves Tierchen.» Ihre Stimme zitterte, ihre Hände flogen, aber sie konnte nicht aufhören zu sprechen, während sie Eiriks Körper anhob und zum Schlitten zog. Auch als sie das Holz herunterwarf und an seiner Stelle Eirik auf die Fläche schob, ihn festband, mit ihrem Mantel zudeckte und bebend vor Kälte Vaih wieder mit dem Geschirr verband, konnte sie nicht aufhören mit den monotonen kleinen Lauten des Trostes, als wäre sie selbst es, die beruhigt werden musste. Sie war schon fast fertig und zog den Schlitten an, als sie ein schwaches Winseln hörte.

«Fang.» Sie kniete sich neben dem Hund in den Schnee. Er atmete, sie konnte es an ihrer Hand fühlen, über die ein warmer Hauch aus seiner Schnauze strich. Dann kam seine Zunge und leckte ihre Finger. Vala nahm das Tier und legte es sich um den Hals. Sie wankte, als sie sich aufrichtete. Die Fackel zuckte, und die Flamme wurde schwächer. «Auf, Vaih!»

Frau Inga stand fröstelnd in der Tür. Das Feuer hinter ihr war rot vor Glut, der Kessel brodelte, die Felle waren aufgeschüttelt. Alles war für die Heimkehrer bereitet. Sie selbst aber mochte nicht aus der Kälte in die heimelige Hütte zurücktreten. Was bedeutete es schon zu frieren. Wenn Vala mit Eirik nicht wiederkehrte, würde sie frieren für immer. Frau Inga lehnte mit der Wange an dem Türstock, den ihr Mann geschnitzt hatte. Und sie dachte an die vielen Male, die sie hier schon gewartet hatte, darauf, dass jemand, den sie liebte, wiederkehrte. Manche waren gekommen, andere nicht. Zuletzt hatte sie hier gestanden und die Gestalt ihres Mannes auf der Bank betrachtet, so friedlich und vertraut und dabei für immer von ihr getrennt. Inga konnte sich nicht erinnern, dass irgendetwas davon sie zerbrochen hätte. Nie hatte sie Schicksalsschläge anders als aufrecht hingenommen, sie hatte die Ärmel aufgekrempelt und weitergemacht. Aber nun fühlte sie sich müde, hohl und morsch. Ihr Blick irrte vom Waldrand fort, wo kein Licht erscheinen wollte. Da war die Bank. Vielleicht sollte sie sich einfach dort hinsetzen und auf ihren Mann warten, die Hände im Schoß, den Kopf auf der Brust. Er würde sie bestimmt holen kommen. Und der Schnee wäre weich.

Frau Inga schüttelte den Kopf. Ich werde alt, dachte sie. Ich werde alt und muss mir helfen lassen von so einer … Sie schmeckte Bitterkeit auf ihrer Zunge. Was tue ich nur?, dachte sie, und Tränen traten ihr in die Augen. So bin ich nie gewesen. Sie wankte unter der Last des Kummers eines ganzen Lebens, wie ihr schien. Tastend suchte sie die Lehne der Bank. Nur sich festhalten.

Da sah sie das Licht. «Das sind sie!», rief sie. Es war niemand da, sie zu hören. Alle, die sie liebte, kamen dort auf sie zu. Wütend wischte sich Inga die Tränen mit dem Ärmel fort. Sie schnäuzte sich und schaute den Ankommenden entgegen. «Da sind sie», flüsterte sie, «Eirik und Vala.» Sie stand sehr aufrecht. Die Tränen liefen ohne Unterlass über ihr altes Gesicht.

Die schwere Zeit

Vala stampfte herein, über und über mit Reif bedeckt. Sie trat ans Feuer und ließ ein Fellbündel fallen, das sie vorsichtig an die Glut schob. Inga hatte Mühe, in dem geschundenen Ding Fang wieder zu erkennen. «Was machst du da?», fragte sie entgeistert.

«Er hat Eirik mit seinem Leben verteidigt», antwortete Vala im Hinausgehen. «Er wollte nicht allein sterben.»

Inga verstand kein Wort. Sie rang die Hände, während sie Vala hinterherging, bis sie vor dem Schlitten stand. «Bei allen Göttern!»

«Hilf mir tragen», sagte Vala. Da hatte Inga bereits zugegriffen. Gemeinsam schleppten sie den schweren Mann in die Hütte. Es beanspruchte ihre ganze Kraft, ihn auf das Podest zu heben, wo Vala sich sofort daranmachte, seine Kleider zu öffnen. «Geh Vaih versorgen», befahl sie Inga über die Schulter. Sie beugte sich über den noch halb ohnmächtigen Eirik, der sich stöhnend gegen sie wehrte.

«Schsch», beruhigte sie ihn wie ein Kind und zog ihr Messer, um seine Hosen aufzuschneiden. «Es wird alles gut.»

Frau Inga stand wie betäubt. Sie sah das entschlossen arbeitende Mädchen und ihren Sohn, der sterben würde, o Odin, hilf. Er würde es ganz gewiss. Sie brauchte nur den Brustkorb und die Lenden zu sehen, die auf der einen Seite ganz schwarz waren. Frau Inga schloss die Augen. Dann ging sie das Pferd versorgen. Es war das, was sie tun konnte.

Als sie wieder hereinkam, war Vala dabei, Eirik mit einem Stück weichem Leder und warmem Wasser abzuwaschen.

«Was tust du da?», herrschte Inga sie an. In ihrer Stimme war mehr Sorge als Zorn. «Soll er sich das Fieber holen?»

«Ich muss die Wunden sehen», erklärte Vala knapp, ohne sich auch nur umzudrehen. Die alte Frau blieb, wo sie war, und blickte Vala über die Schulter, die mit sanften, schnellen Strichen Eiriks geschundenen Körper freilegte. Das linke Bein sah übel aus, das Fleisch war zerfetzt und tief aufgerissen. Die Wunde begann erneut zu bluten, als Valas Tuch darüber fuhr. Sie nahm einen Riemen und band es ab. Inga folgte jeder ihrer Handbewegungen mit hungrigen Blicken, voller Zweifel. Langsam aber begann sie Hoffnung zu schöpfen: Es schien, als wisse Vala, was sie tat, als gebe es noch etwas zu tun, hier, wo ihre Leute nur die Decken über den armen Körper gezogen und gebetet hätten. Es dauerte lange, bis sie es wagte, die Frage zu stellen: «Wird er leben?»

Vala hob den Kopf und schaute sie an. «Hast du ein Huhn?», fragte sie nur. «Die Brühe wird helfen, wenn das Fieber kommt.»

Inga las die Angst in ihren Augen und ging ohne ein weiteres Wort hinüber in den Stall.

Vala kramte mit zitternden Fingern ihre Heilkräuter hervor. Sie war froh, die Vorräte auf der Reise stets gut gepflegt und aufgestockt zu haben. Es war genug Ringelblume da, um mit einem Umschlag die Blutung zu stoppen. Auch trinken sollte er davon. Sie wusste nicht, ob seine violett verfärbte Seite innerlich noch blutete. Weide und Klee waren da, gegen das Fieber und um die Wunde zu waschen, die die Wolfszähne geschlagen hatten. Aber dann? Vala betrachtete Eiriks Brustkorb und betastete ihn vorsichtig. Vier Rippen waren gebrochen, vielleicht fünf. Sie würde ihm einen Verband anlegen, der sie ein wenig festhielt. Mehr war nicht zu tun. Sie konnte nur hoffen, dass keine von ihnen die Lunge durchbohrt oder ein anderes wichtiges Organ verletzt hatte. Vorsichtig tupfte sie ihm über die bereits fieberheißen, aufgesprungenen Lippen. Kein Blut in den Mundwinkeln, dachte sie, kein roter Schaum, das war gut. Sie betrachtete ihre Vorräte und entschied sich für Arnika, Huflattich und Thymian. Ein Aufguss für Umschläge und ein wenig Tee, der auch sein Herz stärken würde. Sie ging ans Feuer, um heißes Wasser zu bereiten. Am schnellsten ginge es, wenn sie heiße Steine in eine Schüssel tauchte. Voller Ungeduld hantierte Vala mit der Zange. Ihr Blick schweifte immer wieder zu Eirik zurück, der reglos dalag. Der erste Stein entglitt ihr und hätte beinahe die hölzerne Schale umgeworfen, der zweite verbrannte ihr die Hand. Schließlich hatte sie den Absud angesetzt und begann, Eiriks Hemd in Streifen zu schneiden, um diese mit der Medizin zu tränken. Nachdem sie sie aufgelegt und mit trockenen Binden bedeckt hatte, hob sie Eiriks Kopf, um ihm etwas von dem Tee einzuflößen. Sie wusste nicht, ob es gelang, es floss so viel daneben, ein glänzendes Rinnsal an seinem Hals. Vala wischte es ab. Dann fuhr sie ihm durch die Haare. Jetzt kam der Augenblick, vor dem sie sich gefürchtet hatte. Es gab nichts mehr zu tun; sie konnte nur noch warten.

Ein leises Winseln am Feuer erinnerte sie daran, dass sie noch einen Patienten hatte. Müde ging sie hinüber zu Fang und kraulte ihm das blutverklebte Fell. Warum nicht?, dachte sie, nahm einen zerfetzten Lederlumpen und wusch auch ihm die Wunden mit dem Sud aus. Am Ende tropfte sie ihm ein wenig davon in die Schnauze und überließ ihn sich selbst und dem Schlaf. Alles tat ihr weh, als sie sich aufrichtete. Aber Eirik hatte sich bewegt. Sie ging hinüber, um die Felle wieder um ihn herumzustopfen. Dabei öffnete er einmal kurz die Augen. Sie waren glänzend vom Fieber. Vala war, als lächelte er sie an.

Inga kam herüber. «Hat er etwas gesagt?»

Vala schüttelte den Kopf. In ihrem Dorf wäre nun der Moment

gekommen, da der Schamane die Geister beschwor und sang. Sie hätte zu ihrer Trommel gegriffen und ihn begleitet, getröstet vom Duft der Kräuter im Rauch und von der Monotonie des Rhythmus. Dass sie zu summen begonnen hatte, bemerkte Vala erst, als Inga in die Melodie einfiel. Es war ein Lied, das sie von Rollo kannte; sie hatten es manchmal an den stillen Abenden gemeinsam gesungen. Und Floki hatte sie auf einer Schilfrohrflöte begleitet. Nun klang es wie ein Wiegenlied.

Inga kannte den Text. Singend kam sie herüber und setzte sich neben Vala. Sie legte ihr eine Decke um. Erst jetzt bemerkte Vala, wie feucht ihre Kleider waren. Dann zückte Inga einen Kamm und begann, langsam und ruhig, im Rhythmus des Liedes, Valas Haare zu strählen. Vala schloss die Augen und wurde ruhiger. Sie entspannte sich und seufzte. Seit sie ein kleines Mädchen war, hatte das niemand mehr für sie getan. Sie spürte Ingas alte Hände auf ihren Haaren und dachte an ihre eigene Mutter, die sie nie gesehen hatte, nur an jenem anderen Ort, als schwarzes, unförmiges, grauenhaftes … Sie riss die Augen auf. Eirik hatte gestöhnt.

Vala neigte sich über ihn, betastete seine Stirn und roch an seinem Atem. «Er fiebert», verkündete sie. Schon hatte sie den Tee bereit. Inga übernahm es, ihn ihrem Sohn einzuflößen, während Vala ihm feuchte Wickel um die Beine machte. Sie erneuerte sie noch viele Male diese Nacht und fiel erst kurz vor der Dämmerung in einen unruhigen Schlaf.

Am nächsten Morgen war unübersehbar, dass Eirik eine Lungenentzündung hatte. Vala entschied sich für Eisenhut und schürte das Feuer. Inga suchte ihrem Sohn ein wenig Suppe einzulöffeln, doch er wollte nicht schlucken. Verzweifelt schaute sie auf.

Vala schüttelte den Kopf, ehe sie fragen konnte. «Ich weiß nicht», sagte sie. «Ich weiß es nicht.»

Holmsten, Armods Ältester, tat den Gang nicht gerne, auf den er geschickt worden war. Langsam setzte er seine Schritte in den

Schnee, der hoch lag auf dem Weg zum Schlangensteinhof. Seit Helge vor drei Tagen ins Dorf gekommen war, um mit seinen Freunden auf einen überflüssigen Jagdzug in die Berge aufzubrechen, war niemand diesen Weg gegangen. Im Dorf war inzwischen viel geredet worden über die dort draußen, und man hatte sich gefragt, weshalb man keinen von ihnen zu sehen bekam. Nun, sie würden sich jedenfalls sicher nicht freuen über seinen Besuch. Holmsten rieb sich das kalte Kinn unter dem struppigen Bart und fragte sich, ob er wohl bald Eiriks kräftige Rechte darauf spüren würde. Dann straffte er sich. Er war im Auftrag des Rates hier, er hatte die Pflicht zu sagen, was er gleich sagen würde.

Kein Hund schlug an, als er sich dem Hof näherte, was Holmsten merkwürdig fand. Aber aus dem Dach stieg Rauch und verwob seinen Faden mit den Frühnebeln, die über Gut und Feldern lagen.

«Heda!» Er rief schon von weitem. Doch erst als er fast heran war, öffnete sich ihm die Tür.

Zu seiner Überraschung war es Frau Inga. Blass und übernächtigt sah sie aus, aber so abweisend wie immer. Sie hielt die Tür hinter sich, so gut es ging, geschlossen und kreuzte die Arme über der Brust, als er die letzten Schritte tat. Offensichtlich hatte sie nicht vor, ihn hereinzulassen. Er räusperte sich und spuckte in den Schnee.

«Ist Eirik da?», fragte er ohne lange Umschweife. «Der Rat hat Botschaft an ihn.»

Inga zog die Tür ein weiteres Stückchen zu. «Du kannst ihn jetzt nicht sprechen.»

Holmsten schüttelte den Kopf. «Lass mich rein, Weib, damit ich sagen kann, was ich zu sagen habe.»

Sie blieb, wo sie war, und reckte den Kopf. «Nicht ehe ich weiß, ob du als Freund in unser Haus kommst.»

«Bin ich je euer Feind gewesen?» Holmsten schob sie ohne weitere Umstände beiseite und trat ein. Es dauerte eine Weile, ehe seine vom Schnee geblendeten Augen sich an das dunstige Halbdunkel gewöhnt hatten. Da lag ein Hund, was für ein räudiges Vieh. Er knurrte, rührte sich aber nicht. Leif ging mit großen Schritten an ihm vorbei bis zur Koje des Hausherrn. Dort saß das Mädchen und sah ihn an, als wollte sie sich gleich auf ihn stürzen. Und da ... «Bei Odin!», stieß er hervor.

Inga war hinter ihn getreten. «Ich sagte dir, du kannst ihn nicht sprechen.»

«Wie, wie ist das passiert?», stotterte Holmsten und wischte sich den Schweiß von der Stirn. Es war heiß hier drinnen, und es roch nach Krankheit.

«Was willst du?», fragte Inga.

Holmsten suchte sich einen Punkt über ihrer Schulter, den er fixieren konnte, und brachte seine Botschaft vor. Dass Frigga Freimundstochter Eirik vom Schlangensteinhof verklage, das Eheversprechen gebrochen zu haben. Und dass ihr Bruder Leif deshalb zur Wiederherstellung ihrer Ehre eine Entschädigung fordere. «Das kann teuer werden, Weib», setzte Holmsten düster hinzu. «Seht besser zu, dass Eirik dort erscheint und sich verteidigt.» Mit einem letzten zweifelnden Blick ging er hinaus. Dort kratzte er sich am Kopf und spuckte in den Schnee. Es war ihm nicht wohl dabei, auf am Boden Liegende einzuschlagen. Aber was konnte er dafür? Der Rat hatte ihn geschickt. Holmsten setzte bedächtig seine Schritte in den Schnee.

«Ist er weg?», fragte drinnen Vala.

Inga nickte und kam zurück. «Hat er etwas mitbekommen?», fragte sie mit einem Blick auf Eirik, der sich unruhig auf seinem Lager wand.

«Nein, er quält sich mit Fieberträumen.»

Sie schwiegen und hörten in die Stille hinein ein trockenes Pochen. Es war Fangs Schwanz, der langsam und rhythmisch auf den Boden klopfte, als Inga an ihm vorbei zum Kessel ging, um neue Suppe zu holen.

«Altes Vieh, willst auch nicht sterben, was?», sagte sie. Ihre Stimme war spröde, doch sie bückte sich hinunter und kraulte den Hund, der den guten Willen spürte.

Als sie zurückkam und sich zu Vala auf das Bett setzte, sagte sie: «Habe ich dir schon von dem Hund erzählt, den mein Mann fand, als wir gerade ein Jahr verheiratet waren?» Sie blies auf die Suppe und tauchte den Löffel hinein.

Zu ihrer Freude öffnete Eirik leicht den Mund, als er die Brühe an seinen Lippen spürte. Er schluckte. Vala schluckte mit ihm. Die Tränen rannen salzig ihren Hals hinunter.

«Nein», sagte sie und fügte in Gedanken hinzu: Du hast mir noch nie irgendetwas erzählt. Du hast noch nie mit mir geredet. Aber sie sprach es nicht laut aus. Eirik aß, und ihr Herz war voller Dankbarkeit.

«Nun, es war ein armseliger Köter, gerade wie der hier. Ein wenig höher vielleicht, und mit rotem Fell. Er fand ihn droben, beim Wasserfall, und kein Mensch konnte sagen, wie er dorthin gekommen war. Eines Tages ...»

Inga sprach, während sie Löffel um Löffel füllte. Vala saß neben ihr und lauschte. Sie achtete wenig auf den Inhalt der Geschichte, und doch fiel jedes Wort tief in ihre Seele. Die Worte woben einen Kokon der Geborgenheit um sie drei, Eirik, Inga und sie. Als Ingas Geschichte endete, war Vala an Eiriks Seite eingeschlafen. Inga breitete eine Decke über beide.

DIE GENESUNG

«Inga! Inga!» Vala war an diesem Morgen mit dem Gefühl erwacht, dass etwas geschehen war. Sie spürte es, noch ehe sie die Augen geöffnet hatte. Eirik lag neben ihr, wie jede Nacht der vergangenen Woche. Aber er glühte nicht mehr vor Fieber, das war es! Fassungslos setzte sie sich auf und betastete ihn. Seine Hände waren mäßig warm, sein Gesicht fast kühl durch den Schweiß. Die Lider sahen nicht mehr so durchsichtig aus, die Augenringe nicht mehr so dunkel und körnig. Seine Haut roch anders, und selbst sein Atem ging ruhiger, nicht hastig und pfeifend wie in den letzten Tagen. Das musste es gewesen sein, was sie geweckt hatte, dieses tiefe, friedliche Atmen, gleichmäßig wie das Strömen eines Flusses. Es hob und senkte seinen Brustkorb, der nun nicht mehr violett war, sondern von gelben und grünen Flecken überzogen, die mit jedem Tag durchsichtiger und kleiner wurden.

Inga stürzte herbei und schaute abwechselnd von Valas glücklichem Gesicht zu Eirik und zurück. «Bei Freya und allen Göttern», murmelte sie und machte ein Segenszeichen. «Es ist fast wie damals bei Vetter Olaf. Er wird ein Frühstück brauchen. Habe ich dir schon von Vetter Olaf erzählt?» Glücklich eilte sie ans Feuer, um nach dem Essen zu sehen.

«Nein», rief Vala ihr zu. Sie hätte am liebsten gesungen. «Du hast mir noch nie von Vetter Olaf erzählt.»

«Oh, wir sehen ihn nicht oft, er lebt in Haithabu, weißt du?», erklärte Inga und rührte den Brei um, der zu duften begann.

Sie war mitten in ihrer Geschichte, als Eirik erwachte. Er blinzelte und versuchte sich aufzurichten. Sein erster Griff galt der Axt. Er spannte sich an und spürte den Schmerz. Doch die Kälte war fort. Über sich erkannte er das Geflecht des Hüttendaches statt der schneebeladenen Äste. Und es roch nach Frühstück. Eirik hob den Kopf. Dort am Feuer empfing ihn ein unerwarteter Anblick: Vala und Inga Seite an Seite. Sie löffelten Brei, warfen hier und da einen Brocken zu Fang, der ihn im Liegen nur mit einer Bewegung des Kopfes auffing, und waren offenbar in ein intensives Gespräch vertieft. Eirik hörte Vala lachen, und ihm war, als öffnete sich sein Herz. Einen Moment lang blieb er liegen und dankte den Göttern, die ihn wieder hierher gebracht hatten, in seine Hütte und zu den Menschen, zu denen er gehörte. Dann holte er tief Luft und setzte sich auf. Die Welt drehte sich einmal um sich selbst, und ihm schwindelte. Inga flocht gerade Valas Zöpfe.

«Guten Morgen», sagte Eirik und lächelte sie unter Schmerzen an. «Habe ich irgendetwas verpasst?»

Als er gefüttert, gekleidet und versorgt war, überbrachte Inga ihm Holmstens Nachricht. Vala saß eng an ihn geschmiegt und genoss es, den vertrauten Eirik wieder neben sich zu spüren. Eirik runzelte die Stirn über das, was er hörte. «Wann ist die nächste Zusammenkunft?», fragte er.

Inga dachte nach. «Eine Woche nach dem nächsten Vollmond. Zum Eismarkt.»

Ihr Sohn schüttelte heftig den Kopf und fasste sich gleich darauf mit schmerzverzerrter Miene an den Nacken. Doch er biss die Zähne zusammen. «Die Sache ist ernst», erklärte er.

Inga nickte. Ihr brauchte er das nicht zu sagen. Leif und Frigga würden sich nicht mit wenig zufrieden geben, wenn der Rat zu ihren Gunsten entschied. «Es kann uns die Anteile an der ‹Windpferd› kosten», sagte sie. «Oder die Wiese am Fischgrund. Auf die hat Leif es schon lange abgesehen. Letztes Jahr wollte er sie pachten.»

«Kann sein, er verlangt auf dem Thing Silber, dann müssen wir Land verkaufen», überlegte Eirik. Inga sagte nichts dazu; sie beide wussten, dass sie jeden Meter Boden zum Überleben brauchten.

Schließlich setzte Inga sich aufrecht hin. «Wie auch immer. Wenn das der Preis dafür ist, dass du dich für Vala entschieden hast, dann werden wir ihn eben bezahlen.»

Eirik schaute sie an und hob die Brauen. Doch da war kein Funke Ironie im Gesicht seiner Mutter. Er zog Vala enger an sich. «Da gibt es nichts zu bezahlen, Mutter. Ich war frei, als ich Vala nahm. Frigga hat unsere Verlobung noch vor der Abfahrt gelöst.»

Frau Inga riss die Augen auf. «Davon hast du mir nie etwas gesagt.»

«Du hast nie gefragt.»

«Was ist ein Thing?», fragte Vala in die Stille hinein.

Eirik erklärte es ihr. «Eine Versammlung des gesamten Dorfes zu einer Ratssitzung. Streitigkeiten werden dort geklärt, Strafen für Vergehen festgesetzt. Leif hat uns angeklagt, also müssen wir erscheinen.»

Zu seiner Überraschung machte Vala sich von ihm los und setzte sich an den Rand des Podestes. Sie zitterte.

«Du meinst», sagte sie, «alle werden dort sein und über mich richten?» Sie sah Leif dastehen, vor den anderen Dorfbewohnern, wie er auf sie wies und rief: «Sie hat Umgang mit den bösen Geistern!» Das Bild verschwamm; Leif trug mit einem Mal die Züge des Schamanen, und es war Kreka, die hinter Frigga hervortrat, um mit dem Finger auf sie zu weisen und zu kreischen: «Du bist tot, Vala Eigensinn!»

«Nein!», stieß Vala voller Entsetzen hervor. «Ich werde dort nicht hingehen.» Sie sprang auf und stürmte hinaus, vorbei an Helge, der gerade mit fröhlichem rotem Gesicht und einem Bündel Fasane über der Schulter ins Haus wollte.

«He», rief er gut gelaunt. «Was ist denn hier los?»

Drinnen schauten sich Inga und Eirik erschrocken an. «Sie muss übermüdet sein», meinte Eiriks Mutter. «Die letzten Tage waren hart, sie hat kaum geschlafen.»

Die alte Frau stand auf und wühlte nach ihrem Umhang.

Eirik schüttelte den Kopf. «Ich habe sie noch nie feige gesehen», murmelte er.

«Nenn sie nicht feige», wies Inga ihn scharf zurecht.

Verblüfft starrte Eirik sie an. «Wo ist sie hin?», fragte er schließlich lahm.

«Natürlich zu ihrem Pferd», antwortete Inga und war ebenfalls verschwunden. In der Tür stand nur noch Helge mit seinen Fasanen, von allen unbeachtet, und kratzte sich verwirrt am Kopf. Dann sah er seinen Bruder, blass und abgemagert, der am hellen Tag nackt zwischen den Fellen saß.

«Habe ich etwas verpasst?», fragte er.

VALAS BEICHTE

Inga fand Vala im Stall, wie sie sich an Vaihs Kopf schmiegte und in einer unbekannten Sprache mit ihrer Stute sprach.

«Also, was ist los?», fragte sie. «Eirik sagt, er hat dich noch nie feige gesehen. Und ich weiß, dass er Recht hat.»

Vala schüttelte heftig den Kopf. «Ich kann nicht», flüsterte sie erstickt. «Sie werden mich davonjagen. Und diesmal, diesmal …» Sie presste ihr Gesicht in Vaihs Fell.

Inga ging die letzten Schritte zu ihr hin und fasste sie bei den Schultern. Einen Moment spürte sie störrischen Widerstand und das heftige Schluchzen, das Valas Körper durchzuckte. Dann, ohne Vorwarnung, drehte die junge Steppenreiterin sich um und warf sich ihr in die Arme. Die beiden Frauen taumelten, eng umschlungen. Schließlich sorgte Inga dafür, dass sie sich setzten. Vergraben in einen Berg duftenden Heus, beleuchtet vom warmen Schein einer blakenden Fischöllaterne und hin und wieder beschnuppert von einem erstaunten Pferd, erfuhr Inga Valas Geschichte. Noch nie hatte jemand sie vollständig gehört.

Sie wurde Zeugin des Steppengerichts, das das junge Mädchen verstieß, erlebte den Angriff der grauen Meute und die Demütigung durch den Karawanenführer. Sie lernte den Kalifen, Thebais und Johannes den Einsiedler kennen. Es war beinahe mehr, als sie verstehen und glauben konnte. Aber Inga saß still und lauschte. Nur als sie erfuhr, warum Vala so große Angst vor Leif hatte, schnaubte sie, böse und belustigt.

Vala richtete sich erstaunt auf und schaute sie mit geröteten Augen an.

Inga lachte. «Natürlich hat er Angst vor dir, Mädchen. Und vielleicht sogar wegen der Sachen, die du da erzählst.» Sie zog Vala enger an sich. «Vor allem aber, weil er versucht hat, dich zu vergewaltigen. Darauf steht bei uns die Todesstrafe.»

Vala begriff es nicht sofort. «Du meinst, ihr würdet ihn für den Angriff auf mich verurteilen?»

«Mädchen.» Inga hielt sie ein Stück von sich und schaute ihr in die Augen. «Die Frauen der Sippen sind tabu. Und du bist eine von uns, du bist Eiriks Frau. Das bezweifelt inzwischen niemand mehr. Genau das macht Leif auch solche Angst.» Sie schüttelte den Kopf. «Und ich dachte, Frigga verursacht aus Eifersucht all den Ärger.»

Vala schniefte und wischte sich die Tränen ab. «Tut sie auch.»

Inga widersprach. «Sie will ihrem Bruder beistehen. Wenn wir dich nicht anerkennen, hat er nichts zu fürchten. Ich bin erstaunt, dass er sich in ein Thing wagt.»

«Ich jedenfalls werde mich nicht hinwagen», sagte Vala und schauderte.

«Natürlich wirst du das.» Inga zog sie hoch. «Wir werden doch nicht vor diesem Pack kriechen!» Eifrig zupfte sie sich und dem Mädchen das Heu von den Kleidern. Vala folgte ihr ohne Widerspruch. Ingas Energie und Zuversicht wirkten auch auf sie.

Auf dem Weg zurück ins Haus schien die alte Frau nachzudenken. «Sag mal», begann sie dann.

«Ja?», fragte Vala zögernd.

«Ist es wegen dem, was du erzählt hast? Ist es, weil du in die Geister von Lebewesen schlüpfen kannst, dass unsere Ziegen mehr Milch geben?»

Vala musste lächeln. «Nein, das liegt an den Kräutern, die ich ihnen pflücke. Aber es macht, dass sie beim Melken weniger um sich treten.»

Inga dachte darüber nach. «Aber du hast so Eirik gefunden in jener Nacht.» Sie drückte Valas Hand, was dieser den Mut gab zu antworten.

«Nein, ich habe den Hund gefunden», bekannte sie ehrlich. «Ich», sie stockte, «ich greife nicht mehr nach Menschengeistern.»

«Ach», sagte Inga bedauernd und betrachtete ihren jüngsten Sohn, der vor die Hütte getreten war, um nach ihnen zu suchen, mit einem Blick, der nichts Gutes verhieß. «Ich wüsste manchmal zu gerne, was im Kopf von manchen Menschen vorgeht.»

Die Selbstverständlichkeit, mit der Inga ihre Beichte aufgenommen hatte, flößte Vala Mut ein. Sie sah dem Thing nun mit Nervosität, aber auch mit Entschlossenheit entgegen. Mit Inga und Eirik an ihrer Seite würde sie sich dem ganzen Dorf stellen.

Eirik kam langsam wieder zu Kräften. Noch immer schlief Vala unter seinen Fellen, dicht an seiner Seite, und diese Schlafanordnung hatte bald überaus angenehme Folgen. Zunächst sorgte sich Vala, dass Eirik seine Verletzungen unterschätzen könnte, aber er erstickte ihre halbherzigen Proteste mit Küssen. «Warte», flüsterte Vala schließlich atemlos, «bleib liegen. Ich werde mich auf dich setzen.»

Doch er rang sie nieder. «Kommt nicht infrage», flüsterte er zurück und liebkoste sie. «Ah, ihr Weiber, wenn ihr einen Mann erst mal unter eurer Fuchtel habt ...»

Vala kicherte. Leidenschaftlich umschlangen sie einander im warmen Dunst ihres Lagers, eingehüllt von völliger Dunkelheit.

«Ich liebe den Duft deines Haares», flüsterte er. Sie schmiegte sich an ihn. Der Mond stand nun schon hoch, und ein fahler, eisiger Schimmer drang durch das Rauchloch im Dach, der Eiriks Augen glänzen ließ. Sie küsste sie, eines nach dem anderen, dann legte sie ihr Gesicht an seinen Hals und schaute nach oben.

«Noch eine Woche», sagte sie, mehr nicht. Eirik zog sie an sich und umschlang sie mit beiden Armen.

«Ich bin bei dir», flüsterte er.

Vala schüttelte heftig den Kopf.

Aber Eirik nahm ihr Gesicht in seine Hände. «Ich werde nicht zulassen, dass jemand dich beleidigt, hörst du?» Nun nickte sie. «Mit all meiner Kraft», begann er und wollte sich aufsetzen, was ihn schmerzlich das Gesicht verziehen ließ.

«Eirik?», fragte sie besorgt.

Doch sie hörte ihn leise lachen. «Na ja, meine Kraft ist noch nicht auf der alten Höhe», brummte er und rollte sich auf den Rücken. Eine Weile lagen sie so nebeneinander. «Aber alles, was da ist, gehört allein dir», fuhr er fort. Sie spürte seinen heißen Atem an ihrem Ohr und bekam eine Gänsehaut. Alle Gedanken bis auf einen waren fortgeweht. Vala wollte ihn an sich ziehen, aber er leistete Widerstand.

«Wie war das mit dem Angebot von vorhin?», fragte er.

Vala lachte und kam zu ihm.

ÐER GROSSE RAT

Die Woche nach Vollmond kam und mit ihr der Eismarkt. Die zugefrorene Bucht vor dem Dorf wurde gefegt und mit Reisig belegt. Dutzende von Menschen tummelten sich dort, auch solche aus Blaufurt, die gekommen waren, um ihr Anliegen vom Rat verhandeln zu lassen. Sie alle kauften, tauschten, tranken von dem heißen Met, der ausgeschenkt wurde, und redeten über die letzten Neuigkeiten. Die Kinder kurvten auf Schlittschuhen herum. Vala schaute ihnen zu und dachte wehmütig an ihre eigenen, die zu Hause unter dem Dachbalken hingen. Es war nicht der Tag für sie, kindlichen Vergnügungen nachzugehen. Während sie die schwerelosen Kurven der Jungen und Mädchen auf dem Eis verfolgte, hingen ihre eigenen Sorgen ihr wie Mühlsteine um den Hals.

Trotz der Tannenzweige, die überall lagen und ihren Waldduft mit ans Meer brachten, stach die Kälte Vala in die Füße. Auch die Kleidung war ungewohnt für sie. Inga war am Morgen mit einem Bündel an ihr Lager getreten, hatte die Vorhänge weggerissen und so getan, als sähe sie nicht, dass Eiriks Hände auf Valas Brüsten lagen und sie beide verschwitzt waren und rot im Gesicht.

«Es ist Zeit», hatte sie in ihrer spröden Art verkündet und das

Bündel aufgeschnürt. Es enthielt Frauenkleider: das bodenlange Hemd, die Schürze darüber, eine Haube und einen Umhang. Jeder solle sehen, argumentierte sie, als Eirik entgeistert den Mund öffnete, jeder solle sehen, dass Vala eine von ihnen sei.

«Mir gefällst du, wie du bist», hatte Eirik ihr ins Ohr geflüstert.

Vala aber hatte stumm über die Kleider gestrichen, deren Stoffe Inga in wochenlanger Arbeit auf ihrem Webstuhl gefertigt haben musste. Sie hatte die bronzenen Fibeln berührt, die die Schürzenträger an den Latz schlossen. Es waren zwei besonders schöne Stücke, rund und fein ziseliert, mit Drachenköpfen, die sich zum Kreis wanden. Vala war sicher, dass es dazu eine Geschichte gab, die sie eines Tages von Inga hören würde. «Vielleicht ist es Zeit.»

Danach war sie einen Kompromiss eingegangen und hatte angesichts der beißenden Kälte ihre eigenen Hosen unter den Gewändern anbehalten. Auch die Haube hatte sie verschmäht. Als Helge sah, wie sie ein wenig traurig über die Bernsteinperlen und Federn an ihrem alten Hemd strich, war er mit einer Kette aus bunten Glasperlen gekommen und hatte sie ihr geschenkt. Er war rot geworden, als sie ihn dafür auf die Wange geküsst hatte. Stolz hatte Vala sie angelegt und sich Eirik gezeigt. Stolz hatte der sie am Arm genommen.

Nun standen sie hier. Die Menge wogte ausgelassen um sie herum. Vala schien es, als ob alle ein wenig Abstand zu ihnen hielten. Doch noch einsamer standen, ihnen gegenüber, Sige, Leif und Frigga mit den Blaufurtern, deren Fürsprecher sie waren.

Eirik und Leif nickten einander steif zu. Die Frauen blickten aneinander vorbei in die Luft. Schließlich zog Sige seinen Neffen und seine Nichte fort.

«Es wird Zeit», sagte Inga, die mit rot gefrorenem Gesicht aus der Menge auftauchte. «Sie gehen zum Thing-Platz.»

Tatsächlich kam Leben in die Dörfler. Langsam machten sich alle auf zu dem freien Platz unter der großen Eiche, wo ein Kreis von fellbedeckten Steinen Sitzgelegenheit bot. Der Rat und die

Klageparteien nahmen dort Platz; der Rest des Dorfes drängte sich darum herum. Nur allmählich wurde es still.

Vala hörte wie durch einen Schleier die Stimme des Ältesten, die tief und streng die letzten Schwätzer zum Schweigen brachte. Der Mann mit dem geschnitzten Stab trug einen gehörnten Helm und wirkte unförmig in seinem braunen Pelz. Ruhig befahl er die Blaufurter vor sich und hieß sie ihr Anliegen vortragen.

Sige war mit aufgestanden. Vala kannte die Geschichte Blaufurts bereits von Helge, der damals mit in dem von Missernten heimgesuchten Dorf gewesen war. Sie wusste von der alten Abneigung zwischen den beiden Dörfern und der Unlust der Waldweide-Leute, drüben zu helfen, der nur das Ansehen von Siges Familie entgegenstand.

Sige machte seine Sache gut, er sprach ruhig und vernünftig. Und wäre er nicht Leifs Onkel gewesen, so hätte Vala ihm Recht gegeben: Es war nicht gut, dem Nachbarn nicht zu helfen, und mochte wohl in Notzeiten auf einen selbst zurückfallen.

Vala war zu aufgeregt, um den Wortwechsel im Einzelnen zu verfolgen. Sie sah, wie die Blaufurter sich schließlich verneigten und mit finsteren Mienen beiseite traten. Man hatte ihnen Hilfe gewährt. Aber es war zu wenig gewesen. Sige selbst brachte sie schließlich zum Schweigen und richtete den Blick auf seinen Neffen, der das Kinn hob und vortrat.

«Der nächste Fall», verkündete der Älteste, «ist der von Frigga, Olafs Tochter, die angibt, Eirik vom Schlangensteinhof habe sein Heiratsversprechen gebrochen.»

Gemurmel brandete auf. Alle kannten Frigga, und jeder im Dorf wusste, dass sie mit Eirik Schönhaar verlobt gewesen war. Die Verbindung hatte als sicher gegolten. Bis Vala aufgetaucht war.

Der Älteste schaute sich um. «Ist Frigga hier?», fragte er würdig.

Leif zog seine Schwester neben sich. «Sie ist da», antwortete er an ihrer Stelle.

«Ist der Beklagte da?», fragte der Älteste dann.

434

Eirik drückte noch einmal Valas Hand, dann trat er vor. «Ich bin hier.» Seine Stimme war tief und ruhig. Vala krallte ihre leeren Hände ineinander.

«Dann bringt die Klage vor.»

Zu Valas Erstaunen war es nicht Frigga, sondern Leif, der sprach. Er wies auf Eirik. «Dieser Mann hier kam und bat darum, meine Schwester zur Frau zu erhalten. Er hatte mit ihr gesprochen, und sie war einverstanden, also stimmte ich zu. Er gab ihr einen Kamm, zum Zeichen, dass es so sei.» Leif machte eine Pause. «Doch dann kam er von der Reise mit einer anderen Frau zurück. Er hat die Ehre meiner Familie mit Füßen getreten.» Seine Stimme zitterte vor Empörung. Er wollte noch mehr sagen, doch der Alte winkte ab. Leif begnügte sich damit, Eirik einen kalten Blick zu schicken und in den Schnee zu spucken.

«Eirik vom Schlangensteinhof, was hast du dazu zu sagen?» Der Älteste musste seine Stimme heben, um das Gemurmel im Publikum zu übertönen. Niemand erwartete, dass Eirik dazu etwas mitzuteilen hätte. Die Tatsachen sprachen für sich, und alle diskutierten, wie hoch wohl die Entschädigung ausfiele, die Leif verlangen und der Rat gewähren würde. Die vom Schlangensteinhof hatten nicht viel, das wussten alle. Schulden hatten sie gemacht, ausgerechnet bei Sige. Nun, der würde ihnen diesmal keinen Kredit gewähren, das war sicher. Manche Gesichter waren schadenfroh, andere sorgenvoll, aber über allen lag gespannte Erwartung.

Floki und Hastein waren gekommen wie alle anderen. Floki hielt die Hand von Hallgerd, die ihn in jener Nacht des Festes angesprochen hatte. Sie stand dicht bei ihm, um ihm Gelegenheit zu geben, den Arm um sie zu legen und sie zu wärmen. Noch zögerte Floki. Da neigte Hallgerd sich zu ihm, zeigte mit dem Finger auf Vala und fragte neugierig: «Sie soll Liebeszauber beherrschen, sagt Frigga. Hat sie dich nicht auch einmal verhext?»

Floki und Hastein schauten einander an, mit schlechtem Gewissen. «Ach, weißt du», haspelte Floki, «so schlimm war es eigentlich nicht. Ich meine, sicher, ich habe sie einmal geküsst …»

Hastein runzelte überrascht die Stirn, und Floki spürte unsinnigerweise so etwas wie Stolz. «Eirik war natürlich wahnsinnig wütend deswegen und ist auf mich losgegangen.» Er verstummte bei der Erinnerung an sich selbst, blutend im Schlamm.

«Du hast gegen Eirik gekämpft?» In Hallgerds Stimme war pure Bewunderung. «Und bist mit dem Leben davongekommen?»

«Ja, weißt du …» So hatte Floki es noch gar nicht betrachtet. Er dachte an die Worte, die er mit dem Mut der Verzweiflung Eirik entgegengeschleudert hatte. «Alles eine Frage der Geistesgegenwart und des Überblicks.» Endlich wagte er, seinen Arm um Hallgerd zu legen, und wurde dadurch belohnt, dass sie sich noch enger an ihn schmiegte. Er konnte ihre Wärme durch die Kleider hindurch fühlen. In diesem Moment hätte Floki die ganze Welt umarmen können.

Eirik antwortete zu den Vorwürfen. «Ich war mit Frigga verlobt», sagte er, «bis zum Tag vor unserer Abreise. Dann kam sie und löste die Verlobung auf.»

«Ha!» Leif sprang auf und brüllte: «Welchen Grund sollte sie dafür gehabt haben?» Er sprach aus, was alle dachten.

Aber Eirik schwieg. Er wusste ja selbst nicht, was das Mädchen damals getrieben hatte. Die Lust, ihn zu quälen? Der Wunsch, ihn betteln zu sehen? Es war ein Spiel gewesen, das sie mit ihm gespielt und dessen Verlierer sie beide gewesen waren. Die stolze Frigga. Er schaute sie an und rasch wieder fort. Von ihm würde man kein Wort dazu hören.

Die Reaktion der Zuschauer auf sein Schweigen war nicht gut. Die Leute glaubten ihm nicht, man konnte es hören. Hastein verschränkte die Arme und schaute Floki vielsagend an.

«Kannst du beweisen, was du sagst?», fragte der Älteste.

Der antwortete: «Sie gab mir damals den Kamm zurück, den ich ihr geschenkt hatte. Fragt sie, ob sie ihn noch hat.»

Der Älteste drehte den Kopf zu Leif, der völlig verdattert dastand. Doch es war Frigga, die antwortete: «Ich habe ihn nicht mehr. Aber ich gab ihn erst zurück am Tag des Festes, als er mit der da», sie wies mit dem Kinn auf Vala, «auftauchte.»

Ihr blauer Blick bohrte sich in den ihres Bruders, der sie argwöhnisch anstarrte. Kam Leif die Erkenntnis, dass seine Schwester ihm etwas verschwiegen und ihn in einen zweifelhaften Prozess hineingezogen hatte?

Nur Vala sah, dass er schwitzte. Er hat Angst vor mir, dachte sie. Er hat immer noch Angst. Diese Furcht kann für uns alle tödlich sein.

Eirik schüttelte den Kopf. «Sie lügt», sagte er, laut und deutlich, doch mehr sagte er nicht.

Der Älteste wandte sich an die Leute von Waldweide. «Ist hier jemand, der Eiriks oder Friggas Worte bestätigen kann?» Alles schwieg.

Valas Hand krampfte sich um den Kamm in ihrer Tasche. Sie warf Inga einen Blick zu, die den Kopf schüttelte. Dennoch stand sie rasch entschlossen auf. «Hier ist der Kamm», rief sie und hielt ihn hoch. «Eirik hat ihn mir am Ufer des Schwarzen Meeres geschenkt.»

Das Raunen schwoll wieder an.

«Hexe», zischte Frigga. «Er kann ihn dir damals gar nicht gegeben haben.»

Der Älteste hob die Hände, aber die Murmler und Zwischenrufer ließen sich nicht so leicht zum Schweigen bringen. «Sie lügt für ihren Mann», kreischte jemand empört. Der Älteste pochte energisch mit seinem Stock auf den Boden. Schließlich war die Ruhe einigermaßen wiederhergestellt.

«Ich frage noch einmal», rief er. «Ist hier jemand, der die Aussagen, die gemacht wurden, bestätigen kann?»

Hastein schaute Floki an. Der schien noch zu zögern, aber dann hellte sich sein Blick auf. Fest drückte er die überrascht aufquiekende Hallgerd an sich. Vala hatte Recht gehabt, er war liebenswert. Und er würde großzügig sein, er würde sich nicht an Eirik rächen wie ein beleidigtes Kind. Er beugte sich zu Hastein hinüber. Ihm war, als hebe sich eine Zentnerlast von seiner Seele. «Los», flüsterte er, «zeig's ihnen.»

Hasteins Stimme überschlug sich fast, als er sich meldete. «Es stimmt, was sie sagt. Ich habe den Kamm auf der Fahrt gesehen», rief er voller Eifer. «Eirik hat mir erzählt, dass Frigga ihn ihm so heftig vor die Füße warf, dass ein Stück davon abbrach.»

Totenstille herrschte, als der Älteste sich den Kamm von Vala geben ließ und über seine Kanten fuhr. «Da fehlt tatsächlich ein Stücklein», verkündete er und wandte sich Frigga zu, «geradeso als wäre er unsanft behandelt worden.»

Aufruhr brach los. «Sie hat gelogen», tönte es aus dem Publikum. Vala setzte sich wieder, sie spürte es, die Stimmung schlug um. Gelächter drang aus den Reihen, das Leifs Gesicht blass werden ließ. Vala sah die Wut in seinem Gesicht, sah, wie sein Griff um Friggas Arm hart wurde und diese sich wütend losriss. Das Gelächter wurde stärker.

Floki und Hastein umarmten einander. Rollo, der sie über die Köpfe seiner Nachbarn hinweg beobachtete, nickte versonnen. Als Ragnar an ihn herantrat und ihm kameradschaftlich auf die Schulter klopfte, erwiderte er die Geste mit einer heftigen Umarmung. Da ertönte ein Schrei.

«Meine Schwester ist keine Lügnerin!», brüllte Leif. Alles verstummte. Frigga neben ihm stand da so bleich wie Schnee. Könnten Blicke töten, Vala wäre entseelt von ihrer Bank gesunken.

Leif tat einen Schritt vor, auf Vala zu, dann noch einen. Er hob die Hand. «Die da ist eine Hexe. Sie hat diese Jungen verzaubert, dass sie nach ihrem Mund reden, genauso wie Eirik. Ich verlange ein Gottesurteil.»

Vala begann zu zittern. Sie griff nach ihrem Amulett, spürte die Hand des Schamanen daran ziehen, den Ruck, mit dem die Schnur in ihrem Nacken riss. Sie hörte die Stimme: Du bist tot, Vala Eigensinn.

Hilfe suchend wandte sie sich um. «Was ist ein Gottesurteil?», flüsterte sie. Inga löste sich von ihrer Seite und verschwand.

Da trat Eirik zwischen sie und den Kapitän der «Wildpferd». Er zog sein Schwert und berührte damit den Boden vor einem Bildstein. Vala erkannte Runen darauf und das strenge Gesicht eines Gottes. Es sah aus, als würde Eirik ihn grüßen.

«Wenn du es wünschst, ich bin bereit», erwiderte er und fügte, an den Rat gewandt, hinzu: «Ich stehe hier für Vala vom Schlangensteinhof.»

Nein, wollte Vala schreien. Er ist noch verletzt, er kann sich keinem Gegner wie Leif stellen. Es zerriss ihr das Herz, wie er dastand, gerade und aufrecht. Sie wusste, dass schon das ihn all seine Kraft kostete. Der Wind zerrte an seinem Haar, sein Atem war weißer Rauch und verhüllte beinahe das Gesicht mit den blauen Augen. Für einen Moment sah sie ihn gefällt, tot, raureifbedeckt auf der blutbefleckten Stätte liegen. Vala blinzelte. Nein, er durfte nicht für sie sterben. Sie würde selbst kämpfen, selbst für sich einstehen. Sie sprang auf und öffnete den Mund. Da zog Helge sie wieder auf die Bank zurück.

«Leif Olafsohn, bist du einverstanden mit diesem Kämpfer?», fragte der Älteste den Kapitän.

Vala sah, wie Leif zögerte. Dann bemerkte sie hinter ihm Inga, die Frigga am Ärmel gezogen hatte und nun auf sie einredete. Die Blicke der beiden Frauen wanderten zu Leif, Ingas entschlossen, Friggas zutiefst erschrocken. Sofort begriff Vala, was da geschah: Inga drohte Frigga damit, Leifs Verfehlung öffentlich zu machen. Sie drohte, ihn wegen Vergewaltigung anzuklagen. Sie sah, wie Frigga sich auf die Lippen biss. Sige wurde aufmerksam und drehte sich zu den Frauen um. Das beschleunigte Friggas Entschluss. Ehe ihr Onkel bei ihr war, schlüpfte sie von Inga fort an Leifs Seite. Vala sah den Kapitän an, ihre Blicke trafen sich. Schneeflocken legten sich auf das Fell des Löwen um Leifs Schultern, während er reglos dastand.

Dann wandte er sich ab und warf mit einem abfälligen Schnauben sein Schwert in den Schnee. «Es ist die Sache nicht wert», hörten ihn die Dörfler zum allgemeinen Erstaunen, ja Entsetzen murmeln. Leif Olafsohn, der stolzeste Mann des Dorfes, hatte sich vor einem Zweikampf gedrückt!

Die Nachricht machte die Runde schneller, als Feuer sich durch trockenes Gras fraß. Leif hatte es nicht gewagt, gegen Eirik anzutreten!

Eirik steckte sein Schwert in die Scheide. Nur Vala sah, dass er dabei wankte. Die Klinge zu halten und aufrecht zu stehen hatte ihm viel Kraft abverlangt. Er nahm Vala beim Arm. Inga und Helge folgten dicht hinter ihnen, als sie durch die Menge schritten. Manche klopften ihnen auf die Schultern, andere zischten. Eirik schaute geradeaus. Schweigend und aufrecht machte er sich auf den Weg nach Hause.

«Ich weiß nicht, ob das klug war», flüsterte Vala Inga zu, als sie schon am Bachlauf waren und der Hof bald in Sicht kam.

Inga schüttelte den Kopf. «Es war notwendig», sagte sie. Die Frauen schwiegen und betrachteten Eirik, der vor ihnen her auf Helges Arm gestützt durch den Schnee stapfte.

Vala nickte. Eirik rief ihren Namen. «Ich komme, Liebster», rief sie.

Inga sah, wie die beiden sich umarmten. «Die Götter werden es weisen», murmelte sie.

Das Wiedersehen

Der Frühling brachte die Neuigkeit ins Dorf, dass Sige mit seinen Geschwisterkindern von Waldweide fortgezogen war zu seinen Verwandten nach Blaufurt.

Nicht nur gute Wünsche folgten ihnen. Manche im Dorf betrachteten ängstlich seine Hütte und fühlten sich verlassen. Zu groß für jeden anderen, stand sie leer, und das Dach verfiel. Die vom Schlangensteinhof schwiegen dazu.

Die veränderten Verhältnisse machten sich bald bemerkbar.

Eines Morgens, als der Schnee schon bis zur Bank vor dem Haus abgetaut war, kam Besuch auf den Schlangensteinhof. Inga hatte ihn als Erste erspäht.

«Das ist Gundis, die Frau von Armods Ältestem», erklärte sie Vala und trat in die Tür, um den seltenen Gast zu empfangen.

Gundis hatte ihren Sohn dabei, einen siebenjährigen Jungen mit Sommersprossen und weit auseinander stehenden Schneidezähnen, der normalerweise fröhlich in die Welt grinste, heute aber das Gesicht verzog und den Kopf wie ein Kleinkind in der Schürze seiner Mutter verbarg.

«Er isst nichts», sagte Gundis nach der Begrüßung, «und er sagt, das Schlucken tut ihm weh.»

Vala, der die Erklärungen galten, zog den Jungen zur Tür und ging in die Knie. «Du musst einmal deinen Mund aufmachen», sagte sie. «Damit ich hineinsehen kann. Ich werde nur schauen. Es tut nicht weh.» Der Kleine betrachtete sie überrascht. Er lauschte ihrem seltsamen Akzent nach, der alles, was sie sagte, so komisch klingen ließ, studierte ihr Lächeln und sperrte schließlich zögernd seinen Schnabel auf.

Im Licht des strahlenden Frühlingstages sah Vala das gerötete Zahnfleisch und die Bläschen, die sich überall auf Zunge, Zahnfleisch und Gaumen breit gemacht hatten bis hinunter in den Rachen. «Er hat die Mundfäule», sagte sie. Sie ging zu ihrem Lager, wühlte in ihrem Medizinbündel und fand die Kräuter, die sie suchte. Dazu ergriff sie noch ein kleines Glasfläschchen mit einem Stopfen.

«Jetzt», sagte sie zu dem Jungen, «wird es wehtun. Ich will dich nicht anlügen. Das hier brennt.» Sie hob das Fläschchen hoch. «Aber danach wird es dir besser gehen.»

Der Junge hatte die Knie seiner Mutter umklammert, kam aber zögernd auf sie zu.

«Nimm ihn auf deinen Schoß», riet Vala Gundis, die daraufhin ihren Sohn umklammerte, als gälte es sein Leben.

Als sie das Fläschchen geöffnet, einen kleinen Stofffetzen um ein Stöckchen gebunden, hineingetunkt und damit die erste Stelle im Mund des Kleinen berührt hatte, zuckte er zusammen, und Tränen begannen aus seinen Augen zu fließen.

«Das mache ich noch fünfmal», sagte Vala, «du kannst mitzählen. Dann ist es vorbei. Eins.»

Als sie fertig waren, gab sie ihm einen anerkennenden Klaps.

«Du bist sehr tapfer gewesen», sagte sie. «Magst du die jungen Hunde sehen?»

Inga stand auf und führte ihn zu dem Wurf, den die Hündin, die sie als Verstärkung für den noch immer hinkenden Fang gekauft hatten, ihnen beschert hatte. «Habe ich dir schon die Geschichte erzählt», hörte Vala sie sagen, «wie der Vater dieser Kleinen Eirik vor den Wölfen rettete?»

Sie wandte sich Gundis zu und gab ihr einige der Kräuter. «Das hier ist Odermennig», sagte sie.

Gundis nickte. «Ich erkenne es. Und die anderen?»

«Nussbaum, Schachtelhalm, Kamille.» Gundis nickte dreimal. Nichts daran schien ihr Zauberei zu sein. Sie lauschte den Erläuterungen Valas, wie sie daraus einen Tee brauen und ihren Sohn viermal täglich damit gurgeln lassen sollte, und versprach, alles genau zu befolgen. Dann wurde sie wieder nervös, und Vala wartete, bis sie aus ihrem Umhang genestelt hatte, was sie suchte.

Gundis hielt es ihr hin: Es war eine Mütze aus rotem Stoff, fellgefüttert und mit reich bestickten Nähten. «Mutter hat sie gemacht», erklärte sie.

«Das ist zu viel», sagte Vala und streckte die Hände danach aus. Sie musste lächeln; Gundis hatte bemerkt, dass sie nicht die üblichen Hauben trug, und ihr Geschenk danach ausgesucht. Vala drehte die Mütze in ihren Händen. Mit ihrer runden Form erinnerte sie sie ein wenig an die Fellmützen der Krieger daheim. Sie war wunderschön, aber dennoch. «Es ist zu viel.» Bedauernd reichte sie Gundis die Mütze zurück.

Die schob ihre Hände von sich fort. «Mutter hätte es so gewollt», sagte sie.

«Hätte?», fragte Vala erschrocken und dachte an die Frau mit dem Winterapfelgesicht.

«Ja, sie starb im Eismonat.»

«Das tut mir Leid», sagte Vala. «Hätte ich nicht etwas …»

Gundis unterbrach sie. «Niemand konnte etwas tun. Sie war alt.»

Die beiden Frauen saßen lange da und unterhielten sich über

Armod und seine Frau. Vala erzählte von Armod auf der Reise, von seiner Ruhe und Freundlichkeit und wie er ihr geholfen hatte. «Ich werde die Mütze als Andenken behalten», sagte sie schließlich, als Inga mit dem Jungen zurückkam und alle aufstanden.

«Wir danken dir.» Gundis begegnete auf ihrem Heimweg Eirik, der vom Eisfischen kam und pfeifend seine Beute schwenkte. Vala sah ihn kommen, kurz bei der Frau stehen bleiben, dem Jungen über den Kopf streichen und dann den Weg zum Haus einschlagen, zu ihr, und ihr Herz klopfte, wie immer, wenn sie ihn sah.

Sie umarmte ihn stürmisch, und er erwiderte die Zärtlichkeit fest und warm. «Na», sagte er, als sie an seinem Hals hing. «Haben endlich auch die anderen verstanden, was für ein Wunder du bist?»

Je weiter der Schnee abschmolz, desto mehr Patienten kamen, und Vala tat ihr Bestes. Nur gegen Helges Liebeskummer schien kein Kraut gewachsen. Alles, was Vala tun konnte, als die Zeit gekommen war und er das Schiff besteigen sollte, um mit den anderen seine erste große Fahrt anzutreten, war, ihm im letzten Moment den Kamm zuzustecken, an dem er den ganzen Winter über bis zum Fest geschnitzt hatte.

«Vielleicht findest du unterwegs ja eine, der du ihn geben möchtest», flüsterte sie ihm ins Ohr und entließ ihn aus ihrer Umarmung.

Helge sah missmutig drein. «Ich bin nicht so ein Glückspilz wie mein Bruder», brummte er und schaute zum Kai, wo Hallgerd sich an Floki lehnte, der seinem Freund Hastein einen Abschiedsgruß zurief. Dann wandte er sich ab.

«Hastein!» Eirik klopfte dem Jüngeren erfreut auf die Schulter. «Eine neue Fahrt? Gibt es keine, die dich hier hält?»

Hastein grinste verschwörerisch zurück. «Im Vertrauen», antwortete er, «alle, die heute weinen, weinen mir nach.» Er lachte und warf sein Bündel an Bord.

Eirik schüttelte den Kopf, als er ihm nachsah. Mehr und mehr erinnerte der Junge ihn an Sigurd, seinen alten Freund. Derselbe Humor, dieselbe Leichtfüßigkeit. Er hoffte, Hastein käme wieder.

Vala und Eirik winkten, solange das Boot zu sehen war. Eirik dachte an seine eigene Fahrt. Er betrachtete Vala, die neben ihm stand und sich mit Hallgerd unterhielt. Sie trug die rote Mütze von Gundis, mit ihrem runden Pelzkranz, die ihr gut stand. Ihr Haar, das als dicker Zopf darunter hervorhing, glänzte seidiger als der Fuchs. Ihr Kleid hatte sie im selben Rot gefärbt, den Mantel darüber blau. Er war verziert mit fremdartigen Stickereien, verschlungenen Bändern und Spiralen, dazwischen Wölfe, die man aber neuerdings auf dem einen oder anderen in Waldweide getragenen Tuch wieder zu finden begann.

Wie immer, wenn er sie sah, wurde es Eirik warm. Der kalte Wind hatte ihre Wangen rot gefärbt, die schwarzen Augen blitzten, und ihre schmalen Hände gestikulierten, während sie sich von Hallgerd und Floki verabschiedete. Es gab unter dem weiten Himmel keine schönere Frau. Er wollte zu ihr gehen und es ihr ins Ohr flüstern, als er beinahe über einen Mann stolperte.

Der saß im Schatten der Fässer, die ein Segler von Haithabu gerade abgeladen hatte, zusammen mit anderen, deren Halsringe aneinander gekettet waren, Männer und Frauen. Es waren Leibeigene. Gardar zahlte gerade das Handgeld für ihn, und der Mann wurde losgemacht. Es schien ihn gar nicht zu kümmern, dass man ihn auf die Beine zog, er starrte immer nur Vala an.

Eirik folgte ihm und Gardar einige Schritte und musterte den Fremden genau, seine schwarzen Locken, die abgemagerte Gestalt. Als der andere seinen Blick bemerkte, duckte er sich und zeigte ein unterwürfiges Lächeln, das ein Gebiss freilegte, dessen Strahlen durch zwei ausgeschlagene Zähne beeinträchtigt wurde.

Ein Schmeichler, dachte Eirik abfällig, ein Narr. Ein Kind, sagte er sich dann, als er die großen, traurigen Augen sah. Was sollte es, es war ein Leibeigener. Eirik wollte an ihm vorbei zu Vala,

444

als in den anderen plötzlich Bewegung kam. Wie ein Gaukler nahm er einige Früchte, verschrumpelte Äpfel, die in einem der Fässer gelagert hatten, warf sie in die Luft und jonglierte damit. Gardar musste lachen.

«Hepp», rief der Fremde. Ein roter Apfel flog zu Vala, die sich überrascht umgewandt hatte und ihn gerade noch auffing. «Eine Orange?», fragte der Mann.

Vala betrachtete den Apfel. Es dauerte eine Weile, bis die griechischen Worte in ihren Geist sanken und die Erinnerung an jene Orange hervorriefen, die Claudios einst der jungen Steppenreiterin hingehalten hatte, die direkt aus der Wildnis zu ihm kam. Langsam schaute sie auf und ihm ins Gesicht. Es ging dem Mann wie der Frucht: Der süße Saft der Jugend war dahin. Man sah ihm an, dass er ein Leben in Ketten geführt hatte. Es tat weh, die dunklen Höhlen in seinem Mund zu sehen. Dann dachte sie an Selim.

Eirik trat neben sie. «Wer ist dieser Mann?», verlangte er zu wissen.

Und auch Claudios fragte: «Wer ist der Mann, Vala? Ist das dein Herr?» Seine Stimme wurde hündisch, er krümmte sich ein wenig mehr, doch die Äpfelchen flogen fröhlich weiter. «Könnte er nicht auch mich nehmen? Ich bin fügsam, ich bin stark. Er könnte sich auf mich verlassen. Sag ihm das doch, Vala. Ich will nicht zu diesem …» Er gestikulierte in Richtung Gardar, der mit seinem verbrannten Gesicht unheimlich genug aussah, und zog eine lustige Grimasse. Einige Kinder, die herzugelaufen waren, lachten.

«Er ist nicht mein Herr, Claudios», sagte Vala und schüttelte den Kopf.

«Vala?» Eiriks Stimme war ruhig.

«Es ist ein Sklave», sagte sie, «er kennt nichts anderes.» Jedes Wort fiel ihr schwer, zu sehr, zu verwirrend mischten sich Kummer und Verachtung. «Darum wollte er einst auch mich zu einer Sklavin machen.»

Eirik betrachtete sie prüfend, sie stand ohne Regung und blinzelte in den Wind. Dann schaute er Claudios an. Gardar, der bemerkt hatte, dass man sich über ihn lustig machte, gab ihm eine Maulschelle, die der Grieche unterwürfig hinnahm, die Arme vor dem Gesicht gekreuzt, um gleich darauf hinter der Hand den Kindern zuzublinzeln, die den Vorgang johlend verfolgten.

Eirik dachte nach. Dieser Mann ging Vala etwas an, so viel verstand er, und die Eifersucht wallte heiß in ihm auf. Er konnte nicht sagen, ob es Gutes oder Schlechtes war, was die beiden verband. Aber eines wusste er: Er wollte ihn nicht um sich haben.

«Dann wird es Zeit, dass er die Freiheit kennen lernt», sagte er. «Nicht wahr?»

Vala antwortete nicht. Zwei Tränen rollten ihr über die Wangen. Sie wischte sie fort und nickte.

Eirik ging zu Gardar und begann zu verhandeln. Sie hatten keine Leibeigenen auf dem Schlangensteinhof, zu Valas großer Erleichterung, konnten es sich nicht leisten. Sie wusste, der Kauf würde Eirik Geld kosten, das er nicht ausgeben durfte. Sie wollten Vieh kaufen beim nächsten Markt; der Winter hatte Lücken in ihre Bestände gerissen.

Sie sah, wie Gardar sich am Kopf kratzte. Es war klar, er wollte Eirik nicht vor den Kopf stoßen, aber das Gebot war ihm zu niedrig. Vala trat dazu. «Ich werde in deiner Schuld stehen», sagte sie.

Gardar schaute sie an und nickte. «Die Dienste eines Heilers beanspruchen zu können ist nie verkehrt», meinte er. «Meine Frau kommt bald nieder.»

«Du wirst einen ewigen Anspruch haben», versicherte Vala ihm.

Da gab Gardar Eirik die Münzen zurück, ging zu dem Sklaven und löste ihm die Halsfessel. Das Ende schlug er ihm über den Rücken. «Nun lauf, verschwinde», brummte er. Und setzte an Eirik gewandt hinzu: «Der Spaßvogel hätte eh zu nichts Gutem getaugt.»

Völlig überrascht stand Claudios da, rieb sich den nackten Hals und blinzelte in den blauen Himmel. Er schwankte. So ungebunden in dieser Welt, fand er sein Gleichgewicht nicht ohne weiteres. Überhaupt schien er mehr erschrocken als erfreut. Dann schaute er Vala an, als erwarte er von ihr eine Erklärung.

Die Steppenreiterin wollte auf ihn zugehen, aber sie brachte es nicht fertig. Eiriks Arm nehmend, murmelte sie: «Geh heim, Claudios.» Wo immer das auch sein mochte, dachte sie. «So wie ich es tue.»

Von dem besorgten Eirik geführt, ging sie langsam davon. Sie spürte, wie es in ihm arbeitete, und war ihm dankbar, dass er sie nicht mit Fragen bedrängte. Sie sah den Bachlauf, an dessen Westseite sich im Schatten der letzte Reif hielt, sah die Wälder an den Hängen, die bereits das erste Grün ansetzten, und sog tief die Luft ein, diese Mischung aus Meer und Tannenharz, die ihr nun so vertraut war.

«Ich liebe dich», sagte sie.

Eirik nahm sie in den Arm und küsste sie. «Das war alles, was ich wissen wollte.»

Der Sommer lag mit leichter Hand auf dem Schlangensteinhof.

Die Sonne in ihrem Nacken, das vertraute Klacken, mit dem das Gatter morgens und abends hinter den Schafen zufiel, das Wogen des Korns um ihre Hüften, Eiriks Axt, die in seinen hoch erhobenen Händen glänzte, ehe sie niedersauste und den harzigen Duft des Holzes befreite, der salzige Geschmack des Schweißes auf seiner Haut, die Lichter in seinem sonnengebleichten Haar – Vala umarmte das Leben, das ihr all dies bot. Tag für Tag Arbeit, Nacht für Nacht Eiriks Umarmung, deren Lust sich nie erschöpfte; es gab nichts, wofür sie dieses Leben aufgegeben hätte.

Eines Tages hielt Inga Vala am Rock zurück, als sie an ihrer Bank vorbeiwollte. «Es ist doch schon das zweite Mal, oder?», fragte sie eifrig.

Vala schaute sie verdutzt an. «Ich weiß nicht, Mutter. Was meinst du? Was ist das zweite Mal?» Ohne Eirik aus den Augen zu lassen, der gerade ein paar frische Stämme entrindete, setzte sie sich neben Inga und half ihr, die herumschwebenden Daunen der Gänse, die sie gerade rupfte, in einen Sack zu stopfen. Die kleinen weißen Dinger flogen herum wie die Samen des Löwenzahns.

«Na, dass du nicht blutest», sagte Inga. Ihre Stimme war dünn vor Erwartung.

Vala war froh, dass sie sich in diesem Moment weit nach vorne gebeugt hatte und Inga deshalb ihr rotes Gesicht nicht sehen konnte. «Woher weißt du das?», flüsterte sie, als sie sich schwer atmend wieder aufrichtete.

Inga nahm ihre Hand und tätschelte sie. «Eine alte Frau sieht so manches.»

Vala kaute auf ihrer Unterlippe. Sie hätte es sich denken können. Nichts blieb verborgen, wenn man so dicht aufeinander lebte. Die gesamte «Windpferd» hatte von ihrer ersten Schwangerschaft gewusst. Warum sollte es Inga verborgen bleiben?

«Willst du es ihm nicht langsam sagen?», hörte sie die Alte fragen. Valas Gedanken wanderten an die fernen Ufer des Dnjepr.

«Es gibt doch wirklich keinen Grund zu schweigen, oder?», fragte Inga.

Valas düstere Erinnerungen verflogen. Sie fing eine letzte Daune ein, die vor ihrem Gesicht in der Sonne schwebte. «Nein», sagte sie und stand auf.

Zufrieden sah Inga, wie sie zu Eirik hinüberging, die Hüften schwer von Sommer. Ein Enkelkind! Sie wartete nicht, bis die beiden zu ihr kamen. So rasch sie konnte, sprang sie auf und eilte zu ihrem Webstuhl. Nachdenklich ließ sie die Fäden durch ihre Finger gleiten. Dann begann sie, sie abzuziehen. Ihre neue Arbeit musste feiner werden, viel feiner. Es sollte ein Tuch werden, so weich, wie es noch in keiner Wiege in Waldweide gelegen hatte.

WINTERMÜHE

Verwirrt tauchte Vala aus dunklen Träumen auf. Sie sah die Umrisse der Pfeiler in der Dunkelheit; das Lager neben ihr war leer. Ihre Hand fuhr über die noch warmen Felle. Was war geschehen? War das Herdfeuer ausgegangen? Mühsam richtete sie sich auf. Das Kind, obwohl seine Geburt noch fern war, lag schwer auf ihr. Es würde mit dem Sommer kommen. Nun war Eismonat, Schlittschuhmonat. Und wieder würde sie nicht auf Kufen stehen. Inga in ihrer Koje schnarchte. «Eirik?», fragte Vala schlaftrunken.

Dann hörte sie erneut, was sie geweckt hatte. Es pochte am Tor.

Eirik stand an der Tür, sie hörte seine Stimme, sah das graue Licht des frühen Morgens hereinsickern. Fang stand an sein Knie gelehnt und knurrte. Jemand draußen sprach, doch er kam nicht herein. Die Tür schloss sich wieder, ohne dass Vala ein Wort hätte verstehen können. Fang schnürte eifrig hinter Eirik her zu ihr und versuchte, auf das Bett zu springen.

«Ist ja gut, mein Alter.» Vala kraulte das struppige Fell des Hundes und schubste ihn dann energisch wieder vom Podest. «Du bist mir zu schwer, schlaf dich woanders aus.»

Wohlig kuschelte sie sich wieder in die Felle. «Er stinkt nach Fisch», sagte sie, als Eirik sich wieder zu ihr setzte. «Wer war das?»

«Nachricht von Gardar», murmelte Eirik, küsste sie und runzelte die Stirn.

Vala setzte sich auf und schob das warme Fell zurück. «Ist es so weit?»

Eirik nickte und machte sich daran, das Feuer anzuschüren. «Aber es war keiner seiner Neffen, der die Nachricht brachte. Ich kenne den Jungen nicht.»

«Vielleicht einer von den Fischerjungen, der sich eine Münze verdient», mutmaßte Vala. Sie konnte all die rotznasigen, blondstruppigen Bengel von den Kais nicht auseinander halten. «Ich werde gehen müssen.» Sie suchte nach ihrem Mantel.

Eirik hob mit der Zange Steine aus der Glut und bereitete ihr einen Tee, von dem er wusste, dass sie ihn am Morgen gerne trank, seit sie schwanger war. Liebevoll legte er die Hand auf ihren Bauch. «Es ist mir nicht recht, dass du bei diesem Wetter aufbrichst. Vor allem heute nicht, wo ich Rollo versprochen habe, ihm beim Eisfischen zu helfen. Du kannst nicht alleine gehen.»

Vala nahm dankbar die Tasse und zuckte mit den Schultern. «Ich stehe im Wort», sagte sie.

Eirik nickte grimmig. «Wegen dieses Griechen.»

Sie strich ihm über das schlafwirre Haar. «Ich werde Fang mitnehmen», sagte sie und seufzte. «So, wie der riecht, wirst du uns jederzeit finden. Nur immer den Möwen nach.»

Eirik lächelte und ließ sie allein, damit sie packen konnte, was sie benötigte. Als sie fertig war, pfiff sie nach Fang, machte noch einen Morgenbesuch im Stall, um sich von Vaih zu verabschieden, die nun um ihren morgendlichen Ausritt gebracht wurde, und brach auf.

Es war ein unangenehmer Tag, der da heraufdämmerte. Die Schneeflocken fielen groß und stumm aus einem grauen Himmel, an dem sich nicht einmal die Umrisse einer Sonne zeigen wollten. Grau in grau verwoben sich Dunst und Rauch. Der Schnee auf dem Weg war feucht, und die Füße versanken knöcheltief darin. Vala stapfte keuchend und langsam voran, und selbst Fang schnürte nicht so fröhlich wie sonst, sondern hüpfte unentschlossen von einem Punkt zum nächsten, schnüffelte lange herum, hob die Schnauze und winselte manchmal.

«Armer Kerl», meinte Vala. «Schneidet das Eis dir in die Pfoten?» Sie hielt ein-, zweimal an und befreite ihn von schneeigen Klumpen zwischen seinen Ballen. Als sie an einen Hohlweg kamen, wo die Amseln im feuchten Gezweig der Heckenrosen an Beeren, so rot wie Blutstropfen, pickten, blieb er stehen und knurrte.

«Nun komm schon», trieb Vala ihn an, der die Feuchtigkeit

in die Stiefel zu kriechen begann. «So viel Mitleid darfst du auch wieder nicht erwarten.» Sie wollte weitergehen, aber Fang drückte sich gegen ihre Beine. Die Amseln flogen zeternd auf.

«Was ist denn?», wollte Vala fragen. Da traf sie etwas an der Schulter. Sie zuckte zusammen und starrte verständnislos um sich. Niemand war zu sehen. Nur zu ihren Füßen lag halb versunken ein Knüttel im Schnee.

Ihr Blick irrte am tief verschneiten Gewirr der Büsche entlang. Wackelte dort ein Ast, rieselte da mehr Schnee herab?

«Fang», rief sie nervös. Der Hund verstand und blieb dicht bei ihr. Langsam, Schritt für Schritt und die Augen nicht von der Stelle gewandt, von der das Stück Holz geworfen worden sein musste. Ihre Hände umfassten den Sack, der nichts enthielt als Kräuter. Unter dem Mantel steckte noch ihr Messer. Vielleicht sollte sie …

Ihre Hand war gerade unter die vielen Schichten aus Stoff und Pelz gewandert, als der Schrei ertönte: «Odin!» Vala drehte sich um und sah zwei Männer aus dem Gesträuch brechen. Sie trugen Fellkappen, ihre Pelze waren überstäubt vom Schnee, den sie aufwirbelten. Der erste, das sah Vala mit erstaunlicher Klarheit, trug eine Axt in der Hand mit dem nietenbewehrten Lederband am Gelenk. Sein Mund war verzerrt vor Anstrengung, und die Zöpfe, zu denen sein Bart geflochten war, flogen, als er auf sie zukam.

Fang sprang vor, verbiss sich in der Hand und brachte den Angreifer ins Stolpern. Der zweite hatte ein Schwert gezückt. Einen Moment lang starrte er seinen Gefährten an, der sich mörderisch schreiend mit dem Hund am Arm im Kreis drehte. Dann wandte er sich Vala zu.

Sie wich ihm mit einer Drehung aus; ihr gezücktes Messer fuhr über sein Gesicht. Blut spritzte in den Schnee. Der Mann stieß seinen Gefährten samt dem Hund mit einem Fußtritt beiseite. Jetzt war sein Schwertarm frei. Vala fasste ihr Messer fester. Sie hatte seinen Hals treffen wollen. So dicht würde er sie nicht noch einmal an sich herankommen lassen. Und der Schnee erlaubte kein rasches Ausweichen. Mit erhobener Klinge stand er vor ihr.

Da ertönte ein dumpfer Knall. Vala sah die aufgerissenen Augen ihres Angreifers. Das Schwert hielt er noch immer hoch erhoben, zum Schlag bereit. Doch er kam nicht mehr dazu. Lautlos, ohne eine Bewegung, fiel er nach vorne in den Schnee. Hinter ihm wurde ein Mann sichtbar.

«Eirik!»

Mit wenigen Schritten war er heran, stellte seinen Fuß auf den Leichnam und zog seine Axt aus dessen Rücken. «Fang, hierher!», rief er. Vala bückte sich und empfing das Tier, das sie heftig an sich drückte, mit offenen Armen. Der zweite Angreifer hielt sich den zerfetzten, blutenden Arm. Dann drehte er sich blitzschnell um und verschwand im Gebüsch.

Eirik ging zu dem Toten, drehte ihn mit einem Fußtritt auf den Bauch und betrachtete ihn nachdenklich. Vala richtete sich mit zitternden Knien auf.

«Warum bist du hier?», fragte sie. Ihr Atem stand wie Rauch vor ihrem Gesicht. Zwei Elstern ließen sich im Gezweig nieder, schwarzweiß wie der Wald, und beäugten mit schief gedrehten Köpfen den Kadaver.

Eirik schaute auf. «Ich sagte doch, dass ich den Jungen nicht kenne», erwiderte er. «Mir war nicht wohl bei der Sache.» Er versetzte der Leiche einen Tritt.

Vala ging zu ihm, und sie umschlangen einander. Eine Weile standen sie so ganz still, Fang beobachtete sie mit aufgestellten Ohren.

«Glaubst du, Gardars Frau ...?», begann Vala nach einer Weile und löste sich aus der Umarmung.

«Nein», sagte Eirik. «Aber wir sollten dennoch hingehen.»

Gemeinsam legten sie den Rest des Weges zurück, bis sie das Dorf vor sich sahen, die Hütten in den Nebel gebettet wie Eier in ein Nest. Gardar war erstaunt, so früh Besuch zu sehen. Noch im Hemd ließ er sie ein und kratzte sich ausgiebig den Hals, während sie ihre Geschichte erzählten. Dann weckte er seinen Bruder und ihre Sippe. Zwei junge Männer wurden ausgeschickt, nach Eiriks Beschreibungen den Weg abzugehen und den Leichnam zu holen. Als sie ihn Stunden später brachten, war sein Gesicht ohne Augen und die Nase angefressen. In der harten Zeit des Winters warteten die Aasfresser des Waldes nicht lange.

Dennoch waren sich alle sicher, den Mann nie zuvor gesehen zu haben.

«Er ist nicht aus dem Dorf», stellte Gardar fest und wandte sich ab. «Trotzdem werden wir ihn auf dem Vorplatz liegen lassen und die anderen befragen. Aber nur bis heute Abend, sonst lockt er noch die Wölfe an.»

Damit ging er wieder ins Haus. Die anderen folgten ihm. Seine hochschwangere Frau hatte Gerstenbrei und Molkesuppe für alle aufs Feuer gestellt.

Vala war nicht hungrig. Sie hielt Eiriks Hand, der Gardar seinen Verdacht auseinander zu setzen versuchte, dass Leif und die Blaufurter für diesen Anschlag verantwortlich seien. Beklommen dachte Vala an das entstellte Antlitz draußen. Verbarg sich wirklich Leif und sein Hass hinter dem Überfall?

Gardar wiegte den Kopf. Er konnte es nicht glauben.

«Du möchtest es nicht glauben!», rief Eirik aufgebracht. «Ihr und euer ewiger Respekt vor allem, was Siges Sippe tut.»

«Am wahrscheinlichsten ist immer noch, dass es Ausgestoßene waren», meinte Gardar, rülpste und ließ sich Brei nachgeben.

«Dann verfolgt doch die Spuren, die der andere hinterlassen hat», ereiferte sich Eirik. «Ich bin sicher, sie führen durch den Wald geradewegs nach Blaufurt.»

Kommentarlos wies Gardar mit dem Löffel zur Rauchöffnung im Dach, durch die große Schneeflocken herabgetaumelt kamen, um über der Glut zu vergehen.

«Sobald das Wetter besser wird, schicke ich jemanden rüber.»

Vala zog ihren Mantel enger. Ihre Finger fassten Eiriks Hand. Komm, hieß das, gehen wir nach Hause.

«Wenn es schneit», sagte Gardar und rieb sich die Kopfhaut unter der Lederhaube, «dann juckt die alte Brandwunde ganz besonders. Hast du nicht ein Mittel, das mir hilft?»

Vala versprach mit müder Stimme, eine Salbe anzurühren. Dann brachen sie auf.

Gardar gab ihnen bewaffnete Männer mit, für den Fall, dass noch mehr Gesetzlose in der Gegend wären. Aber niemand griff sie mehr an.

Als der Winter zu Ende ging, stapfte ein Bote durch die Schneeschmelze nach Blaufurt. Er fand viele Kranke und Sterbende. Hungrige griffen nach seinem Mantel und baten um ein Stück Brot. Einen Mann, außer denen, die ihr Elend vernichtet hatte, vermissten sie nicht. Nur einer fehlte, erinnerte sich Sige, der missmutig im Kreis der seinen saß und den Boten bewirtete. Aber der sei beim Eisfischen eingebrochen. Er zuckte die Schultern.

Jungen, mit Rotznasen und blonden Strupphaaren, warfen dem Boten Steine nach, als er ging.

NACh hAIThABU

«Bitte, Eirik! Dein Vater kannte die Vorsteher der Kaufmannsvereinigung am besten. Und du warst oft mit ihm in Haithabu.» Gardars Stimme klang werbend.

Sein Bruder war mit ihm gekommen und eine Abordnung von fünf weiteren Männern aus Waldweide. Die große Frühjahrsfahrt in das Handelszentrum Haithabu stand an. Sie hatten Felle und Federn, Honig und Bernstein und von den Dörfern weiter im Norden auch das begehrte Roheisen erhandelt. Alles war zusammengepackt und bereit. Es fehlte nur noch ein tüchtiger Vermittler.

Auch Rollo war da, auf einem Stuhl herbeigetragen, seit seine Beine, nach einer Krankheit, gegen die selbst Vala machtlos gewesen war, ihren Dienst versagt hatten und nun dünn und gelb unter seinem Leib hervorbaumelten. Er hatte die letzte Delegation geleitet, aber es war den Gesichtern der Dörfler anzusehen, was sie dachten: Ein Krüppel als Sprecher würde ihnen in der Siedlung nicht den nötigen Respekt verschaffen. Und Sige, dachten manche seufzend, war fort.

Eirik schüttelte den Kopf. Er schaute zu Vala, die vorsichtig Gardars Jüngstgeborenes auf ihren Knien schaukelte. Ihr Leib war rund geworden, bald würde er selbst Vater sein.

Gardar folgte seinem Blick und machte ein düsteres Gesicht. Er wusste, was nun kommen würde.

«Ich bin der einzige Mann auf dem Hof», sagte Eirik und breitete die Hände aus, um all das seine zu umfassen: das Haus, die Felder, das Vieh. Unmöglich, dass eine Hochschwangere und eine alte Frau das alles allein versorgten.

«Wir wären vor der Aussaat zurück», wandte Gardar ein. Dankend nahm er aus Ingas Händen den Becher Bier entgegen. Er wollte sie anlächeln, doch die Alte konnte immer noch so streng dreinblicken wie in alten Tagen. «Ich würde meinen Bruder schicken», fügte er hinzu und wies auf Ragnar, der eine Murmel in seine leere Augenhöhle geklemmt hatte und damit das Baby amüsierte, das lachend danach patschte. «Wegen des kaputten Stalldaches.»

«Und ich kann nach dem Rechten sehen», warf Hastein ein. «Mir wird es im Dorf sowieso gerade zu eng.»

«Na, eine Laus wie dich wird ein Mann sich gerade in den Pelz setzen», sagte Eirik und grinste. Dann wanderte sein Blick zu Vala. Wenn er sie fragte, würde sie ihm zureden, das wusste er. Sie war immer sehr darauf bedacht, dass sie beide ihre Pflicht gegenüber dem Dorf erfüllten. Sie hing mit einer Leidenschaft an diesen Menschen, wie sie nur jemand entwickeln konnte, der lange eine Heimat entbehrt hatte.

Haithabu kam ihm ohnehin nicht unrecht. Es drängte ihn

schon lange, Vala ein Geschenk zu machen, etwas, was jenseits ihres Alltags lag und die Gefühle ausdrücken half, die er ihr und dem ungeborenen Kind gegenüber empfand und die ihn manchmal beinahe überwältigten. Die Gewandnadeln, die sie trug, waren aus der Mitgift seiner Mutter und ihr Geschenk. Um den Hals hatte sie noch immer das Amulett, das Floki ihr gegeben hatte. Es schmerzte Eirik, wenn er daran dachte. Es musste etwas ganz Außergewöhnliches werden: Bernstein und Silber, etwas Einzigartiges, gerade gut genug für seine Vala. Er erwachte aus seinen Träumereien, als Gardar ihn anstieß.

«Also abgemacht?», fragte sein Gast.

Eirik nickte zögernd. Es war abgemacht.

Vala fiel der Abschied nicht so schwer, wie sie gedacht hatte. Die Geburt stand bald bevor, und sie war schon eingesponnen in ganz auf sie selbst gerichtete Gedanken. Sie fühlte sich aufgehoben auf dem Hof. Hasteins Scherze und Ragnars derbe Antworten sorgten schon am ersten Tag für viel Gelächter, Besucher kamen vorbei und erkundigten sich, wann es so weit wäre, so häufig, dass Vala schon beinahe ungeduldig wurde.

Sie war froh, als Inga sie am Nachmittag mitnahm zum Weidenrutenschneiden. Zu zweit und guter Dinge folgten sie dem Bachlauf ein ganzes Stück aufwärts, bis sie auf die besten Weiden stießen. Vaih war bei ihnen, um die Ernte zu tragen, und schnoberte fröhlich an den Blüten der wilden Apfelbäume.

Inga entdeckte ein Bienenvolk in einem hohlen Stamm und beschloss, sich den Ort für den Herbst zu merken.

Sie schnitten, bis ihre Finger wund waren, dann ruhten sie sich ein wenig aus und ließen die Füße in den Bach hängen. Vala betrachtete die regenbogenfarbenen Leiber der Forellen, die nicht weit von ihr in der Strömung standen. Langsam tauchte sie ihre Finger ins Wasser und ließ sie locker, als wären sie treibender Tang. Ob sie es wohl noch konnte? Doch ihr Bauch hinderte sie, als sie sich weiter vorneigen wollte. Sie kam aus dem Gleichgewicht, die Forellen wurden aufmerksam und flohen. Ein wenig Sand wirbelte auf, wo sie eben noch gewesen waren. Das Wasser glättete sich, und Vala sah ihr eigenes Spiegelbild.

Bald würde sie Mutter sein. Ob sie sich verändert hatte? Ihr war, als müsse neben ihr das Gesicht ihres Kindes auftauchen, klein und perlmutthell. Wenn es ein Mädchen wird, dachte sie in diesem Moment, werde ich es Hela nennen. Sie hörte Eiriks zärtliche Stimme, wie damals, an jenem Fluss in der stillen Bucht, als er sich über sie gebeugt hatte: Willkommen, Hela Wasserfrau.

Eirik! In diesem Moment vermisste sie ihn schmerzlich. Es dauerte einen Moment, bis sie begriff, dass Inga schrie.

«Was ist denn?», fragte sie, ein wenig ungehalten, dass sie aus ihren Träumereien gerissen wurde.

Inga stand auf einem kleinen Vorsprung. Es war ein grasbewachsener Felskopf, der ihr einen Blick über die grüne Bucht und den Horizont verschaffte. Vala trat neben sie. Drunten lag Waldweide; sie war erstaunt, wie fern es wirkte, über der Arbeit hatte sie gar nicht mitbekommen, wie hoch sie gestiegen waren. Links dehnte sich in weichem Schwung die graue Küste, möwenumspielt, auf deren Kante die Frühlingsblumen im Wind zitterten. Rechts war das Kliff, das den Hafen des Dorfes von der See trennte und die Winterwinde abhielt. Von dort würde Eirik wiederkommen.

Sie tat es Inga nach und hob die Hand vor die Augen, um das gleißende silberweiße Meer absuchen zu können. Da war ein Schiff. Es näherte sich längs der Küste und war nicht mehr weit. Die Dorfbewohner konnten es noch nicht sehen. War das Eirik?

Sie kommen zurück, Inga!, wollte sie schon rufen, halb verwundert, halb froh. Dann sah sie: Es war ein fremdes Segel, ein fremder Steven. Sie kniff die Augen zusammen: Das Schiff war nicht nah genug, um die Schnitzerei zu erkennen. Aber sein Bug schimmerte hell.

«Gulbringa», flüsterte Inga. «Es ist die ‹Goldbrust›. Blaufurter.» Sie spuckte das Wort aus.

«Vielleicht wollen sie wieder um Hilfe bitten», sagte Vala zweifelnd. «Der Winter muss dort schlimm gewesen sein.»

«Wenn sie bitten wollen», sagte Inga bitter, «warum tragen sie dann Waffen?»

Vala neigte sich vor. Eine aufgebrachte Möwe strich um ihren Kopf und verschwand schreiend. Drunten sah sie das Schiff die letzte Klippe ansteuern, die sie vom Dorf trennte. Und Inga hatte Recht: Es war voller Bewaffneter. Zusätzlich zu den Männern an den Rudern standen sie an Deck. Sie sah die Helme blinken und den Widerschein der Sonne auf den gezogenen Waffen. Ruhig tauchten die Ruder ein und brachten es näher und näher.

«Sie werden das Dorf überfallen.» Vor Entsetzen konnte sie nur flüstern. Sie sah schon die Männer über den Strand laufen, die ersten Hütten, die in Rauch aufgingen, hörte das Geschrei der Frauen und Kinder. Hallgerd, dachte sie. Gundis! Ragnars Jüngstes! Die Männer würden keine Hütte verschonen. Sie würden die Fässer nehmen, das Vieh, das Korn, alles, was sich tragen ließ. Und die Menschen würden sie zu Sklaven machen.

«Dass sie das wagen», zischte Inga neben ihr. Ihr Gesicht war eine Maske des Schreckens.

«Sie sind verzweifelt», sagte Vala. Doch sie dachte: Leif!

«Eirik und die anderen sind noch nicht weit», rief Inga, voll plötzlicher Hoffnung. «Nur wenige Stunden.»

Vala schaute zweifelnd nach unten. Selbst wenn sie durch ein Wunder jetzt umkehrten, sie kämen zu spät. Es waren ein paar quälende Stunden zu viel. Sie schüttelte den Kopf.

Aber Inga packte sie bei den Schultern. «Sie wollten bei Björns Hof ankern, um Eisen an Bord zu nehmen. Das ist nur hier über den Berg.»

Vala schaute sie verdutzt an. Dann folgte sie Ingas Blick und begriff. «Du meinst – Vaih?», fragte sie zögernd. «Aber ich kann jetzt nicht reiten.» Dann formte sich in ihr eine Idee.

Inga betrachtete sie mit brennenden Augen. «Du kannst das, nicht wahr? Du hast es mir einmal erzählt.» Sie hatte verstanden, was Vala vorhatte, noch ehe die es aussprach. Vala nickte.

Sie rannte zu Vaih hinüber. Zuerst versuchte sie, die Weidenruten herunterzuziehen, das Pferd von seiner Last zu befreien, doch dann ließ sie es, es dauerte zu lange, und ihnen lief die Zeit davon. Sie nahm Vaihs Kopf in ihre Hände, streichelte ihn beruhigend und griff nach dem Geist der Stute.

Vaih scheute, wie ein Pferd, dass noch nie einen Reiter auf seinem Rücken tragen musste. Da war etwas, fremd und befehlend, und es ließ sich nicht abschütteln.

Vala war nervös, sie versuchte mit Gewalt einzudringen, wo sie sonst hineinschlüpfte wie eine Hand in Wasser. Sie spürte den Widerstand und trat ihm verzweifelt entgegen.

Lauf!, schrie ihr Geist. Lauf! Vaih scheute und stieg. Mit einem lauten Wiehern löste sie sich von Vala und warf sie dabei um. Inga, die sie auffangen wollte, wurde mitgerissen. Sie saß da, Vala in ihren Armen, die in Albträumen gefangen schien. «Lauf», hörte Inga sie murmeln und schlang ihre Arme um das Mädchen.

«Ja, lauf», sagte Inga leise und wiegte Vala in ihrem Schoß wie ein Kind. «Lauf und hol unser Schiff.»

Vala sah Bäume vorüberrasen, Äste peitschten ihr ins Gesicht. Sie hob die Hände, um sich zu schützen. Dorngestrüpp raschelte ihr um die Füße. Da, ein Fels. Ausweichen. Ein Wasserloch. Sie spürte den Flug des Sprungs.

Hügelabwärts, dachte sie, in das Tal der Ahornbäume. Bald sah sie das großblättrige Laub in der Sonne glänzen, friedlich beinahe flog es vorbei. Doch Vaihs Lungen keuchten. Schweiß, Schweiß auf ihrem Fell. Vala wischte sich über Gesicht und Beine, als gälte es, Mücken zu vertreiben. Sie schmeckte Blut in ihrem Mund.

Zum Meer, befahl sie und entspannte den verkrampften Körper erst, als sie die Salzluft auf ihrer Zunge schmecken konnte. Da plötzlich: Schrecken der Leere. Sie stolperte, rutschte ab. Erdklumpen stürzten den Möwen entgegen, die klagend über der Aufschlagstelle kreisten. Hufe schlugen in die Luft, klopften auf Fels, weiter, weiter. Den Fjord hinauf. Weiter. Durch den Birkenhain, weiter. Auf die Anhöhe.

Ingas Herz verkrampfte sich, als sie sah, wie die «Goldbrust» die letzte Felsspitze umrundete. Gleich würden die im Dorf sie sehen und begreifen, was ihnen drohte.

Vala stieß einen Laut aus, mehr tierisch als menschlich. Dann verlor sie in Ingas Armen das Bewusstsein.

Eirik wandte den Kopf. Über den Jubel der Männer, die Björn und seiner Familie zuwinkten, hatte er etwas anderes gehört. Er suchte die Höhe ab, ein dichtes Gehölz von Ebereschen, dahinter das junge Laub der Birken, frisch und grün, das heftig im Wind flirrte. Dann sah er eine Bewegung, schwarz zwischen den weißen Stämmen. Es war ein Pferd. Er kniff die Augen zusammen. Das Tier war schwarz und zierlich, von seinem Sattel hing ein Gestrüpp von Weidenzweigen, es stand und tänzelte, durchwühlte die Erde mit seinen Hufen. Das Pferd wieherte erneut, es klang wie ein Klagelaut.

Eirik pfiff. «Wir kehren um», befahl er.

Vala öffnete stöhnend die Augen. Sie hatte gedacht, es regne, regne Blut. Doch es waren Ingas Tränen, die auf ihr Gesicht fielen. Die alte Frau stand steif auf. «Du hast deinen Teil getan», sagte sie. Sie klang wie eine Tote. «Wir müssen uns weiter in die Hügel zurückziehen.»

«Nein», antwortete Vala und richtete sich ihrerseits auf. Das fremde Schiff fuhr durch den Fischzaun am Hafen. «Ich fange gerade erst an.»

ᗞᗩS ᖴEᑌEᖇ Iᗰ ᑎOᖇᗞEᑎ

«Hilf mir», keuchte Vala und legte die Leiter an. Hastein und Ragnar, von Inga in aller Eile aufgeklärt, traten von einem Bein auf das andere. Vom Dorf her erklang bereits das Horn. Es war höchste Zeit, dass die wenigen Männer, die dageblieben waren, ihre Waffen ergriffen und sich den Angreifern entgegenstellten. Mit zusammengebissenen Zähnen standen sie da und gehorchten.

Ragnar hielt den Birkenstamm mit den aufgenagelten Tritten, Hastein hangelte sich hinter Vala hinauf. Die fuhr mit fliegenden Fingern über die Kisten und Kästen, Körbe und Fässer. Auf allem lag dicker Staub.

«Was suchst du?», fragte Hastein zweifelnd.

«Eine Kiste, so groß.» Vala gab die Maße mit den Händen an. «Aus roter Fichte. Ich habe sie in Kiew an Bord genommen.» Sie hatte noch nicht ausgesprochen, da fand sie sie suchte, hinter einem Fass mit Salz. Hastein zerrte es auf ihr Geheiß zum Rand und ließ es in die Hütte hinunterkrachen.

«Vorsicht», rief Vala, doch zu spät. So schnell sie konnte, kletterte sie der Kiste hinterher. Einen Moment lang stand sie davor und wagte nicht, sie zu öffnen. Was, wenn der Jude sie betrogen hatte? Was, wenn alles mit der Zeit verdorben war, von den Mäusen gefressen, zerstört? Was, wenn das Rezept seine Kraft verloren hatte?

Vor ihrem inneren Auge erschien das Pergament mit der langen, gewundenen Anrede an die Kaiserin von Byzanz. Darunter, das hatte sie vor langer Zeit gelernt, standen nüchternere Dinge, Namen, Mengen, Kochanweisungen. Sie hatte nichts davon vergessen.

«Es ist auch nichts anderes als ein Rezept für Rheumasalbe», sagte sie sich und öffnete den Deckel. Ein Tontopf, ein Säckchen, ein Kasten. Sie krempelte die Ärmel auf.

«Inga», kommandierte sie, «mach den Kessel leer.»

Die Alte schaute verständnislos. Es war Ragnar, der das heiße Ding in seine bloßen Hände nahm und die Suppe zu Boden kippte.

«Was hast du vor?» Neugierig schaute Hastein ihr über die Schulter.

Vala lächelte grimmig. «Feuer machen», sagte sie.

Als sie zum Dorf kamen, gingen schon die ersten Pfeilhagel auf die Kais nieder. Dort standen die wenigen Männer, die in Waldweide zurückgeblieben waren, und brüllten den Angreifern ihren Hass und ihre Kampfbereitschaft entgegen. Die Bogen sirrten ohne Unterlass. Die «Goldbrust» drehte längsseits. Vala sah die ersten Krieger, die von Bord sprangen, um an Land zu waten. Ragnar neben ihr hielt es nicht länger an ihrer Seite. Schreiend stürzte er zwischen den Fässern hervor, hinter denen sie sich verschanzt hatten, und stürmte auf den Pier.

«Und das soll funktionieren?», fragte Hastein zweifelnd. Seine Finger zitterten, als er versuchte, mit dem Feuereisen Funken zu schlagen. Vala hielt ihn am Ärmel fest, damit nicht auch er ihr davonlief. Plock! Ein Pfeil schlug über ihren Köpfen ein. Sie duckten sich tiefer.

«Lass mich los, sonst wird das nichts», herrschte Hastein sie gereizt an. Dann endlich glomm der Funke, brannte das Holz. Heiß und hungrig ergriffen die Flammen Besitz von dem kleinen Floß, das Vala präpariert hatte. Ein seltsamer Geruch stieg ihnen in die Nase.

«Und das soll die ‹Goldbrust› verbrennen?», fragte Hastein zweifelnd.

Vala nickte grimmig. «Sie und das Meer, auf dem sie schwimmt.»

Hastein schaute sie an. «Wie in Byzanz?»

Vala stieß das Floß ins Wasser. Staunend schauten sie beide, wie es dahintrieb. Die Wellen erstickten die kleine Feuersbrunst nicht, im Gegenteil, sie schienen die Flammen eher noch zu verteilen, sie hierhin und dorthin zu tragen. Aber es waren so magere Fackeln. Vala prüfte den Wind. Dann robbte sie vor an den Rand des Piers und goss etwas aus dem Kessel, den Ragnar ihnen bis hierher geschleppt hatte, ins Wasser. Der klebrige Film verteilte sich sofort auf dem Wasser, breitete sich aus wie eine Blüte, die aufspringt. Wo immer er auf Teile des ersten Floßes traf, entzündete er sich, und bald schien es, als brenne das Meer selbst. Eine Feuerwand begann, auf die «Goldbrust» zuzuwogen. Die vorderste Reihe der Männer war dem Ufer watend schon sehr nahe gekommen. Die Flammen erfassten sie als Erste. Die Krieger schrien und schlugen sich auf die Kleider. Sie schöpften Wasser und gossen es über sich, übergossen sich mit Feuer und konnten nicht begreifen, dass es nicht verlöschen wollte. Mit heißen Augen starrte Hastein auf die Blaufurter, die als lebende Fackeln an den Strand gewankt kamen. Dann stürzte auch er los.

Vala blickte wieder hinaus aufs Wasser. Die «Goldbrust» war in den Westteil der Bucht ausgewichen. Dorthin fanden diejenigen der feindlichen Kämpfer den Weg, die bereits in die Gassen von Waldweide eingetaucht waren und nun zurückkehrten, die Arme voller Beute. Vala hörte Schafe blöken und sah zappelnde Frauenbeine. Die wenigen verbliebenen Männer des Dorfes standen am Kai und mussten hilflos zusehen. Durch das Feuer vor dem Feind geschützt, waren sie doch zugleich auch von ihren Angreifern abgeschnitten. Manche versuchten verzweifelt, sich ihren Weg am Ufer zu bahnen, wo sie mit den Fischernetzen kämpften, die über die ganze Breite des Strandes aufgehängt waren. Noch hatte keine der Flammen die «Goldbrust» erreicht. Angespannt hielt Vala eine Fackel in den Wind. Er war lau, viel zu lau. Eine Bö trieb die Rufe von Kämpfenden heran. Eisen klirrte auf Eisen. Valas Hand krampfte sich um den Rand des Fasses.

Die Frau, die da an den Haaren durch das Wasser gezogen wurde, war Hallgerd. Sie sah das weiße, entsetzte Gesicht, den aufgerissenen Mund, die Hand in den Haaren. Verzweifelt schaute sie nach Floki und fand ihn nicht. Vala sprang auf und schrie. Da fiel ihr Blick auf eine Gestalt, die am Boden lag. Es war Rollo. Er kroch mühsam auf dem Bauch, eine Hand umkrampfte Pfeil und Bogen, mit der anderen suchte er sich voranzuziehen.

Als er sie sah, starrte er sie an, wütend und hilflos. Vala lief zu ihm und zog ihn mit all ihrer Kraft in den Schutz der Fässer. Dann nahm sie ihm die Waffen ab. Es war nicht viel, fünf, sechs Pfeile. Sie würde gut zielen müssen. Rollo saß schweißüberströmt und keuchend da. «Ich weiß nicht, was ich mehr hasse», stieß er hervor, «die dort oder meine Beine.» Er hieb mit der Faust auf die fühllosen Glieder.

Vala hatte keine Zeit, ihn zu trösten. Sie war damit beschäftigt, ein neues Feuer zu entfachen. Sich umschauend, fand sie einen Tontopf. Dort hinein goss sie die zähe, gefährliche Flüssigkeit und entzündete sie. Rollo riss die Augen auf, doch sie achtete nicht auf ihn, ihre Aufmerksamkeit war ganz auf die «Goldbrust» gerichtet. Vala prüfte die Entfernung und den Wind. Nein, das Schiff war zu weit entfernt. Sie musste wie die anderen hinüber zum Strand, wenn sie einen sicheren Schuss in die Segel setzen wollte.

«Bleib hier», rief sie Rollo zu, dann war sie fort.

Der ballte die Faust. «Was bleibt mir anderes übrig!», schrie er ihr nach. «Ich bin nur der nutzlose Sänger.» Mit Tränen in den Augen sah er sein Dorf in Flammen aufgehen.

Leif stand an Bord und verschränkte befriedigt die Hände vor der Brust. «Flammen ausbreiten, das können wir auch.» Er wandte sich an den pockennarbigen Krieger, der neben ihm stand. «Sie werden den Rauch bis zu Björns Hof sehen.»

Der andere schaute unruhig in die angegebene Richtung. Leif lachte und schlug ihm auf die Schulter. «Sie werden zu spät kommen, um Stunden zu spät.» Gierig beugte er sich über die Reling vor, um zu sehen, was da an Bord gehievt wurde. Kornsäcke, Hausrat, Saatgut, Schafe. Gut und schön. Sein Hunger wurde davon nicht gestillt. Die Kleine dort, die so zappelte, gehörte Floki. Sein Pech, dass er nicht besser auf sie aufgepasst hatte. Hoffentlich lag der Junge nicht mit einem Pfeil im Rücken am Strand; er sollte Gelegenheit haben, sich zu grämen. Auch Eirik würde schreien und fluchen. Eirik! Zwei Männer hatte Leif nach dem Schlangensteinhof geschickt. Standen sie nicht dort am Strand?

Leif brüllte und erhielt Antwort, die er nicht verstand. Doch war es offensichtlich, dass die beiden allein waren. Die Frau, die er suchte, war nicht bei ihnen. Wütend wollte er sich über die Reling schwingen und selbst an Land waten. Sie war da, sie musste da sein, nur sie würde seinen Triumph vollkommen machen. Er würde sie an seiner Bettstatt festketten. Und sie jeden Abend nehmen, bis er Eiriks verhasstes Gesicht nicht mehr vor sich sah. Er hörte ihre Schreie schon, lauter als all die anderen, die vom Ufer herüberklangen.

Da sirrte etwas über seinem Kopf, blendend, ein Stück Feuer wie ein verirrter Stern. Mit trockenem Fauchen schlug es ins Segel ein, das sofort aufflammte.

«Das Schiff brennt!», schrie der Mann mit den Pockennarben, aber Leif hörte es nicht. Er verfolgte die Flugbahn, die das Geschoss genommen hatte, mit den Augen zurück. Da war sie. Mit dem Gebrüll eines Löwen stürzte er sich über Bord.

Vala war am Kai losgelaufen, Rollo zurücklassend. Sie kam sich unbeholfen und verwundbar vor; die Angst um das Kind in ihrem Leib tötete fast ihren Mut. Doch es musste getan werden. Sie sah Männer, ineinander verkrallt, die darum rangen, sich gegenseitig das Eisen in die Kehle zu stoßen. Sie sah Ragnar, Blut über dem Gesicht und die Finger am Hals seines Gegners. Im Schutz der Fischernetze lief sie geduckt weiter. In den Häusern erklang Keuchen und Rascheln, Rumpeln und Fluchen, die Geräusche der Plünderer. Sie hörte Frauen schreien und sah Gundis in einer Gasse, wie sie sich mit der Axt zwei Männer vom Leib hielt. Die beiden umschlichen sie wie Raubtiere. Keuchend und verschwitzt, halb tot vor Panik, suchte Gundis beide im Auge zu behalten, ließ die Klinge von rechts nach links zucken. Aber dann hatte der eine sie übertölpelt, ergriff sie von hinten so, dass er ihr die Arme mit der nutzlos gewordenen Waffe an den Leib presste, und hob sie von den Füßen. Vala hörte ihre schrillen Schreie. Das Letzte, was sie sah, war das Fleisch ihrer nackten Beine, die unter dem Rock hilflos zappelten.

Sie unterdrückte den Impuls, hinzulaufen und Gundis beizustehen. Hier war sie, aufgeschwollen und hochschwanger, ungelenk und verwundbar, mit nichts in der Hand als einem brennenden Krug und fünf Pfeilen, um das Schicksal zu wenden. Mit zitternden Knien, gegen die Übelkeit ankämpfend, die Gundis Angstschreie in ihr hervorriefen, schlich sie weiter. Sie stellte den Tonkrug ab und spähte zum Schiff. Ja, sie konnte es erreichen.

Noch einmal wurde ihr Blick abgelenkt, als ein zischendes Prasseln ertönte. Der Wind hatte gedreht und die brennenden Wogen zum Pier zurückgetrieben, auf dem Fässer mit Harz und Fischtran standen, die rasch lichterloh brannten. Die Flammen fraßen sich mit rasender Geschwindigkeit fort.

«Seht, sie verbrennen ihr eigenes Dorf», hörte sie jemanden lachend rufen.

Dann kam ihr ein entsetzlicher Gedanke. Rollo! Er lag dort hilflos, allein; sie hatte ihn zurückgelassen. Die Flammen schlugen hoch und sandten purpurfarbene Funkengarben in den hellen Taghimmel. Sie konnte die Hitze bis hier herüber spüren. Rollo!

Tränen standen Vala in den Augen, als sie aus ihrer Deckung heraustrat und zielte. Der blaue Himmel verschwamm, doch der Pfeil fand seinen Weg. Sie sah ihn ziehen und die Flammen gierig am Segel lecken. Fahr zur Hölle, «Goldbrust», dachte sie voller Hass. Dann sah sie Leif.

Der ehemalige Kapitän der «Windpferd» pflügte wie ein Besessener durch das Wasser. Furcht erfasste Vala, doch sie zwang sich, stehen zu bleiben und noch drei Pfeile abzuschicken, die im Segel, im Mast und dem Boden der «Goldbrust» stecken blieben. Als sie sicher war, das Schiff dem Tod geweiht zu haben, warf sie den Bogen fort und rannte.

Leif war bereits auf dem Strand. Vala drehte sich ein letztes Mal um, stolpernd, mit den Armen rudernd. Was sie in seinen Augen las, warf sie nach vorne. Mehr stürzend als rennend erreichte sie die erste Gasse. Ihr Atem ging fliegend, sie riss eine Tür auf. Aufgerissene Augen, das Weiße schimmernd im Halbdunkel, geduckte Leiber, Kinderwimmern. Ein Verbrechen, Leif hierher zu locken. Vala legte den Finger an die Lippen, scheuchte die aneinander geschmiegten Kleinen mit einer Geste tiefer in den Schatten und verriegelte die Tür. Dann warf sie den Kopf herum, dass die Haare flogen.

Sie sah noch, wie der Mast der «Goldbrust» herunterbrach und dahinter das Segel eines anderen Schiffes sichtbar wurde, das mit aller Macht auf den Hafen zuhielt. Ihr Gesichtsausdruck veranlasste Leif, sich ebenfalls umzudrehen. Auch er sah es.

«Verflucht», knurrte er. Von der «Goldbrust» erklang ein Hornsignal und rief zum Kampf. Aber Leif schüttelte den Kopf.

«Nur zu, Eirik», zischte er, «rudere. Du kommst in jedem Fall zu spät.» Ohne weiteres Zögern nahm er die Verfolgung wieder auf.

IN SIGES HAUS

Leif hielt sein Schwert mit beiden Händen vor sich. Er brüllte Valas Namen, dass es sie kalt überlief. In Panik wandte sie sich vom Meer ab. Wo sollte sie sich verstecken? Wohin sie auch schaute, waren schreiende, rennende Menschen. Das Dach einer Hütte dicht neben ihr brach ächzend zusammen. Mit triumphierendem Zischen schlugen die Flammen in den Himmel, Funken stoben durch die Luft. Vala duckte sich und lief durch die flirrende Hitzewand. Dahinter lag eine einsame Gasse, eine Rinne Unrat zwischen zwei Hütten. Vala rannte sie entlang, so schnell sie konnte, stolperte über tote Hühner, trat in Pfützen, kletterte über Balken. Sie hörte Rufe und presste sich gegen eine Hüttenwand, mit klopfendem Herzen, keuchend, am Ende. Eirik, dachte sie, Eirik. So nah, zu weit. Da war eine Tür. Sie stolperte darauf zu. Quietschend drehte sie sich in den Angeln.

Gleich darauf stand sie in einer kalten, leeren Hütte. Tageslicht sickerte durch die Löcher im Dach, zeigte die längst ausgebrannte Feuerstelle, die Mäuse, den Müll. Sie war in Siges altem

Haus, das seit fast einem Jahr leer stand. Zur großen Feier war sie das letzte Mal hier gewesen. Vala schaute sich um. Ihr war, als könne sie noch die Reihen der zufriedenen, von der Glut geröteten Gesichter sehen, die ihr gleichmütig entgegenstarrten. Schon damals war kein Platz hier für sie gewesen. Auch heute bot sich kein Versteck. Vala lief in alle Winkel, rüttelte an morschen Bohlen, suchte nach Nischen. Es musste doch einen Ort geben! Sie hörte Leif an der Tür und drehte sich auf dem Absatz um.

Da war die Trittleiter, die hinauf auf den Speicher führte. Es war nur ein offener, schmaler Absatz aus Brettern unter dem Dach, aber dort oben herrschte Dunkelheit. Vielleicht würde Leif sie übersehen, wenn sie sich dicht an die Dachschräge kauerte. Sie streifte sich den nutzlos gewordenen Bogen über die linke Schulter und machte sich an den Aufstieg.

Es war keine Sekunde zu früh. Als der löwenmähnige Kapitän mit einem Stoß die Tür öffnete, zitterte die Leiter noch unter Valas letztem Tritt. Sie hielt angstvoll die Luft an. Doch Leif bemerkte es nicht. Langsam trat er tiefer in den Raum, ließ seinen Blick lange schweifen, ging dann die halb verfallenen, teilweise eingesunkenen Podeste entlang und blickte in jede Koje, die zerfetzt herabhängenden Ledervorhänge mit der Schwertspitze beiseite schiebend. Als er die Reihe durchhatte, trat er in die Mitte und richtete sich auf.

«Pferdeweib», rief er, «ich weiß, dass du hier bist.»

Vala wagte nicht zu atmen.

«Ich wusste, dass du mir gehören würdest, seit du damals in unser Lager getreten bist», fuhr Leif fort.

Vala zog sich tiefer in den Schatten zurück.

Leif steckte sein Schwert weg und hob die Hände. «Ich werde dir nichts tun.» Mit lockerem Schritt drehte er sich einmal um sich selbst. «Nichts, was nicht schon längst hätte erledigt werden müssen.» Er grinste.

Vala regte sich nicht.

Leif lauschte, dann ließ er die Hände sinken wie einer, der es im Guten versucht hat und sich nichts vorwerfen kann. Seine Stimme wurde drohender. «Oder ziehst du es vor, wieder in meinen Kopf zu kriechen? Nur zu.» Er wurde lauter. «Nur zu, und sieh nach, was du dort findest.»

Vala kämpfte ein paar Augenblicke mit der Versuchung. Aber sie scheute die überwältigende Aura des Hasses, die sie bis hinauf in ihr Versteck spüren konnte. Leifs Kopf fuhr herum, seine Augen suchten die Höhe ab. Hatte er ihre Anwesenheit erspürt? Konnte er sie fühlen wie sie ihn? Wenn ja, dann wusste er jetzt, was Todesangst war. Vala biss die Zähne zusammen und veränderte leicht ihre Position. Ein Schmerz durchfuhr sie, scharf wie ein Messer. Nein, dachte sie, nein, nicht jetzt. Die Schmerzblase stieg grell empor und platzte. Das Kind hatte sich gedreht. Von einem Moment zum nächsten war Valas Bein wie tot. Lautlos fluchend ergriff sie es, um es heranzuziehen und zu massieren. Dabei streifte sie über Staub und Mäusekötel. Durch eine Ritze im Boden regnete beides herab.

Leifs Kopf fuhr herum. Er sah die silberne Staubwolke und lächelte. Sein Blick wanderte langsam nach oben, wo Vala sich verzweifelt in den Schatten drückte.

«Willkommen, Vala, im Haus meines Onkels», sagte Leif. Dann ging er zur Leiter. Vala versuchte, nicht an das zu denken, was kommen würde. Sie konzentrierte ihre Gedanken auf die Geräusche draußen, hoffnungsvolle Laute, Hörner, Rufe, wogender Lärm. Eirik, dachte sie. Es knisterte im Dachstroh über ihr. Vala roch Rauch, hörte die Stimmen. Du bist tot, Vala Eigensinn.

Noch enger rückte sie an die Wand, presste sich die Hand vor den Mund und biss hinein. Mit der anderen Hand aber legte sie ihren Bogen flach vor sich auf den Boden und packte ihn fest. Sie musste den Arm dazu in einem unnatürlichen, schmerzhaften Winkel halten, doch sie verharrte völlig reglos.

Leifs Kopf tauchte in der Luke auf. Er schwang sich hinauf. «Ah, da bist du, Pferdeweib.» Er blieb mit in die Hüften gestemmten Händen vor ihr stehen und blinzelte in den blauen Himmel, dessen Licht durch die schüttere Dachstreu fiel und

Vala wie ein silberner Vorhang verhüllte; feiner Staub tanzte in der Luft. Leifs Schwert aber durchstieß ihn mühelos, seine Spitze fand ihre Kehle. «Steh auf», sagte er.

Vala zog.

Leif wurde von der Sehne, die plötzlich scharf in sein Fußgelenk schnitt, völlig überrascht. Er kam aus dem Gleichgewicht, stolperte und suchte nach Halt. Die Schwertspitze verlor Valas Kehle und beschrieb eine hilflose Schleife in der Luft. Rasch schnellte Valas Fuß vor und trat den Kapitän gegen das Knie.

Der große Mann geriet ins Schwanken. Er neigte sich hintenüber, ruderte mit den Armen, und für einen Moment sah es so aus, als würde er in die Halle abstürzen. Doch seine Hand, blind fuchtelnd, fand einen Dachsparren und krallte sich fest. Leif stand wieder. Mit einem Ruck fasste er sein Schwert fester und starrte sie an. «Du bist tückischer als ein ungezähmter Gaul», fauchte er. «Aber ich werde dich zähmen.»

Verzweifelt robbte Vala rückwärts aus der Reichweite seiner Klinge. Ihre Linke stützte den Bauch, mit der Rechten umklammerte sie verstohlen die Klinge ihres Messers. Ein neues Ziehen in ihrem Leib ließ sie unwillkürlich aufwimmern.

Leif sah, wie sie sich krümmte, und lächelte. Sein Schwert tändelte spöttisch vor ihrer Nase. «Trägst du schwer an deiner Bürde?», fragte er in bösem Ton. «Soll ich dich von ihr befreien?» Die Klinge beschrieb einen Bogen über ihren Bauch, als wollte Leif sie aufschlitzen. Er beugte sich vor und hauchte ihr seinen Atem ins Gesicht. «Ich tue es gerne.»

«Fahr zur Hölle!», schrie Vala mit aller Kraft, die ihr verblieben war. Ihre Hände schossen vor und stießen sich von Leif ab. Zurücktaumelnd ließ sie los, was sie in seinen Leib gepflanzt hatte: Der Knauf des Messers ragte kaum aus seinen Kleidern hervor. Beide starrten sie stumm auf den Griff. Vala auf allen vieren, mit dem Rücken zur Wand, keuchend vor Panik, Leif mit gesenktem Kopf und offenem Mund, aus dem Speichelfäden tropften. Er war ganz still. Langsam hob er den Kopf und schaute Vala an, in deren Gesicht Angst, Hoffnung und Zweifel standen.

Dann, noch langsamer, bewegten sich Leifs Arme und hoben das Schwert. Ein Ächzen entrang sich seinem Mund.

Das Nächste, was Vala sah, war eine rasche Bewegung, dann ein Blitz in der Dunkelheit des Speichers. Leifs Schädel fiel von seinem Hals und rollte vor ihre Füße. Schwer schlug der Körper des Kapitäns auf. Aus seinem Hals spritzte stoßweise das Blut in den Raum. Es lief durch die Ritzen zwischen den Bohlen und prasselte drunten im Festsaal auf wie Regen. Quiekend flohen die Mäuse.

Vala schnappte nach Luft wie eine Ertrinkende. Sie hob die rot gesprenkelten Hände, betrachtete die rot gefärbte Schürze, dann Eirik, der noch immer reglos dastand, das Schwert in den Händen, vorgebeugt, als zöge seine Schwere ihn zu Boden. Dann rappelte Vala sich auf, unartikulierte Laute stammelnd. Sie stolperte über Leifs Kopf, tappend, wankend, auf Eiriks Arme zu, die sich für sie öffneten und in die sie sich stürzte. Sie wollte nirgendwo anders sein.

BLAUE AUGEN, SCHWARZES HAAR

Helas Hände strichen über den glatten Pferdeschädel, den Sonne und Seeluft hatten bleich werden lassen. Dann wandte sie sich um und blinzelte über die Bucht, die sich unter ihr ausbreitete, zur Linken die Küste, möwengesprenkelt, verschwindend im Dunst, zur Rechten das Kliff und dahinter die See. Ein kräftiger Wind ließ die Fichten hinter ihr rauschen.

Mit ihren sechs Jahren war sie das Ebenbild ihrer Mutter, feingliedrig, mit Haaren, so glatt und glänzend schwarz wie Rabenflügel, und mit braunerer Haut, als die Menschen des Nordens sie hatten. Ihre Augen waren länglich und geschweift. Ihr Blick war offener als der ihrer Mutter und überwältigte jeden, der sie betrachtete, mit seinem strahlenden, intensiven Blau.

Sie trug gerne Rot, wie Vala, und wie diese färbte sie ihren kleinen Mantel mit Heidelbeersaft. Sein Blau, erzählten die Leute in Waldweide, und Hela hörte es mit tiefer Befriedigung, reiche an das des Himmels heran, aber nicht an das ihrer Augen.

Der Wind zerrte an ihren Haaren; energisch strich sie sie mit ihrer kleinen Hand zurück. «Hier war das also, wo du zusammen mit Großmutter die Blaufurter entdeckt hast.»

«Ja», sagte Vala und schaute mit halb geschlossenen Augen in die Sonne.

Hela dachte nach. «Vermisst du Vaih?»

«Das tue ich.» Vala blickte ihre Tochter an. «Ich habe damals über ihren Tod geweint und sie hier begraben. Sie war das Letzte, was mir von zu Hause geblieben war.» Sie hielt inne und dachte nach. «Bevor Waldweide mein Zuhause wurde.»

«Ich vermisse Großmutter», sagte Hela und lehnte sich an ihre Mutter.

«Ja, ich auch», sagte Vala, ihr übers Haar streichend. Sie hatten Inga vor einem Jahr zu dem Grabhügel getragen, in dem schon ihr Mann lag, und sie in einem schiffsförmigen Kranz aus Steinen beigesetzt, den Eirik, Hastein und Floki zusammengetragen hatten. «Jetzt werde ich es sein, die dir all die alten Geschichten erzählt.» Sie beugte sich nieder und küsste Helas Scheitel.

Die schaute unverwandt aufs Meer hinaus. «Erzähl mir lieber, wo du hergekommen bist.» Sie hob die Hand und wies auf den östlichen Horizont. «Was ist dort?»

Vala folgte der Richtung, in die sie wies, mit dem Finger. «Dort hinter dem Meer ist die Düna und dahinter der Dnjepr. Dort leben die Rus, wir kaufen Seide und Silber von ihnen.»

«Dort hat Papa im Kerker gesessen», bestätigte Hela altklug. «Und dahinter?»

Vala runzelte die Stirn und tat, als müsse sie sich mühsam erinnern. «Das Schwarze Meer. An seiner Küste leben Löwen mit bernsteinfarbenem Fell, und die Kaiserin von Byzanz regiert dort in einer Stadt ganz aus Stein.»

«Und dahinter?»

«Viele Städte», entgegnete Vala, «viele Pfade. Sie führen alle zum Euphrat, das ist der älteste Fluss der Welt. Er fließt durch Bagdad, das ist die größte Stadt der Welt, ein Ort voller Wunder.»

«Und dahinter?», fragte ihre Tochter unbeirrt weiter.

Vala seufzte. «Gebirge, Steppen.» Erinnerungen, dachte sie, Wüsten von Erinnerungen.

«Und dahinter?» Hela ließ nicht locker.

«Das Grasmeer.»

«Ist dort Onkel Helge jetzt?»

«Nein, Unsinn, das heißt, ich weiß es nicht, mein Schatz. Keiner weiß, wo er geblieben ist.» Sie schaute hinaus auf das Meer. Dann strich sie ihrer Tochter liebevoll über den Scheitel. «Aber ich stamme von dort.»

«Und ich auch, nicht wahr?» Hela schaute zu ihr hoch. «Der Mann neulich am Kai hat das gesagt, der von dem dicken Schiff. Er hat gemeint, ich sehe genauso aus wie die Hunnenmädchen aus Thorwalds Lied.»

Vala lächelte und unterdrückte ihren Ärger. «Du solltest dich nicht so viel bei Gardar an den Kais herumtreiben», sagte sie. «Und nein, es stimmt auch nicht.» Sie ging in die Knie und schaute Hela in die blauen Augen. «Du stammst nicht von dort. Du bist aus Waldweide.»

Sie stand auf und zog ihre Tochter mit sich, bis sie an den Bachlauf kam. Auch heute standen die Forellen friedlich über dem Sand in der Strömung. Nichts hatte sich geändert, nichts würde sich ändern. «Siehst du?», fragte sie, als Hela sich über das Wasser neigte.

«Ich sehe mich», sagte das Mädchen.

«Hier habe ich dich zum ersten Mal erblickt», sagte Vala, neben ihr kniend. «Noch ehe du geboren warst. Dein Gesicht tauchte auf wie in einem Spiegel, und ich gab dir deinen Namen.» Sie zog die feuchten Hände aus dem Wasser und umschlang ihre Tochter heftig. Die Forellen flohen erschrocken. «Die Waldweide könnte dich mir nicht gezeigt haben, wenn du nicht von hier stammtest, nicht wahr?»

Das Mädchen in ihren Armen schwieg. Nach einer Weile machte sie sich von der allzu engen mütterlichen Umarmung los und spielte mit Valas Kette, dem Pferdeamulett. «Vaih», sang sie, «Vaih, Pferdchen, Vaih.» Vala ließ sie gewähren und wiegte sich nach dem Lied. «Gehen wir nach Hause?», schlug die Kleine dann vor.

Vala nickte und wischte sich die Tränen aus den Augen, die sie nicht zu erklären vermocht hätte. «Ja», sagte sie, «gehen wir. Eirik wartet bestimmt schon.»

Lächelnd stand sie auf. Ihr Herz klopfte, wie immer, wenn sie an ihn dachte. Er würde vor der Hütte stehen und nach ihnen Ausschau halten. Wenn er sie sah, würde er die Arme nach ihnen ausstrecken und ihre Namen rufen. Sie konnte seine Stimme schon hören. Fest umschloss sie Helas kleine Finger in ihrer Hand. «Liebster, wir kommen», flüsterte sie. «Wir kommen nach Hause.»

Historische Unterhaltung bei roroR:
Große Liebe, unvergleichliche Schicksale, fremde Welten

Charlotte Link
Wenn die Liebe nicht endet
Roman 3-499-23232-4
Bayern im Dreißigjährigen Krieg: Charlotte Links großer Roman einer Frau, die ihr Schicksal selbst in die Hand nimmt.

Charlotte Link
Cromwells Traum oder
Die schöne Helena
Roman 3-499-23015-1

Magdalena Lasala
Die Schmetterlinge von Córdoba
Roman 3-499-23257-X
Ein Schmöker inmitten der orientalischen Atmosphäre aus 1001 Nacht.

Fidelis Morgan
Die Alchemie der Wünsche
Roman 3-499-23337-1
Liebe, Verbrechen und die geheime Kunst der Magier im England des 17. Jahrhunderts.

Daniel Picouly
Der Leopardenjunge
Roman 3-499-23262-6
Das große Geheimnis der Marie Antoinette. Ein historischer Thriller voller Charme und Esprit.

Edith Beleites
Die Hebamme von Glückstadt
Roman
Das Schicksal einer jungen Hebamme im Kampf gegen Angst und Vorurteile.

3-499-22674-X

Petra Oelker

«Petra Oelker hat lustvoll in Hamburgs Vergangenheit gestöbert – ein amüsantes, stimmungsvolles Sittengemälde aus vergangener Zeit ...» Der Spiegel

Tod am Zollhaus
Ein historischer Kriminalroman
3-499-22116-0

Der Sommer des Kometen
Ein historischer Kriminalroman
3-499-22256-6
Hamburg im Juni des Jahres 1766: Drückende Schwüle liegt über der Stadt. Auf dem Gänsemarkt warnt ein mysteriöser Kometenbeschwörer vor nahendem Unheil.

Lorettas letzter Vorhang
Ein historischer Kriminalroman
3-499-22444-5
Komödiantin Rosina und Großkaufmann Herrmanns auf Mörderjagd zwischen Theater und Börse, Kaffeehaus, Hafen, Spelunken und feinen Bürgersalons.

Die zerbrochene Uhr
Ein historischer Kriminalroman
3-499-22667-7

Die englische Episode
Ein historischer Kriminalroman
3-499-23289-8

Die ungehorsame Tochter
Ein historischer Kriminalroman
3-499-22668-5

Die Neuberin
Die Lebensgeschichte der ersten großen deutschen Schauspielerin
3-499-23740-7

Das Bild der alten Dame
Ein historischer Kriminalroman

3-499-22865-3

Weitere Informationen in der Rowohlt Revue oder unter www.rororo.de

Landschaften der Liebe

Unterhaltung (nicht nur) für Frauen bei rororo

Kitty Ray
Nells geheimer Garten
Roman. 3-499-23238-3
Als die Literaturdozentin Ellis in das Cottage ihrer verstorbenen Großtante Nell zieht, entdeckt sie deren Tagebuch. Es erzählt die Geschichte einer tragischen Liebe und eines großen Geheimnisses, das Ellis einen Weg in die Zukunft weist.

Die Gabe einer Liebe
Roman. 3-499-22851-3

Rückkehr nach Manor Hall
Roman 3-499-22852-1

Marcia Willett
Zeit der Vergebung
Roman. 3-499-23604-4

Jill Marie Landis
Wenn die Magnolien wieder blühen
Roman. 3-499-23641-9

Diana Stainforth
Unter den Hügeln von Wales
Roman. 3-499-23436-X

Schau niemals zurück
Roman
Ein Strudel dramatischer Ereignisse: Eine junge Frau beweist viel Mut und Stärke und ist im Kampf um ihr Glück sogar bereit, ihr Leben zu riskieren.

3-499-23707-5

Weitere Informationen in der Rowohlt Revue oder unter www.rororo.de